流浪
蒼穹
郝景芳
著

—目錄—

序……3
引子……5
卷一 重返火星……6
卷二 孤獨星球……203
卷三 明日世界……365
後記……508

序

致台灣讀者：

《流浪蒼穹》這部小說最初動筆於二〇〇七年，二〇〇九年定稿，定名為《流浪蒼穹》是對初心的一次回歸。這次遠流出版社把這本書引入到台灣，讓我覺得十分榮幸。

我在《流浪蒼穹》中構造了兩個隔離的世界——地球世界和火星世界。他們因為曾經的戰爭恩怨而對峙，因為不同的社會政治制度而充滿敵意。兩邊的制度文化和社會生活方式不同，造成人們的觀念也有很大差別。火星世界小而美，像一個小小的孤島，遙望地球世界的繁榮與亂象。

我寫了一群少年，童年時在火星長大，青少年時去地球留學。當他們真正體驗到兩個世界，他們發現世界之間的隔閡太深。雙方的制度固然有差異，但是兩個世界中的人其實是相似的。他們認為，人與人之間的溝通不應該被制度差異所阻隔。

我想表達的是我的基礎信念：人是這個世界的終極目標，制度不是；制度隔閡的世界也可以有人的共情。

在小說中，我構想了一些新技術和新的社會經濟模式。對當時的我來說，這並不完全是想像，更多是推演。那時我就知道其中很多會很快成為現實，不需要到二一九六年那麼遙遠，只是為了遷就火星的歷史，才把日期設到遠方。從寫下還不到十年時間，很多東西都已經在身邊變成現實，比如虛擬實境、網路服務交易的快速推進、跨國公司將成為世界之王。更重要的是經濟和人行為方式的演進：網路交易將使人力資本釋放出來，從此職業與勞動將衝破地理束縛，人可以實現身分的多元和流動，這對於人類世界的改變將是徹底的。資本主義從未達到過勞動要素的真正釋放，未來會看到這一切。目前的變化是冰山一隅，網紅是這股洋流最顯眼的浪花。未來的世界是個體的世界，身分流動的世界，繁華與憂患會以更意想不到的形式上演。但與此同時，另一部分發展遠遠落後於小說的設定，比如人類向外太空出發前進，很有可能不會有太大動作。從經濟的角度，這是合理的，但從人類未來的角度則不好說。

小說總是現實的推演。有些會實現，有些不會。現實會在某一個部分進入同一個宇宙，另一個部分進入另一個平行宇宙。這總是很有趣的，小說家因此可以擁有多重世界的生活。這也是寫作最大的魅力。

寫作到今天並依然願意堅持寫下去，就是因為這多重世界的生活。即使一個人枯坐冷僻陋室，這多重世界中也有看不見的千山萬水，鳥語花香。

郝景芳

引子

有這樣一群少年，在一個世界出生，在另一個世界長大。

他們出生的世界是規則嚴明的大廈，長大的世界是散亂蕪雜的花園；一個世界是肅靜宏偉的藍圖，另一個世界是享樂放蕩的狂歡。兩個世界在他們生活中一前一後到來，不徵求意見，也不考慮感受，只在命運的鏈條上依次降臨，以不可阻擋的冷靜將他們的一生席捲。

大廈中建起的，花園中被打碎；狂歡裡忘記的，藍圖還記得。只在大廈裡生活的，沒有那破滅；只在狂歡裡生活的，沒有那幻景。只有經歷了兩個世界轉換的少年，才在一夜間看到暴雨墜落，遠景消失，荒地裡生出大片奇詭的花。

他們因此沉默，接受各方指責。

這是怎樣的一群少年，為何走入了這樣的命運。這恐怕是需要兩百年龐雜往事才能回答的問題。他們自己說不清，很多人也說不清。他們可能是幾千年流放者歷史中最年少的一群，在不了解命運的年紀被拋入命運，在對另一個世界還茫然無知的時候就被另一個世界裹挾。他們的流放從家園開始，歷史的方向他們無從選擇。

故事的開始是這群少年歸家的時刻。身的遠行在那一刻結束，心的流放從那一刻開始。

這是最後的烏托邦瓦解的故事。

卷一

重返火星

船

船將靠岸，燈火要熄了。

船在深空中擺盪，如黑暗中的一滴水，緩緩流入弧形的樞紐。船很舊了，散發黯淡的銀光，彷彿一枚被時間陪伴的徽章，留著紋理，模糊了崢嶸。船在黑暗中顯得微小，在真空裡顯得孤單。船和太陽、火星連成一條線，太陽在遠端，火星在近前，船走在中間，航路筆直，就像一柄劍，劍刃消隱。黑暗在四面八方包圍著，船就像一滴銀色的水，微弱地發光。

船很孤獨。它在寂靜中一點一點地靠岸，孤獨地靠岸。

船叫瑪厄斯，是火星與地球之間唯一的聯絡。

在船誕生之前，這條航線曾經來往喧囂。船沒有見過，那是它前生的記憶。它並不知道，在它出生前一百年，它所在的位置曾被運輸船占據，往來穿梭，如河水奔湧，在塵沙裡降落。那是二十一世紀後期，人們終於突破了重力、大氣層和心理的三重防線，懷著從忐忑不安到得意昂揚的興奮，馬不停蹄地將各種物資運向遙遠的夢想星球。競爭從近地太空延伸至火星表面，來自不同國度的士官穿著不同顏色的制服，說著不同語言，在不同的開發計畫中完成不同的國家任務。那時的運輸船很笨重，灰綠色的鐵皮包裹，就像金屬製成的大象，步伐緩慢而步調堅忍，一艘接一艘到達，在騰起的赤黃色沙塵中敞開艙門，傾倒機械、卸載食物、送出滿艙激情的頭腦。

船也不知道，在它出生前七十年，政治化的運輸艦船逐漸被商人們的開發船一步步取代。火星基地建了三十年，商人的觸角像傑克的豆莢，一寸一寸終於升入了天空，傑克得以登天，帶著帳單和步步為營的計畫，在塵沙中東張西望。最初的經營是實體買賣，商人與政客聯盟，獲取火星土地經營權、資源交易權、太空產品開發權，用動人的詞句將兩顆星球相互兜售。然後經營開始轉向知識本身，和地球上發生的歷史性轉變相同，只是將兩百年的過程壓縮進二十年實現，無形資產開始變成交易主導，商人摘取科學的大腦，在基地與基地間建立虛擬的屏障。那時的夜空航船，曾被酒宴和合同占滿，華麗的旋轉餐廳，試圖複製地球大廈的翻版。

船同樣不知道的是，在它出生前四十年，這條航道開始出現了戰鬥的飛艇。因為種種原因，火星獨立戰爭爆發，基地之間的探險家和工程師組成了聯盟，對地球的管轄者發起了聯合抵抗，他們用宇航和勘探技術，對抗金錢與權力政治。那時的航道上曾架起相連的戰艦，如同鎖鏈，抵禦侵襲，曾如海潮般浩大，又如海潮般退無聲息。小巧而迅捷的飛艇從遠方趕來，帶著被背叛的憤怒越過星空，冷靜而又狂野，投下炸彈，讓血光在塵沙裡無聲綻放。

這些往事船都不知道。在它出生那年，戰爭已結束了十年，一切都煙消雲散了整整十年。寂靜的夜空恢復寂靜，航道上不再有任何身影。黑暗沖刷了一切，它在黑暗中誕生。它由消散的金屬碎片凝聚而成，孤身面對星海，在兩顆星球間往來，在曾經的絡繹商道和砲火征途中往來，獨自往來。

船走得平靜，走得無聲無息。夜空中不再有交錯的行者。它像一顆孤獨的銀色水滴，穿過距離，穿過真空，穿過看不見的冰涼壁壘，穿過兩個世界無人提起的層層往昔。

船已出生三十年，磨損的外殼刻著時光的痕跡。

船的內部是一座迷宮。除了船長，沒人弄得清它真正的結構。船很龐大，樓梯左右穿梭，房間林立，走廊盤曲錯雜。船內有許多間倉儲大廳，像一座又一座頹唐的宮殿，氣勢恢宏，器物堆積，廊柱環繞，角落裡寫滿無人問津。走廊是宮殿間細長的通道，串起居室和宴會廳，起伏交錯，如同錯綜複雜的情節，來回穿梭。船不分上下，地板是巨大滾筒的側壁，人靠離心力行走，金屬立柱是向心的輻輳。船很古舊，立柱雕刻，地板印花，牆上掛著老式的鏡子，天花板有繪畫。這是船向時間的致敬，是紀念。紀念曾經有過一個時代，人類與人類還不曾分離。

這一次，船搭載了三支隊伍，一支是五十人的地球代表團，一支是五十人的火星代表團，還有一支是二十人的少年學生團。

代表團是為了展覽會，雙向展覽。當首屆火星博覽會在地球順利結束，首屆地球博覽會即將在火星正式召開。雙方搭載了各式奇異的貨物，向地球展示火星，向火星展示地球，讓兩邊的人類重新記起對方的存在。在漫長的隔絕之後，這是雙方的第一次全面接觸。

學生團有一個團名叫作水星，是一群十八歲的孩子，結束在地球五年的生活，返程歸家。水星在羅馬神話中是墨丘利，是信使，是火星與地球之外的另一顆星球，是溝通的願望。

戰爭結束四十年，船航行了三十年。在地球與火星之間，它是唯一的聯絡。船見證過幾次談判、幾場交易、幾項契約、幾回不歡而散；除此之外，它沒見過更多。很長時間它都處於閒置狀態，巨大的船艙空空如也，房間沒有乘客，倉儲室沒有貨品，宴會廳沒有鼓樂齊鳴，駕駛艙沒有任務。

船長和船長夫人是白髮蒼蒼的老人。他們在船上工作了三十年，在船上生活，在船上老去。船是他們的家，是他們的生命與世界。

「一直沒下去過嗎？」

船長室外，一個漂亮的女孩小心翼翼地問。

「開始幾年還下去，後來上了年歲，就下不去了。」

在她對面，船長夫人和氣地微笑著回答。她一頭捲曲的銀髮，嘴角有兩道新月般的弧形，姿態優雅，如同一棵冬天的樹。

「為什麼？」

「適應不了重力來回變化。人年紀大了，骨頭就不行了。」

「那怎麼不退休呢？」

「加西亞不願意。他想終老在船上。」

「船上有很多人嗎？」

「有任務時，有二十多。沒有任務時，就我們兩個。」

「那多久會有一次任務呢？」

「說不準。有時候四個月，有時候一年多。」

「這麼久？那平時豈不是很寂寞？」

「沒事。早習慣了。」

女孩安靜了片刻，長長的睫毛輕輕垂下，又輕輕抬起。

「爺爺常提起你們。他很想你們。」

「我們也很想你爺爺。加西亞的桌上長年放著他們四個人的照片，每天都看。回去向你爺爺問好。」

女孩笑了，笑容溫柔而有點憂傷。

「艾莉奶奶，我以後一定還來看你們。」

她笑得溫柔是因為喜歡面前的奶奶，笑得憂傷是知道自己大概很久都不會再來。

「好。」船長夫人也笑著，和煦地摸了摸她的長髮：「你越來越漂亮了，很像你媽媽。」

船長的小屋在船的最前方，緊鄰駕駛控制室和平衡球艙。小屋在兩條走廊連接處的拐折，常人經過，不易察覺。小屋門前掛著一盞藍色的球燈，照出方寸間青白的光亮，照在老人和女孩的頭頂，如月光一般溫柔。這是小屋和火星地面房屋唯一相同的裝飾，每每經過門前，藍光就照出家鄉的記憶。門是白色玻璃材質，與兩側的白牆融會貫通，只有門上凸起的雕刻在不經意間提示出材質的區別。雕刻是小小的銀色飛船，仰首飛行，船尾掛著一串細小的鈴鐺。飛船下方有一行花體小字：**艾莉、加西亞和瑪厄斯**。門靜靜地閉著，兩側的走廊長而清靜，彷彿向縱深延展至無窮。

加西亞是船長的名字。他和女孩的爺爺是一生的戰友。他們年輕的時候是同一個飛行中隊的親密戰友，在戰爭裡出生，在戰爭裡飛過十幾個年頭。他們都是戰後火星支柱式的人物，女孩的爺爺留在地面，船長登上天空。

戰後的火星曾度過無比艱難的一段歲月，貧瘠的土壤、稀薄的空氣、不充足的水源、危險的輻射，每一樣都能致命，每一樣都是他們必須每天面對的生存的窘境。戰前的開發始終有地球供給，大部分飲食來自飛船攜帶，就像還未降生的嬰兒，沒剪斷與母體營養的連接。而戰後的獨立就如降生的陣痛，剪斷臍帶的嬰兒，要學習自己行走。那段時期的火星最為艱難，總有些不得不向地球求取的東西，即便最聰明的大腦也無法憑空造出，比如動物，比如有益的細菌，比如石油裡有機的大分子。缺少了它們，生存只是維持，終究難以茂盛。船長就是在那個時候登上了船。

那是戰後的第十年，很多火星人並不贊成向地球乞求，但他堅持著，作為火星外交的第一次嘗試，帶著一絲決絕在地球的邊緣孤軍奮戰。他比誰都明白地球的態度：戰敗的羞辱在此時化為仇恨和幸災樂禍，可是他不能後退，後退之後就是新生的家園永遠的發育不良。

船長的後半生與船寫在一起，他生活在船上，向地球發資訊，他堅持、他求懇、他威脅、他誘惑，他用火星的技術與地球交換，向地球求取生存的物資。他上船三十年，再也下不到地面上；他就是火星的外交。在他漫漫航行的三十年裡，火星和地球有了第一筆交易，有了第一次相互派遣的人員往來，有了第一次展覽會和第一批前去留學的孩子。加西亞就是船長，船長就是加西亞。他的身分和他的名字像血肉一樣纏在一起，無法再分開。艾莉、加西亞和瑪厄斯，這是刻在門上唯一的字。

女孩和船長夫人寒暄了一陣，轉身剛要離開，船長夫人忽然在身後叫住了她。

「對了，有一句話，加西亞想帶給你爺爺。他剛才忘了說。」

「什麼話？您說吧。」

「加西亞說：有時候，寶藏的爭奪大於寶藏本身。」

女孩沉思了一下，似乎想問什麼，但沒有問出口。她知道船長的話必與外交有關，但這樣的大事，她不便多問。她點點頭，說她記住了，隨即轉身離開。她的背影輕逸，小腿很直，腳尖略外開，踏在地上像兩片羽毛，像蜻蜓點水，像無塵的風。

船長夫人目送她消失才轉身進屋，屋門上的鈴鐺在靜夜裡輕靈作響。她看著漆黑的房間，無聲地嘆了口氣。房間內很寂靜，船長已然在黑暗中安靜入睡。他的身體越來越虛弱，剛才的談話還沒有來得及說完，他就因疲倦不得不上床休息。她不知道他還能堅持多少個日子，也不知道自己還能堅持多久，她只知道自從自己跟著他上了船，就已經看到了今天的到來。她早已準備好跟他一起終老在這船上，能活一天，就在地球和火星之間再航行一天。她進了房間，將房門在身後輕輕關上。

女孩叫洛盈，水星團中的學生，十八歲，學習舞蹈。

船的名字瑪厄斯，來源於火星和地球的直接組合，形象地說明了飛船的性質，既體現了令人感動的交涉與妥協精神，也是一個缺乏美感的實用主義名稱範例。

船的技術不複雜，構造與引擎保留著戰前的傳統。太陽能蓄電，圓柱筒旋轉獲取重力。這樣的構造穩妥堅強，但行動遲緩，體積龐大。無論是地球還是火星，戰時技術均大力發展，都有能力造出更便捷的飛船，用更短暫的時間相互抵達，但瑪厄斯仍是唯一一艘。三十年過去了，沒有誰來取代它。它的遲緩和龐大使它不具備攻擊力，因而能達到雙方心知肚明的妥協的平衡。它以拙勝巧，以緩慢勝迅捷，以不能勝能。在忌憚與疑慮尚未煙消雲散的冰冷真空中，它如一隻巨鯨，獨自遊出緩慢的弧線。它比誰都清楚，對曾經交戰過的雙方，最難跨越的不是物理的距離。最古樸的，可能是最優越的。

船的內部分成四個區域，對應圓柱體四個九十度的分割。區域與區域有自由走廊連通，但相隔甚遠，路徑複雜，一般人很少相互往來。三支團體和船員各居一區，同處一船，航行百天，卻很少有直接的接觸。歡宴不少，但客套居多。

三支團體各有各的風格。火星代表團結束了全部任務，即刻歸家，因此情緒愉快，放鬆至懈怠，不修邊幅，以家常的口吻聊美食、聊小孩，聊地球上的諸多奇遇，聊中年的困擾，在餐廳說笑，在久違的食物器皿間如魚得水，談笑風生。

學生團舉行著最後的狂歡。這二十個孩子從十三歲離家，到十八歲成年，彼此是唯一同種族的兄弟，平日裡散居在地球各個角落，難得聚首，這航行對於他們，實在是珍貴的團圓。整整百日，他們始終歡聚，飲酒笑鬧，在船頭的失重球艙玩球，夜夜笙歌。

地球代表團則完全是另一幅面貌。代表團的成員來自各個國家，彼此尚不相熟，仍處在相互了解階段，除了公務餐，只是在小酒吧裡謹慎地交談。團裡有政府統帥、知名科學家、工業大亨和傳媒鉅子。在某種意義上說，他們是相似的人，習慣於被目光包圍，在心裡疏遠。他們穿著簡潔，只在袖口透露出奢華，言語聽起來隨和，但很少談及自身，壓低眼角的驕傲，卻讓人看出是在壓低。

在地球區的小酒吧裡，常常可見到三三兩兩的聚首，穿著薄而鑲邊的襯衫，低聲交談。酒吧按照地球的習慣布置，幽暗矜持，燈光不明亮，闊口杯裡加冰塊，薄薄的威士忌波光流轉。

「哎，說老實話，你覺出伊萬東諾夫和王之間的火氣了嗎？」

「伊萬東諾夫和王？沒有。我想沒有。」

「觀察。你比誰都更應該觀察。」

說話的是一個光頭中年和一個褐色頭髮的青年。中年人發問，笑容可掬，下巴刮得光滑，淺灰的眼睛像夏日的海水一樣變幻不停。青年說話不多，有時只用微笑回答，捲髮蓋過額頭，深褐色的眼睛藏在眉骨之下，讓人看不清表情。中年人叫泰恩，是地球上泰勒斯傳媒集團的繼承人與首席執行官。青年叫伊格，是隨團的紀錄片導演，也是泰勒斯集團的簽約藝術家。

泰恩口中的伊萬東諾夫和王是代表團中俄羅斯和中國的代表，因各自領土問題橫眉冷對。代表團成員複雜，每個國家背景裡都有悠久衝突，表面上沒有刺刀見血，私底下卻有五味雜陳。泰恩是沒有國籍的人，他拿著四國護照，在五國生存，吃六國飲食，調七國時差。他對這種國與國衝突總是笑意盎然地旁觀，他洞若觀火，卻不以為然。他抱持著二十二世紀後期最典型的生活觀念，對國家一笑而過，對全球化之後仍然遺留的歷史問題採取揶揄的不予理解。

伊格明白這其中的種種，但他通常不去回應。代表團裡充滿不同的欲望，這本是再正常不過的事。到火星來的每一個人都有自己想要的東西，伊格也不例外。

「你知道你這一回最好的拍攝題材是什麼嗎？」泰恩笑著問他。

「什麼？」

「一個女孩。」

「女孩？」

「水星團裡的一個女孩，名叫洛盈。」

「洛盈？哪一個？」

「黑頭髮，頭髮最長的那一個，很白，練跳舞的。」

「可能有印象。她怎麼了？」

「她這次回火星，有一場演出。獨舞，應該會相當漂亮。你跟著她拍，市場肯定喜歡。」

「然後呢？」
「然後什麼？」
「然後……其他理由。你真正的理由。」
「你問得太多了。」泰恩笑了：「不過，我可以告訴你，她爺爺是火星現任的總督。她是大獨裁者唯一的孫女。我也是剛知道。」
「……那要不要去和總督請示？」
「不要。儘量別讓任何人知道，我不想惹麻煩。」
「你就不怕回去惹麻煩？」
「回去的問題回去再說。」
伊格沒有說話，沒有說同意，也沒有說不同意。泰恩也沒有問他，同意還是不同意。這樣的共同沉默最好，任何表面的共識都沒有達成。伊格沒有承諾的束縛，泰恩沒有教唆的罪名。伊格默默地晃動著手中的杯子，泰恩笑意盎然地看著他。
泰恩經歷過太多次影片發行，知道什麼樣的賣點能吸引什麼樣的人群，也知道怎麼樣的問題該怎麼樣規避。伊格才剛入行不久，仍然帶著濃厚的學院氣息，想法很多，但不喜歡隨俗。泰恩相信時間的力量，他見過太多這樣自以為清高的初出茅廬者，也見過太多最終改變的大徹大悟者。能賣才能活，誰也別想顯得驕傲十足。
酒吧裡播放著電子爵士樂，悠悠蕩蕩，遮擋住所有桌上所有的商議與密談。室內很溫暖，領帶都鬆開了謹慎的弧度。沒有服務生，飲品從牆上的玻璃桶中選擇，自動流淌。屋頂上垂下半球形的彩色玻璃罩，散發幽暗的光芒，籠罩著看上去友好的面龐，和各有所思的頭頂。偶爾能聽見笑聲，相互致以降落前最後的問候。

代表團的目標很龐雜，但有一個大方向，那就是技術，技術就是金錢。整個二十二世紀，知識和技術都是關鍵字，是世界各個組成部分相互依賴的根本，是金融體系的新貨幣形式。技術的國際依賴，就如同曾經的金本位金融，在複雜脆弱的世界關係中維持難以協調的平衡。知識交易開始扮演世間最重要的角色，它衝破戰爭的隔閡，將火星也納入其中。人們意識到，火星就是一個科學工程師的農場，知識促其獨立，知識也讓其有利可圖。

一些音樂悠蕩著、一些燈光悠蕩著、一些笑容悠蕩著、一些精明的計算悠蕩著。

酒吧很幽暗，牆上掛著舊時代的照片，沒有人注意看。新來的客人們不知道，照片背後遮擋著曾經的裂痕。一張照片遮擋著二十年前的一個彈孔，另一張照片遮擋了十年前砸出的一道傷痕。曾經有一個金髮雄獅一樣的老人在這裡大聲吼叫，也有一個白髮白鬍子的老人在這裡戳穿騙局。他們叫加勒滿和朗寧，是加西亞桌上四個人照片裡另外的兩個。

所有的衝突都平息了，所有的不愉快都被文檔證明為誤會，所有的痕跡都被遮擋起來。酒吧還是優雅的酒吧，照片鑲在深棕色邊紋的鏡框裡，錯落有致，懸掛井然。

還有半個夜晚，船就要靠岸了。聚會即將停息，熱烈即將沉寂。船上搭起的賓客的舞台將拆卸，桌上的餐巾和花朵將撤回，枕頭和睡袋將收起，螢幕將暗下，灰塵將打掃，倉儲宮殿將清空，所有的房間將回到透明清靜的狀態，只留下光滑的地板和無色玻璃的桌椅板凳，只留下船的赤子之身。

船已經許多次經歷了充滿與清空。每一張酒桌都曾圍上不同時間的桌幔，每一捲地毯都曾見證不同年代的交鋒。船已習慣被清空，已習慣從無到有再從有到無，從灰白到七彩再到灰白。

船艙的走廊裡掛著很多照片，從人類剛發明相機尚不曾向太空移民時代的黑白照，到戰後各自繁榮各自驕傲時代的3D圖，形形色色，應有盡有。順著一條曲折的走廊漫步，撫過灰色的牆面，沿羅馬線向前，上下樓梯，人就可以穿梭在許多個不同的年代裡，任時間錯落。這漫步不會領人到任何時間的終結，因為照片本就不是按時間順序碼放。戰後會連接戰前，二〇九六年會連接一〇九五年，打散了順序，也就遮蔽了分歧。火星和地球在牆上安居在一起，在多種邏輯中排列出多種迴圈的歷史。

每一次船靠岸了，所有的器物裝飾都被收進櫃子裡，只有這些照片不被撤掉。沒有人知道，在那些沒有任務的日子裡，船長會一個人走過每一道走廊，將每一張照片輕輕擦拭。

靠岸之前，燈火輝煌的聚會到了最後一刻。

洛盈從來就弄不清楚這艘迷宮般飛船的真正結構，只有失重球艙是她心裡不變的依託。失重艙是飛船最後方的巨大球艙，用旋轉平衡圓柱筒的反向旋轉。球艙外面環繞著一圈觀景台，是她最喜歡的休息場所。球幕舷窗從頭到腳，可以直接看到遼遠無邊的宇宙黑暗。

洛盈從船長室趕過來，一個人快速穿過走廊。觀景台上空寂無人，舷窗之外夜空浩渺。她還沒走到，就聽到球艙裡爆發出一陣海浪般的歡呼。她知道球艙裡的比賽結束了，於是加快了腳步，匆匆跑到艙邊，推開艙門。

球艙裡猶如煙花盛放。

「誰贏了……」洛盈拉住離得最近的一個人。

那人還沒來得及回答，洛盈就被一個人緊緊抱進懷裡。她怔了怔，是雷恩。

「最後一場比賽了。」雷恩聲音含糊地說。

他放開洛盈，擁抱上前來的金斯利，兩個人狠狠地砸著對方的肩膀。安卡撥開人群，來到洛盈跟前，但還沒說話，就被身後的索林攬住肩膀。纖妮婭飄過他們身邊，洛盈看到她眼角有淚光閃爍。

米拉開了兩瓶吉奧酒，他們一起把酒灑進球體中央，酒化成無數金光閃閃的小球飄浮著，所有人蹬起球艙壁，飄進空中，懸浮著旋轉身體，張開嘴讓小球飄進嘴裡。

「為了勝利！」安卡喊了一聲，整個球艙轟然應和。「為了明天的降落。」洛盈聽到他緊接著小聲說了一句。

她仰頭閉上眼睛，向後倒去，彷彿被無形的手托了起來，躺進浩瀚的星空懷抱。

這是他們最後的夜晚。

火星時間清晨六點，瑪厄斯伴隨陽光，接近了仍在沉睡的火星大陸，準時與同步軌道上的換乘樞紐對接。樞紐是環形，一側連接瑪厄斯，一側連接十五架往返地面的太空梭。

完全對接需要三個小時，船上安眠的旅客還有充分的時間沉浸夢鄉。船一寸一寸地進入中心區域，從前側玻璃望出去，環形樞紐就像壯麗的神殿大門，而船就像朝聖的鴿子，飛得舒緩而又聖潔。太陽在身後，樞紐的弧形被照耀得金光四射，明暗分明。太空梭在另一側靜靜地排列著，宛如神殿的衛士，散開成均勻的扇面，左翼連著樞紐，右翼指向火星表面塵風繚繞的紅色土壤。

這一刻，船上的一百二十名乘客中，總共有三十五人醒著。這些人或站或坐，在自己的房間或某個人跡罕至的角落看著飛船靠岸。在飛船徹底靜止下來的一瞬間，所有這些人均以這樣那樣的方式，迅速而不為人知地回到了自己的床上。飛船從未像這一刻這樣寧靜。一個半小時之後，柔和的音樂聲響起，所有人穿著睡衣揉著眼睛相互問早。整理行裝的過程迅捷有序，集合熱鬧而氣氛溫和。乘客們互致問候，禮貌地告別，登上不同太空梭，分散開來。

這是地球曆二一九〇年，火星曆四十年。

旅店

伊格站在窗邊，久久凝視。視野中的火星，有一種風笛的味道。

旅店的房間很清亮。玻璃牆從屋頂到地面，展開毫無阻礙的視線，從腳下一直到天邊。紅色的大漠悠遠沉和，一馬平川，像一卷無始無終的詩歌，粗獷遼闊。

這就是您想要埋藏自己的地方嗎？伊格在心裡問。

他是第一次來到火星，但這片風景他早已見過。

在他十五歲第一次到老師家去的時候，老師的牆上就投射著這片恆久的紅。他站在門口，看著牆上的砂石，膽怯而心驚，不敢進入。老師坐在高背絲絨椅中，面對牆壁，背對著門口，金髮從椅背邊緣隱約透出，在夕陽中閃閃發光。屋子裡播放著風笛的旋律，音響很好，聲音彷彿來自四面八方。畫面裡的沙漠看上去不動，定睛看來卻始終在動。似乎是從貼地飛行的航船上俯拍，速度不快，但石塊匆匆掠飛。黑暗的星空是遙遠的背景。他在門口怔怔地看著，不知過了多久，畫面中突然毫無徵兆地闖入一道深溝，他呀地低呼了一聲，碰倒了門口纖長的木雕。他手忙腳亂地俯身去扶，再抬起頭的時候，老師已站在他的身前，扶住他的肩膀，說：「是伊格嗎？進來坐吧。」他晃眼看了看牆壁，沙漠已消失，白牆上只有壁紙隱約的條紋。風笛在屋中空寂地環繞。他恍然間有一點失望。

這段經歷，伊格沒有對任何人提起，甚至在與老師相處的十年中也極少談到。這是他和老師的祕密，在兩個人之間，有兩個世界存在。老師很少和他說起火星。他教他影像技巧，但不再給他看火星的視頻。

十年過去，伊格終於與真正的火星大陸相遇了。這一刻，風笛在他的頭腦中自動演奏起來。他久久地站在窗邊，久久凝視，與自己的少年記憶久別重逢。

洗過熱水澡之後，伊格坐進小沙發，伸直雙腿。旅店很舒適，讓人迅速放鬆下來。

伊格喜歡獨處。儘管他能和任何人和睦相處，儘管他出席影片的活動遊刃有餘，儘管他為了拍片子要和形形色色的人物打交道，但他還是更喜歡獨處。與人相處的時候他總是提著胸口的氣息，敏銳警醒，只有回到一個人的狀態，氣息才落回肚裡，才讓他放鬆，重新感覺到自己存在。

他沉入小沙發，微微仰望天花板。他對這裡的一切都很好奇，來之前曾做過無數想像，但來之後卻發現現實與想像仍有不同。他說不上是現實高於想像，還是想像高於現實，只能說是不同，不在同一個方向上。他從十五歲就開始想像，火星到底是一個什麼樣的地方，能讓老師居此八年，流連忘返。

在他的想像裡，這是人類最後一個理想國，遠離俗世，智慧發達。他清楚這種想像與地球上的一般評價有多麼不同，但他不以為意。

他環視四周，眼前的房間和瑪厄斯上面的很像：書桌透明，衣櫥透明，床柱也透明。透明的藍色，深淺不同。小沙發也是透明的，似乎是某種充了氣的玻璃纖維，曲線兩端上翹，能隨著身體壓力改變形狀。對外的牆壁亦是通體透明，他坐在沙發，就能眺望很遠。只有朝向走廊的牆面才是乳白色不透明，隔絕鄰居與往來的客人。整個房間就像是一隻水晶盒子，連屋頂也是半透明的，磨砂玻璃似的天藍，能看見太陽懸在頭上，朦朧照耀，如同一盞白色的吊燈。

他坐著，思考這透明的意義。從某種角度說，透明是一個敏感詞彙。房屋是個人的空間，透明往往暗示著窺探。當所有房子都透明，窺探就擴大為集體的注視。他清楚這意味著什麼。他可以將此引申為一種象徵，一個符號，象徵集體對個體隱私的征服，作為一種政治意識的符號，在暗示中諷喻。

這樣的角度倒是會極符合地球主流思想，片子也會很受矚目。地球個人主義思想家等待的就是這樣的證據，強有力的、對「天上地獄」大發責難的目擊者的證據。這將為他們對火星的攻擊提供有利的依據。但伊格不願意這麼做，至少不願意輕易放棄立場。在他內心，他有自己的好奇。他不相信一個充滿精神壓迫的地方，能讓老師自願留下來，一留就是整整八年。

他沒有告訴任何人他來火星的目的。他不知道有沒有人能猜到。

他的師承從來不是祕密，這次能入選代表團，表面上是因為前一年獲獎，但他心裡清楚，泰恩保薦他，很大程度上是因為老師的緣故。他接受了任務，沒有探詢，泰恩也沒有解釋。他知道泰恩和老師交情匪淺，在老師的葬禮上，他曾見過泰恩戴墨鏡的光頭，從開始到結束。

他輕輕掏出衣袋裡的小小晶片，放在掌心端詳。老師的臨終記憶都在其中。據說是將腦波信號化成0和1的圖像的記載。他從理智上不太相信這種科技，但他從情感上願意相信。當一個人死去，如果他的記憶還能存活，如果他還能決定記憶歸隱的地方，那麼死亡就還不算是強大無敵。

伊格肚子餓了，站起身，在牆上找到點餐的螢幕。功能表上有一些奇怪的名字，他隨便選了幾樣。食物送來得很快，只用了六、七分鐘，牆上的小燈就亮了，一只托盤從黑色玻璃通道裡升上來，像是一架微小的電梯，停穩之後，小門向上升起。

伊格俯身將托盤取出，饒有興趣地打量盤中食物。這是他第一次與火星食品正面接觸。在瑪厄斯上，地球代表團的飲食原料從地球裝載，整個航程都沒有任何火星元素。他曾經很多次聽說各種各樣的傳聞，充滿海盜故事般的血腥的想像力。有人說火星人吃沙土裡的長蟲，也有人說他們吃塑膠和金屬碎屑，林林總總，不一而足。總有一些人喜歡用誇張的口吻描述自己並未見過的事情，從假想的野蠻中獲得假想的文明人的自滿。

伊格看著手中的托盤，思緒翩飛。他不知道自己是不是應該拍一些神祕唯美的餐桌畫面，加一絲絲情調，拋給時尚影媒，讓人們對野蠻的想像轉化為對異域風情的嚮往。他知道這很容易，而且時常發生。

他忽然想起老師臨終時的話。要有趣，用頭腦；要相信，用心和眼睛。他不知道自己該相信什麼。他眼前浮現出老師當時的樣子，髮絲稀疏，整個人蜷縮在高背絲絨椅裡，開口已經很困難，卻盡力調動兩隻手在空氣中比劃，動作緩慢而微微顫抖。

「要有趣，用這裡；要相信，用這裡和這裡。」老師喑啞著說。

第一個這裡，老師指了指腦袋；第二個和第三個，老師一手指著眼睛，一手指著心臟。

伊格當時沒有很集中注意聽。只是看著老師瘦長的手指，就像看兩隻不會轉動的風車。他想老師還年輕，五十五歲應當是壯年，但卻蜷縮在厚厚的毯子裡裡像個瘦弱的孩子。他想到一輩子的勇毅在此時竟是如此無濟於事，心裡一片空茫。

「語言是光的鏡子。」老師又慢慢地說。

伊格點頭，不是很懂。

別為了鏡子忘了光。

嗯，我記住了。

聽。別急。

聽什麼？

老師沒有回答。他注視著屋中的空氣，像失去了知覺一樣，目光有些渾濁。伊格等了一會兒，有些心慌，怕老師就此故去。還好老師又動了動手指，在窗口透進的夕陽中像一座邊緣斷裂的冰山。

如果，能到火星，把這個……拿去。

伊格順著老師的手指，看到小桌上放著的鈕扣般的晶片。伊格被這畫面中的冰冷擊中了，老師是在安置死後的自己。他用手指指出自己的真正所在，用肉身向記憶告別。他的話語混沌不清卻無比平靜，這一點讓伊格突然覺得很傷感。

當天晚上，老師陷入了昏迷，兩天後告別人間。這中間他曾醒來一次，想寫一些詞語給伊格，但只寫了一個字母B，就又顫抖起來，重新不省人事。伊格一直等在床邊，但老師最終也沒能再醒來。

伊格默默地吃早餐，很長時間都忘了品評味道。當他從記憶回到現實，盤中的大半已消失，剩下兩小塊圓餅和一些馬鈴薯泥似的配菜。他叉起圓餅入口咀嚼，但卻像是喪失了味覺，不覺得好吃，也不覺得不好吃。

他想把注意力轉回自己的影片，以擺脫心裡無法抑制的脆弱。也許該拍一場視覺的盛宴，他想，一段巴洛克的舞蹈。畢竟，這裡的一切都那麼巴洛克、那麼流淌。他撫摸桌子，桌子的曲線安慰他的手掌。很多地方初看時並不注意，但越凝視越讓他覺得新鮮有趣。桌邊緣的玻璃裝飾有噴泉的線條，牆上的鏡框像上升的火焰，托盤四周裝點著雕刻的花朵。這些裝飾並不起眼，但卻帶給屋子一種強烈的巴洛克式的跳動：一種邊緣的流動感，細節上的飛天感。許多家具是和牆連接在一起的，桌子、床和衣櫃，就像瀑布在山石處拐折，渾然一體，而桌角的弧度則像輕捲的浪花。伊格覺得很有意思。他一直以為火星會崇尚精準銳利的機械美學，沒料到卻見到這樣的柔和質樸，彷彿走入了一片遠離現實的山谷溪澗。

伊格掏出拍攝眼鏡，戴上，讓視線重新在屋中走了一圈，存儲。然後將箱子裡的小設備一樣一樣拿出來，立在四周。溫度分布記錄儀、空氣成分測量表、陽光跟蹤計時器。小球們活躍著，如同一顆顆甦醒的恐龍蛋。

伊格知道，將重心放在異域的美，會是很討巧的辦法。這裡每一點裝飾上的不同，在地球觀眾的眼中，都可以生成遙遠而神祕的獵奇式美感。這是讓拍攝者和被拍攝的地方拉開足夠遠的心理距離，像看畫一樣看待，忽略所有精神衝突。

他並不想一直如此拍攝。如果這樣拍，最感到滿意的一定是火星官員。他們從到站後就向伊格表示了友好的客套，用熱情的官方辭令告訴他，他們非常歡迎他的到來，歡迎他將火星的樣貌展示給地球，希望他的作品能增進雙方友人的美好互信。伊格一直微笑著點頭，說是的，他相信火星是一個美麗的地方。他們在機場的走廊邊和睦地握手，伊格還用自己的攝像飛行器拍下了這煞有其事的一幕。

在伊格心裡，他並不是虛情假意，但也不是完全認可這場友誼。他只是不想在觀察很少的情況下，貿然發表態度。伊格不相信任何官員，但他相信一件事：發表看法的機會需要節省。他常常需要在四方遊走，因此他知道，面對各種意見，只在最必要的時候堅持，其他時候看比說更重要。

在代表團中，早有不只一人對他即將拍攝的片子發表過意見。美國的查克教授曾經善意地暗示他極權主義的地方是不會讓人看到真相的。而德國的霍普曼上校說得更加直接，他說伊格還年輕，最好不要介入太多自己尚不理解的事情。伊格明白他說的是政治，他能理解。他只是一個導演，在代表團中沒有介入的地位。不僅是政治介入，就連影像的介入都有問題，影像就是證據，總在一定程度上降低了未來對歷史多樣闡述的可能性。沒有人給他真正的好的建議。在瑪厄斯的小酒吧裡，往來的身影經過伊格身邊，總會笑著拍拍他肩膀，讓他加油，然後轉過身去，將自己的談話降低兩個分貝。

只有泰恩一直興致勃勃地給他提出各種積極的建議，將此次旅行看作一個商業契機。

戲劇性！戲劇性是關鍵。

泰恩說這話的時候表情就很戲劇性。他是個商人，雖然總打扮得像是海邊度假的衝浪客，但骨子裡是最熟練的商人。不能抓住感官是他眼中最大的敗筆。只要情節跌宕，其他就不管，自由還是極權，是他心裡完全無所謂的問題，哪怕諷刺他本人，他也不在乎。

伊格看著身邊的人們，有一種坐於環島、看車輛匆匆的感覺。對這些態度，他不太在意。他們所針對的都不是他想要尋找的那一點，就像箭矢射偏，無需防護。各方建議就像四面八方收攏而來的繩結，他自己則是繩結中的肥皂泡，繩結越收攏，他越向另一個維度膨脹開來。他對每個人都點頭應承，是因為他還沒找到他想找的那一點。如果找到，他相信他會堅持。

他跨越超過五千萬公里，飛過黑色的夜空，不是來完成一篇花花草草的命題作文。他想找的是一劑藥，能治癒他眼中地球骨髓頑疾的新良藥。

他不願意過早下結論。他仍然需要更多資訊。他要拍攝的一個尚未發生的劇本。他要未來來確定現在。他沒有結尾，因而無法給開頭命名。

吃過早飯，伊格有些倦了。與代表團的官員朝夕相處，他的精神總有些緊。此刻一切都放鬆了，倦意立刻席捲而來。

他倒在床上，讓肢體徹底伸展開，很快就沉沉地睡著了。他做了很長的夢。在夢裡，他與老師的背影又一次相逢。他常常夢見老師的背影，坐在高背的椅子裡，低聲念著長長的他聽不清的話。他總是很想繞到椅子前面，看清老師的面容，聽清老師的話，但卻就是做不到。他在夢裡總是做不成事情，他跑很遠的路，跋山涉水，跑得筋疲力竭，卻就是跑不到椅子的前面。

從夢裡醒來，已是下午四點。他看看牆外，夕陽在大地上畫下長而鋒利的明暗線。他知道火星和地球的時間基本相同，因此歡迎晚宴就快要開始了。他躺在床上不想動，閉上眼睛，眼裡還有殘留的夢境緩緩飄浮。

我會不會像老師一樣留在這裡呢？伊格忽然想。他知道自己沒有任何留下的理由，可是在一般人看來，當年的老師也沒有任何留下的理由。那是十八年前，火星和地球第一次人員往來，老師作為影視界代言人來火星學習新的成像術。可他來了就沒有回去，只把必要的軟硬體和操作步驟交由瑪厄斯帶回地球。地球上的媒體一片譁然，誰都猜測不出他的理由和目的。當時他三十七歲，正值事業旺盛的時期，擔任製片人的影片獲獎連連，在行業內正成為新的權威，與周圍人關係良好，沒有任何理由逃遁，也沒有任何理由背叛。一些報導說他是獲悉了火星機密被官方扣押，另一些報導則說他是準備用更長時間學習更多有用的技巧。

那時伊格只有七歲，對一切還懵懂無知，但他同樣記得網路上連篇累牘的評論和分析。流言斷斷續續，一直不停，在老師回到地球那年爆發至頂端，爆發成每天的強行採訪和追蹤報導。老師始終沉默，拒絕提供任何線索，直到生命的盡頭。

整個事件伊格一直旁觀，他由此變得言辭謹慎，不再隨意猜測事件的理由。他知道任何事情外人都能知曉，只有理由除外。他甚至不輕易預言自己的所作所為，因為他明白，不了解真正的境況，就不可能知道理由。

烏龜一樣的吸塵器在牆邊慢慢地爬著。房間在夕陽中顯得靜謐。夕陽並不橙紅，而仍是淡弱的白，只是從牆壁斜射進來，給每件物體鑲上熒亮的光邊，和屋頂的透射大有不同。

伊格爬起身來，坐在窗邊，輕觸床邊牆上的靜物畫。畫面消失了，螢幕亮起來，鏡面像水波微微顫抖。一個小女孩出現在螢幕上，紅格子裙子、白色花邊束腰、小草帽，笑容甜美。這是旅店服務的虛擬娃娃。

「您好，午安，天氣很好。我叫薇拉。我能為您做些什麼？」

「你好。我叫伊格。我想問一下，火星這裡的交通方式。我是說，怎樣坐車？怎樣訂票？怎樣查到路線圖？」

小娃娃眨眨眼，作處理和搜索，動畫精緻漂亮。幾秒鐘之後，她笑了，露出兩個酒窩，拉起裙子躬一躬身，裙襬搖搖，像一頂張開的花傘。

「您好，伊格先生。火星的主要交通方式是隧道車，不需要訂票，也不需要付費。每間房子附近有小車站，每十分鐘經過一個車廂。您可以乘它到最近的大型換乘站，再根據地圖選擇跨區車次。車站都有路線圖，可智能查詢。火星城繞行一周需一百五十分鐘。」

「明白了，謝謝。」

「您還需要別的服務嗎？我們提供城市功能介紹、博物館索引、購物指南。」

「能不能……能不能查詢？」

「哪方面查詢？」

「查詢一個人的聯繫方式。」

「當然可以。請問您想查詢的姓名或工作室。」

「布羅。珍妮特．布羅。」

「……珍妮特．布羅女士，羅素區、塔可夫斯基影像資料館第三工作室研究員，居住地點：羅素區，七經十六緯，一號。您可以給布羅女士個人空間留言，也可以連通她的工作室進行通話。」

「好的。謝謝。」

「以上資料已存入您的客房頁面。請問是否需要現在聯絡呢？」

「不。」伊格仔細地想了想：「先不用了。」

「還需要其他查詢嗎？」

「讓我想想。還有一個人，大概是叫洛盈．斯隆。這一次留學回來的學生。」

「……洛盈．斯隆小姐，羅素區、鄧肯舞團第一舞蹈教室學生。居住地點：羅素區，十一經二緯，四號。斯隆小姐的個人空間暫時封閉，尚未重啟。」

「知道了。謝謝你。沒什麼事情了。」

「薇拉樂意為您效勞。」

小女孩的聲音像糖果一樣跳動，旋轉著鞠了一躬，行了告別禮，跳跳蹦蹦著離開了。

伊格坐在床上，將剛剛查到的資料寫進隨身的電子簿裡。他知道這幾天的行動有目標了，心裡有一點忐忑的興奮，不知道等待自己的將是什麼樣的人和事件。他靜坐沉思一會兒，將心裡的思緒與疑問慢慢理出頭緒。

時間不早了，伊格站起身來。預定的集合時間就要到了。整個代表團將集中起來，去參加火星歡迎晚宴。他換了衣服，略微整了整頭髮，帶上全套的攝影隨身包。

臨走的時候，他又在牆邊佇立了一會兒。傍晚來臨，火星城華燈初上，燈光照著街巷，顯得很晶瑩。早上從飛機上俯瞰的時候，他曾對整座城市的構造感到驚奇。就像一整座水晶城，脈絡纖長、結構複雜。一座座玻璃房屋，散落在廣袤的平原，小巧而形狀各異。屋頂如斜斜張開的帆板，湖藍色，遠處看起來，就像水面切割陸地。絲管隧道將房屋連成密集的網，架在半空，如同交織的靜脈。他從空中感到一絲直覺般的衝動。這和他熟悉的所有世界都不同，因為不同，所以令人著迷。

家

從機場出來的時候，陽光亮晃了洛盈的眼睛。

她五年沒有在火星的土地上看到清早的陽光了，幾乎忘了是什麼感覺。地球的天是藍的，太陽是溫吞的橙紅，火星不一樣，黑是黑，白是白，沒有蕪雜，沒有遮擋。

機場大廳寬闊明亮，這是在洛盈走後新落成的建築，她和夥伴並肩走著，一路並不多話。牆壁、穹頂和地面還是一如往常的玻璃，地面上是大理石的紋樣。牆面沒有任何裝飾，除了鋼筋鐵骨，就只看得見兩層玻璃之間隔熱氣體滾動的顏色，很淡，一絲一縷。從太空梭上下來就是傳送帶，每人一個座位，像在工廠的生產流程線上流動，降到地面的時候就是出口了，身分辨認通道之後，闊達的大廳標誌著家的樣子。

洛盈和纖妮婭走在一起。她們看著地球使團的樣子，不由得微笑了。地球代表跟在火星代表團之後，走在學生團之前，他們的衣著比火星人華麗，但對一路的流程顯然缺乏準備。

首席代表貝芙麗先生風度翩翩地走在第一位，但卻在指紋識別機面前愣住了，不知所以然，虹膜驗定儀像一隻觸手，從一側伸到他面前，在離他面孔很近的地方發出砰的一聲輕響，完成拍攝，驚得他向後跳了一大步，撞在身後剛剛伸出的放射檢測探頭上，撞出滴滴的叫喚，引起安靜的大廳裡所有人的側目。貝芙麗先生紅了臉，裝作氣定神閒的樣子對別人笑笑，伸出手撫摸了一下探頭，沒想到探頭的叫聲更大了，他嚇了一跳，前面火星代表團的代表連忙微笑著過來解圍。洛盈她們也輕輕笑了，故意不去看他，動作嫻熟地拉著行李穿過兩旁伸出的一隻隻觸手，甩頭擺手像是在跳舞，也像是與電子眼握手招呼。

貝芙麗手裡拿著首席代表的蓋著徽章的授權書，一路走下來，卻沒有遇到一個檢測官員，穿過一路儀器就是出口大廳，他訕訕地站著，不知該把證書拿給誰看。

大廳是扇形，一角是航班出口，對面弧形的一面牆上整整齊齊地排列著隧道車的入口。兩條直邊上排列著飲食禮品販賣機，有新鮮的糕點和水果陳列。大廳中間豎著幾面玻璃板，上面畫著隧道車錯綜複雜的地圖，像色彩繁複的掛毯，緩慢變換。隧道車入口之間有小螢幕終端，火星代表已經陸陸續續走過去，選擇家的終點站。

洛盈和纖妮婭站在出口外，看著這一切，遲疑了好一會兒。

「到家了？」纖妮婭輕輕地問，像是問洛盈，也像是自言自語。

「嗯。是吧。」

「現在什麼感覺？」

「沒感覺。」

「是嗎？」纖妮婭轉頭看著她。

「嗯。」洛盈點點頭：「很奇怪吧？」

「不奇怪。我也沒感覺。」

洛盈看著光潔明亮的大廳，說：「你說，家鄉的機場和我們到過的那些地球的機場，到底有什麼不一樣？」

纖妮婭想了想說：「名字不一樣。」

洛盈轉頭看著她凌亂的長髮，說：「回去早點睡一會兒，晚上還有活動。」

「嗯，你也一樣。」

學生團互致告別，迅速散開。分別的次數多了，再一次分別也就沒有什麼傷感的姿態。昨夜的酒還未醒，每個人的腦袋裡都還是夜晚星空的畫面。機場的光線耀眼宏達，讓人沒有任何表達的欲望。分手的過程像檢測儀一樣迅捷。

洛盈跟在學生團的最後，她看到地球代表團的代表們站成一堆，在大廳中央徘徊迷茫。有人興匆匆地拿起牆邊的小食品大吃特吃，還不知道自己的臨時帳戶正在無聲扣錢。

火星人快要清空的時候，扇形大廳弧形邊中央的自動門滑開了，一行人大踏步走進來，洛盈看見，為首的正是爺爺。他帶領著一眾叔叔伯伯走到地球代表團面前，向貝芙麗先生伸出手，兩群人面對面站著，兩個星球的手握到一起。火星重力比地球重力小，火星人的平均身高明顯高於地球人，兩群人形成不平衡的對比，互相打量著，沉默著，形式化地問候著。

很明顯，這不是跟爺爺打招呼的好時候。她看著爺爺瘦高而直挺的身形，默默地轉頭，按下回家的按鈕。

五年以前，火星選派第一批前赴地球的留學生。

議事院在當時曾經為此討論了很長時間。三個月書面調查研究，三週網路公眾徵求意見，三天議事院議員討論，最後由九大系統總長、總督和教育部長進行最後的投票，在議事院的最高議事廳，面對立國者的青銅像，記名投票。對少年教育問題作如此鄭重的舉國商議，在戰後四十年的歷史上還是絕無僅有。自從建國教育體系建立，所有的教育者手按著亞森的名字宣誓為創造而教授，已經有很多年沒有為少年的事如此興師動眾。這一次的辯論進行得很激烈，最後六票贊成，五票反對，敲定的小錘砸在金線鑲邊的主持台上，在立柱高昂的黑色議事廳裡留下一連串空曠的回音。少年的命運被寫進歷史。

其實，孩子們在地球能經歷什麼，火星的決策者也不十分清楚。他們本身已是火星出生，對嘈雜的商業社會，他們只有前生的記憶，沒有今生的體驗。火星整個國度只是一個城，全封閉的玻璃城市，土地公有，高度智慧控制，沒有地產買賣、沒有走私、沒有期貨、沒有私人銀行。在這樣的國度裡出生長大的孩子，一下子進入市場的地球，面對廣告爆炸能不能適應，誰的心裡也說不清。出發之前，他們給孩子臨時上了很多節解釋制度的課程，然而現實的嚴苛可以教，少年的內心成長卻永遠無法在課堂教授。

坐在回家的隧道車上，洛盈靠著玻璃，內心迷茫而專注。

窗外的風景繁盛而靜止。陽光打在藍色玻璃房頂的邊緣，透過樹梢，將低矮的葉子印在隧道車頂，印在她的臉上。車廂裡只有她一個人，窗外也不見人影。四周安靜得像是不真實。車廂四壁清透，觸感冰涼，透過車廂頂端，能看見花園裡靜止的樹。

她藏了多日的困惑，這時蒸發到心裡。

她不知道自己為什麼去地球。在瑪厄斯上，她發現自己似乎並沒有資格。

那是一個夜晚，他們在舷窗前隨意地聊天，有人提起當年選拔的考試題，眾人回應，七嘴八舌，記憶的拼湊迅速勾勒出測試的輪廓，回憶因分享而歡快蒸騰。洛盈卻在他們歡愉的聲音中沉默，她從他們的口中發現，以他們應答的水準和自己當年的應答比較，自己的成績離入選一定差了很多。星光耀眼，她在人群中感到羞慚。

她不知道這懷疑是不是真的。如果不是，那麼一切照舊；如果是，那就說明她的入選是經人授意的安排。這個結論聽起來冰冷。不僅代表她能力不足，而且說明所謂轉折與命運，其實只是有人暗中計畫一切。她以為她抓住了際遇，其實只是際遇抓住了她。

她想到了爺爺。如果有人能夠在暗中改變甄選結果，那麼除了爺爺沒有別人。她不知道這是為什麼，沒有人提過。如果不是這偶然的觸動，她可能永遠都不會察覺。

她想回家去問爺爺，但不知自己能否開口。她和爺爺並不算親近，他只是在父母死後才搬來和他們同住。他給她買糖果，但很少抱她。地球人叫他大獨裁者。他總是一個人獨自散步。她不知道自己是否敢於開口。她也想過問哥哥，讓他幫自己查。哥哥是她的保護傘，每次在她有了麻煩的時候，都變著方法逗她開心。只不過哥哥是一心前行的人，她不知道他能否理解她想要回溯的執拗心情。

隧道車在空中滑行，無聲無息，像記憶一樣飛快地穿梭，穿過陽光，玻璃有閃亮的光斑。她經過了集會小禮堂、林蔭道、兒時打鬧過的運動場、帶滑梯的花園。四周安靜得像夢境。偶爾能看到悠閒的女人，推著嬰兒在小徑上聊天。

她問過自己，為什麼一定想知道。起初她只是覺得內心有不安的衝動，以為只是好奇，但後來她發覺，之所以不安，是因為命運。她明白命運的裹挾，但以前沒想過人有兩種命運。一種是自然的客觀，人只能面對和承擔。而另一種是人為安排，有原因和目的，有質疑和放棄的可能。後一種的命運需要自己抉擇，在看清之前，她無法推自己前進。

為什麼去地球？為什麼走？這問題她很多次問過自己，但沒有一次比此時更直接。她在地球上走過許多許多路，多得已經難以再被路途打動，可是她不知道為什麼去。

車廂裡有音樂，大提琴在遠方，鋼琴在近處，將風景的安靜裝點得更加豐盈。慢慢地，家在地平線上露出了蹤影。遠遠能看到閣樓開著的小窗，棕色邊框，反射著陽光，在半球形的玻璃穹頂下安詳地發亮。

洛盈想過很多次回家的一刻應該是什麼感覺，激動、顫抖、懷舊、思鄉、微微的忐忑，可是她沒想到自己的心裡竟是沒有感覺。她為這樣的不傷感而微微傷感。她穿透五年喧囂，回到前生的安靜，可是她丟掉了一種叫作思鄉的田園情懷，永遠地丟了。

隧道車準確無誤地停下了。到家了。她看見陽光打在熟悉的紅色大門上，她哭了。

門開的一剎那，金色的光芒射入車內。洛盈被金光晃了眼睛，抬手遮住額頭。空氣裡飄著亮晶晶的小星星，光華流轉。一張金色的長椅停在她面前，通體清透，有氣球的質感，圓潤光滑，形狀纖長婉轉。

她望向對面的房子，二樓的視窗開著，哥哥正笑著向她揮手，面容像從前一樣昂揚。

她也向窗口笑了笑，抱著行李坐上長椅。長椅升起來，懸在空中，斜向上飄過去。她在空中環視四周，水滴形的花園廣場、扇形花畦、傘形的樹、球形的玻璃穹頂、深紅色房門、橘黃色的梯形信筒，二樓敞開的窗口，窗口下懸掛的擺滿花的隔欄。一切都還是兒時的樣子。

長椅停靠在窗邊，路迪接過她的行李，伸開雙臂。她輕輕一縱，路迪穩穩地環抱住她，將她輕輕放到地上，腳尖踏上地面的瞬間，她覺得地面很安穩。

哥哥比五年前長高了許多，更挺拔了，頭髮不像小時候那麼捲了，但是仍然金光閃閃。

「累了吧？」路迪問。

她搖了搖頭。

路迪伸出手，在洛盈頭頂比劃著說：「長這麼高了。上次見你才這麼小呢。」說著在自己腰部比了比。

洛盈輕輕笑了：「怎麼會？照你那麼一比，我豈不是長了三十釐米。」

這是她回家第一次開口，聲音有點啞，自己聽起來有點不真實。

五年裡，洛盈只長高五釐米。她剛到的地球時候比地球女孩都高一些，但離去的時候卻再也不顯眼。這其中的原因，她自己最清楚：地球的重力太大，火星孩子適應不了，她經歷的是一種壓抑的成長，骨骼受考驗，心臟受重壓，軟組織浮腫，每一寸生長都是對自己的突破。

「你還好嗎？」她問哥哥。

「我？挺好。」路迪笑笑。

「你進哪個工作室了？」

「電磁第五。」

「怎麼樣？」

「還不錯，我現在已經領導一個小組了。」

「是嗎？很好。」

「你怎麼了？」路迪注意到她的疲倦，揉揉她的頭髮問：「你還好嗎？這幾年？」

洛盈低了低頭，說：「我不知道。」

「不知道，是還好嗎？」

「不知道就是不知道。」

「那就是不好啦？」

「也不是。我只是不知道該怎麼形容。」

洛盈在地球上住過很多地方，她心中的家園就在那些地方一步步瓦解。

在東亞的一座城市裡，她住在摩天大廈的一百八十層。她就讀的舞蹈學校在那居住訓練。大廈是角錐形，是鋼鐵搭成的金字塔，如巨山聳立，內部構成完整世界，電梯通道沿著角錐的棱邊，飛速運轉，人潮洶湧，往來如吞噬的颶風，上下穿梭。

在中歐的一處郊外，她住在城市與鄉村交界廢棄的老房子。她來此尋找舞蹈作業的靈感。鄉野很遼闊，金色麥浪翻滾，野生鳥類翱翔，花開花落如雲捲雲舒，雲捲雲舒如海潮漲落。鄉野的主人是遠方的商人，一年前來一次，外人不得擅闖。

在北美的一片曠野，她住在荒原上一片人造風景區的中央。地球官員邀請火星少年來此度假。草原荒僻如歌，枯樹零星，天地懸垂，飛鳥孤伶。浩瀚的雲海從四面八方籠罩，閃電如天頂倒懸的樹枝，樹枝如大地凝結的閃電。

在中亞的一塊高地，她住在雪山腳下的帳篷群落間。她跟隨回歸主義者朋友們集結示威。雪山峰頂晶瑩剔透，隱身雲端，在偶然的雲開霧散中受太陽照耀，金光輝灑。高地上住滿世界各地回歸主義青年，喊著激情的口號，與秩序對抗，受秩序鎮壓。塵土中暴亂席捲，陽光裡風景依然。

這一切在她小時候都沒有見過。那些事物在火星沒有，或者不會發生。火星沒有大廈，沒有鄉野，沒有莊園主，沒有閃電，沒有雪山。在她的記憶裡，也沒有鮮血。

她在地球上經過了這一切，但她不知道該怎樣形容。她獲得了無數記憶，但失去了夢想。她走過各種風景，但開始背離家園。這一切的一切，她不知道該怎樣形容。

「哥，」她看著哥哥的眼睛，決定開誠布公：「有一件事我覺得很奇怪。」

「嗯？」

「五年前，我好像不應該被選上，是後來換進去的。你知道這是怎麼回事嗎？」

她說完，等著他的反應。她覺得他雖然不動聲色，但是內心在沉吟。他神色沒有變，可是好一會兒沒有說話。氣氛有點怪。她覺得他在思量答案。

「你聽誰說的？」他問。

「沒聽誰說，我自己的感覺。」

「人的感覺很多時候並不準。」

「可是我們聊過。」

「你們？」

「我和其他學生，水星團的學生，我們在回來的路上回憶了當年的測試。我發現他們肯定都比我分數高，他們會做的題目我都沒做出，而且他們都參加過一個面試，只有我沒有。我現在還記得當時的情形，記得很清楚，本來一直沒有消息，但忽然有一天通知我可以去了，很快就出發，以至於我沒有心理準備。所以我是最後時刻才被換進去的，不是嗎？你知道這件事嗎？」她看著哥哥，他聳聳肩，臉上卻看不出表情。

「也許是有人臨時退出了呢。」

「是嗎？」

「只是有這種可能。」

那一剎那，洛盈忽然覺得離哥哥很遠。她覺得他什麼都知道，只是不想告訴她。他的反應不正常，他故意不動聲色，可這其實不正常。他應當也覺得奇怪才對，或者至少試圖問清楚，可他的神情在掩飾。這是她第一次覺得哥哥離自己這麼遙遠。小時候他們向來是祕密同盟，他帶著她做各種搞怪的事情，瞞著大人，從來沒有替大人做事而瞞著她的時候。她一下子覺得很孤單，她本以為自己的疑惑不能問爺爺，但至少可以讓哥哥幫忙，可是現在，哥哥也不站在她這一邊了。他還知道哪些事呢？她想，哪些事他知道卻不告訴她。

「那為什麼選上的是我？」她固執地問，「你知道這件事，對不對？」

路迪沒有回答。

洛盈沉吟了一會兒，還是決定一口氣將問題問下去：「是爺爺安排的對嗎？」

路迪還是不說話。

洛盈覺得氣氛很僵。這是他們第一次這樣說話。五年沒有回家了，她知道本不應該如此，可是她沒料到會是這樣。他們都等待對方開口，可誰也沒開口，僵在原地，像繃緊的弦。

過了好一會兒，洛盈嘆了口氣，剛想換個話題，路迪卻和緩下來，平和地問她：「為什麼一定要問個究竟呢？」

她抬起頭，聲音也和緩下來：「就算一個退伍的戰士，也總可以問一問戰爭的起因吧。」

「打都打完了，問了還有什麼用呢？」

「有用。當然有用。」

她漂泊了那麼多地方，為此失去信仰，難道不應該知道為什麼要去嗎？

路迪斟酌了一下，慢慢地說：「那個時候你還小。小，而且……情緒化。」

「這是什麼意思？」

「爸媽死以後，你一直情緒不好。」

「爸媽？」洛盈聽到這句話，忽然摒住了呼吸。

「對。爸媽的死對你影響很大。所以……爺爺想讓你換換心情。」

洛盈一下子靜了，沉默了好一會兒才輕聲問：「是這個原因嗎？」

「我不知道。我只是說可能。」

「可是，」她有點疑惑：「那個時候爸媽已經死去五年了啊。」

「沒錯。但你的情緒一直不好。」

「是嗎？」

洛盈仔細回憶，但似乎想不清楚當時的樣子了。五年前，十三歲。那時候的自己是什麼狀態，什麼心情，她似乎已經忘了。這一切聽來恍若隔世。

「也許是吧。」她覺得這個答案聽起來還算合理，點點頭，決定暫時接受了。

他們又沉默了，不知道說什麼好。洛盈看著哥哥，他徹底長成一個大人了，肩膀寬了，身材挺拔了，眉眼展開了，眉毛也不像小時候那樣生動活潑地動來動去了。他二十二歲了，加入工作室領導小組做專案了。站在地上不亂跑了，也不再一開口就滔滔不絕沒完沒了講飛船火箭和外星人戰爭了。他懂得沉默了，開始像大人一樣和她說話了。

路迪忽然笑了一下，問她：「你是不是還有什麼忘了問？給你個機會。」
洛盈愣了一下，恍然明白了他的意思。
她忘了一句話。在小時候，那句話如果不說出來，他會惦記一整天。
「那個長椅，是怎麼做到的？」
路迪打了個響指：「很簡單！椅子是普通的玻璃膜塑，只不過表面交替鍍了鎳金薄膜，磁矩很強，只要在院子裡生成合適的磁場，自然就能浮起來。」說著，他向窗外指了指，她看到一圈白色的管道沿著小廣場的邊緣環繞，想來就是簡易的線圈了。
「真是厲害！」洛盈讚嘆道。
就是這句話。從小她只要一直說這句話，就會有無窮無盡的新鮮的玩具。
路迪笑著摸摸她頭頂，平和地囑咐了幾句，下樓去了。她看著他的背影，知道他是在試圖喚起從前，只有這樣，才能忽略時間的裂縫，讓一切彷彿還留在原處。沒有什麼還在原處，可是人總會用盡一切力量去否認。
哥哥走了，洛盈站在窗邊，重新把目光投向窗外。
陽光下，所有物體都顯得光影分明。光是金色，影子悠長而深邃。除了新的白色線圈，一切都好像沒變，花朵、茶座、隧道車出口。花朵一年年重新盛開，靜物抹平很多看不見的往事。她看到從前的自己在窗外，四周沒有人，她的影子在跑，穿著粉色的鞋子，梳著辮子，從小路上抬起頭，笑得清亮單純，一邊跑一邊回頭看天，目光穿透視窗，穿透現在她站立的窗後的暗影。
花園很安寧，只有偶爾的細節寫著時間的痕跡。她看到信筒背後的傳送帶上空空如也，乾淨得如同孩子的皮膚。那裡曾經有一個小圓片，是小時候哥哥帶著她偷偷安上去的放射性探測器，能在郵件到達時透視出裡面有沒有大玩具。現在它不見了，狹長的筒壁光滑空淨，如同她的遠走，如同時間的指針。

下午，當她睡醒的時候，忽然看見，爺爺就站在自己的房間裡。

他站在牆邊，面對著窗外，手裡拿著什麼東西，沒有聽見她醒來。她在爺爺身後看著，看著他的背影。夕陽快落山了，照進房間的一邊，爺爺站在光線旁的暗中，身形本來就高，伴著落地的座鐘，就像一座刻著字的石碑。洛盈熟悉這樣的背影。她在地球上很多次想爺爺，都是想起他這樣站在落地窗前，望著窗外的遠方，身體一半明一半暗，背影沉默，含義不明。

她坐起身來，想趁此機會親口向爺爺問清楚，自己的遠走到底是為了什麼。

他聽見她的動靜，轉過身來，面帶微笑。他已經換好了晚上晚宴的衣服，黑色禮服正式而挺拔，灰白的頭髮向後梳得整齊，身披大衣，仍帶有軍人的模樣，不像是已經七十歲的老人。

「睡醒了？」漢斯微笑著來到她床邊坐下，深灰色的眼睛很溫和。

「嗯。」她點點頭。

「路上還好嗎？累不累？」

「還行。不太累。」

「瑪厄斯有沒有太舊，不舒服？」

「沒有。其實睡得比地球舒服。」

「那就好。」他微微笑笑：「加西亞和艾莉還好嗎？」

「還好，也讓我問您好。」洛盈說著想起來：「哦，加西亞爺爺讓我帶一句話給您。」

「什麼話？」

「加西亞爺爺說：『很多時候，寶藏的爭奪大於寶藏本身。』」

漢斯沉吟了一下，沒有說話，點點頭，似乎思量了什麼。

「這是什麼意思呢？」洛盈問。

「……一句老話而已。」

「我們現在和地球是不是關係不好？」

他靜默了片刻，笑笑說：「一直如此吧。」

洛盈想等爺爺繼續說明，但是爺爺沒有繼續。她也就沒有追問。

她想問出心中的問題，但正在組織語言，卻忽然瞥見爺爺手裡的東西，一下子就怔住了。那是一張照片，爸爸媽媽的照片。媽媽頭髮鬆鬆地挽著，戴著手套，拿著雕塑的刻刀，臉上有泥土和隨意的笑容。爸爸在她身後，雙臂環繞攬住她，下巴放在她的頸窩，笑得很幸福。

漢斯注意到她的目光，將照片拿給她：「你回來的時間正好，明天是你爸爸媽媽的忌日，我想跟你商量，明天我們晚餐的時候，幫他們祈禱吧。」

洛盈的心裡一沉，點點頭，從爺爺手中將照片接過來。

「你越來越像你媽媽了。」

爺爺的聲音在傍晚的沉靜中，低回深厚，有一種讓人不願打破的靜穆。

洛盈的心情變得複雜起來。手中的照片有一種她不認識的溫度，無論是照片裡的人，還是遞給她照片的手。照片裡的爸爸媽媽仍然年輕，照片外，爺爺的目光帶著一種複雜的悵惘，他很少露出這樣的表情。洛盈靜靜地看著，照片內外的四個人像是無聲對答。父母死去十年了，她幾乎忘了上一次這樣的相聚是在什麼時候。夕陽的餘暉幾乎已經消失不見，她和爺爺之間彷彿有一種死亡聯繫的特殊溫情。

就在這時，急促的鈴音響起來。

牆上的紅色小燈亮了，說明是緊急呼叫。漢斯忽然像是從夢中醒來，動作迅速變得硬朗，大步走到牆邊，按下通話的按鈕。牆壁晃動了一瞬，胡安伯伯的面孔帶著肅殺的神情出現在螢幕中。

「能面談嗎？」胡安伯伯一開口就是直衝衝的嚴肅。

「晚宴前？」

「晚宴前。」

漢斯點點頭，面色如常，關上螢幕，轉身，出門，拿上圍巾，下樓去了。

洛盈呆呆地坐著。整個過程一兩分鐘，房間裡的夢境已然消失全無。

門一寸一寸悠悠地合上，走廊空蕩幽深。

她看著爺爺消失的背影，知道自己還是無法開口。她還是向別人求證比較好，相比而言，那樣可能更容易一些。不管怎麼說，爺爺還是爺爺。他是飛行的戰士，永遠的行動者。他總有許多事情並不說出來。她也不知該怎麼問。她看著手裡的照片，坐在床上，在心裡反覆回憶：五年前的自己是怎樣的？爸媽的死又是怎樣的？

回歸的晚宴在光榮紀念堂。參加的人員有水星團團員、地球團成員和火星上的重要官員。光榮紀念堂是火星節慶盛典召開的地方，長方形的大堂，兩側各有八根立柱，立柱之間陳列著火星各個重大歷史時刻的微縮模型。天頂和側壁的壁畫是投影，可以電腦控制，根據場合更換。

這一晚的宴會廳燈光絢爛，精緻卻不奢華。側壁打出百合花的圖案，像白綠相間的壁紙。小舞台中央擺著四張貴賓桌，其餘十六張圓桌繞成兩圈，擺在四周。桌子鋪了白色的桌布，火星的布料不充足，這已是極高的待遇。桌上擺了非洲菫，兩側的台柱上擺了聖誕紅。穹頂上墜下玻璃絲質的彩帶，熒亮發光。

菜品傳送帶在宴會廳左側，飲食自取，沒有服務生。一個角落布置成地球十六世紀鄉村集市的模樣，擺了碩大的蔬菜瓜果，展示太空農業，顯得懷舊卻風趣十足。

對地球人來說，這樣的晚宴不像晚宴。沒有侍者的宴會讓一切像是降了一個等級，他們早已習慣穿著尖領襯衫黑色馬甲，衣袋裡露出手帕邊角的優雅的侍者，微笑著彎腰，將紅酒及時注入還未清空的酒杯，在每道菜之間換一副刀叉一個盤子，彷彿必須要這樣才能體現出自己的優雅。可是這一晚，完全沒有這些。傳送帶畫出一道曲線，從牆裡伸出又伸入牆裡，帶著不緊不慢的從容，等待尊貴的客人自己照顧自己。酒從牆上的水龍頭流出，任客人自取，雖然裝飾著圖案，卻讓地球來客想到土氣的鄉下。貴客們昂著頭，故意大聲說著自己的國家是怎樣布置一場像樣的國宴。

火星沒有侍者。在任何地方都找不到服務人員，只有實習的學生和志願者，沒有服務員，沒有僕人，沒有第三產業。火星的所有人都是工作室的研究員，沒有一輩子服務的酒店侍者。晚宴的準備和收尾，由組織者親力親為。

這樣的背景火星人不會在晚宴上介紹。因此整個宴會廳呈現一種有趣但不理解的錯差。幾個歐洲人像是不約而同地回憶起現代之前古老奢華的貴族生活，幾個亞洲人互相附和著說古代的東方就已經多麼懂得禮儀，而幾個阿拉伯人驕傲地表示，在自己的國家男人足夠強，女人們就有空在豪宅裡侍奉宴會。火星人聽著，附和地笑著，然後三三兩兩結伴起身取食，地球人對這種無動於衷的遲鈍甚為惱怒，相互交頭接耳，連連搖頭。

水星團坐了兩張桌子，洛盈挨著纖妮婭和安卡。他們吃著從小熟悉的飲料和食物，談笑風生，慶幸能夠不和大人們同桌。傳送帶上送出了小巧的甜點，纖妮婭跑去端了一大盤回來。眾人分食，甜美無比。

「真好吃！」纖妮婭高聲贊道，「這才叫烹調！」

他們在地球吃得不好，纖妮婭一直把地球的食物就叫作食物。

安卡點點頭：「嗯。不知道是哪家廚師做的。」

洛盈嘗了嘗，猜測道：「可能是老莫莉家。我小時候最愛吃她家的布丁，每次遇到傷心事都讓媽媽去買，心情即使再壞，吃一塊也能好。」

這樣的甜美與空氣中隱約醞釀的緊張並不協調。洛盈能感覺到那種緊張。水星團的圓桌距離貴賓桌不遠，她的位置又剛好臨近交接處，貴賓桌的談話總是隱隱約約飄進她的耳朵。雖不是每個人的言詞都能聽見，但是胡安伯伯的大嗓門總能在一整桌的抑制中突出重圍。

「你再敢說一個『沒有』試試！我告訴你，我是親眼看見我奶奶被炸死的。你知道那是什麼樣子嗎？第一秒她人還在臥室裡哆嗦，祈禱，說上帝保佑，第二秒就被炸彈炸成了泥。你不知道吧？沒聽說？這就是你們地球人幹的事：轟炸平民！在整個人類的歷史上都找不出更卑劣的手段了！」

對方不知道低聲回應了一句什麼。胡安伯伯的怒氣更盛。

「少他媽的撇清關係！我不管是不是你幹的，也算是你幹的。你再敢說『跟我沒關係』，我就把你從這兒扔出去！」他想了想又補充一句：「你知道扔到外面是什麼樣嗎？沒來過火星吧？給你講講。就這麼一下——砰——然後你就炸了，就像一隻漲紅的八爪魚。」

洛盈笑出聲來。她悄悄回過頭，向嘉賓桌張望。在胡安伯伯身旁，貝芙麗坐在主賓的位置上，臉色相當尷尬，正在用餐巾不停地擦嘴。

洛盈覺得有趣極了。貝芙麗在地球上是大明星，向來都以溫文爾雅出名。遇到這種情形，換成別人可能會發怒，但只有貝芙麗不會。他穿著復古風格的新式西裝，有絲絨和金線鑲邊，雙排銅扣，帶著幾百年前舊時代貴族的派頭，一本正經，保持形象。誰都能發怒，但他不能。

有很長一段安靜時間，誰都沒再多說什麼。當洛盈再次聽見胡安伯伯的聲音，他比前一次還要激動。只見他從座位上霍地站起來，餐廳裡所有人側目而視，他也不管，只是一字一頓大聲地說：

「不─可─能。絕對不行！」

宴會廳裡一陣騷動，人們紛紛小聲議論，不知道出了什麼事情。後知後覺者問身邊的人發生了什麼，身邊的人再問他旁邊的人。沒有人知道，目睹的人也只是茫然聳肩。胡安伯伯坐的貴賓桌顯得尤為尷尬，有人想拉他坐下，但他不坐，有另外的地球客人想站起來，但被身邊的人壓住了。最後，還是爺爺站了起來。他輕輕拍拍胡安的肩膀，示意他坐下，自己有話說。

「地球的客人們，」他舉起酒杯：「剛好借這個機會，我說幾句話。首先，我們是真的非常歡迎你們到來，往事不追，來者猶可循，我們前方還有很長的未來。雙方這次舉辦博覽會，是為了達到互利、共贏、各取所需的目的，所以交涉永遠是必要的。我相信最終我們一定能尋找到讓雙方都能滿意的結果。你們的要求我們不會不考慮，只不過最終的任何決議我們都需要全體民眾通過。這是火星的大事件，我們必須民主。而且，我相信代表團也是民主的，最後的決定也一定是所有成員都滿意通過的。這是一個美好的夜晚，此時下任何結論都還為時過早，請讓我們放下一切爭議，舉杯，安心享受我們一起共度的第一個夜晚。」

全場一起舉起了杯子。織妮婭問洛盈他們討論的究竟是什麼問題，洛盈搖搖頭，說她也不知道。

其實她知道。爺爺的話就是加西亞爺爺的話，代表團的民主就是寶藏的爭奪。她心中隱約的疑惑漸漸連成了清楚的線條，可是她不知道地球人爭奪的寶藏是什麼。爺爺剛剛的話語太模糊，她無法判斷。她一個人低頭吃著，靜靜地思量。

影像館

在前去拜訪珍妮特．布羅之前，伊格先到代表團的首席代表彼得．貝芙麗的房間去了一趟。

他沒有提前預約，也並不打算採訪。他逕直來到貝芙麗的房間外，敲了敲門。時間是上午九點半。伊格知道這個時候貝芙麗一定已經起床，拾整妥當，因為十點將是第一次正式會談開始。從旅店到會廳需要十分鐘。他只想問幾句話，三、五分鐘就可以。

伊格猜想，前一天晚上貝芙麗過得不算愉快。他很想知道他回到旅店之後的表情。昨晚伊格的鏡頭放在台柱上的一盆聖誕紅下，他沒有聲張，但他覺得貝芙麗肯定知道。貝芙麗是影星出身，是整個星球上對鏡頭最敏感的人，他一個晚上都用右半側臉斜對著鏡頭，微笑，擺出他最標準的完美角度。自從他三十五歲棄演從政，這樣的造型已經不知道擺過多少回。伊格覺得很有意思。他很少見到貝芙麗這樣仕途平坦的人。相貌英俊，世家出身，名校畢業，交遊廣泛，還不到五十，就竄升至極高，已經是很多人眼中民主黨下一任總統最有力的競爭者。他背後有家族不遺餘力的支持，這一次能來火星，據說就是家族動用各種關係，推促而成。誰都知道，能在這樣出風頭且不危險的場合嶄露頭角，將是未來重要的政治資本。所以他比誰都重視風姿，重視鏡頭。正是這一點讓伊格覺得趣味十足。他昨晚回來又重放了一下宴會的畫面，發現自己幾乎喜歡上了貝芙麗旁邊那個面色暗紅的大嗓門。

開門的時候，貝芙麗容光煥發，裝扮齊整，穿一件淺藍色的絲質西裝，與眾不同。他微笑著歡迎伊格，舉止依然雅致有禮。

「早安。」伊格說：「不，我不需要進屋。只有幾句話想問。」

貝芙麗微微側頭，表示許可。

伊格問道：「昨晚，您聽到火星總督說的民主問題了？我在宴會後問了一個議事院官員，他說火星議事院決策日常事務和工程問題，但是少數關係到所有火星居民的大的決策，必須得到全民投票通過。這和我們平時聽說的火星似乎不太一樣？」

「嗯，是不太一樣。」

「對這件事您怎麼看？我是說，對這種……差異。我們是代議和選舉，他們不選舉，但民眾有直接參政權。」

「差異。」貝芙麗點點頭：「你說的對，這是差異。值得思考。」

「這一點我能否在影片裡表現出來呢？」

「當然可以。為什麼不呢？」

「可是這涉及很廣泛的觀念問題，我不知道在這方面繼續挖掘會得出什麼結論。」

「沒關係。思考的嘗試總是比結果重要。」

「……貝芙麗先生，我想，您可能並沒有完全明白我的意思。您知道，目前普遍的觀點並不認為火星是一個民主的地方。所以也許我的片子會帶來不小的影響。」

貝芙麗仍然微笑著，像是仔細聆聽，但伊格注意到，他兩次撣去落在肩膀上的頭髮，又把袖口整理了一下。他伸出手拍拍伊格的肩膀，像一位和藹的叔父。

「年輕人，不要怕引起影響。有影響，才有前途。」

伊格有一點氣惱。他感覺不出任何真誠，貝芙麗的漂亮話客氣得令人難堪。他什麼態度都沒有給，或者說根本沒有什麼態度。伊格猜想他可能根本沒有明白自己的意思。

按道理說，貝芙麗不應該不知道，在地球上，不管各個國家相互之間怎樣競爭牽絆，但都統一把火星當成另一個陣營。就像又一場冷戰，跨越蒼穹的冷戰。火星被說成邪惡軍人和瘋狂科學家控制的孤島，說成全面高壓政治和機器操縱人類的典範，說成偉大的自由商品經濟的對立面，在學者和媒體中間始終有著不可磨滅的極權、殘忍、冰冷的印象，就像一輛龐大的機械戰車，將地球上未曾實現的暴力烏托邦發揮到極致。戰爭也被一勞永逸地定性為自殺式背叛，早晚要回歸或者滅亡。如果貝芙麗知道這些而且理解這些說法的影響，那麼他就應該明白伊格的意思。拍攝火星的民主就意味著翻案，意味著承認地球的很多說法並不是真的，從而意味著承認自己一方的褊狹和失利後的嫉妒。這不是一件小事。這涉及最基本的立場。伊格想問的就是這個。他自己並不怕引起任何波瀾，但他知道什麼叫政治正確，作為官方成員，從一開始就有身分的要求。

可是貝芙麗只是優雅地說著漂亮話，舉止像貴族般大方。

這樣也好，伊格想，將來不管我拿出什麼樣的作品，都不可以說我沒有請示。事實上這樣的結果對他更有利，作為長時間反體制的回歸主義成員，伊格喜歡對地球拋上冷箭。

「謝謝您。」他對貝芙麗說：「不過我忘了告訴您，我剛才不是採訪，沒有開攝影機。」

他說完禮貌地退身離開了。臨走時，他瞥見房間裡美麗的貝芙麗太太，正在對鏡子做最後的修飾。她比貝芙麗小十歲，也是一個演員明星。他們的愛情從一開始就受人矚目，從第一個吻到兒子出世，都在鏡頭前完成。貝芙麗比誰都會演貴族，演優雅溫良的好丈夫，表達浪漫，朗誦古典詩句。他的婚姻是典範，無論走到哪裡都帶著太太。伊格見過很多很多演員從政，但他們都不懂得女人選票的重要。貝芙麗獲得許多女性的擁戴，選票逐年遞增，很少銳減，很少分流。他是選舉的真正勝利者。

從貝芙麗的房間出來，伊格踏上了前往貝塞爾伊達影像資料館的路途。影像館不算很遠，和旅店一樣位於城市的南部。跨兩個區，有直達的隧道車。車程約二十四分鐘，途經城市最重要的市政廳和展覽會堂。和早上的拜訪一樣，這一次前往影像館，伊格也沒有預約。他沒有在珍妮特的空間留言，也沒有和影像館聯繫。他不想給她任何暗示，不想在通訊屏上委婉而尷尬地提出見面請求，也不想在雙方都做了充分準備的情況下進行一場隔膜的對話。他更希望在她毫無準備的狀態下，去看一看她是一個什麼樣的女人。他不知道她是不是「理由」，他只有見了才能判斷。

隧道車上，伊格拿出攝像眼，貼在車壁上，記錄沿途風景。前一天晚上他們乘過隧道車，但路程很近，來不及拍。隧道的管壁是玻璃的，上下左右視野通暢。車廂有不同顏色，伊格現在乘坐的是透明的米黃色。他覺得很有意思，就像坐在一滴溶液裡，流過蜿蜒曲折的導管，從一個容器到另一個容器。車廂掠過各種各樣的建築，居民房屋和大型公共建築交替，小房子像是大建築的衛星，環繞而分散。大建築常常是環形，中間區域有高昂的穹頂，每一座小房子則直接嵌在一個玻璃半球內，球內是院落花園，種滿各種繁密的花草。伊格聽說，一般建築內的大部分氧氣都是由這些花草提供的，因此節省很多能源，也省卻複雜的機械。車內的小螢幕標注著兩邊的地名和建成年份。伊格發現，這些房子的造型涵蓋了幾乎所有風格傳統，從文藝復興式的對稱和諧，到洛可可式的繁複華麗，再到東方屋簷長廊和立方體形狀的現代主義，整座城市構成一個天然的建築博物館，豐富而有層次。尤其獨特的是一些曲線型建築，牆壁的線條像流動的水，柔和感突出。所有的建築都是玻璃。

路過市政廳的時候，伊格站起身來，拍攝了幾張單幅照片。市政廳是火星最重要的場所，各種中央決策都在這裡確定。它看上去相當莊嚴，不算龐大，古典風格，矩形環繞結構，正門在較短的一邊，兩側有銅像和金屬打造的羅馬柱，牆壁是少見的暗金色，配以象牙白色的立柱線條，彷彿斯卡拉歌劇院的改版。

自動拍攝的時間裡，伊格不再觀望。他拿出隨身的記事簿，用簡要的符號記錄所見所聞。閱讀和記錄是他永恆的習慣，不論是在家中，還是在海邊的戰場。

貝芙麗缺少頭腦。

他寫下這一句，想了想，又選擇了刪除。這樣說並不客觀，也不是他的本意。他知道，貝芙麗並不是傻瓜，他很會審時度勢，對自己的角色也很敏感，說他缺少頭腦顯然不恰切，他只是不具備伊格所定義的智慧。在伊格的框架裡，見機行事不能構成智慧。貝芙麗是偶像，他的 3D 虛像出現在每一間超市裡，笑容在燈影中閃閃發光，用柔和的語調伴人購物，這些都不需要智慧。

伊格想了想，換了敘述的口吻。

「他並不愚蠢。他只不過是沒有思想罷了。」這是兩百年前阿倫特說艾希曼的話，拿到今天恐怕仍然適用。我不喜歡貝芙麗，沒有什麼理由。他就像自己捏的蠟人，要求自己微笑，而不是想微笑。有良好迷人的風姿，但僅限於此，他甚至缺少前輩甘迺迪的幽默，這樣的人恐怕以前的時代還沒有過。虛飾的政客隨時有，但這個世紀以前，還沒人一出生就這樣完全影像化。貝芙麗太習慣於虛像出場了，以至於虛像成了真，自身倒成了假像。

伊格匆匆寫下這幾句話，車站就到了。他討厭拍攝政治人物，儘管他知道這是影像產業最大的支撐方式。

他很難在這樣的拍攝中保持自己對工作的熱情，還不如在街頭拍一個說粗話的孩子王。他捲起記事簿，插進上衣口袋，收起拍攝的裝備，站到車門口。

車門開了。一座海藍色的貝殼狀建築展現在眼前。貝殼半張半合，內部看不清楚，一條小路從隧道車出口連通到貝殼入口，入口是一隻海螺。

影像館門口豎立著一只圓形螢幕，螢幕上滾動著照片，顯示著幾個選項：自由參觀、觀影、訪問工作室。伊格選擇了最後一條。幾個選項彈出來。他耐心地依次選擇，很快就找到了珍妮特．布羅的選項。

伊格的心怦怦地跳起來。他點擊她的名字。一個淺金色頭髮的女人的照片出現在畫面裡。照片很大，也很清楚。伊格看了第一眼，就知道自己找對了。這就是曾出現在老師記事簿裡的女人。她看上去比老師照片裡的略胖一點，皮膚有點下垂，頭髮也剪短了，但確定無疑，她就是她。她的眼睛曲線特別，總是像笑著，嘴巴不寬，但嘴唇豐厚。算起來她今年應該是四十五歲。能看出有些衰老，但臉上仍有一種十分活躍的東西。伊格確定，這就是他要找的珍妮特．布羅。他端詳了一陣，選擇了訪問呼叫。

螢幕顯示接通、連接被訪者、等待處理。時間一秒一秒流過。

幾分鐘之後，珍妮特出現在走廊。伊格看著她步態優雅，緩緩地推開大門。她身材微胖，穿了一件白襯衫，外套著寬大的淡粉色罩衫，妝容隨意，一側的金髮梳到耳後。看到伊格，她有點迷惑，顯然想不起他是誰。但她很禮貌，沒有將這迷惑表現得明顯，而是主動向伊格微笑致意。

「你好。我是珍妮特．布羅。」

伊格伸出手：「很榮幸見到您。我叫伊格．路，來自地球。」

珍妮特露出恍然的表情：「啊，你是代表團的？」
「是的。我是隨團紀錄片導演。」
「真的？」
「這是我的名片。」
「哦，我不是不信。對不起。我只是……只是不知道這一次還有導演。」
「只有我一個人。」
「那真是太難得了。已經很久沒有地球的同行來過了。」
「十八年。」
「……十八年？我想想……是，好像是。已經這麼久了？真是的。我的記性越來越不好了。」
伊格沉默了一下。他從珍妮特的反應中判斷不出什麼。她的表情很平和，沒有因地球和導演等詞彙產生特別的激動。他決定再稍稍試探一下，晚一些再將來意秉明。
「我對議事院的長官說，我希望找這邊的電影人交流一下。他們就對我推薦了你。」
「明白了。請進吧。」
珍妮特推開門，伸手為伊格引路。伊格邊走邊上下打量。入口的海螺形狀一直深入內部，巨大的拱形走廊弧度流暢，藍灰色條紋流動著，向內側旋轉。兩側的牆上光影變幻，路線曲折，來回如同迷宮。伊格想了一下，試圖與珍妮特攀談。
「其實，我也不清楚為什麼他們推薦你的工作室，他們沒有說很多。」
珍妮特笑了：「我猜是因為他們只熟悉我們的工作。」

「哦？為什麼？」
「因為我們過去有一項技術，他們拿去與地球交易，地球人很喜歡。」
「哪一項？」
「立體全像術。」
伊格有點興奮。他本是信口拈來的理由，沒想到珍妮特會主動談到那場交易。他決定將話題延續下去，看看能不能了解更多。
「全像術是你們工作室的技術？」
「對。二十幾年了。」
「那我需要向你們致意。你們給了我現在的工作。」
「你拍全像？」
「大部分人都拍全像。平面電影快絕跡了。」
珍妮特笑起來，笑聲中有一種真誠的爽朗：「那你還是別向我們致意為好。沒有全像，你也能有工作。但有了全像，好多人就沒有工作了。」
伊格也笑了。他懂她的意思。每一次變革都帶來大量遺留在舊世界裡的人。從無聲電影到有聲，從平面成像到立體全像。很多人不是不能學習，只是不願意。這是個很沉的話題。越是舊世界出類拔萃的人物，越不願進入新世界。他們給過去的形式傾注了活的神采，以至於無法丟棄。沒人願意丟棄自己。
「那你們這邊的情況如何？」
「我們？兩種並行吧。大量會議紀錄、工業資料不需要全像，成本太高了。」

「哦，這些我們也還有。不過，通常不算在電影範疇。」
「嗯，我知道。你們把能發行的才叫『電影』。」
「難道你們不是？」
「不是。我們純粹從技術角度定義。只要是一小段光影，我們就算電影。你們是在網路上，按類型發行，但我們不一樣，我們是在資料庫按個人儲存。既然每個人都可能會拍幾部有劇情的片子，幾部紀錄片，幾段瑣碎的試驗，幾段工業資料，那麼我們就沒理由把這些再做細分。」
伊格順著她的話，小心地試探著問：「你對地球的情況似乎很了解？」
「一點點而已。了解算不上。只是個人興趣，偶爾打聽一下。」
「為什麼對地球有興趣？」
「應該……算是種職業病吧。我以前做過一段時間的電影制度史研究。對當下制度雖然沒有分析，但一直有興趣。」
「那你和地球有接觸？現在兩顆星球還不能自由通訊吧？」
「是，確實不能通訊。我是看了一些官方帶來的介紹片，但大都很籠統，說得很概括，所以我了解得其實很淺。」珍妮特微笑了一下：「所以真的歡迎你來，你能給我講很多事情。」
伊格沉默了。這幾個問題似乎都沒有結果。珍妮特的回答總是很正常，太正常了，帶著每個講解員應該有的文雅和客觀。友善，卻缺少個人痕跡。這不是說她沒個性，她的笑容是直接明朗的，性格活躍也透過眼睛傳遞得很鮮明，但這些個性卻與內容無關，她總能讓話語自然地繞開所有私人生活。伊格有點進退維谷。繼續兜圈子，有些漫無目的；挑明話題，卻似乎顯得太過突兀。

他們走著走著，進入了館內大廳。廳內光線明朗，但折射錯落，讓視線顯得有些複雜。空中懸垂著輕薄的玻璃，打散了空間統合，玻璃形狀各不相同，文字和畫面交替流淌。碩大的人像不時顯現，對空氣作著繪聲繪色的演說。室內很涼爽，但空氣有些悶。

「那些都是資深的影片製作者。我可以帶你一一看過去。耳朵裡塞上這種小陶片，就可以聽到他們說話了。」珍妮特介紹道。

「這些玻璃也都是螢幕？」

「不算是。只是玻璃上鍍了導電膜和發光膜。膜很薄，肉眼看不出來。」

「我發現火星很喜歡用玻璃，有什麼特別用意嗎？」

「用意？你指哪方面？」

「就是……為什麼做這種集體安排？」

「這應該算不上安排，而是不得已。我們這裡只有砂土，沒有黏土，也沒有岩石，除了鋼鐵，就只能提煉玻璃。現在的建築模式是尼爾斯．加勒滿在戰時發明的，築造很簡單，拆裝回收也容易。」

「原來是這樣。可是私密性怎麼解決呢？有什麼規定嗎？我看很多房子並不透明，但我的房間就是透明的。」

珍妮特顯得很詫異：「你不知道？所有牆壁都是可調的。你房間的服務娃娃真是失職，這些功能都不介紹。玻璃裡的離子由電場控制，你調動屋裡的旋鈕，牆壁裡就會增減成分，變成半透明或者不透明。」

伊格的心裡掠過一絲滑稽的感覺。他想起自己按照主流觀點的揣測，慶幸自己沒有照搬。他太熟悉地球的語境了，那一整套符號學和政治學的觀察方法都能直接套用。但從昨晚開始，他就發覺了其中的危險性。不僅僅是主觀上的色彩，而且是客觀上的不屬實。他想給地球思維一個信號，沒有什麼比妄斷更危險。玻璃房子就是玻璃房子，沒有象徵意義，只是純粹的地理和技術緣故，沒有什麼不可以。真正的拍攝還是需要下沉，沉到下面，才能貼近真正的語境。

「我之前以為，透明是種特意的安排。」

「這個問題……你可以說是，也可以說不是。透明不透明，取決於光線。」

「什麼意思？」

「不管怎麼調，總是對一些光透明，對一些光不透明。純粹的遮擋是沒有的。」

伊格想了想，問：「這是指玻璃，還是別的什麼？」

珍妮特朗聲笑起來，眼睛又彎成弧形，邊笑邊說：「你要是在這兒多住幾天，就會聽說，羅素區有兩個人的話既不能當成純技術，也不能當成純比喻，一個是瑞尼醫生，另一個就是我。隨便你怎麼理解吧，沒有答案。」

她說著，露出一絲不經意的狡黠，讓她中年的臉上帶有了一絲年輕的跳動。伊格覺得，她年輕的時候應該相當有神采，或者說很有吸引力，不算驚豔的美人，但能讓人覺察出一種富有生命力的誠摯。這種東西很難得，也很容易打動人。伊格覺得老師愛上她並不算稀奇。他忽然有一種實話實說的衝動。

「布羅女士，有一件事情我需要坦白。請你原諒我這麼長時間才說。剛見面的時候我真的不知道該不該說，會不會太過突然。我怕驚擾你的情緒。但現在我覺得可能是時候了。」

珍妮特漸漸收斂了笑容：「你說吧，什麼事？」

「我是亞瑟．達沃斯基的學生。我是代表他來的。」

不出伊格所料，珍妮特的表情凝固了，就像聽到上古的聲音，遙遠而不真實。他看著她，他們面對面站著，在空曠的大廳裡像兩尊雕像。玻璃上的人物都在說，都在動，只有他倆是靜止的。伊格注視珍妮特，珍妮特注視他們之間的空氣。

過了漫長的一分鐘，珍妮特長長地吸了一口氣，輕聲說：「到我的工作室來吧，咱們坐下說好嗎？」

「……那一年，我二十七歲。我沒有結婚，但有一個可以考慮的人選。那個男孩在追求我，我沒有特別喜歡，也沒有特別不喜歡，只是一直試圖拖延著，心裡猶豫。後來，亞瑟來了。起初我對他沒有任何感覺，只是作為官方接待，給他講解技術，根本沒有放太多心情進去。直到後來有一天，他邀請我一起拍片子。

亞瑟是那種……慢慢吸引人的人。他總是有各種奇思妙想，總是想辦法讓生活顯得不一樣。這一點你是他的學生，你應該很清楚。他起初只說想試驗新的技術，看看自己能不能掌握，我覺得這很正常，就答應幫他。後來我才知道，這只是他更長遠計畫的第一小步，他的核心根本不是在技術，而是在於實現他頭腦中那些想法的真實表達。他入迷了，對一步接一步的拍攝計畫深深入迷。而我也就是在那時對他著迷了。

我不知道你是否清楚當時的背景。在地球上，亞瑟或許很成功，但是隨時得為自己下一部片子的賣出操心。但在我們這裡不是這樣。我們每個人的收入都是固定的，按照年齡發，不論任何工作室，也不論工作成績如何。我們的作品都提交到全公開的資料庫，誰都可以看，也就不存在讓別人掏腰包的問題。這些都對亞瑟很重要。他有訪問者津貼，不必擔心生活。而且他發現他終於有一個機會不管發行問題，只管將自己的想法呈現出來。他或許已經積攢很久了，全像的技術也已經學會，於是一發不可收拾，每天沉浸在創作中，就像一個生活在異域的幻想者。

我喜歡亞瑟這種燃燒的熱情。他也……他也喜歡我。他就像一塊黑色的隕石，猛地砸入我的生活，這種情形從前從來沒有。我們每天用各種方式拍攝，嘗試新的技巧，剪輯片子，然後去他旅店的房間看書、討論、做愛。他最喜歡光與影的問題。要畫流動的空氣與陽光，這是梵谷的一句話，也是他最喜歡的。他說火星的天和地球的不一樣，他喜歡在陽光裡看到星星。

亞瑟不想走。到這裡三個月，他就該走了，可是他申請推遲。又過了三個月，他還是不想走，就讓別人把技術帶回去，他留了下來。我們就住在一起了。」

珍妮特手中拿著淺口玻璃杯，可是一口都沒有喝。她一直敘述得緩慢而平靜，有時望著伊格，更多的時候望著窗外。珍妮特的工作室在資料館二層，面向正南，陽光安好。窗外有一排低矮的棕櫚樹，樹頂剛好與房間的地板齊平，遠處是一座清真寺式的圓頂建築。陽光打在珍妮特的側臉，隨她臉部的起伏碎成小塊。她的臉比十八年前衰老鬆弛得多，但臉上有一種回憶的光，清楚地與過去連通。

伊格坐在小圓桌的對面，手中也拿著杯子，杯子裡是一種淺紅色的飲料。他靜靜地聽著，眼前能看到那個時候的老師，隕石般迅速、直接。這和病榻上的老人不一樣，但伊格知道，這就是老師沒有錯。

「有一個問題，我一直疑惑。火星這邊為什麼允許他留下來？難道不懷疑他的目的？不懷疑他是竊取技術的間諜？」

「是我做的擔保。我，和我的父親。我父親是當時的資訊系統祕書長。他用他的職位作擔保。是我求他的，他是個心軟的父親。」

「那你們結婚了嗎？」

「結婚？不，沒有。想過結婚，但最終沒有。」

「你們住哪兒呢？」
「亞瑟的旅店。他沒有身分，不能分配房子。」
伊格沉默了一下，他不知道接下來該怎麼問了。他想問這八年裡都發生過什麼，也想問老師最後離去的理由。老師什麼都沒講過，就像一個話語的黑洞。他在心裡組織語言。
就在這時，珍妮特卻先開口問了：「告訴我，他現在還好嗎？」
伊格怔住了。他原本打算將事情問清楚，將老師在地球上的十年也簡要描述了，再告訴珍妮特最後的結局。可是她先他一步開口問了，將一切直接推到結尾。他看著她專注的臉。她問得貌似稀鬆平常，但無論是聲音還是表情都不自覺地繃緊了。她的微笑凝固在臉上，就像越吹越薄的氣球膜，靜靜地張緊，自己給自己拉扯，就等伊格的一句話，將氣體徹底放鬆，或者將氣球扎破。她沒有催他，也儘量不顯得急切，但她的屏息凝神給伊格更多無形的壓力。伊格明白他不能撒謊，也不能不回答。
「他死了。」
「啊？」
「老師死了。肺癌晚期。半年前的事情。」
珍妮特愣了三秒鐘，突然開始哭泣，肩頭顫動，淚如泉湧。她用雙手捂住嘴，眼淚不停地流出來，像一條沒有盡頭的河。她盡力不哭得大聲，但這強忍更加劇了眼淚的噴湧不息。她連續不斷地哭，彷彿沒有任何東西能讓眼淚止息，整整一個上午的禮貌矜持化為煙雲般的壁壘，她的脆弱在顫抖中暴露無遺。她仍靜坐著，但姿態中有一種讓人不忍看的頹然。
伊格感到很難過，但又不知所措。他對女人的哭泣沒有經驗，不知怎樣勸慰，也不覺得他能夠勸慰。她有理由哭泣。他看到所有的壓抑都在這持續的流淌中傾瀉出來，他給她遞過紙巾，看著她。他知道他今天什麼都不能問了，晶片的事情也得改天再說。他陪她坐著，坐了很久，坐到她終於不哭了，漸漸安靜下來。他陪她度過了生命中最漫長的一個中午。

臨走的時候，珍妮特帶伊格來到一個小螢幕前，操作了幾下，螢幕上顯示出「註冊成功」的字樣。她遞給伊格一個帳號和密碼，告訴他回到房間可以用此登錄，進入資料庫，察看火星上所有電影資料。

「亞瑟的片子都在。你找他的名字。」

珍妮特的聲音有些喑啞，仍然帶著哽咽。她眼睛紅腫，臉也顯得浮腫了，頭髮亂亂的，但伊格覺得她很美。沒有什麼能比真誠的情緒更讓一個人顯得美。珍妮特今年四十五歲了。她在許多個日子堅強得體，但是在今天失去了最寶貴的生活。她在內心一直期待他有一天會回來，這些期待讓她孤獨卻堅強開朗，但是今天一切都結束了，伊格讓它們結束了。

老師死去了。但世界不因此停轉。火星和地球，不因為失去一個幻想者而改變運行。

二十二世紀的地球是一個媒介的世界。媒介成為經濟支柱，虛擬影像與個人網路改變了社會結構，改變了人與世界的關係。實體製造業經濟進入瓶頸，智慧財產經濟扮演救世的角色。你就是網路，這是智慧財產經濟最動人的口號。每個人都貢獻一份知識，將全球連成網路，用交易智慧達到無限的商機。人人交易，一句話就能變成一組商品。這是無源的水，無本萬利，是新的網路通訊協定帶來的新的變革，它讓每一個思想、每一幅畫、每一個笑容都成為世界的財富產出。人們出售，人們購買，人們藏起自己的作品，再鼓動別人花錢去揭開。任何話語，在網路交易就有收入，也只有網路交易才有收入。網路就是瞬間的交易。資本的力量超過國家。三大傳媒集團在世界範圍延展觸角，生意廣泛，擴張成帝國，推動各種話語，從中牟利。兩百年前的論述依然有效：投資媒介為利潤，與價值無關。

另一方面，二十二世紀的火星也是一個媒介的世界。火星的媒介不是經濟，卻是所有人生活的方式。它是一個靜態的電子空間，與工作室相合，像巨大的鐘乳石洞，讓每個人將創作放置進來，再隨意撿拾採擷他人創作。它給作者版權的記載，分清歸屬，但不給金錢回報。給與拿都是義務，金錢由另外一種方式統一配給。

地球的媒介，伊格比誰都清楚。他知道它是怎樣瞬息、動態又如潮般強大，他知道怎樣將藏寶盒的蓋子畫得挑逗，讓人掏錢去發掘裡面的東西。他知道這些，他必須知道。然而對火星的媒介，他還遠遠不了解。在他的感覺中，它就像一隻靜靜潛伏的巨獸，在黑暗中生存，等待人們虔誠的獻祭。他不知道它和人們的關係，誰能控制誰，誰又聽命於誰。它無疑讓創作者的生存不再艱難，但它也阻止了創作者的財富榮耀。

老師是叛逃者。伊格終於確定這件事。他是一個大膽的愛人和自覺的叛逃者。這兩顆星球的兩百億人中間，他可能是第一個。他穿梭在兩個世界，看著它們隔絕深遠、各自運行、相互遠離、相互不知。

從影像館出來，伊格順路來到鄧肯舞團第一舞蹈教室。同屬羅素區，舞蹈教室並不遠。他按照電子地圖，步行兩條通道，穿過一片商店區，就看見那座菱形建築。建築只有一層，玻璃牆透出女孩們的身影。

舞蹈教室外有一圈步行小徑，小徑和牆體之間種著蘭草。伊格走到一個不受注意的側面，站在小徑上，向室內遙望。

洛盈．斯隆，他看到了她。他在瑪厄斯和歡迎晚宴上都見過她，一眼就認出了。她一個人在教室的一側練習，其他的女孩們由老師帶領，在另一側統一壓腿。

他看著她的動作，靜靜觀察。他沒有掏出拍攝設備，只是靜靜地看著。他查過她的資料，現在想見到她本人。他看到洛盈在教室裡獨自跳著。很長一段時間，她都在練習同一個動作。一連串小跳，接一個多次旋轉的大跳。純黑的練功服讓她顯得白而纖瘦，黑色的長髮整齊地盤在腦後。她偶爾停下來，到牆邊喝水，然後站著看外面，站一會兒再回去。

伊格確實希望確定一個拍攝物件，不知道她是不是那個合適的人。他接受了泰恩的建議，但卻不是為了泰恩的理由。他對一個公主的緋聞軼事沒有興趣，但他看到了她的檔案，看到了地球上一些事件的記載，讓他產生了很大的好奇。那些記載是乾枯簡要的，然而其中透出的張力卻給人一種奇異的震撼。他想像著這個女孩，猜想這張力從何而來。她看上去是那麼淡靜，就好像一只純白的小瓶子，完全看不出身上容納的那些截然對立的思潮，就像安靜的瓶子卻裝得下海浪洶湧。

下午的陽光照在舞蹈教室另一側，長而蕪雜的蘭草在玻璃上投下影子。洛盈的練習結束了，她開始坐下脫鞋子，解開腳踝上的帶子，將舞鞋纏好，放進包裡，然後抬起頭微笑著和另一側的老師告別。

伊格在遠處徘徊，暗自思量著待洛盈出來怎樣與她招呼。就在這時，舞蹈教室正門外的小路上，匆匆走來一個男孩。他瘦高俊朗，骨骼分明，肩寬，穿一件類似制服的半長風衣。他向室內張望了一下，看了看紐扣上的時間，站在小路上等候。伊格閃入樹叢後的陰影中。幾分鐘之後，洛盈背著包走出來。男孩向她笑笑，接過她的包，兩個人沒有說話，並肩離開了。

伊格看著兩個少年的背影，有一點好奇。他看到一種簡單的安寧，但無法判斷他們是否是情侶。他們沒有親昵動作，但也沒有彬彬有禮的疏遠，只是默契地笑笑，然後離開。他們給人的感覺很舒適，和這城市的氣息相類似，不急迫，也不魅惑，有一點點漫不經心，直來直去。它和伊格習慣的世界很不相同。他住在一個由娛樂工業興起的城市，處處有飛一般的速度、謎一樣的關係。他習慣了匆忙與魅惑。因此當他來到這裡，看到人們悠閒地散步，坐在街上聊天，一種強烈的差異的氣息便撲面而來。他看著兩個少年的背影，心生好奇，開始假想洛盈的童年，假想這裡安寧的社交。他訪問的打算落了空，於是轉身踏上來時的小徑。

回城的車上，伊格想起影像館的展廳。當時展廳裡有一片大大小小的晶體方塊，散開在空曠的地上，裡面有動態場景、立體的人物影像，往來穿梭，形象鮮活。方塊側面的金屬牌寫著場景出自哪部影片。此時，伊格想起它們，忽然有一陣荒謬的感覺。他發現自己和那些影像小人是一樣的，他就在一個晶體盒子裡，不但此刻在，而且來火星以前也在。

書房

洛盈和安卡肩並肩地走著。他們決定不坐舞蹈教室門口的隧道車，而是直接步行到換乘大站。他們都喜歡步行。

步行管道在隧道下方平行的位置，細長悠遠。走在玻璃管通道裡，就像走過一件麻煩，兩個人的距離被推近，方向約束成同一。管道大約三米高，底部距地表約有半米，能從透明的地面看見紅色的大地。路旁培養基裡種著星星點點的鳶尾花，中間是兩人寬的小路，四周風景盡收。他們肩並肩，但誰也沒有接觸對方。兩個人的手都插在衣服口袋裡，步調一致。洛盈的外衣是舞蹈隊的隊服，安卡的風衣是飛行中隊隊服。洛盈到安卡下巴的高度，側頭就看到他直挺的脖子，感覺到他肩膀肌肉的起伏，安卡則能看到她清瘦的側臉，聞到她頭髮柔和的淡香。

洛盈把心裡的事情與安卡說了，這是她第一次把這件事告訴別人。她本打算永遠瞞著水星團的朋友們，被權勢安插進來，這樣的事情讓她在朋友面前感到難為情。她從小最不願意受身分照顧。

「大家會笑我嗎？」她小聲問安卡。

安卡笑笑：「你以為我們就多有天賦嗎？」

「你們畢竟是正規選拔的。」

「一個考試而已。」

「你不會覺得我是借助爺爺權力的占便宜者？」

「別傻了，」安卡說：「你就是你。」

洛盈有一點心安了。安卡永遠有一種大事化小的力量。他平時說話不多，不喜歡說任何大道理，嚴重的大事和瑣碎的小事到了他這裡都是沒事，說著說著，她也就覺得真的沒事了。她想，是自己小題大做了。安卡聽她說著，並不多問。這是他們之間的默契，誰有了話就說，沒有說的事情，對方也並不多問。安卡有事和她說時也是一樣的。他們習慣如此。

「織妮婭說你昨天晚宴之後暈倒了，」安卡問：「後來沒事了吧？」

「沒事了。」

「怎麼回事？」

「沒事。就是剛回來，太累了。」

「那你今天就不應該練了。」

「可距演出只有二十天了，我連重力都還沒有找到。」

洛盈說的是實話，她對這次的演出一點信心也沒有。前一天下午她試著練習了一會兒，晚宴之後就暈倒了，對適應突然轉換的重力，得付出比她想像更多的體力。她的獨舞是這一次展覽會的重頭戲，以火星孩子天生的骨質輕疏，平衡感強，配以地球環境的負荷培養，又是輕盈跳躍為主的項目，很容易挑戰人類體質的極限，這一切都是令研究者感興趣的重要問題，她是他們最好的標本。地球人將她視為地球悠久舞蹈歷史的活體展示，而火星的孩子們則早就好奇地想看宇宙歸來的少女有什麼不同。她看得到那些目光，在議會大廳的中央，在她走入舞蹈教室的時候，在她的影像出現在街角的大螢幕上的時候，她都能看到那些等待的目光，灼熱、好奇、審視、不以為然。

她不想告訴安卡，她今天的訓練相當不順利。不僅空中姿態控制不好，就連起落點都沒有把握。身子輕飄飄的，地球上習慣的力量都消失了。膝蓋和腳踝疲憊不堪，腳踝尤其酸痛，就像講述過多的往事，失去張力。重力轉換根本不是件容易的事，地球人都需要身體訓練，走路都得套上沉甸甸的金屬鞋子。但她卻幾乎是即刻開始了練舞，在適應走路之前適應舞蹈。

「你們中隊今天沒有事情了？」她轉換話題，問安卡。

「有。」

「那你來找我，豈不是有麻煩？」

「剛回來，沒事。」

「你不是說費茨上尉超級嚴嗎？」

安卡笑了：「無所謂，大不了開除，也沒什麼。正好剛吵了一架。」

「怎麼了？」

「小事。口角。」

洛盈心裡輕輕一動，探詢著說：「我以為你一切順利呢。新衣服都做了。」
「不是給我做的。我是剛好趕上了。不光我們隊，整個空軍十一支隊都做了。」
「為什麼？最近有活動？」
「不是。是今年飛行系統整體預算增加了百分之五十。空軍跟著加了。」
「為什麼？」
「說是和穀神星有關。」
洛盈沉吟了好一會兒問：「……和地球有沒有關係？」
安卡也沉吟了一會兒，然後點點頭：「我覺得有。」
他沒有繼續解釋，兩個人都沉默了一會兒。洛盈的擔憂越來越鮮明，這已經不是第一次聽到類似的消息了。安卡的飛行中隊是空軍第五中隊，平時是工程飛行隊，只執行衛星運輸和空間巡航，但是一旦遇到問題，即可迅速改裝配備，獲得強大的戰鬥力。洛盈小時候見過一架運輸機在快速機械改裝中變成一架戰鬥機，形貌大變，五分鐘就能開火。那時她才七歲，驚訝得合不攏嘴。好像平穩運行的生活下面，還有另一副看不見的隱密面容。
她不知道安卡的消息在多大程度上預示著戰爭的危險，她不希望開戰，她在地球上度過了最重要的一段生命，重要程度不亞於火星的童年。無論如何，她不希望看到那裡被戰火侵擾。無論誰勝誰敗都不想看到。
坐上隧道車後，只用了短暫的幾分鐘，洛盈家就到了。安卡陪她下車，在門口向她告別。兩個人站在小徑上，洛盈看著安卡。他的眼睛是藍的，常常帶著散漫的心不在焉。她看到他鼻梁上有一絲細葉，伸手替他拿掉了。他抬起手摸摸自己的鼻子，看著她，笑了一下。

「回去早點休息。」安卡叮囑她。

洛盈溫順地點點頭，說知道了。

「別想太多了。」他補充了一句：「你還是你。」

然後他和她告別，轉身上車走了。洛盈一個人站在花園裡，靜靜地又望了眼前好一會兒。

她知道，他是那種大事說成小事的人，什麼事要做就做，最不喜歡擴大其形容，如果他說和費茨中尉口角，那麼多半是很激烈的衝突。出了什麼事呢，她靜靜在心裡思量。

有一些話，她和安卡之間從來沒有說過。

她還記得五年前在地球上第一次踏出航站樓時是怎樣的情形。那時迎接她的是潮水一樣轟鳴的引擎。她後退了三步，目瞪口呆。地球的天空穿梭著大大小小的私人飛機，從天頂到地面，往來穿梭，飛快兇猛，機翼掠過摩天樓，驚險地交錯，相互擦身。她抱著她的行李，像在洪水中抓住一塊礁石。天空是灰色，不是她熟悉的暗藍，也不是風沙中的橙紅。一切都在轟鳴，音量忽大忽小，廣告四處閃爍。千百人像潮水，步履飛快而匆忙，從她身邊經過，快得像呼嘯的幻影。其他孩子都向前去了，夥伴在叫她，領隊的地球官員也在大聲叫，但她只是走不動，僵在原地，緊抱著行李，聽著焦灼在一起的各種聲音震耳欲聾。路人撞了她，行李掉在地上，彷彿山石轟塌。

那個時候，一隻手從前方伸過來，撿起她的行李挎在肩上，拉起她的手，拉著她往前去。他沒問她為什麼害怕地發呆，只說了一句，咱們得快點，前面都走得遠了，就開始拉著她，在人群裡穿梭，辨別牌子上的指示，越過人群尋找領隊的身影。他看上去很鎮定，專心致志，眼睛銳利地四下張望，嘴裡偶爾一兩句判斷的話。他們很快、很順利地跟上了隊伍，大約只有兩分鐘，他拉著她的手，將她安全地帶進了新的世界。那一天他只笑了一下，但是從那天起，她心裡就只有他一個人的笑容。她沒告訴過他，也不知道他對她是怎麼想。花園裡綻開的花朵寧靜繁茂。非洲菊越來越茂盛，大葉子在她腳邊蔓延，幾乎要將花畦邊的小徑遮蓋。

洛盈推開家門，一陣激烈的談話聲立刻撲面而來，打斷她的思緒。她仔細分辨了一下。談話聲來自小客廳，裡面似乎聚集著不少人。

她怔了怔，起初沒有明白，但聽了幾個詞，就意識到屋裡在談什麼。她的心跳加快了，靜悄悄地走到小客廳門口，站在門的一側，屏息聽屋裡的聲音。這是她第一次偷聽大人講話，心裡帶著怕被發現的忐忑和因道德而產生的愧疚，小心翼翼地站著，不碰任何東西。

屋裡的聲音大部分她都熟悉。從爺爺搬到她家之後，這些叔叔伯伯就常到家裡來。一個大嗓門是魯瓦克伯伯，他是水系統總長，一隻耳朵是聾的，交談時總是側著頭，聲音極大，卻最怕別人看出自己耳背。說話很快的是拉克伯伯，他是檔案館長，總是很嚴肅，引經據典，出口成章，懂得太多以至於說明白的太少。另外沙啞的聲音是蘭朗伯伯，他是土地系統總長，能用普通語言說出讓洛盈一個字都聽不懂的話，數字和字母交替蹦出來，像調錯了頻率的機器人。當然，還少不了胡安伯伯。他的聲音一聽就聽出來。他是飛行系統總長，這種場合他一定在。

「……我說過一萬次了，最關鍵的不是現在，而是將來。」這是胡安伯伯。

「我也說過很多次了，五十年內他們實現的可能性在五個 σ 之外。」蘭朗伯伯說。

「那也還是有可能啦？」胡安伯伯質問。

「只能說不能排除。」蘭朗伯伯說。

魯瓦克伯伯像喊著說：「按照機率！任何事都不能徹底排除！猴子都能敲出一篇莎士比亞！我們不能因為這種小概率就什麼都不幹了！！」

「那也得看是什麼問題！」胡安伯伯毫不退讓，聲音相當嚴厲：「可控核融合，再小的機率也不行！只要有百萬分之一的可能發展為融合發動機，就不能給他們。別說什麼你負責，你負不了這個責！你真的以為他們是滿肚子友好？你真以為他們是來談友誼的？我告訴你，我們今天把融合技術給他們，他們明天就開著飛船打回來。」

「那你說怎麼辦?!」魯瓦克伯伯也有點急了：「他們就是咬死了不給我們合龍水利樞紐的方案，難道我們就不開工了？穀神星的水怎麼辦？還要不要水了？我們千里迢迢把一個星球運來了，難道就停在這兒了？全散夥？沒水就渴死?!」

「直截了當啊！」胡安伯伯立刻接口，聲音反而平靜下來：「有威脅才有一切。」

拉克伯伯一直沒有說話，這時站出來，像是打圓場，緩解壓力。

「魯瓦克，差這一項真的就不行嗎？他們不是已經同意給電控制那項了？能不能……另外那一項我們能不能自己想辦法？」

「想……當然能。誰都能想。」魯瓦克伯伯的聲音也沉了下來，雖然仍然大聲，但沉鬱了許多：「可你讓我到哪兒去弄資料？我們有河流實驗室嗎？有河流嗎？我需要真正的湍流衝擊資料。現在連蒙特卡羅都做不了。這是工程。沒有資料，什麼都不敢保證。」

小客廳裡沉寂了三秒鐘。無聲、冗長的三秒。像氣囊充滿、即將脹破般的三秒。三秒鐘之後，洛盈聽到了爺爺的聲音。

「胡安，不動武是原則。」爺爺簡短而低沉地說：「現在也還沒必要。對方既然還沒說非要融合技術不可，我們沒必要自己先提。先當作沒有這件事，談談再說吧。他們也不一定就想要這個。」

胡安伯伯的口氣略微鬆動了一點：「可是我們自己總得有個底限共識吧？」

「共識就是不動武。」爺爺頓了片刻，又和緩地補充道：「當然，你口頭可以隨便說。這你知道。」

片刻的安靜之後，洛盈聽到他們站起身的動靜。沙發吱吱地輕叫，衣褲摩挲，鞋踏地板鏗然有力。她連忙躡手躡腳地退回到門廳附近，裝成剛進門的樣子，對著穿衣鏡脫舞蹈外衣，換家裡的便服，裝作凝神看著鏡子裡的髮型。

屋子裡的大人們出來了，先是魯瓦克，然後是並肩的拉克和蘭朗。魯瓦克最高，高挑得像是衣帽架子，將身後矮個子的蘭朗襯托得更加瘦小乾枯。蘭朗鬍鬚稀疏而亂蓬蓬，但眼睛很靈活，讓整個人顯得很精幹。拉克是最和藹可親的一個，他天生一副充滿憂患的學者相貌，眼角向下，嘴角有嚴肅的紋路。洛盈聽哥哥說過，魯瓦克伯伯是工程師中的將軍，蘭朗伯伯是數學天才，拉克伯伯是語言學大師。他們都是戰後火星重建的功臣。她看著幾位伯父，儘量甜美地露出笑容，就像剛剛回家，像平時一樣打招呼，心裡怦怦跳。她生怕自己出口的聲音發顫，但好在幾個人都心事頗多，誰也沒有特別注意。他們順次走過她身邊，朝她笑笑，拍拍她肩膀，祝賀她回家，然後穿衣戴帽，匆匆離去。

經過她身邊的時候，拉克伯伯簡短迅速而略帶抱歉地說，她前一天寫的郵件他收到了，但是沒來得及回，他這幾天都在，她可以直接去辦公室找他。洛盈連忙說謝謝，謝謝。

最後一個走來的是胡安伯伯。他有著暗色皮球一樣的臉，和圓圓的繫不上皮帶的肚子，活像木板畫裡八百年前的印度香料商人。他是個粗壯的胖子，動作卻靈活。兩撇鬍子彎彎地翹著，眉毛又黑又濃，頭髮彎捲。這些特徵讓他顯得有趣，容易給人豁達的第一印象，能夠輕易遮擋眼睛裡鋒利發狠的目光。他剛出客廳的時候還一臉肅殺，但看到洛盈，便立刻咧開嘴哈哈地笑起來，就像她小時候，一見面就把她抱了起來。

「哎喲，小白兔回來了。快讓我看看。」他舉著她轉了一圈又放下：「怎麼還是這麼輕啊？在地球受虐待了？還是不好好吃飯？」

「我……我跳舞。」

「跳舞也得好好吃！胖一點跳舞多好看。」

「那就跳不高了。」

「跳不高怕什麼。跳那麼高幹什麼？想吃什麼就吃什麼。不知道吃什麼就來找我。我跟你說，你胡安伯伯可是個藝術家。昨晚的甜點吃了沒？吃了幾塊？好吃嗎？」

「兩塊。好吃。」

「那就是我做的，開飯前放進烤箱裡的。」

「您還會做甜點？……胡安伯伯，昨晚我聽見您說您祖母……」

「你也聽見啦？」胡安朗聲大笑起來，笑聲裡聽不出一點陰翳，這多少出乎洛盈預料：「小兔子，我跟你說，談判呢，總得有一個嚇唬人，一個扮好人，你爺爺總愛扮好人，我就只能去當那個嚇唬人的。這可是不公平，我早就跟你爺爺說了，改天我也得扮一回老好人。」

胡安伯伯爽朗地笑著，拍拍肚子，叫她改天一定去他家吃飯，然後離開了。

洛盈看著他的背影，心裡起伏。她在他轉身的一瞬看到他的表情又變得嚴肅，步伐很大，以精確的直線走上車，上身絲毫不晃。她記得從小他就喜歡逗她，抱她坐在他胖胖的肚子上叫她小白兔，用絡腮鬍子刮掉後的荏扎她，最喜歡問她長大以後想怎樣。

她現在知道長大想怎樣了，長大就是想了解話語背後的東西，而不只是話語本身。

門廊靜了下來。她轉過頭，哥哥和爺爺站在小客廳的門口，兩人低聲交談。走廊盡頭是透光的落地窗，暗紅色的地面在逆光中近乎棕褐，曼陀羅的花朵泛出點點銀白。他們好像在爭執，但聲音很低，洛盈聽不太清。她看到爺爺的臉色鐵青，非常嚴峻，她很少看到爺爺這樣的臉色，在她的記憶中，似乎只有一次在螢幕上，爺爺在議事院大廳平定一場騷動的時候，嚴峻的臉色和今天有些類似。那個時候爺爺大踏步走進門，拉開椅子坐下，一句話都還沒說，但看著爺爺的臉色，全場都靜了。

「……原則也不一定是最後的界限。」哥哥似乎說著。

「是最後的。」她聽到爺爺說：「既然是原則，就是最後的界限。」

她在這一刻終於證實了自己的擔心，這是一場山雨欲來的危機：如果談判破裂，戰爭隨時可能重新開始。而地球人要的，是可控核融合。

回到房間，洛盈的背包滑落在地上，她的人也跟著坐到地上，讓身體放鬆。對她來說，這是一個漫長的下午。大人們的話語粗疏、梗概、技術化，但是足夠勾出脈絡。她心神不寧地換衣服、沐浴，坐在浴缸裡，出神地思量，熱水蒸氣充滿頭部四周。

她已經很久沒有聽見過這樣直接的政治討論了。小時候她對這些很熟悉，大人們常常聚在她家，喝咖啡，喝很多很多很苦的咖啡，精神矍鑠，將牆壁映滿地圖。但她在地球上很少遇到這樣的場合，除了最後一年的回歸運動，剩下的大部分時間她都生活在充滿娛樂氛圍的輕飄飄的環境中。輕得如同香檳，充滿悠揚的氣泡。

她很久沒遇到今天這樣濃縮咖啡般的討論，不僅僅因為她在地球上遠離決策者的住所，而更是因為氛圍。與她在地球上遇到的政治決策者相比，火星的叔叔伯伯們明顯有一種極為寬泛的嚴肅感，她時常聽到他們說宇宙責任，或者人類終結，而地球的政治家卻似乎從來沒有提過。她在地球上能聽見某國政府向世界銀行申請破產保護，某國元首親自拍攝電影促進旅遊，某國外交部出面購買某國債券若干，就像一個個企業，為運轉而經營，但是似乎很少聽到那些在火星常常聽到的新聞：移動某顆星球，建立人類生存新模式，統合人類文明成果，計算模擬人類歷史有誤差，諸如此類。她常常有一種倒置的錯覺，猜想如果宇宙的異類看到這些消息，會不會以為前者統領兩千萬，而後者統領兩百億。

她今天聽到這些話已經覺得離她很遙遠。她小時候曾經對這樣的宏偉心潮澎湃，但在地球上，她卻突然將這激情失去了。沒有人勸說她，但她只是不再信了。她見到一個大得多也混亂得多的世界，一下子迷惑了，似乎沒有什麼人類等著他們改變，也沒有什麼文明將希望寄託在他們身上。曾經的宏偉變成一種假想的偉大錯覺，彷彿對著一幅幻景，鬥志昂揚。

這意味著迷失。毫無疑問，今天來到她家的叔叔伯伯是火星人生的楷模，是科研、工程、探索、開發的佼佼者，是火星所有嚴肅光榮路徑的頂峰，可是她不知道，從他們身上，她如何能看清自己未來的方向。

她閉上眼睛，向溫柔的熱水裡縮了縮。床頭旁邊，螢幕上個人空間裡的註冊介面正亮著，像一個幽幽的幻影，透過浴室玻璃照在她臉上。她不去看，但她能感覺。

她知道她應該做出抉擇了。她需要迅速在一個工作室裡註冊自己，獲得一個身分的回歸。這是每個火星成年人必要的一步，只有有了工作室，才有身分的號碼，才有未來各種生活活動和購買物品的個人空間。所有的工作，所有的出入證明，所有的錢都在這個號碼所確證的個人帳戶內。她現在還未將它啟動，它沉寂著，就像她還不存在，還沒有從地球回歸。

可她不想選擇，就像打完仗的人不想工作。

火星的工作室在多數情況下是一個人終生的歸屬，會有一些人轉換，但是大部分人會在一個工作室裡工作一輩子，一步一步上升。洛盈不願意如此。儘管她知道這是一條必然的曲線，人人如此，可是在地球的五年裡，她搬過十四次家，住過十二個不同的城市，做過七種職業，身邊換過五群不同的夥伴。她早就不知道該如何決定一個一輩子的所在。她不能再接受單一，也開始討厭一切等級。小時候覺得天經地義，現在只覺得是約束。她不想這樣，可她沒有辦法說服自己。

註冊介面亮著，她遲遲不去點擊。

螢幕旁邊的窗台上擺著各種色彩甜美的小物件，邊走邊唱的電子鐘、草莓型溫度計、稚氣的機器娃娃、橙色和草綠的玻璃燈。洛盈看著它們，幾乎不記得自己喜歡過那些東西，但它們清楚地靜立著，保留著十三歲女孩的全部世界。

洛盈從浴缸裡出來，在烘乾室裡烘乾，換上睡衣，在洗淨的暖香裡獲得自我安慰的勇氣。她看著鏡子裡的自己，像看著一個陌生的女孩。她頭髮濕漉漉的，白淨的脖子顯得過於纖細，顯得很脆弱，和自己的期望並不相同。她期望自己能夠更加堅強而清醒，知道該怎樣生活，怎樣選擇，能夠沉思地、清楚地、堅定地生活，不要像鏡子裡這樣迷惘而蒼白。

她將頭髮盤起來，靜靜出了自己的房間，穿過樓道，想去找爺爺。

昨天爺爺說過，今天是爸爸媽媽的忌日，他們要一起晚餐，獻上祝福。可是她到各個房間看了一圈，發現爺爺不在，哥哥也不在，餐廳裡有食物，在烹調機裡溫熱地等著。

她看著那透明的盤子和空蕩蕩的餐廳，在心裡嘆了口氣。爺爺終究沒能完成自己的提議。她不能怪他。他是總督，而她剛剛目睹談判的危機如此赫然在目。

她沒有吃東西，轉身出了廚房，穿過靜謐的樓梯，一個人來到二樓爸爸的書房。

她要一個人去和爸爸媽媽說說話，問問他們生活該怎麼選擇。

爸爸媽媽死的時候，她只有八歲，很多事情不懂，很多事情雖然懂，但如今已經忘了。她在地球上曾有一度刻意關閉自己的回憶，關閉得久了就真的無法打開了。她為了讓自己堅強，隔絕了與舊日的聯繫，而今堅強得太久了，舊日的大門卻敲不開了。

推開門，她看到房間和五年前離開時一模一樣，保持著十年前爸爸媽媽活著時的樣子。這是爸爸生前讀書，媽媽生前雕塑的地方，也是爸媽和朋友們喝茶討論的房間。桌上還擺著茶杯，小勺放在碟子上，好像一段茶會剛剛結束，笑語未散，人還會回來。桌子、架子上有零散放置的工具，操作台上還有未完成的雕塑。一切都是精心維護過的，仔細避免了每一絲死者的傾頹。整個房間完美無缺，只可惜維護得太好了，窗台和邊角都太乾淨，一塵不染，一眼就看得出沒有活人的氣息。

錯落的書架像一座建築。它們是爸爸的設計，高高低低，橫豎交錯，線條筆直，將細密的字搭成空中樓閣。夜晚已來臨，書架成為看不見細節的暗影。整個房間凝注著往昔的歲月。人不見了，但記憶還在。洛盈記得，爸爸媽媽的生活一直與藝術相連，那些日子她還小，可是那種記憶在心裡，一種氣息，藝術的、交流的氣息。

她沿著牆邊慢慢地走，看房間裡的一樣樣東西，拿起又放下，回想著父母從前拿著它們的樣子。

在靠牆的一張小桌上，她看到一本紀念冊，打開著立在桌上，裡面是父母大幅的合照，在半月形的桌上顯得肅穆，像是沒有裝飾而清靜素潔的靈台遺像。

她拿起紀念冊，一頁一頁翻著。有爸爸媽媽從小到大的照片、課堂上的獎項、舞會的合影、科研和藝術創作紀錄。他們年輕的時候都是活躍的人物，爸爸編排歷史話劇，自導自演，場面看上去宏大壯麗，在社區的小劇場，用投影做背景，帶領著身後大群稚氣未脫的十幾歲的學生，臉上寫滿深沉與決絕，像要奔赴刑場。媽媽一直喜歡繪畫和雕塑，少年時代參加比賽的一幅作品現在還掛在社區博物館的大廳，有照片為證。他們後來雖然都選擇了工程工作室，可是他們的愛好一直持續到生命的盡頭。

看著看著，洛盈想起來，小的時候，她最常和媽媽相處的地方就是她的雕塑間。

她忽然在空氣中看到了媽媽，就站在一座架子旁邊，黑色的長髮編了辮子盤在頭頂，眼神很專注，端詳著自己，細細打量，充滿情感，然後迅速回到操作台前，雙手緊張而敏捷地敲打，目光凝在泥土上，手裡的刻刀畫出細節的輪廓。她看到自己帶著蝴蝶結坐在椅子上，手裡抱著娃娃，好奇地看著媽媽，被空氣裡的熱情感染。

然後，她又看到爸爸，就坐在她們身旁，坐在其中一個架子上，穿著一件棕色襯衫、一件毛背心，一條腿踩著一旁的椅子，胳膊支在另一條腿上，手拿著筆，對著空氣比比劃劃，面帶看清一切似的敏銳笑容，講述著一段歷史。旁邊還有其他大人，男男女女，在說一些歷史，一些激動人心的藝術與意念。她不懂，可她聽著。

這畫面將她的回憶勾起來，頭腦中封存的往事開始一點一點復甦，隨著文字和夜色，流淌到周圍的空間。她發現很多畫面她並未忘記，只是一時不曾想起。

在一頁紙上，她突然看到這樣一行字，頓時心裡一驚：

從這一天起，阿黛爾正式成為沒有工作室的人。

是在說媽媽。

媽媽怎麼會沒有工作室了呢？她連忙看看日期，是自己六歲的那年。由於沒有其他說明，她不知道發生了什麼。她向前翻，翻到生平事件清單，發現媽媽的記載果然到她去世前兩年結束。此後由於沒有註冊任何工作室，資料和事件都斷了，像一個戛然而止的未完的戲劇。

原來媽媽也不願註冊啊。洛盈心裡想著，有了一絲甜美的酸楚。在死亡隔絕的生命兩端，她找到一絲延續的靈魂。她覺得自己的困擾不孤獨了，其中似乎蘊含著千絲萬縷父母的影響和遺留。她的漂泊和因漂泊而產生的不安這一下也顯得不奇怪了，她繞了一大圈，最終回歸到媽媽的路上。

可是媽媽是為什麼呢？她想不明白。自己的困擾很明顯是被地球生活方式改變了，可是如果媽媽也經歷了和自己一樣的掙扎，最終選擇了不歸屬，那又是為了什麼呢？

她很想再多看一看媽媽的資料，可是紀念冊上沒有更多了。她將它端端正正地放回桌上，轉過身，想去旁邊的書架上再找其他資訊。

就在這時，她借著月光，看見月牙桌旁暗處擺放著一束白色的花。花是百合花，包裝是素淨的綠色絨紙，擺得不顯眼，在月光照不到的地方，她剛才進來時沒有看見，現在突兀地闖入眼簾。

她走過去，拿起花束，花下面有一張卡片，卡片是爺爺的筆跡，上面只有三個字：

原諒我。

她心怦怦跳了起來。

原來爺爺已經來過了。雖然沒能晚餐，可是已經來過了。

她反覆地看著那張卡片，感覺很奇怪。在月光的螢亮照耀下，卡片顯得蒼白，黑色硬挺的鋼筆字赫然醒目。

她猜想它的意義，但完全沒有頭緒。爺爺做了什麼需要父母原諒的事呢？爺爺那天看著父母的照片，明明是那樣慈愛而悲傷。

原諒我。

她又看了看那三個字。突然好像被電流擊中了。

她頭腦中出現了下午在門廳裡爺爺說話時的臉色，那一瞬間，她的心臟彷彿停止了跳動。她突然想起來自己是什麼時候看過爺爺從前的錄影。是在臨走以前，臨走前兩個月。她想在小客廳看電影，忽然觸動了剛剛播過的另一段片子，是爺爺和議會大廳騷動的鏡頭。她看到了爺爺冷峻的臉，走進大廳，鎮住所有騷動的人。她還沒看清，爺爺就出現在客廳門口。她連忙將錄影關上。

過了一個月，她就被通知要去地球了。

展覽會

旅店的大玻璃直接轉化成螢幕。一整面牆接收幻燈機的投影，光潔平滑，圖像清晰。伊格將房間變成了放映室，不拍片的時間，一直沉浸在屋子裡，在老師的遺作中浮沉。

老師的片子讓伊格浮想聯翩。他沒有見過這樣的電影。老師就像一個孩子，拋出許許多多個問題，每一段片子都是一個問題。他似乎完全不再管套路的技巧，也不藏包袱，只是一次次把最直接的情景擺出來，把每一個讓他自己覺得微妙的設置擺出來。

伊格看著老師的片子就像看著一本日記。老師並不講述自己的生活，但卻用點點畫畫的鏡頭記錄了八年的思維。每一個鏡頭都是語言，其中有大量不完整的片段，歸類在「未公開」的目錄下，就像一個人在日記中隨手畫下的閃念。完整的片子有二十部，或長或短，都未命名，僅以序號編排。

在一部片子開頭，他拍了一個女孩，一個漂亮的穿粉色裙子的女孩，鏡頭從左到右、從頭到腳將她拍得很清楚。一個畫外音說：請抓緊看，這將是我們最後一次看到她。說完，鏡頭忽然一個俯衝到女孩的身上，畫面轉黑，讓人覺得是跟著進入了她的身體。從此之後，觀眾一直作為封鎖在內部的靈魂看一切，但是卻時刻都能意識到「自己」的外貌，時刻都能想起女孩的樣子，就像有一個虛擬的罩子，罩在鏡頭外。女孩後來又做了一系列事情，庸常的小事，但所有的庸常都變得遙遠了。鏡頭舒緩卻幸災樂禍，極清晰地表達了一個有自我知覺且尚不能看透的人，是如何被困在自己築起的罩子裡。

老師對每一種表達方式的探索都可以用精確來形容。

來火星之前，伊格曾經質疑自己的職業。拍電影越來越成為一個沒有技術含量的工作。隨著 3D 技術到來，隨便什麼人都可以做導演，不僅僅能拍自己的家庭短片，而且可以拍一整部長劇集，場景立體真實，還帶有溫度、濕度和氣味，讓人戴上眼鏡就能身臨其境，走入其中。於是電影人的注意力紛紛轉移了，不再多考慮畫面的呈現技巧，而是只把重心放在情節的曲折。然而老師卻用自己的方式告訴伊格，最好的呈現方式不是最新的，而是最獨特的。

老師仍然拍 2D 的片子。2D 的局限成了優勢。他拍了一個人，年少的時候突發奇想，想每天臨睡時給自己拍張照片，記錄人生變化。他真的這麼做了。剛開始還需要用備忘鐘提醒，後來卻成為吃飯閒聊洗澡之後自然而然的每日習慣。有一天他工作後回家，沒事做，決定看一看已拍過的照片。他端出飯菜，倒上酒，坐在黑暗裡，拿著遙控器，在牆上一張一張播放。影像跟著他的視線，盯在牆上，清晰的頭像一張一張滑過。起初看不出差別，但放著放著人就老了。照片放到此時的他，卻並沒有停下來，而是一直向後放過去，人一點點變老，到一張老態龍鍾的照片戛然而止。緊接著，畫面突然切回這個人，他仍然手持遙控器坐在暗處，只是人已老，倒下死去，飯菜仍留在桌上。鏡頭停留在此處，一片寂靜中有死神的氣息。

老師也拍過一些3D的片子。在這些片子裡，他用那種全像立體精確放大細小的感覺。他拍了一個有一點精神問題的人，不停地注意到自己手上的老繭，總有想把它們撕掉的衝動。為了不把自己弄傷，他試著轉移注意到其他地方，結果，牆壁裡自動燒水的機器由弱漸強的嘶嘶聲讓他備受折磨。於是，他開始羨慕所有注意不到自己手部皮膚的人。這導致他開始對別人手部特別注意，並被這注意所苦。整個片子要觀者走入立體環境，主人公敏感的痛苦變得異常龐大。片子特意安排兩個工程師坐在一旁，說一項碩大工程就要失敗、星球遇到危機，可是卻讓人感覺，相比而言，還是切身的苦痛、還是手上的老繭更真實、更令人苦惱。

伊格不能很快看完所有的片子。他把不用外出的時間都留在旅店，但仍然看不了很多。他發覺老師始終在質疑人和生活的確定性，在他的片子裡，他把日常生活拆解又重組，一切表像似乎都是不穩定的，可以流動，也可以擴大或散失。在這樣的過程中，一些意義消解了，一些結論怪誕地凸現。

伊格開始明白老師留在火星的理由了。所有這些片子，所有這些嘗試性的故事和場景，在地球的環境都無法獲得出路。老師感興趣的始終是生活的消解，而這興趣沒有人需要。人們需要的是生活的指點，而不是生活之外的指點。在網路上，最容易成交的是滿足人需要的片子，比如給人一個孤獨時可以交流的幻影，比如含有香水味、血腥味的，攜美女、與人搏鬥和神祕啟示的，這些都是全像電影的最大優勢。仇恨社會的發洩電影也有相當多支持，但是很少有人會買老師的片子，不管它們實際上是否奇妙，它們也難以在交易中生存。

老師的所有片子都存在資料庫裡。他走後，他的空間一直由珍妮特管理。

對於資料庫，伊格搞不清楚它的完整樣貌與結構，但他已知道它無比龐大。他幾乎是直奔主題，直接搜索到老師的個人空間。但他在到達空間的路徑上，曾經瞥見如千年古樹的枝杈般繁茂的旁支分叉。他計算它存儲了許多許多記憶。如果每一個生活過的火星人都有一個自己的空間，那麼空間個數至少有幾千萬。再加上幾十萬個工作室空間，不停更新的綜合公共空間、展覽空間、互動空間，整個資料庫就是另外一座火星城，巨大的虛擬城。一個人的個人空間就像他的家，城市公告牌就是廣場，家中存放作品，廣場滾動出公告，邀請其他人去欣賞。正如千年古樹，葉茂枝繁。

伊格沒有對整個資料庫多加漫遊，一方面是沒有時間，另一方面是因為珍妮特的請求。

請保守祕密好嗎？珍妮特給伊格密碼的時候，誠懇地說，除了亞瑟，我們從沒有給外人進入的許可權，裡面有很多自由的東西，開放，但是重要。作為管理員，我不應該越過職責。但你是亞瑟的學生，我希望你看到他的遺留。他的片子，還有他生活過的世界。她低頭看著自己的雙手，聲音仍有哭後的沙啞。除了我自己，我希望還能有一個人幫我記得。亞瑟的八年都在那裡，我怕哪天我也死了，這世上再沒有人知道。你什麼都可以看，片子也可以帶走。但請保守祕密，好嗎？

「好的，我保守祕密。」伊格鄭重地承諾。

他不會告訴別人的。他從來就沒有和誰提起。老師把人生最重要的一部分留在了這裡，他將用緘默繼承這段時光。老師留下了片子，珍妮特為他敞開空間，這都是他所得到過的最珍貴的饋贈。他想在這個世界慢慢環遊，理解老師尋找到的東西，尋找老師留下與離開的理由。

在伊格看來，地球上無可阻擋的庸俗化正是二十二世紀的癥結。從二十世紀開始知識的平民化全面籠罩世界，但那個時候還留有一些古典時代的尾巴，還有一些人為了偉大高貴的思想智慧而活，可是到了二十二世紀，一切偉大都消散了，根本沒有人再追求這些，人的目光和理想縮短到不能再短的程度。沒有至高智慧的追求，整個文明就開始庸俗。這是屬於所有人的痼疾，包括他自己。他帶著疑慮來到火星，不知道老師是否在這裡找到解答。

從一個人的角度，一個世界是一個房間。他可以一生住在一個房間，也可以推開一扇門，進入另一個房間。有時想起走出屋子會覺得可怕，但有的時候，進門出門只是轉換的一瞬間。從空間的地圖看，一個人比房間小，但是對人自身來說，一個房間只是生命暗流的一部分，在時間的地圖上，人比房間還遼闊。

從表面上看起來，地球和火星的創作生活沒有太大差別，創作、公開、爭取他人歡迎，但是沒有誰比伊格更清楚其中的真正差異。地球上也有公開發表作品的空間，表面看起來也對人人民主，然而那是一種超級市場式的暫態空間，每一部作品進入交易區，都像一瓶牛奶，需要迅速找到買者，迅速被人從貨架上提走，否則就將過期，退回原廠。三天，或三十天；交易，或死亡。每個倉庫都期待零存儲，每個買賣人都關注新鮮貨。如果短暫的交易中無人問津，彷彿作品也會腐壞變質。理論上講，一部作品可以靜靜地置於貨架上，直到有人發現，但實際情形中，這種情況永不會出現，沒有當場的交易，就沒有浪費成本的保存。阿多諾曾說，寫作的希望不是對世界有影響，而是某天、某地、某人能完全了解他寫作的原意。但這種希望在他死後兩百年，最終被證明只是幻想。

在這樣的暫態買賣裡，容不下對至高智慧的追求。伊格在這樣的超級市場裡生存了七年。從十八歲到二十五歲。他試圖追求高渺的思想，為此不惜與整個大市場隔離。他的片子屬於某種特殊的小型賣場，類似於高價的有機水果賣場，與工業品相區別，購買者堅定。他只在這裡出售，也只在這裡購買。他有固定的小圈子，就像一棵堪薩斯南方受雨露滋養的樹，結出的蘋果不多，但有特殊的鄉愁和氣味。這是他一貫的風格，也是泰恩有意的安排。泰恩從一開始就提攜伊格，幫他規畫，勸告他穩定的圈子才是出售的關鍵。

儘管如此，伊格在地球仍需要四處奔波，去到高樓頂端，坐在輕質合金的高級辦公桌旁，對每一位可能的贊助商闡述自己下一個計畫，夾著新口味的香菸，不談藝術，談自己的市場份額。他每週兩次到網路見面站與網友見面，化為虛擬人，擺出造型，兜售自己的所作所為。這是他久已習慣的生活，甚至占去了比創作更多的時間份額。

現在看來，這一切在火星都是不必要的。他們不愁生存，不考慮發行，不用做廣告，不用求利潤。這是一種什麼狀態伊格幾乎不能想像，但他能感覺到這種生活的巨大吸引力，至少對他來說，衣食無憂，心無旁騖，整日只談創作與理想，實在是比什麼都理想。

伊格想等片子全看完，再約珍妮特好好談一次。他以一個叛逃者的眼光看周遭的世界，心中開始困惑叢生。他覺得老師的離開並不自然，就像一個隻身到荒野流浪的人，伐木砌石，修建籬笆，卻在木屋落成的那天回到城市。一個世界剛亮起，就在另一個世界中隱去。

這是為什麼？他想。難道房間之間，是一道旋轉門。

這一天早上，伊格照例來到會展中心大廳。

會展中心是火星最高大的建築，也是博覽會召開主要的所在地。地球展品均在此展出，代表團和火星的談判也在這裡的中央會議室。會展中心構造特殊，五層的建築像一座金字塔，最下面一層是寬廣的大廳，上面每一層縮小一圈，到了最高的第五層就只有一個會議室了。此時此刻代表團正在會議室談判，地球的各色貨物伴隨火星的居民在一層流連。

沒有展覽會的日子，會展中心大概做為一間科學技術博物館。通常火星的房屋立柱都會添加不透明的色彩，以遮擋其中運行的機械結構和電路設施。但會展中心不同。大廳裡矗立著許多根粗壯的柱子，每一根都是透明的，裸露著內部結構，彷彿內容特殊的水族館展櫃，又彷彿在透視儀上看到的生物骨骼。每根柱子旁邊有展示牌，介紹柱內設備的技術與功能、開發人、演化年表。基本上，房屋所有必要的保護和控制都由這些電路完成，從加溫隔熱，到宇宙射線粒子遮罩，再到水迴圈與空氣迴圈，牆體本身起到天地的作用。伊格拍攝、閱讀，從中了解不少。

通常的早上，伊格會先盡職盡責，在會展大廳拍參觀者，在會議廳拍交談場面，然後就按照自己的心願，到城裡其他地方四處參觀、閒逛，拍他眼中新鮮有趣的畫面，拍火星生活。談判的內容沒有多少有趣的地方。雙方都反覆陳述著相同的話，希望陳述得多了，對方就接受。每天的例行通報都是：雙方友好地交換意見，就關鍵性問題展開討論。熟悉談判的人都知道，這意味著又是一天的各自重複，無實質進展。地球代表團在表面的虛張聲勢之下隱藏著混亂，某國代表的意願常常被另一國代表阻撓，伊萬東諾夫說過的話，王會站出來否定，自身達不成共識，暗自爭鬥，遠不像火星一方言辭整齊劃一。這幾天地球上出現經濟危機，技術股大跌，各國都受影響，因此都期待利用火星技術讓自身從危機中走出，但同時都忌憚他人做同樣的事情。這些伊格不感興趣，他每天在會展中心消磨的時間不會太長，通常是例行過場，迅速離開。

這天早上不一樣。這天他剛剛戴上拍攝眼鏡，就遠遠地看見了洛盈。她穿著便裝，和另外兩個女孩走在一起，身旁帶著兩個十三、四歲的小男孩。

伊格興奮起來。對他來說，這是個難得的機會。他確定他很想拍這個女孩，但不想跟蹤。他有獵犬般的敏銳，但也有木頭般的執拗。他不願意偷拍，即使偷拍讓人更敏銳，他也不願。他三天前去舞蹈教室採訪拍攝了她一次，但還沒在舞蹈教室之外的地方見過她。她每天都要訓練，難得出來，更難得讓他遇到。他不知道今天能否有機會交談。

洛盈今天穿了深灰色的舞蹈長褲。不是練功褲，而是寬鬆柔軟的闊腳長褲，垂墜感很好。短上衣外面，套著一件長而寬鬆的無袖罩衫，和長褲一起擺動，看上去隨意而舒適。

伊格遠遠地端詳，想從外表摸索這個女孩的個性。她今天頭髮鬆鬆地夾著，給人的感覺像她的衣服一樣，隨意而飄忽。她看上去有點心不在焉，對自身和周圍的一切都不太在意，跟其他人走在一起卻說話不多，頭腦彷彿處在另一個世界。他不知道她是一直這樣心不在焉，還是這一天特別有心事。他只覺得她迷惘的樣子很特別，迷惘得很好看。

洛盈走在幾個孩子中間，並不主導方向，由人挽著，好像向哪邊都可以。她的步履很輕，和身邊蹦蹦跳跳的紅頭髮的女孩形成鮮明對比。

伊格向她們走過去，和她們保持一定距離。他啟動眼鏡，以長鏡頭跟隨她們的腳步。

三個女孩走得閒散，大多是跟著兩個男孩的步伐。伊格認識其中一個。魯奧·貝芙麗，貝芙麗先生的兒子，代表團中唯一一個小公子。此時他站在各色物品前，用毫不掩飾的炫耀口吻指指點點。另一個男孩圓圓胖胖，比魯奧高出半個頭，看上去很憨厚，但臉上帶著明顯較勁的倔強，似乎總在尋找反駁魯奧的理由。

魯奧似乎處於下風，有點不高興，撇著嘴大踏步往前走。白衣男孩連跑帶跳地跟過去。

「托托，別亂跑！照顧客人！」洛盈旁邊的紅髮女孩在他們身後叫道。

伊格覺得很有意思。他喜歡拍攝生活裡的普通人。喜歡拍他們的驕傲自得、不屑一顧、爭強好勝和一驚一乍。他每天在展覽會穿梭，都能看見不同類型的火星居民。人們對現場展品的態度通常各不相同，又都共同迥異於地球態度。這是讓伊格覺得最有趣的地方。

伊格跟上他們。

當幾個少年來到健康產品展台前，名叫托托的男孩指著一只離子壺問道：「這是什麼？」

魯奧一下子來了精神，說：「這叫離子壺。它可以根據你的體質，配合出最適合你的離子飲料，選擇最合適的元素搭配，保證最充分的營養。還有配套電子探針，可以隨時檢測你身體的酸鹼度、微量元素濃度，讓你的體液總保持在最健康水準。」

托托笑了起來，圓鼻頭被臉頰擠住：「真是蠢人的說法！」

「托托！」紅髮女孩使勁拍了他後背一下，叫道：「怎麼能這麼說話呢！」

托托嘟著嘴分辯道：「本來就是嘛！人的酸鹼度和離子水準都是可以自我調節的呀。要這玩意幹嘛？」

魯奧說：「這你就不懂了。專家說過，人自己調節總是會上下波動，達不到最佳的。」

托托反問：「波動怎麼了？本來就應該波動的呀。」

魯奧搖搖頭：「你太高估自己了。我親自試過呢。我家有最新型號的，我一個月沒用，就覺得疲勞和感冒都不容易恢復。」

托托咧開嘴笑起來：「那是當然！你用慣了這玩意，還能自我調節才怪呢。」他興致高漲，眼睛瞇成兩條縫：「我們老師早說過，地球人最愛唬人，這叫製造欲望。」

伊格在心裡一凜，他沒想到托托會蹦出這樣大人的詞彙。他說的一點錯都沒有，商品的精髓在於欲望，當欲望滿足就製造欲望。誰能造出新欲望，誰就能立於市場中央。這道理沒錯，只是從托托的口中說出讓人覺得頗值得思量。這說明火星的教育從很早就開始講述商品經濟的弊病，他不知道托托能懂得多少，是僅僅記住了口頭的標籤，還是真的早慧得能理解制度。

魯奧說不過托托，臉上一陣尷尬，把頭扭到一旁。他很想學他的父親，永遠在臉上保持涵養，但卻只學會一本正經，沒學會見不同的人說不同的話。他臉龐很窄，兩隻眼睛離得有點近，不高興的時候五官都緊緊拉成直線。他是商品社會的理想產物，篤信廣告就像篤信真理，以為賣家都是為了買家在考慮。

「那你們是什麼？」他不甘心地辯駁道：「你們是壓抑欲望。是毀滅人性！」

「胡說，」托托也惱了：「明明是你們製造欲望！」

「是你們壓抑欲望！」

「是你們……」

「好了好了，」紅髮女孩連忙將兩個人打斷：嗔怪著說：「都是有教養的小紳士，這麼吵像個什麼樣子。你們讓洛盈姐姐評評理，看誰說得對不就行了。」

她說著拉了拉洛盈的手臂，希望她挺身而出，平息爭吵。

洛盈這才從心不在焉的散漫中出來，看看她，又看看身邊的兩個男孩，平靜地說了句：「欲望？一個地方有一個地方的欲望吧。」

紅髮女孩想了想，似乎覺得這個答案太模糊，怕兩個男孩又吵起來，就順著她的話問道：「你在地球上也為購物瘋狂嗎？」

「不瘋狂，但也常常買。」

「每個月買鞋子？」

「差不多吧。」

「沒穿壞也買？」

「嗯。」

「為什麼啊？」

「不為什麼。你要是去了也一樣。」

「那為什麼啊？」

洛盈拍了拍她的手，說：「在舞團的時候，買東西是種娛樂。就跟咱們開舞會一樣。」

「啊？真的嗎？」紅髮女孩的興致慢慢高漲起來，不再管兩個男孩，開始順著自己的興趣問下去：「這怎麼能一樣呢？難道他們那兒買東西和咱們這兒不一樣？」

「不太一樣。」

「怎麼個不一樣？說說，說說。」她慫恿洛盈：「你上次說要講地球的事，一直沒講呢。你當時在舞團是怎麼樣的？你們平時沒有舞會嗎？」

「有，但不是咱們的舞會。」洛盈說：「他們那兒的舞會，都是不認識的人。臨時認識，臨時跳跳舞。事先也不用邀請舞伴。我們也去，但不是每個星期固定的時間。有的時候連著兩、三天一直喝酒跳舞，也有的時候兩、三個星期不去。舞團的女孩子都喜歡買東西，沒有什麼安排的時候，她們就去買東西，我有時候跟她們一起去，有時候不去。什麼事一旦習慣了，就沒什麼理由了，每個星期都去的話，要是哪個星期沒去就很彆扭。」

他們那兒買東西確實和我們這兒不太一樣。我們不是大部分東西都直接訂貨嗎？他們不一樣，他們大部分東西都以很漂亮的方式擺出來。商店和公園是一體的，就像一座小山一樣，走廊上上下下像迷宮，還有華麗的小火車，一路穿山越嶺，路過商店，一邊走，一邊就能看見衣服、鞋子、玩具擺得像童話裡的場景，你忍不住就買了。男孩和女孩約會也多半會去買東西。我剛到那兒的前兩年住的大廈其實就是一個大商場，也是一個城市，跟咱們這個中心形狀差不多，金字塔形，不過有兩百層高，我們住在一百八十層，在五十層訓練，二十層吃飯，一百二十三層跳舞，每層都能購物。你要是去了，可能比我買的還多。」

「兩百層啊！」紅髮女孩張大了嘴嘆息起來：「那得有多高啊！」

魯奧在一旁，聽得很得意，嘴角露出一絲淺笑，彷彿這壯觀是他的功績。

「那你後來不住了嗎？」紅髮女孩又問。

洛盈搖了搖頭：「住了兩年就搬走了。」

「為什麼啊？」

「後來不在舞團待著了。」

紅髮女孩還想繼續問，但洛盈又顯得心不在焉起來。而兩個男孩又開始向前走了，於是女孩們也跟著繼續漫步。伊格對洛盈產生了更強烈的好奇，他準備在合適的時機上前攀談，暗自在心裡準備著問題。

沒過多一會兒，伊格就又聽見兩個男孩的爭執聲。

「……這個可厲害了，」魯奧又恢復了神氣的聲音：「以前的智慧財產指紋只能保證網路傳輸監控，管不了手頭交易，所以電子書黑市猖獗。但這個新的生成器能把原始程式碼直接寫進書裡，只要一閱讀，不管你是怎麼得來的，都會自動發射信號，給作者的網路帳戶裡交錢。這樣就徹底確保了智慧財產經濟的版權問題，使得市場穩定有序。」
托托皺起眉頭：「智慧財產經濟是什麼？」
魯奧歪著頭笑了，用很有教養的語調說：「就是從傳統工業到創意工業的偉大飛躍呀。」
托托不太明白：「那為什麼看書得付錢呢？」
魯奧白了他一眼，似乎不屑於回答這樣的問題。
他輕輕拿起旁邊一個小卷軸，展開成書本大小的一頁，對托托說：「你看這個！最新型個人電腦。不僅重量輕、體積小，使用便捷，而且超級防水，你甚至可以在游泳池裡使用。」
托托說：「真逗。誰在游泳池裡用電腦呀？」
魯奧不理他，繼續說：「把它塞在口袋裡，走到哪兒都可以使用，超長時間的微電池，還有紅外線、微波和光纖等等各種接入網路的方式，超強抗遮罩，地鐵裡也能上網。」
托托更加不解：「這是幹嘛？難道你們地鐵裡沒有終端？」
「終端是什麼？」
「終端就是終端啊。我們這兒車站、博物館、商店裡都有。」
「你說的是公共電腦吧？那可不一樣。公共電腦沒有自己的文檔，怎麼工作啊？」
「怎麼不能工作？登錄個人空間不就行了？」
魯奧和托托都有點惱了。他們相互聽不懂，都被這場沒有頭緒的爭論弄得莫名其妙。
這一次是洛盈主動站出來打圓場：「托托，地球上和我們這裡不一樣。他們並沒有中央伺服器。地球太大了，人也太多了，他們是把個人電腦連成網路的。」

洛盈說得簡單又樸素，輕描淡寫，不經意地把巨大的差異抹平。

伊格知道她說的是準確的，火星和地球的差異就是中央伺服器與個人電腦，是資料庫與網路。但她輕描淡寫地把這件事歸因於地域與人口，使得爭論好像不再必要了。但實際上，這種差異涉及很多複雜的方面。比如電腦商的利潤問題：地球上的電腦平均每三年就更新換代一遍，如果像火星一樣裝進建築，不方便淘汰，那麼電腦公司的發展從何而來呢？比如技術和責任問題：在地球上，誰有如此的力量運營這樣一套系統呢？政府還是公司，誰又有這財力和能力呢？還有更為關鍵的思想背景問題：地球上的主流媒體一直以原子化的個人為驕傲的傳統，如果用這樣的中央伺服器將大家統合起來，不知道思想家們又會有怎樣激烈的批評呢？

這些問題他不知道洛盈究竟是不清楚，還是有意忽略。若說她是不懂，那麼她就是剛好找到了最簡單的答案。如果她清楚，那就是不想和男孩們提這些問題。他看著她素淨的眉目，思量著她的想法。他想也許是時候過去打招呼了。

剛好這時，孩子們開始晃晃悠悠地走向一旁的飲食區。

伊格跟上他們，在自選餐台旁走到洛盈身邊。洛盈看了看他，微微點了一下頭。

「早。」伊格主動打招呼。

「早。」

洛盈不像是想要談話的樣子，但也沒有拒絕。她的招呼打得平淡，但自動走得慢了些，落在其他孩子後面，這就給伊格開口的空間和機會。

「她們是你以前的朋友？」他指指前面的女孩。

「嗯，鄰居。」

「火星人不搬家吧？」
「從來不搬。」
「那就是很多年的鄰居了？」
「如果我沒走，就是十八年。」
「那彼此很了解了？」
「如果我沒走，是很了解。」
「現在呢？」
洛盈沒有直接回答，而是指著那個紅髮女孩說：「吉兒最大的夢想是做設計師，將來能設計一件最美的婚紗。」說完又指了指旁邊一直沒有說話的藍衣服的女孩：「普蘭達的願望是寫詩，寫出像拜倫一樣的好詩，刻成經典。」
「那你呢？」
「我想做一個植物學家，一個偉大的植物學家，發現花瓣和顏色的祕密。」
「真的？」
伊格不知為什麼，輕輕笑了出來。或許是因為她臉上過於嚴肅的表情，或許是因為這個聽起來很嚴肅的夢想。他想和她再多聊一些兒時的話題，不希望他的鏡頭僅僅是緋聞八卦。他希望自己的聲音和語調就像是家常的談話，而不是帶有窺探目的的偵查。
洛盈好一會兒沒有說話，從架子上取下一隻蘋果，拿在手裡掂量。伊格也隨手取下一杯巧克力奶油。他們慢慢踱到付款處，手滑過機器，付了錢，走到牆邊的一張小圓桌旁站定，離其他孩子的距離不遠不近。洛盈一直看著她們，見她們尋她，便抬手示意了一下。

「那麼，你現在的偉大理想是什麼？」伊格輕鬆地問。

「我沒有偉大理想。」

「不想做一個偉大的舞蹈家嗎？」

「不想。」

「為什麼？你們這兒有這麼好的條件。」

「好嗎？」

「不好嗎？你們有那麼安定的生活，不用考慮銷路，有空間，還有工作室。」

洛盈忽然沉默了。伊格本想等著她回答，但等了好一會兒都沒有聲音。他有點奇怪，看著她的臉色。她的樣子有點低沉得過分，超出了迷惘和心不在焉的限度。起初他見她不想說話，以為只是神思飄離，但後來發現，她的沉默像是一種壓抑，像是情緒糟糕到不行，卻隱忍著沒有作聲。他不知道她是從哪個時刻開始變化的。剛才的她還不是這個樣子。

「你怎麼了？」他問：「我說錯什麼了嗎？」

「你沒錯，」她面無表情地說：「是這一切都太好了。」

「這是什麼意思？」

「沒什麼意思。」

「你覺得不好嗎？」

她抬起頭，眼睛亮亮地看著他，說：「問題不是好不好，而是你不能認為不好。這……你能明白嗎？」

伊格愣了一下，不知該怎麼回答，她的眼睛裡似乎克制著悲傷，而他完全看不清這種悲傷的來源。他思忖著答案，她的眼睛盈盈地在他臉上轉了片刻，但沒有等他回答，就說了聲對不起，起身跑出去了，連其他孩子都沒有來得及打招呼。他們覺得奇怪，在後面叫她，又轉而看著伊格。伊格知道，她是不想讓他們看見她的悲傷。他百思不得其解。

這一天的後來，伊格也開始心不在焉起來。他最後在展覽會大廳轉了一圈，重新拍一遍全景，就離開了。展覽會的會場與地球的風格大相逕庭。展廳布置得不花俏，展品規規矩矩地擺放在陳列台上，旁邊是標準的展板介紹，就像是博物館，而不是展銷會。地球籌備組帶來了可拆卸的探險山洞和極速體驗場，但發現展廳不夠高，難以布置。他們不遠萬里帶來了炫目的布景，能應對任何包圍和宣傳轟炸，但卻無法應對沒有包圍和宣傳轟炸。高聳的華麗展台擺放不開，只拼搭了一半，像是蜷縮著蹲在地上。光電地毯捲一半鋪一半，看上去很委屈。宣傳畫一張鋪滿一整面牆，因為太大，近看上去像是怪臉。一切都打了折扣，因為這折扣，兩邊都無法討好。

檔案館

當洛盈和纖妮婭肩並肩坐在瞭望塔上時，兩人頭頂已是繁星閃爍，夜空璀璨得令人難以逼視，銀河自左向右，劃過整個天穹。瞭望塔看得到火星城大半個全景，燈火星星點點，就像地上的星空。她們坐在兩片星海中間，鐵架的樓梯在腳下一路延伸。她們在這裡坐著，終於有了一種遠離家園的幻象。

「我起初也想過最簡單的可能性，就是爺爺確實覺得這次的學習機會很好，私自動用了權力，照顧我進入。」

「你覺得可能嗎?」纖妮婭看著她，漂亮而上翹的眼角流露出一絲諷刺：「我要是總督，就把自己的孫女從團裡換出去。」

纖妮婭學體操，她們是僅有的兩個學習體育的女孩，洛盈的疼痛，纖妮婭都知道。

洛盈搖搖頭：「當時我想，組委會可能也不知道我們不好過，而是真的希望我們能學到些新東西吧。」

纖妮婭低聲說：「希望吧。」

纖妮婭永遠不怕得出冷冷的結論，可是洛盈不願意。她不是不能想到那些可能性，但只是不願意那麼想。她也不知道為什麼，就是不願意。她知道這是自己的弱點，很多實際的事實被自己潛意識回避。她就是不想接受自己只是活體實驗品的想法，這一點，她遠遠沒有纖妮婭現實和堅強。

「回憶起這件事之後，我也不這麼想了。不管組織者是不是知道地球的艱難，這也不是爺爺送我去地球的理由。我看到那段錄影之後不到一個月，就被換了進去，這也太巧合了，不可能是真的巧合。」

「這點我完全同意。」

「所以現在最大的問題就是，如果爺爺是怕我了解到更多東西，那麼他怕的是什麼。」

「這應該不難猜，他就是不願意讓你知道，是他處死了你爸爸媽媽。」

「不是處死，只是罰他們去採礦。」

「也差不多了。火衛二那邊的礦船不是經常出事嗎?」

「其實我現在也不確定那段錄影是不是就是對爸媽的處罰。我當時並沒有聽清，而且就算聽了，當時可能也不懂。也許就是模模糊糊有爸爸媽媽的名字，而且是片斷。」

「那他們也擔心你了解更多。」

「如果只是爺爺這樣，倒也不奇怪，但我難過的是，哥哥大概早就知道，只是和爺爺一起瞞著我。」

「說不準，你哥哥連你爸媽為什麼被罰都知道。」

纖妮婭的話觸到洛盈的心裡。她今天約她出來，就是想讓她幫自己想想，有什麼樣的過錯會使得一個人被罰到衛星上採礦，從而導致死亡。她們倆剛才已經想了一會兒，都沒有頭緒。她們從小見到的處罰就很少，被罰在車間勞動，不允許提交作品已經是很大的處罰了。火星的生活寧靜安詳，罪過和衝突都鮮有發生。洛盈實在想不出爸爸媽媽會犯什麼樣的大錯，他們一直是那樣熱愛生活，檔案空間裡也沒有任何不良紀錄。他們從小就獲得各種嘉獎，唯一的一次處罰，就是致命的處罰。他們只幹了不到一年就出了事故。她不知道發生了什麼。她想來想去，媽媽最大的過錯似乎也就是不註冊了。

她望著夜空，輕輕地問：「你說，不註冊，是一種罪過嗎？」

纖妮婭自嘲地笑了一下，說：「如果是的話，我寧願也受罰。」

「你也沒註冊？」

「沒有。」

「我也沒有。」

「好像大家都沒有。」

「真的？」洛盈愣了一下：「我還不知道呢。其他人也拖著呢？」

「都拖著呢。安卡不是還差點離隊嗎？」

「啊？什麼時候？」

「你不知道嗎？」纖妮婭有點驚訝：「從回來第一天就和他們上尉鬧翻了。據說當時晚宴之後，他們有任務，包圍地球使團旅店，在上空飛行示威，安卡拒絕了。士兵拒絕命令，長官還能不發火？結果後來幾天都沒有好過，有一次他差點就走人了。」

「這樣啊……」洛盈喃喃地說。

從別人口中聽到安卡的消息總是有一點奇怪的感覺。她其實知道他的事情不多，常常是他人給她轉述。可即便是這樣，聽其他人說起的安卡還是和她自己記憶的安卡感覺不一樣。她總覺得他是那種看一切事情都很隨便的人，可是在地球上，他就有一次吵架後脫離隊伍。她常聽纖妮婭說起一些事情，纖妮婭似乎知道每個人的狀況。

「說不準，不註冊真是個大錯呢。」纖妮婭忽然說。

「嗯？」

「其他的小過錯，偷個東西、占個便宜什麼的，只是一次性的，其他人都知道是錯的，不會影響太大，簡單處罰一下也就罷了。但是觀念革命總是不一樣了。觀念革命總是對現有生活方式的挑戰，如果觀念革命蔓延得廣了，很有可能威脅秩序，所以說不準，拒絕工作室的統領就是個很大的錯誤呢。」

洛盈沒說話，纖妮婭的話讓她想到在地球上回歸主義者朋友們說過的一些話。

「當然，」纖妮婭補充道：「我也只是瞎猜的。」

「我今天在想，」洛盈說：「我們這個世界的最大問題就在於你不能覺得不好。每一個人都必須選一個位置，必須按照現有的模式生活。我想想覺得非常可怕。如果真的像你所猜的，不註冊就是大罪，那就說明人連脫離這個系統的自由都沒有。這是多可怕的一個世界。」

纖妮婭沒有回應，轉而問她：「你是回來以後才開始這麼想吧？」

洛盈點點頭。

「我也是。有時候我覺得這樣很難受，好不容易回來了，卻看什麼都看不過去。」

洛盈想了想說：「一個人要是能夠只按一種方式生活，按直覺生活，其實是件挺幸福的事。」

纖妮婭笑了：「我怎麼記得這是咱倆四年前說過的話？」

洛盈也笑了：「我就是背那時的話呢。現在早不說這種煽情的話了。」

她們現在已經很少說這樣總結人生的話了。見到的困擾太多了，就不能用總結來形容了。那時候她們是說地球人，說得輕鬆感慨，遠遠不像今晚這樣抑鬱。

纖妮婭忽然側過頭看著她問：「你現在最想做什麼？」

洛盈脫口而出說：「出去。」

纖妮婭笑了起來，細長的眼睛瞇著，點點頭說：「果然一樣。」

洛盈抬起頭，摸摸頭頂堅硬冰涼的玻璃穹頂，說：「可惜再也出不去了。」

四座瞭望塔是城裡最高的建築，像四座守護神像，靜靜矗立在城市四個方向，她們喜歡這裡，因為這裡能碰到火星最高的穹頂，能直接望到外面，能觸到生活裡觸不到的城市的邊緣。夜空繁星明亮耀眼，沒有大氣層的遮擋，星海燦爛而恆常。

「所以才想出去啊。」纖妮婭說：「你有沒有在地球上跟人爭論過，說火星的治安有多好，道德水準有多高？反正我說過。可我昨天才想明白，我們這裡為什麼治安這麼好，根本不是火星人天生都高尚，只是因為誰都出不去。所以你無處可逃。他們早晚會抓住你，所以你不能犯錯。」她忽然有點悲傷地看著洛盈：「你無處可逃，所以你只能這樣生活。」

洛盈沒有回答。纖妮婭的栗色長髮一如既往地凌亂而隨意地散開。

她們已經很久沒有討論過生活方式的問題了。剛到地球的時候，她們曾經很熱衷討論，看到每一處新鮮的職業和場景，就長長久久地品評一番，在其中找到一些道理，並宣稱自己要過怎樣的生活。然而從倒數第二年開始她們就很少說了，生活能讓她們決定的實在很少，所謂各種生活方式，能被人自己決定的實際上都很少。

但不管怎麼說，她們是見到過那些不同的生活方式的。

火星的生活方式沿襲了悠久的傳統主義。每個孩子都會經歷類似的過程：六歲去課堂，九歲參加公益勞動，十二歲開始考慮未來方向，十三歲拿著自選課手冊興奮不已。他們可以在少年時期到各個工作室選修，修滿學分之後，選擇喜歡的方向開始實習、做論文、做工作助手，然後每個人都會挑選一個工作室進入。他們也會去商店、車間、礦場做工，但那是各自工作室實習的一部分，完全義務勞動，積累經驗為主。誰也不會做無關的事情，誰也不會脫離。每個人都會有一個永久工作室，一個號碼，一個盛放工作的檔案空間，一條一輩子線性的路。

然而在地球上，與洛盈遷徙相關的，是她看到的做各種事情的人們。她每到一個地方，就被一群新的同伴裹挾，他們從來不和任何地方簽長期合約，只是偶爾做餐館侍者，偶爾寫文章，偶爾運送一兩票貨物，偶爾四處奔波賺點小錢，偶爾替政府做義工，偶爾做些非法的買賣，偶爾把自己的智慧所得賣到網路上。做一件事，得一天錢。他們在各個城市間輾轉，坐在航空站吃速食，在旅店的大廳聚會，用剛剛拿到的錢買菸，跟著剛認識的人去做生意。他們的職業像眼神一樣曖昧，剛剛擦出火花，就迅速轉移方向。

那是一種叫做不確定的迷人生活，和他們從小習慣的柏拉圖式的創造花園強烈地對抗，像兩股寒流，凜冽地席捲她的生活，在她心裡碰撞，暴風驟雨。

於是，他們在地球經歷的是兩種相反的適應過程：生活技能上適應更原始的不方便，生活方式上適應複雜。火星的城市運行遠比地球發達，然而火星的生活方式遠比地球古老。

在洛盈看來，火星的人們有著日神似的清醒，而地球上的很多人都有著酒神似的狂歡。火星人從十歲起就了解亞里斯多德的邏輯、漢摩拉比法典、雅各賓黨和大革命的復辟以及人類歷史藝術性的展開。人們坐在自己的書桌前，站在共同的咖啡長桌前沉穩地討論哲學，討論宇宙意志在精神歷史上的體現，討論文明的更迭以及自覺意識對人類歷史的推動作用。他們最崇敬偉大的智慧和藝術與發明。每個火星人最常問自己的問題就是，為什麼要這樣做，這樣的作為在文明進程中有什麼樣的價值。

而地球人不是這樣。

洛盈在地球上學會的第一件事就是狂歡，她跟著舞團的女孩和她們的朋友喝酒，吸一種介於毒品與菸葉之間的迷幻藥物，在飄飄欲仙的完美幻覺之間感受神光的照耀。她聽著他們說笑話，大聲唱歌集體搖擺，相互之間不問來由不問去路只是共同享受身體釋放，他們互相親熱地擁抱，憑興趣和感覺做事情做完就忘記，將一個人的身體的美闡發到極致，說自己就是宇宙，幸福的一刻就是宇宙的永恆。她很快學會了這一切，跟著他們大笑四處胡鬧，從來沒有問過他們為什麼這樣做，這些事情在人類歷史上是什麼作用，她知道在那樣的激情沉醉中，這種問題是不合時宜且沒有意義的。

火星有酒，但很少有醉。幾乎所有水星團的孩子都遭遇到這樣生活的震撼。他們無法回避地遇到這樣的問題：生命的存在是為了偉大的歷史與傑作，還是生活本身就是全部的意義。他們於是遲疑了，在人群中沉默，在狂歡時醒著，在學習時醉，在幾乎一瞬間什麼都不信了。

洛盈無論如何都想知道自己被送去地球的真正原因。她不希望被人安排。以前可以順理成章接受的所有安排，現在已經不能夠了。她要知道這一切是否合理。

奧林匹斯山的諸神，她默默地想，你們可曾知道有那麼一群孩子，會為了你們的清醒與狂歡，困惑、尋找、搖擺、掙扎？

去拉克伯伯的辦公室之前，洛盈坐在隧道車上想了很久。她故意選錯了目的地，選錯了兩次，繞了一大圈才回來。如果不是這樣，差不多五分鐘就能到了。隧道車總是自動優化，按照目的地選擇最優線路，讓人連猶豫和考慮的時間都沒有。

她猶豫了好一陣，猶豫到底要不要繼續查找下去。

她覺得自己正在小心翼翼地走向邊緣，走向平時生活裡遇不到、只在這轉換的錯差之間感受得出的問題。她現在仍然是一個不存在的人。她沒有註冊，沒有帳號，沒有系統身分。她是一個站在這個系統之外的心存挑戰的人。

不註冊。她輕聲念出這個簡短而決絕的句子。這是一個了不起的罪名嗎？這是挑戰了這個世界的存在秩序嗎？這是值得讓爺爺將爸爸媽媽流放遠方而害怕自己知道的理由嗎？為什麼系統會如此在意一個九位數的號碼呢？

她在地球上聽過一些故事，一些被稱作機器大時代的故事，人們講述的時候充滿恐慌，說在那個世界裡，機器系統籠罩了所有人，囚禁了所有人，把人們只當成其中任意使用和消滅的零件，人的自由權利與尊嚴統統被壓制得不存在了。他們說火星就是最好的例子。她很害怕，不為人知地顫抖。她害怕他們的惡言惡語。他們從來沒有到過火星，可是他們說得頭頭是道，好像比她還了解。後來聽多了，她習慣了，不再害怕惡意，但卻開始恐慌他們說出的是真相。她問自己，如果周圍真是由邪惡的統治組成，她又該如何呢？

洛盈想問的東西很多，但大部分她不敢直接去問。地球上很多人都對她說，爺爺是獨裁者。他們說得言之鑿鑿，聲情並茂。可是這些話她不敢問，也不想問。她身上流著爺爺的血，疑惑無法化作直面的言語的質詢。

在她童年的記憶裡，爺爺就是火星的守護者。她心底並不相信爺爺是獨裁者，只是來回的若干細節讓她疑惑叢生。爺爺是軍人出身，是戰爭年代最後一批飛行戰士，是戰爭的倖存者、勝利者、承擔者。他戰後轉為工程飛行員，駕駛採礦船，往返於火衛星和火星之間，去木星勘探，去小行星採水，去火衛星建立基地，先是參與科研與飛船試飛，然後領導整個艦隊和飛行系統的技術開發，獨行大半生，中年以後才進入議事院，從議員做到長老，六十歲成為總督。洛盈小時候見過爺爺每天俯首書桌，徹夜讀書，或者徹夜長談。有時即使他們全家到爺爺家做客，他還是會被其他顯赫的大人從餐桌上叫走，一去就再不回來。他個人空間的容量相當於整一個學校的記憶體。洛盈不覺得他是獨裁者，如果是，那這獨裁者也未免太操勞了。可是另一方面，又有各種各樣的事件在她心裡衝突，讓她不能夠確定。比如她的遠走，比如爸媽的死亡，比如資料庫的運行方式。

她想弄清楚這些事，這是她內心無法回避的疑問。

隧道車像一滴水珠一樣在光滑的管道裡滑行，氣體在車廂外包裹，連雜音都沒有。洛盈小時候並不知道家園是這樣安靜的一個地方。沒有高速運轉的電梯，沒有人聲鼎沸，沒有汽車，也沒有飛機。只有精緻小巧的房屋，玻璃，花園和小徑，只有自動售貨的小商店，咖啡館，無人售票電影院，水珠一樣流過管道的透明的隧道車。只有學習、工作、沉思、與交談的人們。沒有大麻，沒有吶喊，沒有半醉半醒時赤裸的狂歡。沒有雜訊，只有安靜。

洛盈繞城市坐了整整大半圈，從光駛入暗，又從暗駛入光，看明暗交織的光線讓車廂模糊了邊緣，最終，她還是下了決心，按下孟德斯鳩檔案館，拉克伯伯的工作地。

她需要知道答案。她雖然不願面對顯得荒謬的現實，但更害怕永遠未知，永遠沒有結果。對生活的懷疑是所有恐慌中最最逼人的一種。她不能在懸置中讓生活若無其事。

拉克伯伯掌管整個火星檔案中心的中心。他比誰都熟悉那些身分的數字。它們是一個個蜂巢，組成密密麻麻的人的陣列。拉克伯伯坐在它們中間，像是與它們已融為一體。面前是一張古老的書桌，桌面隱隱有裂痕，但擦拭得光潔，物品擺放得一絲不苟。

「坐吧。」

拉克指了指書桌前的椅子。洛盈輕輕坐下，背脊不自覺地挺直起來。

「我看了你的信。我明白你的意思。」拉克說。

洛盈沒有說話，心裡忐忑地等著。陽光剛好照在她的眼角，她看不清前方。

「你真的想查嗎？」

洛盈點點頭。

「可以。」拉克說：「不過，日常生活中有很多事情，不一定要樣樣追溯。」

「知道和不知道是不一樣的。」

「沒有什麼不一樣。」

「不一樣的。」

「多了就沒什麼不一樣了。」

洛盈看著拉克伯伯。他瘦長的十根手指交叉，雙肘支在書桌上，也相當嚴肅地看著她。他說話的聲音平靜，但表情非常凝重。他的背脊很直，頭像頂著水罐一樣端端正正，但不知為什麼，她覺得他的姿勢像是在祈禱。雙手交叉，支在桌上。他的眼睛裡有一種苦澀，隱密卻清楚，透過圓片眼鏡，透過雙手，透過他們之間隔離的書桌上方的空氣，到達她面前。她覺得他是希望她能看見的。拉克伯伯不是一個輕易流露情緒的人，從來不像胡安伯伯，他從來不大聲憤怒，也不大聲歡笑。他的面容永遠是根雕一樣的古老、缺少變化。如果他流露出一絲無奈的苦澀，那麼定然是他希望她能看出他的意思。他的臉瘦長，顴骨分明，頭頂的頭髮已經稀疏，灰白的顏色帶出思考過度的焦灼。他沒有起身，仍然在等她最後的回答。

「我還是想查。」

「好吧。」拉克點點頭。

他站起身，在牆上輕抹，螢幕保護裝置的壁紙消失，一整面牆的四方形金屬小格顯露出來。不是真的金屬，卻惟妙惟肖。咖啡色小門，金色鑲邊，每一個拉環下方有一張白色小卡片，讓人有伸手就能拉開的錯覺。整整一面牆，從屋頂到地面，密密麻麻，洛盈坐在對面看著，有一種暈眩的感覺。拉克熟練地察看卡片上的標注，沿牆走了一會兒，對一個小格輕輕點擊，輸入了幾個口令參數，牆後立刻響起微微的運轉轟鳴的聲音。

很快，一張電子紙從牆一側的縫隙裡掉落出來。

拉克拿起紙，遞給洛盈。洛盈像捧著一碗水，小心翼翼地接過，目不轉睛地看著。紙上是當年的試卷和成績。透明的玻璃纖維上，字體清晰得令人難受，像細細的小刀，隨著向上的滾動劃破空氣。

她看了很久，最終抬起頭。紙上的結果她之前已經心裡有數，此時只是正式確定。

「拉克伯伯，為什麼會換上我？」

拉克微微搖了搖頭：「我可以告訴你實情，但不能告訴你原因。」

「我想知道那個孩子是誰。」

「哪個孩子？」

「就是那個原本應該去地球的孩子。那個和我交換命運的孩子。他是誰？」

拉克猶豫了一下，說：「我不知道。」

「不可能。您肯定知道。您是當時的主考官，您怎麼可能不知道？」

洛盈有點激動，脫口而出，說完又覺得自己顯得太不禮貌。她不喜歡這樣的自己，總是在疑問中迷失。她把頭轉開，讓自己默默平靜了一下。拉克伯伯的眼神越來越憐憫，甚至有一絲悲傷的憐憫。

「即使我知道，」他說：「我也不能告訴你。你可以查自己的檔案，這是你的權利。但你不能查別人的，我沒有這個權利。」

洛盈低下頭，看著自己的雙手。辦公室的座椅是老式扶手椅的造型，後背很高，兩側的扶手也很高，線條起伏像張開的手，人坐在裡面坐得很深，彷彿被懷抱。以洛盈此時的心情，她需要這樣的懷抱。當懸著的石頭落下來，落進大海，就激起海底深處的海嘯。

「拉克伯伯，」她抬頭問：「所有其他人的檔案都不能查嗎？」

「不能。」

「連家人的都不能？」

「不能。」

「我們不是號稱每個人的檔案空間都透明公開嗎？」

「是，但有兩個前提：自願，或者法律規定。你自願發表的資料和作品都可以公開，你希望獲得通過的政策提案必須公開，你作為工作和管理者的財務收支必須公開，但除此之外，你有隱私的權利。每個人都有，檔案館也有。總有很多檔案不會公開，最終成為歷史記憶，這在任何一個時代都是一樣的。」

「那我連爸爸媽媽的檔案也不能查嗎？」

「如果是他們沒有公開發表的，那麼是的。」

「我曾經嘗試想查我媽媽的檔案，可是所有公開的檔案都停止在她去世前的最後兩年，她從工作室退出的時候。我完全不知道她後來發生了什麼，就好像那兩年不存在一樣。」

拉克目光悲憫，但聲音冷靜：「對此我也很遺憾。」

「怎麼會這樣？」

「公開的部分一般是她工作事務的自動紀錄，她退出了工作室，沒有紀錄很正常。」

「也就是說，一個退出工作室的人，在系統看來和死去是一樣的是嗎？」

「可以這麼說。」

洛盈沉默了。窗外的光線斜射進來，冷靜地切割整個牆面，陰影中的小格彷彿無限深海。她知道拉克伯伯是正確的，他說的每一句話都是正確的。正確得令她絕望。

「這就是註冊的意義嗎？」

「不完全是。」

「那註冊的意義是什麼呢？」

「是分配物資。公平、公開、透明地分配物資。保證每個人應得的錢輸入他的帳號，不多不少，不錯漏也不隱瞞。」

「可是我們的錢不是按照年齡分配的嗎？與註冊和工作室有什麼關係呢？」

「那是生活費。只占系統資本極小的一部分。那一部分確實與註冊無關，只按年齡輸入。但等你長大了就知道，在一個成年人正常支配的所有資本中，生活費用只是次要的一部分。他的絕大部分經濟活動是研究經費、創作成本、製作費用、購買和售賣的付出和所得。所有這些資本流動都在工作室的框架之內流動，工作室只是使用，最後還回歸總體。只有這樣才能做帳目統計。沒有註冊的帳號，系統不允許金錢輸入。」

「自己一個人搞研究不可以嗎？」

「可以。但是你只能使用你的生活費。不能申請公共資助。一旦開了系統總收入向私人輸入的缺口，那麼違規操作和聚斂財富就會像無法遏止的河水，決堤而出。」

「但是，如果不要這些錢，那麼不註冊就不是什麼大罪吧？」

「不是。」

「不會被流放？」

「不會。」

「那麼我的爸爸媽媽怎麼會死呢？」

洛盈終於鼓起勇氣問出這個問題。她輕輕咬著嘴唇，心怦怦跳，嘴唇因緊張而略微發乾。拉克並未像她以為的那樣會對此驚異。他仍然靜靜地坐著，身體端正，面容聲音都沒有變化，仍然平靜低回，像是早對這個問題有所準備。

「他們死於一場不幸的飛船事故。對此我也很難過。」

「我知道。但我不是問這個，我是問處罰他們的原因是什麼。」

「我說過，我只能回答事實，不能回答原因。」

「可總要有個罪名吧？」

「罪名是威脅國度安全。」

「什麼安全？怎麼威脅？」

「那些並不在罪名的名稱之內，我無法說明。」

拉克仍然嚴肅靜默地坐著，只是聲音越來越低。洛盈和他對峙著，彷彿有一條看不見的繩子橫亙在中央，兩人都在拉，但誰也不能挪動一分。她忽然覺得有點委屈，喉頭微微發堵，可是終究忍住了，沒有哭。拉克默默地遞過一杯茶，她搖了搖頭，沒有伸手。

她有點傷感地看著拉克：「拉克伯伯，您能不能告訴我一件事？」

「什麼事？」

「爺爺是獨裁者嗎？」

拉克沒有直接回答。他看著她，像是在思量她提問的理由。但他並沒有問。

他只是沉默了一會兒，然後用教科書一樣的冷靜回答，聲音在黯淡的陽光裡有一種古董般的不真實：「這個問題要從定義上講。從《理想國》開始，獨裁者的定義就沒有發生太大變化。一個人如果可以任意地立法、執法，不受約束和監督地決定國家政務，那麼可認為這是一個獨裁者。」他頓了頓：「讓我們來看你的爺爺：你爺爺不能隨意決定法律，法律是審視系統的長老擬定；他不能隨意做出決策，各系統有自製權，內部決策由系統自主，而跨系統的總體決策需要議事院全體協商，星球決策有全民公投；他也不能不受監督，我們有資料庫的紀錄，他的一言一行、每一筆金錢開銷都清晰可見。這樣，你覺得他是獨裁者嗎？」

「那為什麼我不能查爺爺的檔案呢？我也監督不可以嗎？」
「那不一樣。」拉克緩緩地說：「所有人都有私人的部分。屬於記憶的部分。那一部分是海下的礁石，而我們有權監督的不過是海面的航船。職務以外的資料，沒有人有權利刺探。」
洛盈咬了咬嘴唇，拉克的話就像他背後的方格海洋一樣，她看不見底。
「這些檔案庫裡到底都記了些什麼？」
「記憶。時間的記憶。」
「為什麼地球人沒有這樣的檔案庫？」
「地球人也有，你看不見罷了。」拉克拿出耐心，聲音也越來越低緩：「你到過地球，就應該發現了，我們的檔案讓我們減少很多麻煩，當一個人從一個工作室轉移到另一個工作室，他不用準備任何身分證明材料，也不用轉移居留證和銀行帳戶，什麼檔都不用，只要工作室點擊確定，一切都在自動傳輸。你不覺得這很方便嗎？這也保證我們能建立一個人真正的信用紀錄。」
「是，沒錯。」拉克伯伯是對的，她明白。她在地球上曾經抱著厚厚的檔案從一個辦公室到另一個辦公室，用那些檔說明自己，介紹自己，轉移自己，證明自己就是自己，接受每張辦公桌的盤問，回答流水帳似的問題，被質疑包圍，被表格淹沒。還有一次又一次的騙局，目睹各種偽裝。他是對的，完全對。可是這不是自己想問的。
「我想問的是，我們為什麼要每人有一個號碼，一個靜止的空間，一個工作室的身分？我們為什麼不能流動，隨心所欲，隨時隨地忘記過去，改變自己？我們為什麼不能自由自在？」
「你可以自由自在，也可以改變自己，沒有問題。」拉克低緩得有一點神祕：「但是你不能忘記過去。」

落日的陽光幾乎已經和地面平行，大片的陰影讓房頂顯得越來越高。拉克的身影依然是瘦長而直立，灰色的西裝坎肩，白色襯衫，沒有裝飾，袖口和領口的金黃色扣子扣得整齊。他透過黑框眼鏡悲憫地看著洛盈，似乎想告訴她很多東西，但是什麼都沒有說。他的雙手已經在書桌上平放，瘦長的手指就像古老的鵝毛筆，靜靜平攤。洛盈第一次注意到四周的柱子，古希臘神殿的石柱一般，青白色豎直的線條，莊嚴神聖，隱去了其中飛速運轉的電路控制。書桌也是木頭的顏色，看不出是玻璃，桌上的筆筒有隱隱約約的人工花紋。房間充滿歷史感，就像拉克伯伯的人一樣。

咖啡館

火星的咖啡是一種人工食品，合成咖啡因，很香，不太苦。有各種濃度和添加物可供選擇，提神醒腦也是一個選項。咖啡館很寬敞，沒有服務生，自助咖啡機嵌在牆裡，廚房裡有廚師烘烤茶點。咖啡館是專門的聊天場所，旅店和一般人家都有咖啡機，和咖啡館沒有太大分別，來咖啡館的人通常都是會友或商談，因此咖啡館的聲音環境做了特殊處理，懸掛吸聲材料，用植物做隔斷，桌椅也擺得寬疏，給每一桌足夠私密的談話空間。

咖啡館在街角的黃金位置，從落地窗望出去，左側的服裝店、右側的油畫店和正前方灌木簇擁的露天劇場都看得清楚。街上有各種塑像，這條街是廚藝學大道，塑像是歷代傑出的美食廚師。火星的幾乎每一條街道都由傑出人物命名，科學家、工程師、畫家、美食家以及服裝設計師。所有的街道上都有塑像，有些是高大嚴肅的站立的肖像，也有的是詼諧幽默的動作的瞬間。這條街上的美食家的塑像格外生動，幾乎每一個美食家都擺出不一樣的造型，或站或坐，人的雕塑被食物雕塑包圍，留下永久的味覺的瞬間。

一些孩子跑跑跳跳，從咖啡館外經過，坐在傘形的樹下吃水果。道路中間的圓形空場上，有四個少年在演奏弦樂四重奏。幾個女孩子正在打開路邊的玻璃盒子，將自己做的娃娃放進去展出。這些都是工作室課程的一部分。行人的影像掠過落地窗，步履匆匆像一陣模糊的風。

珍妮特約伊格在這間咖啡館見面，因為這裡離影像館很近，是她和亞瑟第一次約會的地方。她的咖啡沒有動，眼睛看著不存在的遠方，靜靜地聆聽。

「……差不多這就是大概了。」

伊格把他能想到的都說了。

「他……沒再拍片？」

「沒有。」

「也沒接受過採訪？」

「也沒有。老師一直是個謎，對誰都沒解釋。」

「跟你也沒說過？」

「偶爾說過一兩句，但我那時還小，通常不大懂。」

珍妮特嘆了口氣：「亞瑟這個人是這樣。像牛一樣。自己想了的事就一門心思做，不管別人怎麼看。」她說著看看自己的雙手，手指交纏，聲音低下來：「那麼他至少和家裡人解釋了吧？」

「家裡人？你是指……」

「他的妻子和孩子。」

「沒有。他和妻子早就離婚了，一直沒在一起。後來的十年，老師都是一個人過。」

珍妮特抬起眼睛：「十年？……亞瑟什麼時候離婚的？」

「很早。我也說不太清楚。大概在老師三十二、三歲的時候吧。」

「你說他來火星之前已經離婚了？」

「是啊，那是肯定的。你不知道？」

珍妮特用手捂住張開的嘴，好一會兒才說：「不，我不知道。」

伊格很詫異。怎麼可能八年不知道。他小心地問：「老師他沒說過？」

珍妮特搖搖頭，有些心不在焉，像是一下子陷入了回憶，望著地面，眼神困惑而無焦點，手肘支在桌上，十指緊緊交叉，兩次想要說什麼但都只張了張嘴。

伊格安靜地等著，沒有打擾。

過了好一會兒，珍妮特深深吸了一口氣說：「亞瑟沒說過。不過不是他的問題。是我的問題。」她頓了頓：「是我一直不想知道，或者說不敢知道。亞瑟剛來的那年，我們還沒交好，我看到他隨身的一張照片，是他和一個女人一個小男孩，我問他那是不是他的妻子和兒子，他說是。我問他離家這麼久不怕家人著急嗎？他說他們現在並不好。我沒有問什麼叫不好，只以為是感情不好，我笑著說不好也該回家啊，他說嗯，會回去的。後來……後來他沒有走，我們好了起來，我就再也不敢提起這件事了，我怕一提起來他就該走了。每次他對我說，珍妮特，有件事我得說，我就問他，你要走了嗎？他說不，我不走，我就說那就什麼都別說了。後來他也就不說了。亞瑟本來就是石頭，別人問的事都不一定說，我不問，他就更不說了。他沉浸在他的劇本裡，我就在旁邊看著他。就這樣一年一年過下去，我一直不讓自己想太多。我的心其實一直都懸著，怕他哪天說走就走了。越是這樣，我越不敢挑明。我一直有種直覺，他不會永遠留在火星的。我只是想一天天推遲這個日子，推到不能推為止。所以當亞瑟最終說要走的時候，我甚至都沒有奇怪。我很難過，可是不奇怪，我覺得那是必然要來的一天，只是早晚問題。」

「你以為……」伊格斟酌著表達：「老師是回去和妻子團聚了？」

「是。我是這麼以為的。」

「老師沒有。他和妻子是徹底分開了。」

「我也……我也這麼想過。」珍妮特的眼睛又有一點紅了：「我一直希望他還能回來。他說過他去處理一些事情。我以為他是去處理……處理這件事了。」

珍妮特抬起頭，對著斜上方眨了眨眼睛，沒有讓眼淚流出來。她將頭髮向後捋，深呼吸，勉強向伊格笑了一下，情緒漸漸平復下來。她已經到了中年，不想讓自己再顯得脆弱，尤其是在一個年輕的後輩面前。她今天本已做好充分的心理準備，從一開始就很低沉，保持冷靜，沒有高揚的上升，也就沒有起落的痛苦。伊格心懷尊敬地看著她。她的臉色不算好，有點憔悴，皮膚顯得暗淡，眼睛浮腫。可以想見這幾天的狀態，悲多喜少。但她保持著堅強。她的頭髮還是整齊地梳過了，身上的條紋棉布襯衫雖然簡單，卻有著熨燙過的服貼紋路。伊格知道，很多年一個人生活，會得到一種習慣性的獨立，無論在多麼混亂的思緒狀態中，都能夠憑慣性照顧好自己。珍妮特沒有結婚。她給老師留著空，一直留著，直到這空永遠無法補上。

「其實，老師是想回來的。」伊格緩緩地說。

他這麼說不是為了安慰。他確實希望給珍妮特一些安慰，但不會故意說安慰的話。他說的是真話，他了解老師的最後時光，老師一直到死都懷念火星。越不說，越懷念。

「只是他的病一直沒治好。他差不多這十年都在治病，但最後還是擴散了。」他不知道這些情況能不能讓她的悲傷減少一點：「我猜想，這病才是老師回到地球的理由。他回到地球後不久就開始治療了。鐳射、奈米手術、化療。也許他是在火星就發現了，但不想讓你擔心，就沒有說，想回到地球治好了再回來。畢竟地球的醫學在有些方面還是有優勢的。可惜最後沒能治好。」

「這是不會的，」珍妮特搖搖頭：「他臨走時體檢很正常。」

這點伊格沒料到。「真的嗎？」

「是真的。如果有大的病症，是不能上飛船的，宇宙輻射很危險，對正常人都有傷害，對病人更不行。如果他查出腫瘤，我們就不會讓他走了。他走的時候是通過了檢查的，是健康的。」

「是嗎？……」伊格皺皺眉：「那也許正是路上的輻射致癌了。這就無法考究了。」

他沉默了。他以為這就是老師離開的理由了，但她的話去除了這種可能。他還是什麼都不知道。他本以為能珍妮特能告訴他解答，卻沒想到她還需要他來講述實情。他和珍妮特各自抱有一種合理的猜測，但他們各自將對方否決了。這成了真正懸置的問題，線索斷了，他不確定還能否連上。

他沉默了好一會兒，被空氣裡的沉鬱籠罩，不想說話。穹頂像一把傘，將他罩在散射的陽光裡，光如雨絲。中央的餐台旋轉著，自動鋼琴播放著增加憂傷的曲調，琴鍵自己跳動，就像有一個看不見的彈奏者。盆栽的葉子恍惚了伊格的視線，有一兩個片刻，他好像真的看見一個穿燕尾服的身影，坐在鋼琴前，背對著他，若隱若現。

過了好一會兒，他忽然清醒起來，想起此行最重要的事還沒有說，連忙凜身坐直，正色道：「差點忘了，老師有東西給你。」

他從包裡取出老師的遺物，一把女人用的梳子，一只有他頭像和名字閃爍的小徽章，還有他一直隨身帶著的電子記事簿，在棕色光滑的圓桌面上擺成一排。

「嗯，這是我的，」珍妮特點點頭，依次撫過那些小物體：「這是……他的通行證，我給他辦的。這是他的日記，他從地球來就帶著。」

「我見過你的照片，」伊格說：「在老師的記事簿裡……嗯。他沒有再帶妻子的照片。他帶著的是你的。」

珍妮特低頭凝視，用手指輕輕觸摸那些物件，觸得很輕，溫柔摩挲。

「還有……」伊格說得越發緩慢，斟詞酌句：「老師臨死時將頭腦電波轉換為數位信號，輸入了晶片。也就是說，老師將記憶儲存了。他讓我帶到火星來，留在這裡。我想應該將它給你。老師什麼都沒說，但我猜這恐怕是他真正希望的埋葬方式。」

他掏出那個一直帶在身上的微小圓片，托在掌心，鄭重地拿給珍妮特。

珍妮特的嘴唇顫抖了。她伸出手，手指也在顫抖。她的手碰到伊格的手掌，又縮回來，彷彿他托的是一團火，讓她無法靠近。她望著那晶片，腫脹的雙眼又充盈起來。

「亞瑟他……什麼都沒說？」

「沒有。所以我不知道該做什麼。」

「他是不是死得很痛苦？」

伊格不知道怎麼回答。他想了想，說：「不能算痛苦，只是虛弱得太久了，說不出話了。老師在最後清醒時曾經寫了一個字母B，我想那是你的名字。」

「B？」珍妮特抬起頭看著他，嘴唇突然冷靜了：「不，那不是指我。他從不稱呼我的姓。他若寫我的名字，即便是縮寫，也只寫一個J。」她一邊搖頭，一邊確定地說著。

她沒有顯出不高興，而是像忽然弄明白了一件事，聲音平穩起來。

「我知道你應該把這晶片拿到哪裡了。是的，這是亞瑟的風格。」

伊格凝神聽著。

「我先跟你說一件事吧。」珍妮特說：「他走的時候帶走了一樣東西。一般人都不知道。他走之前曾經去過資訊系統的光電工作室，那是資料庫的硬體核心維護中心。我們的資料庫原理是單原子控制，用單個原子帶電的躍動當作0和1，儲存資訊，能儲存相當海量的資訊。亞瑟從他們那裡得到了基本方案，帶回了地球。」

珍妮特說著，說得簡潔又清楚。那一刻，伊格像被一道電流擊中了。他突然明白了整個事情，所有難解之處都連貫起來了。他得到了讓拼圖完整的那塊眼睛。是的，這才是理由。這才是老師離開的真正理由。而且他不是像珍妮特想的那樣，回去的時候順便帶上一項技術，而是為了這項技術才回去的。老師留下來因為這個寬廣的空間，離去也是為了它。他希望將它帶回地球，將資料庫的存儲方式帶回去，給地球造一個山洞，一個靜態的山洞，一個能貯藏所有奇思妙想的山洞。他認為地球缺少足夠的儲存技術，無法做到如此海納的容量，因此懷著執拗的勁頭，多次求懇，向火星研究室要來了電路方案，滿懷希望地踏上了回程的飛船。他對珍妮特說，他去處理一些事情，希望處理完了就能回來，他說的就是這件事。他在地球上不聲張、不解釋、不接受採訪，想來就是因為攜帶了如此珍貴的火星技術，不能讓地球人隨便知道。也許他是做過承諾的，也許那承諾正是他得到方案的前提。只是他沒想到自己得了癌症，一去就再也沒能回來。

這樣就都解釋得通了，剩下的唯一疑惑就是老師在地球到底做了什麼。

伊格幾乎是在閃念之間想到了泰恩。他幾乎可以完全確定，老師一回去就找到了泰恩。他和泰恩是老相識，和泰勒斯集團淵源頗深。他希望那技術能由泰勒斯集團承載，因為世界上再找不出第二個機構有如此的覆蓋面，有如此的實力和影響。二十二世紀後半葉，當網路超市全面超越實體超市，泰勒斯便占據了世界企業第一名。老師想推行技術，一定會找泰恩。除了泰恩，還有誰有這樣的能力呢？

大劇院

洛盈等著哥哥的時候，心裡有潛伏的海浪。無論如何，她也想聽哥哥說說爸爸媽媽。

哥哥每天早出晚歸，在家裡幾乎不見身影。她到他的工作室找他。他不在辦公室，同屋的人說他去了加工車間。她於是來到車間，在休息室默默地望著。

操作車間她進不去，車間和休息室由堅硬的鋼化玻璃隔離。巨大的車間宏闊清潔，牆壁透明露出裡面的電路，門厚重緊鎖，隔離牆由綠色輻條分割成一扇扇小窗。窗裡的哥哥正戴著防護帽和眼鏡，親自操作生產流程的運行。他身旁有兩個助手，比他年紀大一些，卻聽著他的指揮，在一旁協助，負責細節和品質察看。路迪動作嫻熟，指揮若定，一個人站在高昂的整整一排機器前，像馴服著一條巨龍，指揮它用靈巧強大的手腳替自己完成頭腦中的藍圖。巨龍藍白相間，一節一節很狹長，切割金屬、吞吐纖維，一端是三座水缸似的原料口，另一端是輕盈吐出的氣泡似的金色長椅。

那長椅洛盈很熟悉，回家的第一天就是它迎接她的到來。

回家幾天，洛盈知道得最清楚的事情就是哥哥的生涯計畫：實驗研究、工程團隊領導者、議事院議員、系統長老。這是火星上獲得顯赫地位的最順暢的路，哥哥正在開始他的生涯。他從小成績出眾，嘴角常帶著驕傲的笑。到目前為止一切順利。一切都剛剛開始。

電磁第五研究所是陽光系統下屬工作室，火星的大部分日常能源來自太陽的電磁輻射，因而電磁研究一般都納入陽光系統之下。屋頂的電路板、城市邊緣圍繞的天線、每棟房子的粒子磁遮罩電路都是陽光系統的研究所得。火星將牆壁和屋頂開發得通透，玻璃壁內部總有看得見看不見的電路，改變這些電路，可以產生局部強磁場，路迪就是借助這一項加緊開展自己的項目研究。

洛盈一個人喝了兩杯果汁，在憂傷的彩色液體中回憶小時候的事。她想起他們曾經說過的一生的夢想，她想的是在有陽光的窗子裡和心愛的人並肩讀書，而哥哥想的是帶著喜歡的女孩去宇宙中遠航。她不想走而哥哥想走。但是到最後她去了宇宙，而他扎扎實實地在家園生根成長。她再也沒有和他提過兒時的夢。

杯子空了，哥哥終於出來了。

他看見她，有點訝異，摘下防護帽，揉了揉亂蓬蓬的金髮，點點頭，來到她身邊坐下，顯得情緒不高，有點低沉，眼睛紅紅的，看上去很疲倦。他從牆裡接了一杯咖啡，拿了兩塊餅乾，喝咖啡喝得過快，嗆到了，咳嗽得很急。洛盈等他停下來，平靜了，才輕輕開口。

「哥，你還好嗎？」

「還行。照常。」

「我看你今天顯得有點累。」

「沒事。」路迪搖搖頭：「你呢？訓練怎麼樣？」

「一般吧。」

兩個人沉默了一下。路迪等著洛盈開口。她猶豫了一下，看了看身旁忙碌運轉的車間，拿起哥哥的杯子，起身又去給他接了一杯咖啡，輕輕地調好糖，放到他面前。

「哥，我去見過拉克伯伯了。」

「嗯？」路迪有點詫異。

「他證實了我的問題。」

他明白了，低頭喝咖啡，鼻音濃重：「嗯。」

「你當時就知道對不對？」

他沒有說話。

「你也知道爸媽的死因對不對？」

他還是沒有說話。

「告訴我好不好？」

「真的是一場意外，」路迪沒有表情地說：「事故飛船的技術負責人後來也被處罰了。」

洛盈被哥哥疏遠的距離感刺傷了，心裡有點難受，換了一種方式，直白地看著他，問：「哥，爺爺是獨裁者嗎？」

路迪皺起了眉頭：「為什麼這麼問？」

「因為別人都這麼說。」

「誰說了？」

「很多人。」

「地球人？」

「嗯。」

「地球人的話你也信？很多話都是偏見。」

「也有些不是。」

「不是偏見，就是無知。這你知道。」

「我不知道。」

「你應該知道。」

洛盈看著哥哥，他的眉頭微微皺起，表情很嚴肅，眼睛直率地看著她。

「我也以為我知道。」她低頭小聲說：「可是爺爺下令禁止了火星的抗議革命，對嗎？」

這是她在跟隨回歸主義者抗議示威的時候，他們告訴她的。他們是怎樣知道的她不知道。地球人似乎知道很多火星的事，她都不知道。就像火星也知道很多地球的事，地球人也不知道。他們曾經一起坐在帳篷裡，圍著篝火，互相給對方講述有關對方的新聞。到後來，傳聞和真相混合在一起，誰也不再知道到底什麼是真的。

「那些本來就應該禁止，」路迪很慢卻很堅決地說：「火星不像地球，那些事情太危險了。」

「是嗎？」洛盈也慢慢地說：「可爸爸媽媽就是因此而死的，不是嗎？」

「你別瞎猜。」

「可還能是什麼別的理由呢？不註冊本身不構成處罰，但是觀念革命、引起大規模不服從工作室的反抗情緒就要受到處罰了對嗎？」

「這又是聽誰說的？」

洛盈不理他，繼續說：「他們的自由思想挑戰了我們周圍的整個秩序，因此被處罰對嗎？是爺爺親自處罰的，是不是？是系統容不下革命，難道不是嗎？」

路迪仍然冷冷地說：「你想事情別總這麼浪漫。」

洛盈閉上了嘴。哥哥和小時候的哥哥不一樣了。小時候的他最喜歡讀熱血激昂的革命的歷史，講文藝復興、法國大革命給她聽、二十一世紀中期的無政府主義革命，他眉毛飛揚，說話很快，手裡的筆就像劍一樣上下翻飛，臉上寫滿憧憬。那些年輕先輩在人類年輕的歷史上所作出的年輕的革命，讓他目光遙遠，熱血沸騰。他曾說所有的規矩都是為了讓人打破。他那個時候只有兩個夢想，一個是遠航，一個是革命。

「那你告訴我是怎麼回事。」她也冷冷地說：「你當時就應該告訴我，不應該瞞我。為什麼你們不肯告訴我，要繞這麼大一個彎？為什麼你們都以為我會想不開呢？」

「有些事你就是想不開。」

「我可以。」

路迪沒有與她爭執，而是似乎想儘快地結束談話，語調帶著點倦意：「你要是能想開，現在就別糾纏這些問題問了。眼前那麼大的事擺著，我沒有心情，等完事再說吧。」

「眼前？什麼事？」

「談判的事。」

洛盈這才想起危機還在眼前：「談判還是談不攏嗎？」

「嗯。」

「他們咬死了要核融合技術嗎？」

「還沒確定。但反正不是那麼容易放棄。」

「那我們怎麼說？」

「也沒定呢。」路迪停了停，嘴角突然露出一絲嘲諷的笑容，露出些許獵人端著槍打獵似的欲望。「要是依著我，」他說：「就支持胡安伯伯。先發制人，最根本。」

「胡安伯伯主戰？」
「對。」
「他的祖母不是死於戰爭嗎？」
「這是兩碼事。占和戰不一樣。胡安伯不是想學卑鄙的地球人搞屠殺，他只是想占領月球基地。迅速、不傷亡。然後控制或摧毀所有地球在軌衛星，這就等於控制了地球。這和屠殺不一樣，他當然不是想屠殺。」
「怎麼可能迅速又不傷亡呢？」
「可能的。」路迪非常肯定地說：「你以為我們這些年的飛行研究是白做的嗎？你不知道我們投入了多少。桑利亞斯和洛奇亞中心一直在高速運轉，地球那群商人從來沒有一天像我們這麼投入。我們的飛機即便不用核融合發動機也比他們的好得多。不是我誇張，以我們現在的制導和鐳射，兩個星期之內，完全能拿下月球基地，幾乎不會遇到抵抗。」
兩個星期，洛盈聽到這個詞心裡一沉，什麼樣的戰鬥能兩個星期就結束呢？
她想起地球上的老房子，他們在那裡也曾說過兩個星期的話。兩個星期，我們就能拿回一切了，莉莉露塔姐姐就是這麼說的，兩個星期我們就能拿下，還給神，還給還沒有墮落的世界，她那時甩著硬而捲曲的金色長髮，瞇著眼睛，吸著泰咪安水煙，躺在舊沙發上，雙腳翹到沙發背上，神情和哥哥很像，相信我，兩個星期就夠了。
他們是虔誠的異教徒，信自然神，認為富商霸占土地是對大地的褻瀆，洛盈跟著他們，奪下一片莊園，又迅速又成功。但兩個星期之後，她和莉莉露塔、還有她的朋友們待在一起，被困在孤零零的大房子裡，面對水和食物的斷絕，面對高音喇叭的威脅和武裝車輛的包圍，等待柏林的朋友用飛機送來救援，卻不知道柏林的郊外正包圍著同樣一群等待救援的攻擊者。他們最後全都被捕，連犧牲都沒有就草草收場，關進監獄三個星期，混亂得有些滑稽。這已是最好的結局，只有滑稽沒有死亡。洛盈從前不信兩個星期的允諾，此後更不信。她信一次有計畫的突襲能成功，但她不相信從此沒有變本加厲的反撲和對戰。

「打起來就停不下了啊。」她說。

「那還是因為不夠強。」他答道。

她看著哥哥，這一點他和小時候也不一樣了。他小時候曾經痛恨戰爭。

「有什麼辦法可以不戰呢？」

「除非談判成功。」

「我們非要那兩項技術不可嗎？」

「差一項都不行。這是移山填海的大事，人命關天的。」

「我們非要移山填海不可嗎？」

「你在說什麼啊？」路迪忽然惱怒起來，站起身，將杯子撂在桌子上，聲音開始煩躁：「我們不是『非要』，我們是『已經』。我們已經走到了這一步，不能停下來了，你難道不知道嗎？我們已經運來了穀神，一顆星星，它現在就在我們頭頂上飛著，我們為此趕走了一個小鎮的一萬人。我們怎麼能撒手不幹了呢？我們怎麼能停呢？」他說著，越說越悲傷，聲音都開始顫抖：「朗寧爺爺為什麼要走，如果不是為了『移山填海』，他為什麼要走？他如果不走，怎麼會死？朗寧爺爺死了你知道嗎？他還沒出太陽系就死在飛船上了。他歲數那麼大，不該走的。可是他走了，他死了！」說到這裡，路迪忽然長吸了一口氣，停了下來，平靜自己。再開口的時候，他的聲音又變得冷靜：「我們已經開始了，不能停下來了。無論如何也不能停下來，無論什麼代價。」

洛盈的心底如炸彈炸開，一片空茫。

「你說什麼？」

「我說朗寧爺爺死了。」

「什麼時候的事？」

「昨天。」

洛盈愣愣地看著哥哥。他有點低沉，眼睛紅紅的，看上去很疲倦。

她完全被這消息震得傻了。朗寧爺爺死了，他死了。白髮白鬍子愛笑愛講故事像聖誕老人一樣的朗寧爺爺死了。他怎麼會這樣就死了呢？

洛盈被死訊帶回到久遠的時空，她整個人靜了下來。

回家的前半個月，她的人是躁動的。內心的疑問和追索讓她始終忐忑，如騎了奔馳的烈馬。然而突如其來的死訊，讓她一下子被真正海浪一般的記憶包裹了，陷入藍色的時光裡。她坐在房間的窗台上，靠著敞開如海貝一樣的大窗戶，讓那些由奔跑和銀鈴般的笑聲串起的舊日畫面，在窗外的花花草草間重演，像看電影一樣看到往昔。

朗寧爺爺是她最親的長輩。父母視她如掌上珍寶，然而父母去世得早，除了一些像格言似的隻字片語穿透了時間留在她的心裡，其他的記憶都模糊得像夢境。然而朗寧爺爺不一樣，他在她八歲到十三歲情緒最低落的那段時間，一直在她身邊講故事給她聽，聽她說她的害怕與失敗，帶她看書，用波瀾壯闊的自然與命運，將她帶出那段孤獨得近乎自閉的生活。他精力旺盛，神情爽朗，興致勃勃，比爺爺更讓她覺得親近。

「人總是要死的啊。」

朗寧爺爺曾經這麼安慰她。他沒有一絲一毫想要掩飾她父母死去的事實。她那時已經足夠大到懂得死亡、懂得孤獨、懂得愛，她所不懂的只是這些事情的原因，但她懂得它們的感受。朗寧爺爺是唯一一個以鄭重其事的口吻像對大人一樣同她談這些事的人。

「人總是要死的，那也沒什麼。古老中國認為人就是氣體凝成，幾十年又散去。古印度一派宗教認為人只是宇宙之光的一個瞬間的視窗。古希臘的古老傳說也用神靈西勒努斯的嘴嘲笑人類說，對人這樣朝生暮死的可憐蟲，最好的事是不出生，次好的事是乾脆早點死去。他們都是在直接面對人的短壽，短短幾十年，無論再怎麼努力延長，和宇宙天地神明比起來都是微不足道像一道瞬間的光。但這恰恰是生命的全部瑰麗所在。所有的生命力，所有的執著，所有的意志、抵抗和拚命努力的絕望姿態，都正是因為這種沒有結果的速朽才有震撼的壯麗。想想看，一個人像閃光一樣出現又消失，不留痕跡，但他竟然在這短暫的縫隙，用簡單樸素的靈魂凝結出比他生命漫長得多的事物，留在這個世界上，替他活到永久。這是多麼多麼神奇。哪怕只是在閃光的片刻做出幾個姿勢也是宇宙中最神奇的事了。」

「這就是我們為什麼要創作。幾乎世界上所有民族的哲學都是從人的這種速死的特性中昇華出來，給出解答，而這就是我們的解答。我們用創作刻下靈魂。所以，」朗寧雙手握住她瘦小的肩膀，目光包容一切：「不用為你父母的死太過悲傷。他們活得那麼閃亮，留下了銘刻他們靈魂的那麼好的作品，還留下了你，他們已經完成了最好的生命。你應該高興才對。」

這些記憶裡的句子讓洛盈淚如雨下。這是她十一歲的時候朗寧爺爺對她說的話，在她懵懂的心裡播下種子。如今回憶起來，她是如此感激他，怎麼能想到一個六十幾歲的老人會如此認真地和一個十一歲的女孩子說這些話，誰都以為她不會懂，只有他相信她會，而她真的懂了，七年以後終於懂了。

他告訴她關於生和死的事，而如今是他死了。他將生命的一閃化成孩子心裡的話，然後他死了。

三天後，洛盈到新落成的大劇院進行試演。

她從未像此刻一樣認真對待自己的舞蹈，因為她突然重新審視了創作的意義。她之前對它惶恐疲倦、為了榮譽孜孜以求，可是她從來沒有像此時此刻一樣嚴肅地看待它。它是她的創作，是她走過地球的大街小巷，採集兩顆星球的花朵凝成的樣子。它有著簡單樸素的形式，遠遠算不上複雜完美，但它是她五年的生命。她許多次摔在地上，又爬起身來，就是要將靈魂像從體內抽出一隻氣泡一樣抽出，捧在手心，在渾圓的舞台上讓它揮散到整個空間裡。

她沒有告訴過別人，她在地球的第二年從舞團退出就是為了它的創作。她們那個時候生活得很好，很簡單很快樂，沒有人管束，老師們下了課就走，她們只有十三、四歲卻活得自由，隨便和男孩子出去約會，拍了舞蹈的全像影片賣到網路上，換了錢就可以買衣服。週末出去玩，接富人宴會的邀請，排舞助興賺很多錢，有時給電影客串集體演員。她們的生活奢侈歡愉，如果沒有特別的理由，她可以在那裡歡快地過上五年。

可是那種生活無論如何都讓她覺得缺了點什麼。

她起初以為只是不適應，但在第二年的一個夏夜，她突然明白，是朗寧爺爺對她說的話已經開始沉澱發酵，印入了她的血液。於是她離開了，告別了大廈，踏上了遠方。

她忽然發現，她可以懷疑家園的一切，可她忘不掉它種在她心底創作的神聖。

這一天是地球代表團參觀的日子。

大劇院對火星來說，算是非常宏闊的建築了。外形是波浪托舉著一朵蓮花，波浪是走廊，蓮花是演出大廳。大廳內部是橢球型穹頂，由於高昂，廳內光線異常明亮。中央是圓形舞台，天頂懸掛著雪球似的聚光燈，座位環繞一周。

洛盈她們到場的時候，路迪正在帶領地球代表團一行人四處參觀。他已經做了幾天準備，今天穿了一套很筆挺的深色制服，顯得肩寬腰挺，領口和袖口有鑲邊，胸前繡著金色的名字。洛盈她們站在代表團外。吉兒一直揚著下巴，跟著人群專注地望著。

洛盈站得很遠。她明白吉兒為什麼將試演選在今天。

「一般的環繞式劇場很難解決的問題就是：演出時，演員只能朝向一面的觀眾。通常的辦法是旋轉式舞台，但我們的設計是移動式觀眾席。」

路迪說著，向右側的控制室打了個手勢。隨著他的話語，大廳內的觀眾座位開始緩緩移動。原本環繞一圈的座位，開始漸漸聚集向一側，其中一部分座位沿著橢球牆壁慢慢地上升。牆壁的弧度在座位背後形成和緩的上升坡，一些座位漸漸爬升到了相當高的位置，懸在壁上，像氣球製成的浮雕。代表團中有女人發出低低的驚呼。洛盈微微地笑了。

「我們的座位表面帶有很大磁矩，用牆壁引導座位，就像用磁鐵吸著鐵釘在桌上行走。理論上講，我們的座位可以停留在整個天穹壁的任何位置。各位可能會質疑這種技術的安全性。這種擔憂大可不必。首先，火星的牆體電磁技術是城市建設的關鍵，經過了幾十年考驗，磁力很強，相當可靠。其次，即便是真的出了問題，發生座位的脫落，也沒有關係。我們有另一套獨立運行在地板下的磁場，可與座位產生斥力，儘管作用力不大，但足夠在落地之前將座位減至安全速度。」

路迪說話時始終面帶微笑，雙手時而上揚，時而在身前攤開，頭髮隨頭的轉動自然甩動。他是火星少年演講比賽第一名，從小就懂得如何在眾人面前講話。

他一邊說，一邊領著代表團慢慢向前走，聲音開始漸漸飄遠：「……在聲音處理方面，我們在穹頂內表面鑲上微孔層……」

吉兒見路迪要離開了，慌忙催促洛盈踏入舞台，自己跑向一旁的控制室。

今天洛盈穿了吉兒幫她設計的舞裙。這是她的試演，也是吉兒裙子的試演。吉兒的緊張程度比她有過之而無不及，由於路迪在場，吉兒的臉比洛盈還紅。

吉兒只花了一週就做好了裙子。當時她到洛盈家找她聊天，說起洛盈的舞蹈，她問她舞蹈的題目是什麼？洛盈說是「熒惑」，是火星在古老東方的名稱。她說故事是取材於古代東方的神話，一個女孩子被天空代表戰爭的災星籠罩，一生坎坷，最後在砲火的塵煙間升入天空，化作天邊的雲霞。吉兒一聽就拍手叫起來，說這次的裙子非她莫屬。

洛盈起初沒有在意，不知道她說的非她莫屬是什麼意思。但是一週後，當她看到那裙子，她忽然被感動了。那真是一件漂亮的裙子，如雲如霞，恰如她的舞蹈。它能在觸摸中變色，吉兒說，那是皮埃爾研究所的一種新材料，用特別細的半導體絲織成，壓力能使細絲中配位場變化，對光的吸收頻率就會不同。吉兒一本正經卻又宛若無知，一邊說一邊吐吐舌頭笑著，你別問我什麼是配位場，我也不懂，是皮埃爾說的，反正就是一觸碰就變色，你跳舞的時候，顏色能跟著你的動作變化。

洛盈撫摸那柔軟的衣料，感激地看看吉兒，心情也隨著衣料柔軟起來。

她和吉兒、普蘭達從小一起長大，一起玩布娃娃、一起上兒童課堂、一起參加社群聚會。她倆今年也都十八歲，剛剛選好工作室，過著一種洛盈已經不曾擁有的如水、如直線般的生活。吉兒選了服裝設計，普蘭達選了詩歌。吉兒從小喜歡各種娃娃衣服，普蘭達十一歲就能寫十四行詩。她們每天托著下巴露出甜美的笑容，幻想自己的作品在資料庫中升到引用率第一。

洛盈看著她們，心中總會波瀾起伏。

舞台直徑約五十米，平時平置在與走廊平齊的高度，演出時可以升起或降低。地面繪有圓形環繞的五角星圖案，五個方向有象徵五種自然元素的幾何圖形。線條邊緣由發光纖維包絡，在夜晚可以亮起。少年合唱團正站在舞台一側，夏娜老師指揮孩子們唱著普契尼的《托斯卡》測試聲音混響。

劇場靜謐下來。洛盈走到舞台中央，站定，雙手交疊，讓衣袖完全垂下。室內空氣寧靜，衣袖輕垂，像半透明的清水，邊緣處有綿長的流雲紋樣，零星點綴著鏤空的小花，長裙襬順著身體，腰線恰到好處。

洛盈靜立著，向劇場的出口望去。代表團已結束主體的參觀，一條長龍搖擺著走向出口，伊格和泰恩說著話，跟在隊伍的最後。伊格穿著嚴肅的深色套裝，身材高眺。路迪一身制服。泰恩穿著海藍色的絲質襯衫，領口敞開，絲面泛光，夾在路迪和伊格中間，顯得悠然亮眼。

音樂響了。先是四小節預備拍，然後聚光燈亮了。

明亮的藍白色瞬間打在洛盈身上，她被耀眼的光芒包裹，明亮的大廳都暗淡了起來。她雙手在身前交叉，足尖一點，向前做了三次跨跳。裙子在身上很輕柔，幾乎感覺不到重量。下襬很長，輕輕盪起來，邊角處像是瀰散在空氣裡。她改變動作和姿態，皮膚與衣袖相觸的地方有格外幻化的亮光。當舞步一一流淌出來，她回頭看到飛揚的裙裾，顏色均勻流轉，從橙紅到淡紫，像滯留在空中的霞。

音樂飄動，舞步飛揚。旋轉、躍動、上升、三周跨跳。

她投入地進入舞蹈，進入這些年走過的所有地方。她就是那神話中的女孩，在戰爭籠罩的土地上穿過各種敵對的目光。她走了很遠，路過的風景最終化成自身。每一處陽光明媚，每一處大雪封山，每一處在生命中短暫閃現在她眼前的房屋河流，所有的一切化成自身。她在這些片段的畫面中被它們塑造了，不是她創造了它們，是它們創造了她。它們在每一個角落迎接她，每一個時刻擁抱她，它們一片一片將她從空無中塑造成型，她只是將它們呈現出來。建造，每一時刻不停的建造。她眼前略過所有那些美麗動情的笑容，舞團女孩帶著她喝酒狂歡的真摯歡樂，莉莉露塔姐姐給她講神話時的眉眼生動，回歸主義者圍著篝火相互取暖穿越隔閡的大笑，還有吉兒熱情拍手說出的非我莫屬。所有這些，所有融合的這一切。

她忘情地跳著，在那些笑容中舞動。腳踝有些痛，可是她顧不得那許多，只是盡力跳著，旋轉、旋轉、旋轉，讓裙子在身邊繞成變幻莫測的光。

大鼓聲中，她完成最後一個騰躍，落下來，單膝跪在地上，衣袖如面紗垂下。

音樂聲停，全場寂靜。

她微微喘息。眼角有淚花，靜靜地低著頭。她不知道朗寧爺爺在天上的靈魂能不能看到她的表演。她只想說她盡力了。

「太棒了！真是不同凡響。」

她忽然聽到幾聲清脆的掌聲在空曠的劇場響起，她抬起頭，看到泰恩響亮地拍著雙手，正從場邊向她走來。他的額頭在燈下顯得格外光亮，笑容可掬，走到她面前做了一個老式的大幅度的躬身禮。

「果然是火星的小公主，森林裡的小仙女。真是太遺憾了，在地球竟沒有看過你的演出。」

洛盈心疑地看著，不明所以。

泰恩的聲音跌宕起伏。但洛盈看到，他的眼睛很冷靜，有一點笑意，但也有很多複雜的東西。她猜他有所求，否則不會這樣不吝惜溢美的詞彙。

果然，泰恩語調不變，話鋒一轉，問：「請問你身上穿的裙子是出自哪位天才之手？」

洛盈指了指吉兒。

「啊！原來是這位小美人，」泰恩展開雙手說：「請問你有沒有興趣讓地球人也了解到你的傑作呢？」

吉兒興奮地睜大了眼睛：「真的？真的嗎？那太好了！我這就告訴……」

洛盈忽然打斷了吉兒。她在一瞬間明白是怎麼回事了。她知道吉兒想說的是我這就告訴你我的帳號和作品代號，你立刻可以去下載。她明白吉兒有多麼希望有人能引薦她的設計，那能給她的作品紀錄加上不少點數。可是洛盈忽然不想讓泰恩這樣直接地得到它。她在電光火石的一剎那想到，這也許是一個談判的好機會。

衣料也是技術，只要是技術，就能最終被談判，被交易。而如果交易成功，說不準可以取代核融合發動機，成為兩顆星球最終協議上簽下的名稱。那樣戰爭就不必了。

洛盈靜靜地站著，在心裡悄悄估量這個突如其來的避免戰爭的機會成功可能性有多大。無疑，它是一項很有吸引力的技術，每一處都彷彿透明，但每一處實際上都不透明。她覺得地球上的女孩子會喜歡，因而泰恩會喜歡。時尚的技術也是技術，而時尚是泰恩重要的利潤來源之一。

至於泰恩有沒有勢力到能夠影響到整個代表團，她想了一會兒，覺得他可以。泰恩在地球上掌管著一道壁，比火星的玻璃更厚、更透明的一道壁，無形的壁。泰勒斯集團是地球最大的網路市場運營商，無數人在泰勒斯的網路中娛樂、交易、獲取資訊、看新聞、找朋友、出賣智力、購買資訊。無論是誰，用一張薄薄的螢幕，就可以進入燈光燦爛的網路交易平台。這是一張像大氣層一樣的壁，覆蓋全球，跨越國界。從總統到教徒，都需要用它兜售自己。再沒有什麼比它更被各國分享了，因此也再沒有什麼人比泰恩更能影響每個地球代表了。

她看著泰恩的面孔。他的笑臉曾出現在每一座網路社區的入口。他的鼻子有一點鉤，微笑起來嘴巴很扁，總體看起來並不醜，顯得很聰明。她知道，如果她想找到一個人影響談判，那就非他莫屬了。除了泰恩，還有誰有這樣的能力呢？

工作室

與洛盈和吉兒約定的時間是上午十點。地點是羅素區布居榭服裝工作室。

這天天氣難得的好，無風無沙，星空深邃，陽光燦爛，寧靜安詳。

伊格和泰恩同行，二人坐在隧道車裡，各自望向窗外，誰也不說話。伊格不清楚泰恩的心思，但他對泰恩的不滿和怒氣仍未消散。隧道車平穩迅疾地行駛，房屋阡陌滑過伊格眼前，但他什麼都沒有看見，只是回想著前一個晚上不愉快的對話和自己最後摔上的房門。

所以你其實什麼都沒有做？

說這句話的時候，伊格騰地從座位裡站起，心底無名火起。

……對。

連地區性嘗試也沒做？

只給了紐約影評人協會的資料庫，還有倫敦皇家藝術學院。

是給，還是賣給？

賣給。賣晶片成品，不賣方案。一個賣了九百萬美元，一個是七百六十萬英鎊。

所以你倒是賺了大錢了？

大錢算不上。這價格可不算高。

伊格一瞬間哽住了喉嚨。他盯著泰恩。泰恩看上去面無表情，陷在沙發裡，三隻手指夾著高腳杯，眼神淡然地看著杯子。伊格惱怒了，他想起老師臨死前縮成一團的身子和珍妮特泉水般的眼淚，心裡刺痛。畫面的錯差讓他的想像分裂開來。他不知道泰恩怎麼能如此冷靜，如此漠然，就像事不關己，說什麼都無所謂。他隱忍怒火，希望讓交談能繼續，但脊背的肌肉開始僵硬起來。

你就這麼利用老師用生命換來的東西？

我沒有別的辦法。地球和火星不一樣，一些東西沒法推廣。

利潤，是不是？

……你不要看不起利潤。泰勒斯是一個很大的集團，全球有幾百萬員工。

你在一個買作品的人身上能賺多少錢？

一美分。

一美分你都不願意割捨？

一美分？你知不知道全球每年製造多少個一美分？

可是你已經有各種商店、公園和廣告收入，為什麼就不能捨棄一部分呢？你知道，一個開放的藝術空間對所有人都有好處。

是嗎？你以為別的創作者也這麼想？

真正的創作者應該這麼想。

泰恩嘴角露出一絲略顯諷刺的笑。他晃了晃杯子，抬眼看著伊格。看來，他說，亞瑟是把他的幻想遺傳給你了。

伊格一下子火了起來。他一句話也不再說，拿起外衣，重重地拍門而出。他內心的驕傲被泰恩一頭冷水潑下，感到了一絲被觸犯的痛楚。

他不能忍受泰恩的態度。泰恩以一副旁觀者清的姿態，像撣菸灰般輕易撣掉老師的希冀，這讓伊格覺得非常痛恨。他將老師的夢想說成幻想，等於是將他的選擇說成不切實際的幼稚，伊格不願意這樣。他能看到老師隻身一人、懷揣晶片跨越數千萬公里黑色的星海，踏上孤獨的不歸路，也能想到老師在夜晚望著火星，珍妮特在同時望著地球，中間隔著無際的真空。他能看到這一切，他不願意將它們看成毫無意義，用一句話就將一切打入虛空。那就好像一個人推著黑色大石逆坡而上，艱難走過漫長的山路，卻被山頂的一個指頭輕輕推倒，轟然滾落。

伊格相信老師的選擇。真正的創作者應當歡迎這樣一個空間。是的，他的收入會減少，但他應該知道，有這麼一個環境，他的受眾可能會增長十倍。不會花錢去買的人也會去看，這等於給了作品更寬廣的生存空間。真正的創作者在乎的應是有人在乎自己的創作，不應當是別的。這難道不對嗎？難道是幻想嗎？伊格在空寂的走廊大踏步走著，心裡大聲地質問。利潤，為什麼只能想利潤？為什麼把不想利潤的都叫幻想？你只知道擴張，擴張成無人阻擋的帝國，迷戀紙上的數字，你以為這才叫理解世界嗎？你有什麼資格去批評？商人，你只是個商人。

伊格一邊走，一邊覺得喉頭隱隱哽咽。他已經很久沒有惱怒了，平時他總是自以為了解現實運作的種種機理，不會惱怒。然而這一個晚上，壓抑了很多天的情感傾瀉出來，讓他的內心起伏，衝動不已。

就在這個時候，泰恩在他身後叫住他。

伊格，等一下。

伊格站住，扭頭，面部僵硬，他不知道泰恩要說什麼。他看到泰恩站在自己房間門口，一隻手撐著門框，似笑非笑，走廊的壁燈照得他臉龐陰晴圓缺。

明天的商談你還去嗎？泰恩問。

去，當然去。伊格回答。說好了的，為什麼不去？

是啊，當然要去，他在心裡想，為什麼不去呢？

他忽然冷靜下來，在心裡笑了。這是個大好機會啊，他想，怎麼能不去。明天我也可以去阻撓你的計畫，不是嗎？阻撓你的大好商機，揭穿你，然後再輕輕鬆鬆嘲笑你全都是幻想。這樣的機會怎麼能放過呢？他忽然覺得豁然開朗，內心平靜下來，穩步走回房間。這一夜他睡得多夢而輾轉。

第二天清早，伊格很早就起來，進入資料庫，找到吉兒和普蘭達的個人空間，細細瀏覽。資料庫是一座自由的倉庫，只要找到工作室，所有作品和資訊都能看到。他看了她們的簡歷、習作和自我陳述，心裡沉著而充實起來。他甚至看到了吉兒衣料設計的全部技術參數，只要他告訴泰恩，那麼這一天的商談就不再必要了。但他心安理得地守口如瓶。他答應過珍妮特要保密，而且他根本就不想讓泰恩成功。他要用事實辯駁他。

這一天天氣格外好。隧道車平穩地行駛著，車廂裡沒有人說話。車窗略過教堂和尖頂別墅，廣場灌木整齊。窗外陽光燦爛，星空深邃，無風無沙，寧靜安詳。

伊格看了看泰恩，泰恩若無其事地朝他笑笑。

其實，前一天晚上的爭吵不是從一開始就上演的。伊格是抱著懇談的心情來到泰恩房間，泰恩最初也是難得的嚴肅。他們低聲交談，情緒沉鬱，懷著對故人的共同懷念度過了最初的半個小時。泰恩回憶了他和亞瑟從童年開始的友誼。亞瑟大他四歲，兩人家庭近切，同校學習，同行工作。亞瑟常帶他去滑雪，還在他的畢業典禮上給他開香檳。他倆是很好的搭檔，亞瑟擔任製片人的幾部電影，泰恩都是出品人，慶典拿獎，網路大賣。後來亞瑟前往火星，前因後果沒告訴別人，但都告訴了泰恩。對火星的狀態，泰恩比伊格還了解。在亞瑟的指點下，泰勒斯的全像技術水準超過任何一個傳媒集團，因此才能在市場立於不敗，泰恩從心底感謝亞瑟。他們是一生的朋友，可即便是這樣，他還是讓亞瑟的最後十年成為幻夢。

上午十點，伊格跟著泰恩準時踏進工作室。

工作室給人的第一印象是豐滿而色彩充盈。藝術氣息不算濃厚，但各種布置相當隨興，很有靈感突發、隨手安置的舒適感。左側牆上掛著巨大的畫框，畫面多是人像和信手塗鴉。右側牆上七扭八歪地掛著大大小小的徽章，有獎章，也有紀念品。幾個人形塑像站在室中央，穿著華麗或奇特的未完成的衣飾，裸露著不同肢體。地上散置著七彩透明的坐墊，形狀各異。陽光透過米黃色的玻璃牆均勻鋪開，室內顯得溫暖而明亮。

伊格他們進屋的時候，屋裡已經聚著幾個孩子了。洛盈、吉兒和普蘭達坐在最大的一只圓形充氣墊上，正在看書。普蘭達在左側，洛盈坐在中間，紅髮的吉兒原本趴在她倆身旁，見到伊格和泰恩，坐起身來，腦袋靠著洛盈肩膀，好奇地打量他們。普蘭達面容淡靜，看不出什麼。她有淺金色的頭髮，臉色極白，大約有著純粹的盎格魯薩克遜血統。

伊格和泰恩坐在給他們準備好的小沙發上，面對著女孩子們。對面的牆上有一些錯亂紛雜的詞語，剛進屋時伊格以為是無意義的概念拼圖，但坐定了卻發覺那是一句完整的話：

「我們的願望，就是最大自由度。不僅是抽象概念，而且要表現為合適的機構與教學。——費耶阿本德」

伊格覺得很有趣。陽光斜射，牆壁光潔，片語錯落，句子的拼貼如一陣疾風。

伊格微微低頭，看到洛盈膝上放著電子相冊，相冊裡顯示著東方的山與竹林，青翠碧綠，大概是她在地球上的照片，正給吉兒展示。她身邊放著一本闔上的書，他瞥見書名《薛西弗斯的神話》，略感詫異。這書的名字和他昨晚頭腦中滾石者的形象不謀而合，讓他覺得頗為巧合。他抬頭看了看她，她沒有看他。

泰恩從攀談開始。他看到洛盈的相冊，便開始問洛盈地球上的生活。

「你在倫敦和巴黎都住過吧？」

「住過，不過都很短，各住了幾個星期。」

「那你去『夢幻之旅』玩過嗎？倫敦、巴黎都有，上海也有。你是不是住得離上海比較近？」

「不太近。聽說過，但沒去過。」

吉兒靠在洛盈肩頭好奇地問：「夢幻之旅是什麼啊？」

洛盈答道：「夢幻之旅，是泰勒斯集團的驕傲，夢幻般的主題樂園，融飛船、森林河流、時尚舞台和美食於一體，占地極廣，一次旅程就可以體驗一部電影、一場傳奇、一種人生。」

「哇！」吉兒叫道：「那你怎麼不去？」

「我？……」洛盈搖搖頭說：「我忘了。」

伊格聽著，心微微一動。洛盈把廣告宣傳詞背得流暢，卻把實際的誘惑拒絕得輕描淡寫，這讓他感覺有共嗚。若不是見證過夢幻之旅的巨大感召力，他不會知道這其中的落差的張力。地球上，夢幻之旅宛如夢幻，大多數女孩子要麼去過，要麼去不成，很少有人像洛盈這樣，無動於衷。

洛盈的神色顯得安靜而固執，她似乎並無意在這樣的閒聊上耗費時間，而是用輕而直率的語調直接開口道：「泰恩先生，吉兒的設計不僅可以做舞蹈裙，還可以做各種衣服褲子。衣料本身很輕薄，編織也疏鬆，透氣性不成問題。」

「嗯，」泰恩微微笑了：「看得出來。」

「它的變色是一種內秉性質，在不同光源能有不同變色方式。」

「很有意思。」

「它的加工也不困難。」

「很好。不過先等一下。」泰恩笑了，笑著將身子前傾：「我完全相信，這是一種極有才華的設計，如果能代理是我莫大的榮幸。只不過……我想知道，你們的期待是什麼呢？」

「期待？您指哪方面？」

「比如，期待我們的付出？我們的代理方式？」

洛盈輕輕地笑了一下，像是讓泰恩放心，大度地說：「沒有什麼特殊的。只要官方管道正式交換，其他都沒有什麼。在地球上的事宜我們不插手，完全由泰勒斯負責就可以。」

「也就是……智慧財產權徹底轉讓？」

「您可以這麼理解。」

泰恩點點頭，將身子靠回沙發背。他像是很滿意，但又像是在思量。他面帶笑容，不動聲色，但伊格看得出他笑容裡帶著一絲懷疑。他在思考的洛盈的目的。這是泰恩的過人之處，他從不低估坐在他對面的人。儘管洛盈只是一個小小的女孩，但泰恩還是在心裡認真計算。他看不出洛盈圖的是什麼，所以不輕易表態。伊格知道，泰恩的一個原則就是給對手他應得的好處，這是他持續盈利的方式。當對方宣稱什麼都不要，他就會比任何時候都仔細思考。他認為這樣的人一般分成兩種，對局勢完全無知或者背後有更深的隱藏，以後者居多。所以他並不隨便承接好處。

泰恩不急，他像小學校長看著學生那樣笑著，試圖在輕鬆中讓交談繼續。他開始問洛盈業餘的喜好，問吉兒平時的課程。他的鷹鉤鼻子讓他在某些時候顯得很銳利，在另一些時候顯得別有用心。

「這麼好的作品，你有沒有給它起個名字？」他問吉兒。

「沒……還沒有。」

「那我們來幫它起一個吧。叫『縹緲』如何？縹緲……如夜空，剛好和火星對應。廣告詞可以這麼寫：讓衣袖帶你飛上天，看凝固的旋律，流動的繪畫。你覺得如何？」

吉兒明顯不熟悉任何廣告的語言，大概是第一次聽到這樣的溢美之詞，臉一下子紅了，像一隻圓滾滾的小蘋果：「您真的覺得這麼好嗎？」

這個時候，伊格知道，他必須要說些什麼了。

陽光從寬闊的牆壁射進屋子，灑在整個溫暖明亮的地板上，遠處的孩子們開始吃甜點，工作室一角的咖啡吧台飄出陣陣動人的乳酪香氣。房間裡的空氣顯得異常甜美，甜美得有點諷刺，有意無意中模糊了所有背後的差異，似乎每個人都安享著相互讚美的言辭，希望推動局勢走向一場華麗的時裝盛宴。吉兒在歡笑，被泰恩小心描繪的前景說得心花怒放，洛盈在她身後靜靜地坐在，不插嘴也不評論。她的臉龐在陽光裡顯得異常白淨，連嘴唇也有點發白。伊格看著她，她的黑眼睛像往常一樣若有所思。他不清楚她的動機，但是他不願意看到泰恩按照計畫，一步步將女孩拉成盟友，變成利潤。他站起身，清了清嗓子，決定介入談話。

「吉兒，」他向吉兒笑笑：「可以這麼叫你嗎？……謝謝。我想冒昧地問一下，你們平時發布的作品誰都可以訂做嗎？」

「當然啦。」吉兒眨眨大眼睛。

「我也可以嗎？」

「可以吧。……我不知道。我當然覺得沒問題。」

「那你能不能幫我定做一件呢？」

「好啊，好啊，太好了！我現在就幫您量尺寸。」

吉兒歡快地跳起來，跑到旁邊的櫃子裡找出捲尺。伊格站起身來，抬起雙臂，左右旋轉，讓吉兒從各角度替他測量，肩寬、臂長、胸圍、腰圍。吉兒十分認真，數字讀得精確，一邊測一邊念念有詞，將記下的資料登錄在電子小本裡。兩個人動作迅速、全身投入，彷彿有默契。剩下的幾個人略顯詫異地看著他倆。他們被這兩個人突然的熱情打斷了思緒，誰都沒有說話。

伊格一邊讓吉兒測量著，一邊微笑著嘗試和普蘭達攀談。他用眼睛指了指她膝上的詩集，輕簡地問：「你喜歡寫詩？」

普蘭達輕輕點點頭：「嗯。寫得不多。但很喜歡。」

「那你覺不覺得，自己的作品靜靜地陳列著，等待，有一天忽然被一個懂它們的人看到是一件幸福的事？」

「當然，當然是。這是全部的幸福。」

伊格點點頭，沒有再說什麼。普蘭達瘦長的面頰帶著一種清靜的稚氣，嚴肅得十分可愛，雙手在膝頭深藍色的裙子上顯得蒼白瘦弱。他讀過她的詩，充滿尋覓，孩子氣，但能看到真誠。他看了看泰恩，泰恩也看著他，嘴角掛著倨傲的笑，像是完全無動於衷。

「好了。都量好了。」吉兒收起捲尺道。

「謝謝。什麼時候能拿到呢？」

「兩天就行。我去畫出圖紙，把圖紙和參數拿到加工車間，很快就能好了。」

「這衣服要多少錢？」

「不貴，不貴的。」吉兒像辯白一樣連忙擺手道：「工藝不難的，原料也不罕見。皮埃爾說了，這種薄膜和細絲他們工作室平時都做得很成熟，只是做衣服對他們來說太小兒科了，平時才不做。」她說著不好意思地笑了一下，彷彿生怕他收回要求：「您放心，不貴的。」

他笑著看看她問：「你喜歡有很多人訂做你的設計？」

「當然！」吉兒說：「我現在的引用率很低呢。」

「那你知道你的衣服到地球上會有什麼命運嗎？」

「命運？」

「你的這種新材料決不會被很多人訂做，只能有很少的人穿。」

「為什麼？地球上不是有很多人嗎？」

伊格故意用講故事的語調說：「泰恩會把它藏起來的。一般人誰都不知道它是怎麼做的，也買不到。他只會生產很少很少的數量，然後把它賣得很貴。」

吉兒果然迷惑起來：「為什麼？」

他微微笑道：「我先問你，你們的價格是怎麼定的？」

「原料，還有機器加工時間啊。」

「我們那兒不是這樣。我們那兒由他說了算，他想定多少就是多少。」

「這怎麼行呢？」

「只要有人買就行。」

「可是定那麼高，怎麼會有人買呢？」

「會有的。」伊格的語調充滿迷惑感，他自己都覺得好笑，之前他並不知道自己還擅長給小姑娘講大灰狼的故事：「他不用物美價廉，也能用其他方式勸人購買。」

「什麼方式？」

「他不讓其他任何公司生產，再故意把價錢訂得極高，只讓一小部分人能接觸，這樣就人為造出等級差異，然後它就變得榮耀無比，成了身分地位的象徵，之後就有人搶著買了。這就是泰恩經典的方式。」

「可是這樣不公平啊，」吉兒認真地說：「人人生而平等啊。」

伊格笑了：「話是這麼說，可是你想想，要是人真的平等了，誰還總是想一直買？差距才是動力。就是要讓一些人總是買不到，人們才總想買。泰恩會假裝這種衣服代表一種人格，穿了它你就能獲得一種奇妙的人格，高級的人格，充滿思想的人格，變成火星的小公主。」

「可這不是真的！」這次插話的是普蘭達。

「沒錯，我也知道不是真的。」伊格笑著，繼續著，心裡有一種控訴的快感：「可是好多像你們一樣的女孩都信以為真。她們跟著他的指揮，除了衣服飾物什麼也不想，內心空虛，頭腦中只有不斷買名牌，還以為這就是靈魂。」

「夠了。」這時候，讓伊格沒想到的是，洛盈忽然站起來，打斷他們：「伊格．路先生，我認為您說得太誇張了。地球上的女孩子愛買衣服沒錯，但我不認為她們失去靈魂。」

「你畢竟是女孩子。」伊格從容地說：「你有你的角度，泰恩有泰恩的。吉兒，我跟你說，你不是最看重引用率嗎，那你一定會失望。泰恩根本不會把你的設計拿出來讓大家欣賞。他會把它當成一種戰略武器、私人武器、製造等級差異的武器，他用這樣的辦法控制女孩們，從她們身上不斷地賺錢，這樣他就能獲得無比的權力。」

「怎麼能這樣！」吉兒大聲說：「這是壞的！我不能給他！不能幫他這樣。」

洛盈卻顯得異常固執。她的黑眼睛直直地望著伊格：「不會這樣的。我相信這項技術在地球上是會得到分享，泰恩先生不會利用它的。」她說著望向泰恩：「我相信這一點。」

伊格有一點詫異。他承認自己的話說得淺白而誇張，但他認為它們並不虛假。誰都知道消費的宗教和等級，這些事在二十二世紀根本不算什麼，商人的戰略都已經受到眾所公認，這些戰略本來就是商人的驕傲，他們稱為消費心理。至少泰恩自己就從來不在乎。

「不會這樣嗎？」他反問洛盈：「那我們問泰恩先生自己好了。」

他也看著泰恩，他相信泰恩會證實自己的話。泰恩這個人不撒謊，不會因為別人的諷刺而撒謊。

如他所料，泰恩輕鬆地點了點頭，說：「會的，我是會製造一些等級，不過，我不覺得這有什麼不公正。」

他神態悠然，從容不迫，仍然靠在沙發上，彷彿在旁觀一場與己無關的戲劇，在看過之後隨意給些點評。

「你怎麼這麼無所謂？」吉兒惱了：「我偏不給你！」她拉起洛盈的手說：「我們不給他好不好？」

伊格的目的達到了。他這一天唯一的打算就是阻撓泰恩的商業車輪，讓他知道有很多創作者其實更在乎價值，而不是利益，他的目的都達成了。可是，他卻無法高興起來。因為他在成功的那一刻，看到了洛盈複雜的眼睛。

洛盈沒有說話，只是一直看著他，眼睛裡有一種說不清的埋怨的神情，又帶有一絲疲倦、一絲無助。她的睫毛黑而長，在額前長髮的遮掩下，彷彿山谷裡的細草，在泉邊無聲擺動。她一句話都沒說，只是靜靜地咬著嘴唇，眼睛裡隱約寫著：你為什麼這樣？你什麼都不知道。伊格心中一凜。他問自己是否真的什麼都不知道。她的眼睛像一泓冰涼的水，讓他的惱怒的鬥志冷卻下來，他不知道這水下面是什麼。他忽然有點遲疑。

洛盈低下頭，拍拍吉兒的手，溫柔地點點頭，沉默地坐下了。

展室

洛盈疾步向前走。向家的方向，但不是捷徑。她憑直覺行走，注意不到腳下，漫無目的，心思不在路上。每一條小路她都熟悉，完全無意識也不會迷路。

她走得很專心，沒有注意到身後跟隨的腳步。

失敗了，她想，為什麼呢？是自己將一切都想得太簡單了嗎，是這計畫原本就不可行嗎？是不是早應該跟吉兒把一切講清楚呢？可是講清楚又有用嗎？伊格為什麼突然站出來阻礙呢？他不是泰恩的朋友嗎？為什麼要那樣出言諷刺呢？難道這其中有什麼誤會嗎？也許本來就是自己的異想天開吧？想用一朵花擋住軍艦，用裙襬阻止戰爭。這樣的幼稚想法，面對男人們的世界，也許本來就是異想天開吧？

她拐上一條岔路，再穿過步行街，繞上一條小徑，又穿過小廣場，踏入社群中心花園。層層疊疊的綠意一下子將她包圍起來。此時接近正午，花園幾乎無人，小槐樹搭起的走廊曲折迂回。花園很靜，綠意如水，讓她一下子清涼下來。

「洛盈小姐！」

身後突然傳來叫她的聲音。她站住了，轉過頭，從樹的轉彎處跟上來一個身影，是伊格。

伊格匆匆幾步，歉意而小心地說：「不好意思，我剛才在路上叫過你，但你走得快，路上人又多，你沒有聽到。」

洛盈看清楚是他，點了點頭，沒有說話。二人面對面，氣氛有些尷尬。

「我想……」伊格說：「剛才我是不是引起了你的不快？對不起。我想我不是故意的。我可能沒弄清楚……」

「算了，」洛盈簡短地說：「也不全是你的事。」

「你很想促成交易？」

「嗯。」

「為什麼？」

洛盈反問道：「那你又為什麼反對呢？」

「因為我真的不認同他的商業壟斷。」伊格回答：「難道你認同嗎？」

「不是這回事。」洛盈沒有心情和他討論。

伊格卻似乎很想將談話繼續下去：「你在地球上也喜歡買泰勒斯旗下的時裝嗎？」

「很少。」
「但是你周圍有很多女孩喜歡吧?」
「是。」
「所以你對他的商業帝國還是很有好感?」
「不是這麼一回事!」
洛盈靜靜地看了他一會兒,又重複了一遍:「根本不是這麼一回事。問題不在於商業不商業,而在於火星和地球。商業怎麼樣?不商業又怎麼樣?商業不商業有什麼關係?」
「沒關係嗎?這可是兩顆星球人們整個生活的差異。」
「有嗎?我不覺得。」
「沒有嗎?你應該比我清楚才對。你們這裡的每個女孩子都在討論創作,看重作品,地球上的女孩子全都追隨衣服,生活就是不斷買衣服,這難道不算是差異?」
「那又怎樣呢?」
「商品拜物教,把人的本質抛向物欲的表層。」
「不是這樣的。」洛盈有點累,她非常不喜歡這樣的對話:「你能不能別說這些術語?」
「你覺得不對嗎?」
「不是。只是術語是一回事,生活是另一回事。買衣服和設計衣服有什麼本質分別呢?你以為吉兒她們天生就都是藝術家嗎?不是的。她們和地球的女孩子其實是一樣的。人都是一樣的。」
「沒錯,人都是按環境生活的。」

「不是那樣。或者說不僅僅是那樣。你知道她們為什麼喜歡衣服嗎?是希望自己有個性。雖然按周圍生活,但都希望自己有個性。不管做衣服還是買衣服,實際上是一樣的。她們無法選擇她們生活的世界,那個世界的運行方式也與她們無關,她們只是過她們自己的生活,她們生在那個世界,但追求個性,如此而已。」

她說著,認識的那些女孩子的笑臉又一一浮現在眼前,相似的笑容,羞澀、驕傲、忐忑、渴求讚美的混合。她們在不同的世界裡按照不同方式生活,但她們興奮和失落的樣子是相似的。她記著那些笑臉,那就是她的舞蹈。她不想和他辯論,又開始低著頭向前走。

她不想再說話,但伊格卻鍥而不捨地跟了上來。樹枝很低,樹葉幾乎垂到兩個人頭頂,樹影在兩個人臉上投下斑駁不定的明暗。他們好一會兒沒有說話。

「你在地球上的舞團是很時尚的類型吧?」

「是。」

「上一次我聽你說,你只在舞團待了兩年?」

「對。」

「為什麼?」

「因為地球的老師都是花錢聘的,教完課就走,沒有人管出勤。舞團的藝術總監也不管,只要住宿協議不簽了,隨時可以離開。很多人都來來去去。我不是主角,差我一個沒關係,馬上有人補。」

「我不是問這個。我是想問,你為什麼想走?」

洛盈沒有回答。

「是因為不喜歡大廈的喧囂?」

「不是，大廈還好。」

「那是因為不喜歡舞團裡的氛圍？」

「也不是，我很喜歡那些女孩。」

「那是為什麼？」

洛盈斟酌了一下，說：「因為我還是想創作。」

「哦？創作？那我上次問你想不想當個偉大的舞蹈家，你為什麼說不想呢？」

「我想創作，但不想偉大。」

「舞團不能創作嗎？」

「能。只是她們習慣按訂單排舞，而我想跳一些自己的東西。」

「我懂了。創造，就是賦予其命運一種形式。……創造，就是生活兩次。」

洛盈忽然站住了。伊格微笑，卻鄭重地看著她。卡繆的句子像一把小錘，輕輕敲開她完全不想交流的思緒。她不知道伊格也對這些句子如此熟悉。

「人是維繫這個世界的唯一主人。」她輕聲說。

「與這個世界相聯繫的是對另一個世界的幻想。」伊格念出下句。

洛盈的心和緩下來，對他輕輕笑了笑。她好像忽然不那麼焦灼了。

「你回到火星應該是如魚得水了？」伊格問：「可以自由創作。」

「也不是。」

「為什麼？」

「因為……」洛盈低了低頭：「我不想註冊工作室。」

「哦？有什麼不滿嗎？」

「算不上不滿。」洛盈停了片刻，又想起了媽媽：「只能說是對周圍世界的懷疑，對一種一輩子按部就班的生活感到不適應。你可能不知道，我們這裡的工作室雖然不禁止，但是很少有人會轉換。總是一層一層，從學徒到大師，一輩子在一個工作室坐電梯上升。如果我沒去過地球也就罷了，可是我去過。你清楚地球上大家是怎麼生活的，隨便來來去去，做各種各樣的工作。我習慣了那種生活，流動的、嘗試的生活，不願意再活在一個金字塔裡。」

「我懂了，」伊格用開朗而總結性的語調說：「你從小生在火星，所以認同崇高的嚴肅，但是又去過了地球，習慣了變化。所以你雖然表面上替雙方辯護，但是實際上哪種都不信。」

他的話在洛盈心底激起一股暗湧的傷感，她知道他說的是對的，因此她覺得心裡有點疼。她的問題就在於此，哪一種都不能篤信，於是融入融出都是困難，在地球想家，在家想地球。這是她的問題，也是她所有夥伴的問題。

她看著路，轉而問他：「你為什麼想知道這麼多呢？」

「因為我想了解你。」

她站住，正在籌措回答的話，忽然不經意瞥見他背包帶上夾著的鈕扣眼睛亮著綠燈，這是正在攝像的標誌。

她一下子愣了，突然有一種像是上當的感覺，心噗通地向下沉，眼睛裡悄悄湧起了淚水。她原本不想多說話，可是以為他願意聽，就慢慢地放下防備一點一點說了，她說得不算多，可是每一句話都是搜索內心敞露而準確的表達。可是他原來只是為了拍一段鏡頭。

「可我不想被你了解。」她的語氣很莽撞，可是她覺得他比自己更莽撞。他想了解她，可她憑什麼要被他了解？他很好奇，他說話尖銳諷刺，他是一個探究人心的導演，他帶著審視與猜謎似的智力樂趣，可是這就能了解她們了嗎？她和她的夥伴們，她們切膚的困擾、她們年少的隱憂，她們因為穿梭兩個世界而生成的真真切切的疑惑與不安，他能了解嗎？就算想了解，又能了解多少呢？他始終是站在河對岸的，他說得都對，可他不疼。他是旁觀者，旁觀者永遠都不疼。所有的問題都是生活者的問題，一旦旁觀，就再也沒有任何問題了。

「你以為，」她的眼淚在眼眶打轉，但沒有落下來：「兩種都不信是什麼好玩的事嗎？」

她說完一個人跑了，留下他站在花園，看著她遠去的背影。

睡醒的時候已是夜晚，洛盈躺在床上，回憶白天的事情。

她的心情仍然有一點不平靜，一覺醒來，白日裡的花園和小徑還是歷歷在目。

她默默地問自己，為什麼對兩個世界的比較如此敏感，以至於不能正常生活，又如此想從其中找到共同的東西。她知道人有一種能力叫作適應，如果她只是簡單地去適應，那麼一切會好過得多。只是社會制度不同，就按照這不同去生活就好了。

可是她總覺得那樣會讓自己不安。她也說不清是一種什麼樣的東西在心裡隱隱推促著，讓她總是忍不住將兩種生活不僅僅當成制度安排，而是當成整體的哲學。

她記得地球人總說他們是自由的，並且為此驕傲。她嘗試了他們自由的滋味，相信他們沒錯，也在內心愛上那種漂泊。可是她記得，小的時候他們在火星的課堂上也聽說過，火星人才是自由的，衣食的保障讓他們有免於拍賣自己的自由。他們說當人不得不靠拍賣自己的思維來換取生活收入，那麼人必定會被生存的掙扎所奴役，說出的話就不再是自己的話，只是錢的意志，只有在火星，人才自由。她還記得小時候熟識的十九世紀萊昂．熱羅姆的油畫《拍賣奴隸》，那畫面是如此動人，以至於在地球上她久久不敢在網路上銷售自己。

如今走過兩個世界，她不知道哪一種是更大的禁錮：是分配衣食的系統，還是為生存鬥爭的貧困。但她知道人們都是愛自由的，越是看上去差異，越是骨子裡相同。

自由！生活就是藝術，而藝術的本質是自由。

她忽然聽見了媽媽的聲音，溫柔的、充滿熱情的聲音。這是媽媽在她五、六歲的時候說過的話。

她的心一瞬間溫柔起來了。她記得媽媽一直很寵她，各種藝術生活都帶著她一起參加。那時自己還穿著粉裙子，被媽媽抱在懷裡，在書房聽笑語盎然的大人們說話，看瀑布一樣的陽光射入視窗，穿過書本，照在大人們神采飛揚的臉上。有的人滔滔不絕，也有的人始終沉默微笑，但是每個人身上都流淌著一種不受約束的、不羈的氣息，媽媽在他們中間笑，眉眼生動婉轉，眉間有自由的味道。她覺得那像是一個異域的世界，她只是小娃娃，但她在那裡很快活。

你知道嗎？你是隨光一起降生的孩子，你的降生就是一場神奇的藝術。

媽媽曾對她說過這樣的話。

那個時候她還那麼小，還不能明白媽媽的意思，她只是歪著頭坐在媽媽膝蓋上，看媽媽瞇起來的眼睛，知道她喜歡自己，因而內心十分驕傲。她那時大概只有四歲。

回憶一點一點流進心裡，她記不得任何連貫的情節，但她記得那些閃著光的話語和片段。它們沉睡在她記憶的深海，很多年不曾被意識的探照燈照亮，但它們從未消失，在越來越多的搜索與思量中，冰層一寸一寸融化，海水泛起波瀾。

視窗透進夜晚純白的月光，床在窗邊，和窗台連成一體。窗戶外框的四周都種著常春藤，枝條繞花欄蔓延，垂下長而柔軟的天然簾幕。窗口像夜晚的貝，月光像天堂的神諭。

夜色溫柔，她忽然又想去看看爸爸媽媽的房間。

她爬起身，套上一條裙子，從床上跳下來。

穿過寂靜的樓道，她重新來到爸爸的書房。

書房裡還是和上次看到的時候一樣，乾淨恆久，只是她一眼看到，擺花的位置上花已經不在了。房間回到平時正常的空淨狀態。月光下的屋子像空寂的舞台，夜晚像一場無人的戲劇。洛盈慢慢走到舞台中央，順著牆沿走動，在書架搭成的背景中，用沒有人聽得見的聲音念出寂靜的獨白。

爸爸媽媽，你們聽得到嗎？她默默地說。我現在才發現，我記得你們的話。我到過地球了，學會一個人上路了，我以為忘掉的東西原來都記得。

四周無聲無息。沒有回答。

不知不覺，她重新來到月牙桌旁。桌腳邊上已經空空蕩蕩。她在四周看看，也沒有什麼新的東西。擺花的位置平平凡凡，沒有塑像，沒有裝飾，沒有隱密的暗門。

除了兩串數字。

洛盈忽地俯下身子，銀白色的月光照亮地板邊緣的包絡線，兩串用小刀刻下的數字微微反光，清晰可見。她有點緊張，仔仔細細地看。第一串是九位元字母，第二串是十三位元字母與數位的組合。

對這兩個長度，她非常敏感，那是個人檔案空間登錄名和密碼的長度。

她跳起來，從架子上找來紙筆，跪在地上，一個字元一個字元地抄錄下來。然後站起身，顧不得頭髮上沾的灰塵，跑到牆邊的登錄端，進入自己的資料空間，再從自己的空間出發，搜索紙上炭筆寫下的登錄名。她的手輕輕發顫，用一個指頭慢慢敲擊。

媽媽的名字。她點擊進入。

眼前的螢幕瞬間轉為一個房間。這是空間的 3D 形式，她忙去門邊取來立體眼鏡。檔案空間可以布置為 2D 或者 3D，2D 方便瀏覽，3D 有直觀印象。工作室與論文往往用 2D，私人介面和藝術作品常常用 3D，在立體空間裡，作品有全像紀錄，電子日誌可以做成書的樣子，可以用聲音播放，也可以刻在山壁上，看上去昂然不朽。

這是一個石壁環繞的房間，和火星處處輕靈透明的牆壁與球形穹頂不同，倒是很像洛盈在地球上到過的文藝復興時期建築，長方形的廳堂，線條筆直，青灰色巨大岩石砌成的牆壁，高昂的平頂有壁畫，四邊有石膏雕刻的繁複的天使。房間不算宏闊，但頂天立地的巨大窗扇在廊柱之間透出光，讓室內的光影顯出縱深的延展。房間裡鋪著地毯，錯落著壁龕和展台，媽媽雕塑的 3D 影像就在這些展台上，雕塑做成展覽，呈現出神祕而永恆的姿態，整個房間帶著一股來自異星的遠古氣息。

洛盈的心劇烈地跳動起來。

這是媽媽的記憶之庫。

她開始在房間慢慢走動，手輕輕觸摸那些凝固在塑像裡的靈魂。那些身體有扭轉的線條，雙手向天空伸著，肌肉緊張，彷彿永恆地求取著永遠求不到的東西。虛擬陽光從豎長的視窗傾瀉而下，白光灑在雕塑身上，讓他們看起來像悲劇中定格的角色，在展台上讓悲哀永駐。

她拿起一隻花瓶，古色古香的長頸闊肚，彷彿古埃及或馬雅似的文物。端詳了一會兒她發現，花瓶上面刻寫的是媽媽的日誌，自動顯示成仿古的草寫字。

小盈是天使，帶來光。

她看到這句話，目光一下子定住了。

有時候人以為很懂生活了，但是一道光仍然能讓你質疑一切。人永遠不能真的掌握生活，所謂的理解應該是一種無窮無盡的自我反詰。交流，交流是靈魂。老師的到來無論如何都是一件重大的事件，小盈出生的這一年，終將載入火星的史冊。

我出生的那年，洛盈想，也就是十八年前，那一年發生了什麼呢？老師又是誰呢？

她的心怦怦地跳著，彷彿在虛擬空間都能聽到，穿透深沉的寂靜在房間裡震動。她仔仔細細地看著，媽媽的日誌優美卻含糊，沒有明確的說明。旁邊有一只瓷碗，又有一只盤子，每一件文物上都有一兩句簡明清麗的句子，像悠長時光的蜻蜓點水。

她很想細細地將每一篇日誌都看一遍，直覺告訴她，她接近了一段從前不曾知曉的往昔事件。但就在這時，展室敞開的門外面似乎突然響起了什麼聲音，似乎是有人剛從外面登錄了。她心微微一跳，抬頭猶豫了一下，將盤子放下，踏出門外。

塔

伊格看到洛盈的時候，吃了一驚。

他站在一片從未見過的虛擬廣場上，正在逡巡，不知接下來的去向，就在這時，洛盈神奇地出現，從廣場一側的灰色大門裡走出，紅色的裙子在石壁映襯下顯得十分亮眼。

他不知道這是哪裡。他來到這裡，是因為在老師的一篇日誌裡發現了一個超連結。

我們常常在這裡發表觀點，跨越距離，這是最好的時光。

老師這樣寫道。他看到這裡二字的色澤與周圍有些差別，將手放上，身邊的世界就迅速變換了樣子。他來到這裡，但不知這裡是哪裡。

眼前是一片空曠的矩形廣場，暗灰色巨大的石板鋪地，帶長廊的石砌建築環繞在四周，長廊裡能看見莊嚴的雕像。廣場空無一人，中央有一眼乾涸的水池。四周的建築線條尖銳，肅穆陰鬱，四角有尖頂塔樓，如同諸神傲然低視。人站在廣場中部，立刻感覺孤立而渺小。廣場一端是一條細長的出口，夾在左右兩側險峻的建築中間，顯得明亮發光。另一端矗立著一座高聳的教堂式建築，同樣是哥德式風格，正面窄而狹長，拱頂輕捷，大門緊鎖，飛扶壁如劍鋒，直插雲霄。他起初向教堂走去，可不知為什麼，心裡對另一側的出口更為惦記。他邊走邊回頭，出口外的光像是奇異的吸引，他越是背向它，越是覺得它明亮。他走到一半，改變了主意，轉身向對面，走向另一端出口的小徑。

而就是在這時，洛盈走了出來。

他一下子站住了。洛盈也站住了。

兩個人面對面，好一會兒不知道該如何反應。

最後是伊格先動起來，點點頭先向她打了招呼。

「你怎麼會在這兒？」

「你怎麼會在這兒？」

伊格想了想，覺得此時此刻應當坦率一些：「我是從我老師的空間連過來的。」
「老師？」
「我老師從前來過火星，十八年前。在此住了八年。我因此認識了他的愛人。」
「十八年前？」洛盈忽然低低地驚呼了一聲。
「嗯。」伊格回答：「據說那是戰後第一次有地球人到火星。」
洛盈沒有說話，睜大了眼睛，輕輕咬著嘴唇看著他，臉上寫著驚奇與一點點迷惘。
「這裡是什麼地方？」他問她。
「我也不知道。」
「那你是怎麼來的？」
「我是從我媽媽的空間過來的。」她仍然睜大眼睛：「我媽媽……也提到過老師。」
「你媽媽？她叫什麼名字？」
「阿黛爾。阿黛爾．斯隆。」
伊格皺了皺眉，他沒聽過這個名字。他想了想問：「你認識珍妮特．布羅嗎？」
「當然認識。」洛盈說：「她是我媽媽最好的朋友。」
「真的？」伊格脫口而出：「就是她給了我進空間的許可權。她是我老師的愛人。」
這樣就很明顯了。洛盈媽媽提到的老師，多半就是他的老師。他看到洛盈驚奇地張開嘴，不知道這其中有什麼更深的淵源，於是小心翼翼地問：「那你的媽媽在哪個工作室？」
「起初在水電第三實驗室，」洛盈輕聲答道，似乎也因這突如其來的發現內心緊張：「但生前最後兩年沒有註冊任何工作室。」

「生前？她去世了嗎？」

「是，我爸爸媽媽都去世了。我爸爸生前在光電第一工作室工作。」

「什麼？」伊格一下子呆了：「你爸爸在光電實驗室？」

「是，被罰以前一直是。」

「什麼被罰？」

「被罰到火衛二上面去開礦。」

「為什麼？」

「我也不知道。」

伊格越來越緊張：「那他們是因為這個而死嗎？」

洛盈點點頭：「是。礦船事故。」

伊格呆立了半晌，久久無言。洛盈問他是怎麼了，他很長時間不知道該怎麼說。頭腦裡一片紛雜，思緒像萬千飛舞的雪花。洛盈的父親死了。他在光電實驗室。他因受罰而死了。老師的死和洛盈父母的死交匯在一起，他不知道這其中是不是有必然的因果。是不是一張小小的晶片帶來了這樣大的悲痛的結局。他內心湧起深深的巨大的歉意，如果是老師的索求導致了洛盈父母的受罰，那麼他真的不知道該如何面對面前這個柔弱的女孩。她看上去如此纖細，卻是在這樣的死亡中孤獨地成長。他忍住心底的悸動，將自己來火星的初衷和這些天的發現逐一作了簡要說明。

「就是這樣。」他最後說：「我的老師帶走了你們最最核心的資料庫存儲方案。他叫亞瑟·達沃斯基。」

洛盈怔怔地呆立著，大眼睛一眨不眨，寫著強烈的震動，過了很久才喃喃自語道：「是這樣嗎？」

伊格點點頭：「我不知道該說什麼，也許該替我的老師說聲對不起。只是對不起可能也沒有用了。」

洛盈完全沒有回應，只是顯得茫然而悲傷：「是這樣嗎……」

「你沒事吧？」

她使勁搖了搖頭，什麼都沒說，但表情顯得很複雜，他不知道她是不是哭了，虛擬空間能傳遞人的表情動作，但沒有液體。他想說兩句安慰的話，但是像面對珍妮特一樣覺得力不從心。他默默上前，一隻手握住洛盈的肩膀。心底覺得一陣酸楚。

「為什麼是這樣……」洛盈喃喃地說。

是啊，為什麼。伊格內心感到無法抑制的悲涼。為什麼天地如此遼闊，卻容不下幾個志同道合的朋友。

「歡迎前來，我的朋友！」

就在這時，一個宏亮的聲音忽然響起來，伊格和洛盈都嚇了一跳。

「是第一次來嗎，我的朋友？」

他們尋聲環顧左右，發現聲音來自廣場另一端的出口。從教堂的方向看去，廣場如同魚腹，盡頭的出口就像魚嘴，一道長廊在出口兩側，如細牙交錯，出口外的遠處透出白光的海洋。白光狹長而耀眼，人卻始終看不出其中任何物體輪廓。從這白光旁的一側，一個白髮蒼蒼的老人自回廊裡走出來，身材高大，聲如沉厚號角，臉色紅潤，笑容明朗。他伸開雙臂，迎向他們，雙手闊大，顯得粗厚有力。

「朗寧爺爺！」

洛盈突然叫起來，顯得很激動，迎上前去，想要和老人打招呼。伊格也跟著她走過去。

老人卻顯得像是不認識洛盈。

「歡迎你們，我的朋友。」老人說：「請原諒我還不認識你們，我來這兒只是第二天，對人們還不熟悉。不過你們放心，要不了幾天，我就會認識每一個人，認識每一個前來的人，只要你來過，我就不會忘記。」

「朗寧爺爺？」洛盈呆呆地愣了。

「我是這裡的守衛。塔的守門人。叫我守門人好了。你們是來看塔的嗎？」

「塔？」洛盈喃喃地說。

「當然，我們的塔。為人引路是我的職責。我願意為你們效勞。」

「朗寧爺爺，您為什麼會在這裡？」洛盈仍然固執地問。

「我為什麼會在這裡？」老人臉上露出笑容：「自從我死了，我的記憶體就到這裡了。」

伊格一驚，脫口而出道：「您……」

「是的。」老人爽朗地笑著說：「我死了。你別問我為什麼會知道自己死了，我也不知道為什麼。你是在和我說話，但也不是在和我說話。我是我的記憶體。我的記憶體不能理解，但是能按照我的方式對答如流。我雖然死了，但還能完成我的守護，很多很多年。」

「朗寧爺爺，你不認識我了嗎？我是洛盈啊。」

「小姑娘，別哭，別哭，遇到什麼傷心事了？」

伊格看到洛盈的眼睛越發悲傷了，但老人還是慈祥地笑著，認不出她。他端詳著老人。老人的笑容出奇的明朗，肚子圓圓的，銀髮一絲不苟，聲音充滿圓號般的宏亮厚度。

伊格心底升起徹骨的寒冷和敬意。他不知該如何面對眼前講話的身影。他是在與一個已經封閉的靈魂對話，親眼目睹靈魂的安息與笑容燦爛融為一體。他似乎看到一具冷寂平躺的軀體，生命力完全消散，但遺願飛出體外，伴隨著記憶在電路裡運行。電路裡電子秩序冰冷，但電路外的笑容有永恆的溫度。他不認識這個老人，但他能感覺到洛盈的悲傷。電子程式能喚起溫柔的情感，但卻不能理解，不能聆聽。

「謝謝。」伊格對朗寧說：「我們願意參觀，但貿然闖來，不知道規矩，還請您多包涵。」

「沒關係，年輕人。不要顧慮太多。在塔的面前沒有規矩。」

老人開始帶著他們向前走，伊格看看洛盈，她平靜了一點，低落地跟在他們身旁。

「你們想要聽一些關於塔的介紹嗎？」

洛盈只是看著老人不答話，於是伊格點點頭說：「好。願意聽您介紹。」

「塔是理想的心臟，是廣義語言的統合。」

「廣義語言？」

「對，廣義語言。」老人平和地說著，目光彷彿意味深長：「每一種呈現都是一種語言。感知、邏輯、繪畫、科學、夢境、諺語、政治理論、激情、心理剖析。這些都是對世界的呈現，所有呈現都是語言。只要我們還關心世界的樣貌，我們就要關心每一種語言。語言是世界的鏡子。」

語言是光的鏡子。

伊格忽然想起老師臨死前說過的話。他深吸了一口氣，心裡暗暗悸動，隱約感覺到此時此刻和老師的死亡瞬間有著隱密的聯繫。

他仔細聆聽。老人繼續著河流般的話語。

「……每一種語言是一塊鏡子，每一塊鏡子照出一個特殊的弧度。每一種鏡像都真實，但每一種鏡像都不夠真實。你是否了解自由主義和集體主義的爭論？理性和非理性的爭論？你知不知道它們各自在什麼樣的尺度上呈現了真實？它們又是什麼樣統一體的不同映射？這就是關於鏡像的主張。它尊敬一切鏡中之影，但不崇拜任何一種，它試圖在語言之間穿梭，用鏡中之影構造出世界真實的樣子。」

鏡中之影。伊格在心裡重複。語言是光的鏡子。

「從影像推測光源？」他問。

「對。前提是要相信：有真實存在，碎影能拼成真實。」

別為鏡子忘了光。伊格點點頭。

他們慢慢走到了狹長出口的面前，白光的海洋已經近在咫尺，通道的前段尚依稀可辨，再深入就什麼也看不清了。白光像一團盈盈的霧氣，依稀有熒亮的光點閃過，迅疾滑行，讓整段通道顯出一種漩渦般熒彩。

老人笑笑，一隻手指著通道裡的白光，一隻手在身前伸出三根指頭。

「每個時代有每個時代的癥結，在我生活的時代，最大的癥結是不可分享的事物阻止了可分享事物的分享，是需要爭奪的物質束縛了精神的交往和自由，是各種鏡子裡照出的圖像支離破碎，還不能彼此對照與拼搭。人們長久地忘卻了世界，只記得鏡像，卻忘了被映照的物體。人們自負而躁動，各自抱持著碎片，相互隔絕。這就是我們為什麼需要塔。」

老人的聲音上下起伏，厚重的胸腔共鳴帶出吟唱般的韻律，句子似乎普通，但悠遠波動，聽上去彷彿有種詩的味道。

「走吧。」老人還在笑著，用厚實的手掌拍拍伊格和洛盈的背脊，溫度透過電纜，彷彿傳到伊格真實的身上：「穿過這條通道，就是塔了。去看看塔吧，就在前面。」

伊格看看白茫茫的前方，又看看老人：「您不一起過去嗎？」

朗寧笑著揮揮手：「我不過去了。我的引路就到這裡。只能到這裡。」

伊格向前走去，洛盈卻沒有跟上來，他回頭看看，她仍然在老人身邊，似乎還想喚起老人的記憶。他輕輕嘆了口氣，回到洛盈身旁，拉起她的手。她的手指柔軟而冰涼，在他手裡抽動了一下，但沒有拒絕。她跟著他一起走進通道，偶爾回頭看一下，但沒有停下。通道裡白光籠罩，但地面堅實，沒有踏入虛空，白光充滿一切，前方沒有盡頭。兩側已沒有廊柱和塑像，整個空間彷彿脫離現實，變成一條抽象的光的隧道。

他們緩慢而慎重地走著。忽然，一個句子出現在眼前，清晰、冷靜、強烈，彷彿一陣光，投射到眼底，繼而投射到腦海和心底。來不及做太多的邏輯推演，句子如印刻般射入心裡，文字並不迅猛，也不刺眼，但卻有一種穩而肯定的力量。

「理論是我們的發明。我們用猜測、猜想、假說創造一個世界：不是實在的世界，而是我們自己試圖捕捉這個實在世界的網。——波普」

伊格被一種震懾所籠罩。更多的句子很快從四面八方顯示出來。

「感覺和建築在感覺之上的思想是窗戶。哲學家的職務是儘量使自己成為一個平正的鏡子。——羅素」

「對於哲學來說，真正的困難在於觀察和思考的個人在時間上和空間上的多樣性。而解決的辦法在於：我們所知覺的多樣性只是一種現象，而並非實在。——薛丁格」

伊格覺得，自己走進了一條混淆時間空間的隧道。一個個句子交替出現，在白光裡亮起，就像映在牆上的畫，不逼人注視，卻讓人難以移開目光。

「在語言和習俗裡，在政治的憲法和宗教的教條裡，在文學和技術裡，沉澱著無數代人的工作，每一個人都盡其所能地向這種精神索取。——齊美爾」

他們越走越快，句子越來越多。人名跨越兩顆星球，三千年的時間，極端迥異的領域。一些人名伊格聽過，一些沒聽過。他注視、閱讀、記憶、感覺。所有的句子都像和朗寧的話纏繞在一起，和老師的話纏繞在一起，且彼此纏繞，就像無數根質地不同、色澤迥異的絲帶環繞彼此螺旋上升。他沉浸在句子裡，融進了白光的通路，失去了方向，失去了距離的判斷。突然，當出口來臨，一片清晰開闊的天地闖入視野，他像從夢中恍然驚醒，眼前的景物似乎有刀鋒般銳利的邊緣。他只記得走出之前的最後一句話：

「美是『一』的永恆光輝透過物質現象的朦朧的顯現。——普羅替諾」

他看著前方，呆呆地站著。洛盈在他身邊也呆住了。兩個人沒有說話，定睛並肩站立。視野裡是一片荒野，荒野中央懸浮著一座巨大的圓筒形建築。荒野並不奇特，是地球上乾旱內陸的常見圖景：一望無邊，雜草星星點點，土地灰白而乾涸，視野通達，天空有低沉的雲，層次豐富，變幻莫測。風景不奇特，在地球上很多區域都可見到。奇特的只有空中的建築。伊格從第一眼見到就無法收回視線。圓筒上窄下闊，上連天，下接地。它看起來並不堅固，形狀似乎每時每刻都在發生變化，筒壁彷彿由雲霧構成，凝聚在一起，卻隨時在旋轉流淌。筒壁上張開伸向四面八方的通道，形態各異，有機械手臂，有數字，有音符，也有水彩線條。所有通道在圓筒裡匯成雲霧，在圓筒外向各個方向延伸，旋轉四散，盡頭消失在空氣裡，好像進入了另外的世界。

伊格驚呆了，久久地凝視著，心中如電光火石般澄明起來。彷彿空中降下一股冰涼的水，所有的疑惑在那一瞬間被水流沖散。他看著懸在天地間龐大的柱體，看著拼盤般井然有序、萬流歸宗的雲和通道，清清楚楚地讀到了雲霧體身上銘刻的五個字母：

B、A、B、E、L

巴別。塔的名字是巴別。語言之塔巴別。將所有廣義語言融合、將科學文藝政治技術都容納的精神之塔，只能是巴別。人類第二次建築巴別塔，第二次嘗試通天的野心。語言的轉換與相互溝通。巴別，塔的名字是巴別。巴別的開頭字母是B。

伊格伸出雙手，高舉過頭，向天空久久揚起。他閉上眼睛，在心裡吶喊，沒有任何聲音，但他聽到轟鳴。老師，他向天空大喊，這就是你想要埋葬自己的地方嗎？這就是你的遺願嗎？你想要留守在這裡，留守人類語言的統一，像朗寧一樣，做一個領路人，是嗎？老師，這就是你的遺願嗎？如果是，我願盡一切努力幫你達成。他在心裡一字一頓地說。他覺得有風吹過面頰，他知道那不是真的，在虛擬空間裡無風無沙，但他願意相信那是真的。

熒惑

風吹過內心，虛擬的沙地揚起塵土。洛盈望著天空，一望無際的荒野，漫天席捲的流雲，悲傷與震撼交織而上，如提琴在天堂奏響，她無法形容內心的感覺。她見到巴別塔，這是她第一次見到巴別，語言之塔，世界之塔。不同世界的語言，不同語言的世界。數字環繞扶梯，詞語飛升，顏色鋪成通天翅膀，旋律空靈恢宏。

塔在空中旋轉，從虛無中來，向虛無中去。塔身散發著無法言喻的光芒，無一處發光，卻無一處不明亮。只有塔所在的地方是亮的，暗淡的符號組合在旋轉交融中發亮，塔就是光芒。在光芒中有圖像時隱時現，有人和風景交織著旋轉在空中，在字母和公式之間隱隱穿插，彷彿世界與世界彼此交融。

洛盈在塔的腳下越過死亡。她看到朗寧爺爺的笑臉，像一輪冬日裡的太陽。他不會死了，他已經死了，不會再死。他在塔的腳下得到安寧。他牽著她的手帶她來到這裡，在這裡她領悟他的意思。關心世界的樣貌，碎影拼出真實。她還不懂這話語確切的含義，但她會記住，像她記住十一歲時他說過的話。

她看著曠野無邊，塵沙席捲，忽然明白了爺爺和他的朋友們守護的是什麼。爺爺、朗寧、加西亞、加勒滿。在荒野起飛，守護的就是這虛擬的塔，虛擬卻比真實更真實的塔。每個世界都有自己的神話，火星也不例外。她在地球上讀過很多神話，東方西方，熱帶寒帶，從宇宙發源，到文明產生，神話也就是歷史。當她穿梭過不同的世界，她發現一個世界的神話總是一個世界的專有。東方神話總是獨來獨往的仙人，西方神話總是種族聚居的巨人。她起初不明白這種靈魂性格的差異，但是後來，當她真的看到了東方雲霧繚繞的險峻山峰，也看到了西方寬廣連綿的草地森林，她才明白這是多麼自然而然的事情：高山配獨行，原野配族群，這是蒼天和大海的饋贈，所有的神都是家園的神。

火星的神話是專屬於荒漠的神話。那是在風沙中起飛的翅膀的神話，那神話新鮮、粗獷、荒野、迅急，沒有一絲一毫青山秀水的浪漫，也沒有一寸一分幽暗叢林的神祕，只有直衝衝的飛行，揚起塵土，穿過沙粒，激起爆炸，迎向太陽，擁抱沙漠，剛勁從容，像鐵一樣堅硬，像鳥一樣輕靈。在地球的巨大艦艇面前如飛蛾撲火，悲壯而決絕。爺爺和他的夥伴們就是這樣的神話，荒漠中央的塔是他們曠野的源泉。

洛盈無聲地哭了。沒有眼淚。一個世界總是一片土地與其天神的整體，只有穿過不同世界的人，才是失去這整體的人。

演出的日子到了。

全場燈光緩緩暗下，一只只淡金色的座椅慢慢地順著牆壁上升，停留在不同高度。穹幕全黑，亮起一點一點的銀白色的星星，讓整個劇場懸在無邊的太空。鵝蛋形穹頂的一端出現太空中拍攝的地球，另一端出現紅色的火星，由遠及近，逐漸清晰。一顆星球是藍綠色外觀加白雲繚繞，另一顆星球是赤紅色土壤與坑洞山嶺。兩顆星球在兩端，如龐然大物相呼應，觀眾座椅夾在中間緩慢飄移，像無足輕重的宇宙塵埃，纖細而隨波逐流。整個劇場黑暗莊嚴，音樂從四面八方鳴響升騰。

洛盈在後台準備登場。火星，熒惑。她在心裡輕輕地念著。

紅色的土地，夜空中的家園。

她的第一個火星是在地上仰望卻看不清輪廓的亮點，是唇齒間清晰而頭腦中模糊的印象，是無法追溯的兒時回憶，是努力回憶和努力克制回憶的每一個黃昏。

她的第二個火星是書本裡陌生的講述，是影像中的另一個世界。是數字和真空中爆裂的鮮血，是連綿不絕壓抑如雷的鬥爭。是人們聲音裡的戰慄，是孩子們好奇的探詢和邪惡的幻想。是古老的戰神，古老的敵人。

而她的第三個火星是能透過陽光和星光的窗子，是推開窗看到的小廣場，是小廣場上扇形的草坪，是草坪上白色的小花，是小花背後鋪開的隧道車，是隧道車連接的玻璃房子，是玻璃房子綿延鋪成的晶瑩城市，是女孩設計創作長大嫁人安家選擇的唯一的國度。是俗世的生活，簡單的家。

火星，熒惑。一千八百天的分離。紅色的土地，夜空中的家園。

洛盈在後台緩緩地伸出手，手腕在胸前相並，指尖滑向兩邊。黑暗無邊，袖口的暗金色若隱若現，如同銀河穿梭在原野的夜空。黑暗的劇場裡響起若隱若現的風聲，阿拉伯號角由遠方飄來，牛皮鼓和清靈的木琴低低地打著節拍。老人在海邊講述千年的傳奇。鮮血與光榮在唇齒間戰慄，死去的靈魂在風中飛揚。號角淡出，東方的竹笛開始飄旋，回憶穿過星空，戲劇登場。這已經是太熟悉的旋律，洛盈記得住樂曲的每一處起落，每一個隱藏的裝飾音，也背得出曲中講述的神話與現實。

竹笛收攏出一個氣口，洛盈躍出，在第一聲大鼓敲響的時候右腳踏在舞台。

這終於是她自己的舞蹈。當世界消失，黑暗中剩下自己一人，兩顆星球的畫面化成獨舞。她記得住自己路過的每一個國度。這是她的命運，她靈魂的旅程。她不能再融入家園的規範，卻永遠記得家園的夢想。她將那夢想刻入骨髓，將所有國度裝入自身。

當每個世界她都不能融入，她願像爸爸媽媽和他們的老師，流浪在心裡，遙望家園。

在洛盈跌倒的一剎那，她聽到一聲低低的驚呼。沒有聽清方向，也沒有來得及分辨聲音。她只知道在倒地之時，一個人的雙手從身後撐住她的肩頭。

這一天不適合舞蹈。從踏出的第一個小節，她就覺得腳上的觸感和平時不同。太輕飄了，無法用力踏地板，速度不夠，每一個音符都輕微落後。她知道在平轉後會有絢爛破空的鼓樂合鳴，而她必須在那一刻準確騰空做七周旋轉，於是她在腳趾上暗暗加力。但在騰空的那一剎那，她感覺到腳趾突然不聽使喚了，成功在空中完成了飄逸的旋轉之後，她跌落在舞台，右腳吃不上力量，一陣劇痛，全身倒在地上。

全場大燈亮起，一陣光芒晃得她睜不開眼睛。她看到伊格在自己身後，緊抓她的肩膀。另外的很多人從場邊如潮水湧來。

病房

伊格和路迪並排，坐在病房外間的小沙發上，等候洛盈手術結束。病房已經拾整妥當，打掃得乾淨明亮，病床在裡間，柔軟的被褥已鋪好。為了讓病人安眠，病房的牆面調成乳白，金屬立柱也漆成柔和的淡綠，儀器設備打造成低矮的櫃子，外表飾以花紋，以免造成病人不必要的緊張。
伊格和路迪很長時間沒有說話。路迪感謝伊格在洛盈倒地時施以援手，伊格說沒什麼，此後兩個人便找不到話說。伊格看著這個小自己幾歲的金髮少年，能感受到他的焦慮和擔憂。路迪沉默地坐著，沒有很多神經質的小動作，但伊格注意到，他的雙手交叉，相互攥得很緊，指節因為擠壓顯出青白的顏色。他在擔心他的妹妹，他身上流露出一種近似長輩的職責感。伊格自己也在擔心。他在洛盈摔倒的時候，距離她最近。他清楚地看到她足尖點地卻沒撐住身體，腳趾在地上彎折。他心裡明白，不出意外這應是骨折。他只是希望傷並不嚴重，通過術後修養就能恢復，不會影響今後她的翩然舞動。
時間過得很慢，病房裡壓抑而沉悶。
突然，門開了。
伊格和路迪同時站起身來。門開得迅疾而銳利。進來的並不是洛盈，也不是醫生，而是兩個穿制服的年輕官員。走在前面的一個和路迪相識，進來之後用眼神向路迪招呼示意。
「您就是伊格．路先生吧？」他逕直問伊格，聲音客氣，但面色如冰。
「是，我就是。」伊格點點頭。
「我叫卡森。」官員自我介紹道：「是審視系統一級監察員，負責羅素區安全和秩序。」
伊格沒有說話，等待他繼續。
「有幾個問題希望您配合回答一下。」他停了一下，看了看伊格又繼續說：「今晚演出時您為何出現在舞池旁，而不是觀眾席？」
伊格在心裡估量著他的問題，謹慎地回答：「我是攝影師，希望能拍到近距離的畫面。」

「您的行動是否得到過允許？」

「是我同意的，」路迪插話道：「今晚的現場調度是我負責。」

卡森看了他一眼，沒有理他，面容依然冷峻，繼續問伊格道：「您當時是否進入過舞池？」

「沒有，我一直在場外。」

「那您離舞者最近的距離有多遠？是否超過一米的長度？」

伊格皺皺眉：「這是什麼意思？你們懷疑我……」

「是。我們懷疑你對洛盈小姐實施某種影響，造成事故發生。」

卡森坦率地承認了懷疑，他身後的助手在電子記事簿上做著紀錄。伊格倒吸一口涼氣，沒有想到會有這樣的事情發生。他非常堅決地予以否認：「沒有，絕對沒有。我一直在拍攝，直到看到她跌倒才跑過去。」

路迪也試圖為伊格辯護道：「他的確是攝影師，我是檢驗過他的儀器設備才讓他進去的。我想可能是誤會了。他應該沒有理由妨礙演出，更沒有理由加害小盈。」

卡森死死地盯了伊格一眼，走到路迪身旁，對他耳語了幾句。路迪臉色變了，皺了皺眉，疑惑地看著伊格，就像在看另外一個人。他閉上了嘴，什麼話也不再說了。

卡森重新回到伊格面前，清了清嗓子說：「剛才的問題我希望你能再重新考慮一下。現在我想再問你另一件事。你是不是登錄過洛盈小姐和吉兒·佩林小姐的個人空間？」

聽到這個問題，伊格本能地感覺到事情變得嚴重了。他點頭承認：「……是。」

「你去做什麼？」

「去看了看她們的日誌。」

「還有呢？」
「沒有了。」
「你還去了什麼地方？」
「……」
「你為什麼會有資料庫的帳號？據我所知，所有地球代表都只有使用賓館服務的許可權。」
「……」
「你是不是受人指派盜取技術資訊？還是有什麼企圖？」
「……」
卡森的一個個問題如同冰冷擲來的錐子，尖銳緊湊，直指目標。伊格無法回答，他無法解釋自己如何獲得瀏覽的許可權，他不知道如實回答會有什麼後果。他答應過珍妮特要保密，沒有她的允許，他不能說。他只能以沉默應對，在心裡找尋辦法。
伊格內心緊張，但還未失去基本的判斷力。他知道情況看起來很糟糕，他不僅到過洛盈的空間，還曾留言向她道歉，這說明他們之間至少有過衝突，為針對他的懷疑提供了佐證。他只是想就老師的問題說幾句安慰的話，但語焉不詳，讓人猜疑。至於更嚴重的間諜指控，他清楚自己更是百口莫辯，他去查看過吉兒的設計參數，還到過資料庫的核心象徵巴別塔。他的初衷只是好奇，但他知道這理由太過單薄。沒有人能給他作證，他的行跡太可疑，即便珍妮特替他解釋，他也難逃密探的嫌疑。他的掌心漸漸出汗。
就在這時，門又開了。
這一次進來的是一行人，為首的是第一天晚宴上見過的黑紅臉膛的矮胖官員，後面跟著另外兩個火星官員，然後是泰恩和德國的霍普曼上校，走在最後的是貝芙麗和火星總督漢斯．斯隆。

一行人進了屋子，病房立刻被占滿，火星和地球官員自動分開到兩側，誰都沒有開口，氣氛緊張，如同積雲壓低的夏日。

「伊格．路先生，」漢斯打破僵局，平靜地問道：「我想你已經知道我們的疑問了？」

伊格點頭：「是的。我知道。」

「那你能否為你的行為提供一些解釋？」

「……不能。」

「是誰給你許可權讓你進入資料庫的？」

「……我不能說。」

漢斯停了一會兒，似乎在給伊格修改答案的機會。他專注地看著伊格，目光平穩，並不帶恐嚇或逼迫，卻相反地帶著隱約的期待。伊格沒有說話。

「那麼，你能不能解釋一下你在資料庫漫遊的理由？」

「我……對這個空間很好奇。」

「只是好奇？」

「只是好奇。」

「為什麼好奇？」

伊格還沒有回答，一旁站著的黑紅臉膛的胖子就大聲嚷起來：「趁早別跟他扯皮了！純屬浪費時間。間諜怎麼可能說實話呢？我早就說了，他絕對是來干擾投票的！」

「胡安，」漢斯低聲喝止：「先別急。」
伊格有點茫然：「什麼投票？我不知道。」
「少來這套！」胡安氣憤地喝道：「你少給我裝蒜。在這兒也沒有別人，我就把話挑明說。你們就是猜到我們的民眾不會同意將核融合技術交給你們，所以想潛入，對投票動手腳？對還是不對？你們這幫偽君子！」
「不不不，你們誤會了，」貝芙麗連連擺手，又是聳肩又是微笑：「我們絕對沒有這個意思。伊格．路先生的行為是他自己的私事，我們都不知情，更沒有指示。」
伊格能看得出來，貝芙麗沒有說出的意思是「他和我們沒關係，如果你們要處置，別牽連到我們」。不過，在此時此刻，他已經無暇理會貝芙麗的託詞了，他在思考其他的事情。核融合技術幾個字在頭頂迴旋，嗡嗚不已。他之前知道他們在談判這個，但此時卻嗅到一絲別樣的氣味。
漢斯又一次止住胡安：「不要急，所有的路徑都有紀錄。」
他轉頭尋找最初進來的卡森，卡森會意，立刻將助手的記事簿呈交上來。漢斯低頭察看，看完交給胡安。漢斯的表情還是一貫不變的平和，不動聲色。胡安看完，有點不甘心地點點頭，小鬍子翹起懷疑的弧度。
「好，我收回我剛才的話。」他口頭讓步，但目光仍步步緊逼：「可就算你沒到過投票場，也不代表你沒有企圖。我看你還是早一點坦誠為好。我不希望事態擴大，如果你始終抵賴，而最後我們又查到了什麼，我們不排除一些懲戒的措施。我問你，你是不是想要竊取某項技術？」
「不是。」伊格說，「我能要什麼技術？」
「你不要，有人想要。你們談判不成，就想要暗自竊取，是不是這樣？」
「請您不要隨意猜測。」

「你沒有向地球傳送資訊？」

「沒有。」

「可是有紀錄顯示，你下載了大量資料。」

「那都是些影片！」伊格有點急了：「你們可以去查！你們不是什麼都能查嗎？你們把我帳號下下載的所有資料拿去查就是了。那些都是電影，都是我的老師亞瑟．達沃斯基的電影。我說的都是實話。下載自己老師的電影有錯嗎？」

他被咄咄逼人的盤問激得有一點被動，有點急躁，無法做到完全的處變不驚。他對老師的電影有天然的捍衛情緒，它們不是政治陰謀，儘管從一開始就與政治相關。他意念紛紛，頭腦中回響著技術、談判、交換、核融合等等詞彙，夾雜著空氣裡一觸即發的陰謀政治論調，他一下子反應出這是兩顆星球對抗的烈焰。他突然意識到這其中蘊含的對抗的張力。他回想起洛盈當天的話：這不是商業不商業的問題，這是火星和地球的問題。他這才明白了洛盈的情緒，她的擔憂。他開始回憶這二十幾天來的所作所為，心思紛繁。他頭腦很亂，沒有注意到，漢斯聽到了他的話，若有所思，將路迪叫到跟前，悄悄耳語了幾句。

胡安不為他的激動所動，仍然像一隻胖而警醒的刺蝟，冷冷地繞著他說：「我們會查的，一定會查。這點你放心。現在是下一個問題。你必須如實回答。你到塔那裡去做什麼？」

伊格有些心不在焉：「好奇。只是好奇。我說過了。」

「你知道塔是什麼地方？」

「知道一點。」

「一點？你倒真是謙虛。什麼叫一點？知道一點的人能逕直找過去，不費半點周折？你敢說你之前沒有做過充分調查？誰會相信？你分明是早有了解、蓄謀已久、受人指使、特意前去，就是為了到我們的核心區進行破壞！是不是？是不是被我說中了？」

「當然不是。簡直是無稽之談。」

「那你到底為什麼過去?!」胡安的怒喝像一聲驚雷。伊格感覺喉嚨發乾，嘴唇麻木。

胡安像一團火球，步步緊逼：「而且你還去了兩次。第一次你說是好奇，那麼第二次呢？又有什麼解釋？」

伊格看著胡安的逼視，不知道該如何解釋。他沒有把老師的事情告訴珍妮特和洛盈以外的人，現在也不清楚該不該講。他第二次去是完成老師的遺願。珍妮特幫他將老師的記憶埋葬，只有她能證明他的清白。可是這是隱密的活動，她逾越了她的權限，他的坦白將會給她帶來不必要的苛責，他想起洛盈的父母，心生膽怯，只能閉口不言。他看看漢斯，漢斯也在看著他。漢斯這一次沒有再阻止胡安，看得出，他也很關心這個問題的答案。伊格沉默著，其他人也都沉默。病房裡的空氣彷彿凝滯了，每個人都懷疑地看著他。泰恩環抱雙手，默不作聲。貝芙麗皺著眉頭，站到火星一側漢斯的旁邊。胡安的目光威嚇是屋中唯一熊熊燃燒的火。

就在這時，門又開了。

眾人的目光一下子彙聚到門框，只見洛盈出現在門口。她高高地坐在一位醫生的肩頭，一襲純白的病服，面色蒼白，靜如止水，脊背很正，脖子立直，雖然看起來很虛弱，但是從出現的一剎那，就有一種讓人無法忽視的潔白的力量。她的右腳上套著一隻金屬絲制的長靴，左腳裸露，端坐在醫生肩上。醫生身材中等，肩膀寬闊，站立得很穩定，雙手攬住她的小腿。

「是我讓他去的。」洛盈靜靜地說，聲音輕而鎮定。

「小盈……？」路迪脫口而出。

「是的。是我。」洛盈說：「是我邀請伊格先生到我的空間，又給了他去塔的連結。」

「……為什麼？」

「沒有為什麼。」

「小盈，你知道你在說什麼嗎？」路迪的聲音嚴厲而充滿狐疑：「這是個嚴肅的問題。」

「是的，我知道。」洛盈既不看伊格，也不看路迪，只看著胡安的眼睛：「我很嚴肅。」

洛盈的聲音淡靜得沒有一點表情，輕緩冰涼，在靜得過分的房間裡像一根刺破空氣的針。所有人都看著她，除了伊格，每個人都被這變化弄得措手不及，疑竇叢生。然而沒有人出聲質詢，洛盈纖弱清瘦的身體似乎讓人不忍質詢。大家都沉默著，等她給出更多的解釋。

天台

洛盈在病房門口聽到了屋內的爭吵。瑞尼醫生推著她的輪椅，她靜靜地坐著，聆聽屋內追捕般的質問。她迅速明白了爭吵的癥結。房中的對話像小錘子，打在她的胸口，一字一擊。走廊漫長而黑暗，深夜無人，空氣寒冷乾燥，漫過身體，她微微戰慄。

胡安伯伯在搜索細節，在攻擊，在擾亂，在迫使伊格承認陰謀，在試圖尋找引起衝突的蛛絲馬跡，在為開戰製造理由。胡安伯伯一直沒有放棄動武的主張，他甚至想直接攻打，但他缺少的就是理由，強大而不可置疑的理由。細節就是理由。在形勢面前，不需要嚴謹。一個人的一個錯誤能引起很多事，這個人是誰，錯誤是什麼，倒不很重要。所幸伊格沒有向地球傳輸任何資料，但凡有所輸出，陰謀必然成立。

她坐在輪椅裡，緊緊抓住輪椅的扶臂。她還沒有脫離手術後的虛弱，雙手指尖無力。當胡安拋出他擲地有聲的詰問時，她的肩膀不由得抖動了一下，彷彿胡安伯伯的聲音有品質，直接穿牆拋在她的身上。

她的心裡紛亂蕪雜，但不知怎麼辦。她不願讓伊格被無端質疑，不僅僅因為伊格的老師也是媽媽的老師，而更是因為她不願看到任何無辜的指控。

這時，一隻手從她身後攬住她的肩頭，沉厚有力，掌心溫暖。她在這溫暖中鎮定下來，回頭感激地看了一眼，瑞尼醫生的面孔在黑夜中顯得很寬容。她心裡慢慢有了一個主意。

「瑞尼醫生，」洛盈極輕細地說：「你能幫我一個忙嗎？」

「當然。」瑞尼答應了，話語溫和而肯定。

「你能……抱我進去嗎？抱得高一點……」

瑞尼聽了，平和地點了點頭，沒有問為什麼，俯下身，右臂撐起洛盈雙腿，左臂輔助她的腰，將她抬起到他的右肩上，高高抱起。洛盈察覺出一種難得的讓人依靠的堅定感。瑞尼身材中等，但肩膀和手臂穩定有力。洛盈起初心慌，坐穩了就不再害怕。她很久沒有這樣被人抱起了。上一次還是她五、六歲的時候。自從父親去世，她就沒讓別人抱過她。她坐在瑞尼肩膀上，雙腳輕懸，右腳剛做完手術，沒有任何觸感，左腳涼涼的，在走廊的黑暗裡足尖顫抖。

她小心翼翼地推開門，克制心裡的慌張。屋子裡的大人們齊刷刷地把目光投在她身上，她覺得全身僵硬，屏住呼吸，靠氣息支撐自己。她看到每個人臉上都顯現著複雜的表情，從擔憂關懷到不理解的猶疑，如同探照燈，從四面八方照在她的臉上。

她講了自己想好的話，如她預料，她看到了更大的質疑。

「是的，我知道。」她說：「我很嚴肅。」

「可是總要有個理由吧？」哥哥皺著眉凝視著她：「難道你以前認識伊格先生？」

「是的。我認識。」洛盈輕而宛如害羞地說：「我認識伊格先生，而且……我喜歡他。我從在地球上的時候就喜歡伊格先生了。我喜歡他拍的電影、他的文章。所以這次我讓他來我的空間，又讓他去參觀塔，因為塔是媽媽帶我去過的地方，我想帶我喜歡的人去。這就是全部過程，你們可以去查，我也到了塔，從媽媽的空間過去的。就是這樣。」

她說完，看到屋子裡一片尷尬的表情。大人們面面相覷，衣袖發出唏噓的摩擦。她故作嚴肅，以求將真正的嚴肅消解。她扯出莫須有的情懷，以抵消莫須有的罪名。大人們沉默了，沒人知道該怎麼處理一個女孩子的甜美追星。胡安伯伯的臉黑裡透著紅，一陣陣陰晴不定。洛盈望著他，滿含期待，她知道，從小他就耐不住她的撒嬌。很快，胡安清了清嗓子，表示一切都有紀錄，可以繼續調查，不必過早下定論。

既然他這樣說了，其他人便再無異議。僵局暫時消解。顯赫的人物一個跟著一個走出房間，腳步輕重緩急，各懷心事。爺爺和哥哥想留下來照顧她，洛盈推說自己太累了，讓他們明天再來。伊格雖沒有說話，但在出門前感激地望了她一眼。

洛盈在瑞尼肩上靜靜地坐著，坐得頸項僵直，姿態凝滯。直到所有人都離開了，房間裡空無一人，萬籟俱寂，她才如卸下千斤重擔，轟然跌落。瑞尼醫生伸開一直僵持的手臂，接住她柔軟倒下的身體。

走廊長而空曠，黑漆漆帶有安撫的溫柔。走廊盡頭是彎月形的玻璃，透出遙遠的淡藍色燈光。瑞尼推著洛盈，順著走廊慢慢前行。洛盈說不想睡，瑞尼醫生便推她出來散心。黑暗的走廊包裹兩人的身影，輪椅的車軸發出有規律的噼嗒。

「謝謝您。」洛盈輕聲說。

「沒什麼。」瑞尼醫生聲音和緩，「現在想去哪兒？」

「不知道。隨便去哪兒都行。」

他默默地推著她，上電梯，再上電梯。從開始到現在，他始終沒問她什麼。他們轉過一個弧道，穿過一間休息室，繞過一座陳列著怪獸般巨大儀器的儲藏廳，最後到達一扇精巧的拱門。

瑞尼打開門，推洛盈進去。

那一瞬間，洛盈以為自己又回到了瑪厄斯。門緩緩開啟，夜幕降臨。她彷彿被直接推進了星空，推進一片無限而溫柔的茫茫宇宙。

這是一片極寬廣的天台。迎面是完整的弧形玻璃牆，屋頂的電池板向兩側讓開，讓玻璃牆不露痕跡地一直延伸到頭頂。牆面如橢球體，淡靜而極端通透，讓人彷彿無遮無攔地置身於曠野，視野遼闊。醫院臨近城郊，天台高於一般建築，風景盡收眼底，近處屋舍儼然，遠處星羅棋布，無垠的荒原平和靜謐，塵沙偃旗息鼓，天地寂寥，遠方的山脈在暗中隱約起伏，像黑色沉睡的獸。天台布局極簡，地面光潔，一條蜿蜒的淺水池從腳邊穿過，除此再無其他。洛盈面對夜空，深深地呼吸，她沒有料到醫院還有這樣斑斕的一個天地。

「這裡差不多是城市的最南端。從這裡看出去，可以直接面對大峭壁。」

瑞尼醫生在她身後解說。他的聲音低緩，和夜色配合得十分恰切。

洛盈望著玻璃外，許久都沒有說話。大峭壁像一柄黑色的劍，在遠方橫陳，黑夜席捲她的全身，她的焦灼慢慢卸下。星空籠罩一切，無遮無攔，就像回到了舞蹈現場，以宇宙為舞台，對著橫亙在兩端的星星：地球藍綠相間，火星紅橙粗獷，橫眉冷對，距離最近，卻彷彿最遠。群星在四面八方閃耀著，既明亮又黑暗，無垠無邊，宇宙中央躍動著孤單的自己。

洛盈閉上眼睛，輕輕靠向站在一旁的瑞尼，心裡的困擾在夜色中慢慢流淌進空氣。瑞尼給她的感覺很安全，那種依靠是她已遺忘很久的父輩的依靠，就像一棵秋天的樹，茂盛而內斂，成熟而平靜。他的動作始終得體穩定，像一把裁紙刀，簡潔而又準確。

過了很久，她終於開口。天台寬闊，她聽見自己的聲音如蠟燭細小的火苗。

「醫生……」

「叫我瑞尼就可以。」

「瑞尼……醫生，我會在這裡住很久嗎？」

「應當不用。」瑞尼醫生回答得平穩很堅決：「只是普通趾骨骨折，很快就能恢復。」

「我以後還能走路嗎？」

「當然可以。不用擔心。」

「那跳舞呢？」

這一句洛盈問得很急，不是因為心情急，而是怕遲疑了便問不出口。她覺得瑞尼醫生回答之前猶豫了一下，只是一下，具體有多久她無法估量。

「現在還不好說。先觀察一陣子吧。」

「……這是什麼意思？」

瑞尼又沉默了片刻：「你的主要問題不是骨折，而是腱鞘炎。炎症很嚴重，我不知道你是不是運動過量。跳舞……也還是可以，但我建議你停下來，以免將來更大的傷害。」

洛盈心裡一沉，這是什麼意思她比誰都清楚。瑞尼的話說得明確而克制，很顯然，他不想太刺激她，也不想表現得像個強勢的家長，但他的意思已經足夠清楚，話裡的隱含也已經足夠明白。他的答案洛盈自己也能猜到。自她聽到腱鞘炎這三個字，心裡就有了自然的解答。炎症永遠比衝擊更厲害，永遠不壞卻也永遠不好。對依賴關節細微運動的人來說，嚴重的炎症就是夢魘。若不想落下終生殘疾，最好的辦法就是永遠退出。

瑞尼的宣判在夜晚如同落入水的鐵球，一直砸到水底。洛盈心裡的感覺不是錯愕，而是揚起的風沙沉降下來。

事實上，她早預料過這個結果。在地球上，她曾經有許多次難以起跳，面對三倍於火星的重力，腿腳像綁上鉛石，難以抬動一寸一毫。那時她常常想，早晚有一天，雙腳會承受不住這場與重力的戰爭，早晚有一天會敗下陣來。她想過兩種結局，一種是沒來得及回家就不能再跳了，一種是咬牙熬過那些年回到火星徹底飛翔，但她唯獨沒想到這樣一個不是時候的結局。她終於回家了，卻不能再跳了。她剛剛遠離那個龐大的重力場，剛剛能夠舒展輕盈，就再也不能跳了。她剛剛結束咬牙堅持的日子和日子裡的希望，就沒有福氣再受那些受過的苦了。舞台落幕，草草收場。星與星之間有時又有些許火光，但轉瞬即逝，只有沉寂留下。自己那麼努力地跳著，想越過無法穿越的距離，那麼努力，可還是無法成功。磨得腳踝超越了負荷，但還是搆不到天空。伸出雙手，用盡全身的力氣，卻還是無法連接兩顆星星。最終還是跌倒，最終只能放棄。重力無法超越，距離也不能。

只不過，為什麼連個像樣的謝幕都沒有呢？洛盈仰起頭，看著穹頂外的銀河。我什麼都接受，但只是想跳完一曲啊。她揚著頭，流出淚來，眼淚從眼角滑到耳朵，沒有聲音。它們很溫暖，潤濕了僵直整晚的脖子。這一下終於了無牽掛了。她想。

瑞尼醫生蹲了下來，單膝著地，抬起頭看著她，看到了她的眼淚。他戴著圓框眼鏡，目光透過鏡片，顯得溫和而包容。他沒有說勸慰的話，只是輕輕將洛盈的腳抬起來，扶住她腿上套著的金屬細絲編成的靴子。

「這是特製的鞋子，腳部固定，腿部的金屬絲連著微感測器，感測器連著微電極，可以把你腳踝及腳踝以上的神經活動傳到鞋子上，控制行走。這幾天可以先用這個走路，但大概得適應一段時間，需要很小心。」

他說完，讓洛盈試著活動一下。她抬起右腿，膝蓋沒有問題，收縮小腿肌肉也很正常。她試探性地動了動腳踝，發覺儘管腳上仍沒有感覺，但鞋子跟著金屬絲，活動得相當自如。

「能控制？」

「可以的。」

「那就好。一般人最開始都不太靈活。」

洛盈苦澀地笑笑，她能控制，還是托跳舞的福。跳舞的關鍵就是控制，不是絕對的高度，而是讓腳尖在對的時間出現在對的位置，不高也不低，是讓每一小塊肌肉都接受控制，不過度繃緊也不隨便。她看著小鞋子，感受輕細的金屬絲將自己包裹，將細微動作如實傳達，像敏感又忠實的情緒，將神經傳導譯成動作。瑞尼一直蹲在一旁，靜靜地看著，不多問也不催促。

「瑞尼醫生，」洛盈一邊活動一邊輕聲問：「你是神經科醫生嗎？」

「就算是吧。」

「我一直不知道，」她問：「到底是人的腦細胞多，還是天上的星星多？」

瑞尼微微笑了：「還是星星多一些。人的腦細胞只有一百多億，但銀河系的恆星就有三千億，銀河系外還有上千億個星系。」

「那麼如果每顆星星是一個腦細胞，整個星系是一個大智慧，它應當比人聰明多了？」

「除非星星與星星能夠通話，就像腦細胞之間傳遞荷爾蒙，否則不可能產生智慧。不過這很困難。星星離得太遠，又隔絕真空。」

瑞尼說到這裡頓住了。洛盈也沉默了。瑞尼的話像夜晚的譫語，在天台的空氣裡空曠回響。

「瑞尼醫生……」好一會兒，洛盈抬起頭來。

「怎麼？」

「今年您多少歲？」

「三十三歲。」

「那您還記不記得，在十八年前，也就是您十五歲的那一年，火星都發生了什麼？」

「十八年前……那就是火星二十二年是吧？」

「是。」

「那一年是發生了一些事。」瑞尼的聲音有一絲意味深長。

「您還記得？」

「一般人都記得。」瑞尼說：「那是個很重要的年分。地球曆2172年，我們所說和解時代的開端。」

「和解時代？」

「是。你應該知道地球和火星曾經徹底隔離過一段時間吧？戰爭的前二十年，地球陣營還有基地在火星上，為地球陣營運送的物資常常被火星陣營掠取。但後二十年，隨著地球從火星表面撤離，開始天空轟炸，火星基本上就處於孤立狀態了。所有的物資都需要自己製造，包括食物、水和衣服。這聽起來很難，但必須做到。如果做不到，就沒有現在的我們。

戰後的前十個年頭，地球和火星還是完全隔絕，一些人認為不應該低頭向地球人求懇，但加西亞堅持主張，不該為了恩怨斷送長遠前景，他那個時候三十三歲，成為首任外交大使。我不知道他是怎麼做到的，只知道他做到了。火星十年，瑪厄斯開始運行，運行了兩年之後，雙方有了第一筆交易。我們用一項晶片技術換來了地球上一批含氮化學品，開始了重新往來。再後來是十年的物資交換。雙方用資源和技術相互對換，就像最原始的以物易物，相互提防。一切都在瑪厄斯上進行，沒有一個火星人下到地球上，也沒有一個地球人來到火星上。這樣一直持續到火星二十二年，也就是和解時代的開端。當時我們曾經報導了很久，作為一段歷史的結束和另一段歷史的開始。」

「那一年是第一次有人來？」

「對。主要是學習技術。這算是火星的主動讓步，讓地球人先來，保證他們的生命安全，讓他們派代表，學習火星的先進技術。這一步火星是冒了相當大的風險。我們唯一能與地球抗衡的就是不斷更新的技術，如果讓地球學到了菁華，很難保證不會藉以對火星構成威脅。然而當時的決策者認為，總要邁出第一步，如果雙方人員永遠不相往來，最終吃虧的還是火星，地球可以獨立生存，但是火星依舊很難。結果十八年前，第一個使團到訪，一共十個人，學習五項火星技術。」

「其中有影像技術？」

「對，那是當時很重要的一項交流技術。有一個人執意留了下來。」

那就是媽媽的老師了，洛盈在心裡想，他也是伊格的老師。他不是雕塑家，但是他跟爸爸媽媽談了藝術。他勾起了爸爸媽媽少年時代的藝術夢想，為他們帶來了地球上的自由氣息，帶來了流動的觀念。他和他們在書房討論觀念的歷史，試圖統合兩個星球的不同生活方式。書房裡永遠留著他的氣息、他的影像、他的話語。他的到來正伴隨自己的降生，所以媽媽才說她是光，伴隨著交流的到來而降生。

如果不是他，媽媽爸爸不會死。如果不是媽媽爸爸的死，她不會去地球。而如果不是去了地球，她不會想要追尋往事。一切都早已寫好。在出生十三年之後，她註定踏上這場尋找往事的旅程，這是她的命運，與生俱來的命運。

她望著星空，開始尋找黑暗背景中那艘銀色的孤單的船。船上有孤單的船長，獨自一人，生存在兩千萬與兩百億不理解他的人之間。他已經生活了三十年，接近路的終點。星空浩渺，什麼都看不見，她只能想像它的樣子。她想像加西亞一個人走過宴會落幕的走廊，身影因年老而遲緩，停在船艙最前方，隔著落地舷窗望著火星他熱愛卻再也無法回歸的城市。

她開始懷念瑪厄斯上無憂的日子。那時她也如此坐在群星的懷抱中，時間夜夜靜止。她和夥伴們在船艙裡跑來跑去，坐在球幕舷窗前喝吉奧酒，大聲嘲笑瑪厄斯破舊。他們跳入無重力艙，扭動身體，輾轉騰挪，享受動用每一小塊肌肉而不受束縛的舒暢，看小小的皮球在身旁飛來盪去。他們踢動、轉動、飛動，抹著汗笑，互相擁抱，大口大口喝酒，不睡覺。那時她是那麼想家，那麼想回家，以為回到家就可以遠離一切不安和困擾，然而現在卻發現，只有那古舊的船艙才是安穩的根源。她在那裡過得簡單純然，也只在那裡過得簡單純然。那裡沒有恐懼。沒有人和人的對立，沒有人和世界的對立，也沒有世界和世界的對立。

「瑞尼醫生，您和我爺爺很熟嗎？」

「還可以。」

「那您能不能告訴我一件事？坦誠地告訴我。」

「什麼事？」

「爺爺他，是不是獨裁者？」

「為什麼這麼問？地球人說的？」

「嗯，是。」洛盈點頭回憶，這是她第一次將這段往事講出來：「第一次是在一個盛大的國際會議，好像叫什麼人類未來研討會，我和夥伴們做為火星的代表被列為嘉賓。是在一個燈火輝煌的大廳，坐滿西裝革履的人們。大廳歷史悠久，據說是幾百年前激昂的革命年代傳出革命宣言的地方。屋頂很高昂很肅穆，畫著宗教壁畫，就像有神在雲端俯視。

我們當時全都小心而怯懦，端正禮貌地坐在椅子上，想做好火星僅有的代表。會議一直平穩而枯燥，各種知名學者上台演說，講的多半是我們不懂的內容。我們聽得費解又無趣，剛想找藉口告辭，卻忽然有一個教授談起了火星。

『先生們，』他說，『我要說的是，儘管歐威爾先生在《一九八四》中的警告、赫胥利先生在《美麗新世界》中的警告，以及卡夫卡先生在一系列傑出作品中的警告是如此鮮明有力，但人類還是在一步步實現著他們的預言。人們生活在盲目中，就像兩百年前的電影《駭客任務》，一個機器時代正在來臨。系統對人的統治不是一句虛言。一個強大有力、將人類當零件一樣捲入的自動系統正在生成，並且正在向人類步步逼近，將人吞噬和裹挾。它常常偽裝自己，扮作美好的花園讓人看不出真相。可是，不管其外貌是恐怖還是甜美，其本質都是一樣的對人性的殺滅與奴役。火星就是我們最好的例子。各位先生，我請你們設想一下，如果不是有這樣的機器系統輔佐，單憑一個居心叵測的獨裁者，怎麼可能維持住那樣瘋狂而持久的背叛，讓那些有頭腦的人們集體背信棄義，放棄生存，走向滅亡？』」

瑞尼這時輕聲插嘴道：「他知道你是誰嗎？」

「我覺得他知道。」洛盈說：「我看到他的眼睛有意無意地朝我掃視了一下，似乎還微微笑了笑。但他沒有停下來，繼續富有激情地說：『所以，先生們，我請你們永遠記住這一點，我們時刻要警惕身邊可能出現的一切將人納入巨大獨裁系統的細小的苗頭。所謂人類的未來，就在這樣的警惕中。火星的悲劇不能在地球重演。』

我當時覺得很冷，嘴唇肯定發白了。纖妮婭從一旁抓住我的手，她的手也很涼。我看著全場觀眾，像是看到一片沒有五官的人頭的海洋。燈光明亮得刺眼，聲音好像從四周襲來。我感覺很害怕，只有習慣還支撐著自己直挺挺地坐著。那恐怕是我記憶中最漫長的一天了。」

瑞尼等她靜下來，溫和地說：「不用太在意他的話。如果一個教授在這樣的場合故意刺激一個小女孩，那他絕對不能算是一個紳士。」

「我現在已經沒事了，」洛盈回身望著他，點點頭：「這樣的次數多了，也就習慣了。我想他也不是故意攻擊我，而是在說的時候有一種揭露真相的快感。其實，我並不在乎他是否惡意，我只在乎他說的內容。我想知道他說的是不是真相。」她抬頭看著瑞尼：「瑞尼醫生，是爺爺處罰爸爸媽媽的嗎？」

「是。」

「爸爸媽媽的罪名是出賣火星嗎？」

瑞尼沒有正面回答，卻蹲下來，單膝蹲在她的身邊，透過眼鏡傳遞出一道和暖的目光：「事到如今，追問他們的罪名已經不是關鍵，關鍵的問題是，你的爺爺想讓你去地球了解什麼？」

洛盈有點訝異：「了解什麼？」

「你爺爺的內心深處其實贊同你爸爸媽媽所講的東西。但是他是總督，他不能贊同。」

「贊同……什麼？」

「經濟自由和生涯流動，這是你爸爸媽媽所希望的，但他不能贊同這一點。如果贊同了，資料庫的統一和經濟的統一就要面臨危機。他明白火星經濟統一的必要，但他也知道，一個人生存環境的自主很多時候確實是精神創造力的重要條件。他是總督，他什麼都不能表態。這你能明白嗎？」

「那麼……爺爺心裡覺得哪種制度更好些呢？」

「這不是好不好的問題，而是我們能否選擇的問題。當初戰爭的勝利就在於能把所有知識彙集到電子空間，集中決策，強大快捷。電子空間比我們的國度更悠久，和平後的政治和藝術都建基在這上面，這不是怎麼選擇的問題，而是歷史路徑的問題。你爺爺清楚，歷史路徑無法選擇。在那一年的教育論證會上，你爺爺站在主張派出學生的一方，對留學投了贊成票。你可以想到這是為什麼。他的一票至關重要，不僅僅因為你爺爺是總督，而且因為當時的形勢非常均衡，討論很複雜，贊成和反對不相上下，你爺爺的一票幾乎是最後決定。而你們的團名也是他定下的，墨丘利，你應該明白，溝通之神，諸神的信使。」

「爺爺……讓我去地球，是想讓我理解爸爸媽媽的觀念？」

瑞尼仍然沒有直接回答，只是輕輕嘆了口氣：「他說過好幾次，你像你媽媽。」

洛盈想起剛回家的那個黃昏，鼻子忽然一酸。

「瑞尼醫生，」洛盈很輕很輕地問：「爺爺到底是個什麼樣的人？」

瑞尼停了一會兒，慢慢地說：「你爺爺……是個心裡的負擔太重的老人。」

洛盈忽然忍不住了，眼淚流了下來。很多天的內心疑慮也在這一刻順著眼淚一起流出來。很多很多天的眼淚，一千八百個日夜的分離與憂慮，隨著緊張的卸下，慢慢流淌出來。

「瑞尼醫生，您了解很多往事嗎？」

「不很多，」瑞尼回答：「只是每個人都有些他自己了解的特殊的事情。」

「您能給我講講嗎？」

「今天太晚了。如果你想聽，改天給你講。」

瑞尼攬住洛盈的肩膀，用力拍了拍。洛盈靠著瑞尼的胳膊，眼淚在安寧博大的夜晚靜靜地流，她很久沒有這樣流淚了。她在眼淚中像告別舞蹈一樣告別困惑，像面對腳傷一樣面對從前的死亡。她看到天，看到地，看到遙遠的永別了的星星。

瑞尼一直在洛盈身後站著，摟住她的肩膀，將她的頭靠在自己腰側，緩緩安撫她的後背，直到她最後平靜下來，才輕輕拍拍她手臂說：「回去睡吧。明天，一切就都好了。」

離開藍色海洋般的天台，瑞尼推洛盈返回病房。夜深人靜，幽長的走廊顯得清寂篤深，牆壁上有白色壁燈，但光芒微弱，只為走廊增添些許神祕。輪椅慢慢滑著，滑過白天忙碌的實驗室、儀器室、手術室，轉過彎道，穿過樓梯，路過沉睡的房間。

當轉過最後一個轉角，馬上就到達病房的時候，兩個高高的黑影突然闖進眼簾。

洛盈驚聲叫起來，兩個黑影被她的驚叫嚇到，也叫了起來。瑞尼迅速打開燈，乳白色的頂燈亮起來，洛盈在不適應的光亮中看出來，面前站著的是安卡和米拉。

「怎麼是你們？」

「我們來了，看屋裡沒人，不知道你是不是還沒做完手術，就等了一會兒。」米拉笑著解釋道。

「沒等多久。」安卡說。

洛盈心裡柔柔地暖起來，輕聲問：「你們怎麼也不開燈？」

米拉咧開嘴笑道：「我們互相講小時候的故事，關著燈有氣氛。」

安卡沒說什麼，藍眼睛和洛盈對視了一下，眼睛裡盈出笑意。

「這個還熱著，吃了吧。」

他從身後的地上捧起一個盒子，端給洛盈。

「是什麼？」

「老莫莉家的布丁。」安卡彷彿不經意地說著什麼偶然碰到的小東西：「就在我家不遠，演出前就買了。」

「你不知道剛才找地方加熱有多難，」米拉插話道：「我們趕了好幾個地方，總是眼看著一家店在眼前關門。兩次都只差這麼一段。」他說著用手比劃著一米的長度，笑得很認真。他皮膚棕黑，圓圓的臉像一隻小熊。

洛盈對米拉笑笑，心裡如水蕩起漣漪。她看著安卡的眼睛，安卡沒有轉頭，也看著她，眼睛還是她熟悉的清透。他還是沒說什麼。但什麼話也比不上心裡記得。她說了，他記得了，這比什麼都重要。

她伸出手，從盒子裡取出小盤子，叉起仍然溫熱的布丁，咬了一小口，清甜而入口即化。她笑著拉他們也一人一塊，他們推說不要，說那是女孩子才吃的東西，她說不行，今天一定得聽她的，她偏要他們嘗嘗她的品味，他們這才一人叉起一塊，一口吞了下去。夜闌如水，燈光照著忘卻時間的笑臉，無人的走廊寂靜幽長，話音泛起回聲，迴旋著一絲家的味道。

單人房

伊格站在旅店的房間，面對通透的牆，仰頭看外面深黑的天穹。三個月亮能看見兩個，星光不像平日那樣耀眼。起風了，他聽不見聲音。他看見沙的顆粒敲到外牆面，像是就要有一場暴風雨來襲。

夜已深。然而伊格仍無睡意。他疲倦，卻不能安眠。自從醫院回來，他就徘徊在房間，一個人面對蒼黑的夜空，或站或坐，與自己交談，與天對話。他從未如此全方位地質疑自己。在地球的幾年裡，他拍片相當順利。他曾認為自己已經找到了未來的路線，剩下的只是前進和戰鬥的激情。可是火星的旅程讓一切發生了變化。

伊格反對大商業已經很久了。他繼承了許多反主流前輩的對抗精神，對抗內容同質、包裝相似、題材老套的「大超市」電影，製造自己的「小超市」電影。他把主流商業電影製作者叫作工人，因為他們每個人只負責一個小小的環節，對整體情節幾乎毫無把握，對重複性勞作並無反感。他幾乎從不踏入「大超市」的交易場，他嘲笑那些為了賣得好價錢而諂媚討好的作品，就像嘲笑貨架上動物模型刻出的餅乾。他鄙薄那些盲目跟風、頭腦混亂的買家，就像鄙薄十八世紀浮華空洞、只知攀比的貴族。他為反抗而創作，對千篇一律本能牴觸，對形式有精確的把握，對極端的與眾不同充滿好感。他針對赤裸的金錢崇拜，針對空洞的魅惑人心的大話，他認為自己做到了正義，為少數人的苦難諷刺多數人的愚蠢。

所有這一切都曾是伊格堅定的生活，然而此時此刻，他卻不得不面對自我根本的質疑，他走過紅色荒蕪的土壤，這裡的一切改變了他的想像。他臨走才想起這些，因為只有此刻，他的反躬自省才顯出完整的面容，鮮明的意義。

他第一次如此清楚地意識到，自己的所有行為都沒有真正反抗商業，而是從另一個方向加強了它。他並沒有打破商業帶來的買賣邏輯，而只是另外又製造了一套可供買賣的商品。他以孤獨的狼做象徵，自以為就是自由的狼，卻沒有發覺，狼是假的，象徵才是真的，象徵意味著模仿，模仿意味著消費。他諷刺泰恩的話語反擊到自己身上，和說出口時一樣沉重。他也是一個商品拜物教的創造者，他創造了一套語言，這語言與泰恩的誘惑沒有什麼分別。他從來沒有背離過商業社會的真正模式，他促進了商業，促進了更多符號化的追隨，他忠實的跟隨者買他的作品，買他的紀念物。他拍攝了很多窮人，用他們的影像讓富人更富有。他從高聳雲霄的大廈裡要錢，拍大廈外孤單的影子。拍大廈外孤單的影子，再將生成的錢還給大廈。如此迴圈，周而復始。他拍攝的人看不到他拍攝的片子。他從未想過將自己的影片分享公開，儘管他在火星覺得這很好，但在地球上，這狂放的念頭是不合邏輯的。

伊格看著自己。玻璃裡的黑影瘦長蕭索。他回想自己的整套語言，想分析它是如何映照出世界的光，結果讓他氣餒。他從形式上完美地走到大商業的對面，可他沒有想過世界的光。他隔離在自己習慣的語境語言裡，沒有嘗試過語言的溝通。他高興自己的呈現與大眾不同，卻沒有在乎不同呈現之後是否有更深的景物。他不去看大超市裡的作品，不用那裡的語言，他和他的追隨者們以此為驕傲，作為彼此身分的驗證。可他沒注意世界的光，始終關注的是鏡中的像。他從沒有問過自己，如果只是作為一種鏡像的對立面，自己的鏡像還算不算獨立之存在。他以為語言和語言無法兌換，也不需要兌換。

鏡像只在光的意義上才能互通，語言也只為了世界才需要交流。

伊格將雙手撐在玻璃上，看著窗外。此時已經是後半夜，黎明已不遠。風一陣大一陣小。一時安寧，一時又有碎石攻擊。靜夜包裹在頭上腳下，像遠處波濤暗湧的深海，黑色的山巒勾勒出大地悲愴的線條，質樸，而且深沉。

交流、交易，被主次顛倒的事物。最初的交易是為了交流，現在的交流是為了交易。當交易不需要，交流也就被忘記。語言的隔絕是合謀的創造，帶來利潤，帶來仇恨，帶來假想的身分認同，帶來由此產生的種種購物的欲望。交流損失了，交易卻生長了。

只有關心世界的人才關心交流。伊格想起了洛盈，想起她說的人的相同。這個柔弱的女孩身上充滿迷惘，她的尋找仍然衝撞，可她在衝突的時候忘掉言語，在面對編織成網的矛盾時，高高揚起下巴，堅強得像個公主。他惹她哭了，可她救了他。

伊格看著窗外的星空，群星如神明光芒閃耀。在地球上，他從未見過如此明亮的夜空。地球厚重的大氣遮擋了視線，夜晚的霓虹又太過奪目。他幾乎不了解星空。他只按想像勾勒出樣子。

遠遠近近的斜屋頂像巨鳥的翅膀，在天幕中留下黑色剪影。遠處的幽藍隧道交錯縱橫，如畫布上隨手滑出的線條，瑩亮、纖長。風沙似乎越發強烈了，他彷彿看到它們在風暴的裹挾下輕輕顫抖。

伊格打開螢幕畫面，調出這幾天收到的地球新聞。新聞無聲無息，畫面中卻有千百人揮舞旗幟擁擠吶喊。這是地球上這一個月以來的經濟危機。他早就有所耳聞，但今天才理解它的意義。這是話語經濟的危機。地球的智慧股在幾天內崩盤，原因無他，只是話語的代理商一層層變得太過複雜，一句話可以被包裝多層出售，一個想法也可以註冊成龐大而空虛。人們不再為智慧本身而購買，人們買了卻不拆開，轉手再出售。智慧在這一次次轉手中升值，卻也貶值，價格升了，被人關心的價值卻降了。這是無本的買賣，無水之源，許多次交易打造金光燦爛的包裝氣球，直到某一天，一根針突然捅破，一句話的洩露就帶來所有包裝的崩盤。世界震動，人們走上街頭，奔跑呼告，抗議示威，彙集成洪流，情緒翻滾。

伊格做了決定。決定將資料庫繼續向地球推行，將自己的創造公開，至少在自己身上，讓老師的努力前行一步。他想要建立一個公共話語空間，每個人對自己的思考負責，沒有人用自己的語言盈利。巴別，這是多麼大的夢想和野心。當人們開始在語言中統一，塔就接近了天堂的高度。地球的媒體已經徹底的商業了，甚至不再有任何對買賣的質疑。權力和文化資本達到了最大的默契，前者鋪路，後者鼓吹，一同收穫利潤，相互保衛。質疑被擺上貨架，討論和諂媚靠包裝競爭。伊格決定要有所行動。他還從未做出過類似的決定。他不知道這是不是就是他想找的答案，但他知道，老師曾有他沒有的沉默的勇氣，從夢想者到行動者，步履維艱。

他回到床邊，躺倒在床上，手臂和雙腿伸開，輕觸牆上火焰邊框裡的風景。風景消失了，薇拉出現。她仍然像他第一天見到的時候，穿一件花裙子，眼睛忽閃，笑得甜美又單純。他說出帳號和密碼，期待她笑著點頭，伸出手開門，可是她沒有，她迷惑地搖著頭，搖著頭，仍然搖著頭。伊格明白，他的帳號被註銷了。自從他的行跡引起了注意，他就沒有可能再一次進入系統。他最後和巴別說了再見，永遠沒有機會再瀏覽工作室的內容。

他躺在床上，眼睛向上瞟，看著視野裡倒轉過來的薇拉，試圖和她說話。她不變的甜美笑臉和悲傷的夜晚無法契合。他從螢幕想像畫面背後的空間，從空間的門外向門裡沉默凝視。九大系統，無數的空間。陽光系統、空氣系統、水系統、生物系統、土地系統、星空系統、審視系統、藝術系統、飛行系統。多麼簡單而原始的名字，就像九條粗壯的藤蔓，帶著田園牧歌式的悵惘，在虛擬的世界裡交纏生長。在這個世界裡，每一種語言都能被閱讀，就像是圖書館。曾經是誰說過的，如果有天堂，那麼天堂一定是圖書館的模樣。他抬手旋轉鏡框邊的小球，房間牆壁玻璃從無色變成淡綠色、淡黃色、淡紅色、淡紫色。再轉，回到透明。他重新看到天邊密布的星河，星光燦爛，如神明在頭頂照耀。

伊格看完了老師最後一部片子。老師旁白說，那是一個古代東方寓言的翻拍。那個寓言講一個人到另外一座城市，看到那裡的人走路美妙，便想學習，學了很久都沒學會，想回家，卻發現自己已經忘記自己的走路方式了。老師說，這是所有寓言中最最悲傷的一個。之所以悲傷，是因為真實。

伊格靜靜地躺在床上。窗外的風停了。他想起火星沒有雨，更沒有暴風雨。沒人會想到風暴，風暴只是他的幻覺。他仰面無聲地躺著。遙遠的地方傳過來第一縷陽光，清晨快到了。他不知不覺睡著了。

作為開始的結束

伊格最後一次見到洛盈是代表團離開的前一天。此時距離演出已經過了三天。洛盈仍然住在醫院裡，由瑞尼看護她的起居作息。代表團即將結束全部行程，工作人員展有條不紊地撤除展台，收拾妥當，整裝待發。伊格抽出上午短暫的時間，獨自一人趕到洛盈的病房。

這一天，作為對地球人的送行，火星的大部分地方顯得溫情十足。街上掛起了兩個星球模樣的小氣球，會展中心掛上了色調柔和的絲帶。空曠的展廳布置成了宴會大堂，為了最後一晚的公告會和酒會，火星拿出了隆重的禮儀陳設。街上的螢幕播放起雙方首腦友好的微笑。沒有人知道，這溫情背後，曾有怎樣的危機四伏。洛盈的病房遠離塵囂，感受不到這種微妙的忙碌，只像每一個平常的日子，一如既往的安閒，一如既往陽光燦爛。百合花的邊緣亮起金邊，舒緩的音樂彌散在空中，時間凝止，空氣溫柔。

伊格在洛盈的床邊坐下，兩個人都沒有太多表達。伊格向洛盈鄭重地表示感謝，洛盈說不必，她也沒做什麼，他曾兩次在她倒下的時候撐住她的身體，這已是感激不盡的幫助。伊格對他之前的莽撞表示歉意，洛盈笑說沒關係。伊格說他有一點點東西要給她，洛盈抬起頭，好奇地問是什麼？伊格從包裡拿出一塊晶片，插入隨身帶著的立體眼鏡。

洛盈坐在床上，戴上眼鏡，走進一個熟悉的空間。熟悉，卻宛如異域。那是時間的彼岸。她看到大劇院，看到參觀的人們，看到她自己。她在影像中走入奇妙的與自己相遇的旅程。這許多年，她從來沒有這樣看到過自己的舞蹈。樂曲是熟悉的樂曲，舞步是熟悉的舞步，連周圍的氣息都帶著熟悉的潮膩的味道。她的身影在舞池中心，全然投入，成為視線的焦點。她真正的自己成了旁觀者，慢慢地，一步一步，走近舞動著的另一個的她。近在咫尺，幾乎能觸到皮膚。她很想伸出手，但最終還是忍住了。她知道沒有人能看見她。她進入了真正的戲劇，在這齣戲中，觀眾才是主角。儘管身邊的所有人都看著舞動的那個她，但她清楚，旁觀的自己才是舞台真正的核心。她看著另一個她。她沒見過自己，而她見過。她覺得她的舞動似乎就是為了讓她見到。她就像一個透明的魂魄，和其他人一同站在舞池邊上，駐足觀賞，直到曲終人散。她心安了，演出終於完整了一次。

洛盈摘下眼鏡。伊格坐在她的床邊，平靜坦然地看著她。她呆呆地坐了好一會兒，慢慢適應屋裡太過明朗的陽光。

「感覺還可以嗎？」

「謝謝。真的謝謝。」

他笑了：「不用客氣。喜歡就好。」

「我從來沒看見過這樣的自己。」

「我也沒有。」他說。

兩個人都靜靜地坐著，很長時間沒有說話。

伊格心裡想的是泰恩的暗示，那是他在瑪厄斯上對火星公主的猜度。按照泰恩的原意，伊格無論如何應當製造一些與洛盈有關的羅曼史，不管是模糊曖昧還是電光石火。可以想像，最後的隔離整個夜空的生離死別，配上她的身分、她漂亮的臉龐充滿哀愁、她輕盈的身體裹在半透明的長裙裡，將會成為誘惑力十足的經典畫面，足以在網路暢銷。他沒有付諸實現。他確實製造了一些曖昧畫面，讓她說喜歡他，可是事實卻與此大相逕庭。他想著這一切，覺得非常諷刺。他不想告訴她這些，只是將真實的畫面送給她自己收藏。

洛盈的心裡旋轉的是對記憶的思量。她這幾天的脆弱在這一刻重新找到了一點點堅強。她開始重新估量記憶的意義。曾經有人和她說，有了自己的影像，就有了過去的時光，可以常常拿出來溫習、懷念，生活在其中。她曾經也是這樣覺得，覺得記憶是為了打開過去。然而今天，當她在影像中見到立體真實的自己，她忽然發現，記憶的意義是關閉過去。她的記憶化作一種實體性居所，因此她便可以放心地變成另外一個樣子了。她不必再怕改變，不必擔心弄丟了過去，否定了昨天。她曾經的自己已經獲得了生存，因此她可以安心上路了。

伊格和洛盈安靜地交換了目光，各自帶著各自的心事，不知如何開口，於是便不開口。

伊格最後笑笑說：「你放心，你的所有鏡頭都在這兒了，我一點都不帶走。」

洛盈不懂他讓她放心什麼，但她看到他誠懇的面容，點點頭笑了。

兩個人又匆匆交換了一些對展覽會的看法，帶著明顯友善而浮光掠影的態度，沒說很多。洛盈的臉龐白皙，睫毛長而黑，伊格的臉孔瘦削，捲曲的頭髮遮住額頭，讓原本深陷的眼眶更顯得幽暗。

洛盈想了想問：「明天一早你就走了吧？」

「對。」他點點頭：「清早的飛機。今天下午的新聞發布會和晚上的宴會我都必須到場，所以，走以前可能沒有機會再過來了。」

「嗯。一路平安。」

「回去以後還能聯繫嗎？」

「不知道，」洛盈說：「爺爺說星球間通訊正在商談，但不知有沒有結果。」

「我想，我之前可能對很多事都有誤解，不知道還能不能有機會向你們詢問。」

「希望可以。我不懂的地方也太多了。」

然後，他們平靜地互道再見，誰都沒有提恐怕永遠不會再見這個事實。上午的陽光和暖，他們不約而同地感覺，打破這和暖並不令人舒服。他們和氣談話，友好告別。伊格起身告辭，在病房門口回身點點頭。洛盈看著伊格的背影，腳步決絕，像看著一隻小帆船駛入茫茫的大海深處。

第二天清晨，洛盈在天台上目送代表團離開。路迪陪著她，一起坐在清早的陽光裡。

一望無際的紅色土壤上，陽光投下涇渭分明的影子。土地被齊整地切割成一半暗褐、一半金黃。筆直的線一寸一寸滑過粗獷的砂石，如同為雕塑掀開絲綢的簾幕。遠處峭壁嶙峋，邊緣處銳利得刺目。

清早的恬靜讓人忘記言語。洛盈和哥哥坐在難得的閒適中，良久無言。

洛盈過了很久才想起真正的大事：「最後的決議是怎麼樣的呀？我還不知道呢。」

路迪輕快地笑了：「對我們很有利就是了。」

「怎麼說？」

「首先是兩個水利專家留下了，教我們必要的合閘技術。其次……我們的代價也不多。」

「他們沒要核融合發動機？」

「沒有。他們放棄了。」

「為什麼？」

路迪露出狡黠的笑容，說：「因為我們的核融合技術要求發達的核分裂廢料處理技術和海水處理技術。地球上核電最強的是歐洲，但海水處理掌握在美國人手裡。他們不願意技術相互公開，都怕未來利益遭受損失。中、俄兩國如果合作也能掌握，但不知道為什麼，似乎互相忌憚，因而相互攻擊，其他小國代表更不願意讓大國得到核融合技術，日後成為他們生存的威脅，所以最後全團放棄了。」

「那他們要什麼了？」

「他們要了兩項，劇院牆和隧道車。隧道車他們已經覬覦很久了，前兩次也都談過。主要是地球充滿摩天大樓，如果能用隧道車實現樓間交通，會比汽車飛機便捷許多。至於劇院牆，主要是我和一個叫泰恩的傢伙私下聯絡的。」

「泰恩？」洛盈恍然：「那天參觀……」

路迪揚了揚眉毛，笑笑：「是，是我安排的。我雖然想打仗，但爺爺不想打仗，那我只能幫著想想辦法。沒想到一試就成功，泰恩看來還挺有影響力，出乎我預料。我本來以為他只是一個娛樂人物，但看來低估了他。昨天聽說這一次地球經濟危機很大程度上和他有關係，我不知道是什麼情況，也懶得管，但能用這麼小的一項技術頂替核融合，撿了個大便宜，何樂不為呢。」

洛盈聽到這裡，心裡動了動：「那胡安伯伯呢？」

「暫時肯定不會有發兵動議了。」路迪笑了笑：「不過你知道，外交關係這種事……」

他沒有說完，笑笑頓住不說了。路迪今天改換了普通的棉布襯衫，這些天第一次沒有穿制服。他坐在一個砂石墩上，說得興味盎然又輕描淡寫。他雙手搭在膝上，一隻腳像是跟著音樂輕輕踏著拍子。洛盈靜靜凝視著他生動的眉眼。此時太陽已經升到正面，十分耀眼，他的金髮開始閃閃發光。洛盈看著他，在熟悉中感覺到一種疏離。哥哥已經再也不是小時候的哥哥了，她也不再是小時候的她。她不知道這是不是流浪到地球最大的損失。政治是哥哥最好的歸宿，但她不知道自己的歸宿將在哪裡。

與此同時，伊格在太空梭的座艙裡扣好安全帶。他凝視著窗外，平坦粗獷的大地反射出金色的光芒，圓坑和碎石一直鋪到遙遠的天邊。在機翼一側，白色狹長的登機樓像一座橋，在飛機和城市之間搭起最後的聯絡。橋有金屬的骨架，弧度優美，一條條金屬長管相互拼搭，縫隙整齊，透出內部的玻璃，在陽光的照耀下閃閃發光。機場是井然有序的機械的運動場，一座座登機樓向四面八方延伸，形態各異的飛行器在精準的位置上沉睡。

飛機緩緩啟動了，聯絡消失了。飛機向上騰起，輕巧地切斷與母體的勾連。

伊格看著機場送別大廳，能看到珍妮特在玻璃的一角。她沒有和送別的官方團隊一起來，只是獨自一個人，默默地站在航站樓的角落。伊格看不到她的面容，但他能猜到。珍妮特穿著白色寬鬆的裙子，也許正是她年輕時送別老師穿過的裙子。伊格想像著老師的心情。十年前，那時那刻，他也許就是像現在的自己，坐在飛機的舷窗邊，看著航站樓玻璃後面的白色身影，揮手作別，心裡想著下一次來訪。他那個時候應該也像自己一樣志向躊躇，而自己也許也會像老師一樣，以為還能回來，卻終將一去不返。伊格開始理解老師後來對火星的感情，越是絕望地知道自己永別了，越是在心裡念著，希望能回去。

珍妮特幫助他埋葬了老師的記憶。從那之後，伊格就沒有進入過資料庫。他不知道老師現在好不好，是不是也和朗寧老人一樣平和喜樂，在永恆的智慧之塔中完成永恆的守候。他也許也一樣容光煥發，也許還能常常和珍妮特聊天對答。伊格看不到這些了，但他希望如此。

泰恩坐在伊格身邊，看著手中螢幕上的檔，迅速處理，偶爾抬頭。伊格知道，這一次他是最大贏家，談判得到的劇院牆技術將大大地裝點他的「夢幻之旅」，成為體驗式觀影模式，為全球二十個城市帶來不菲的利潤。他考慮過吉兒的衣服，但最終還是選定了劇院牆。

「你為什麼不和洛盈交易，卻和她哥哥交易？」伊格問他，他知道不是因為自己。

泰恩微微笑笑：「因為我能看出那小子想要的是什麼。那個牆的技術歸他負責，如果和地球談成了，接下來的這些年就會有穩定的團隊和項目經費。這小子很有野心，想迅速往上爬，能當這種負責人是絕好的機會。我們各取所需，皆大歡喜。但至於洛盈……我只能說我沒法理解。」

在泰恩的語境中，不求自我利益最大化的人就不可理解。他精通各種經濟學效用函數，但其中沒有不求利益最大化的函數。他洞悉各種情勢動態，但他坦誠，洛盈和亞瑟他不能理解。他對此不以為意，不能理解的人很多，他不求理解所有人，只想理解能理解的。他為亞瑟盡了他所能做的，請最好的醫生，住最好的房子，像最好的朋友一樣看望他，但他沒打算去理解。伊格知道，自己並不能責怪泰恩，他只是時刻按自己認為對的去做，按自己的公式做著精準的決定，計算每一種可能，將結果優化。他不認為這世界上有其他意義，也就不會去理解意義的追尋。

泰恩有一句話伊格覺得自己得承認。當談判的結果公布，泰恩笑笑說，斤斤計較才是穩態的根源。伊格承認他是對的，代表團成員為利益各不相讓，只有泰恩給他們共同的好處，他們都依賴泰恩傳播形象，依賴形象建立選民的信任。這一次科技股大跌強烈打擊每個國家的研究員和知識購買者，只有泰恩不受太大影響。他只是市場的維護者，向買賣雙方收錢，但不參與買賣。他早預見過這種大跌，也就能預見大跌之後各國政府對自己的更強的依賴。火星之旅是他拓展生意方向的最好機會。他從一開始就抱定了與火星合縱，不管右派查克教授多麼主張地球各國連橫。

除了泰恩，這一次還有一個人很高興，那就是貝芙麗。他將是泰勒斯的新一代主題公園的形象大使，主題公園以火星和環保為主題，貝芙麗也將借火星的經歷將自己的優雅傳遍全球。貝芙麗並不知道發生了什麼。他和泰恩各取所需，戰事的危險悄然過去。

伊格不想理會這些。他知道算計的倫理有算計的哲學，整個世界就建立在這樣的哲學上，他現在已經不會為此過分操心。他要關注的事情變了，他想要彙集天下的鏡子，重新整合破碎的光。老師的記憶已安眠，遺願正等他延續。世界仍然有某種精神等待他靠近，也等他收集。他望著窗外越來越小的城市，在心裡悄然說了聲再見。這是他十五歲見過的星球，也是他二十五歲銘記的星球。他想他不會忘。

金色的大地悠遠沉和，一馬平川，視野中的火星，有一種風笛的味道。

「哥，你看！」路迪正在說話，洛盈忽然輕聲打斷他。

路迪站起身，轉向窗外。天空仍是幽深的暗藍，一架銀白色的巨型飛機盤旋著升上天空，飛行速度極快，機翼反射的光芒在頭頂一掠而過，如同一點流星，從大地落入天空，滑出完美弧度，迎向太空裡看不見的古老飛船。

洛盈頭腦忽然一片空白。她知道自己和地球的全部聯繫在這一剎那終於都切斷了。從此，地球正式成為記憶中才能出現的詞語。她的一部分生活結束了，另一部分生活剛剛開始。她不知道未來會怎樣，生的使命該去哪裡尋找。天空繁星閃爍，遼闊的土地一片寂然。

卷二

孤獨星球

「瑞尼醫生，當年戰爭的動力是什麼呢？」

「應該說是……自由。」

「種族自由嗎？」

「那倒不算。我們至今不能算是一個真正的種族。」

「那是階級自由？」

「也不是。當時參與戰鬥的有各種各樣的階級。」

「那是什麼自由呢？」

「生活方式的自由吧。」

「就像美國的獨立？」

「有一點。但不全一樣。」

「可是地球人說我們沒有自由，他們才有自由。」

「你覺得誰更自由呢？」

「我說不清。自由的定義是什麼呢？」

「你對它的定義是什麼呢？」

洛盈咬了咬嘴唇，憂傷地看著瑞尼，說：「我不知道。這是我生活最大的困擾。」

書

在火星上看火星，火星城市是遠古巴比倫的空中花園一樣的地方。與巴比倫的夢想相似，空中花園的夢想也在火星的城市中絢爛地復興。整個城市是一個巨大的整體，房屋線條流暢層層疊疊，平台和廊柱相互連接此起彼伏，玻璃的穹頂下到處都可以見到盛開的鮮花和繁茂的草，綠意盎然，晶瑩剔透。

火星的城市布局有漂亮的幾何結構，像用尺規畫出的一連串圖案，在陽光下渾然一體，閃閃發光。在空中俯瞰，最突出的就是每個社群中央的中心建築，零星散布在在整個城市，像沉睡中蟄伏的巨人或收翼的飛鳥，以不同的姿態遙相呼應。它們通常遠遠高於四周，如同中世紀每個城鎮中央都有的高大的教堂。小路在它們周圍環繞，向四周延伸開去，三角與圓相互內切，條幅似的步行街構成四散的光線。民居常常是六角形的院落，相互比鄰，一重一重綿延連續，鋪成浩瀚的海洋，齒形小路在它們門前滑過，延伸到下一個社群。

整個城市不存在視覺上的中心，北面有一串小塔矗立，南面有一排龐然的斜面，西面有大片牧場，東面有九座巨型圓柱形水塔。隧道車凌駕於連綿的屋頂之上，從高空俯視，如同一幅光滑無阻滯的曲線之畫，繁密設計卻毫不糾纏。

這樣的城市是對數學的敬意。發達的古代文明多半崇尚數學。蘇美文明數學高超，發明了沿用至今的六十進位，埃及文明的金字塔就是幾何的巔峰，而希臘文明更是相信數即宇宙，數的和諧代表了宇宙真正的美。火星是荒漠裡畫出的城市，從無到有的夢想，大地上的幾何就是無限接近的柏拉圖的餅乾。

火星與古代文明的另一點相似之處就是天文學主導發達。暴露在幾乎無遮擋的太空裡，他們的目光從一開始就面對深邃幽黑的宇宙蒼穹。夜空即白日，黑暗即光明。他們理解夜空，就像山川的居民理解山，海岸的居民理解海。

數學與天文是火星人的燈塔，每個火星人都知道它們的重要，只是他們的精神核心與古代文明完全不同。他們並不用天文學來猜測神的意志，也不用數學接近神的恩寵，他們只是熱愛精確，熱愛對宇宙恰如其分的真實的表達。這同樣是一種神的觀念，他們是一個沒有神的種族，只有一種客觀精簡的準確感，才能讓他們共同信任並深深依賴。

這樣的內部邏輯一般人已經很少提及了，但是瑞尼始終心知肚明。他是一個寫史的人。

在地球上看火星，火星不是真實的存在，只是抽象的荒蕪，在書本間低調鋪陳。洛盈只能在圖書館裡見到它，在無人問津的圖書館，在高昂的木頭書架間找到它，打開書頁，看它和宇宙爆炸、羅馬帝國和蒸汽機車混在一起，畫在字體密密麻麻的燙金詞典中央，表面荒僻而粗糙，切去一個角，露出一層又一層的地質構造，一旁標著數字，用箭頭指出它身體每一個坑窪的來源，像展示解剖標本一樣展示它最內部的傷疤。

展示的書頁靜靜陳列，時間在書架間灰飛煙滅，種族在大雁的歸途中遷徙，兵器相擊，機器瘋狂運轉。廝殺、叛變與光榮，泥土與血液混合，字裡行間喧囂，歷史混雜，在陽光下安靜的圖書館裡化成一碰就碎的塵埃，脆弱，灰暗，無人問津。世界在細小的字裡變成數，變成抽象的面孔，變成不存在的幻覺。洛盈的火星在其中。她從它懷抱裡出生長大，可它在書上變成漫畫般的灰色塵埃。

那同樣是對客觀的崇拜，一種冰冷而傲慢的客觀，用客觀的聲調講話，講出審判，不容人抗辯，也不留羞恥的空間。它告訴洛盈，看，這就是你的世界，一個簡單而荒蕪的東西，一顆灰色的醜陋的塵埃。

這些講述一般人已經很少留意了，但洛盈一直默默注意。她是一個尋找歷史的人。

沙漠宮殿的一個角落，洛盈坐在輪椅裡，纖細的身影就像宮殿威嚴城牆上棲息的一隻小鳥。理論上講，洛盈是火星的公主，但她卻不像古代的公主那樣前呼後擁。她不能像賽米拉斯公主一樣愁容滿面地嘆息說「生活真無聊」，也不能像冰美人褒姒一樣對珍寶搖頭不屑一顧。沒有人為她建起浩大的城池，也沒有人給她點燃遠處的烽火。她是孤獨的公主。她的兄長和祖父正在議事院激烈地討論工程政策，而她的朋友正在各自的工作室裡進行艱難的回歸。

如果在古代，她應該是坐在陽光照耀的薔薇花園，露出甜美撒嬌的微笑，向身邊忠實英俊的帶劍護衛懶洋洋地講述自己多年遊歷的奇遇。可她不在古代。她活在最現實的火星。她面前是醫院天台的一處小小的淺水池，人影稀少，地面是光潔的磨砂玻璃，繪有乳白和米黃色的大塊菱紋，直徑三米粗的立柱撐起一面遼闊的巨型玻璃牆，地面沿牆有控制燈，明亮溫暖都得由自己開啟操作。

她身邊沒有騎士，只有瑞尼醫生偶爾的陪伴。她每天獨自來看落日。如果沒有病人，瑞尼就來陪她一起看落日的習慣在地球養成。火星的落日直接簡潔，白色的太陽在黑色星空中沉入地下，沒有雲霞的纏綿，沒有從冷到暖一道道光的消失，只有周遭的事物一點一點沉入暗中，遙遠的群山在餘暉中變成深色的剪影，深廣磅礴，厚重溫柔。雖然與地球不同，但洛盈仍然喜歡。她看落日的時候會變得安靜，連回憶也會安靜。

瑞尼有時會坐在她身旁，背靠著身旁巨大的玻璃牆，聽她慢而猶疑的回憶的講述。

「第一次聽到別人說爺爺是獨裁者的時候，我的第一反應是震驚和受到侮辱。不僅僅因為爺爺是親人，人有一種維護親人的本能的尊嚴感，而且更重要的是，爺爺一直是火星的英雄，我能想到他被地球人稱為敵人，但沒想到他被稱為冷血的暴君。這二者是不一樣的。被地球人稱為敵人不妨礙爺爺作火星的英雄，但如果他是暴君，那就是火星的敵人了。」

「你信哪一種呢？」

「我不知道。我一直留著疑問到現在。誰都沒有敢問。」

「為什麼？」

「因為一種可笑的害羞和恐懼感。我怕當面被告知我不希望聽到的真相，既不能否認，也不想承認，怕那個時候自己不知道該怎樣反應。」

瑞尼頓了一會兒說：「這並不可笑，一點都不可笑。」

洛盈看著瑞尼，輕輕抬了抬嘴角，露出一絲感激的笑。她並不熟悉瑞尼，但她敢於告訴他這些，是因為他的包容。她覺得瑞尼身上有一種她期望獲得的深厚的沉靜。他很少急躁，向她解釋事情的時候平靜寬容。偶爾她有氣惱與悲傷，他便為她拆解事件背後的前因後果，讓她的動容慢慢化解在自然而然的漫長河流中。那樣的拆解讓人覺得淡定，如同雪山上的樹不隨風墜落。

洛盈覺得，瑞尼並不像一般的醫生，倒更像是一個作家。她時常看見他在視窗寫作。一張長方形小桌，除了筆記本和檯燈空無一物。他長久而專注地思考問題，手撐在緊閉的嘴上，偶爾抬起頭，圓片眼鏡對著窗外，微微反射著遠方的光。她覺得如果有一個人可以包容她的疑惑，那麼就非瑞尼莫屬了。當她想訴說一些事情的時候，最希望對面的聽者所具有的就是波瀾不驚，他也許不必指導什麼，但是他不會教訓什麼。

「早在我到地球的第二個月，就有一件事讓我感到很詫異，猝不及防。」

洛盈停了停，陷入回憶的畫面。到地球的第一年，是她最困惑的一年。

「剛到地球時，是我的舞團幫我聯繫租的房子，在角錐大廈九十層，房間很大很舒適，房東是一個獨居的老太太，富有而文雅。那是我的第一個房東，我小心翼翼地保持禮貌，老太太人很客氣，我最初度過了一個月寧靜的時光。在第二個月的一次晚餐上，我提到火星上的生活，老太太忽然大為驚異地問：『你是火星人？』

我很奇怪地說：『是啊。您不知道嗎？』

『不知道。』她說：『我知道你是舞團的。但是我們從不問房客的背景。』她解釋完，忽然做出了讓我覺得很詫異的反應。她一邊說一邊開始動情起來，眼裡露出慈愛而悲傷的目光，拉著我的手，以一種前所未有的熱切關心我的各種生活瑣事。

她從那天開始待我格外好，常常將我當作孩子一樣攬在懷裡，給我買很多好吃的，還帶我出去給我介紹地球。我不知道這突如其來的好意的原因，但我很感動，看到自己的身分能夠引起這樣友好的關懷，心裡隱隱為自己的血統驕傲。直到有一天，她一句無意的表達突然讓我明白了這變化的真正理由。那天她看著我，無意中喃喃地嘆道：『這麼好的一個孩子，怎麼生在火星了呢。』我頓時很驚訝。我即使再小，也能聽出話裡的意思。

我連忙問：『您為什麼這麼說？』

她慈悲地看著我：『聽說你們從十歲起就被政府逼迫做童工了是嗎？』

那一刻，我全身的血液開始冰涼下來。我忽然明白了老太太慈悲的目光是什麼涵義，那是一種對從乞丐團和孤兒院的悲慘命運中走出的孩子特有的憐憫，因為同情他出身和生存環境的惡劣，露出一種熱情善良、卻無意中高人一等的慈善。我忽然不知道該說什麼好，以我在火星十三年的成長所學，我一直相信火星是一個比地球更先進更發達更美好的文明，怎麼在她的印象中突然變成了乞丐團和孤兒院似的地方，竟然讓人一聽就能憐憫到如此的程度。我不知道是哪裡出錯了。

後來我搬離了那個房間。房東太太的好意讓我覺得難以面對。我在日記裡記下了那些好意，在心裡記得感激，但我覺得我沒辦法面對那種憐憫。」

洛盈說完，低低地看著自己的雙手。她小時候以為自己最害怕面對的是他人的敵意，可是後來她慢慢發現，她更難面對的是憐憫，是一種當自己並未索取而對方主動傾情授予的憐憫。

瑞尼一直凝神聽著，並未插嘴。

看她停下，他雙手交叉，想了想問：「我猜，她說的是選課實習吧？」

「是。」洛盈點點頭：「我也是到第三年才反應過來。就是指這個。我當時很想再去找她解釋清楚，只不過那時我已經在地球的另一邊，再也沒見過她了。」

「她可能也已經忘了。」

「是。這樣的事，只有我自己心裡記得清楚。」

洛盈又停下來，想了一會兒接著說：「其實這件事我自己也不能說想得很明白了。我只是明白她話語的緣由，但卻不知道該怎樣評價。我不喜歡她的話，但我不能不承認她的話有她的道理。還有一次，就是關於創意大賽那一次。」

創意大賽。洛盈停下來，在心裡默念了一次這個詞。她忘不了這個詞。

創意大賽是火星孩子最重要的比賽，每三年一次，涵蓋所有十四歲到二十歲的少年，不限形式、不限題材，只比創意。每個小組提交一樣作品，只比哪一樣作品想法最為新奇，實現最為巧妙。好的技術和創意有可能被直接選作國度未來的重點專案加以實現。

創意大賽總是能吸引所有孩子的目光，她們小時候都曾熱情洋溢地盼望它的到來。除了王子公主的愛情童話，她們最大的心願就是能登上創意大賽的舞台，不管是作為選手，還是作為端花環的仙女姑娘。那些姑娘用長裙扮成希臘女神，用鄭重的口吻宣布金蘋果的歸屬。她們坐在螢幕前，坐在牧場邊的欄杆上，手托下巴，想入非非。她們全心全意盼著自己能登上舞台的那一天。那段時光像水彩畫一樣簡單歡樂、方向單一。

那是她帶到地球上的第一個氣球，也是最早破掉的一個。

「這算是我在地球遇到的又一次衝擊吧。」洛盈停了一會兒又繼續說：「出發去地球的時候，我還對那種榮光無比傾慕。我身上帶著一個小本子，本子裡畫下插圖和雜亂的標注，打算一路走一路學，學到新東西帶回火星參加創意大賽。那願望就像個氣球，在我行李後面飄著。在地球上的第一年，我還確實認真將小本上的計畫一點點付諸實施。我學著用網路，在網路上搜尋新穎奇特的產品，不懂原理，但記下說明。我還曾偷偷跑到大學的課堂，混在學生堆裡，記下似懂非懂的概念，以備不時之需。

就在一個大學裡，我的氣球破了。

當時我和教室裡一個女孩說話，那個女孩比我大幾歲，在課上抽著菸，有一股不在乎的飽經世事的神態。我想向她詢問一個化學名詞的概念，她回答了，反問我這麼小為什麼就想學這個。我解釋了，那個女孩開始饒有興趣，問我們為什麼參賽，獲勝者有多少獎金，我說沒有獎金，她便問獲勝的作品能賣多少錢，我說不能賣錢，也不能提升個人，但能獲得更多向他人展示的機會，如果能被用上納入城市建設，那是無上的光榮。

聽到這裡，那個女孩哈哈兩聲，輕輕巧巧地笑了，問我：『既然這樣，這種比賽就是純粹做貢獻咯？』

我愣了愣不知怎麼回答。

那個女孩一揚頭靠在椅子上，笑吟吟地望著我說：『你們真有意思，難道政府這樣無償地榨取智慧，你們都不知道維護自己的權利嗎？』

我呆住了，不明白她說的話是什麼意思。我起初是迷惑，進而是微微的惶恐。我只覺得那隻五彩氣球開始突然洩漏，這讓我感到萬分氣餒，可是我無法阻止，無能為力。

她看著瑞尼：「瑞尼醫生，為什麼事情總不像是我們最開始以為的那樣呢？」

瑞尼坐在洛盈身旁，雙手交叉支在膝蓋上，像是想了一會兒該怎麼解釋，眼睛瞇了一下，似乎在空氣中尋找某個焦點，好一會兒才緩緩地說：「這些事呢，有的時候是這樣：一個在文明中生活的人看周圍的事情，是一件事又一件事，分立的事情，但是另一個文明看過來的時候，總是喜歡從政權看這一切，從政權的角度解釋這個文明中的所有事。」

「那應該這樣解釋嗎？」

瑞尼又頓了一下：「只能說，通常情況下，這個文明當中的人不會這麼想。」

洛盈望了一眼窗外的夕陽，夕陽帶著天邊遙遠的憂傷。然後她轉過頭定定地看著瑞尼醫生的眼睛。瑞尼的眼睛深暗，銀色的鏡框被夕陽點亮。

「瑞尼醫生，您知道怎麼才能進入檔案館嗎？」

「你想進入檔案館？」

「是。我想查一些以前的資料。關於我的家，關於爺爺，關於爺爺的父親。」

「你的家人沒有給你講過嗎？」

「沒有。父母死的時候我還小，哥哥又很少和我談這些。」她遲疑了一下說：「至於爺爺，我並不敢問。」

洛盈想問的東西很多，但大部分她都不敢直接去問。地球上很多人都對她說，爺爺能做總督，是因為他的父親已經是大權獨攬的獨裁者。傳位於子是從古至今所有獨裁者的共性。他們說得言之鑿鑿，聲情並茂。可是這些話她不敢問，也不想問。她身上流著爺爺的血，疑惑無法化作直面的言語的質詢，面對爺爺，她無法開口。

她期待地看著瑞尼，輕輕咬緊了嘴唇。

「從程式上講，」瑞尼平靜地回答：「有兩種途徑。一種是持歷史工作室的授權書，聲明查找資料乃研究所需，向檔案館提出申請。另一種是由有資格的人開具授權聲明，授權一位私人代表臨時或長期進入，代其查詢。」

「什麼人是有資格的人呢？」

「總督、各個系統最高長老，以及審視系統的三位大法官。」

洛盈黯然了一下，這些人都是她現在不想直接去質詢的人，他們也很難給她授權。

「那我恐怕是進不去了。」她低聲說。

瑞尼沉默了片刻，過了一會兒說：「其實，我也有資格。」

「您？」

「是。」瑞尼點點頭：「你爺爺給了我長期授權。」

「我爺爺？為什麼？」

「因為他知道我在整理一些歷史資料，需要查找相關往事。」

「您寫歷史？」

「對。」

「您不是醫生嗎？為什麼寫歷史呢？」

「業餘時間一點業餘興趣。」

「您和我爺爺有很緊密的交往嗎？」

「不能算很緊密，只是當年答應你爺爺一些事情，他做為回報答應了我的請求。」

「什麼事情呢？」

「工程上的一些事。」

洛盈有些好奇，很想問個清楚，但看到瑞尼並沒有想要繼續解釋下去，知道有些不太好問，也就住了口不再問了。瑞尼比她想像中離她的家族更近，似乎也知道更多她所不知的往事，這讓她沒有想到。

「那您能給我寫一份授權書嗎？」她醞釀了片刻，凝注地看著瑞尼：「您臨時委託我去一次可以嗎？一次就行。」

「原則上是可以的。」瑞尼看著她的眼睛，但沒有立刻答應，而是緩緩反問道：「不過，你有沒有想過，為什麼一定要追尋往事呢？」

「想過……一點點吧。」

「為什麼？」

「我想，還是因為想找到自己。」洛盈搜索著近日來所有內心的思量，盡可能坦率地說：「哥哥曾說我沒必要對往事太執著，可我心裡就是放不下。我想知道是什麼決定了現在的我，如果是周圍的世界，那麼是什麼決定了這個世界。如果我不了解那些往事，那就不能對未來該做出選擇。」

「我懂了。」瑞尼點點頭：「這個理由我接受。」

洛盈輕輕地鬆了口氣：「這麼說，您同意了？」

「是的，我同意了。」

洛盈感激地朝瑞尼笑笑，瑞尼面容溫和。她沒有繼續詢問，瑞尼也沒有繼續說下去。安靜將他們籠罩起來。瑞尼推著洛盈的輪椅又向一旁挪了兩寸，讓她繼續沐浴夕陽的光。太陽在群星的圍繞中一寸一寸消失身影，雖然沒有晚霞，卻有極簡樸的壯麗。火星就像孤獨的情人轉過臉頰，依依不捨卻毫不停留，告別光的溫暖，將光留在身後。洛盈好像在空無邊際的大地上看見了一陣如煙的前塵往事，如同影片在荒原上奔騰上演，她在那幻影中見到最後一縷光芒。

當光最終消失，洛盈輕聲問：「瑞尼醫生，我一直想問，歷史真的可以寫嗎？我越來越覺得，每個人都能寫出一套聽起來正確的歷史。」

「沒錯。」瑞尼說：「可是因為如此，才值得寫。」

「那我們將來也會被寫進書裡嗎？」

「會的。所有人最終都會寫進書裡。」

瑞尼推著洛盈走到了天台的邊緣，天台最終進入了完全的夜晚。在星光的照耀下，天台能看到最廣闊的大地，粗獷荒蕪、綿延幾千公里。火星的山川峽谷都有比地球宏大得多的尺度和陡峭得多的線條，就像他們的城市和夜空，直接樸素，無遮無攔。

瑞尼正在寫作一種嘗試性的歷史。

寫史有很多種方式，編年史、紀傳史或者事件史。但瑞尼寫的不是其中任何一種。他不知道該怎樣為自己的寫作命名，或許應將其叫作詞語史。他的主角不是時間事件人物，而是抽象的詞語。他不很在乎敘述的客觀資料感，也不認為單獨的人物能夠表達他所關心的問題。他更希望用一種邏輯的線條將這些時間事件和人物串聯成真實的劇碼。他們在無意中演出，卻意外地獲得連貫。

目前他正在寫作的是自由史。他曾寫過創作史和交流史，這一次他要寫的是自由，自由的歷史。

對於自己生活的國度，他心裡的態度很複雜。十年前的事件仍然在心裡留下作梗的記憶，但他知道，國度締造者的初衷並不是讓這個國度成為一架自動運行的機器。他們拚著性命捨棄地球供給，離開那個地方，求取獨立和精神財富資料共用，只有一個誘惑，那就是自由。若無這信念的支撐，以寡敵眾的戰役必然堅持不到最後。現在的國度有現在的問題，但曾經的初衷很單純。

瑞尼每天用很多時間閱讀和寫作。他在醫院的工作不忙，只是神經科研究員，不是正式的診療醫生。他研究神經系統和生理力學結構，開發新的醫學儀器，但他不屬於固定實驗室，也沒有自己的工作小組和專案經費。日常經費讓他做不了龐大的專案，因此得不出大的結果。這局限與孤伶的壞處和好處都很明顯。壞處是沒有前途，好處是給了他大把工作之外的時間。他每天花很長時間獨自散步、閱讀、雕刻、寫作。

從他住的公寓到醫院有三公里，坐隧道車一分鐘到達，但他每天步行往來，在路過的街心花園裡坐下，坐在長椅上觀察對面的樹。花園中樹木茂盛，自然的奇妙讓他愛上形單影隻。他不是拒絕與人交往，只是日常生活中沒有幾個可以讓他隨時交往的人。而他不讓自己過於在意這件事，是因為不喜歡陷入想到這件事之後必然產生的一道苦澀。

他寫作，這件事給了他很大樂趣。它讓他生活中大部分苦澀的時刻變得容易度過。久而久之，他對寫作有種依賴。只有陷入在廣博龐雜的歷史資料庫中，他才能夠心無旁騖且堅定地度過每一個飽含寂寞的日子，別無他求。他是一個受過懲罰的人，在很多方面無法有更多索求。

瑞尼喜歡詞語的遊戲。他將它們從生活中摘出，種到紙上，圍繞著它們搭建起人的舞台。詞語和詞語的更替直接帶來生活面貌的更替，這已經成了他的一種習慣。他從小就有這樣的習慣。他童年時有一套詞語的玩具，對他思維的形成影響深遠。在他孤單的兒童時期，那套玩具曾給了他無限豐富的想像和陪伴的時光。

瑞尼的父親是沉默的退伍老兵，瑞尼是獨子。他在戰後的第七年出生，母親在他四歲時離家，瑞尼沒能看清她的長相，即使在夢裡也看不清。瑞尼的父親是個寬容豁達的老實人，沒有抱怨什麼，只是坐在簷廊下的地板上對四歲的瑞尼說：事情與事情不是人與人的距離，它們有自己的地圖，遠近不差分毫。父親將金屬碗碟擺成戰略沙盤，坐在晨昏線裡低聲唱歌，從此對瑞尼很少管教。他和妻子的離別化成那個年代的每一場離別，在悲傷之後的注視中，蛻變成以星星作音符的抽象的樂譜。小瑞尼從此在無人管束的環境中自生自長。

對瑞尼的成長影響最大的是那套玩具。他童年一個人玩耍，坐在自助廚房的光滑地板上，一個人建起城堡和艦船大砲。那是一種普普通通的拼搭玩具，包含各種形體搭塊，就像建築材料，可以相互勾連，每一小塊寫著一個詞語，幫助識字。瑞尼從兩歲到十一歲與它們相伴。他驚異於它們的奇妙特性，詞語與詞語靠彼此支撐。勇氣是一根長長的直杆，看上去很漂亮，他可以將它與單純相連，能搭成小塔，但當他想把塔樓建寬建大，他發現他就只能讓勇氣平躺，否則它一定會礙事，其他各塊材料都難以平穩插入。他端詳那些詞語的形體，嘗試各種組合拼裝和多重用法。對幼小的他來說，這神奇而有趣。他投入其中的精力不亞於他投入在作業和家庭中的。它在他內心化為一種獨自的遊戲。即使當他長大以後，他仍會看到那些詞語。坐在講台下聽演講，會看到台上站著一座城，伸出一根附和，掛著許多根嘲笑，為的是擋住城裡布篷一般的慌亂，以及七零八落不成樣子的知識。

他慢慢地長大，內心的遊戲化作一天比一天沉靜的思量。他想過很多次該怎樣記述這個國度曾經經歷的那些歲月，想過記錄親歷者口述的事實，想過用資料和圖表分析和比較，也想過做一年一年最繁密的細節編撰，但他最後還是選擇了詞語。在他看來，只有圍繞詞語，才能看得清其中每個人的選擇和掙扎。

歷史能不能書寫，瑞尼不輕易下結論。他知道歷史取決於注視的眼睛。目光決定聲音，眼睛決定嘴。

歷史在浩繁的書中總有水的面貌。在一些線性史觀的人看來，歷史就是河流奔湧，一直向前，彷彿有神挖好命運的終點和人的去路。在他們看來，火星的存在是一種人類以前從來不曾實現的精確社會主義，是科技達到一定發達程度之後的必然變革，是烏托邦夢想的第一次真實呈現，是時間箭頭上全然的嶄新。而在一些迴圈歷史觀的人看來，歷史只是瑰麗的噴泉，外表華麗內部空虛，水噴射後又跌回池底，故事只是反覆重演沒有盡頭。在他們眼裡，火星的故事不過是歷史上重複了很多次的探險、開發、獨立、鞏固統治的重複，人們開發了新世界就造反，而造反的人們重新變成被壓制的老爺。而在一些虛無論的人看來，歷史永遠只是現實的邊角，現實是寂靜的深海，人們能看到的只是表面翻起的白色浪花，看不到的無數細節才是構成主體的海底洋流。他們相信各種事件的偶然性，不相信後世的解讀，他們認為只是實際上一個叫斯隆的人在偶然的時間進行了一次偶然的謀殺，卻被後人誤解為長久醞釀的必然的歷史因果。最後，在徹底叢林法則的人看來，歷史只是虛空中許多條交匯的噴流，相撞鬥爭，生存毀滅，強者延續，弱者消失。他們認為歷史是真的，卻沒有任何宿命，沒有規律，只有實力和實力相互碰撞，不涉及任何哲學和社會體制，只是當火星本土的軍事實力強大到足以戰勝地球軍隊，戰爭就開始了，實力就是結局。

不管真相如何，瑞尼相信，在所有存在中，水滴最難說清水的面貌。

瑞尼喜歡讀書。讀書的好處是讓孤獨的人不那麼孤獨。

如果說這些年年復一年的獨自生活並未引起瑞尼太多的自傷和憤懣，那是因為他在歷史中其他寫史的人身上找到了相似的共鳴。不是指精通經院神學、為了神的榮耀記述人間功績的經典史家，也不是指從荷馬開始由近代小說家延續、對公眾抒發史詩浪漫主義傳奇的吟唱詩人，而是指古代東方一類特殊史者，個人化寫作，孤獨而失意，嚴肅客觀，卻充滿自身痕跡。在他們身上，瑞尼看到自己的影子。

而洛盈喜歡讀書，對她來說，讀書是一件不孤獨卻又孤獨的事。

洛盈從小就清楚，她的名字已經因為祖輩的作為而註定與整片土地的命運相連。但是她不知道這種相連究竟是一種榮光還是一種苦澀。她讀書裡其他公主的故事，發現她們都比她單純堅定得多，因而都比她幸福得多。

她讀過基督山伯爵身邊的艾黛，父親是一個光輝的英雄，除了異族的蠻橫無理和小人的出賣，什麼都不能損害作為民族統帥的父親的永恆。她也讀過蘇拉身旁的范萊麗雅，面前的羅馬獨裁者昏庸無恥、殘暴地迫害奴隸，而對面起義的角鬥士領袖卻勇敢正義，英俊健壯，因而自己可以毫不猶豫地加入反抗暴君統治的隊伍。然而無論是忠誠還是背叛，她們都激情決絕，因而顯得那樣迷人。她能想像到她們嘴裡的台詞：「哦，父親，無論遇到多麼大的阻撓，我都永遠愛著您」和「不，暴君，無論遇到多麼大的阻撓，我都要推翻你」。

可是她自己卻沒辦法做到這樣。她不是古代公主。她活在二十二世紀現實的火星。她不清楚自己身邊的世界是什麼樣的世界，因而不能決定自己的態度。這種感覺讓她孤獨。她覺得猶豫與困擾的面孔註定不美，可是她想對事實忠誠，就不得不對態度猶豫。

她在公主的書中沒有找到共鳴，卻在一些行路人的書中找到了。

「沙漠給人留下的最初印象，只不過是空蕩蕩和靜悄悄，之所以如此，是因為它根本不喜歡朝三暮四的情人。自己家鄉的一個普通村莊也會避開我們，如果我們不為它而捨棄世界的其餘部分。不進入它的傳統風俗，不了解它的冤家對頭，就不會理解它為什麼是某些人的家鄉。」

是的，她就是這樣。她在離家之後才懂得了家鄉的意思，家鄉也因此避開了她。她現在才明白，只有在小時候她才真正擁有火星。那時她年復一年過著同樣的生活，並不知道任何其他方式的解讀。她沉浸在家鄉的風俗，對它的冤家對頭毫不寬厚，從來不朝三暮四，甘心為它捨棄整個宇宙。只有在那時，家鄉才是真正的家鄉。她明白這字裡行間的意思。當行路者寫下這樣的句子，他就已經註定從家鄉遠離。

洛盈闔上書，端詳著書深藍與橙的封面。

風。沙。星辰。

她念出那幾個字，念出火星全部的財寶。

晶

吉兒來找洛盈的時候，洛盈有點心不在焉。她在吉兒進門的一剎那，將正在閱讀的瑞尼的手稿悄悄塞入被子底下，若無其事地拿起床頭的一本畫集。她不想和吉兒談自己的追尋，不是有什麼需要隱瞞，只是不知該怎樣解釋。

陽光初升，吉兒的神情像往常一樣活潑歡愉。

「你這兩天好不好？」吉兒說話抑揚頓挫。

「還好。」洛盈隨口答著。

「已經能走路了？」

「略微能走幾步。」

吉兒的臉上露出些微失望的神色，洛盈能看出來。其實她可以不必住那麼久，瑞尼說過，她的趾骨癒合不錯，接下來可以回家養傷了。但她只是自己不想走，她還想問瑞尼很多事情，也很留戀在醫院的天台上對著落日讀古老的書。這樣安靜沉澱的時光回家就不一定再有，她留在這裡，就像是遠離塵囂。

吉兒心裡藏不住話。

「你知道嗎，創意大賽要開幕了！初賽就在下周。已經都組好隊了呢。本來以為你已經可以出院了，我還給你報名到我們組了呢。我和丹尼爾、皮埃爾。」

這幾句話提醒了洛盈，她想起幾天前和瑞尼的對話，不由得一時間思緒紛擾，一串首尾相連的片段湧進腦海，如同洪水淤積了隘口。

「怎麼了？」吉兒見她發愣，有些奇怪：「創意大賽啊。你難道忘了嗎？」

「啊，沒有。」她連忙搖搖頭：「怎麼會忘呢。」

吉兒於是開始興致勃勃地敘述。她安靜坐著靜靜聽著，心不在焉。

「……我們剛定好了小組名字。以後每天下午都在換乘廣場集合討論。每個組都設計了旗子掛出來。我們組的旗子是莉莉設計的……我本來想……可是，丹尼爾說……等過幾天，你腳好一點了，也跟我們一起去討論吧。我們可以一邊討論一邊吃點心。」

吉兒興致勃勃地說著，聲音飄在空中，顯得很遙遠。洛盈不想參加，她無可抑制地想到她在地球上看到的說法：極權制度用教育統治鞏固。可是這一切無法向吉兒解釋。

洛盈嘆了口氣。吉兒鮮活的面孔讓她心情複雜。吉兒正坐在窗台上，興趣盎然地講述他們準備過程的各種細節場景。洛盈看著窗口。窗外陽光正好，吉兒逆光成為一幅暗色的剪影，在明亮的視窗裡顯得輪廓清晰。她撐著窗台的胳膊圓滾滾的，蓬鬆的頭髮有幾絲飄飛起來，瑩白色的太陽從她身後送出光芒。洛盈忽然覺得很累，地球的記憶似乎變成了一種忘不掉的習慣，她什麼都懷疑，神經緊張，內心不安而無法擺脫。

她輕輕搖了搖頭，問吉兒：「你們準備做什麼東西參賽？」

「再做一件衣服！」

「什麼衣服？」

「還是用皮埃爾的新材料做的衣服！他研究的材料有一種能產生光電效應，跟我們的房頂差不多，我準備用它做一件能發電的衣服。丹尼爾懂得微電路，能把導線嵌入衣縫，把電流引出來。我來畫設計圖！這種材料雖然沒有上一次給你做的輕軟，但是能做一件類似盔甲的，雄赳赳氣昂昂。」

洛盈點點頭：「聽起來似乎不錯。」

「是很不錯！丹尼爾和我已經把設計圖紙都畫好了，要不是皮埃爾這幾天在醫院，早就開始實驗了。」

「皮埃爾怎麼了？」

「他爺爺病了，他得在醫院看著。」

洛盈心裡一緊：「是嗎？」

「嗯，」吉兒歪了歪腦袋，「說到這個，我也該去看看呢。他爺爺也在這個醫院。」

她說著跳下地，拍了拍洛盈的胳膊，急匆匆地就要往門口走。剛走到門口，又想起什麼，忽而轉過身來，眼睛忽閃忽閃。

「對了，差點忘了說，這週末還有一個大聚會，你也來吧！」

「什麼聚會？」

「就是我們所有小組的聚會啊！給初賽打氣加油的！」

「你們不是每天都在聚嗎？」

「那當然不一樣了。這次是野餐會，吃完還要在小禮堂跳舞呢。」

「那我肯定去不了了。」洛盈搖搖頭：「你們好好玩吧。」

洛盈知道吉兒說的聚會是什麼形式，但她不想去參加。他們從小每天都在一起，一起上課一起玩，一起假扮戰士，一起進工作室，然後還要在每一個節日一起舉行大聚會。在聚會上，他們會繼續上次沒做完的遊戲，會拿彼此的往事取笑，會敏感地察覺到某人和某人跳舞時神態有異並因此大肆起鬨，還會約好下一次聚會的安排。

她不是不喜歡這樣的聚會，只是仍記得另一種形式的聚會，完全屬於陌生人的聚會。那時夜空亮著閃電，停機坪簇擁舞廳，臨時停靠的小飛機像休息的鳥群，疲憊的男男女女在彼此間穿梭，迷人的微笑裡觥籌交錯，不問姓名就擁抱，轉身之後各奔東西。每一次的新面孔，每一次的介紹，每一次自顧自的搖頭晃腦。散落的靈魂臨時碰面。從此不再回歸。幽深漫長的走廊裡堆滿了各國雜物，斯里蘭卡的鏡子、泰國煙斗、德國手杖、墨西哥彎刀。漂泊的孤獨。

瑞尼闔上螢幕，向漢斯家慢慢走去。他沒有坐車，一邊走一邊慢慢思量。剛剛闔上的錄影仍然在他心裡，混合著他原有的一些思緒，一些問題呼之欲出。

錄影是漢斯拿給瑞尼看的，希望他看後能給他一些意見。錄影中的畫面是虛擬合成的動畫，水流是地球的水流，山岩是火星的山岩。瑞尼覺得他能明白漢斯給他看這些錄影的意思。漢斯雖然沒有明說，但那意思是很明顯的。

瑞尼邊走邊思考著一會兒見到漢斯要說的話，小路像思緒一樣在腳下蔓延。

瑞尼知道，漢斯是一個念舊的人。他了解他些許過往，知道他是那種能將年幼時一個許願或者好朋友的一個理想記住一輩子的人。這樣的人瑞尼見得不多，每一個都讓他印象深刻。他們往往像鐵一樣沉默，也像鐵一樣堅硬而執著。漢斯是同齡人中間僅有的仍然在堅持工作的人，其他人死的死，病的病，還能站直了身子神態威嚴地聽取各方意見的人，除了漢斯，就再也找不出第二個了。是他心底念著的一些東西在支撐著他，支撐了這許多年。

在漢斯最好的朋友中，加勒滿是唯一多年與他並肩戰鬥的人。他們一起從戰時的飛行隊走出，從戰後重建的第一天就相伴左右。那些年朗寧東奔西走，加西亞長年待在船上，只有加勒滿四十年如一日，在漢斯身邊，像一隻怒吼的獅子寸步不離。如果說漢斯是戴克里先，那麼加勒滿就是馬克西米安，只不過這個奧古斯都完全沒有與總督祕密分裂的意思，更不曾培植凱撒，只是數十年如一日，與漢斯並肩戰鬥在在這座城市的不同側面，戰鬥在與風沙相搏的沒有硝煙的戰場上。沒有對方的支持，他們誰都走不到今天這一步。

漢斯和他的同齡人是火星整個國度建設的承擔者。他們的三十歲伴隨著火星的誕生，它像一個嬰兒，在之後的四十年一寸一寸成長。加勒滿是技術派的建築師，城市構造的設計者。他在二十二歲的時候給出了第一張玻璃房屋的設計圖，後來成為火星房屋最核心的構造原理和城市基礎設施的基本藍圖。他們的城市在此基礎之上建築、構造、擴張，圍繞著不變的技術核心衍生出無窮變化的形式藝術和瑰麗富饒細節修改。這是一個理念誕生的城市，加勒滿在頭腦中畫下了水晶的空中花園，帶著山谷裡的人們最終走出戰爭的黑夜。

在漢斯所有的信念當中，加勒滿和他的城市規畫是極重要的一個。漢斯參與了大部分建設工作，從年輕時作為普通飛行員奔走四方採集資源，到年老時作為總督主持工作簽署一項又一項完善方案，他為這座城市付出的心血不亞於加勒滿本人，他為它與他人戰鬥，用自己的生涯捍衛它的完整。

瑞尼知道，讓漢斯做出放棄現在這座城市的抉擇比什麼都難，尤其是在現在這個關口，在他連任兩期的總督生涯走到終點即將平靜卸任的最後的關口，這樣大的決斷絕對是一種兩難。

當瑞尼走進漢斯的書房，漢斯剛剛關上一段加勒滿的錄影。瑞尼看到了錄影的最後片段。那是四十年以前的錄影了，加勒滿正是脾氣暴烈的年歲，無可抑制的熱情透過年輕的臉在光滑的牆壁上呼之欲出，燃燒到傍晚老人寬大書房的空氣裡，熊熊燃燒。

窗外夕陽西下，窗裡背影孤獨。

瑞尼站立了片刻，輕輕咳了一聲。漢斯轉過身來，看到瑞尼，默默點了點頭。瑞尼在桌邊坐下，漢斯給他倒了一杯清茶，又在牆上按了幾下。片刻之後，一壺酒和兩個小菜從傳送道裡緩緩升上來，漢斯打開小門，端出來，放到窗邊的小方桌上。

「那些錄影我看了。」瑞尼說。

漢斯給瑞尼斟了酒，凝神聽著，但沒有說話。

「他們的模擬方案我也看了。」

「怎麼看？」

「我覺得困難的地方在於兩點，一是氣體，二是水溫。」

漢斯點點頭，等待瑞尼繼續說下去。瑞尼默默沉吟了一會兒，在心裡斟酌表達方式。漢斯的目光貌似平靜沉穩，但瑞尼卻看得出，其中有一種像在手術室門口等待醫生出門時那樣暗暗隱藏的期待的神色。很顯然，他心裡有期冀。

「氣體問題是最難的。」瑞尼說：「在開放環境保持氣體比在封閉環境難一萬倍。」

「氣壓會太低？」

「是。不過這還不是最關鍵的。最關鍵的是氣體比例。人是一只和周圍保持氣壓平衡的水球，周圍氣體變了，人的體內立刻會變。氧氣的比例不能太低，否則大腦會出現異常；另一種氣體必須是惰性，否則會擾亂身體反應，元素又必須常見，因此非氮氣莫屬；二氧化碳不能太多，否則會引起窒息；水氣含量不能變化太大，因為人體對於濕度很敏感。總之，必須幾乎複製地球大氣，在逃逸速度這麼低的地方，這不是一件容易的事。」

瑞尼說著，似乎看到自己的身體伸出千絲萬縷根細線，和空氣緊緊連接，就像一株植物離開地面，根鬚帶滿土壤。他一直對那些將人類拋到宇宙各個角落的奇異幻想敬而遠之，不輕易為其激情打動。他並不把人看成雕塑一樣的獨立的形體，而是看成一層膜加上裡外兩邊的氣體。人並不是隨便扔到什麼環境都能生存，離了環境，人連定義都將失去，就如同一隻水母，離了水就沒有形狀。

漢斯的神情略略有一分鬆弛，可以看得出，這個答案讓他感覺穩定而願意接受。

他點點頭，沒有加以評論，轉而問道：「那水溫呢？」

「這個恐怕也同樣困難，」瑞尼說：「如果不能保持水的流動狀態，形成真正的大氣迴圈，那麼一個所謂開放的生態環境就是沒有意義的。不管怎麼選擇地點，火星夜裡的零下溫度都是無法否認的，河流必然結冰，甚至白天都來不及化凍。如果要用人工辦法加溫，那麼可以想像，能量耗費會是巨大的，最後的結果不會比現在的城市更好。」

「也就是說，開放方案獲得成功的可能性不大了？」

「不能說沒可能，只能說非常困難。」

「我明白了。」

「當然，」瑞尼補充了一句：「我只是粗略估計，還沒有可靠計算。」

「沒關係。」漢斯緩緩地說：「我只想了解一下。最後的結果也不是我能說了算的。」

瑞尼遲疑了一下：「現在進行到什麼階段了？」

「仍然在立項申報，提交技術細節評估和可靠性分析。還沒到議事院評審。」

「這一回是議事院公投還是全民公投？」

「還沒有決定。」

「您傾向於哪種？」

「也還沒決定。」漢斯說，他停頓了片刻又補充道：「這個決定我必須慎重，這恐怕是我唯一能做的了。」

瑞尼被漢斯話語中隱隱透出的淡而深的苦澀微微觸動了，好一會兒才點點頭說：「我明白。」

瑞尼明白漢斯的意思。漢斯希望留在這座城市，可是他沒有多少機會貫徹這種願望。漢斯已經不是戰士了，他是總督。戰士可以為了好朋友的理想做決定並吶喊，但總督不可以。總督並沒有權力推行個人的決斷，他的作用就像法庭的大法官，主持政策討論的公正秩序，判斷在何時應以何種方式將討論繼續，但是他不能夠自行定出討論的結果。他想了解基本的技術原理，也只是像法官想了解案件。

這些天，方案的爭論越來越趨於白熱化了。自從穀神星開始在頭頂環繞，未來城市的規畫就已經納入了議事日程。起初還只是概念設計，但自從和地球的談判一步一步推進，概念就一步步化為了詳盡的規畫報告。按照火星議事的慣例，所有的提案要先在資料庫的提案介面公布研究成果和可靠性論證，然後經過自由辯論，最後經由議事院或全民公投得出結果。

現在競爭最激烈的兩套方案是遷居方案和駐留方案，前者主張搬入山谷，製造開放的生態環境，而後者主張留守在現在的水晶盒子裡，將穀神的天水降為繞城的河流。兩套方案都有其道理，也有其困難，旗鼓相當，擁護的熱烈程度不相上下，而漢斯的職責就是主持這場辯論，如果放棄城市、選擇新居的方案最終獲得了通過，那麼他也沒有辦法加以更改。

「其實，」漢斯的聲音忽然低沉了一些：「我找你過來，是想拜託你一件事情。」

「您說吧。」

「我想請你有空的時候在周圍聽一聽大家的意見。」漢斯說得很謹慎：「了解一下人們的傾向，應該能對抉擇有些幫助。」

「好的。」

「只是別太刻意。」漢斯猶豫了一下：「你知道，這樣並不應該。」

「我懂。」瑞尼說：「您放心吧。」

漢斯點點頭，沒有再說什麼了。瑞尼看得出，漢斯非常為難。在他內心有兩種傾向正激烈鬥爭。一種是維護摯友心血不在晚年化為荒蕪的個人願望，一種是維護程序正義不受私人左右的系統願望。他兩種都看重，兩種都不願意輕易妥協。

漢斯有權決定最後投票的方式，因此可以選擇對加勒滿和水晶城最有利的方式。理論上講，選擇哪種投票取決於事件本身的屬性，不應當由結果傾向決定，可是一般人都能看出來，菁英長老組成的議事院和全體公民的整體意見往往會有角度的出入，總督如果對此看得分明，就可以在法律允許的框架之內按照希望的傾向選擇方式。這樣的選擇很微妙，往往直接影響最終決策。漢斯以前一向輕視這樣的手段，可是這一次，他終於低頭想借助於此了。瑞尼有一點難過。他清楚漢斯一向多麼在乎程序正義，火星民主就是方案民主，方案的無偏狹一直是保持城市運行的核心精髓。

瑞尼覺得，漢斯的最大尷尬就在於終其一生都在做著不願卻不得不做的決定。

他看著對面的老人。漢斯默默自斟自飲，褐色微捲的頭髮向後梳得整齊，鬍鬚濃密卻開始斑白，嘴角有皮膚下垂的紋路。他這二十年樣子都沒有太大變化，但細看就能看出，他的皮膚每天都在衰老，眼睛下方和脖子上的皺紋越來越多。當時間想要證明自己，鐵做的身軀也阻擋不住。

「其實，」瑞尼儘量讓自己顯得輕鬆地說：「您或許不必太苛求自己，順其自然吧，即使最後不盡如人意，加勒滿總長也不會怪您的。」

漢斯抬起頭看著窗外，望向遠方，像是望著一段過去，又像是望著某種悲觀的未來。夕陽照著他的面孔，讓皺紋顯得光影分明。他沉默了一會兒才開口，聲音緩慢，帶有一絲微弱的倦意。

「我這輩子遺憾的事情太多了。」他聲音低沉地說：「這一次我只怕還是一樣。」

「您也是沒有辦法。」瑞尼說。

「我幾乎送走了我所有的親人和朋友。」漢斯忽然轉過頭，看著瑞尼：「所有的。」

瑞尼無言以對。老人的目光凝注，深褐色的眼裡流動著不輕易表露的潛藏的愴然，如同深海，只有表面風平浪靜。他的意思瑞尼能聽得相當清楚，可是卻不知如何回應。

「也許，您當時早點退休就好了。」

「你原來也這麼勸過我。」漢斯說：「你可能早就覺得奇怪了，這個位置有什麼好坐的，既然不符合心願，為什麼不肯早早退休。我自己也知道，早點退下來是好的，五年前也許根本不該連任，可是我就是放不下心。」漢斯說到這裡，聲音忽然有點波動起來，像是被一股突然湧起的巨大情緒推動，幾乎有些悲傷了：「我放不下心啊。」

你能明白嗎？他用這樣的目光看著瑞尼。

瑞尼也注視著漢斯，注視這個遲暮的老人自己和自己搏鬥。他嘆了口氣，點了點頭。夕陽不動聲色地在遠方照耀。老人的蹙眉和臉上的線條在夕陽裡僵直。漢斯仍然控制著自己，沒有顯得動情，但一股近乎悲壯的無可奈何從他身體裡不可阻擋地散逸出來。

過了好一會兒，空氣緩緩地和緩了下來。

漢斯放下酒杯，慢慢從茶壺裡倒出半杯已冷的茶，恢復到平日裡的從容深靜。情緒像茶一樣冷了下來，漢斯手撐額角，漸漸恢復到平常的話題中，開始談資料庫制度討論形式的改革，談土地系統前一段時間提交的調研報告，談塞伊斯隕石坑的山形地勢與前景設計。瑞尼靜靜地聽著，偶爾插一兩句簡短的詢問和分析。

最後，瑞尼告訴漢斯，洛盈似乎對歷史往事很有興趣。他沒有說她想去檔案館，只說她想知道家族的歷史。

「她都問什麼了？」

「問了過去的生活。」瑞尼說：「還問了戰爭的起因。」

「那你怎麼說？」

「我說得不多，但答應給她看相關的書。」

漢斯點點頭，低緩地說：「你看著辦吧。如果她想知道，告訴她也是應該的。這孩子長大了，早晚有一天會想知道過去的事。」

瑞尼點頭答應了。他知道漢斯對洛盈比對路迪更擔心。他們又交談了幾句，他起身向漢斯告辭。漢斯送他到門口，拍拍他的上臂，目送他離開。瑞尼走到樓梯轉角又回頭看了一眼，漢斯的身形重新恢復到平日的肅穆。片刻的動容已從面容上消失，老人還是一如既往的莊嚴穩定。

信

洛盈想叫安卡陪她去檔案館，有他在她身邊，她會比平時有更多勇氣。不管最後查找到什麼樣的歷史，他陪她一起尋找，就比她一個人的追尋好過得多。

她坐在病床上，登錄個人空間，打開信箱。出乎意料的是，信箱裡有六封未讀郵件，這並不尋常，住院這些天，她平均每天只收到一封信。她快速地掃了一下寄件者名單，大部分來自水星團，藍色條紋的信箱列表在病房牆面百合花的圍繞下顯得清冷而耀目。她從最早的一封信開始讀，是織妮婭群發給水星團的群體消息。

親愛的兄弟姐妹們：

寫這封信可能有點突兀，但我想我說的情形是我們每個人共同面對的。

最近創意大賽開始了，估計每個人身邊都有各種組隊邀請。我不知道你們怎麼看這個比賽，我是覺得其中浮現的一種精神亢奮很值得我們抵抗。那是一種相當虛榮的熱情，對於獎項、對於在眾人面前出風頭的榮譽看得過於重要，以至於很多孩子變得很功利，不去想真正的智慧，只想著怎樣壓過別人贏得評委，似乎拿獎就是生活最大的意義。我想這是我們這個世界比賽太多的緣故，平時生活裡充斥著大大小小的比賽，數學演講戲劇辯論，它們的功利讓人忘記了真正的思考，因此離智慧越來越遠了。地球上比較實際，人們的好大喜功也遠比我們這裡小很多。

所以我想說，讓我們發起一場觀念革命好嗎？我們可以抵抗創意大賽，拉起旗幟與其對立，或者發表演說批判這種虛榮和功利。你們覺得如何？具體的形式還沒有想好，只是提一個建議，供大家討論。

纖妮婭

洛盈看著信，愣了好一會兒。

她想起自己前日裡的回憶與懷疑，感覺到一絲共鳴和些許猶豫。纖妮婭明顯和她感覺到了相似的問題，只是她質疑統治者和統治方式，纖妮婭質疑不純的動機。她不知道該不該回應表示贊同。纖妮婭的批評是有道理的，但至於一場觀念革命，她心裡遲疑。她想起了爸爸媽媽，在內心猜想如果是他們會如何決定。

第二封信是米拉對纖妮婭的回應，同樣是群發給每個人。

我不贊成革命。不想參加比賽不參加就是了。我也不想參加，但沒必要鬧什麼革命。熱血少年全都虛榮，沒什麼大不了的。

米拉

緊接著是龍格的回應，與纖妮婭意見相同，與米拉相反。

贊成，早該這樣了！純粹是被利用了。那麼純潔的熱情就這麼傻乎乎地被一幫當權派利用了，白白地給他們付出那麼多智商。早該革命了，讓人醒醒！這瘋狂的系統讓人完全變傻了，榨取智慧就像吸血一樣。

龍格

洛盈的心臟劇烈地跳了跳。她最怕的就是這個。她怕自己發現這個系統的惡劣，怕最終走上與它戰鬥的路。如果它真的惡劣，他們就不得不戰鬥，可是戰鬥就意味著與爺爺敵對，她不願如此，不知該如何面對。看著那明晃晃的文字，她只覺得心裡五味陳雜。

她接著往下點，下一封信是索林對龍格的勸慰。

龍格，我們沒必要完全按照地球人的思路。地球人罵我們，多半有戰敗的歷史原因和猜忌。大人們也不都是壓迫者，他們設置舉辦這些事情，初衷也還是為了我們好。

索林

下面緊跟著一封龍格的反駁：

為我們好？笑話。所有的設置都只是為了他們自己好。說的好聽，最理想化的教育。可什麼是理想教育？分明是培育系統的零件和效忠者。包括讓我們留學。你們以為我們去地球是什麼好事嗎？別天真了，實話說，我們就是人質，是談判交換的押金和籌碼！沒有押金，他們換不來資源。說什麼為我們好，全是藉口！

龍格

洛盈吃驚極了，她不知道龍格怎麼會得出這樣一個結論，是有證據，還是他的臆測。如果他說的是真的，那麼這其中涉及的可能的事情將牽扯出一大片她從前想都沒想過的事，他們的身分將一下子從留學生變為政治人物，不僅僅她自己，而且就連他們其他人的出走也都成了一種動機不純的授意。這幾乎不像是真的，太像是某種陰謀論的危言聳聽。

她心裡沒有主意，頭腦一片空白。她看著螢幕發呆了好一會兒，幾乎是木然地點開了最後一封新郵件。這終於是一封與水星團無關的郵件了，發件地址是瑪厄斯，寄件者是伊格。

洛盈：

腳上的傷好些沒有？我現在在瑪厄斯上，與繁星為伴。

冒昧給你寫信，是想探詢一些事情，希望不要見怪。

我想你已經知道，我的老師亞瑟·達沃斯基十年前臨走時帶上了你父親給他的火星資料庫存儲的電子學方案，但你可能不知道，他希望能推行的資料庫計畫因為種種商業原因沒能如願，最終遺憾地死於地球。這一次我來火星，一部分原因就是想了解老師的遺願，並繼續他的夢想。我是一個電影創作者，我了解一個穩定、負責任的公共空間的重要，所以我願意延續老師未完成的事業，給創作一個空間，至少將一部分自由的藝術彙集起來，不必從屬於純商業的邏輯。（你知道，在地球上，無法賣出就是死路一條。）

這幾天我發現，這件事比想像中有更多阻力，不僅僅是商業原因，還有更複雜的社會原因。我原本以為這是一個藝術領域的問題，政治上不會有太多干擾，但當我嘗試向一兩位政府官員描述我的計畫，我發現他們的第一反應都是不贊同，理由很模糊，但態度很鮮明。後來我才明白，對於政府決策者，創作不是藝術問題，而是就業問題。他們每日擔心的就是失業，而網路市場做為全球最大產業，一直是穩定的就業來源。每一個創作者，就能製造一批宣傳人和經紀人，如果這些需要不存在了，如果所有發布和欣賞變得像火星一樣簡單，那麼大規模失業一定會發生，而失業引發的社會恐慌會威脅每個政府統治。

我想我對火星的考察還是太短了。與整體生活有關的問題涉及方方面面，牽一髮而動全域。我不知道在火星上到底有多少人從事創造性工作，那些非創造性的工作，那些重複勞動和必要的服務都是如何分配的，又是如何被激勵的。這些工作構成地球生活的主體，我想在火星也不會完全不需要。如果創造性工作可以靠榮譽來激勵，那麼這些重複性工作的激勵又是什麼呢？冒昧地向你詢問，因為你和我一樣理解地球，你知道地球上金錢的力量。

希望你身體康復，回家的生活寧靜而滿足。謝謝。

你的朋友
伊格．路

洛盈讀到最後一句，突然感覺內心一陣不平靜的悸動，她直接點擊了回覆，匆匆敲入一段話：

伊格：

很高興收到你的信，也謝謝你的祝福。但是不，我並不寧靜，也並未滿足。我甚至在內心深處羨慕你，因為你仍然在計畫行動，也仍然擁有行動的可能，即使有困難，也仍然在路上。可我連方向都沒有。

你的問題，我不確定。它或許有標準答案，但在我看來，最簡單的答案就是人們沒想過。你也許不能想像，很多事情怎麼會被當成情感上的天經地義。如果不是我們到過地球，我們自己也不會懷疑。

火星上好多工作都是由十幾歲的少年完成的，比如在街邊看店，比如在礦場開車，有些是課程的要求，但也有些完全沒有任何回饋和好處，你會奇怪拿什麼做激勵，可是實際上根本不需要。參加的學生都是自願，報名還往往盛況空前。如果在地球上，很可能會被批評這是統治者廉價利用他們，但實際上很多學生覺得那是很好玩的事情，比上課好玩。沒有人因此掙錢，也就沒有人想以此掙錢。

就像我們的一個比賽叫作創意大賽……

洛盈迅速而順暢地敲下一大段文字，但寫著寫著突然停下來，寫不下去了。

她寫到這裡忽然意識到自己給出了什麼樣的評價，寫的時候只是情緒流露，寫出之後才感覺到這話語之間的種種複雜的地方。實際上，她給出的答案是人們的無意識，是系統運行下的盲目和不思考，而這本身是一種指責和批判，它與龍格的觀點是一致的。她不知道自己能不能信任這種看法。她重新回顧了一下水星團的信件，覺得自己這樣的回答太孩子氣了，畢竟即使在水星團，分歧也如此大，又怎麼能假設人們都是一致而盲目的呢。

她慢慢平靜下來，停了筆，將草稿保存起來，決定擱置幾天想得更清楚再繼續回覆。

她算了算時間，代表團離開十幾天了，旅程剛剛起步，前方尚有八十多天航行在等待。她看到那條航船在遠方越漂越遠，帶著內心的使命漂向一片真正的海洋。航船孤獨而緩慢，但航線指向前方。她又從頭讀了一遍伊格的來信，被信中隱約低回的理想氣息撥動了心弦。她看到他在路上，在做一件他認為他的世界缺少、但卻必要的事情，這種相信有一種力量，有一種方向確定感，而這確定感使人安心。她回頭看自己這十天的生活，似乎剛好形成對比。她不前行卻不安定，不滿足於現實，卻不知道它缺什麼。周遭世界在她身旁繞成看不見的雲，旋轉著將她包圍，卻不被視線抓捕。它隱隱透著不尋常，可她的目光無法穿透。她像一隻水缸裡的魚，睜大眼睛卻只能轉來轉去。

她懷念瑪厄斯，它在黑夜裡往來，如玻璃上滑落的一滴水，雖然只有群星作伴侶，卻心無旁騖，從來不會失去方向。他們曾戲稱它為卡戎，冥河的渡船，可是現在想來它卻是最生機勃勃的地方了。

她想等瑞尼回來，再問一問瑞尼。

瑞尼晚飯後來到撞球俱樂部。他習慣於平常每週來兩天，週三和週日，這是他難得的與他人交流的機會。火星上嚴格篤信舊約的人已經不多，科研生活的時間表也不太刻板，但大多數人還是延續了祖先們七天記日和週日休息的古老習慣，從週一開始工作到週五，將週日當作與人相聚娛樂懇談的時間。女人們會集中到某一家給孩子做吃的，男人們會分散到各個俱樂部，活動一下手腳，享受片刻身體對抗的樂趣，再和其他研究領域的男人們交換一些新聞和社會資訊。除了游泳池和高爾夫球場，火星上各種體育場館都不缺乏。

在週日的俱樂部裡，總會有一絲消息湧動的氣氛。人們能見到一些熟悉的老面孔，聽到一些變換的新話題。有的時候有得意洋洋和盤托出的誇耀者，有的時候有話語模糊暗中相互較勁的對抗者，也有的時候有工作不順面容灰暗的滿心怨氣者。就像巴黎某伯爵夫人的小客廳，燕京某個人來人往的小茶館，北海道男人們下了班先去喝上兩杯的某小酒店。

男人們互相見了面，按照一套習慣的方式打招呼，然後在有意無意間傳遞出亙古不變的新聞話題：聽說某某人又升遷了，聽說某某人十分器重某某人，聽說最近有某某重大變革，是個聞達自我的好機會。

「聽說馬丁最近升了實驗室主任？」

「豈止！他當上了他們研究所三個中心之一的中心主任，管五個實驗室呢。」

「他怎麼升得這麼快？」

「還不是因為當初跟的導師好。聽說他導師最近升了系統長老之一，做的課題已經鐵定是下一批火星重點專案了，他很器重馬丁，好幾個重要環節都讓他拿去模擬了。結果他的引用率一下子就上去了，超越了好幾個前輩。」

「原來如此。難怪上星期看著他容光煥發的。」

「所以說啊，人還是得跟著項目走。」

說話的男人坐在休息區，穿著西裝坎肩，擦著球杆，眼睛望著正在進行的比賽。一個男人略微禿頂，另一個男人有膨大的絡腮鬍子。小圓桌上擺著咖啡與茶點。兩個男人都是一副隨便而無所謂的樣子，好像只是有一搭沒一搭地提起一些他們根本不在意的小事，舉止文質彬彬，嘴角卻掛著只可意會的微笑。瑞尼和他們都是從小到大的老相識，在他們身旁坐著，身體靠著柔軟的椅背，球杆在手裡豎直支在地上，含笑地聽著，並不插話。他很少說話，沒有人會覺得奇怪，也沒有人會關心他是否有話說。

兩個男人還在閒聊。

「這回你覺得有戲嗎？」禿頂男人問。

「難說。我希望有戲，不過難說。」大鬍子回答。

「你們實驗室參加方案了？」

「參加了。我們是山派，做岩壁內電纜鋪設方案可行性檢驗。你們呢？」

「我們算是河派。其實我自己是傾向於山派，但我們實驗室的頭兒是個老頑固，始終不信人造大氣，帶著我們硬是承了一項河道底運輸管設計優化模擬。我覺得挺沒意思的，不過要是批下來的話，經費倒是不少。」

山派與河派是人們口語中對遷居方案和駐留方案的稱呼。遷居方案的目標是戰前人們住過的隕石坑山谷，而駐留方案則是要在現有的城市周圍挖掘河道。

「哈！那咱倆算是對著幹了？」大鬍子笑道。

「是啊，看誰運氣好吧。」

「真是賭運氣了。這一個項目要是趕上了，能做半輩子呢！什麼都不用愁了。不過，看樣子情況撲朔迷離啊。」

「嗯，祝我們都有好運吧。」

「那是不可能啦。」大鬍子又笑了：「怎麼樣，再開一盤？」

兩個人站起身，接替了剛剛結束一盤戰鬥的另外兩個男人，站到撞球桌兩側，姿態優雅，互相做了一個請的手勢。一個人挺直了身體擦了擦球杆頂，另一個人用三角框架擺好紅球，將一顆一顆彩球精確地擺到各自位置上。開球的人俯下身子，清脆的擊球聲如同在寂靜的酒會上拔開香檳的木塞，激起一片讚嘆。

退下來的兩個人也同樣開始了閒聊。他們坐到剛才兩個男人坐著的位置，也接了兩杯咖啡，鬆了鬆領口，和瑞尼笑著打了打招呼。一個是戴著眼鏡的老者，面容溫吞木訥，卻很慈祥，另一個是與瑞尼同齡的瘦高個兒，額頭很寬，眉毛上下飛舞，神情相當愉悅興奮。

「你上回說你家水管漏水，修好了沒有？」年輕人問老者。

「修好了。我後來把碗櫃後壁卸下來了。」老者的聲音很輕。

「碗櫃能拆就是好。早知道我們也應該裝可拆的。」年輕人兩隻眉毛揚了起來：「我家那個小的整天往邊角裡掉東西。他一邊爬，我們得一邊跟在他屁股後面撿。」

「幾個月了？」

「一歲了。剛會走，但還走不穩，最是麻煩的時候。」

「都一歲啦？時間過得真快啊。」

「可不是。老大都到我腰這麼高了呢！娜娜也都識字了。」

「那可夠你忙的啦！」

「是啊！」年輕的呵呵地笑起來：「你倒是解放了啊！兒子還常回來嗎？」

「不啦。去年生了小孩就回來的少了。」

「我說，這回要是遷移了重新選房子，你可以搬得離兒子近一點，要不然一個人太寂寞了。」

「其實也還好。」老人說：「習慣了。」

兩個人聲音一高一低地聊著。和剛才兩個男人對話的語音攪擾在一起，迴蕩在空中，繞成雲煙。瑞尼遠遠地看著，心裡想著漢斯的請求。他對自己的任務心生愧疚，在這樣的對話中能了解到什麼？他沒有多少信心。

火星在漢斯心裡是一座城，但在平常人心裡只是生活的背景。遷徙與否的困擾化成工作室的機會、搬遷選房的機會、出人頭地的機會，化作各種可加利用的機會，就不再是一個整體，而變成了千萬細小紛爭的情緒碎片。一個項目變成千萬個，左右都有人得益。水晶城瓦解，從誰的話裡都看不出形勢。

瑞尼隱隱感到，漢斯的憂慮成為沒有方向的悶雷。兩種原則的對抗都消失了，最後的抉擇不管如何，牆上加勒滿的錄影都已經在具體真實的生活碎片中煙消雲散了。

研究室的進展和預算，妻子家務的困擾和兒女的趣事，房屋的保養維修和重新設計。這是一種豐滿而實際的生活，工作、家與房子，一個男人一輩子可以操心的充分的日常生活，都在這些對話裡拉開帷幕。有野心的男人會努力做到學術頂尖和議事院高位，沒有政治興趣的男人則安安穩穩地享受一切，工作室、家和俱樂部，三點一線的生活寧靜安穩。不少人都懂園藝，在自家後院除草種樹，給孩子搭秋千，改裝電路設置，與兩百年前的地球小鎮生活別無二致。他們的生活費隨年齡增加，雖然永遠算不上奢侈，但總是夠花的，慢慢的上升還給人一種抵抗衰老的希望的錯覺。瑞尼對這一切熟悉無比，但他自己並不加入談話。他沒有這些內容可談，沒有專案，沒有妻子和兒子，也沒有房子。他沒有所謂正常人的生活，因此沒有談資。他的匱乏是一條清晰可見的因果序列，由一點可以推出另一點，由缺乏一點可以推出缺乏另一點。

瑞尼在十多年前，自己剛剛加入工作室的時候就因為事故受到了處罰，五年不得申請工程和研究撥款。僅僅過了一年多，女朋友就離開了他選擇了另一個人。按照火星規程，單身漢可以分配單身公寓，但是永遠沒法選擇自己的房子與花園。

時隔許久早已事過境遷，他不是沒有機會東山再起，將一切彌補回來，只是經過了這麼一回，他突然失去了獲取這些事情的興趣。他的禁令早已過期，完全可以再戰，但他對組合團隊像打仗一樣競爭項目感到漠然，寧願自己一個人用日常材料做些簡單的實驗。他也可以再找一個女朋友，可是他對兩個人相互牽扯、爭奪主動、在對方面前表現自己感到厭倦，對第一個女朋友是一種自己也看不明白的惶惑，但是在發現戀愛這整個過程是怎麼回事之後再重複一遍，就有一種刻意演出的感覺了。他看著兩個複雜、各有所思、並不了解的個體坐在一起相互表達自己愛得多麼盲目，覺得實在不夠真實，因而實在不能忍受。他希望遇到一個人能先承認兩個人的陌生與距離，然後再說相處，可是他沒遇到過。

他不喜歡追求與被追求的遊戲，就像不喜歡工作室每年預算的戰爭。他發現一切都取決於動力，當人的興趣已經轉移，各種競爭的技巧就成了沒有意思的冗餘。

瑞尼從小到大就一直處於這種不夠主動的狀態。他既不曾成為楷模，也不曾挑起反叛。他從小孤獨地成長，一直不引人注意，說話很少，活動也不出風頭。他和其他孩子關係不錯，但從來不曾擁有群體號召力。他在孩子群裡相安無事，偶爾和誰打架，但不曾與誰結仇。他在人造小山和小河的運動場上，沉默地做著各種器械，就像一顆灰色的小彗星，略過黃沙場地和五顏六色的金屬器材。他不愛說話，常常有人將他忽略過去，很少有人去想他的心裡是不是也複雜多變、陰晴圓缺。不愛說話的孩子總有這樣的危險，人們可能和他相處幾年，對他仍是一知半解，不是不能了解，而是以為不需要去了解。

瑞尼的內向不是自閉，也不是精神層面發展落後，而是像很多內心豐富、思維流暢卻不愛說話的小孩一樣，他能夠敏感地區分說出口的話和沒有說出口的話。這仍然是詞語遊戲在內心的遺留，他在心裡有自己城堡，因而外界的表達就成了永恆的表面的言不及義，讓他寧願回到自身。

瑞尼已經過了交流有困難的兒童時代，學會泰然地與人相處，學會在零零散散的日子來到俱樂部，和其他人們分享閒散與安居的常人話題。他並非一定需要別人陪伴，只是不想讓自己因離群索居而失去真正對人的了解。

他在人群中坐著，默默回想漢斯、加勒滿的歷史與這個國度的命運。

當瑞尼回到醫院的時候，時間已晚。他來取一些書回住處，本以為所有人都休息了，卻沒想到一推開門，就看見洛盈坐在他辦公室的等候小客廳裡，一個人看書。

「洛盈？」他有點詫異地招呼她。

洛盈抬起頭，向他微微笑笑。屋裡的頂燈沒有開，只點亮了圓形茶桌上擺放的花瓶狀檯燈，角錐形的光暈成為屋子裡唯一的光源。綠色葉片讓燈光在書頁上柔和地攤開，洛盈的臉頰被側光照亮，鼻子顯得細瘦，眼睛看上去很明亮。

「您回來了？」她向瑞尼打招呼。

「你在等我？有事嗎？」

「嗯，」洛盈猶豫了一下：「其實不能算有事，只是想問一兩個問題。」

「哦？什麼問題？」

洛盈頓了一會兒，似乎在讓自己的話平靜：「我們周圍的人，是為什麼工作呢？」

「你指什麼人？」

「就是指周圍的一般人，工作室的人，爸爸媽媽和孩子們。」

瑞尼想到剛剛見到的俱樂部的男人們。想到他們的興奮、憤怒和精打細算，他們的笑容和愁苦，他們的努力和不如意。他們在每週日的俱樂部娛樂，在每一次娛樂時交換的話題，在每一場話題中出現的兒子女兒和職位晉升。他們的眼睛、眉毛、聲音、舉止，他們投入的理智與情緒。他默默地想著，看到那種圍繞在身邊的家庭生活。

「為了，」他慢慢地說：「一種豐滿的生活。」

「所有的人都願意工作嗎？或者說為了理想工作？」

「那倒不是。不會有那樣的世界。」

「那麼人們是為什麼呢？那些枯燥的工作，如果不是像地球那樣為了儘量多掙錢，那誰會去做呢？」

瑞尼想了一下，謹慎地說：「首先呢，我們枯燥的工作並不太多，生產大部分已經由機器代勞了，服務業又很少。」瑞尼說著，來到螢幕前，調出一本資料冊，查了查，說：「僅有的、不可少的重複勞動大概只占所有工作的……百分之九，大部分是兼職。動機來源多半是預算爭奪。一個工作室需要自行安排其中的各種職務，無人車間一般需要有人監控，輸出的產品需要有人提供維修，這種情形多半是輪流，也有個別工作由專人負責。一個項目的完成直接影響到下一年的預算大戰，一旦出現什麼閃失或遭到抱怨，整個項目就可能會拿不到經費。這涉及整個團隊的存亡，誰也不會掉以輕心，不管有沒有興趣也得做。」

「預算大戰很激烈嗎？」

「豈止是激烈，」瑞尼平靜地說：「幾乎可以說是慘烈。每年年終的預算爭奪就是各個工作室最大顯身手的時刻，總是提前幾個月就開始策略、鋪墊、遊說和組合。火星的資金總是很有限，這一點不比地球。你可以把整個火星看成是一個精確規畫的大企業，計算每一筆投資的可能產出，計算回報，計算一切不夠理想的結果，精確到秒和元的小數點後三位。其實包括創造性工作在內的絕大部分科研都受這種推動，不完全依賴興趣。」

他說著，又想到山派和河派那兩個打撞球的男人。他們的生活如此自然，在俱樂部與後院合縱連橫，拉攏各種最有利的工作室組合，為年終準備。洛盈聽著，面容有點迷惑，睜大了眼睛，像是聽到了一段奇異的生活。瑞尼對這樣的反應不奇怪。她的父母死得早，她自己又去了地球，懂事後的這些年沒接觸過這些事情是正常的。預算大戰在少年上學的時候還沒有體現，但卻是成年人工作之後最重要的生活組成。

「為什麼爭奪要預算呢？」洛盈想了想問。

「為了拿到大項目，在人群中獲得一個受矚目的地位。」

「那很重要嗎？獲得矚目？」

「重要不重要？」瑞尼笑了笑：「我只能說，它若不重要，歷史上的很多事就不會發生。」

「也就是說，我們這個世界不是完全建築在蠱惑與盲從上了？」

瑞尼停頓了一會兒，內心有一絲凜然，他思量著洛盈問話的意義，考慮了片刻。

「任何世界都不可能完全建築在蠱惑與盲從上。」他平緩地說：「一個世界能運行，必然建築在欲望之上。」

洛盈點點頭，沒有再問什麼，眼睛望著窗外，像是在思量。好一會兒，她起身告辭，瑞尼送她回去。他們默默穿過漫長的走廊，一路各懷心事，誰也沒有說話。走廊靜悄悄的，黑暗中的玻璃牆反射月光，映出影影綽綽的他們的倒影，看上去如同歲月本身，沒有盡頭，沒有聲音，沒有陪伴，只有影子在身旁不離不棄。他們慢慢走著，聽著鞋跟與樓梯發出碰撞，各自思索，都不想打破這種安靜。

在病房門口，瑞尼叮囑洛盈早點休息。洛盈點點頭，靜靜站住了，但沒有立刻進屋，而是輕聲問瑞尼：

「瑞尼醫生，您覺得人們幸福嗎？」

「幸福？」

這個字眼的豐富涵義微微打動了瑞尼。他猶豫了一下，點點頭說：「是的，我覺得他們是幸福的。」

他認為他們是幸福的，或者說，他覺得他必須這麼認為。

「為什麼？」

「因為他們有所求。」

「那樣就是幸福嗎？」

「不一定是幸福，但卻是一種幸福的感覺。」

「您自己也一樣嗎？」

瑞尼沉默了一下：「不太一樣。」

「哪裡不一樣呢？」

瑞尼又沉默了一下：「我對項目不是特別有興趣。」

「您不是說他們那樣是幸福的嗎？」

「我只能說，我覺得他們是幸福的。」

「那您自己以什麼為幸福呢？」

「清醒。」瑞尼想了想，靜靜地說：「以及能夠清醒的自由。」

洛盈回屋了，瑞尼看著關上的房門，回想著她的問題。是的，他想他是幸福的。目前的生活雖然孤寂，但他內心覺得安定。表面看上去，他似乎是被動地接受了命運，接受了處罰、獨身和政策來安排自己的命運，但是實際上，在這其中真正起作用的還是他的自我選擇。任何人的命運從某種程度上說都是自己的選擇，他選擇了不去選擇，這就是一種選擇。他沒有理由抱怨或不滿，因為有選擇就需要有承擔。自由與孤獨本就是雙生動物，他選擇了無人約束的自由，就必須承擔無人關照的孤寂。

告別瑞尼之後，洛盈一個人進屋，看著窗外黑夜的荒原，打開音樂，播放出傾盆大雨的聲音，看著遠方。雨聲壯麗，籠罩天地。洛盈雙手貼著玻璃，遠望著夜幕裡的大峭壁。夜色晦暗，只有遙遠的穀神在頭頂映成圓盤，兩顆月亮都見不到身影。大峭壁像一道黑色的分水嶺，將天與地在視線盡頭劃開，天上群星璀璨，地上遼遠漆黑。峭壁看起來既近又遠，與城市之間坦蕩無物又遙不可及，就像是夜的刀刃，刀身銳利狹長。音箱裡的雨聲顯得很真實，彷彿隔著一道玻璃敲打她的身體。

她想著這一天聽到的事情，內心蕩起冰涼的漣漪。眼前的玻璃彷彿釋放出強大的光，將人的喜怒哀樂都籠罩在它的光裡。她覺得生存空間這個詞並不是虛假。他們沒有金融，沒有旅遊服務，沒有交通督導，沒有審查身分文的官僚辦公室，而這一切都是因為他們住在這樣一座水晶盒子裡，生活的一切能夠統一安排。若想讓地球效仿，除非也搬入如此統一的盒子，統一給每個人生活費。她不知道該怎麼給伊格回信，他帶著昂揚熱烈的社會熱情，走向一場看上去不可能實現的盛大變革。

她打開信箱，正在猶豫該說什麼，忽然看到一封新郵件，動畫圖示閃閃發光。

信來自安卡。

小盈：

出院的具體時間告訴我一聲。我請了一天長假，接你出院之後，下午可以陪你去檔案館。最後幾天了，小心照顧自己。

安卡

那一瞬間，洛盈的心裡安寧下來。寧靜的字在黑夜裡溫暖地照亮了房間，所有的擔憂陰謀革命歷史和理論上的爭執都遠去了，只有靜靜的字在黑暗裡溫暖。她忽然很累。

膜

出院前的一大清早，洛盈造訪了另外一間病房。

皮埃爾的爺爺和她住在同一間醫院。同一個社群的病人多半都住在同一間醫院。她很容易地從患者名單冊上查到了他的病房，來到住院部二層，重症特護病房。這是醫院最好的病房之一，遠離喧囂，門上掛著綠色葉子形狀的小牌子。房門敞開著，洛盈悄悄站到門口。室內很寬敞，牆壁被調成了半透明，空氣裡浮動著花香，像海洋一般安寧，讓人很容易忽略其中的抑鬱。

皮埃爾一個人靜靜地坐在床邊，側臉被淡弱的陽光照亮，頭髮有點長，捲捲地貼在額頭上，露出眉毛，髮梢在陽光裡顯得有些透明。他一動不動地坐著，坐得像一尊無色彩的雕塑，他過了好一會兒才看到洛盈，有點忙亂地站起身，給她推來一張沙發椅，但沒有說話。洛盈笑了笑，坐下，和他一起看著床上昏迷的老人。老人的面色很安詳，稀疏的銀髮散在枕頭上，臉上的皮膚鬆垮地垂著，皺紋像是被撫平了，連同時間、活力與崢嶸一同被抹平了。洛盈不太清楚老人具體的病症，也沒有問皮埃爾。她陪他靜靜地坐著，看著床頭環繞一圈的微小的儀器。腦波檢測儀一直在閃，體徵測量螢幕上一排綠色圖案緩慢跳動。數字不是生命，但告訴探視者生命還在，雖然看不見，但它還在。

「是吉兒告訴我的。」洛盈輕輕地說。

「吉兒……」皮埃爾像是無意識地重複著。

「你自己注意身體，創意大賽那邊不用著急。」

「創意大賽？」皮埃爾愣了一下，神情還是有點渙散：「噢，對，創意大賽。」

洛盈看著皮埃爾的樣子，心裡有點難過。她知道皮埃爾也是獨自跟爺爺長大，祖孫二人相依為命許多年。他連兄弟姐妹都沒有，老人一旦撐不過去，他就將成為孑然一身。她想起他小時候的樣子，瘦弱、羞澀、易怒，抱著爺爺的大腿，目光警覺。他不和誰說笑打鬧，但見到欺負別人的小孩，會像小刺蝟一樣弓著身子衝過去，不說話，只一個勁兒揮動小拳頭。他一直是執拗的小孩，就連此時看爺爺的眼神，也執拗得令人難過。他瘦弱的脊背弓著，頭髮貼著臉，眼睛低低地朝下看著，情緒在身體裡繃緊。

洛盈回家以後只見過皮埃爾一次。她對他所有的記憶都停留在五年前那個尚不如自己高的男孩身上。她聽說他現在成績很出色，已經在課堂裡完成了好幾項研究成果。以他的年紀這算是絕無僅有了。

過了好一會兒，皮埃爾忽然帶著一絲歉意，轉過頭來面對洛盈：「對不起，應該我去看你的。」

「沒關係，我早沒事了。你這裡比較忙。」

「這邊也沒事了。」皮埃爾搖搖頭：「你告訴吉兒，我過兩天就過去。我要親自去盯著真空濺射才行，別人不了解的。」

洛盈本想勸皮埃爾先照顧爺爺，別想那麼多，但看到皮埃爾的認真，便點點頭說：「好，我回去就告訴吉兒。」

皮埃爾轉頭對著病床，像是自言自語似的繼續說：「別人都不了解的。矽基納米電薄膜、矽量子點、多孔矽積體電路、氧化矽超晶格，這些他們都會說，但他們都不真了解。我們的光、我們的電，誰都會用，但是誰都不是真的懂。」

洛盈有一點不明所以，等了好一會兒，才遲疑著問：「聽吉兒說，你又做了一種新薄膜？」

皮埃爾轉頭朝她笑笑，眼神有種淡然的悲傷，聲音倒是平和：「也不是很新。我早就想把光電板推廣到更輕軟的材料上了。」

洛盈點點頭，沒有再說什麼。她又陪他坐了一會兒，見沒有什麼需要做的，便站起身來，告辭離開。

他起身送她：「你什麼時候出院？」

「一會兒就走了。」

「今天？」他有點驚訝：「那我去送送你。」

「不用，我沒問題。」

「沒關係。我還有一件事想跟你說。」

「什麼事？」

「待會兒去你那兒說吧。」

洛盈猶豫了一下，點點頭同意了。他們說了告別，他目送她出門。

她在門口輕輕轉過身，回頭看了一眼淺藍的病房。皮埃爾恢復了默坐的姿態，瘦瘦的身體前傾，雙腳蹬在沙發椅的腳墊上，身體靜默卻情緒漲滿而全身緊繃。病房無聲無息。

回到病房時間還早，陽光灑滿房間，百合花一如既往的平靜悠然。洛盈坐在窗邊吃早餐，面向窗外，該帶走的東西已經包裹好，放在一邊疊得整齊的床上。

安卡是第一個走進病房的人。

他站在敞開的門口，輕輕敲了敲門，碰響了門上的風鈴。洛盈回頭，見到是他，勺子停在空中，一時忘記拿起，也忘記放下。安卡朝她微微笑著，沒有說話。陽光打在他的頭髮上，讓他整個人顯得很明亮。他今天穿了寬鬆的運動上衣，不像穿制服那樣筆挺，卻顯出肌體的線條。洛盈一瞬間不知道要說什麼好，只是看著他，他似乎也沒有話，和她就這樣面對面安靜地相互對著，陽光隔在中間，安靜飄搖。

片刻之後，安卡身後出現了米拉、索林和纖妮婭。安靜打破，屋子一下子熱鬧了。

「這兩天休息得怎麼樣？」纖妮婭微笑著向她走過來。

「還好。」洛盈從怔然中醒來，連忙應道：「沒什麼事了。已經可以自己走路了。」

為了證實自己的話，洛盈說著，站起身來，演示性地繞著房間走了一圈，笑著給他們看，並且抬起絲製小靴子，解釋其中的道理。她輕輕環繞和轉身，借此擋住臉頰，不想讓誰看出自己的局促。她沒有望向安卡，只是靜靜地轉身。

回到床上之後，纖妮婭坐到她床邊，兩個男孩站在一旁靠著窗台，幾個人開始聊天。纖妮婭細細地詢問洛盈腿腳的感覺、恢復狀況、肌肉的痛感和病狀，和自己的情形加以對照。她說到一半抬起腿，輕輕將褲管拉到膝蓋，露出纖長的小腿，一條厚厚的紗布赫然環繞在腳踝周圍。洛盈心底一酸，沒有說話，用手輕輕摸了摸。纖妮婭仍然每天訓練，下個月還有她的彙報表演。

洛盈問他們最近幾天都在忙些什麼，幾個人互相看了看，無一例外地給出寫報告的答案，三分無奈，七分嘲諷。

「要說寫呢，能寫的事情也多。」米拉說：「但是怎麼個寫法實在讓人頭疼。你不知道，就報告的關鍵字問題，我就和阿薩拉奶奶爭執了不下三天。她反覆說我給出的關鍵字不對，將來在資料庫裡供人搜索會很困難，我前前後後改了五次。」
「為什麼？難道我們的報告將來要作為學術論文？」洛盈詫異地問。
米拉聳聳肩：「可不是！所有報告都得當論文寫。」
洛盈睜大眼睛，說：「我以為報告只是心情和回憶呢。」
「我也這麼以為的。」米拉笑了：「可是人家是等著咱們學有所成的。咱們是投資，投了那麼多，不回報怎麼行。」
洛盈覺得，她連舞團編導和輔導都不想做了。只要不回舞團，就沒有人能催促她交報告。孑然一身的人總是最自由的人。米拉的笑容很可愛，像一隻棕色皮膚的小熊。他一直是最散漫貪玩的人，睡覺能睡得像冬眠一樣長久。洛盈以前一直以為他是嚴肅不起來的，可是現在他也開始嚴肅了。他們的世界變了，只有臨時的事情才是可以肆意的，一輩子的事情永遠無可抵禦。
「對了，」洛盈忽然想起來：「信裡的事怎麼樣了？」
纖妮婭笑了，眼裡混合著興奮、叛逆和對嚴肅刻板不以為然的傲氣神情，帶一點神祕地說：「定了。我們要發動一場觀念的革命。上個月我們不是談過你父母的事情嗎？不管他們是因為什麼被處罰，至少給我們做出了表率。他們敢於挑戰規矩，我們也應該如此。」
「觀念革命？」洛盈倒吸了一口氣：「那要幹什麼呢？」
「第一件事，就是弄清楚龍格的話。」
「啊，對。」洛盈說：「這件事我也很驚訝。他為什麼這麼說？」
纖妮婭壓低了聲音：「你還記不記得第三年……」

就在這時，病房門上的風鈴響了，纖妮婭立刻住了口。他們回頭，看到路迪和吉兒站在門口。路迪一身制服，手裡拿著一個大資料夾，吉兒梳著辮子，端著一籃水果。他們兩個進屋之後，可以看見站在後面的皮埃爾。

「怎麼樣了？」吉兒一邊跑進來一邊興匆匆地問。

「還好。」洛盈連忙含笑回答：「還好。」

洛盈把水果接了過來，放在一旁的床頭桌。吉兒先拿起一個橘子給洛盈，又拿起兩個蘋果遞給一旁的纖妮婭和米拉，最後又拿起一個橘子給路迪。其他人都欣然接了，路迪卻搖搖頭，說不用。吉兒的臉有點紅，洛盈見狀伸出手，把這個橘子也接了過來。路迪始終沒有注意吉兒，卻一直用好奇的目光打量著纖妮婭。

路迪看著纖妮婭，吉兒看著路迪，皮埃爾在他們身後看著吉兒。洛盈覺得這局面很微妙。路迪雖然是第一次近距離見到纖妮婭，但看得出來，他的眼光坦率而充滿興趣。洛盈知道，每當哥哥看到讓他興奮想研究的事物，眼光就會變得如此躍躍欲試。纖妮婭此時卻渾然不覺，吃著蘋果和身邊的索林低語。

氣氛顯得不同尋常的平和。陽光很明亮，溫暖在病房裡環繞著。一切順理成章地進行著，親切地看望，溫和地關照，明亮的燈光，大而圓的病床，淡綠色的地板，嵌入牆壁的百合花。路迪幫洛盈查看了一下她的行裝，確認沒有忘記的東西，然後就站在一旁等待著。氣氛呈現出一種刻意維持的波瀾不驚。

「皮埃爾，」洛盈終於開口打破安寧：「你剛才說有事跟我說，什麼事啊？」

皮埃爾一直站得很遠，直到這一句問話才吸引了目光。他神情漠然地站在門邊，並沒有走上前。他環視了一下眾人，眼神顯得很遙遠，頭髮仍貼在額頭。眾人的目光搭起一道看不見的通道，洛盈和皮埃爾分站在兩端。

「那天你演出的時候，」皮埃爾輕聲問洛盈：「有沒有覺得什麼地方不正常？」

洛盈回憶了一下：「是……是有一點點。」大家的目光凝聚了，洛盈略微遲疑，才慢慢地回憶道：「那天演出的時候，一直覺得太輕飄了，彷彿身子比平時都輕，腳踏不上力量，所以趕拍子很困難。試演時還不是這樣的。」

「輕一點不好嗎？」吉兒問。

「不好。跳舞最重要的是踏地板，身子輕飄，就使不上力，結果我拚命用不適當的蠻力，就沒保持住平衡。大概是我演出前訓練過多了，腿腳過於疲勞。」

她說完，試探性地看著皮埃爾。

皮埃爾點點頭，像是印證了什麼事情：「不是訓練的問題。是衣服的問題。是衣服產生了托舉力，就像穿了降落傘。」

「天哪！怎麼會這樣？」吉兒叫道：「是衣服有什麼問題嗎？該不會是我害得你受傷吧？可是洛盈你不是試演過嗎？」

洛盈探詢地看著皮埃爾，又拍拍吉兒的手，像是安慰她似的說：「不會，應該不會是你的問題。我穿著跳過好幾次了，裙子很薄，沒有問題的。」

她看到，皮埃爾的神情有點奇怪。

「平時是沒問題，」皮埃爾冷冷地說：「但是那天晚上的劇院地板把磁場打開了。」

洛盈心裡驀地一沉。

「哦！」吉兒恍然大悟似的：「皮埃爾，你那衣服的材料會受磁場影響是嗎？」

「不是。」皮埃爾很堅決：「我的材料完全不受磁場影響。磁矩是零，我測過的。」他說到這裡停下來，嚥了口唾沫，喉結一鼓一鼓，像一條溺水的魚：「但是有人在裙子上動了手腳。」

洛盈心裡的不安越來越強烈，輕聲問：「你確定嗎？」

皮埃爾點點頭：「演出當晚我就在手術室門口把裙子要回來了。我當時就擔心是材料的問題，所以回來做了檢測。結果我發現，裙子表面有一層磁矩很顯著的鍍膜。」

他又停了下來，將眼睛望向路迪。這一下，屋子裡所有人都聽懂他的意思了，吉兒也從他的眼神中看懂了他的懷疑。洛盈覺得，在那一刻，再沒有比皮埃爾那內向輕細的聲音更洪亮的話語了。空氣一下子尷尬起來。

「你是在懷疑路迪哥哥嗎？」吉兒喃喃地問。

皮埃爾沒有回答，將目光緩緩轉向吉兒。

「你憑什麼懷疑路迪哥哥？」吉兒生起氣地大聲說，維護似地站到路迪面前：「分明是你自己的材料不好，是你不好，憑什麼瞎懷疑別人？」

皮埃爾盯著吉兒，像是不理解似的眉頭皺了起來。吉兒的反應顯然是他沒有想到的。他蘊蓄的對抗情緒鬆動了，像是受了悶頭一擊。

洛盈內心非常緊張。她看著路迪，希望他能在這個時候站出來說些什麼。她被空氣中的僵持籠罩了，幾乎忘了討論的是她的問題。她覺得皮埃爾不應該用這樣的方式與路迪對峙，倒不是她內心捍衛哥哥，而是清楚他的指責會讓吉兒更快地與他對立。吉兒想討好路迪，這時的女孩是不顧道理的。洛盈看著皮埃爾覺得很難過，她看得到這一刻皮埃爾眼中的失落和惶恐，因而同情他，也同情吉兒。她希望路迪能站出來面對質疑，坦率解釋，她的腳傷過了這麼多天其實已經不太在意了，但她希望哥哥是個誠懇而有擔當的人。

「我沒有瞎懷疑。」皮埃爾對吉兒說。
「你有。」吉兒搶白他。
「我沒有。」
「你就是有！」
直到這時，路迪才終於開口。
「他沒有。」他說得非常緩慢，眼睛只看著洛盈，彷彿並不受吉兒和皮埃爾影響。他的臉色有些尷尬，但仍然靠牆站著，制服仍然筆挺，雙手仍然插在口袋裡，神情仍然鎮定而試圖顯得不動聲色。「是我不好。」
吉兒一下子靜了，呆呆地張開嘴。
路迪看著洛盈說：「對不起，是我自作主張了。」
「哥，」洛盈不知該說什麼：「你什麼時候……」
「我拿你的裙子去常規檢查，檢查之餘，給裙子鍍了一層膜，和劇院長椅外表原理一樣，幾個納米厚，感受不出，但能在磁場中產生微小的托舉力。」
路迪看都沒有看其他人，語調比平時更平靜。他神態舉止都保持鎮靜，彷彿這不是考驗誠實的時刻，而是考驗鎮靜的時刻，而他應該做的彷彿不是認錯，而只是保持鎮靜。說到這裡，他頓了一頓，又補充了一句：
「對不起，是我多此一舉了。」
「多此一舉？」纖妮婭突然冷冷地插嘴道：「你知不知道你在說什麼啊？」
路迪轉向她，靜靜地問：「怎麼了？」
纖妮婭冷笑道：「這是多此一舉那麼簡單嗎？這是無所謂的小問題嗎？你知不知道，洛盈可能以後再也不能跳舞，甚至險些不能走路了？你怎麼能這樣不當回事？」

洛盈看著纖妮婭。纖妮婭的樣子傲然而耿直，像是故意與路迪過不去。洛盈能看出，讓她覺得憤憤不平的與其說是路迪犯的錯誤，倒不如說是他的鎮定自若和彷彿不以為然。

「我只是希望減輕一點小盈的重力。」路迪說。

「重力！又是重力。」

「是我想錯了。我以為重力小會跳得高一些。」

「你沒有常識嗎？跳舞又不是跳高。」

「我以為跳得高些會有好處。」

「是嗎？」

「我以為是。」

纖妮婭沒有回答，嘴角閃現出一絲清晰的嘲諷，似乎還有一聲不可聽聞的嘆息，她環視了一下四周，脫下長外衣，露出鵝黃色的短上衣和棉柔長褲，大概是體操訓練的日常服裝。她輕輕活動了一下手腳，手腕上的鐲子丁零作響。

「從你們送我們去地球，就是跳得更高這句蠢話。你不是想知道怎麼樣才能跳得高嗎？」纖妮婭凝視著路迪：「我來告訴你。」

她說完，自顧自地在病房的空地中做起了輕快的小跳，邊旋轉邊跨跳了三步，嘴角微微上揚，問：「這樣算高嗎？」

不等回答，她又輕墊兩步，跳起來雙腿伸平在空中。落下來穩穩站住，又重複剛才的話：「這樣呢？這樣算高嗎？」

沒有人回答。

「你不知道。」纖妮婭平靜地說：「其實我剛才跳的高度比初學的小朋友都不如。但他們不在這裡，你就不知道。你們說更高。更高。把我們送到地球上為了讓我們跳得高。可是比什麼更高？比一隻青蛙，比蚊子，還是比什麼仙女座的外星人？別傻了，你知道都不是的。人要跳過的，不過是人的高度。」

路迪緊緊地盯著她的面孔，好一會兒才問：「你想說什麼呢？」

「我只是想說，你們只想著讓我們跳得高，從一開始就是。可小盈受的那些苦、忍不了的不適應，你想過嗎？為了所謂的高度，人的感覺痛苦不痛苦就無所謂了嗎？」

洛盈坐在病床上，遠遠地望著纖妮婭的臉，心怦怦跳動。纖妮婭清冷悲傷，兩腳點地，一動不動，頎長地站著，像一隻白色的孤單的仙鶴。

洛盈看著這一切，心情比誰都複雜。話說到這份上，她知道這已經不是簡單的事故，也不再是她一個人的問題，實際上不管路迪這一次有沒有推波助瀾，她的傷和退役都是或早或晚的事情。她們本來就比所有人付出了更多的身體調整，腱鞘炎早已十分嚴重，這些都是多年的遺留。起初她們帶著期望和任務，只是一心想以自己貼近高度，不想辜負重託，而到了後來當她們開始質疑為何如此的時候，傷已經很多，不可恢復了。

洛盈知道纖妮婭的意思。她和路迪爭吵並不只是為了這場事故，而是在爭論更為壓抑的問題。別傻了，纖妮婭說，人要跳過的，不過是人的高度。

屋裡得氣氛緊張而壓抑。纖妮婭壓住驕傲、吉兒壓住委屈、路迪壓住挫敗感。洛盈不知該怎麼辦，他們在爭的是她的問題，可是她卻是最不想讓他們爭執的一個。

就在這個時候，瑞尼推門走進房間。

瑞尼推門看到一屋子的孩子，微笑著點點頭，問他們早安。看到他，洛盈忽然感覺一股可以依靠的力量到來。瑞尼穩定瘦削的側臉、刮得乾淨的下巴、平穩有力的雙手、無框的圓邊眼鏡，在那一刻都似乎是一種她可以尋求支援的安寧。

「瑞尼醫生，我可以出院了嗎？」洛盈慌忙問。

「可以，沒問題了。」瑞尼笑著說。

「你不是還要再帶我去做最後一項檢查嗎？還需要嗎？」

「不用了。今天早上我做了透視光片，癒合狀況良好。定期複查就可以。」

「那我們這就走吧。」

洛盈說著掙扎著站起身來，開始穿外衣，整行裝，查看剩下的物品。其他人陸陸續續也站起來，扶著她，幫她拎東西，幫助瑞尼整理房間。

一時間，爭吵的尷尬被細碎的忙碌取代，相互之間誰也沒有看誰，房間充斥了「這個水杯帶不帶走」之類的問答。很快，東西就全都整理好了，他們陸陸續續走出門，上午的陽光才正是和暖。路迪走在最前面，吉兒在他身後，皮埃爾跟著吉兒。米拉他們四個跟在後面，洛盈是最後一個出門。

跨出門框的一刻，安卡走在洛盈身側，用手臂緊緊摟了一下她的肩膀，走在前面的人都沒有看見。她抬起頭看他的臉，他沒有看她，眼睛面對前方，但輕輕微笑了一下。那一瞬間洛盈能感覺自己心裡突然沉降下來的穩定。

「下午……？」他用別人聽不到的聲音小聲說。

「兩點，三號站？」

「嗯。」

他們很快分開，安卡和米拉他們走到一側，洛盈走到路迪他們等待的另一側。

瑞尼醫生走在最後。他從洛盈的眼睛裡讀出房裡的尷尬，因而一直沒有說話，溫和地站在一旁，看著他們陸陸續續離開了，他也跨出門，走到洛盈身邊。

「這個是答應你的。」

他遞給洛盈一個封好的信封，用紅色的帶標記的金屬薄膜封口，那是個人資訊印證，一般最鄭重的授權聲明才會使用這樣鄭重的身分證明，如同鵝毛筆時代的紅色火漆。

洛盈看了一眼，就心知肚明。她感激地抬頭看看瑞尼。

「謝謝您。」

瑞尼微笑著搖搖頭表示沒什麼，叮囑她自己要小心，然後就站在樓梯口，目送他們一行人離開。洛盈下到轉彎處向他揮手告別，瑞尼也向她揮揮手。

洛盈在下樓前最後又轉頭看了一眼這個住了將近二十天的病房，心裡湧起一股戀戀不捨。她知道，走出醫院就是忙碌繁雜的另一片天地，再也不會有這樣從世間抽離似的隱修的日子了。這段日子是如此清幽，似乎龐雜喧囂的十年時光都在眼前紛紛飄落，塵土各歸其位，水波不再洶湧。她不清楚未來等待她的是什麼樣的命運，但她想她一定會懷念這裡。她站了好一會兒，才一晃一晃地走下漫長的樓梯。

送走洛盈，瑞尼回到自己的書房，開始一項全新的工作。他開始寫這座城市作為城市本身的思想和歷史。

一座城市首先是一座城市，然而它最後被人記住的往往是它作為歷史藝術舞台的歷史，幾乎很少有人會在意它作為城市的歷史。

雨果曾經說，在印刷術誕生之前，人類的思想用建築表達。而瑞尼覺得，在航太術誕生之後，人類的思想又一次開始用建築表達。

地球上大部分可居住的土地都經歷了太多次建築的覆蓋，新的建設無論如何都要在原有的基礎上見縫插針，即使是大片推倒重來，歷史也已經讓從前存在過的所有房屋像幽靈一樣縈繞在新建築的周圍，密密麻麻全是幻象，如同習俗讓一代代新生兒在不知不覺中臣服，帶上四處襲來的烙印。想要徹底清空一片土地重新開始是不可能的，以毀滅古跡為代價的建設從一開始就帶上了殺戮的幻影，即使建成，也不再是單純的新鮮。

另一方面，地球上的建築與地域的依賴性格已經越來越小，它們受到周圍建築的夾擊，卻與土地失去了聯繫。大地上的各種資源基本上已經從土裡連根拔起，在地表運行了不知道多少個週期，散布到世界各地，只跟隨金錢的高低起伏，再也不能反應山川的高低起伏。地球上的建築越來越趨向於世界大同，大都市的雄偉大廈，郊區的富豪花園，走到哪個角落都看不出差別，建築只反映生活階層，不反映自然地理。

然而太空裡卻是一片空無，一切的建造都從零開始。自從人類將雙腳踏入太空至今的兩百五十年間，各種各樣奇異的構思就不曾停止地誕生在黑暗荒蕪的虛空裡，建起一座座地球上難以想像的空間花園，形態奇妙而迥異，運行機理複雜而不斷更新。

它們仍然與天地緊緊相連，從天空呼吸，從地底給養。太空的資源還沒有完全開發，建築就像井一樣深入自然深處，就地取材，借助地勢，按照環境的樣子塑造自己的樣子。無論是在地球同步軌道上運行的環形城，月亮上的蜘蛛城，還是火星上的山城和水晶城，幾乎都像生在環境裡的植物一樣無法與四周割開。

當人類經歷了自然圖騰的宗教崇拜和自然征服的工業理想之後，這種自然融合的宇宙之路成為人類思想與建築共同的第三大發展階段。建築是沙土裡開出的花，這是加勒滿年輕時最著名的話。

火星的城市是沙子的產物。鋼鐵、玻璃和矽晶片是火星赤紅土壤最豐富的產物。他們用第一樣做骨架，第二樣做血肉，第三樣做靈魂。整個城市從沙土中提煉凝華，褪去粗糙的外表，凝成晶瑩的傲立，就像大地深處湧動的一股潮水，突破地表厚重的層層覆蓋，在星球表面噴湧成泉。

自從人類有文明就有玻璃的閃現，腓尼基人從沙土上發現了閃亮亮的珠子，埃及人和中國人幾千年前就製造了玻璃器皿，中世紀將彩繪玻璃當作向上帝的賀禮，現代工業用玻璃看到了宇宙，二十世紀之後突然時興的玻璃幕牆和建築師柯比意，更是將這種材料作為建築的種種功能開發到完善的程度，因此與其說火星是開發了新的天堂，不如說是延續了人類文明千百年的悠久傳統。

火星的玻璃用得與眾不同，它利用了火星的環境，利用了它的貧瘠與惡劣。火星大氣稀薄，溫度寒冷，房屋便建造採取了最簡單的吹玻璃的形式，像溫熱半流動狀態的玻璃裡吹入氣體，再讓它在冰冷的太空中迅速冷卻，它即立刻鼓脹成型，幾乎不用太多支撐，內外壓差自動撐起穹廬飽滿的結構，在這樣的大形態之下，房屋細部構造可以進行任意雕琢，平板刻花鑲嵌拉絲，玻璃工藝的所有結果，此時用來只是得心應手。它將空氣和花草全部籠在自己體內，將寒冷與真空完全隔絕在頭頂上方。

這座玻璃之城是人與自然相互依存的共生理想的現實凝結。火星的房屋就像人的衣服一樣不離不棄，人和花園像魚和水一樣緊緊相連。房屋的氣體多半由花園的植物過濾，城市的氣體發生場只作必要的補充；房屋的生活用水都在自家房屋的牆壁間來回過濾迴圈，只有少量的棄液才輸入城市的中央處理管道。一套房子連同院落與人構成微小的生態圈，構成休戚與共的整體，構成歸宿。最初的城市就是一套宅院，後來的延伸都是它的複製，它是細胞，基本卻完整，它是晶格，雖小卻無窮。現在的城市千變萬化，大半民居選擇了古代中國式的建築思想，屋舍在四周，花園在中央，頭頂是透明的穹廬，外部局限，內部卻有著愜意的開敞。而天然的拱形房頂和穹廬又常常借用羅馬風格的端莊，人們在穹頂內印上壁畫，或者從頂端伸下線條，連接希臘風格的花紋立柱，仿效卻不庸俗。

這樣的建築中，膜是非常重要的思想。火星的所有建築內部都是鍍膜的，透過鍍膜和改變玻璃添加物，能讓牆壁和屋頂擁有各種功能：牆上的四分之一反射膜將屋子裡的紅外線反射在屋內，為房間自然保溫；熱阻絲膜是直接的暖氣；光電膜可以用來做顯示幕幕；巨磁矩膜可以利用磁力引導物體。這不僅僅是一些實用的輔助工具，而是一種生活方式：器物和房屋渾然一體，人的移動不再需要器物的跟隨。

這是一座現代演繹的金字塔，在荒地上建起遼闊，從平原上指向夜空。

所有的這些就是加勒滿的哲學。利用所有自然條件，將惡劣變成珍稀。第一座宅院是他的設計，經人們採納之後，迅速衍生出一座一座又一座。他帶領眾位設計師規畫出城市的構造，從院落開始，到社群終結。這一段歷史距今只有五十年，然而在相當大一批人的心裡，它已是歷史的全部。他們生在這座城，長在這座城，從睜眼就是它穩定後的樣子，彷彿它已穩定了千年，彷彿加勒滿的哲學就已是深刻的定律。

當人們開始抉擇是否摒棄這座城市。瑞尼靜靜地旁觀，心裡帶著三分大幕即將落下的悲涼。如果人們決定棄城，他不會感到奇怪。加勒滿在房屋構造的原理上奠定了太深厚的基礎，以至於後人只需要一遍遍複製，設計無關大局的邊角就夠了，不再需要尋找，也沒有機會再獲得實質性的突破，這讓他們意氣難平。他們越是羨慕加勒滿，越是希望自己也成為加勒滿。他們也需要揚名立萬，需要增加創作的點擊，需要在巨石上刻下自己的名字。他們早已開始尋求新的設計，掀翻舊城創立新城。這不是雨果所謂的人群反對宗教，自由對抗規矩，而只是一些希望自己變偉大的人們掀翻已經變得偉大的人。

徽

安卡在陪洛盈去檔案館的路上跟她說了革命的真相。

他們並肩坐在隧道車裡，安卡靠著車廂壁，一隻胳膊搭在小桌板上，撐著額頭，長長的雙腿伸得很直，神態放鬆而灑脫，清冷的藍眼睛像冬夜的湖水般波瀾不驚。

洛盈側頭問他：「今天早上纖妮婭說的革命是怎麼一回事？」

安卡微微笑了：「什麼革命？不過是排一個話劇而已。」

「話劇？」

「嗯。一個喜劇，演地球和火星。你還有台詞呢！」

「啊？我一點都不知道啊。」

「放心，沒幾句。」安卡露出一絲揶揄的笑意：「你和我都屬於站在後排跟著唱評論的，很容易。不是一會兒唱一句『哦，這真是太妙了』，就是唱『真偉大啊真偉大』。等你再歇兩天過去跟著排兩遍就會了。」

「這樣啊……」洛盈鬆了一口氣：「我當是什麼革命呢，還白緊張了半天。」

「只是名字叫『革命』而已。也算是回應一下創意大賽了。」

「創意大賽？這是為創意大賽準備的嗎？」

「不是參賽，只是在決賽慶典那天演個節目。」

「不抵制了？」

「用參與來抵制。」

「原來如此。」洛盈點了點頭，也放鬆地笑了。她起初以為他們籌畫的會是一場驚心動魄的大事件，心裡一直有點緊張，聽到現在的答案，長長地出了一口氣。

一場革命到底好還是不好，自從收到信，她就一直在琢磨。她覺得自己的追問還遠遠不夠，不知道這個世界是不是應當反抗，哪一點最應當反抗，她猜測了纖妮婭話語的很多種可能，猜測他們策劃了什麼樣的祕密活動，猜測那些活動的後果和爺爺與哥哥的反應，整整一個中午忐忑不安。可是現在，當安卡給了她實際的答案，她不由得啞然失笑了。她發覺各種思量都不如現實有創意，只是一個叫作革命的喜劇而已，這不是最好的方式嗎？還有什麼比這更妙的呢？她低頭笑笑，放鬆地笑了。

「其實創意大賽我還參加了呢。」她笑著對安卡說。

「嗯？」

「吉兒把我加進他們小組了。」

「哦。」

「其實我本來不想參加的。只不過吉兒太熱情，我不好意思拒絕。」

「你們做什麼東西？」

「聽說是一件衣服，能發電的衣服。皮埃爾精通光電和薄膜，好像是能把我們的屋頂技術引到輕軟的材料上，能讓衣服發電。」

「是嗎？」聽到洛盈的敘述，安卡忽然坐直了，神情認真起來，眼睛裡閃過一絲快速的光，迅速問道：「什麼樣的材料？」

「我都沒看見過呢。」洛盈搖搖頭：「據說是做一件透明的盔甲。」

「有意思。」安卡若有所思地說。

「怎麼了？」

「現在還說不好。」

安卡似乎不想把自己的思量說出來，但洛盈看得出他心動了。他看著窗外想了一會兒，手指在小桌板上輕輕敲打像是在估算著什麼，好一會兒才重新開口。

「你能不能幫我問問皮埃爾，其他人可不可以也借用他的技術？」

「你也想用？」

安卡點了點頭，但沒有解釋。

「好，我問問。」洛盈答應了。

洛盈看到安卡的臉上浮現出她從前很熟悉的、找路時冷靜的興奮，這種神情讓他整個人顯得銳利發光，這種神情她已經很長時間沒有見到了。

隧道車停下了，洛盈重新把注意拉回此行的真正目的。這已經是她第二次來到檔案館，心情和上一次已經大有不同。

她在門口聽了一會兒，凝視著檔案館整整一排灰色立柱和兩側矗立的塑像。它們像是有生命的靈魂，表情或思索或吶喊，威嚴卻寬厚，彷彿歡迎她的到來。她深吸了一口氣，靜靜跨進門，內心安定。從回家至今的一個多月時間裡，她聽到了太多事情，此時的她已不像最初開始探詢時那樣忐忑惶惑，已經不再猶豫是否應該追問下去。她已清楚地知道，既然已經走到了這一步，那麼接下來就不是該不該走，而只是該怎樣走的問題。

拉克站在門廳等著他們。他仍然像往常一樣嚴肅，站得筆直，像接待正規來賓一樣和安卡與洛盈都握了握手，身著黑色套頭毛衣，黑色長褲，雖然不是禮服或制服，但一樣的平整肅靜。他凝視了洛盈片刻，面容沉靜不動聲色。他從洛盈手中接過信封，輕輕拆開，靜靜讀了，又輕輕摺好放回信封。洛盈略有點緊張地望著他的臉，他沒有過多表情，只是點了點頭，正規而平靜地向她做了個請的手勢。

「這邊來吧。」他說。

洛盈略略鬆了口氣，和安卡並肩跟上拉克。可是這時拉克卻停住了，客氣地向安卡做出止步的示意。

「很抱歉，」拉克低緩地說：「我不想分開你們，但一封委託書只能授權一個人進入。」

洛盈和安卡對視了一眼，洛盈想再向拉克爭取一下，但安卡拉住了她。

「這也是規章，」安卡低聲說：「我在這兒等你吧。」

洛盈遲疑了一下，點了點頭。沒有安卡在身旁，她一下子覺得孤單而不安定了很多。拉克嚴肅耐心地在一旁等她，她匆匆跟上，穿過一道帶虹膜和指紋檢測的封閉的玻璃門，進入一條短而空無一物的通道。通道是純灰色，沒有任何掛畫或裝飾。

穿過通道，拉克在緊閉的金屬門前將手滑過，輸入口令，又撥動三處開關，兩扇厚實的金屬大門無聲無息地向兩旁敞開。洛盈的呼吸屏住了，眼光隨著門的開啟進入光的縫隙。漸漸地，一個林立著浩瀚書架海洋的大廳在他們眼前拉開帷幕，她貪婪地四處環視，房間大概是圓形，書架的海洋向任何一個方向都看不到邊際。每一隻書架約有三米高，棕色金屬質地，高聳而堅硬，排成整齊畫一的密集陣列，如同待命的軍隊靜靜蟄伏。

「你想查什麼人的檔案呢？」拉克站在門邊問她。

「爺爺。」洛盈說：「如果可能，還有爺爺的父親。當然還有我的爸爸媽媽。」

拉克點點頭，帶她向大廳西側一片區域走去。她覺得他早已知道她的選擇，提出問題只是一貫嚴謹的必要程序。他帶洛盈在主要的通道上走著，走得沉和穩定，目的明確。

洛盈掃視著掠過的一切。高昂的架子在身旁如同高牆，有微縮照片鑲嵌，一個個笑容如同一粒粒發光的紐扣嵌在書架兩層之間的隔板上，匆匆滑過，有如一牆微縮的世界。

「拉克伯伯，」洛盈輕聲問，聲音迴蕩在宏闊的大廳裡空鳴作響：「所有火星人在這裡都有檔案嗎？」

「是。所有人都有。」

「為什麼我們要這樣費力呢？不是有資料庫的虛擬存儲了嗎？」

拉克沒有停步，回答得很平靜，聲音沉緩而堅決：「無論什麼形式的存儲，都不可能太過依賴，尤其是不能單一依賴。你如果問問地球上為什麼早就有各種電子錢包，卻仍然需要瑞士銀行，就可以理解了。」

「這裡存儲的有實物嗎？」

「有些人有，有些人沒有。」

「什麼樣的實物呢？」

「本人或者繼承人自願向檔案館捐贈的物品，或者歷史事件現場的遺留物。」

「與身分地位沒關係？」

「沒關係。」

「我的爸爸媽媽有什麼東西留下來嗎？」

拉克忽然停了下來，站定了靜靜地看著她，眼神變得和緩了，不再那麼禮貌得疏遠，這一刻，洛盈第一次覺得看到了小時候的拉克伯伯。

「事實上，」他說：「他們的遺留，是你的責任。如果有一天你找到了，隨時可以遞交過來，只要你願意。」

洛盈低了低頭，心中升起一絲微微的窘意。拉克伯伯的暗示她明白，尋找家人的遺留是她的事情，可是她卻一直拉著不相干的人追問，好像他們比她更了解她的家似的。她望了望拉克伯伯的臉，他的眼神寫著憂慮的關照，沒有說出的關照。洛盈覺得，拉克伯伯嘴角和眉心的紋路越發深刻了，或許是常年憂慮造就的遺留，即使平靜如水的時刻仍然刻在臉上，彷彿臉是經久的岩石，而不是易逝的海灘。他顯得比他的年齡更老，在周圍巍峨書架的映襯下，像是整個人都融進了周圍照片的海洋。

「拉克伯伯，」她心裡有一絲不情願的憂傷：「我知道您說的是對的，外人的說法並不能取代我自己對家人的判斷和繼承。但是有一些事情我還是想問。如果不問，我永遠做不出判斷。」

「比如說呢？」

「比如說，爺爺殺過很多人嗎？」

「不比其他戰士多，也不比其他戰士少。」

「是爺爺禁止了火星的示威革命嗎？」

「是。」

「為什麼？」

拉克沒有回答，靜靜閉著嘴。洛盈忽然想起，拉克伯伯只回答事實，不回答原因。

她低了低頭，沒有再問。拉克沉默了片刻，又開始帶著她向前走。

他們繼續前行，一路穿過層層疊疊的金屬書架與頭像鑽石，穿過定格的笑容和死者的生命，穿過火星所有存在過的靈魂。洛盈看著那些頭像，目不暇接。他們都有著同樣的年輕鮮活的面孔，無論現在是仍然健康還是已逝去數載，在圖像與書架的世界裡沒有區分。人名按照音序排列，抹平歷史、抹平身分、抹平年齡與差異的個性。所有的人都毫無差異地在架子上獲得一個位置，彷彿原本就是這架子的一部分，只是化入世界幾十年，再魂歸故里，各歸其位。

每個小頭像上方有一個盒子，盒子正面的電子紙上滾動播放的文字和影像。洛盈匆匆掠過，看到熟悉的社群，看到兒童課堂的教室，看到野外荒蕪的礦場，也看到木星和宇宙蒼穹。文字多半細緻，包含生平方方面面。她的眼睛從一處跳到另一處，只覺得有無數的細節進入腦海，環繞飛旋，拼湊成人的形體。她不知道這些細節是否真的能代表一個人，多少細節的拼湊才能真的湊出一個人的樣子，而這個樣子和其本人又是什麼關係。

「拉克伯伯，」她輕聲問：「您在這裡工作了很久嗎？」

「三十年整。」

「這麼久？您不是之前還作過教育部長嗎？」

「那段時間是兼任。」

「您很喜歡這裡的工作嗎？」

「是的。」

「為什麼？」

「不為什麼。」拉克一邊走一邊緩緩地說，他用手撫過旁邊一排架子上的照片，說：「對你們來說，這是無法理解的事情。你們總是很想先看見所有東西，然後用充分的理由論證為什麼選擇一樣事物，為什麼喜歡它。但是實際上，如果一件事你做了一輩子，那麼它就成為你生命的一部分了。你不用選擇，就會喜歡。我可以負責任地跟你說，我熟悉這裡的每一個架子，可以逕直找到你想找的每一個人。我熟悉這裡就像熟悉我自己，在我在任的三十年裡，這裡沒有任何混亂和資料違規洩露的發生，也沒有一個人被當作草芥般對待。這就是我的生活。它是一個堡壘。無論外面發生了什麼，你都可以在這裡找到以前的靈魂，不受影響。」

洛盈看著拉克，他的背影沉寂而筆直。她那一瞬間忽然很羨慕他，他在說著一件他能充分肯定的事情，而她搜腸刮肚也找不到任何能那麼肯定說出的話。他的肯定是他用幾十年的時光換來的，他說得無比平靜，可是她知道，他說出了就沒人能反駁。這就是力量，話語真正的力量。

他們終於停下了。拉克站定在一個架子前，從第四行取下一個盒子面板上的電子紙，遞給洛盈。洛盈看到上面的名字，心怦怦地跳了。

漢斯．斯隆。

整整一行都屬於斯隆的名字。她看到在爺爺的盒子兩旁共有五個印有同樣名字的盒子，從理查到漢斯，再到康坦和路迪，最後是她自己的。沒有她媽媽的名字，因為所有的存儲都按照出生時的姓，不考慮婚姻。她怔怔地接過拉克遞過的那張半透明的薄薄的紙，心裡因忐忑而有些恍惚。

她向下翻了翻，紙張的開端寫著言簡意賅的生平歷史。

「你自己在這裡看，」拉克和緩地說：「如果有什麼事，我就在我的辦公室，你可以按門邊的藍色按鈕找到我。」

拉克離開了，空曠龐大的廳堂剩下洛盈一個人。她怔怔地仰起頭，這時才赫然發現，大廳的穹頂是如此像她在地球上見過的萬神殿，高昂、肅穆、輝煌，半透明的拱頂在淺白色陽光的照耀下透出莊嚴的色彩，宛如高踞雲端。無疑這是仿照人類早年的神聖建築，只是它不再是神的廟宇，而是供奉所有靈魂的人的高堂。

漢斯出生在阿其拉峭壁下一艘廢棄的礦船中。西經四十六度，南緯十一度。地球曆西元二一二六年，火星曆建國前三十年。

漢斯的出生伴隨著母親的死亡。當時二十六歲的飛行員理查．斯隆攜二十五歲的妻子漢娜．斯隆飛行穿越阿其拉峽谷，準備返回十六號營地迎接生產。不料，一場突如其來的沙暴阻止了他們的飛行，理查．斯隆的飛機遭飛沙襲擊，出現機械故障，不得不迫降峭壁之下，以無線電與衛星通訊連接，等待基地救援。救援始終未到，隨著時間流逝，漢娜．斯隆的預產期越來越近，救援機仍然不見蹤影。理查多次向基地呼叫，向各方求取支援，但始終未能獲得明確答覆。（基地通訊紀錄顯示，在理查被困的五十一小時之內，曾與基地成功通話十四次。）

救援被各方推諉，理查被告知導航系統有技術爭端，而救援風險尚未獲得法律說明。理查以通話機來回交涉，情緒越來越急躁。漢娜的身體漸漸無法支撐，腹痛後產下幼子，大量出血而昏迷，幾小時之後不治身亡。理查眼看懷抱裡的妻子的身體一絲絲變涼，生命逐漸從體內流走，無能為力，哀聲痛哭，由悲轉怒。他為剛剛出生的兒子取名漢斯，以紀念其死去的母親漢娜，為其擦淨身體，裹入自己的飛行服，以僅有的清水餵其飲入，以自身體溫為其保暖。父子二人蜷縮蟄伏於礦船一角，繼續不懈呼叫，等待救援船到來。漢斯與母親因生而永別。

（以上片段由理查．斯隆戰爭三年口述紀錄整理而成。此後四十四年至其去世，理查始終未曾對此事再加以回憶說明。）

救援船最終到達的時候，理查食水未進已超過四十八小時，出現明顯消瘦脫水症狀，然而精神矍鑠，動作準確獨立，拒絕救援人員扶助，自行進入救援船就座，回程路上拒絕回答醫護人員一切提問，拒絕與他人一同就座，也拒絕除正常飲食外的一切醫療護理。

「當時他將嬰兒交到我的手上，」四十年之後，當時救援船上的見習護士洛雅．伊蓮回憶道：「就自己一個人坐到角落裡去了，他的眼睛一刻也沒有離開我的手，死死地盯著新生嬰兒和我的動作，每當我轉過頭，就能看見角落裡那種混合著深情、痛苦、陰翳的燃燒的眼神。他的臉色極為灰暗陰沉，只有這雙眼睛是發亮的。我有時一不小心回頭遇上它們，總是忍不住哆嗦一下。看得出來，他很關心他的孩子。有一次我幫嬰兒換尿布的時候手滑了一下，包孩子的毯子滑開了，看上去好像孩子滑了下去似的，他一下子就站了起來，猛烈得嚇了其他人一跳。我當時還奇怪，他既然這樣惦念，為什麼不過來幫忙關照，偏要坐得那麼遠。現在回憶起來，那實在是很正常的。他是怕自己當時的心情影響到孩子。其實這種想法是沒有道理的，心情又不像氣體會擴散，只不過我只能說，要是我是他在那種時候也會一樣的。

他在角落裡坐著，誰也不理，懷抱著妻子的屍體，握著她已經變硬變紫的手掌，就好像她只是躺在他腿上安睡。我當時就在暗暗猜想，在那個山坳下究竟是什麼樣的情形，漫天風沙是什麼感覺，原本期待的幸福在懷裡一點點變成僵屍又是什麼滋味。我覺得那情形很可怕，但我當時畢竟只有二十一歲，沒明白它到底有多可怕。」

救援船屬於「帶你回家」緊急援救公司火星第三分公司。當飛船降落在十六號營地三號船塢，理查自行下船，未與任何人招呼，直接闖入援救公司總部，將其首席執行官打傷，緊接著又在其行為尚未引起廣泛關注的情況下，趕到UPC電腦技術公司，將其總裁菲力浦．利德殺死。隨後他又趕回援救公司帶走兒子，開始逃亡。

三個月之後，戰爭爆發。

「我知道爺爺是戰爭初年出生的，」洛盈講到這裡，忽然停下，有點黯然地說：「但以前我不知道爺爺就是戰爭的起因。」

「事情有點奇怪啊。」安卡微微皺了皺眉問道：「為什麼你曾祖父要去殺死一個電腦公司的總裁？」

「我閱讀的時候也覺得奇怪，就仔細查了查這部分。情況有一點複雜，不是很直觀。主要的問題是商業爭端。當時正趕上『帶你回家』公司飛船導航軟體換代升級，一切活動都處於停滯當中，原因是救援船的作業系統都由UPC公司開發提供，援救公司嫌升級費用高昂就私自破解，結果電腦公司啟動預設木馬，將其系統徹底停掉，索要極高罰金。

出事的那天，救援公司曾經給UPC打過電話，通報了緊急狀況，要求一次臨時系統授權，UPC拒絕了，怕臨時授權變成再度破解。我曾祖父曾親自打電話到電腦公司，希望從中調停，但電話始終沒有交到任何負責人手中。起初曾祖父以為這是接線員不負責任，並未將懷疑的矛頭指向UPC高層，然而當他懷著滿腔報仇的憤怒毆打救援公司執行官的時候，那人卻告訴他，實際上UPC總裁早已聽見他的電話，而正是他本人下令不予授權。這其中的道理不難想像，曾祖父當年屬於『沙裡淘金』晶片製造公司採礦冶煉部，而『沙裡淘金』是UPC最大競爭對手，兩家公司作為供應商正在爭奪一筆訂單，而曾祖父正是去阿其拉峭壁背後考查新建礦場的地理可能性。這其中的商業利益和私人情緒的細節恐怕沒有人完全見證，但曾祖父聽人說，利德總裁當時說了句『生小孩算什麼，這可是三千億歐元的大事』，於是徹底被激怒了，立即改變計畫，去了UPC。」

「情況聽起來很複雜。」安卡沉默了一會兒說。二人之間空氣有些凝重。

「是很複雜。」洛盈點頭，她幾乎將所有看到的內容背誦在心裡，從小到大，她從沒有為背誦什麼東西花這麼多氣力：「但更複雜的在後面。當曾祖父殺人之後，逃亡了一周就被人抓住，而被捕一周之後又被人從關押的山洞裡救走，推舉為聯軍首領。」

「什麼聯軍？」

「就是後來與地球戰鬥的反叛軍。」

「那是些什麼人？」

「都是普通人。有各個基地的飛行員、工程師、科學家，什麼人都有。」

安卡沒有說話，默默地思量著。

「關於這部分爭論很多很多，我沒有辦法全看完全記住。戰爭的理由說什麼的都有，在爺爺和曾祖父的生平之下列了很多頁。」

安卡點了點頭，說：「看上去，這不是偶然的爆發。你爺爺的事件可能是偶然的，但反叛軍肯定不是。我覺得他們是早就等待這麼一個事件了。」

「我也這麼想過。」洛盈說：「可是我並沒有完全想明白，這樣一個偶然事件和大規模爆發出來的戰爭之間的結合點到底在什麼位置呢？」

「似乎……」安卡沉吟了一下：「有兩個地方很重要。一個是兩個電腦公司的鬥爭，一個是之前的版權爭端。從後來的資料庫角度，我覺得後者更像是理由。當然也可能兩條都是。」

「大概是吧。可是你覺得這樣兩條就夠開戰嗎？我一直不明白，這些版權商業之類的事情能引起一場戰爭嗎？這可是戰爭，不是別的事情啊。」

「這就是大事了，我們挺難判斷的。」

洛盈的情緒突然有一些波動，她用了很大努力讓自己的記述不太情緒化，盡可能客觀敘述所讀，可是說到這裡，她還是突然湧起些許憂傷：「其實我不想這樣追問，曾祖母的死亡我難過得很，我也很想像其他人那樣只想著家與親人，可是我沒辦法，我不得不問。如果不問這些大問題，我就不知道曾祖父的行為是不是對的。他為什麼要帶著大家走到這個新世界，這樣的反叛到底對還是不對？」

安卡默默伸出手，攬住她的脖子，揉了揉她的長髮，溫和簡省地說：「別想太多了。問題不是哪個世界，而是無論如何不應該把兩個活人留在風沙裡。你曾祖父只是做了他想做的，後來的戰爭也不是一個人能夠左右得了的。」

安卡吻了吻洛盈的額頭，洛盈看著他湖水般的眼睛，一瞬間湧起些許淚水。她將頭靠在他的肩膀上，任內心情緒起伏。她彷彿能看到那座峭壁，頂天立地，赤紅色外表粗糙，迎風兀立，大風中捲起的塵沙像一層剝落至粉碎的面具，呼嘯著揚起至半空，遮天蔽日，去除一切矜持顧忌的收斂，帶著赤裸裸的兇猛欲望襲擊天地間的一切渺小生靈。碎片像瘋狂的軍隊只剩集體的靈魂，風沙旋轉環繞包裹著廢棄的舊船。船裡坐著還不知道命運的相互依偎的兩個人，像自己現在這樣相互依偎，靠體溫彼此取暖，仍相信虛假的希望，忍受寒冷饑餓與臨產的劇痛，依賴對新生兒的甜蜜期冀和救援來臨的溫暖期冀支撐彼此，相互說一切都會好，掩飾內心焦慮，對僅有的食物和水互相推託，構築得救之後的夢想，對未來的天翻地覆尚一無所知。那是兩個人最後的依偎。

洛盈的眼睛被淚水模糊了。她安靜著沒有哭，讓眼淚轉來轉去又慢慢轉回心底。

「我們還能有機會再去當年的遺跡看看嗎？」她坐直了，輕輕地問，期待地看著安卡。

「不知道。」安卡猶豫了一下說：「可以向龍格他們採礦組打聽一下，看看那邊還有沒有礦場。」

「你們中隊不會往那邊飛嗎？」

「不會。現在的訓練基本上都不會去峭壁以南。」

「那私人飛過去行不行呢？」

「那恐怕更難。」

「紀律太嚴？」

「是一方面。」安卡搖搖頭：「但不是最關鍵的。最關鍵的是技術問題，比紀律問題嚴重。」

他說著，雙手開始比比畫畫，做出各種手勢模擬各種飛行器的形態。他的手指很長而骨節分明，就像飛機的骨架和翅膀，姿態飛揚。

「飛行許可證我倒是能拿到。不過最小的飛船也有五個隧道車車廂那麼大。」安卡用手比畫出麵包形狀的船艙：「至少得三個飛行員同行，兩個操控，一個監管電機匣。而且貼著地面飛，可能也過不了山嶺。」

「貼著地面？不能飛高了？」

「地效飛行器。飛高了氣流可就不夠了。」

「可是太空梭……」

「那是另一碼事。」安卡搖了搖頭，「太空梭其實是火箭，不靠氣體托，而靠噴燃料。大型太空梭一般情況是不能開的，除非有任務派遣書，飛一趟火衛二什麼的還有可能。而飛行員自己也不能完全自主，必須要地面設置和導航，飛機半自動運行，不可能私飛。至於小型太空梭……」

洛盈等著，但他忽然停下了，似乎在猶豫要不要繼續說。

「怎麼了？」

「小型太空梭就是戰鬥機。」安卡繼續道，聲音還很冷靜，但嘴角帶上了一絲苦笑：「那是三百六十度噴氣式動力，個人操控，功能強悍，我們平時也完全可以自己開，但只不過，費茨給我那架是壞的，我現在還修不好，缺的東西太多了。」

「為什麼給你一架壞的？」

「他說是為了讓我顯示一下地球留學的本領。」安卡嘲弄地笑了一聲：「不過其實是為了我和他吵的那一架。回隊的第一天晚上本來要給我一架好的，但那一晚上過去，第二天就給我找來一架報廢掉的，讓我修。我也不想和他爭，現在正想辦法呢。」

「他怎麼能這樣呢？」洛盈說：「你可以投訴的。他這絕對不是秉公辦事。」

「秉公辦事？」安卡不以為然地笑笑：「從來就沒有秉公辦事這回事。」

「那你回來以後還沒飛過？」

「沒有。每天只幹機械師的活兒。」

「你在地球上不是改裝過飛機嗎？不能仿照著來嗎？」

「完全不一樣。」安卡說：「地球的飛機升力靠大氣，速度正比於重力除以氣壓開根號，火星大氣只有地球上的百分之一，所以同樣的飛機在火星上必須達到地球上速度的六倍，才能不掉下來，這樣就是上千公里每小時，除非是極強悍堅固的大傢伙，否則沒戲。火星的發動機和地球的原理完全不一樣，它是飛機的唯一升力，功率和能量轉化效率高的多，結構也複雜得多，我就算搞懂了，一些閥門的改造也不是手動能完成的。」

洛盈嘆了口氣，充滿同情地看著安卡。好一會兒，她輕聲說：「你知道嗎？我開始懷念你原來那架老馬了。」

安卡笑了，看著她的眼睛，似乎在說他也是的。

「我當時就這麼說過，」他自嘲地笑著說：「你還不信。」

安卡在地球上曾帶洛盈飛行。那和她平時自己乘坐的出租小飛機完全不同，他改裝了一架淘汰掉的破舊戰鬥機，去除了一切戰鬥設施，乾淨得只剩動力，改成私人座駕，私自翱翔。儘管飛機在雲裡顛簸得像五十歲的驢子，但那高度比一般小飛機不知道高了多少。她一落地就嘔吐不止，他哈哈大笑，她怪他不說清楚。他說她早晚要想念那架飛機，她說她才不會，永遠也不會。那時她沒想到永遠這麼快就過去了。

她還記得那個黃昏，她胃裡翻江倒海，但心裡因驚喜而戰慄。她是第一次見到那樣的雲彩，斑斕得如同彩虹，從腳下鋪到晚霞的天邊。當時的夕陽很大，遠遠地佇立在前方，橙紅色柔和燦爛，雲朵光華流轉，一道一道鬆軟地相互旋繞，顏色過渡毫無痕跡，從白到金再到橘紅和深紫，質地蓬鬆柔軟，如同進入神殿的繁複華毯。雲朵與雲朵之間露出小塊深藍色的天空。安卡坐在她前面，一邊駕駛，一邊揮手指著窗外，她在他身後緊緊抓住他的衣裳，靠著他肩膀，瞪大了眼睛，興奮得喘不過氣來。

那天的雲可真是漂亮啊！洛盈想，以後可能再也見不到了。火星沒有雲，即使能飛，也看不到雲了。偶爾一次就成了唯一一次。他們飛過那一次，就只有那一次了。

安卡忽然伸出手撫了撫她的額頭，說：「別想啦，沒有了。要是自己能飛，我早就飛了。」

洛盈看著他，心裡有點沉。她知道他說的是實話，他比自己更想飛，若他說不能飛，那就是真的不能飛了。安卡斜靠著身子坐著，一隻手搭在身前，一隻手搭在她座位背上，笑容平靜，卻寫著清晰可見的不甘心。那種不甘心讓人難過。她輕輕嘆了口氣，不知該說什麼好。

「對了，」她輕輕轉換話題：「我還找到了一枚徽章。」

「什麼徽章？」

「曾祖父的徽章。」洛盈轉而問他：「你還記不記得戰爭年代火星的徽章？」

「記得。是鷹吧？沙漠之鷹。」

「是。不過我今天才知道，那不是曾祖父最初設定的，是打到一定程度後由聯軍其他統帥決定換的。」

「那你曾祖父的徽章是什麼？」

「一顆蘋果。」

「蘋果？」安卡啞然失笑。

「是。」洛盈伸出手，攤開給安卡看：「就是這個。」

安卡輕輕拿起那枚黃銅色做工精巧的小物件，迎著光仔仔細細端詳。

「檔案裡沒有很多說明。我也不知道曾祖父為什麼設定這個。」

「確實有點……」安卡停了一下尋找詞彙：「不尋常。」

「你第一反應想到什麼？」

「帕里斯和三女神。」

「有可能。」洛盈點點頭：「隱喻戰爭的開端。用特洛伊的血流成河映照現實。」她說到這裡，頓了頓，低頭看著自己的手：「不過這不是我的第一反應，我先想到的是另外一個故事。」

「哪個？」

「伊甸園的故事。」

「你覺得，蘋果是比喻人向神的反叛？」

「不是。」洛盈輕聲說：「我沒想那麼宏偉的意義。實際上我說不清地球是不是能代表伊甸園，火星的反叛又有什麼意義。我只是一瞬間想到一句話，想像一個男人對身邊的女人默默在心裡說：為了你，我寧願墮落。」

安卡沒有說話，搭在洛盈身後的手臂輕輕摟住她的肩頭。

「爺爺沒有媽媽，」洛盈接著很輕很慢地說：「爸爸沒有媽媽，我也失去了媽媽。也許這表示我家族裡所有的女人都要在年輕的時候死去……」

「別說傻話。」安卡低沉而堅決地打斷她：「那個年代每三個人就死掉一個，死人太正常了，什麼也不能表示。」

「可也許這就是命運。」

「胡說。這是不幸的巧合，不是什麼命運。」

洛盈望著安卡，他的表情少有地嚴肅。她鼻子忽然一酸，心裡覺得難以形容的脆弱。她也不知道為什麼自己會說出這些悲觀的話，她只是覺得，在聽到如此悲傷的故事之後，只有一個無限悲傷的未來才能讓自己覺得心情平衡。她第一次覺得如此疲倦，如此不想前進，如此無能為力。面對那不可抗拒的早晚要來的命運，一個人用盡全力也是無能為力。人那麼容易就不存在了，就像風吹沙子一樣容易。她趴在安卡肩頭嗚嗚地哭了。安卡什麼都沒說，將她的頭攬在懷裡，手臂沉穩地抱緊她的後背。

他們久久地坐著，坐在空寂雄偉的走廊一個不起眼的角落。一整排宏偉的青銅雕像在他們兩側延伸，如栩栩如生的神明俯視，在灰色高聳的立柱間站成永遠的謎。走廊延伸到看不見的盡頭，古希臘字母刻著大寫的命運、詩與智慧。天地肅靜，四下裡人影皆無。

石

出院的時候，洛盈以為自己短期之內不會回到醫院了。可是當她在檔案館無意中讀到瑞尼的一段往事，一段瑞尼沒有告訴她的關於他自己的往事，她決定還是要去當面問問。

在出院兩天後，她又重新推開醫院的大門。她對這段往事關心，不僅僅因為它是瑞尼成為醫生的理由，而且因為它與爺爺相關。實際上它是他們整個聯繫的核心，因為這件事，瑞尼才轉而研究神經醫療，才可能為自己治病，也是因為這件事，瑞尼才與爺爺相識，獲得他的友誼與信任，才有出入檔案館的特殊的資格。因為他們的淵源，爺爺才將她託付與瑞尼，瑞尼才給了她授權的信件，這背後的原因種種，現在終於有了一個點的結合。

這個將瑞尼與她家聯繫起來的關鍵的事件竟然是一個錯誤，洛盈覺得非常值得思量。這到底是誰的錯誤，她說不清，看起來其中並沒有居心叵測的惡人，可是瑞尼就是受到了整個人生的重大損失。

洛盈讀了瑞尼的檔案。他年少時在很多系統的實驗室裡都選過課，從機械中心到古典哲學研究室，最後在十八歲選定方向時選擇了仿生工程，二十歲進入仿生工程中心的製造實驗室，在那裡研究動物、機械、結構與行走。

就在他進入實驗室的第三年，一輛礦車出事了。一輛仿生採石車在試運行中自燃並爆炸。儘管沒有人員傷亡，但損失十分可觀。調查組在一片黑漆漆的殘骸中搜索，慢慢縮小範圍，最後將事故原因歸結到一處傳感設備漏電。這是一個很難定性的事件，殘骸燒焦，零件融化，連成黏糊糊的一片，任何檢驗已無處下手，精確測量更是不可能完成。因而，究竟是零件設計失誤、加工失誤，還是裝配失誤，便已無從考究。

就像每一次重大事故之後必然經歷的那樣，一場責任事故追究調研會在不確定中召開。經過三天從早到晚對整個系統上上下下幾十人的詳細詢問，經過另外三天議事院專項調研小組和總督的商談，最後的結果出爐，瑞尼一個人被處罰了。

「他們怎麼能確定是您的錯誤？」洛盈問瑞尼。

「他們不能。」

「那他們為什麼罰您？」

「因為出了事總要懲罰某個人或者某些人。」

瑞尼將雕刀放下，說得很平靜，不起波瀾。事情過去十年多了，他並沒有想到還有人會翻出來詳加詢問。他看著洛盈，她的臉上露出一種真正替他難過的關注神情，微微皺著眉，認認真真感到困惑，這讓瑞尼很感動。這些年問他此事的人很多，有一些是可憐，有一些是客氣，能夠真正去思索他的困境的人還是寥寥無幾。

「該是誰的錯誤就罰誰，怎麼能隨便定一個人呢？」她接著問。

「問題就在於，在當時的狀況下，非常難以確定精確的錯誤來源。」

「我看到您的自我辯護報告了，您不是很有理由地認為設計沒問題嗎？」

「是。」

「那後來為什麼撤銷了呢？」

瑞尼沉默了片刻。他回想起當年的情景，一幕一幕仍歷歷在目。

「我這樣給你算一筆賬吧。當時的情況是，無論如何要處罰，但問題就是究竟該處罰多少人。如果是設計問題，只處罰我一個，但如果是加工管理不當，就要處罰一串人。」

他是事故零件的設計者，他設計的感測器是採石車腿上的關節。問責大會那一天，採石車涉及的兩大系統負責人莊嚴就座，議事院議員主持，審視系統專員在一側坐成一排。牆上播放著加工流程紀錄，一台類比樣機在會場中央靜靜匍匐，與會者圍繞在四周，就像獵人圍著一隻被捕的獸。瑞尼坐在後排，聽調查負責人陳述調查報告。各種分析和指示在身邊盤旋，他小時候的習慣又開始上演，從詞語中聽出詞語，詞語與詞語在心裡拼搭。

火星的問責是最重要的事。每一次實驗失敗和事故之後，嚴肅問責和事故重現都到了苛刻程度。瑞尼曾想過這件事的深意，它不僅來源於工程項目必要的嚴謹，而且來源於系統制度運行的必要要求。火星的系統是政府也是企業，所有人的生存依靠它的安穩。重要的是品質保證。在一個由系統全權領導的壟斷的生產團隊中，沒有爭奪顧客的市場、沒有其他企業競爭，如果再沒有嚴苛的問責制度，那麼就很容易將疏忽和錯誤包庇，品質就不可能有所保證。火星的資源少得可憐，為了節約高效，工作室的競爭只在方案階段比拼，一旦立項，便只有一種方案化成生產，此時的團隊便要全權負責。這種系統等於全行業的現實帶來雙重含義。一方面，系統和系統裡的每一個工作室會像任何團體一樣試圖保護自己的成員，另一方面，系統作為公民在某個領域的全權委託人，要負責像法律一樣替公民做出公正裁決。這就賦予系統負責人雙重身分，既要對外，也要對內，既是帶領者，也是管理者，既要保護，也要懲罰。即便有審視系統，這種雙重也依然存在。

責任。這裡面的關鍵字就是責任。若只對團隊負責任，那就只要對未來的生產做最大程度的優化，但若對整個外部和全體國民負責任，那就要不計後果按照事實公正行事。在當時的情況下，如果追究管理疏漏，要懲罰從上到下各個環節的不嚴謹，則必然使得人員損失，生產出現停滯，對工程本身不利，尤其當時專案的領導者是該領域最最權威寶貴的專家。

責任。對內責任和對外責任。瑞尼在內心估量著這個微妙的詞。一個審查員將他叫起來，問了他一些話，他仍然在琢磨，沒有聽全，只聽見最後一句。

「……你覺得你是否負有責任？」

「責任？哪種責任？」他幾乎是本能地回答。是對事實的責任，還是對生產的責任。

審查員又說了一些話，他還是只聽見最後一句。

「……你的領導有責任對你做出妥善處理。」

「這又是哪種責任？」他問。

是維護制度嚴明的責任，還是維護系統穩定的責任。

當句子與句子首尾相接，拼搭成環環相扣的塔基，他不知道該把鋼梁插到哪裡。雙重含義讓責任分歧。橫置或者縱插帶來截然不同的結果。他就像一個小孩躊躇地拿著積木，在頭腦中走來走去，打量各種可能的樣貌。

沒有人理睬他的反應。討論和決議繼續著，資料和表格依次出現在牆上。審查員、工程師和議員面色嚴峻，時而辯論，時而低頭私語。瑞尼看著他們，覺得十分遙遠。頭髮和鬍鬚化成來回搖晃的畫影，他心裡隱隱知道，最後的決定快要浮出水面了。

兩天後，總督漢斯親自造訪瑞尼的小屋。漢斯還沒有開口，瑞尼就明白了。漢斯手持自己年輕時的戰鬥勳章，親手戴在瑞尼鬆散的灰色襯衫上。他說他是代表自己送上歉意與謝意。徽章上寫著捍衛家園，不是捍衛真理。

瑞尼被處罰了。最後的事故原因被定為設計疏漏，這是懲罰人數最少的方案。在當時礦石開採的緊要關頭，專案需要大量人手，負責人負責著只有他能負責的關鍵技術。瑞尼相信自己的設計沒有問題，可是他沒有爭辯。設計有沒有問題不是當時最重要的問題，最重要的問題是責任。當殘骸將線索燒成一團亂麻，議事院需要選擇處理要遵循的方向，他們選擇了維護系統穩定的責任。珍貴的人員保全了，下一步的生產就能迅速繼續。處理總會朝向對生產最有利的方向，這個道理瑞尼看得明白。

漢斯坐在瑞尼對面，低頭嘆了口氣。瑞尼看著漢斯，忽然有些同情他。他看得出這個結果也不是漢斯所願，但他仍然來到他的小屋，摘下自己用身軀掙得的榮譽。

瑞尼被免除職務，不能在工程一線實驗室工作了。漢斯讓他自己選擇去處，瑞尼知道這是他的歉意。瑞尼有一個少年時的朋友在薩利羅區第一醫院做神經科醫生，於是他選擇到那裡，從工程傳感轉向醫學傳感。他看得明晰，心裡並不怨恨。在鋼梁交錯的複雜鐵架上，怨恨也同樣無處可插。他只是偶爾覺得荒涼，就像兒時一個人坐在空曠的器械森然的操場。空曠本不稀奇，森然也不稀奇，只是當一個人的空曠與系統的森然相遇，他的內心才有這種荒涼的感覺。

事實上，瑞尼並不太在乎工作的地方。他那時剛好在工程一線待得倦了，換一個地方，換得些許讀書寫作的時間，對他並不是壞事。他在醫院待得平穩，漢斯偶爾來看他，他們漸漸成為不為人知的忘年的朋友。他說他想寫歷史，漢斯就給了他私人的授權。

「那您不覺得不甘心嗎？」洛盈輕輕問。

「所謂不甘心，」瑞尼笑笑說：「是一個人沒做到自己想要或者適合的事情。一塊鐵沒能參與製造鋼筋鐵架會不甘心，但如果本身是一塊砂石，那就沒有什麼不甘心的。」

他說著拿起自己桌上的一小塊土黃色的砂石，在手心裡掂了掂。

「不是每個人都願意成為鐵架子，」他說：「我還是喜歡雕塑。」

洛盈將那顆堅硬粗糙、外形不規則的小石頭從瑞尼手中拿起，攥在手中靜靜地看著。她坐下，雙手趴在他寫字台上，頭枕在手上，一會兒看看手中的石頭，一會兒看看瑞尼。她似乎還想要說些什麼，但想了想最終沒有說。兩個人身後，沙雕的獅子望著他們。

一小時之後，洛盈輕輕推開排練場的門。

那是一座棄置的大型倉庫，黑色高昂的鐵架、灰色曠達的地面、空蕩蕩的大廳，角落用廢舊架子搭起一座簡易的舞台。陽光在空曠處稀薄地灑開，幾十米見方的場地中央空無一人，牆邊的器物堆積沒有人注意，燈光將全部焦點會聚在視線盡頭的小小的舞台，有人在台上對台詞，有人在台下奔跑匆忙，矩形框架上垂下簾幕背景，簾幕上繪著漫畫式誇張的王宮和寶座。兩個角色正在舞台中央一唱一和，聲音一高一低，一快一慢，在空中飛旋著上升，被周圍劇務調度的陣陣喧嘩圍繞，在穹頂來回反射蕩起悠遠的回聲。

洛盈慢慢向舞台走去，長長的影子拖在灰色地面上像孤單曳地的長裙。

「洛盈！」

雷恩最先看到她，笑著向她招呼。他腳步匆匆地走向道具區，向她眨眨一隻眼從容致意。他穿一套黑色燕尾服，手裡卻抱著一個巨大的紙箱，額頭有汗珠，禮服讓他顯得身影修長尊貴，可是箱裡卻堆著各種雜物和工具，好像一個優雅的伯爵正在享受苦力的幸福。

「才來？」米拉在舞台一角朝洛盈揮手笑笑：「你遲到啦！」

米拉坐在靠近舞台前邊緣的一側，面前像擺攤似的攤開一塊棕色破布，上面放著若干打碎的玻璃片，顏色各異。他顯然是演員，但此時沒有他的戲份。他托著下巴觀賞演出，神態悠然，一臉滿不在乎的笑意，關注著身邊的一切，不時跟身旁的劇務扭頭聊天。

「來啦？」索林向洛盈快步跑來說：「先熟悉一下環境吧。」

他吻了她面頰兩下，笑著拍拍她的雙肩，關照地問了問她的恢復狀況，然後迅速向台上做背景的歌隊指了指，告訴她她的位置。他是導演，面孔瘦而幹練，一頂帽子壓低束住頭髮，和洛盈說完話，又大步流星跑向控制燈光的金斯利那一邊。

洛盈向台上望去，歌隊在主角背後，站成兩側遙相呼應的兩道弧形，以黑白兩色長袍彼此分隔，像兩道現實之外的天使之牆。安卡穿著白色長袍，正站在左側歌隊中央，手捧唱詞，她看他的時候他也在看著她，眼睛穿過人群望向她，微微點了點頭。他高挑的身材顯得引人注目，眼睛在舞台深處顯得清楚明亮。

她悄悄走上前去，這是她第一次參加排練。

在舞台左側的上台階梯前，阿妮塔正抱著一個大鋪蓋捲，候場等待。她向洛盈笑笑，雖然騰不出手打招呼，但用眼睛向洛盈的右腳示意。

「腳好了嗎？」她輕聲問。

「好了。」洛盈點點頭。

阿妮塔的頭髮今天梳高了，顯得很精神，臉上化了誇張的濃豔的妝，一眼就知道是扮演闊太太，闊氣而神態凌厲逼人的富家太太。

「真是一團糟呢！」阿妮塔向台上笑著努努嘴。

「怎麼？」

「大家都隨便瞎演。」

「不是有劇本嗎？」

「是有。但不知道是第幾個版本了。」

「你演什麼？」

「一個律師。我的老本行。」

阿妮塔的專業是法律，洛盈點點頭。她指指她手中的鋪蓋捲問：「那這又是什麼？」

洛盈吃了一驚，還想再問，但阿妮塔伸出一個手指表示自己該上場了，便抱著鋪蓋捲踢踢踏踏地爬上小梯子，背影搖晃卻堅決有力。

「屍體。」阿妮塔笑道。

洛盈跟在阿妮塔後面，也爬上了舞台。她順著台邊悄悄溜到後排的歌隊中，站到安卡身旁，湊過去看他手裡的唱詞，安卡把歌本遞到她眼前。她看過去，發現果然如他前日所述，唱詞實在是簡單得不能再簡單了，通篇只有一句話：「哦，這真是太妙了！」白紙上一行行重複這句話，只是標出了語氣、音調以及他人的台詞，以便知道何時如何開唱。她看看安卡，安卡眉毛挑了挑，笑了一下，似乎在說「就是這麼回事」。

他們的目光一起投向舞台中央，剛剛上場的阿妮塔正在開始獨白，似乎是一個寡婦，在訴說丈夫死後的哀愁，鋪蓋卷已經展開攤開在地上，一個僵硬的人形玩偶，用黑色顏料畫著粗重的眉毛和鬍子。阿妮塔扮演的寡婦起初愁眉苦臉，為生計發愁，忽然和旁邊一個人說了幾句話，頓時變得喜笑顏開，拍動雙手，興奮地圍繞著舞台走來走去。

「哦，這真是太妙了！」安卡和白歌隊一起唱了起來。

隨後湧上來一群商人模樣的西裝革履的人，手裡揮舞著文件，大吵大鬧，阿妮塔從容不迫地與他們應對自如，做出叼著煙捲的雅致姿態，搔首弄姿言語卻咄咄逼人。兩個苦工模樣的人不停把那個人偶搬上搬下，阿妮塔不停舉起它，向那些商人揮動它的手。

這一次，洛盈找到了門道，在唱詞上標注的地方，準確地跟著周圍人一起唱了起來：

「哦，這真是太妙了！」

她慢慢投入到舞台裡，忘卻周圍的世界，彷彿舞台變成了真正的現實。這是她第一次看劇本，很多地方忍俊不禁，有時候不需要看唱詞，就自然而然地想要蹦出一句「哦，這真是太妙了！」在他們對面，黑歌隊一直在唱「真偉大啊真偉大！」，在與他們不同的場合發感嘆，形成遙遠的關照，相鄰的對比。

劇情慢慢發展，以一種不為人知的速度從荒誕滑向現實。洛盈起初一直在笑，但看到最後卻一點點都笑不出來了。她漸漸覺察出其中的苦澀隱隱逼人，演到最後甚至有一絲驚心動魄的感覺。她的聲音有點啞，從舞台上，她第一次看到可能的真實赫然逼近。

當彩排告一段落，洛盈迫不及待地坐到舞台邊，急切地問其他人：「最後一段是怎麼回事？」

纖妮婭站在旁邊，平靜地答道：「這就是那天沒來得及跟你說的，龍格發現的東西。」

「他到底發現了什麼？」

「龍格看到了他媽媽的一段工作紀錄。他媽媽是外交檔案管理員之一，一直負責記載各種談判交易往來的細節流程。龍格發現，三年前火星購買乙炔和甲烷的談判一直僵持了幾個月，遲遲談不下來，地球人一直懷疑其中有詐，怕火星人拿到貨物後耍花樣將其引爆，以造成一場突襲。畢竟是可燃的東西，他們不敢掉以輕心。談判從一月持續到六月，僵持不下，然後戲劇性的事情發生了：七月十二號我們到北美度假，七月十八號他們簽了協議，八月一號火星開始返航，八月十號我們被釋放返回各自學校。這些事我們自己自然不知道，但這樣的時間順序，如果是巧合，你不覺得太不可思議了嗎？」

「所以龍格得出我們是人質的結論？」

纖妮婭點點頭。

洛盈喃喃地說：「……進而推論，這五年我們都是交易的人質，而留學只是一個幌子。」

纖妮婭輕輕握住她的手：「說這些怕你不愛聽，但真的很可疑。如果這是真的，那麼你爺爺把你換進去就有另外的意思了，很可能跟你爸爸媽媽的死亡都沒有關係，而只是想展示總督的孫女也去了，讓我們其他人的家長放心，看不出這其中的危險。」

「危險……」洛盈感覺一片空茫：「如果有危險，就讓我和你們一同承受。」

「然後追認我們為英雄。」

「這太可怕了。」

「我們也希望這不是真的。」索林在一旁插嘴道：「所以才把以前的劇本改了，加上現在這個結尾，想試探一下大人們的反應。如果不是真的，他們只會有些莫名其妙，如果是真的，那麼他們多半會被激怒。」

「不是針對你爺爺。」米拉在一旁適時地補充：「而是追問整個決策組。很可能這不是你爺爺的意思，而是不知什麼其他人的主意。」

洛盈默默點了點頭，心裡有些發慌。又一次聽到對爺爺的懷疑和指控，將她多日裡的憂慮推向了高峰。她不想讓人看出來，又不想找藉口逃離。她想尋找安卡，可是這會兒他恰好不在。

她轉過頭，把話題轉向其他：「那其他部分呢？」

「都是我們的經歷改編，你應該也能看出來吧？」

「阿妮塔那部分我看出來了，是指她當時提的『死人版權』的事吧？」

「是。」阿妮塔笑道：「我當時就是圖個樂子，可誰知道，這兩天我聽說地球上美國一個州已經有人正式提議立法了，內容和我當時提的基本一致，早知道我就應該當初為這個想法註冊一個版權了，現在早就成小富婆了，也給他們開一個『外星人版權』先例。」

「這想法不錯！」索林說：「那要不把這段也排進去？」

「得了，」阿妮塔說：「你這導演怎麼也不嫌麻煩，這兩天加了多少東西了！」

洛盈微微快活了一點，接著問：「後面的那段是指龍格那一回嗎？」

「沒錯。」阿妮塔點點頭：「這也是為什麼我們把這劇叫作『革命』，那一回可是實至名歸的革命，不演都可惜了。」

「那回也不是真革命吧？不就是一群小青年熱血衝動湊到一塊嗎？也沒幹什麼啊。」

「革命不就是這麼回事嗎？」阿妮塔俏皮地笑笑：「不然你以為革命是什麼？」

洛盈也輕輕地笑了，剛剛綳緊的情緒終於慢慢放鬆下來。

「什麼時候演出？」

「決賽那天。還有一個多月。」

「好。接下來的排練我都可以參加了。」

「不用太當回事。」索林神情輕鬆，消瘦的雙頰露出神采奕奕的笑容：「我們就是玩。這是跟其他人最不一樣的地方。想來就來，不用當成負擔。」

洛盈答應了。夥伴們隨意舒適的氛圍讓她慢慢有了依戀的歸屬感。他們一直在微笑。即使懷疑也在笑。這讓她安心，內心的緊張沉入心的湖底。她清楚他們沒有顯露在臉上的是什麼，也清楚他們為什麼沒有顯露。對周圍的嘲笑和不以為然遮擋了內心追問的焦灼，他們質疑周遭，但沒有用憤怒的方式。這一切讓洛盈也放鬆下來，開始和他們一起忙碌，穿梭在廢棄鐵架的高台上，用絲巾編織謊言，坐在地上對悲傷微笑。她抬頭看天，午後的陽光在灰黑的倉庫灑下透明的彩虹，塵埃在飄浮，清涼如冰。

排練結束時，安卡叫住了洛盈。他在排練到一半的時候不為人察覺地消失了蹤影，好一陣子沒有出現，洛盈心裡正在隱隱納悶，他忽然從門口現身，悄悄插回歌隊。他沒有解釋什麼，照常歌唱，直到排練完全結束，他才在眾人身後將洛盈叫到一旁。

「你昨天不是幫我和皮埃爾聯繫了嗎？」他說：「我後來又給他發了信。」

「嗯。說得怎麼樣？」

「還不錯。我今天中午就是和他去了實驗室。」

「去做什麼？」

「去看了他的膜技術。我想我能用上。」

「用到哪裡？」

「飛機改造。昨天不是跟你說我的飛機現在不能飛嗎？我覺得如果能將他的光電膜鍍到飛機翅膀上做能源動力可能會有比較大的幫助。不過還不確定。需要實驗。」

「皮埃爾答應你了嗎？」

「答應了。他那方面沒問題，但現在的問題是得找個方式實驗，我不想讓費茨知道。他肯定不想看我另起爐灶。」

「那怎麼辦？」

「你能不能，」安卡看著洛盈的眼睛：「幫我再申請一個創意大賽的小組？我們中隊不讓參賽。創意大賽參賽小組有權申請使用各種實驗室和加工廠，也掩人耳目。就是不知道還來不來得及。」

「理論上講，初賽以前都可以組隊，不過……明天就是初賽了。」

「我知道，是太難了一點。」

「沒關係，」洛盈輕聲而堅決地說：「我一定試試。」

「嗯。」安卡點點頭：「那就靠你了。」

洛盈笑了一下表示沒什麼。她當然願意幫他。這個世界上，她最願意的事情就是能夠幫他做些什麼。她喜歡看他有所尋找，他的專注是她心裡的踏實。

「那你準備怎麼實驗？」

「組裝，然後試飛。」

「可靠嗎？會不會很危險？千萬別太玩命了。」

「沒事。」安卡的嘴角浮上一絲笑意：「別的事也就罷了，玩命的事才要做。」

安卡的聲音在空曠的大廳裡迴蕩。眾人捧著東西已陸續回家，他倆是最後走出倉庫的兩個。出門的時候洛盈輕輕關上倉庫厚重的大門，鐵與鐵碰撞發出一聲悶響，彷彿響在人的心上。

第二天早上，創意大賽羅素區初賽在社群兒童課堂舉行。

兒童課堂是社群裡孩子最喜歡的地方，初賽定在這裡，參賽不參賽的人都歡欣鼓舞。這天少年們一大早便湧進課堂，像湍急的潮水一樣，迅速將小空間塞得滿滿的。每個社群雖不大，滿足年齡的少年也有幾百，三三兩兩散開，很快就充滿整個場地，一時間只見人頭攢動。

這一天的課堂色彩很鮮明。賽場並不鋪張，沒有搭檯子，也沒有移走遊樂設施。只是桌椅都塗畫過了，到處充滿神話插圖，旗子掛得花花綠綠，牆上滾動播放著參賽者宣傳。兒童課堂原本是綜合性教育場所，各種設施齊備，從樂器畫架到光電演示實驗，其中的桌椅檯面是比賽的天然展台，不需要特別布展，只需要收拾起平時的文具。少年們從清晨就開始布展，各式各樣的小物件擺在托架上，像難得見世面的新兵，雄赳赳氣昂昂孤零零呆愣愣地等待檢閱。

洛盈夾在人群中，一陣熟悉的味道湧上心頭。她離開火星很早，參加的自由選課不多，也沒進過工作室，很多童年記憶都留在兒童課堂。抬頭看看，許多片斷仍然像是飄在空中。牆邊留著她合唱牧童歌曲的聲音碎片，書架旁留著她手指摩挲的輕淺痕跡，桌子上留著她不小心滴上的柔和顏料，空氣裡留著她裙子的色彩。她看到她自己，單純的自己，她從五歲到十三歲的大部分時光都在此度過，那些記憶在視線裡一點點復甦，如同脫水的蔬菜在浸潤中重新飽滿。

幾位溫柔美麗的老師在場地裡慢慢巡遊，她們是初賽的評審小組。一大群少年圍在她們身後，跟著轉來轉去，就像貴族女子身後拖著的層層疊疊的裙襬。評審小組的意見在結果評選中會占相當大的比例，因此每個小組都提早作了準備，用各種各樣的新鮮方式，試圖在短暫的作品介紹中給老師們留下完美的印象。

「……二十一世紀的服裝大師洛馬妮阿斯曾經借用現代舞蹈的思想，將衣服定義成人的身體與空間的關係，而我們的設計正是試圖將這種思想延續……」

吉兒繪聲繪色地說著，雙手在身前舞動。演說詞她寫了整整一個星期，前一天晚上還在磕磕絆絆地背誦。

「……人們對衣服的概念通常只是保暖和裝飾，對空間和自然的態度是隔離和疏遠。但我們都知道，人的精神目標就是要打破習以為常的思維定勢，在觀念上不斷革新。我們製作這件盔甲，就是為了這個目的。它能夠將陽光轉化為電能，不僅適合製成宇航服和採礦服，而且更是帶來了一種全新的觀念——我們的身體不僅能躲開自然，而且能真正擁抱自然，利用自然……」

吉兒的笑容甜美，聲音流利自然，充滿抑揚頓挫，可見是下了一夜工夫。她不時看看洛盈，洛盈則在人群中給她點點頭。在她旁邊，丹尼爾穿著一件淡藍色的滑稽盔甲，挺胸抬頭，不停變換造型，做出古希臘雕塑的動作。

洛盈看著吉兒，想起地球上她住過一年的老房子和那些異教徒的房客們。她和吉兒在一起待得久了，發現「革新」是吉兒的一個口頭禪，聽起來彷彿每天都有新思想、新主意、新熱情，而這和地球上的老房子的房客們不謀而合，那個時候他們也習慣說革新，每天都說革新。他們不斷追求新的享樂方式，行為作派前衛，穿奇怪的衣服喝奇怪的藥，不屑於大都市，總說要創造全新的不同的生活。洛盈參加他們的怪異聚會，和他們一起奪取富人的莊園。他們在衣服裡插花草，將城市大廈的自動扶梯拆下來架在窗口當滑梯。吉兒說革新，老房客們也說革新，可是他們沒有誰曾經想像到對方的生活。

老房子裡有一位袋鼠大哥，是她在地球上認識最久的人。他是個和善的光頭中年人，從來不穿房客們那些奇怪的衣服，也不參加他們在街上的集會。他在博物館上班，扮演雕塑，據說是藝術家們為了挑戰傳統雕塑概念而特意招募的。有時候，他會在下班時偷偷把博物館裡的動物頭像搬出來，擺在廣場上，嚇唬那些城市裡出生從來沒有見過野生動物的人，第二天早上再搬回去。他還曾經暗自在一座高樓門口鋪了一段水泥，印上交錯的皮鞋印和動物腳印。洛盈不知道他每次是如何逃避追查，只知道他每天嘻嘻哈哈，過得十分悠然。

洛盈一邊回憶，一邊跟著其他人繼續往前走。吉兒已經講完了，跑過來抓住洛盈的胳膊，另一隻手平復著跳動的胸口，額頭微微閃著汗珠，大眼睛露出探尋的目光。洛盈笑著點點頭，捏捏她胖胖的小手。

在她們前方，花花綠綠的展品擁擠地簇擁著評審老師，新鮮有趣的小物件層出不窮，掌聲和驚嘆聲此起彼伏，老師們身邊圍繞的孩子越來越多。

洛盈注意到，普蘭達和另外的兩個女孩子做了一幅漂亮的雙面畫，畫布半透明，一個沉思的女孩在正面，一個低頭散步的男孩在反面，從任意一邊都只能看見一個人，但星星和月亮卻是雙面可見，都發著光，照在畫面兩邊，不知是什麼材料。

一行人終於經過了所有展台，站回大廳中央，清點著剛剛記錄下的所有作品。

珍妮特老師捧著記錄冊，環視全場，嗓音清亮溫和。

「還有沒有漏掉的沒有展示的作品？」

大家安靜著，彼此相望。

「現在有一百一十二個小組，如果沒有漏掉的，今天的初賽就到這裡了。」

珍妮特老師又問了一遍，在她身後，已經有老師準備收起記錄冊了。

洛盈決定開口了，心裡有一點忐忑。她決定鋌而走險，這是她唯一的機會。

「還有。」

洛盈聽到自己的聲音，在喧鬧了一個上午終於安靜下來的會場顯得異常輕柔恬靜。她向前走了一步，克制怦怦跳的心臟，故意不去看其他所有參賽的孩子，只是望著珍妮特。她慢慢走到展廳中央最寬大的一張桌子旁邊，伸出手非常輕非常小心地將桌面上環繞一圈的展品微微挪動，騰出中間一小塊空蕩蕩的區域，露出深藍色光滑的絲絨桌布，然後從口袋裡掏出前一天從瑞尼那裡拿來的小石頭，擺在檯子上那一小小的空區。土黃色的砂石，形狀渾圓，表面粗糙，看上去遲鈍，被其他展品遮掩。她將它擺好，看著珍妮特。

「這是……？」珍妮特有點困惑地看著她。

洛盈笑笑，指著小石頭說：「這就是我的作品。名字叫作『孤獨』。」

老師們相互看一會兒，圍觀的孩子也都沉默著面面相覷。在顏色絢麗技術複雜的建築和機器人中間，石頭的原始粗陋像不合時宜的話一樣與周遭的環境不能相融，在桌上顯得格格不入，如同被圍繞的嫌疑犯身邊自動劃開一個真空的圓圈。洛盈坦然地看著所有人，這樣的寂靜正是她所預料並等待的。

沉默了幾乎一分鐘後，珍妮特老師緩緩地說：「這個……想法很不錯。」

她轉動胖胖的身體，轉而面對其他孩子，試圖用最自然的語調說：「洛盈做得不錯，她的作品是一個提醒，我們的比賽不一定非要用高科技。大家也可以再拓展一下思路。」洛盈鬆了一口氣，她知道珍妮特是好心，感謝地朝她笑笑。

比賽終於全部結束了。眾人開始整理收拾，會場重新開始喧鬧，笑聲和逗趣的聲音伴著比賽結束的輕鬆愉悅一點點飛揚，彩色的旗幟從牆上撤下，也和剛掛上時抖落同樣灑脫的意氣。忙碌和擁擠佔據了整個房間，孤獨的石塊重新消失在人們的視野，就像從未出現從未引人注意。

離開的時候，吉兒攬著洛盈，悄悄地說：「你都不告訴我！你是怎麼想出的？」

「想出什麼？石頭嗎？沒有怎麼想啊。」

「很有創意耶！」

「是嗎？」

洛盈微笑了一下，心裡只想著四個字：格格不入。她捏著那塊石頭想到瑞尼，想到她和她的所有夥伴們，心裡很有一些難受。她其實想過什麼都不帶來，然後指著空氣說這就是作品叫「夢想」，但是想了想，覺得那樣更加悲觀，最終還是放棄了。她並不覺得自己有創意。如果說她曾經跟袋鼠大哥學到什麼，那就是不認為自己有創意。她有心情，但她不覺得那是創意。

在那天上午，她看到過一件她覺得當真有創意的作品。那是一只大大的、薄薄的空心玻璃球，裡面套著小一號的另一只玻璃球，再往裡面，還有一層一層又一層相互嵌套的透明球面，直到細緻得分辨不出。每一層球面上都有形狀不同的綠地，有房屋，有滑梯，還有工廠。最外面一層的內表面上，像在天空中倒掛著同樣的迷你世界，能看到細微的小人做著各種動作，頭朝下腳朝上。整個大球懸掛在半空，世界一重重，綠色的大地一層一層透過晶亮的玻璃，十分引人注目。洛盈不知道他們是怎麼做到的。她只是定睛看著它，看著一重一重宛如穿入無限的球面，看著尺度迥異卻構造相似的世界，看著天穹般籠罩著卻倒懸的最外太空，覺得自己也似乎被倒置了，拋進無垠的宇宙深處。

翼

從二十一世紀中葉開始，私人小飛機就成了地球人出行的主要交通工具。城市越來越寬闊，樓宇越來越龐大，地面交通越來越不堪重負，天空就越來越被帶翅膀的小車占據。在地球上，飛行是一件複雜的事。對孩子是夢想和刺激，對少年人是追女孩的手段，對成年人是一種身分象徵，對老年人是不停抱怨卻不得不依賴的代步工具。對社會學家是新組織形態的誕生，對政治家是領空糾紛，對環保主義者是大氣破壞的罪魁禍首，對商人是解救經濟衰退的金石良藥。對所有人來說，它都是新時代的象徵。

中學生上學、大學生冒險、明星度假。每個人胃口迥異，飛機成為一件複雜的東西。

為了高速，需要新型固體燃料；為了穩定，需要翼尖失速平衡器；為了達到不同高度，需要燃燒配比控制器；為了不與其他飛機相撞，需要精密全球導航儀；為了適應各種氣流，需要智慧探測調控器；為了避免人的疲勞造成失誤，需要集成全自動駕駛儀；為了遠端通訊和召開電子會議，需要高清顯示幕和信號接收機；為了防止襲擊，需要自動導航砲彈；為了生存，需要廣告；為了不死，需要自動彈射傘；為了做愛，需要可放倒的柔軟座椅。飛機變得造型千奇百怪，材料五花八門。

當簡單變成複雜，簡單就被遺忘了。就像小孩子知道吃飯睡覺可以活，大人卻說人必須要很多很多東西才可以活。從複雜回到簡單需要很強大的耐心。

「人只要吃飯就能活。」米拉說。

索林低著頭，面前攤開著圖畫雜亂的電子紙：「可是我們已經沒什麼能減的了。」

電子紙上，歪歪扭扭的字跡標注著各種部件名稱，一些部件上畫上了大大的叉子。三個男孩圍著這張薄紙，低頭專注地商量，洛盈坐在他們旁邊的鐵架子上，雙腳輕輕晃著。男孩們想對火星的小飛機進行一次全面改造，將採礦護航戰鬥和運輸的功能都去掉，高度和速度也以能飛為標準，用最小設施達到最精簡的目的。

這已是創意大賽初賽後的第七天了。初賽通過，小組正式成立，實驗計畫可以被列入議事日程了。安卡將自己的飛機改造計畫告訴了夥伴，得到出乎意料的積極回應，洛盈想去山谷中尋找從前遺跡的念頭，也得到了很多支持，好幾個人躍躍欲試地想要和她一起去，龍格提出租借一條採礦船，纖妮婭主動組織和召集，索林在導演話劇的同時開始導演祕密行動。洛盈能夠理解這樣的反應，畢竟在困囿於玻璃盒底每日與總結報告奮鬥的日子裡，一場追尋往事的冒險出行，有著無可比擬的激動人心的力量。幾個核心成員開始每天聚集，討論實際方案，洛盈自己的追尋慢慢擴大為對歷史的考量和對天空的渴望。

「我覺得我們的思路反了。」安卡斜靠在一旁的柱子上，低聲說。

「什麼意思？」索林抬頭看看他。

安卡說：「我們一直從飛機出發往下減，所以覺得什麼都必要，但實際上我們可以從空無開始往上加，只加最必要的東西。」

「從空無開始？」索林皺皺眉。

「也不是空無，從空氣出發。」

洛盈坐在他們三個人對面的鐵架子上，雙腳碰不到地，輕輕地晃著。三個男孩已經專注地討論了一個晚上。

他們的工作間在排練倉庫的一個角落，孤零零的小屋子像一只大號信筒，環繞大廳的鐵架子在身前劃過，稜角分明，只留下一小片三角地。夜晚已經來臨，無人造訪，大廳很空寂，黑洞洞的，只有這個角落亮著燈。男孩們搬了幾只箱子，隨意地坐著，又寫又畫，播放盒投影到牆上，各種飛機照片一張一張播放著。

安卡背靠柱子，一隻腳交疊在另一隻腳前面，看著索林說：「說到底，我們什麼飛行任務也沒有，只不過是想飛到峭壁不掉下來。所以可以乾脆放棄傳統飛機，只留下翅膀，機身精簡，發動機也可以不要了。這樣可以最大限度減輕負載。」

索林詫異了：「發動機？這怎麼可能不要？就算用太陽能當能源，發動機噴氣也不能不要吧？要是不噴氣，靠什麼做推力呢？即便翅膀能振動，也得要平飛速度啊。」

安卡搖搖頭說：「平飛速度是飛機為了逆風升力才需要的，我們如果無所謂航向的話，完全可以順著風飛，像一些昆蟲。」

米拉問：「順風？不是算過嗎，升力不夠啊。」

安卡說：「總升力和機翼面積正相關，我們可以把翅膀儘量做大。大氣稀薄升力小，但單位面積上的摧毀力相應也小，我算了一下，翅膀可以做到比地球上大幾倍。」

米拉有點懷疑：「可是翅根撐得住嗎？彎矩會很大吧？」

安卡聳聳肩：「不知道。我就是這麼想了想。行不行我也說不好。」

索林輕輕地點了點頭，對米拉說：「我覺得值得一算。翅膀的支撐找到合適的力矩點應該可以。最關鍵的是升阻比，得找到合適的機翼形狀，還有合適的風。我估計還是可行的，咱們這兒空氣密度雖然低，但很多地方風很大。」

洛盈一直沒說話，抱著自己的小畫板，隨手塗塗畫畫。索林的兩隻眼睛離得有點近，但炯炯有神。米拉有棕色的皮膚、圓圓的臉和亂蓬蓬的頭髮。安卡身子站得不直，鞋子也沒有穿好，但靠著柱子顯得人很修長。她不太聽得懂他們的討論，但她聽到了安卡的話：飛機只不過是材料和風的舞蹈。這讓她忽然領悟了一件事：在談論飛行之前要談論空氣，在談論行動之前要談論周圍。

夜晚很安靜，洛盈看著男孩們和穹頂外的月亮。他們和她一樣，在地球上已經習慣在天空行走。她看著他們覺得很放心，儘管還沒有一點頭緒，但她總覺得什麼事情只要他們想做，就沒有做不成的。她不知道為什麼自己有這樣的信念，也許因為已經習慣於跟他們一起漂流，也許因為她喜歡看他們思考時眼睛裡燃燒的熱情。

男孩們開始熱烈地討論起來，討論倘使順風飛行需要什麼樣必不可少的條件和設備。聽上去有各種不切實際且不可克服的困擾，但他們一個地方一個地方細細地琢磨，竟然也疏通了大部分阻擋的障礙。只剩下幾個小地方，像頑疾和瓶頸鉗制，如鯁在喉。

「洛盈，你還記不記得檔案裡對當地地形的具體描述？」

索林忽然抬頭問洛盈，三個人都停下來看著她，顯然是他們遇到了爭論的分歧問題，需要可靠的外界資料。

「記得，」洛盈看著他們：「只是原本就講得很少。」

「都說了什麼？」

「說那是一處拐彎的山岩，直上直下高聳入雲，山壁在大風時會吹落許多砂石。」

「風會很大？」

「會相當大。」

「但那寫的是風暴時的狀況吧？」

「是。」

「那平時呢？日常的風怎麼樣呢？」

「檔案裡沒寫。」洛盈遲疑了一下：「不過好像山壁上有很多風洞，還有風蝕的溝壑。」三個男孩相互看了看，索林向安卡點了點頭，安卡在電子紙上寫了幾個字。

「你知不知道它的具體位置和路線？」安卡寫完抬頭，溫和地問。

「不知道。但肯定距離營地並不算太遠，因為當時有一句話我記得特別清楚，說如果當時派出救援船，那麼半個小時就能開過去。」

「救援船能一直開過去？」

「能。」

「那我們的船也能開過去沒問題了。」安卡對米拉說。

米拉點了點頭，看得出來，這是他的一個很大的質疑，聽到解答，放心了很多。

「那我們還造什麼飛機呢？」米拉想了想問：「直接開礦船過去唄。」

洛盈搖搖頭，說：「我找的山谷雖然在地面上，其他各種遺址本身都在山岩上。」

「山岩上？」

「是啊。」洛盈肯定道：「以前的營地不都是在山岩上嗎，我也很想去看看。」

「是嗎？」米拉顯得很詫異：「我怎麼不知道？」

「你不知道？」洛盈也有些詫異：「我以為大家都知道。」

「我不知道。」米拉轉頭看另外兩個人：「你們呢？」

「我也不知道。」安卡說。

「我好像聽說過一點點，不過不多。」索林微微皺皺眉，說：「現在想想確實有些奇怪。那段歷史我們的課堂上講得真的很不詳細，戰爭倒是講得很多，但戰爭以前那段時間我還真沒什麼印象。」

「……似乎是。」洛盈想了想承認道。

「那你是怎麼知道的？」米拉問。

「我也忘了……也許是爸爸媽媽在我小時候給我講過。說不清，就是一直有印象。」

「那具體地形你能說得上來嗎？」安卡問。

「我知道是一個山谷，人們住在岩壁上，其他的……我也沒什麼印象了。」

「你能查一查或者打聽一下嗎？」

洛盈剛想說爸爸媽媽死了那麼久，不知道還能和誰打聽，就忽然想起了瑞尼。她覺得他一定是知道的，他寫歷史那麼久，手裡的資料應該最是詳細不過。她點了點頭，答應說應該沒什麼問題。

安卡點點頭，將地上的電子紙拿起，注了幾個字，又從頭到尾掃視了一遍，總結說：「今天差不多就到這兒吧。我們剛才的問題已經解決了不少，現在還差兩個最關鍵的，一個是地形，一個是翅膀的控制，現在一時也不可能有答案，我們都回去查查，有什麼結果隨時發信聯繫。」

「什麼翅膀的控制？」洛盈不由問道。

「一個最最核心的技術問題。」安卡解釋道：「我們不是想把翅膀做大嗎？這樣雖然能利用氣流，但也帶來一個嚴重的問題：翅膀的活動會非常難控制。實際的湍流氣體無法預測，因此程式難以設計，就算設計了也很可能不適用。機身精簡了，程式操控就尤其困難。但又不能不控制，不控制翅膀，就談不上借氣流一說了。」

「這樣啊……」洛盈喃喃地說。

她不懂程式設計，不知道這裡面具體有困難，但她能從安卡的語調裡聽出這問題的嚴峻。所有的現有設計都是人們在千錘百煉的反覆修改中留下的最有利的精髓，任何的修改都要面對各種附加的麻煩。她不是工程師，但她懂這道理。她看著男孩們，他們的面容因問題而嚴肅，因嚴肅而俊朗。他們看得到問題，但問題讓他們精神熠熠。她走在他們身旁走出夜色籠罩的空曠的倉庫，心裡忽然有一種這許多天不曾有過的踏實的暖意。

洛盈和瑞尼約在昆蟲實驗室，這是她向他提出的請求，她說她想知道昆蟲的飛行原理，他便欣然允諾，帶她來到他從前上學的昆蟲實驗花園。

瑞尼年輕時在這裡待了三年，學習生物運動感受器和壓力傳感。在火星，很多機械車都是仿造爬行昆蟲的構造，用細長靈活的肢體採礦，在碎石遍地的土壤上健步如飛。他在這裡研究昆蟲的四肢運動，轉變為電子機械，應用到工程設計。

實驗室有一大間溫室花房，種了很多種珍貴的稀有花木，鋪成高低錯落的人造叢林，養著蜜蜂、蜻蜓、螳螂、蜘蛛和各種甲蟲。洛盈剛一邁進來，一隻蜻蜓就停在她的頭頂，她大聲叫起來，蜻蜓顫動著飛走了。她怔住了，呆呆地站著，思緒飄飛，被眼前的一切完全震住了。她幾乎從沒見過這樣的景象，每一朵花都散開金燦燦的花蕊，每一個角落都有藏匿的小蟲不時躍出，每一雙翅膀都扇動著一份鮮豔的誘惑。滿眼鬱鬱蔥蔥，蝴蝶上下翩飛，大花朵綻開像女孩的裙子。這一切她不僅在火星上沒見過，在地球上也沒有見過。她在地球見過花店，見過草原，卻沒見過這樣豐饒自在的動物的花園。

「真美。」她輕聲嘆道。

「是很美。」瑞尼說：「當初我就是為了它才選了這個專業。」

「這些都是在火星繁育的嗎？」

「是。最早期只從地球引入每一樣各十對，所有剩下的都是在這裡繁育的。」

他們站在一叢花中間，瑞尼輕輕從一朵花上捏起一隻蝴蝶，放在洛盈手心裡，洛盈細細端詳，蝴蝶安靜地趴著，纖細的小腿快速顫動，她想摸摸它，伸手過去它就飛了。

「瑞尼醫生，」她仰著頭問：「昆蟲為什麼能飛呢？」

瑞尼又捏起旁邊一隻小蜜蜂，將它倒轉過來，展示其胸部給洛盈，說：「看到翅膀振動了嗎？這就是最基本的動力。只不過不同的昆蟲有不同的方式，蜜蜂是靠翅膀扭轉改變翅間所夾空氣的夾角，而蜻蜓是靠兩對翅上下拍擊，產生小的渦流。」

「和鳥一樣嗎？」

「不太一樣。」瑞尼說：「鳥的翅膀並不震動，而昆蟲的翅膀很少搧動。」

「昆蟲的翅膀怎麼控制呢？」

「基本上都是靠翅根肌肉扭轉，它們的翅膀很輕薄。」

洛盈低下頭。小蜜蜂在瑞尼手中無望地掙扎，肚子彎到胸前，細細的小腿蹬來蹬去，盔甲似的嘴巴不停地抖動。瑞尼一鬆手，它踉蹌著飛到空中。他又伸出手，一隻蜻蜓飛過來，落在他的手上。

瑞尼看著它微笑道：「說句題外話。我覺得現在人太依賴數值模擬了，什麼東西都拿去給電腦算算，卻很少再觀察。這跟古代正好相反。」

時光默默流淌，一個下午很快流過去了。黃昏的時候，洛盈在心裡醞釀了片刻。

「瑞尼醫生，」她突兀地問：「人們以前是不是有一個時段住在山谷裡？」

「嗯？」瑞尼愣了愣，但還是平和地答道：「是啊。確切地說，是一個巨大的隕石坑。」

「那是什麼時候的事？」

「一百年前吧。」

「為什麼我們很少聽人提起？」

「因為對它的評價很複雜。」

「為什麼複雜？那是什麼樣的地方呢？」

瑞尼沉默了片刻才回答。他的話語悠緩，像是在空氣裡畫出一幅虛擬的古畫：「那時人們還沒有玻璃房子，除了艦船直接改造的鐵皮駐紮營，大部分居住在山洞和地下掩體。儘管山岩寒冷又缺少光亮，但能夠相當強有力地遮擋宇宙射線，對人來說，生存和安全永遠是第一位的。你可以想像，當時的房間相當簡易粗糙，以一個小洞連接外界，土黃色的牆壁只經過粗糙打磨，以電爐取暖，白日也要開燈。而即便是這樣，那種房屋也不容易建造。所有的建築作業都要在山岩上完成，很多機械車難以攀登，因此許多工作都要人們手工完成，相當辛苦。而一旦毀壞，重新開掘就要很久。生活物資也多半等待地球供應。」

「地球人和火星人住在一起嗎？」

瑞尼回頭看著她笑了笑：「那時還沒有火星人，所有人都是地球人。」

洛盈心裡微微一動，她咀嚼這話裡的意思，如同一個古老的謎語。

「那個山谷在什麼地方？」

「大峭壁中間，赤道以南不遠。」

「現在還有當年的遺跡嗎？」

「應該還有，只要沒被戰爭損毀的應該都還在。」

「我們還能去那兒看看嗎？」

「這恐怕很難。人們已經很少再去了。」

「自己去也不行嗎？」

「恐怕更難。」

「瑞尼醫生，」洛盈頓了頓，悄悄捏了捏一直帶在身上的黃銅的蘋果，小心翼翼地問：「當年到底為什麼打仗呢？」

瑞尼看著她的眼睛，反問她：「我想，戰爭的起因你是知道了吧？」

「是。」洛盈點點頭，「但我想問的是目的。起因是起因，目的是目的。」

瑞尼點點頭表示明白：「最主要的目的，是一種全新的社會構成。」

「就像我們現在的城市？」

「可以說是。不過只是雛形和內核。現在的城市運行是經過三十年戰爭慢慢發展出來的。」

「起初的內核是什麼樣的呢？」

「資料庫。一切的核心就是資料庫。發展一個運行於資料庫之上的城市。倒不是用它來計算城市運行，而僅僅是存儲。存儲城市裡每一個人的發現，每一點新的探索，自由分享。保護所有人思想的自由。」

「可為什麼非要獨立不可呢？在原先的營地不能做這樣的事情嗎？」

「不太可能。因為這涉及整體經濟的改變。換句話說，這樣的城市要求所有精神探索的完全公開，不參與經濟，也就是說，徹底將物質生產和精神生產分開成兩個截然不同的領域，完全明晰，這在歷史上是第一次。」

「也就是說，精神的產物不參與買賣是嗎？」

「對。這正是當時的人們提出的宣言。」
「這樣到底是好還是不好呢？」
「恐怕沒有答案。」瑞尼說著又將眼睛轉向暮色籠罩的天邊：「起碼在最初自發開始這場行動的一組人心裡，這是一種信念。是信念，就很難以好還是不好衡量。」
「那是一種什麼樣的生活呢……」洛盈輕聲自言自語。
瑞尼沒有做正確與否的評價，但他簡明扼要地講了一些歷史的選擇，講了洛盈的爺爺和他的朋友們年輕的生涯。他說得並不詳細，因為他覺得歷史事件的流程遠遠不如其中人的姿態的片斷更打動人心。
瑞尼曾讀過很多戰爭結束前的文獻，結果不可避免地被其中雲霞般的熱情打動了。那是一個帶著點不切實際的生動年代。沙地裡的理想國。在乾涸的世界裡挖一眼清泉。那個年代的許多工作不需要激勵，讓沙地開花，這樣的想像本身就鼓舞著許多人。
戰爭初期，反叛軍仍然駐紮在山谷裡，和地球駐軍的山谷只是遙遙相望，唯一的區別是反叛軍更靠近峭壁邊緣，接近大平原。這是因為儘管當時一半糧食物資來自和地球駐軍對地球運送物資的爭奪，但反叛軍仍然需要開闢種植養殖園地。那時的科學技術是突飛猛進的，或許歷史上還沒有哪個時代曾在如此大的壓力下彙集如此多智慧的頭腦。反叛者本身都是科學家，因不滿於原先營地之間的各種知識壁壘而衝開束縛。那些壁壘來自政治和商業，與他們無關，他們只知道，在生存條件如此惡劣的火星，如果他們不能自由交流彼此的發現，如果探索的所得不能共用，那麼所有人都寸步難行。他們建起資訊平台，只為了發展，那個時候還沒有藝術、沒有工藝裝飾、沒有政治投票和後來的一切。
戰爭孕育了一代生於戰爭的人。他們生於此，長於此，很多人也死於此。漢斯、加勒滿、朗寧和加西亞都是戰爭的孩子。他們都做過飛行員，但都不只是飛行員。他們成長在形勢最為艱難、人們的信念最為動搖的年代，他們是信念的繼承者。

戰爭後期是漢斯和夥伴們登上舞台的時期。漢斯是健壯的小夥子，和新婚妻子一起飛翔，二十二歲即成為飛行員訓練指導。他的父親那時仍然健在，作為火星統帥正進入黃金時期，放射性疾病帶來的形容枯槁並未影響老人的精神矍鑠。加勒滿那個時候正開始意氣飛揚，金髮怒吼如獅子一般咄咄逼人，也正是他的建築設計最終讓反叛軍下定走出山谷的決心。風度翩翩的加西亞活躍地四處演講，那個時候已經展現出多年以後外交官的潛質，用銳利的言語讓資料庫的理想活在人群中。而詩意的朗寧則連續發表了一系列文章，將哈伯瑪斯的交往理性轉化為才華橫溢的激情闡述，延伸到整個城市建設的方方面面。

那是所有的理想最為豐盛的年分。瑞尼知道，不管現實如何，當時的人們曾經那麼真實地伸出手，向天空求取。

離開昆蟲實驗室的時候，洛盈忽然很想跳舞。

她已經很多天沒有跳舞，內心被更關注的事情占據，身體也一直處於休養狀態中。她以為自己已經告別了舞蹈，無論腿腳，還是心境。今天是她受傷以來第一次，有了舞蹈的欲望，想活動全身，想跳起來轉起來進入完全投入的生命狀態。她說不清是為了什麼，也許是為了所見的翩飛的蝴蝶，也許是為了天邊的峭壁，也許是為了聽到的衝開束縛的歷史，也許是為了飛行。她在昆蟲實驗室的門口駐足，回頭望著玻璃門後綠蔭叢中翻飛的翅膀，身體裡沉睡了很久的衝動又開始遊走了。

她告別瑞尼，來到已經熄燈的舞蹈教室，沒有開燈，映著已經亮起的城市藍色的街燈緩緩舒展手腳。壓腿，站基本腳位，對著鏡子連續旋轉。她踏著厚實的木地板，覺得心裡很踏實。地板是忠實的舞伴。它托著她，她用足尖尋找它的觸感。

她跳著，思緒跟著身體起伏。

她知道，二十二世紀的舞蹈哲學很繁複，人們將舞蹈理解成人與空間的關係，有很多矛盾的潮流，有人主張用身體語言製造新的符號，也有的人認為舞蹈正是要反對加在人身上的種種符號……但對她來說，她想得遠沒有這樣深奧而複雜。對她來說，舞蹈不是和外界的關係，而是和自己的關係。她想過很多次跳舞的目標在哪裡？最後的結論是控制。項目組讓她學跳躍，發展人類體能高度，但是她覺得準確遠比高度重要。最難的不是更高，是讓腳尖剛好到達某一個位置，不高也不低。

她將腿輕輕踢到與腰同高，又收回，向後踢去，靜靜立住。

學舞之後，她才發覺人對自己身體的了解是多麼有限。人並不去想怎樣坐，怎樣站，怎樣動作行走不摔倒。那些動作其實很深奧，然而人依靠本能，不用有意識地隨時控制。這多麼神奇，就像身體本身有生命。身體有很多更為久遠的記憶，那些習慣，理智的意識甚至從來都不了解。

突然，她的心裡劃過一道光。

她的思緒飄回前一晚，飄回鐵架高懸的大廳，飄回男孩們的爭論中間。那時所有的努力都缺少關鍵的一環，就像一副拼圖缺少人物眼睛那一塊，一切都有了，就是畫面沒有。

現在她知道缺的是哪一塊了。就是翅膀的控制。

翅膀的控制也許不需要大腦，只需要身體的本能。

船

決賽的日子到了。

決賽是輪流承辦，這一次輪到了阿遼沙區。阿遼沙中心體育場周邊很早就裝飾一新。整個廣場被打扮成了浪漫主義時期的地球，古典而華貴。比賽現場歡騰熱烈，穹頂顯示出雲上的宮殿和舞動的天使，交響音樂響在四面八方。輪滑少年們從各個高台上起跳，在空中做出花稍的翻騰，落地後繞場揮手，接受一浪高過一浪的歡呼。

觀眾席很興奮。能到現場看決賽是一項殊榮，只有每個社群的優秀選手才有此良機。所有的孩子都很期待，因為吸引人的不僅是比賽，而更是比賽之後大大小小的舞會和派對，這是結識其他社區少年的最好機會。這一天，所有人都盛裝出席，女孩們拎著裙子，揚著脖子，男孩們甩開制服下襬，擺出十足的派頭。不能來現場的孩子多半湊到一起，聚在自己的社群，買上零食和飲料，給自己的夥伴遠端助威。

後台也很興奮。吉兒是最後被選中的頒獎少女之一。她在後台緊張地照著鏡子，不停地問身邊的女孩自己的頭髮亂不亂，頭上的花環歪不歪。一想到待會兒就要在炫目的光亮中走到那麼多人面前，她就緊張得手心出汗。她一直在背誦上場流程，不時拉住洛盈，讓她幫她看看背得對不對。她們身旁亂作一團，女孩們化妝、換衣服、跑來跑去，不時傳出「誰看見我的項鍊啦！」之類的尖叫。洛盈幾乎聽不見吉兒的聲音。

「你怎麼不化妝？」吉兒問洛盈。

「已經化好了啊。」洛盈說。

「就這樣？」吉兒吃驚地拉開洛盈兩隻手。

「就這樣。」洛盈笑笑：「我只是歌隊。」

洛盈穿一件白色的長裙，從頭到腳沒有裝飾，只有肩膀上有一朵並不明顯的花。她的長髮散著，額頭上戴了一條金線，沒有梳任何髮辮。眉眼也幾乎沒有修飾，素面朝天。吉兒覺得不可思議，好容易上場，卻如此輕率。洛盈沒有多作解釋，沒有說她的角色只是在後排烘托氣氛，更沒有說他們在演出之後需要迅速換裝，因此打扮得越簡潔越好。第二個理由無論如何不能讓吉兒知道。

今天的話劇是第三個節目。洛盈心裡一點都不緊張。她覺得他們今天的表演不是演給任何其他人，而是平靜地表達自己。這樣的時候，人不會緊張。

他們的節目跟在兩個開場歌舞之後，算是正式演出的第一個節目。候場的時候，洛盈從後台的縫隙看到光彩奪目的體育場穹頂，如同宇宙深處的星雲。她站在水星團夥伴中間，他們也沒有什麼緊張感覺，誰都不多話，只是偶爾低聲再叮囑一下退場的訣竅。該他們上場了。

「女士們，先生們，最傑出的少年們，」一片煙花雨中，主持人教育部長深沉的聲音響起來：「……讓我們一同慶祝這場思想的盛宴！……創造是我們的光榮！……」

狂歡開幕，戲劇登場。

全場燈光打在米拉一個人身上。他穿著一件棕色破舊的襯衫，戴一頂破了的尖頂棕色小帽，腳上是黑色寬口皮靴，露著腳拇趾，用一根小木棍挑著一個布皮小包裹，一副失意落拓的邋遢模樣。他朝前走兩步，又退後兩步，撓撓頭髮，向空中唉聲嘆氣。

——我是一個可憐的流浪漢，懷揣著才華與夢想沒有人懂得，我曾經有一番驚天偉業的志願，但卻在現實的撞擊中被擊得粉碎。哦！宇宙，你為什麼對人這樣不公平？我原本該是偉大的癌症攻克者，現在卻成為一個永恆的流浪漢。哦！我犯了什麼錯！

聚光燈照亮舞台左側，照出流浪漢第一段回憶。米拉的第一個替身明顯是個新學生，穿著一件繫緊領口的白色襯衫，雙手捧著一份文件激動地站在一個胖胖的中年人身旁。中年面容莊嚴顯得很高大，學生在他身邊畢恭畢敬。

——歡迎你加入我們的實驗室，我們實驗室有著最好的歷史，創新是我們不懈的追求。我們的宗旨是，不斷追求新的技術思想和永恆的真理，隨時保持聰慧活躍而進取的頭腦，努力讓我們的實驗室永遠走在人類探索的第一線，永遠傑出！

黑歌隊的聲音悠揚地響起來：真偉大啊真偉大！

——老師，這真是太好了，我非常讚美您的話，而我想我的工作就非常符合您所說的。

——哦？什麼工作？

——您看，我把咱們的生產流程優化了！我一來就仔細觀察了流程圖，在這裡加了這個回饋程式，一下子能把生產時間縮短一半呢。

——做這個幹嘛？

——不好嗎？這樣我們的成本和價格都可以降低啦！難道不是有助於我們獲得預算嗎？

——傻孩子，你真以為預算要靠這個來爭嗎？真是不諳世事的人啊！預算要靠偉大宣言來爭取，你難道不知道嗎？有精力不要做這種沒用的小事，要放在壯麗的藍圖上啊！

黑歌隊的嗓音又亮出來：嘿，真偉大啊真偉大！

左側的燈光暗下，米拉身上的聚光燈又亮起，他踩在一條帶輪子的小船上，做出費力划槳的樣子，邊劃邊地向天地訴苦。

——哦，我那時可不知道，我想出的辦法實驗室早就有人想出來啦，只是他們都沒說，因為成本高、價格高、申請到的預算也會高，可以拿去做別的，這麼簡單的道理我怎麼當時就沒想到呢？我只知道把結果公布了，卻沒想到會惹惱他們，而他們竟這樣不留情面，把我趕到另一個大陸上！哦，我真是天下第一等不幸之人！我一定要記住教訓，堅持理想，在新大陸上重新開始我的人生事業。

小船忽悠悠地往前走，劃過一片星空，慢慢開到舞台右側。右側燈光亮起，米拉的第二個替身換上一件漂漂亮亮閃著銀光的連體服，頭髮立得像刺蝟一樣時髦，站在另外一個中年人身旁，像之前的學生一樣畢恭畢敬，這一次的中年人眉眼更加凌厲，頭髮抹得油亮。

——歡迎你，年輕人！我們歡迎一切好的創意和改進，這能夠幫我們帶來更多的利潤。哦，利潤！宇宙中最神聖的名詞，你反映了人類與社會總體的福利！我們要更多的交易、更多的協商、更多的合約、更多滿足他人需要的供給，我們造福自己也造福他人！

這時，洛盈和她的白歌隊第一次開口了：哦，這真是太妙了！

——老闆，這真是太好了，我非常讚同您的話，而我想我的工作就非常符合您所說的。

——哦？什麼工作？

——您看，我把咱們的生產流程優化了！我已經仔細觀察了公司的流程圖，在這裡加了這個回饋程式，一下子能把生產時間縮短一半呢。

——哦，這真是太好了，成本能減少很多呢！

——還有價格！

——不，價格不變。

——啊？為什麼？降價不是有更多人買嗎？

——非也，非也，年輕人，你以為癌症藥的需求和價格有什麼關係嗎？價高人們就不買嗎？真是不諳世事的年輕人啊！你能降低成本當然好，可千萬不要干涉我們的利潤。我們的利潤，那就是社會的效用啊！讓我們用盡力量降低成本吧，這樣就有百分之百的利潤和社會效用了。

白歌隊大聲唱著：哦，這真是太妙了！

右側的燈光暗了下去，米拉又一次出現在大家眼前，只是這一次他坐下了，衣服變得更加破舊，面前攤開一塊破布，上面散著碎玻璃。他做出叫賣的樣子，一邊向四面八方轉頭一邊向觀眾講述。

——我看到他們，心裡感到憤憤不平，他們的藥本來能以八分之一的價格銷售，可他們就是不肯，於是我把他們的藥品成分和製作流程偷拿出來，自己開始找人生產，賣得便宜多了！這也不是我的錯，不是嗎？可是我沒想到他們這樣氣量狹小，看到我搶生意就惱羞成怒，連擺攤都不讓，趕得我到處跑，你們看看，這塊布都破成這樣了！要不是遇到一個好心的律師姐姐收留我，真不知道還有沒有飯吃！

米拉把目光投向舞台中央，一束白光從天頂投下，照出一塊圓形區域，阿妮塔扮演的富貴女子站在中央，被從天而降的光芒映著顯得很神聖。第三個米拉替身站在她旁邊。

——我是一個苦命的寡婦，哦，我的命運如此不幸，年紀輕輕就變成孤家寡人，失去生活的依靠。我的丈夫是一個作家，一個了不起的偉大的作家，至少我之前一直這樣相信，可是他還沒來得及賺來足夠多的錢就死去了，這個狠心短命的人哪，他怎麼捨得這樣拋下我一個人孤苦伶仃？

這個時候，阿妮塔轉身面向米拉替身，這一次的男孩穿著乾乾淨淨的舊衣服，吃著白麵包，像餓了很多天似的大口吞嚥。阿妮塔憐憫地摸摸他的腦袋。

——你說你改進了前人的技術？

——是啊，我把前人的生產流程優化了。

——那以前的專利人同意你這樣改嗎？

——他肯定同意，為什麼不呢？他的方案能被引用，才有延續的生命力，怎麼會不同意？

——哦，你說得真是太好了。這真是了不起的哲學！你從思想上解決了我的疑慮問題，現在我終於有出路了。你想知道我的計畫嗎？其實很簡單。我想提出死人版權的概念，活人能保護版權，死人為什麼不可以呢？我要讓每個希望分析引用或提到我老公作品的人都要付給我一筆費用，我老公一定會同意對不對？死去也能有收入，這讓他死了也有生命力！

白歌隊不失時機地在旁邊煽情地唱到：哦，這真是太妙了！

接下來，舞台上突然闖進很多人，上上下下穿梭不停，阿妮塔抱著屍體玩偶，不斷按手印、簽合同、談生意。有人抗議說收費就不再分析他的作品了，阿妮塔眨著眼給他們出主意，讓他們將授權再轉手賣掉，轉手次數越多越有人獲益，再把已故的作家代理權全都拿出來拍賣，最後可以弄成版權衍生性市場，簡直媲美金融，能讓許多人發家致富。

白歌隊越唱越歡愉：哦，哦，這真是太妙了！

在混亂一團的舞台上，小乞丐似的米拉從人堆裡鑽出來，兩手空空，被人遺忘，重新背上自己的小包袱，茫然四顧，又看到孤獨空寂的小船，再次登上船，又慢又默然地划，劃了一會兒重新回到舞台左側他出發的大陸，阿妮塔和其他人消失在暗中。

他垂頭喪氣地來到一個小酒吧似的地方，和身旁的一個人訴苦，講了之前的所見。那人對他的所說很感興趣。

——等等，你剛才說什麼？

——我說我的改進和創新沒有人理睬。

——不是，不是這句，是之前那些。

——我說他們把一部音樂分成幾個篇章，分別賣出引用權，就能掙很多，還在音樂學生裡打廣告，學生們想畢業考試就需要買很多故人的成果產品。

——不錯，不錯，真是好主意啊。我也可以這樣嘛。一篇文章分成好幾篇，自己引用自己的結果，不但發表數能變多，引用率也能提高啊，實驗室主任一定滿意。對，向學生打廣告也是好主意，讓我輔導的學生都得引用，這辦法我怎麼沒想到。太好了，這一下我的成果排名一定能節節上升，用不了多久就能成為實驗室最年輕的傑出領軍人物啦！

沉寂了多時的黑歌隊終於又亮出嗓音了：真偉大啊真偉大！

身邊人陷進未來的憧憬和自我陶醉中，米拉又一次被忽略了。他嘆了口氣，重新划上小船，又一次在兩塊大陸之間徘徊遊蕩，隻身一人，漫無目的，漫無方向。這一次的划船似乎格外長，沒有話，從舞台左側到舞台右側花了很多時間，一片寂靜。

這一次舞台右側還是聚著很多人，一群人圍著一個人，問東問西，問長問短。那個人被問得左支右絀，看到孤身一人的米拉，眼珠一轉，上前拉住米拉的手。

——這位年輕人，你是從另一個大陸來的吧？那太好了。你是最公正無比的。現在這些人懷疑我們公司的礦物保健品有害元素超標，我怎麼解釋他們也不信，你來證明一下吧，幫我把這個鑒定結果念給他們聽。（低聲）你說話他們一定信，事成給你一百塊！

白歌隊像是配合他，也低聲神祕地唱：哦，這真是太妙了！

米拉卻搖搖頭，像是不明白他的話似的。

——你應該把配方和檢驗手段直接公布啊。幹嘛搞這套？

——那怎麼行？這是商業機密。

——在我們的大陸上都是公開的啊！

——不行，不行，公開了生意還怎麼做？

這個時候，周圍的人聽到米拉說的，紛紛大聲喊起來：公開！公開！調查！調查！他們把米拉推到最前面，高舉著雙手衝向男人背後紙殼做的大樓，高叫著要透明、要革命的口號，散出如雪片般滿場飛揚的紙片，紛雜的聲音叫著財務造假了！稅務有問題！米拉在人群中被衝撞得跌跌撞撞，衣裳更是破破爛爛像叢林裡的小孩，背上不知道什麼時候落上兩片紙板，左右忽閃。很快，興奮的人們舉起一面大旗寫著「革命」，將米拉抬在手上，衝向舞台中央的空場，亂作一團，人們並沒有方向，聲音也很快淹沒在巨大的雜訊中再也分不清詞句，只看見有人奔跑，有人和其他人莫名其妙開始打架。米拉在人群的手上倒手幾次之後，再次被人遺忘了。他飛了起來，飄到半空中，鋼絲帶動下，兩塊硬紙板像翅膀一樣撲扇撲扇，他變成了永無島上的小飛俠。一道光打在他身上，像孤獨的光點。

飄了好久，他忽然墜落下來。觀眾席發出自然的驚呼。但米拉並沒有摔到地上，而是落到一張張開的網裡。他茫然地看著兩旁，只見兩側站著兩隊嚴陣以待的嚴肅人物。

他茫然地看著兩旁，只見兩側站著兩隊嚴陣以待的嚴肅人物。在全場亮起的大燈下，觀眾第一次發現，這張網原來一直都在，一直在米拉所划的小船的背後，在舞台深處隱匿。

米拉坐在網裡，像坐在一張吊床上，臉上的表情懵懂無辜。他呆呆地看著兩側的人，那些人卻沒有看他。兩側各有一個領頭人物，像是在談判，各自高揚著脖子，無聲爭吵。兩個人中間有一隻巨大的天平，左右搖晃，上面已然放著許多砝碼。談判顯然陷入僵局，一方怒氣衝衝地向己方的天平盤子上又加了一塊砝碼，天平向他們歪下去，另一方卻滿不在乎地將他們剛加的砝碼吹彈落地，天平又歪回另一側。兩邊的人一言不合眼看要打架，一位領頭人挺身而出，冷靜地止住局面，向另一位領頭人指了指坐在網上的米拉，那一位心領神會，點點頭，面不改色地走到米拉身旁，將他拎起來拋向天平。在鋼絲的帶動下，米拉在空中翻了兩個跟頭，撲通一聲坐到天平托盤上，天平一下子歪了，穩了，停了。兩側的雙方都非常滿意地笑起來，握了握手，友好地拍著肩膀，交換了兩麻袋鼓鼓的物品。

這時，黑歌隊和白歌隊第一次同時開口唱道：「真偉大啊真偉大！哦，這真是太妙了！」

這一幕讓現場分外寂靜，大部分觀眾都靜靜地看著，仍然期待情節繼續推進，然而讓所有人失望的是，劇情突然急轉直下了，所有水星團演員和邀請來的群眾演員突然從四面八方一擁而上，在現場像跳集體舞一樣跟著音樂繞著圈子跑，跑了兩圈以後簇擁起米拉，又以迅雷不及掩耳的速度呼啦啦地消失在後台，留下空寂寂的舞台和傻眼的觀眾。

劇碼就這樣虎頭蛇尾地收場了。觀眾抱以稀疏的掌聲。只是演員不以為意，他們甚至沒有出場謝幕，舞台迅速被接下來的演出和激動人心的頒獎轉移了注意。

水星團迅速退至後台，穿過嘈雜擁擠的候場演員和工作人員，卸下舞台裝扮，以默契的速度各自離開，悄無聲息地穿過後門，走小路，逕直來到早已等候多時的龍格的礦場。

一進入礦場，洛盈就看到一艘破船躺在中央，像一條飢餓的大魚張開著嘴。

這一天從早上開始，胡安就有一種不安的感覺。

上午，他檢閱了最新型號變形戰機的試運行。結果很滿意。這一批戰機已經研發了好幾年，中間經過起起伏伏各種失敗，到如今終於可以規模生產並且編隊了，胡安心裡有種石頭落地的踏實，進而是一種澎湃的雄心。他為這一天已經默默準備了很長時間，其間的努力只有他自己最清楚。

早上，當飛行中心的金屬門在他面前緩緩拉開，他看到比他雄偉很多的嶄新飛機整整齊齊地排成陣列，像一排高昂忠誠穿著鎧甲的戰士，銀色邊角在陽光的照耀中閃爍著光芒，他心裡有一種無法言喻的波瀾壯闊。他彷彿看到一段歷史的大幕在眼前拉開，無聲無息，但即將驚心動魄。他清楚，在人類的歷史上，還沒有哪支艦隊能夠超過眼前這支。他已經開始書寫歷史了。

檢閱之後，他來到監控中心。理論上講，對城市運行的監控不屬於飛行系統職責範圍的事情，但是胡安堅持扶植飛行系統下屬的一個工作室，研究更高性能更精細的即時監控。目的很明確，為將來的艦隊巡航系統打基礎，也為有可能的偵查和反偵查奠定技術支援。他們的監控中心也有一整個房間能看到城市各角落的螢幕，像審視系統的控制中心一樣。這不完全合乎制度，但胡安利用自己的地位一直維護。

這一天，他總是隱約感覺有什麼地方不安，檢閱的時候沒有發現問題，檢閱之後來到監控中心。

新投入的蜂式電子眼正在試運行，傳來城市各個重要地點清晰的圖像。乍看起來沒有什麼不對的地方，人們或悠閒或忙碌，像平時一樣守著自己的位置。胡安默默地審視著，城市的東、南、西、北。有三架運輸機在城東起飛，另有一輛礦船正在通過城南的十二號出口。

胡安的目光忽然凝聚了，迅速叫人將十二號出口的畫面拉大。他覺得有什麼不對勁。礦船出城本是正常的事情，每天都有各種採礦和考察的船隻出城。但就是有某種細節讓他覺得異樣，也許因為是礦船的外觀，也許因為是畫面裡說話的少年人的面孔。

畫面推近了，近得能看見對話雙方清晰的臉。胡安對電子眼很滿意。他覺得螢幕中的男孩有些面熟，但不確定自己什麼時候見過。他正在遲疑，就看見了洛盈的面孔。她低頭從礦船裡出來，站到剛剛說話的男孩旁邊，甜甜地笑著與出口的管理員對話。

「打開監聽。」他低聲而明確地命令道。

研究員點點頭，打開監聽。

「我們知道了，謝謝！」

胡安只聽到了尾音，洛盈清雅而甜的聲音迴蕩在控制室的空中，然後他看到他們重新鑽回船裡，礦船像一隻上了年紀笨拙的恐龍開始緩緩起步爬行，穿過正在升起的隔離門。

胡安立刻呼叫了漢斯。他報告了所見，聲音乾脆而嚴肅。

「您說您不知道這件事？」

「不，我不知道。」漢斯說。

「那需不需要我調查，或者派人去追？」

漢斯考慮了一下，和緩地說：「先不要。我查一下，你等我的消息吧。」

漢斯的頭像消失在螢幕，讓胡安詫異的是漢斯並沒有顯出太多驚訝或緊張。胡安坐在控制台前，手支著下巴，皺著眉頭，心裡覺得無名氣惱。他不知道這些小孩們有什麼理由出城，他不在乎這些，他在乎的是安全規定的實施不力。如果這是一起私自駕船的逃離，那麼就說明城市的防護仍然非常鬆動，簡直太鬆動了，漏洞多得如此簡單就能攻破。這是什麼樣的紀律和安全。他捶了一下桌子，越想越覺得氣惱。

暫時等等。他看看桌上的命令按鈕，不知道漢斯為什麼還能如此不以為然。

對火星的大部分成年人來說，這一天只是一年三百多個日子裡平靜無奇的一個。儘管少年們沉浸在一觸即發的興奮中，但忙碌的大人卻並不過多地被這種空氣感染。

這是個平靜無奇的日子，工程師們都在忙，孩子都去看比賽，老師都去看著孩子們。這是個逃跑的好日子。

沃倫·桑吉斯是土地系統一名普通研究員。他天賦不高，野心不大，工作只求混過，對於全域沒有好奇。這一天對他來說註定是個不平凡的日子。這是他輪值看守礦船出入口的日子，他第一次成功約到了心儀已久的姑娘瑪莎，也將是他第一次因為過失受到懲罰。在他按動按鈕打開三層密閉的城門時，他並沒有料到這個小小的動作會有什麼樣的後果。他只想著屋裡的姑娘，忘了屋外的一切。

礦船在黃沙上空緩慢地漂移，船裡彌漫著濃郁的飯菜香。

這是一艘幾近退伍的早期礦船，土黃色船身如同移動的沙丘。在戰後建設的黃金年代，它和戰友曾經做出不可磨滅的貢獻，全城一少半重金屬出自它們的鐵鉗。那個時候礦船外出一次常常要工作幾天，因此艙壁厚重得像小城堡，艙內廚房廁所一應俱全，設施雖然簡陋，卻細緻周到。

現在的船艙變成了宴會廳。艙內結構被拆分得七零八落，空間開闊，前後一覽無餘。固定儀器用的鐵架子卸了下來，橫置在地上，船員臥室推掉了，房間隔板鋪在鐵架上方，搭成兩張大桌子。綢緞桌布有長流蘇，原本是地球博覽會上展台的幕布，展會結束後一直堆在展覽中心，無人看管。桌上色彩紛雜，每只盤子都來自不同人家，形狀花樣各異。沒有帶盤子的人就拿來了菜刀、酒杯、調料罐，大雜燴堆在一起，鮮豔擁擠，如同流動賣藝的大馬戲團。龍格盜用了一張外出實習許可證，只想偷偷借用，再偷偷還回。

船艙裡喧嘩一片。起鬨的笑聲一陣接著一陣。酒瓶子相互撞擊，聲響清脆叮鈴，劈劈啪啪的氣泡在玻璃杯裡雀躍。液體偶爾灑到桌布上，暈開成一朵花。

當艾娜端著最後一個菜上桌，宣布午宴開始時，吉奧酒早已喝光了五、六瓶。男孩子們歡呼著起身，收拾牌局，收拾酒瓶，迅速把餐桌規整得煞有介事。

「烏拉！」

一圈玻璃杯舉過頭頂，像海潮般一漲一落。

風

狼吞虎嚥的午餐開始，只要有爭搶，食物永遠不夠。艾娜的廚藝比從前又大有精進，按她自己的話說，回到火星，除了做做飯也沒什麼好玩的。麥粉黃金糕、牛肉蛋白麵、烤胡蘿蔔乳酪餅、什錦蔬菜配魚肉蛋白絲、海藻沙拉、堅果青筍、阿斯拉蘋果塔，還有玉米雞肉蛋白茸湯。香氣四溢，笑聲混合著嗆了酒的咳嗽聲瀰漫在宴席上。

這次出來的一共十二個孩子，四個女孩、八個男孩。圍著桌子一大圈，坐得歪歪斜斜。男孩們蹺著腳圍坐在桌前，女孩們一邊聊天一邊削水果吃。小舷窗外，可以看見一成不變的黃土砂石。大船走得挺平穩，如果不仔細辨別，甚至感覺不到它在移動。

「你們的報告是不是都拖著呢？」阿妮塔問。

米拉反問她：「怎麼？你交啦？」

阿妮塔笑道：「早著呢。所以我才問你們。你們要是都還沒交，我就踏實了。」

「誰有空寫這些啊？排戲都累死了。」索林說。

「著什麼急？」米拉說：「不知道還用不用寫了呢。」

阿妮塔奇道：「這是什麼意思？」

米拉笑起來：「咱們這麼私自出逃，要是被抓住了，估計得先寫三萬字的認錯報告，再罰兩個月勞動，之後的事情誰還說得準。沒準就能拖過去了。」

洛盈看著纖妮婭拿盤子把梨擺好，端到大桌子上，男孩們發出一陣此起彼伏的讚嘆。她瞇起眼睛，規律的機器嗡鳴將她包圍起來。這才是自己人，她想，雖然她那麼喜歡吉兒她們，但卻和她們那樣的不同，和她們在一起，她覺得自己和周圍並不相容，但和這船上的人在一起這種感覺就會消失。這是為什麼？她問自己，該怎麼來形容這一切呢？

他們一路向南，午後的太陽開始偏西，飽餐之後空氣更顯慵懶。船艙壁上掛著早年使用過的機械手臂，稜角分明的手指攥成拳頭，擺出古董特有的莊嚴面貌。豎直的迴圈水管有些漆皮已經剝落了，能聽見汩汩的水聲有規律地流動著。下午的船艙很暖和，艙頂上破舊的換風機像一張咧開大笑的嘴。

安卡和龍格在船頭駕駛，一個伸臂指點，縱橫開闔，一個撥轉旋鈕，迅捷如彈鋼琴。安卡掌握航向，一直留在船頭，龍格只是控制儀器，每隔一小會兒才跑到控制台前，察看一下老式儀錶盤上跳來跳去的指針。

「你們說，這演出能有什麼結果嗎？」龍格從控制台回到桌邊，開始切入正題。

「難說。」索林說：「據我的判斷，大人們很可能沉默以對。」

「我覺得也是。」龍格說：「肯定不會公開說什麼，可是私下裡估計會找我們。」

「那我們怎麼說？」

「還能怎麼說？實話實說唄。都是實際經歷，有什麼不好說的。」

「不是這個意思，」索林說：「我是想問，如果大人們問咱們是不是有什麼打算，咱們怎麼說？」

「也實話實說唄。就說咱們不打算與他們合作了。」

索林沒有回答，沉默地看了看其他人。

船艙裡的氣氛慢慢變得凝重起來。洛盈不明白龍格的意思。龍格一向是洞察而尖銳的性格，說話喜歡誇張，她拿不準他所說的不合作是指何種程度的不合作。龍格靠窗坐著，手指在桌上交替敲著，神情堅決而充滿不屑一顧的傲氣。大家都沉默著，互相看著，只有纖妮婭站起身，站到窗邊龍格的身旁。

「這個問題也是我想問的。」纖妮婭半天沒有開口了，這時候看著大家緩緩開口道：「我們接下來有什麼打算沒有？」

「你是說……」洛盈輕輕地問：「什麼打算？」

「革命。」纖妮婭說得很明確：「一場真正的革命。」

「不是說演戲就是革命了嗎？」
「那其實不是我說的。」索林向洛盈解釋，又轉頭問纖妮婭：「可你當時不是贊同了嗎？」
「是我說的。」
「是，但我一直說這只是一個階段。」
「那我們還想要怎麼樣呢？」洛盈問。
「打破一些東西，」纖妮婭說：「那些已經越來越僵化的東西。」
「沒錯，」龍格說：「我已經受不了了。周圍那些人，一個比一個厚臉皮。什麼手段都用，討好上級，投機取巧，專對著系統長老口味搞研究。功利，徹頭徹尾墮落功利。」
「可是，」索林說：「地球上不是也這樣嗎？」
「沒錯，但地球人好歹表裡如一。既然骨子裡功利，就說自己功利。不像咱們這兒，說得比誰都好聽，『人人追求創造和智慧』，可是骨子裡還是全是功利。虛偽至極！」
「不都是這樣吧。」洛盈說：「還是有不少人是真的活在探索的雲端裡。」
「我可是一個都沒見到。」龍格說：「我現在根本就不信還有不功利的人。」
「我覺得你是被地球上的理論影響了。」索林說。
「你能找著一個不是為了自己的利益和權力做事的人嗎？」
「總還是有的。」
「那都只是表象。」
「那你怎麼看那些每天沉浸實驗室的人呢？」索林問。

「求好名聲，背後都有目的。」

洛盈輕聲插嘴道：「我們為什麼要爭這個呢？爭這個有意義嗎？」

「有意義，當然有意義。」龍格說：「我們要做的就是承認功利，扯下周圍這層遮蓋布，把什麼嘴上華麗的意義都揭穿。」

「你是說回到地球那樣只剩下金錢交易的方式嗎？」

纖妮婭替他答道：「起碼是把這種功利公開化，省得裝模作樣，誰都難受。」

索林看著纖妮婭的眼睛：「你贊成龍格？」

「是，我贊成。」

「那你認為我們該做什麼呢？」

「首先是讓人流動起來。讓身分流動起來。房子也該允許流動。像風一樣。現在這個樣子把人永遠束縛在一個地方，表面上沒有競爭了，暗地裡不知道有多少背後鬥爭。」

「可是你知道，火星的自然資源不夠讓人隨便爭奪啊。」

「總是這一句話，說了多少年了。」

「纖妮婭，」索林似乎有三分憂心地看著纖妮婭：「你太偏激了。」

纖妮婭緊閉著嘴也看著他，不低頭也不回應，長髮搭在一側，露出細長的脖子。

片刻沒有人說話。好一會兒，米拉慢吞吞地插嘴道：「我覺得吧，總是什麼人都有，這也沒什麼大不了的。」

「那是麻木了。」龍格說。

米拉微微皺著眉，很認真地歪頭想了想，卻沒有說出什麼。洛盈覺得心裡有很多話，只是一時又不知該從何說起。龍格和纖妮婭在窗邊，一個坐著一個站著，姿態比誰都肯定，動作雖並不僵硬，身上卻閃動著一絲金屬的味道，空氣都變硬了。

「嘿，龍格！」

就在這時，安卡忽然從前方傳來一聲呼喚，打斷了正在磨出火花的對話。

他將身體轉向船艙，向所有人招手道：「你們也都來看一下，我們可能到了。」

大家呼啦一聲站起身來，湊到船艙前部，看著窗外的視野和螢幕上的導航圖。

從前窗望出去，他們發現，礦船正在通過一道相對比較狹窄的山谷，繞行一道山崖。大船在山腳蹣跚，火紅的峭壁陡而高，仰頭望不到頂。陽光照亮了整個山崖，凹凸不平的石塊下，陰影如同彎月灑滿整幅壁畫。他們將頭貼在窗邊，看著兩側聳入雲霄的大峭壁，有一種緩緩駛入另一個世界的潛伏的激動。等高線畫成的導航圖上，礦船是一個小紅點，在兩組密集的曲線之間的夾縫一分一分移動。

「你看是不是這裡？」安卡指著螢幕問龍格。

龍格點點頭。

安卡轉過頭看著洛盈：「我不知道這是不是你想尋找的地方，就我們能找到的資料，大概只能定位到這裡了。」

他正說著，礦船已經通過了隘口，陽光像一道快速拉開的大幕，灑滿了船艙，照在每個人頭頂。他們連忙將眼睛投向窗外，那一刻，所有人的眼睛都定住了。

眼前是一塊漏斗狀的開闊地，藏在群山之中，四面八方都是環繞的高地。巨大的斜坡千溝萬壑，宛如冰川河流的沖刷。儘管一滴水也沒有，但千年風沙侵蝕，表層土殼飛逝，堅硬的玄武岩剝露出嶙峋的造型。山岩無遮無攔，直直地衝入天空，大約有幾百上千米。他們的飛船在山谷的入口，懸在谷底，如同一隻微末的小蟲，貼著山岩滑行，抬頭仰望。棕灰色的圓形隕石坑如同放大了數十倍的古羅馬鬥獸場，向天地敞開，威嚴磅礴。

火星的北半球是平原，南半球是群山峻嶺，南半球的平均海拔比北半球高出四千米，六千米高的峭壁橫亙在赤道附近，像刀疤切割星球溫柔的臉，在陸地中央凌厲地突兀著。少年們看得呆了，他們從來沒有進入過南半球的山嶺，儘管從小在火星生活，但是他們只見過地球的山谷。地球上的任何地質結構與火星相比，都像公園的小山小湖般精緻可愛。珠穆朗瑪峰只有奧林匹斯山的三分之一高，科羅拉多大峽谷也只有水手谷的九分之一長。火星沒有那些秀美的山，處處是尖銳粗獷且大刀闊斧，火山口和巨大的隕石坑連成一片，如同滄桑的旅人，沉靜赤裸，苦難寫於面龐。

谷地裡完全沒有人的痕跡。儘管查到的歷史告訴他們，這裡曾經是探礦的熱門地點，但僅僅看著空曠的山谷和靜默的熔岩，卻看不出一絲曾經繁忙的印記。這裡的出入隘口曾是千百艘艙船出入的驛路，山岩上曾經居住數萬人，營地密布，生產曾在此大規模運作，然而現在什麼都看不出。他們都努力尋找房屋飛船和被人棄置的遺址，然而除了隱約可見散落山崖的金屬碎片，沒有任何完整的遺留。風沙摧毀了一切，地表只剩砂石覆蓋流淌。天地輕易將烙印抹平。僅僅四十年過去，大地已然恢復亙古的肅穆。

然而，他們還是呆呆地怔住了，震撼了，確信他們尋找的就是這裡。

他們看到了山洞。沿山向上延伸至很高的山洞。它們和一般風蝕的洞沒有太大差別，但洞口能看出明顯的塑造和雕琢。洞口的形狀不是自然的千奇百怪，儘管已被塵土覆蓋了大半，但仍然可以看出人工的痕跡，曾經的造型。他們呆呆地望著，沙土之下隱藏歷史。他們好像都看到了人來人往的畫面，彷彿有神奇的手在空中掃淨荒寂的洞口堆積的碎石，拂去門窗的塵沙，讓死寂的場景又開始緩緩復甦。他們看到有人在那些山洞裡進進出出，有飛船在頭頂來來去去，有一整座山的城市在大地與天空間忙碌，靜靜鋪陳。

飛翔的時刻終於到了。

礦船在和暖的南坡山腳下停下來，陽光正是燦爛。

三個男孩打開艙門，第一批走出船艙。氧氣瓶、頭盔、通訊耳機、應急工具包，一樣一樣帶在身上，傳感電極背上固定好，踏出艙門，測定風向，迎著光將翅膀展開。一切都很順利，他們很快將足底小發動機的高壓氣體排出，螺旋槳轉起來，迎著風向上升騰。

所有人都屏住呼吸看著他們，看他們安安靜靜地升入半空，大家不約而同興奮地歡呼起來。

洛盈靜靜躲在大家背後看著，覺得有些不尋常。她盼這一天盼了很久，但當這天終於來臨，卻好像和平日裡的每一個時刻沒有什麼不同。陽光照在身上，像空靈迴旋的歌聲。飛行化為夢幻般的真實，平靜地降臨，彷彿尋常而悠遠的微笑。她覺得空氣安寧得奇異，透過氧氣面罩，半空中的男孩像故事裡的精靈。

男孩們順著山坡走向，慢慢上浮。索林的彈性最好，腳踝左右扭轉，借風一縱一縱；雷恩的動作舒展，每個轉換都無稜角；安卡總是先完全順風向上，翅膀靠近岩壁才銳利地轉彎，每每有驚無險。他們的身影在巨大雙翼的映襯下顯得細長，隨著風悠悠地飄蕩。

他們飛了。他們在自己的翅膀帶動下飛了，飛在紅色天空耀眼的陽光下。他們飛起來了。那一瞬間，洛盈開始激動。

這是他們最終的實驗。沒有機艙，沒有座位，沒有發動機，保持著人類對飛翔的最初幻想，只要兩對翅膀，一對足底的螺旋。他們的翅膀有發電的巨大潛能，發出的電能讓翅膀高頻震動，如同一隻巨大的蜻蜓。翅膀靠輕質合金軟杆連在身上，沒有破空的速度，只是隨風飄揚。

他們抖動翅膀，讓它們轉得迎著風向。火星有奇特的地理，陽光的照耀下，大地表面可達到攝氏十幾度，但夜間溫度驟降，又能下降到零下一百度。冷熱分布鮮明，空氣流動便迅速。太陽直射的山岩會在日間快速升溫，暖空氣隨坡爬升，可以形成有力的上升流。午後的山風厚度最高，明亮的光芒中，稀薄的分子輕佻地蒸騰。在這樣的地形下，稀薄的空氣也成為可借力的風。

風隨高度速度增加，飄到半山腰，男孩們的上升速度明顯加快了。為了安全，他們減弱了螺旋槳和雙翼振動，讓身體勻速墜下來，落到地面，踉蹌了幾步，穩穩地站住了。

眾人呼啦啦一下湧了上去。無聲的歡呼蕩漾在空氣裡。幾個人還未來得及收攏翅膀，其他男孩就大跨步跑到他們身旁，搭上他們仍然支開的雙臂，敲打他們的頭盔。洛盈能看到面罩下綻放的笑容，如同天空。

「烏拉！」

這已經是他們今天的第二次慶祝。聲音無法向外飄揚，卻在耳機裡響成一片。

男孩們迅速換裝，相互幫著繫好裝備，第二批飛行者又上天了。他們總共做了六個人的翅膀，輪流飛，輪流作保護。

「嘿，女孩們，有人想現在試試嗎？」

耳機裡傳來索林的聲音。洛盈還在猶豫著，纖妮婭站起身來，活動手腳。她雙手相握，伸長到頭頂，踮起腳尖左右踢動，然後又撐住後腰，轉動胯部，前後俯仰。她向洛盈笑笑，跳動著像男孩們跑過去，頭盔露出她上翹的眼角，也宛如一雙展開的翅膀。

洛盈望著她的背影，谷底風起，一陣細砂在面罩前翻滾飛過。第二批嘗試者比第一批更找到經驗。瑪厄斯的記憶彷彿又回到每個人身體裡，他們似乎又回到了失重球艙，記起玩得習慣了的姿態，憑空借力旋轉身體，靠扭動獲得彈性，靠壓縮後伸展以達到平衡的姿態。男孩們甚至開始回憶當時的隊形，二人躲閃，二人防禦。纖妮婭在他們中間穿梭，像靈動的鋼片琴穿梭在管弦佇列裡。他們像是又回到了那時的夜空。如果不是那時的夜夜笙歌，現在也不可能能這麼快掌握控制的要領。自由的血液和空氣在闊別幾個月之後再一次將他們包圍。

正當洛盈正呆呆地出神，安卡忽然出現在她身邊，伸出手微笑著問她。

起伏的山巒脊上，陽光和陰影淩厲地分隔，一半黃一半黑，如同半面濃郁的妝。

洛盈抬起頭，安卡像邀舞一樣，左腳踏在身後，一手平舉，一手打開在身側。

「想不想一起飛？」

她笑了，輕輕地說：「你等我一下，我去拿裙子。」

吉兒做的裙子自從演出之後就沒有穿過，洛盈在船艙裡靜靜地舉著，好幾次想放下，但最終還是決定穿上。她小心地繫好帶子，再把四肢的金屬絲重新扣好。

當洛盈再次走到陽光裡，舞者的狀態回到身上。她將手交給安卡，他托了她一下，將她向空中送去。起飛的瞬間，洛盈搖擺了幾下。山谷裡的風輕快，壓力感測器的觸感因此輕柔而充滿變化。翅膀比她上次試驗的時候大了許多，起初控制得有點僵硬，但漸漸順了風，便輕鬆起來。把全身交託給身後的氣流，讓風領舞，忘掉方向，就解放了身體。

安卡在洛盈斜後方，用二人間隔的空氣作引帶，洛盈調整翅膀方向和螺旋槳的角度，跟著他的肩膀穿越每一處過渡。每一個動作都比在地面上緩慢許多，就像精心排演的慢鏡頭，整齊畫一，姿態精緻。她心裡忽然很安定，安卡與風在身後，她不再覺得忐忑不安。她開心起來，想起從前訓練結束後關掉燈，甩著手腳像木偶一樣隨意跳動，窗口透進對面高樓閃動的巨幅廣告，樓宇間燈火流動，正如此時懸在天中。

在空中跳舞，這正是她的想像。是她向安卡他們建議，翅膀的控制也許不需要程式，不需要計算，只需要身體的本能。像行走和舞動一樣借用身體千年的本能，用肌肉控制，像一隻真正的蜻蜓。

瑞尼的小鞋子幫了她，它的神經傳感被他們用來讓翅膀與身體連接，放大每一個動作。

洛盈輕輕地飛著，瞇起眼睛，眼前漸漸充滿幻象。她覺得自己佇立在無邊的荒原上，風左一陣右一陣，沙中捲著笑語鶯歌。她一會兒看到地球上舞團女孩的笑顏，頭戴璀璨的寶石，在雲端巧笑嫣然。一會兒又聽到老房子女孩的吶喊，穿著草編的衣服，手捧古老的盾牌。一會兒又看到吉兒和普蘭達她們，坐在果殼般的風箏上，在空氣裡畫房子，驚叫著臉紅。洛盈想抓住畫面，但風卻吹得太快，轉眼消失在天際。她覺得每一陣風裡都是一個人群，可是她自己卻不屬於任何一群。她能感覺風從四面八方吹來，將她向四面八方吹走，可她卻一個人站在原地，無法被風帶走。她不屬於任何一陣，也不知該怎樣吹過他人。她已經不是一個能被風帶走的人，風吹得越多，她越不願意只追隨其中一陣。她願意飛，但只想獨自去飛。

她感受著慢慢偏斜的下午的陽光，用兩對翅膀的角度承接空氣。她能感覺安卡在身後始終保持不遠不近的距離，忽然很想就這樣一直飛下去，永不落地。

「好像有人來了！」

突然，一聲叫喊劃過耳機，如鬧鈴般突兀。

「就地降落！能回到船裡就回到船裡，回不到船裡先在山岩上躲一下，待一會兒我們來接你們。」

是龍格的聲音。洛盈來不及多做反應，就跟著安卡降到山壁上一處平台，收起翅膀。

他們不知不覺中飛得高了，比其他組合都高，一時來不及降到地上，只好在山岩上臨時落腳。這是一個廢棄洞口前的小平台，還能看到一側早已斷裂塌陷的樓梯遺跡。他們坐在地上，向下望去。米拉和索林降落到比他們低得多的一個洞口，其他人都已順利撤回礦船，礦船開始啟動，向更貼近山壁的一個角落悄悄駛去。

很快，他們看到一艘形體龐大的地效飛行船緩緩從進入的隘口露出頭來，銀白色，帶紅棕色條紋，火焰徽章閃閃發光。它速度很慢，像是在搜尋。

「這是……我們中心的船。」安卡低聲說。

「你們中心的？那怎麼會在這兒？」

安卡搖搖頭，表情困惑而嚴肅。洛盈不由得開始佩服龍格的敏銳。

沙

大船在山谷裡緩緩逡巡，貼著山岩的下邊緣繞大圈子，離他們越來越近。

安卡和洛盈靠平台上碎石堆的掩護遮擋著自己，儘量讓山下看不到自己。大船並沒有伸出看得見的探測眼，不知道內部有沒有探照搜索。從他們的角度已經看不見龍格的礦船了，或許是也已經找到合適的掩體，隱在了看不見的角落。他們不知道這船是為什麼來，目的地又是哪裡，只是憑直覺認定謹慎些不被發現最好。

「是不是來找我們的？」洛盈問安卡。

「不知道。」安卡說：「應該不是。我們出來得這麼順利，應該還沒有引起搜尋。」

「嗯，」洛盈點點頭：「我也覺得以我們不至於引起這種興師動眾。」

安卡沉吟了一下：「那倒說不定。」

「如果我們被發現了，跟他們回去，是不是也沒什麼大不了？」

「不好說。」

「今天已經很好了，飛也飛了，遺跡也看到了。大不了就回去。」

「還不知道這船的目的。多半不是為了咱們。能不被發現，自己回城是最好的。」

「嗯，先等等看吧。」洛盈向下小心地張望。

太陽已經西沉，山壁上的光影變得分明而凌厲。大船由北向南在山谷裡轉了多半圈，經過他們腳下，沒有停留，繼續向西行駛，在中部靠西的位置停下，船頭伸出一隻天線，三百六十度旋轉了一周，又收回船艙。船停留在空場，有片刻無聲無息。洛盈靠著安卡，那短暫的片刻顯得分外漫長。傍晚的風開始凌亂，地面的細碎砂石捲在風裡，敲打船身，成為那片刻天地間唯一的動態。

過了不知多久，大船開始重新啟動，緩緩離開了。洛盈輕輕鬆了口氣。夕陽打在大船的尾部，在船前的灰黃的沙地上投出長長的影子，像一柄貼地搜尋的黑色的利劍。

起風了。不是午後溫存上升的風，而是冷卻的空氣混亂而強大的湍流。

風在山谷捲起了漫天黃沙。這一陣風並不算太猛烈，只是從平地上旋轉著揚起波瀾。石頭開始沿著山坡滾動，碎砂擦過身體兩側，如同戰火中奔逃的人群，紅塵撲打著面罩。安卡護著洛盈向山洞內部移動了一些，兩人躲在石堆避風的一側。有時有一陣猛烈落石，安卡便舉起手臂護住洛盈的頭頂。

洛盈靠在安卡肩膀之下，忽然覺得，曾祖母一直到死前，心裡一定都並不恐懼。

「洛盈、安卡、米拉、索林，你們都還好嗎？」

漫長得像過了一輩子般的半個小時之後，洛盈終於又聽到龍格的聲音。

「我們還好。」安卡迅速彈起身：「你們在哪兒？」

「我們剛才鑽到另外一邊的通道裡去了，那邊有一大片天地。詳細的事情以後再說。現在我們來接你們。你們能飛下來嗎？」

他們向下探身，看到龍格的礦船又搖搖擺擺地出現在視野。暮色已然昏暗，礦船模糊如暗黑的巨影。安卡和龍格交涉了幾句，做好開艙迎接的準備。

準備妥當，洛盈深吸一口氣，跟著安卡向礦船躍出，然而一瞬間就覺得狂暴的沙衝上來，尚未來得及分辨，身體已經傾斜。她一陣眼花，甚至來不及害怕。

接下來的一分鐘混亂而眨眼即逝。猛然纏繞雙腳的氣流、赤紅色的沙子、風中的撞擊力、巨大的氣流、無法控制的翅膀、傾斜的拋擲、顛倒旋轉的天地、迎面而來的赤色山崖，攬住她腰部又鬆開的手，瞬間托舉的力量，一片空白中雙腳堅實的觸感和雙手本能的抓牢。

清醒過來的時候，洛盈發現自己半匍匐在山坡上，緊抓著突兀的石頭，翅膀在身後無望地振動著。安卡匍匐在她身邊，以近似的姿勢蹬靠著。砂石從他們身邊撲簌地滾下。

星

沙在身邊飛逝，洛盈不敢抬頭。

山岩不算太陡，雙腳有踏足之地，她知道自己還可以支撐很長一段時間，只是她完全沒有把握這一陣風什麼時候才能過去。她知道沙暴的威力，所有在火星出生長大的孩子都知道。她側過頭看安卡，安卡向她點點頭。他的藍眼睛在暮色中有著深暗大海般的顏色，眼神仍然冷靜。洛盈用一根手指關掉了翅膀振動，靜靜地伏臥著，等待風過天晴。

「聽得到嗎？」耳機裡傳來安卡的聲音。

洛盈向他點點頭，想回答，卻發覺咽喉發乾，說不出話。

「你向右上方看，」安卡說：「一塊凸起的大石。你能上得去嗎？」

洛盈順著指點，目測了一下距離，大約不過二、三十米，但要穿越斜坡。她有點緊張地攥了攥手指，盡力朝安卡笑笑，回答道：「應該沒問題。」

於是安卡先起身，再扶她立起身子，向斜上方移過去。他們每一步都小心而緩慢。洛盈橫著腳步向右移動，不敢直起身體，一直手腳並用，雙手先抓住穩定的石塊，再用腳將重心推動過去。安卡跟在她左後側，並不扶她，只是小心翼翼地保護，若見到一陣猛烈的落砂就按她趴下。他們一步一停，短短一段斜坡走了很長時間。安卡先攀上石台，然後探出雙臂，將洛盈也拉了上去。

洛盈驚魂未定，坐著沉靜了好一會兒，才清了清嗓子，小聲問：「我們現在下不去了是嗎？」

安卡指指飛旋向下的沙粒說：「天太晚了，風向已經變了。現在往下飛就是找死。」

「那怎麼辦？」

「待會兒我和龍格商量一下吧。」

洛盈探著脖子向山下張望。礦船仍然停在谷底原處，而他們已由於風的裹挾，落在了更靠近山谷入口的東側。礦船遠遠看上去更像一隻笨重的海龜，在地面緩步向他們爬行。風沙仍在眼前如橙黃大幕席捲，溫度下降得很快。他們距地面約有三、四十米，岩壁陡峭，直接跳落肯定是不行的。安卡一直對著通訊話筒喊話，不知道船裡的人能否看到他們。無線通訊器十分簡易，通訊距離只有幾十米。起初一直沒有回答，直到礦船開到他們腳下，耳機裡才傳出龍格的聲音。

「你們怎麼樣？還好嗎？」

「我們今天恐怕下不去了。」安卡明確地告訴龍格。

「氧氣還夠嗎？」

安卡低頭看了看氧氣瓶上的示數：「夠。到明天中午沒問題。」

「待的地方呢？安全嗎？」

「還可以。我剛上來就看了一下，是一個廢棄的小山洞，裡面還有空間。」

「那這樣吧，」龍格說：「你們在上面湊合一晚上，我們明早想辦法接你們下來。」

「其實我們還好。」安卡說：「你們可以回去，明天早上找人來接我們就行。」

「你是信不過我嗎？」龍格笑道。

從耳機裡，洛盈能想到他咧開嘴的模樣。

「怎麼會？」安卡也微微笑了。

「那就別廢話，我們就在你們下面等著，有事叫我們。」

「行。」安卡也乾脆地答應了。

「那不好意思了。」洛盈輕聲說：「害你們也回不了家。」

「我可不想回去呢。」這一次是米拉的聲音：「好不容易出來玩一次。」
「米拉？是你嗎？」洛盈連忙問：「你平安回到船上了？」
「是我。」米拉的聲音也同樣傳出笑意：「回是回了，平安倒說不上。」
「怎麼了？」
「扭了腳。」
「剛才他和雷恩幾乎是滾下來的，」龍格替他解說道：「好在沒摔斷腿。」
「救護了嗎？」洛盈心急地問。
「包上了，」米拉仍顯得滿不在乎而充滿笑意：「沒事了。」
「你說你，」安卡突然揶揄著插嘴道：「哪次出來不掛點彩回去？還記得巴賽隆納熱氣球那次嗎？」
「哈哈，」米拉開心地笑起來：「那能怪我嗎？突然下大雨能怪誰！天生倒霉。」
「咱們可是一塊摔到地上，怎麼就你斷了腿呢？」
「你那次在東京不也摔骨折了？」
「那能一樣嗎？你起飛時趕一次機場地震試試。」
「改天。」米拉說：「改天咱們再去奧林匹斯山飛一回，我一定能比你飛得高。」
「你也就說得輕巧。」安卡回應道：「全太陽系最高峰，那可不是鬧著玩的。」
「你小看我。我早想過了，要把火星都走一遍。水手谷不是還沒去過嗎？還有賀拉斯大盆地，估計得有這個盆地的一百倍大。」
「行啊。」安卡笑道：「你敢去我就敢去。」

夜幕降臨了。洛盈坐在小平台的地上，聽安卡和米拉你一言我一語，望著太陽在西山背後隱去最後一絲光芒。她環抱膝蓋，輕揉小腿，剛剛下落時磕疼了的腿和膝蓋現在開始發痛，神經一鬆懈，疲倦和疼痛就襲上心來。她看著安卡，安卡說話的時候面含笑意，但一直沒停下手裡緊張的忙碌。他將擋在洞口的碎石一一刨開，大石頭搬不動就迂回著挪開小石頭，直到有一個能容人出入的洞口。

這大概是一個風蝕的山洞，比他們下午飛的地方更靠近山谷入口。山壁在這裡轉向，風路狹窄，氣流長期劃出強而急的曲線，巨大的岩石之間便形成平穩的空洞。洛盈隨安卡進入洞內，漆黑一片，暗弱的星光只透入朦朧的一絲，完全照不到洞內。洛盈順著牆壁摸索，能摸出曾經人工的痕跡，有牆上的格子，有沿牆環繞一圈水池，有坍塌損毀的桌椅。牆壁比一般的岩石細緻許多，儘管比不上城市建築光滑，但顯然已經經過打磨。

安卡不再和大船通話，為節省電能將遠端通訊暫時關閉，開始準備即將到來的夜晚。他將一對剛剛收攏折疊的翅膀重新展開，固定在洞口，做最簡單的防護，然後坐下來，開始動手改裝設備。

「太暗了，」他盡力將飛行電動機對著星光：「這可怎麼辦……」

「你要做什麼？」

「我想把一隻翅膀拆開，連到蓄電池兩端，翅膀脈絡是很好的導線，可以用作熱阻，夜裡也能保保溫。」

「你會改裝電路？」

「不太會。不過好在這飛行器是我們一塊兒動手做的，還知道一點。」

「那你能想辦法改一改這個嗎？」

洛盈說著，將飛行防護服外的舞裙脫了下來，交到安卡手裡，讓他分辨出它的形貌。舞裙原本拿在手裡就輕薄如無物，這時在黑夜裡更覺得像捧著一團雲霞。

「我想，」她解釋說：「這好歹是發光材料織的，不知道能不能點亮。」

安卡摸了摸邊角，在黑暗中點點頭：「我看行。你等我一會兒。」

他說完踏出洞口，帶著一只蓄電池和洛盈的裙子，借著月光俯身嘗試。從洞口望出去，安卡單膝蹲在地上，黑色的身體輪廓銳利分明，只有頭頂有些微銀色的光邊。

洛盈忽然覺得很冷，情不自禁地打了個寒顫。空氣溫度大約早已經降到了零度以下，只是她剛才一直緊張著，無暇顧及，這時才發現寒冷早就潛入了。他們都只穿了緊身的太空防護服，沒有任何特殊保暖。她猜想山洞外一定更寒冷，安卡的身形又許久不動，開始擔心起來，生怕他就這樣凝固成一尊黑色的冰雕。

就在她剛想起身去查看的時候，安卡終於重新鑽回了山洞。

「好了。」他向她笑笑。

他捧著她的裙子，它在他手裡亮著，淡而柔的光暈呈半球形，像一枚會發光的貝殼。它的顏色仍然會變化，在他的手中微微流轉，隨著他小心翼翼的步子一起一伏，舞台上的華美驚豔在黑暗裡化為低吟淺唱似的柔和，顏色也顯得更加清透了。

安卡將這盞臨時的孤燈放在房間中央，兩個人借著它淡弱的光環視了一下整個屋子。這明顯是一間客廳，靠近內牆的一側有一張只剩下一半的砂岩打磨出的桌子，剝落得只剩一半的牆體還殘留有掛衣帽的釘子。傾頹的蕭索勾勒出曾經的休養生息。

「好在是這裡，」安卡拍拍牆面，從斷層細細觀察：「牆體保溫仍然有一層，還有輻射防護層。如果真是掉在野外了，還不知道這一夜能不能熬過去。」

「那我們還需要保暖嗎？」

「你現在冷嗎？」

「有一點。」

「夜裡還會冷很多。」安卡說著開始翻動翅膀：「來幫我一下。」

他將兩片翅膀展開，翅膀太大，狹小的空間撐不開，展得歪歪扭扭。洛盈起身幫忙，兩個人小心地把兩張翼片彎成弧形，支在頭頂，兩端撐在地上，像孤島上用樹葉搭成的棚子。安卡抱來另一只蓄電器，盤膝坐到翼根一側，將繁複的電路接頭重新排布，從翅脈裡拆出兩股導線，連成簡易的環流。過了一會兒，暖棚開始微微發熱了，也有些許亮光透過半透明的薄膜和翅脈散逸出來，和孤燈一起照亮漆黑的夜。

安卡環視了一圈，看看沒有什麼問題了，終於鬆了口氣坐下來。他倆並肩坐在地上，安卡問洛盈還冷不冷，然後一隻手攬住她的肩膀。

「我們把電都用了，明天還能飛嗎？」洛盈問安卡。

「先管今天晚上吧，」安卡說：「大不了明天早晨把翅膀都掛出去曬曬。」

在兩個人的相互依靠中，小山洞變得溫馨可人，薄翼暖罩，透明簾幕。砂石也褪去了森嚴的外表，變得溫厚沉和。月光照亮洞口邊緣，清亮如水。防護服從頭到腳緊緊包圍，讓兩個人隔著數層衣料，連手指都不能相互接觸，但他們身上加入的特殊的壓力傳感卻能將所有觸感放大，不僅放大地面石頭的粗糙，也放大彼此的支撐和碰撞，讓相互的依靠有了非常奇特的敏銳感覺。洛盈將頭靠在安卡肩上。

「龍格他們都很仗義。」洛盈輕輕說。

安卡點點頭：「是。他們擔心把我們丟下，萬一回來找不到就很危險。」

「米拉也很重情義。我看他是我們這些人裡最快樂的一個。」

「嗯。」安卡微微笑了：「他快樂得只能用沒心沒肺來形容。」
「纖妮婭就不一樣，她一直不快樂。」
「我不了解她。不過我覺得索林說得對，她有點偏激。」
洛盈側過頭：「你看出索林和纖妮婭有些曖昧嗎？」
「有一點。」安卡笑笑。
「不過看上去索林並不贊成纖妮婭的主張。」
「大概只有龍格是完全贊同吧。」
「龍格也很極端，最近一直在說人都是功利的。我覺得我不太同意。」
「龍格實驗室有一個非常壓迫人的老頭，似乎人品不太好，仗著自己掌握一個項目，龍格剛回來沒幾天就被打壓過好幾回。可他們實驗室其他人都對這老頭很巴結。」
「是嗎？這我還真不知道。」
「嗯，好像龍格以後根本不打算在那裡工作了。」
洛盈嘆了口氣：「說不清為什麼，我們好像很多人都有些難以融入。」
「是。」安卡有幾分自嘲似的笑了笑：「都有些……自視過高。」
「你贊同他們說的革命嗎？」
「不太贊同。」
「為什麼？」
「沒用。」

「你是像米拉一樣，對革命不信任？」
「還不太一樣。」安卡想了想：「我不是說革命本身。我是覺得什麼都沒用。」
「這是什麼意思？」
「嗯。他們說所有的問題都是問題，不過制度怎麼改都一樣，問題都還在。沒用。」
「這……我倒沒想過。」
「那你怎麼覺得？」
「我還是希望能夠有些什麼行動的。雖然不知道什麼方式更好。」
「是嗎？」
「上一次地球代表團裡不是有個導演嗎？他後來寫信給我，說他覺得火星的方式能夠改變地球的癥結，準備努力將這種方式推行。我覺得他那種堅定感很好。不管結果怎麼樣吧，他的那種理想主義的感覺讓人覺得有方向。我也希望自己是按照某種信念去觀察，去行動。那會讓我覺得很踏實。」
「那你贊成他們的提議了？」
「也不是。」洛盈想了想說：「他們說的都太模糊了。只有一種燃燒的熱情，可是到底該做什麼，我覺得好像什麼都沒說呢。」
安卡眼睛望著微小篝火般的裙燈，說：「你不覺得很微妙嗎？一個地球人想用火星方式拯救地球，一群火星人又想用地球方式拯救火星。」
「嗯。」洛盈點點頭：「其實這就是最令人困惑的地方。這兩個世界到底是什麼關係？我們從小就聽說地球早晚要向火星過渡，說地球一旦知識豐富到一定程度，就一定會自發地要求匯總交流，就像火星上一樣。可是在地球上似乎正好反過來，說火星只是太原始的城市，等到複雜了就一定會變成地球。到底誰是誰的原始階段？我現在完全迷惑了。」

「我是覺得，這都是理論家的話。無論哪一種。」

「也就是說沒有誰好誰壞嗎？」

「差不多吧。當初戰爭這麼打了，就這麼發展了。沒什麼好壞之分。」

洛盈也望著輕透如霞光的淡淡燈火，似乎透過黑夜看到幻影，輕聲說：「這也是我不能很輕易贊同龍格他們的一個重要原因。不管好不好，在歷史上，我的爺爺和他的朋友們都為了這個系統付出無比心血。我不願意就這樣簡單地反對他們。」

「我聽說過，當時的人們還是很理想化的。」

「是。我讀了一些加西亞爺爺的演講和朗寧爺爺的文章。他們那個時候並沒有考慮到把人都統一約束起來，他們只是說資料庫是一種對正義和交流的理想。人類的知識是共同的財富，每個人都應該有權利去接近、去選擇，就像有權自由和生存一樣。還說只有溝通才能保證不同的信念都能生存，不必互相殺戮，而資料庫就是最好的對信念自由的保證，讓人能真正發表觀點，不必被生活收買，對政治的意見也可以確實被大家聽到。」

「他們那時可能沒有料到，仍然有那麼多人虛偽說話。」

「他們也許能想到，但是仍然有希望。那真的是一種理想主義。」

「嗯。」安卡沉默了一會兒，然後平靜地說：「這種理想主義我就沒有。」

洛盈看看他面罩後的側臉，不知道該說什麼。安卡的平靜讓她有一絲意料不到的傷感。

她本想說些勸慰的話，說出來卻變成：「不知道風還颳不颳。」

安卡看看洞口，站起身，伸手拉洛盈也起身，說：「去看看吧。」

他們來到洞口，洞外似乎風已停，狂暴了整個黃昏的風沙已漸漸塵埃落定。夜晚顯得很寧靜。龍格的大船略微挪動了位置，更靠近岩壁旁的山坳，但仍在視野裡。

安卡從洛盈身後環繞著她，他們靠著山壁抬頭仰望。月光從一側照過來，為兩個人的身體邊沿都勾出銀邊。頭頂的深色夜空繁星如海，群星並不閃動，燦爛恆久。繁盛的景觀抹平了身分，除了銀河，其他天體結構看不出太大差異。無論是億萬光年外的吸積黑洞，還是近在咫尺的麥哲倫星雲，都一樣的細微閃亮，看不出暴烈，看不出歷史，看不出星的生與死亡。只有絲網一樣的密集燦爛，在兩個人頭頂靜靜鋪陳，冷靜卻溫暖地撫慰著地上內心惶惑的仰望。

「你認識那些星座嗎？」洛盈問安卡。

安卡搖搖頭。

「那你能找到地球嗎？」

安卡又搖搖頭。

洛盈遺憾地笑笑：「要是澤塔在就好了。」

「估計他來了也不認識。」安卡說：「他學的是宇宙學，據說一顆星星也不認識。」

洛盈忽然很想輕輕地哼起以前唱過的歌。當風波塵埃落定，安穩的渴望便回到身旁。星光和歌聲一樣，飄忽卻讓人安定。空氣傳不了聲音，她在心裡清唱。

「我挺喜歡古代那些說法的。」安卡忽然說。

「嗯？什麼說法？」

「說一個人死了就變成天上的一顆星星。」

「這我也喜歡。過去的那些人，老去死去消失的那些人，我一直覺得他們就是星星。據說銀河系裡三千億顆恒星，差不多剛好是活過的人類的數量。」

安卡笑了：「這種說法可有麻煩。人越來越多，星星可不變多。」

「但是這樣想很有趣。」

「嗯。確實。」安卡點點頭：「如果人只是投身到世上，完成一項任務又回到天上，生活會好過得多。」

「是。會好過得多。」

他們看著夜晚的山谷，想起傍晚和米拉說起的未來旅程，開始不由自主籌畫未來。安卡說他確實期待去看奧林匹斯山，很想知道在那樣的高度之下飛行和仰望是什麼感覺。洛盈最想去的地方是北部平原上的河道網以及赤道南邊的拉維海峽。哥哥說，如果把穀神星的水降下來，降到這些遠古河道裡是最合適不過的了。她想知道那些河道是什麼樣子，充滿了水會不會和真的河流一樣。

「也許我們有一天還可以到別的星星上去，像穀神鎮的人一樣。」她輕輕地說。

「穀神的近況怎麼樣？」

「已經平安出了太陽系，一切都順利。」

「那下一批遠航者是不是也快開始甄選了？」

「估計可能性不大。」洛盈搖搖頭：「而且下面幾批出去的都是資深宇航員和專家，想輪到我們，也許還要十年、二十年。」

「那也沒關係。有可能就有希望。」

他們開始在話語中醞釀各種方案，念著遙遠的名字，就像念著尋常街道。多少公里，多少時間都不太清楚，只是任由言語馳騁飛向沒有希望的希望。遙遠的天邊，陌生的星球一個接著一個亮起來，帶著簡筆畫一樣的抽象在他們頭頂搖來晃去。

夜的深沉悠蕩起洛盈很長時間沒有找到的思緒流淌的感覺。在醫院養病的那些日子，在她獨自一個人在夜晚的天台上讀書的日子，她曾很多次沉浸在這種平靜如水的力量中，它是一股在暗中潛伏流動的皮膚之下的海潮，曾給她勇氣，曾帶她尋找方向。

頭頂的星光如時間的鑽石，突然一瞬間喚醒了她埋在心底的記憶。她無比順暢地——比自己想像的還要順暢地——背出一段她當時從書中讀到的、那麼喜歡的文字：

「誰獻身於他的生命時間，獻身於他保衛著的家園，活著的人的尊嚴，那他就是獻身於大地並且從大地那裡取得播種和養育人的收穫。最終，那些推動歷史前進的人，也就是在需要時會奮起反對歷史的人，這意味著一種無限的緊張和同一位詩人談過的緊張的安詳。但是，真正的生活是在這撕裂的內部出現的。它就是這種撕裂本身。就是在光的火山上翱翔的精神，是公平的瘋狂，是適度的筋疲力盡的不妥協。對於我們來說，在這漫長的反叛經歷的邊緣回響的不是樂觀主義的公式——我們的極度不幸使這些公式有何用？——而是勇氣和智慧的話語。這些話語靠近大海，是相同的道德。

在思想的正午，反叛者拒絕神明以承擔共同的鬥爭和命運。我們將選擇伊塔克、忠實的土地、勇敢而簡樸的思想、清晰的行動以及明曉事理的人的慷慨大度。在光亮中，世界始終是我們最初和最後的愛。」

輕而清楚的聲音在耳機裡飄蕩，如同內心獨白，洛盈慢慢地背著，安卡認真地聽著。夜色空靈寂靜，他們沉默了很久，不願打破那個時間兩個人心裡同時升起的、樸素的堅決。他們不想說話，所有語言都是多餘的。

億萬年的山谷和廢棄的往昔在他們腳下靜靜鋪展，是那一時刻那一瞬間最好最好的依託。

他們回到洞裡，過了很久才真正睡著。身體相互依靠、相互影響。只要有一個人稍稍動一下，靠著他的人會情不自禁笑起來，笑意傳回去，更加止不住。他們好幾次就要睡著又醒了，反反覆覆折騰了很久，笑得太累了，不知怎麼就都睡著了。

晨

安卡起身的時候，洛盈立刻就醒了。她一向睡得很淺，當肩上一下子少了力，便立刻清醒起來。

她先是看到遠方的山尖亮著，然後看到洞口的輪廓金光閃閃，她知道天亮了。她闔上眼睛再睜開，再闔上再睜開，讓自己徹底醒過來。她悄無聲息地爬起身，轉頭看看四周，發覺安卡已經出了山洞，洞內曠達而寂靜，洞口邊緣的土地被晨光照亮，像一道溫暖的牆。洛盈輕輕地站起身來，掀起翅膀一角，也跟著鑽出山洞。

安卡站在洞口右側面，單手揉著腰，默然地看著遠山。天色仍不十分明朗，他的側影修長，半身隱於暗中，半身對著日出的方向，面罩反出微弱的光。

他看到洛盈，輕快地笑笑，悄聲說：「外面冷，出來瞎跑什麼。」

他沒有趕洛盈回去，而是伸開手臂，洛盈站過去，他從背後環抱住她。

「你在看日出嗎？」洛盈問。

安卡點頭說：「嗯。我好幾年沒看過了。」

洛盈輕輕地嘆了口氣：「我從來就沒見過真正的日出，在地球上去過大海，但剛好遇到雲。」

白晝的氣息一點一點降臨。天空仍是一成不變的蒼黑，但目光及處，可以看到光芒一絲一絲繁盛起來。太陽一絲一絲爬升出了山巒，但仍然藏在一個山尖背後，見得到明亮，卻望不到真正的光源。山谷褪去一切夜的偽裝，溝壑延展，塵埃裸露，像一個蜷縮沉睡的孩子，忘卻了前日裡的所有暴戾。清早的風亦是寧靜的，洛盈看到腰帶上的絲質細邊微微揚起，卻感覺不到風吹身體的觸動。光開始華麗，金色與黑色隨山嶺起伏交替，大片山谷都恢復了平日裡的黃褐色，光影的銳利邊緣畫出一條又一條豐滿流暢的曲線，勾勒出從天到地磅礴傾瀉如高山大河般的繁複線條。

「你看。」洛盈忽然指向山嶺。

「什麼？」安卡順著她指尖的方向。

「山嶺。陰影邊緣，是有形狀的。」

「你是說……」

「這是人工雕鑿過的。」

「怎麼會？」安卡邊說邊緊緊盯著：「不過確實是……」

在他們所面向的南面和西面整個山谷溝壑，此時在初升的太陽照射下，呈現出一棵奇異的、巨大的樹的圖案，由天向地倒立的大樹，高山上瀑布般的坑道是粗壯的樹幹，低處逐漸四散分岔的千溝萬壑是繁茂的樹枝，地勢渾然天成，但每一處連接和邊角都有人修飾與雕琢的痕跡，去除了粗糙的不連貫，讓整座山成為一幅完整畫面。清早的陽光裡，每一個洞口都黝黑渾圓，鑲嵌在錯落的枝條間，儼然是秋日碩果累累的豐收。那些枝條間的洞口也明顯經過了打磨，比周邊不相干的邊緣粗糙不一的山洞平滑很多，大小也一致，遠遠看過去，真的很像一枚又一枚飽滿的果實。金黃而遼闊的峻嶺，黑色的巨樹與枝條，在廣袤無人的天空下，有一種沉靜卻震撼人心的衝擊力量。洛盈和安卡看得呆了。

光芒一寸一寸移動，他們誰都沒有說話，目光跟著陰影前行，隨著太陽漸漸升高，看陰影逐漸向山坳裡下沉，樹的形狀在視野中一點一點消失，從樹根到樹梢。最後的片刻，洛盈忽然指著山腳驚叫起來。

「那是……一個H和一個S！是爺爺的筆跡。」

「你是說，這些是你爺爺……」

「是，一定是。」

「如果是這樣，就可以解釋了。是他開飛機過來的，從空中雕的。」

「你還記得那隻蘋果嗎？」

「嗯。」安卡點點頭：「所以，這是紀念？」

「也許。」洛盈心裡彌漫起一陣激動：「不過我忽然想起另一種意義。」

「什麼意義？」

「我們昨晚不是說過火星與地球嗎？」洛盈說：「我在想，也許一個世界與另一個世界都是蘋果，也許誰和誰都不是先後關係，也許只是一根根枝條，從同一樹幹出發。」

「因此世界就是蘋果。」安卡說。

他們站著，站了很久，直到太陽升得很高了，明亮的清晨徹底降臨。陽光穿過塵埃，灑滿山岡，消失的輪廓在他們頭腦裡流連。

洛盈頭腦中忽然又迴旋起一些埋在心裡的詞句。她也不知道為何這兩天記憶如此好，彷彿那些詞句她從讀到的第一刻起就已經埋藏了下來，只等這一天破土而出，長成大樹。在這樣的夜晚和清晨，它們就像悲傷的眼睛裡分泌的淚水，自然而毫無阻塞地流淌出來。她輕輕開口，低聲背誦：

「一個共同的遙遠的目標把我們和我們的兄弟聯結起來，我們就是這樣生活。生命教導我們，愛並非存在於相互的凝視，而是兩個人共同展望一個方向。只有連續在同一根登山繩索上，朝著同一個峰頂攀援並去那兒會合的人才稱得上是志同道合。」

安卡看著她，眼睛裡露出一絲微笑，眼中的表情卻很安靜：「這還是昨晚上你念的那本書嗎？」

「不是。」洛盈搖搖頭：「這是《風沙星辰》。」

「風沙星辰？」安卡重複道。

「嗯。風、沙、星辰。」

天大亮之後，他們兩個將用過的蓄電器重新連接到翅膀上，翅膀平鋪著展開在洞口，迎向太陽，貯存新一天的能量。

安卡將遠端通訊打開沒有多久，就聽到龍格的聲音，問他們聽到沒有，睡醒了沒有？洛盈探頭向谷底望去。破礦船正慢吞吞地朝他們駛過來，搖搖擺擺，不慌不忙，帶著一如既往的天塌下來也不擔憂的神氣，一點點駛離夜裡停留的山坳，開到他們腳下。

米拉的聲音搶先響在耳機裡：「你們晚上凍死沒有呀？沒吃沒喝吧？我們晚上可是開宴會了，做了一個南瓜蛋糕，冰箱裡還有吉奧酒，聽著音樂，打了半夜牌。哎，金斯利，咱們還幹什麼來著？……」

「美死你，」安卡也不生氣：「小心鼻子長得把天窗頂破了。」

龍格仔細問安卡手頭設備的狀況，待大船開到山洞正下方，他們看到海龜殼一樣的艙頂打開了一個小門，龍格的腦袋像小豆子一樣露了出來，額頭光亮，向他們搖晃著一塊不知道哪裡來的小旗子，指著船艙後部伸出的長杆。

「能看見那網子嗎？」

「能。」

「你們能自己飛下來嗎？」

「夠嗆。」

「那你們能跳到那個網子裡嗎？」

安卡目測了一下距離和網兜直徑：「太小了。也太遠了。」

「那你打算怎麼辦？」

「等一會兒我扔下一個蓄電器，你接著。」

「行。沒問題。」

「你慢點，」安卡向龍格笑道：「不行就讓索林控制。」

「又不信我了是吧？」龍格又咧開嘴大笑了。

安卡開始忙碌，洛盈看著他，不知道自己能幫上什麼忙。前一晚，她並未擔憂這一天的啟程。但真正要出發的時候，她才發現事情並不像她想像的那樣簡單。昨天他們起飛時有腳下噴出的壓縮冷氣，但今天氣體都差不多用光了，而他們也不能滑翔起飛，山洞位置不夠高，又不夠長，助跑速度無法達到。

洛盈驚訝地發現，安卡在拆掉一雙翅膀。薄膜被小心翼翼地從導線翅脈上撕了下來，柔軟堅韌的導線卻不扯斷，而是精心謹慎地擰成一根長長的繩子，在地上彎彎曲曲盤成厚厚的一團。他然後將一只蓄電器連接在繩子一端，像海船上的水手將繩子末端迎風拋出。礦船尾端伸出一只厚棉網做的裝石頭的網兜，左右擺動著，穩穩地將蓄電器接進船艙。

然後安卡把繩子中部繞到了自己腰上，和腰帶連在一起，接著，當洛盈正不明所以，他又走到她身邊，隔上十米把繩子繫到洛盈腰上，穩穩地扣上打了結，然後在兩個人背上各連上了一對翅膀。昨晚他們拆了一對翅膀做暖棚，今天早上又拆了一對擰成繩子，因此兩個人的四對翅總共只剩下兩對。

「一會兒你看著我，」安卡向洛盈解說道，「像我那樣跳下去就行。」

然後，他站在洞口的小塊空地上，朝龍格揮了揮手，龍格會意地做了個明白的手勢。地上的礦船末端升起一柄堅韌的旗杆，繩子的一端固定在杆上，礦船開始緩緩開動。

這時，安卡開始輕巧地助跑，躍出平台，跟隨著礦船的方向，向斜前方墜落。他經過洛盈身旁時，笑著說了一句：「你剛才說，連在同一根繩索上的人是怎麼樣？」

十米的長度幾乎瞬間經過，洛盈還來不及驚呼，就下意識地跟著跳了出去。躍入空氣的那一瞬間，她的頭腦一片空白。她向下墜落，同時向前滑行，穀口兩側的峭壁像巨浪似的撲面而來，她飛速墜落，大地越來越近。她估計不出距離，也不敢亂動，覺得自己就要死了，地面就在眼前。然而下墜很快變緩了，風鼓起背上的翅膀，像有一隻隱匿的手在空中托住他們的身體。洛盈的心平緩下來，慢慢適應了，覺得不是那麼可怕了。她低下頭，看到旗杆上延伸出的那條長長的線，拉成風箏的細繩，斜斜伸入天空。她成了一只風箏。

洛盈伸展了手腳，不再擔憂，跟隨著腰上的牽引，讓自己在山谷中飛馳。細線跟著礦船，上下起落，在岩壁的夾道歡送中悠蕩著離開。谷道不深，倏然即逝。山谷的紋理還沒看清，金黃色的V形谷口便衝到眼前。

「今天帶你們走這邊，」龍格興奮地說：「這是昨天我們躲船的時候發現的路。」

他說著，船已經穿過谷道，轉入一片他們前一日並未經過的開闊之地。之後又是一條谷道，說不清行駛了多遠，船突然轉過一個方向，經過一個急彎，安卡和洛盈擦著山岩飛了過去。
「你不會小心點嗎？」安卡喊起來。
「你知道剛才那是哪兒嗎？」龍格沒有理會安卡的指責，大聲說：「我們在那裡看到一塊石碑，寫著安其拉峭壁。」
「天哪！」洛盈迎著風，艱難地驚呼道：「就是這裡嗎？」
「是，」龍格說：「這就是你要找的地方！」
洛盈在空中回過頭，遠遠地注視這個她只來得及掃一眼的地方，她爺爺出生的地方。那是一個山谷，谷裡有一塊巨大的石碑。她瞬間經過，它在她身後很遠了，看不清細節，遠望過去和每一處峽谷和峭壁沒有區別。它在那裡佇立著，如千年亙古流傳下來的姿態一樣地佇立著，赤紅陡峭，不記得新生，不記得死去，不記得由此而起的戰爭，也不記得人類獻上的敬意。她不斷想回頭看，卻漸漸看不見了。它就在那遠方，離她漸行漸遠。
她終於見過了安其拉峽谷。
接著，龍格的聲音又指向另一片區域。
「你們一會兒注意看右邊。」他提前預報道。
安其拉峽谷被徹底甩在身後，他們恍然闖入一片空場。
這也是一片谷地，只是比昨天的盆地更為寬廣平坦。這片谷地與昨日的荒原如天壤之別，一座精緻嶄新面孔森嚴的金屬環形建築坐落在中央，如蜘蛛匍匐，腳緊緊扎入土壤，鋼鐵外觀由白與銀灰構成，四周由一片形貌各異的飛行器環繞，建築與飛行器身上都有火焰紋章。

「安卡，」洛盈驚呼起來：「這是……」

安卡出奇地沉默。

「你們看得出這是什麼地方嗎？」龍格仍然興奮地問著：「反正我們都猜不出來。從沒聽說在這兒還有這種地方。一定是個神祕之所，我們回去可以好好地探聽一下。」

安卡仍然一語不發。

「你們有什麼想法嗎？」龍格仍然在問。

「沒……沒有。」洛盈替安卡回答，心裡漸漸發沉。

礦船仍然迅猛地行駛，沒有給人擔憂的時間。洛盈還在思量，新的預警又傳來了。

「到平原了，要小心。」

索林的提醒剛說到一半，他們的視野便瞬間擴大至無窮。

洛盈只覺得腰上一陣托舉，人被推向斜側面。速度突然變快了，方向也突然變亂了，飛揚的繩子拉得更緊了，洛盈在風中揚起遠眺的眼睛。

天幕懸垂，四野無邊，金色大地和天空一樣遼闊。晨昏分界的長線尖銳地延伸到星球盡頭，黃沙在天與地的交界騰起滾滾煙塵。遠方的城市能看到了，一點點接近，陽光普照下無數圓形透明穹頂閃著光，在荒原上宛若燃燒的雲，泛著光在黃沙的海洋上璀璨發亮。藍色的隧道車線條蔓延纏繞，邊緣模糊，像要飄到天上。

在那一刻，城市成為沙漠裡的一口井，環繞著綠色的希望，吸引所有目光。洛盈忽然開始懂得火星人探險的動力了。她從小就看著身邊許多兄長和叔伯一次次遠行，他們鬥志昂揚地衝進礦石堆，他們跑到木星去，他們操縱飛船在真空裡做出花稍的動作，都不僅僅是為了生存。他們的出發都是因為身後有這座城，這座透明的輕城。它是溫暖，是明亮，是安全。它在沙漠裡蘊蓄著陽光的力量，在乾涸裡蘊蓄希望。只要他們透過漫漫風沙隱約看到它的邊角，就有勇氣繼續飛行。只要坐在寒冷荒蕪的沙地裡看著遙遠的它，他們就仍能堅持戰鬥。洛盈不知道爸爸媽媽遇難之前是否看到了它最後一眼，她想，如果看到了，那麼痛苦也會少幾分吧。

這是洛盈第二次和安卡在廣袤的大地上翻飛起舞。上一次是面對火紅的夕陽，俯瞰著城垣般的雲，而這一次是在蒼黑的天穹下，遙望著雲朵一樣的城。洛盈覺得自己也變成了雲朵，不需要操控，不需要猛力，只是飄來飄去，忽左忽右，跟著風飛向遙遠的地平線。

狂沙飛舞，洛盈心裡一片空曠，翅膀在風裡迎風飛揚。

火星沒有雲。黃沙騰起滾滾煙塵。議事大廳裡聚集的人們焦急地望向遠方。

大廳是矩形加半圓形的平面構造，地面玻璃有大理石花紋。矩形的兩邊各立著四根雕花立柱，立柱高聳，按希臘神廟的石柱塑造，立柱之間佇立著巨大的銅像，銅像背後懸掛著戰旗。半圓形小廳安放著金色的講台，講台上雕刻著圓形火星徽，下面用七十五種語言寫著「火星，我的家」。

講台背後的圓弧牆體是巨大的螢幕，此時，螢幕中顯示著陽光下的沙地，四艘體形龐大的艦船莊嚴列隊，嚴陣以待，銀白色外殼反射著點點光芒，正在做起航前的最後準備。天邊翻騰著雲霞般的黃沙。

漢斯站在講台上，用沉靜的語聲鎮定台下人群的緊張。人群的低聲交談一刻不曾停止，時而湧動如壓抑的海水，時而翻騰如躁動的浪花，鞋跟來來回回敲擊地面，清脆的聲音像密集的鼓點。

聚集的人們沉溺於焦慮，以至於對螢幕上的畫面失去了敏感。當天邊的黃雲翻滾著越來越近，沒有幾個人及時意識到這意味著什麼。脆弱的母親們聚在一起，用小手帕擦眼睛，父親們一遍一遍上前與漢斯對峙，敦促更全力有效地大面積搜索。

一直等到灰褐色的礦船近到咫尺，孩子們飛舞的身影已經清晰可辨，大廳裡的父母們才漸漸明白過來，呼啦啦地聚集到螢幕前。

大廳裡出奇地寂靜。一種不安的沉默籠罩在空中，沒有人想打破。人們漸漸張大了嘴。

這種寂靜一直延續到孩子們雀躍的闖入。他們的笑聲一路由外到內，在大廳裡回響，分外清晰尖銳。

「……你剛才是怎麼開的？喝醉了吧？」

「你有沒有大腦？風橫著吹，我要不是那樣開你們不就掉下來了嗎！」

他們進來的時候大步流星，眉眼興奮得像要飛到天上，一邊走一邊摘下頭盔面罩，使勁甩動頭髮，如同一陣風帶來一陣晴朗。然而他們很快看到了廳內的父母，聲音立刻降低了，腳步迅速變得小而謹慎，搭持的臂膀鬆開來，身形也不由自主地立正了。

廳內的肅穆如同一道不動聲色的牆，溫柔地卸去所有風的武裝。他們停下來，站在大廳中央，面面相覷，誰也不再說話。大人們圍站在兩邊，有的母親急著上前，卻被更沉得住氣的父親拉住手臂。廳內凝固著透明的僵持。

這時，漢斯站在講台上清了清嗓子，用鈍刀般的聲音劃開空氣裡的不安。他目光沉靜，直挺的鼻子也如一把刀，壓住髮絲和皺紋帶出的疲倦。

「首先，我們很高興你們每一個人都能平安回來，」他鄭重其事地對孩子們說：「你們的才華和勇氣已經在這次出行中得到了充分的驗證。但是，我也想請你們注意你們的行為對其他人的影響，這次完全沒有通報過的不負責任的旅行讓你們的父母和老師非常擔心。」

漢斯特意停下來一小會兒，看著他們，又看看他們的父母。廳裡鴉雀無聲，他注意到很多人的手指都輕輕捏緊。

「從一個聰明的少年成長為成熟的成年人，最重要的事情就是要學會為自己的行為負責。」漢斯繼續說：「這一次的行為觸犯城市安全法令，不正規私自出城，盗用許可證，造成當事人人身和國度安全巨大威脅，如果造成不良後果，則不堪設想。這樣的任性妄為即使是少年學生也應給予處罰，作為對未來理性公民的必要教育，一定程度的處罰是理所應當。

但是鑒於參與此事的所有少年都來自於地球留學考察團，而留學過程中的一些事件尚未得到妥善說明，導致少年心理有了較大不平衡，因此我宣布：對少年人處以隔離一個月接受指導教育，免去其他應有責難的處理。

同時，我希望借助這個機會，剛好對一些歷史事件做出說明。在兩年前的地球火星交易中，水星團的學生的確在不知情的情況下被當作了談判的人質。這是我們的過錯，在此我向所有成員致以最謙卑的道歉。」

漢斯說完，在台上向所有孩子鞠了一躬。所有台下的人都目瞪口呆，包括大人和孩子。在之前，水星團設想過這件事的各種可能結果和對抗，但沒有想到這一幕。

「可是我希望你們相信，留學本身不是一筆政治押金。我希望你們能相信。」

漢斯看到孩子們開始竊竊私語，正如他所預料的，質疑蔓延開來。他當作沒有看到，繼續平靜地說：「在這次事件中，相關的成年督導必須負起相應責任，接受處罰。首先懲罰的是阿魯區出境口值班員沃倫．桑吉斯，他由於工作懈怠，未能履行自己的職責，造成不應出境的人員出境，因此從即日起，責其轉至礦船貯藏中心，進行全職維護修理工作，期限待定。

第二位需要接受處罰的是薩利羅區第一醫院的瑞尼醫生。他協助少年掌握了歷史、仿生學、生物傳感的關鍵資訊，並且知道少年的計畫，卻未能起到良好的指導、監督、勸阻作用，屬於嚴重失職。本應從重處罰，但鑒於最後並未出現重大事故，所以減輕處理。我宣布處理決定：責令瑞尼醫生離開現在的實驗室，調到檔案館，輔助管理員看管歷史檔案，未經批准不得再擔任科研和教學職務。即日起開始實施。」

漢斯說完，環視人群，目光在洛盈驚愕的臉上停留了一會兒。然後，他從大廳側門邁步離開，沒有再回來，將少年爆發的騷動和家長的關心責罵全部隔絕在身後。

作為結束的開始

洛盈最後一次來到醫院的天台，是瑞尼正式離開的那天早上。瑞尼的大部分個人物品都已經搬走了，只是到醫院收拾一下零碎的小物件。

洛盈一直跟在他身後，走過來又走過去，像前兩天一樣，總想說點什麼，卻總說不出什麼。瑞尼把一些他不用了的小標本給了她，她拿在手裡，呆呆地站著。

「瑞尼醫生，」她高聲開口，但當他轉過身來，她的聲音又一點一點細弱下去：「沒……沒什麼……」

最後，還是瑞尼主動打破僵局。他微微笑著對洛盈說：「關於調動的事……」

「對不起，對不起，對不起……」洛盈不住地鞠躬，長髮在白淨的脖子兩側一上一下地甩動。

「其實真的沒事。」瑞尼稍稍提高了聲音，蓋過洛盈的道歉：「這次你爺爺又是讓我自己挑地方。我沒有什麼不滿意的。」

「爺爺說我們離開當天他打電話給您了是嗎？」

「是。」

「爺爺問您什麼了？」

「他問我知不知道這件事。」

「那您說什麼？」

「我說我知道。」

「可是我沒有告訴過您啊，」洛盈急道：「您為什麼要這樣替我們頂罪呢？」

瑞尼平靜地笑笑：「可是我知道。」

洛盈忽然怔住。她呆呆地看著瑞尼，瑞尼仍然面色淡靜平和。

這一天，瑞尼帶著洛盈最後一次走上天台。天色還早，天台空無一人。朝陽灑滿光潔的地面。流水潺潺，不為人事所動。

洛盈站在牆邊，望著遠方的峭壁。那一抹狹長的火紅在這一刻顯得非常不同。洛盈知道，在峭壁後的某個地方，一個叫作林達·塞伊斯的普普通通隕石坑正在安靜沉睡著。它隱藏在群山之中，已經平凡地睡了千萬年。風來風去，它在風裡獲得形狀。它目睹過風夷平土壤，水散逸到太空，火山熔岩凝固成冰凍的石塊。它原本和其他數千個隕石坑一樣，沉默而黯淡，但在這一刻卻變成洛盈心裡的一隻眼睛，鑲嵌在千山萬嶺中，目光明亮，遙望星空。因為它的存在，群山被點亮了。

「瑞尼醫生，我還有最後一個問題。」洛盈仰起頭，看著瑞尼寬闊的額頭，輕輕地問：「為什麼有的人離得很近，卻並不親切，有的人並不常在一起，卻彷彿很近？」

瑞尼推了推眼鏡，微笑著看了看她，又指著遠方的天空說：「你在那邊見過雲嗎？」

洛盈點點頭：「第二天清晨見到了一絲。」

瑞尼說：「是的，火星上只有一絲。不過那一絲就是解釋。」

「什麼意思？」

「雲其實是流體，小水滴在空氣中隔絕得非常遙遠，各自自由行走，但是由於它們之間有著相同的尺度，因而能散射同樣的光。因而它們之間有光，看上去就像一個整體。」

原來如此。洛盈想。是的，相同尺度，之間有光。原來如此。

她已經發現他們真正的共同在哪裡。回家的三天，她一直在想，為什麼他們覺得自然的事情，其他人並不認同。她回想起黑暗的舞台、大船上的爭論、寒夜裡的山洞、橘色暖棚、飄蕩在空中的明亮笑聲，她似乎能看到那樣一種尋找和不妥協在每個人頭頂升騰。洛盈明白，這是成長的烙印。在那些複雜得超過想像的世界裡遊走，這是他們唯一堅實的支撐。那一段混亂的共同度過的時光，就是他們的相互認同的全部來源，是堅固的背景，是事實，不需要任何其他假設。

洛盈默默地放下心來。她找到了她想找的方式，不必固定不變，不必捨棄自由，但也不用擔心遠離，不會沒有溫暖。他們已經有了相同的尺度，有了光。

她曾經清楚地看見自己，因而可以告別自己。現在她又清楚地看見了夥伴，也因此可以安心地告別夥伴。她不再害怕遠行的孤獨，因為他們是雲，有光就是一體。他們是一棵樹上生成的種子，風吹向四面八方，卻流淌著同樣的脈絡。

晨光明媚，萬籟俱寂，整個城市在甦醒。洛盈和瑞尼站在闊大的玻璃前，迎著朝陽，站成兩個黑色的暗影。

洛盈看著瑞尼的側臉，猜想他對她的想法究竟了解多少。有的時候，她覺得他只是陳述最簡單的事實，但有的時候，她覺得他一直知道她想問的是什麼。

瑞尼今天穿了便裝，一件淺綠色條紋的白襯衫，一件灰色棉布夾克，雙手插在口袋中，安穩地站著。他默默地看著遠方，線條嚴謹的嘴不露太多表情。和第一次到這裡來時一樣，瑞尼給洛盈的感覺仍然是像一棵樹，動作很少，卻始終在她頭頂上方保護著她，就連他的聲音也像是一棵樹，筆直而溫和。

清早的寧靜曾一度被打破。一個精神病人衝進來，猛力敲打牆壁，一群醫生和看護隨後趕到，湧進天台，熙熙攘攘地將那個人推搡出去。有人呵斥，有人柔聲安撫。整個過程迅速而喧鬧，如同一陣大風，吹來衝突又吹走故事，空寂留下來，愈加空寂。

離開之前，洛盈期待地抬頭問瑞尼：「瑞尼醫生，以後我還能去找你嗎？」

「以後我就不是醫生了，」瑞尼和氣地笑笑：「處罰規定上說，我不能再教學。不過似乎沒有禁止訪問，你想來就隨便來吧。」

洛盈笑了。

她茫然地看著窗外，清楚她的一部分生活結束了，另一部分生活剛剛開始。她不知道未來會怎樣。她看著窗外，遼闊的土地一片寂然。

卷三

明日世界

流亡總是在回家的一刻成為真相。

在洛盈離家的一千八百個日夜中，她從來沒有發覺自己已被家園流放。家園在她心中是一種想像，她只想到它的溫暖、它的記憶、它的寬大的胸懷，可是她從來沒有想過它的形狀。想像按照她的心情取捨，就像氣體圍繞在她身旁，氣體和人沒有衝突，她和家園也沒有裂隙，她和它之間的距離，彷彿只是物理距離。

在她離家之前，家園沒有自己的形狀，它是比她大得多的存在，她在其中，天上地下都是它，她看不到它的邊際，也看不到它的界限。在她遠離家的時候，家園也沒有自己的形狀，它在遙遠的天盡頭，與異鄉的天空相比，它是太小的存在，只在天空閃耀一點，沒有細節，也沒有輪廓。這些時刻的家園都是面色溫潤的家園，無論太大還是太小，都沒有稜角崢嶸的地方，沒有與人皮肉相擦、擦出白色骨頭的時刻。她總可以浸入家園，不管是全身浸入，還是全心浸入。

可是所有的錯差都在離家久遠後回家的那一刻暴露出來。那一刻，裂隙變成真實存在，看得見、摸得著，清楚得就像一個人與另一個人的距離。她就像一塊拼圖，從家園的版圖上跌落，以為遊走一圈還能拼回原處，但歸家的時刻才發現版圖上已無自己的空隙。她的形狀和她曾經留下的空缺不相吻合，不能嵌入。她在那一刻真正失去了家園。

洛盈和夥伴們注定無法歸家，他們乘坐的船在兩個世界之間的拉格朗日點上永恆振盪。永恆振盪，就是不能皈依。他們的命運，因此成為流浪蒼穹。

路迪

咖啡時間到了，議事廳的門打開，路迪第一個走出來。他大踏步走到牆邊，接了一杯冰水，大口灌了下去。

議事廳真是太小了，他想，又擠又憋悶，當年也不知道是怎麼建的，自然採光和換氣都一塌糊塗，座椅也僵得跟死人一樣，坐上一早晨，不發瘋才怪。這房子少說也用了三十五年了吧，這麼老的房子還不重建，真是無法理解。說什麼紀念意義，根本就是一成不變的官僚主義。想紀念還不容易，留著展覽就行了，何苦一直要用呢？根本是個托詞，他們就是拒絕改變。看看這周圍，什麼都是用了好多年的，老房子、老式飲水機、老掉牙的播放設備，到處都飄浮著老氣味。

他覺得這一招倒是挺管用，這麼多人擠在一個昏暗廳裡，本來就腦袋發悶，再用這些氣味來感染，不跟著老人們的思路才怪呢！這幫大叔大嬸們，辦事永遠是一個樣，猶猶豫豫，婆婆媽媽。都到這種節骨眼了，天時地利都有了，還有什麼好猶豫的呢？這樣子保守、拒絕改變，根本哪裡也去不了。還想什麼探索宇宙的深度，簡直連門都沒有。我剛才怎麼沒有更直率一點呢？態度還是太溫和了，早就應該強硬些。

一杯冰水下肚，一股清爽的沁涼沿著周身游走，路迪站直了身子，長出了一口氣，耳朵尖的熱度褪去了些。

議員們陸陸續續從廳裡走出來，結伴來到長桌旁，取用餐點和咖啡，三三兩兩站在一起談話。對議員來說，咖啡時間往往比議事時間還重要，這是真正交流的時間，所有的組合、所有的相互支援都是在這樣的時間開始萌芽的試探。理查森議員和查克拉議員經過路迪身旁，沒有朝他看，低聲交談著朝休息廳的另一端走去。暗金色的地面紋理像一條地毯，靜靜鋪陳到休息廳暗色大門之內，兩個人的身影很快消失，看不清舉動。

看著他們的背影，路迪低頭尋思，剛才在議事廳裡，自己是不是顯得太傲慢了呢？當時理查森議員對他說話，他卻把頭扭到一邊，假裝去聽蘇珊議員，是不是太明顯了呢？不知道理查森議員有沒有注意到，會不會很介意？其實他當時只是下意識的動作，並非真想挑釁，但現在回想起來，不敬的成分還是很明顯。他不喜歡理查森議員的話，他是最頑固的河派，從情感到理智都不相信人能勝天。路迪的熱情和激進曾受到他嗤之以鼻，這讓路迪頗為耿耿於懷。

一會兒彌補一下吧，他想，畢竟是前輩，公開場合這樣不敬並不恰當。他倒不是怕理查森議員記恨，而是不喜歡自己的不沉著。一個人的記恨永遠只是一個人，但自己的不沉著卻會得罪很多人。微笑作戰是種境界，他跟自己重複這句話。

路迪又喝了一杯水，身體覺得舒暢了許多，躁動的情緒也平穩了許多。

這時候，弗朗茲議員走到他身旁，點頭朝他微微笑笑。弗朗茲議員是個禿頭胖子，四十幾歲，天生一副老好人的面相，但路迪知道他很尖銳。他一直沒有表明他的立場，在整個辯論中一直屬於雙方都要爭取的中間派人士。路迪有一絲微微的緊張。

「剛才的討論覺得怎麼樣？」弗朗茲笑著問他。

「這個嘛……」路迪回憶了一下剛才的僵持，謹慎地回答：「我覺得取決於怎麼說了。往好處說，就是雙方都很明白對方的觀點，基本不存在誤解。但往壞處說呢，就是其實大家早就互相明白了，一直很明白。」

弗朗茲哈哈地乾笑了兩聲，問他：「你來議事院多長時間了？」
「兩年半了。」
弗朗茲點點頭說：「剛才我聽你的新議案了，很有意思。」
路迪的心跳加快了，但語聲儘量保持著平穩：「謝謝。承蒙指教。」
「你現在有時間嗎？我還有幾個小問題。」弗朗茲問。
「當然，沒問題。」路迪說：「非常榮幸。」
弗朗茲迅速收斂了顏色，單刀直入地問：「你剛才說，按你的方案可以方便升降，是這樣吧？」
「是。山地居住的一個很大不便就是上下交通。」
「你提出的方案是磁性隧道車？」
「不是隧道車，只是磁性滑車。」
「這和之前的方案有什麼不一樣的地方？」
「不用建隧道。這是最大的不一樣。就像房屋可以試圖各自獨立一樣，滑車也可以不依賴隧道，獨立行駛。這在路線控制上方便很多，也省卻很多建造成本。」
「但是，如果我沒理解錯，你的方案要求地面磁場，是不是？這難道不需要建造成本嗎？」
「是需要，但這點恰好可以滿足。我考察過，火星的山岩磁場相當強，如果採掘後以電路加以規範化，可以提供很好的交通地面材料。為什麼會有這樣的磁場尚不明確，可能和當初的形成機制有關，而我之所以贊成山派方案，一個重要原因也就是可以利用當地原材料，大大節省開支。」
「可是這和電梯相比又如何呢？誰都知道，直上直下是最省力的交通。」

「但那先得打穿山體。要打直上直下幾百米，而且不止打一條，要打很多條電梯井才行。」

路迪說著微微笑了笑，欠了欠身，帶弗朗茲來到一個登錄終端前，進入自己的操作目錄，調出幾張線條畫。畫面是手繪的，從各個角度繪製出高大山岩，斜斜的山壁上，從上至下排列著一長串洞口，每個洞口都按照現在的房屋樣式安裝了牆面門窗，看上去就像是將城市直立起來嵌進山裡。在洞口與洞口之間，房屋與房屋之間，一條條鑲軌道的公路縱橫阡陌，從山腳延伸至山脊，一輛輛假想的半球形車廂在小路上懸停或滑動，如同貼在山壁上的一粒粒扣子。

這是山派方案的改良和細化。山派方案簡單而直接：在赤道附近選一個大的隕石坑，啟用廢棄多年的戰前洞屋，坑底成湖，岩壁居住，水籠在山谷，爬坡而降雨，植被繁衍，生態圈形成。路迪的草案將整個場景繪製得更加豐富，畫面十分動人，尤其是每座房子的四周都畫上了高矮不均的樹木，小車廂沿著磁場控制在樹底隨意穿梭，更給場景平添了幾許動人的勃勃生氣。

路迪說著，注意觀察弗朗茲。弗朗茲的臉上看不出表情，路迪覺得這就是好信號。弗朗茲是少數幾個讓路迪佩服的人，他的時政文章發表得很多，雖然年輕，但說話已經相當有分量。在議事院，路迪只是普通的議事代表，說話機會很少，工作也一直瑣碎，但他早就對上上下下的一百六十多位議員了解得清清楚楚。他知道如果贏得一個像弗朗茲這樣的人物的支持，將會對整個方案的推動有多麼大的幫助。

弗朗茲沒有說話，低頭將螢幕上的計畫書向下翻了兩頁。

路迪看著他，各種情緒在心中旋轉。他非常清楚，方案進行到這個階段，相互比較的就不再是哲學思想和理念，而是一些實際問題，比如電力如何配給？供貨如何運輸？社區規畫是否可行？以及必不可少的、每一步的預算。技術層面的問題與資源效率比任何價值原則都更有說服力，當每一方都試圖論述自己的方案是為了最多人的最大利益，只有計算能夠說話。路迪非常明白，他需要抓住機會，如果他的技術能給某一方案提供幫助，就等於這種方案給他自己提供了幫助。

他靜靜地站著，注視著弗朗茲，心裡暗自翻湧。他會贊成嗎？會不會帶著信任他的人站到自己這一邊呢？這是一個合縱連橫的過程，誰取得同盟，誰就取得勝勢。議事院中，強烈的保守派和強烈的激進派都屬於少數，有相當大一批仍介於中間，前後猶豫。僅從目前的人數看，支持留城的保守派佔據優勢，但中間人士有不少似乎更傾向於激進的遷移。激進派賭的就是他們的態度。路迪在山派只是小兵，然而他從頭到腳都是激進的。他看著弗朗茲，弗朗茲看著螢幕。弗朗茲看得越久，路迪就越對前景產生信心。

等待很忐忑，但不是無限漫長。

弗朗茲瀏覽了路迪的整個計畫書之後，緩慢地抬起頭，問：「你能不能帶我去看看你們的模擬實驗？」

「現在嗎？」路迪有點訝異，但心中狂喜：「當然可以。隨時都行。」

傍晚，路迪回到家，逕直來到爺爺的書房。

漢斯一個人站在窗前，低頭察看一本厚重的資料。在他身後，密集的書架探出一列，硬皮鑲金邊的厚書整齊地依序擺放著，像一面頂天立地的碑。路迪沒敢發出太大聲音，他知道爺爺讀書的時候最不喜歡被人打擾。而且他從小就知道，那些書本身就意味著肅靜，它們是這房子真正的守護人。它們是話語，是高渺的理想，是準則，是爺爺對人的判斷。火星的紙很昂貴，只有極少的書能被印刷，也只有極少的人能保有這麼多凝結的文字。路迪知道自己可以驕傲，但必須尊重它們。

漢斯聽到路迪進來，轉過身，將手中的書放下。

路迪沒有走近，只是站在門口輕聲說：「爺爺，我回來了。」
漢斯點點頭，問他：「下午的後半段，你提前離開了吧？」
路迪承認：「對，我帶弗朗茲議員去看模擬實驗了。」
漢斯沒有責備的意思，但也沒有贊許，平靜地問：「他怎麼說？」
「他很感興趣，」路迪說：「我的方案他認為可行。除了可以減少隧道建設的成本，還可以更完備地利用能源，磁化道路可以直接利用山壁上布置的太陽能電池板，將來還可以利用高山流水的勢能。而且……」
「我知道。你們的方案我了解。」漢斯輕輕地打斷他，又加了一句：「你動作很快。」
路迪頓時止住了。他看著爺爺，想從漢斯的表情看出他是否富含深意。但是漢斯的臉色很平淡，幾乎沒有任何情緒的流露。路迪沉默了片刻，屋子裡好一會兒沒有聲音，顯得有一絲尷尬。
前一天晚上，漢斯告訴路迪，這一次還是採用議事院投票。穀神的決策和地球交易都是由議事院投的票，這一次仍然延續這個傳統。漢斯說這次只是投工程方案，從意義與可行性方面做出抉擇，對未來生活方式暫不作任何規定，但路迪知道，工程方案就將決定以後所有的生活方式。他當時沒有質疑，但是從那一刻就開始醞釀相應的最佳決策。漢斯說他動作快，實際上是他思維很快。
「爺爺，」默默面對了好一會兒，路迪覺得這沉默有些不舒服，想要打破這寂靜：「恕我直言，您是不是不想遷移？」
漢斯沒有回答，而是反問他：「為什麼這麼問？」
「因為您知道，如果進行全民公投，很多年輕人會希望遷徙，要一個大的歷史機遇讓自己嶄露，而議事院以上了年歲功成名就的人為主，他們自然會傾向於保留現有局面，以有利於自己的地位。讓議事院投票就是有利於駐留，不是嗎？」

漢斯又沒有直面回答，仍然反問他：「這是你自己的抉擇理由嗎？」

路迪微微窘迫了一下。

「是。」他點頭承認道：「這也沒什麼不好意思承認的，我覺得大部分人都是為了這個。」

「是，」漢斯輕輕點了點頭：「但我想這不影響最後的結局。」

「不影響嗎？我覺得會影響。」

「你今天看到了，即便是議事院投票，你們也還是有很大機會獲勝。」

路迪又一次觀察漢斯的表情，想看出是否有那麼一絲譏諷或者感傷，可是他什麼都沒有看到。漢斯看著他就像看著一本書，有關注也有觀察，只是沒有內心情緒的流露。不知為什麼，路迪對爺爺有了一絲膽怯，他覺得自己計畫的所有步驟爺爺都看得清楚，但爺爺的意願他卻看不清楚。他建議爺爺延長討論時間，漢斯沒有表態，只說知道了，會仔細考慮。

路迪退出房間，一個人佇立在走廊。他不知道爺爺是不是也會焦灼？他能察覺自己的焦灼。即使在心裡，他也有點回避自己熱衷遷徙的真正理由。他已經計畫了很多未來的場面，無論哪一個都有自己站在山嶺上指揮建設的場景。他幾乎已經無法接受它們不能化為現實。可是無論是表面還是內心，他都為這種個人的野心膨脹感到羞愧。小時候他以為自己會一心為公，以為自己會純粹客觀地評論天下事。今天是他第一次坦承自己，坦承自己的欲望。他不知道這是因為下午的初戰告捷，還是因為爺爺話裡平靜的力量。

他心緒紛雜地站著。走廊的另一端，傳出兩個女孩子甜美的聲音。那種甜美映襯著他長長的影子，讓影子看起來像一柄生鏽的鐵棒。夕陽西沉，他不知道是誰更不合時宜。他沒有心思談天說地，但還是習慣性地走向洛盈的房間。

門沒關，他剛到門口就看到了吉兒。

「路迪哥哥！」吉兒揚起聲音歡快地招呼他。

路迪朝吉兒點點頭打了個招呼，轉頭問洛盈：「你今天覺得怎麼樣？精神好不好？」

他注意到，洛盈的頭髮梳了上去，髮絲有些許凌亂，額頭有汗，顯然是剛出門回來。

「好。」洛盈很淡地笑了一下，說：「我一直都挺好的。」

「才不是呢！」吉兒推著她的手臂，對路迪笑道：「她現在整天都怪怪的！照我說，她是害了相思病啦！」

吉兒說著，咯咯地笑起來，說的是洛盈，但自己的臉也有點紅了。

路迪的心動了動。他覺得不是沒有可能。這個年齡的女孩，這件事是最有可能的。洛盈近來的狀態讓路迪有些擔心。她有時會一個人抱著膝蓋長長久久地坐在窗邊，什麼事情也不做，問她怎麼了她也不說。有時她又會突然消失，不提前打招呼，問她去哪裡也不說。從她回來，已經一個月過去了，他正開始有點擔心。他想，要是相思病也還好，至少她的狀態就可以理解了。

「你別瞎說，」洛盈輕聲對吉兒嗔怪道：「沒有這樣的事。」

她說得並不十分專心，彷彿連反駁都沒什麼興趣。

「還不好意思承認呢！」吉兒眨著眼睛看路迪：「路迪哥哥，你可要好好問問她，我才不信什麼事都沒有呢！你看她一整天忙忙碌碌的，做這麼大的東西，顯然是做禮物呢，這不是相思病是什麼？」

順著吉兒的手指，路迪注意到房間窗邊凌亂堆積的一堆材料，從硬紙板到金屬托架再到各色絲帶，有些散置，有些已經拼接，形狀和性質仍然看不出來，但能看出拼接的東西體積不小。路迪不知道這些東西是什麼時候出現的，至少他是第一次見到。

「跟你說了不是禮物。」洛盈輕聲否認。

「那不然是什麼？」

「只是一個活動的宣傳板。」

洛盈的態度引起了路迪的好奇，她的聲音帶著明顯的遮掩，他不知道為什麼這樣。

「什麼活動？」

「水星團的一個紀念活動。」

「你們不是被隔離了嗎？」

「只是一個月而已。馬上就到了。」

「是誰發起的活動？」

洛盈似乎察覺到路迪口氣中明顯的暗示意味，於是直率地回答：「不是哪個男孩，你們別瞎猜。只是纖妮婭發起的一個討論會。我做的也真的不是禮物。」

「纖妮婭？是上次去醫院看你的那個女孩？」

「是。」

「她是練體操的吧？她發起什麼討論會？」

「是練體操，但她一直喜歡看各種經典論文。」

「什麼經典？」

「就是一些……」

「路迪哥哥！」就在這時，吉兒忽然插嘴叫道。

洛盈和路迪將目光轉到吉兒身上，她卻又好像不知道該說什麼似的臉紅了一下。

「天不早了，」吉兒想了想說：「我該回家了。」

「好，」路迪滿不在意地點點頭：「常來玩。」

「路迪哥哥，」吉兒沒有立刻站起身，手指向一邊：「你能幫我拿一下那個嗎？」

路迪轉過頭，發現是一盆很大的花，他看著很熟悉，卻叫不上名字。

「是咱們家院子裡的花，」洛盈解釋道：「吉兒喜歡，我就送她一盆。」

路迪感到有些頭痛，卻不好說什麼，只得陪吉兒起身，端起來送她下樓出門回家。他很想和洛盈借著這機會好好談一次，但打斷的話就像吹散的煙，想再聚起來就難了。他明白吉兒的意思，但卻有點氣惱。他回想著纖妮婭的樣子，仍然覺得記憶十分鮮明。很少有女孩在見面第一次就給他留下如此鮮明的印象。她的眼睛上翹，像一對鳥的翅膀，高傲的樣子顯得很有風情，身材玲瓏有致，有一種毫無修飾的天然。他對她說什麼看什麼並不感興趣，但他對她本人很好奇。這些話他平時是絕不會直接問洛盈的，這些天也是第一次有機會提起。

路迪跟著吉兒出了門，回頭的時候看到洛盈抬頭望著窗外天邊，若有所思。

「路迪哥哥，我聽說你在推廣你的磁座位方案是嗎？」吉兒甜美地問。

「嗯。」路迪應著，心不在焉。

「太好了，」吉兒開心地笑了，說：「我在想，能不能把將來的上升座椅設計成C形，頂篷上垂下彩色的紗幔。」

「可以吧。」路迪含糊地說著，沒有什麼興趣討論。

「那能不能在座椅護欄下吊一個小平台，種滿花呢？」吉兒接著歡快地問。

「隨便吧。」

「那能不能在每家窗前加一個停車等候區？」

「那有什麼用？」

「方便男孩在女孩視窗等著她嘛！」吉兒歪著頭，笑咪咪地說：「也許是沒什麼用，但光考慮有沒有用多沒趣，人總要有些創意嘛。」

創意。路迪有點無奈地看著她，在心裡嘆了口氣。

他覺得他知道火星最偉大的發明是什麼了，不是資料庫，也不是核融合發動機，而是小機械系統。程式操控，運行便捷，一台小機械就可以進行物品完整的裝配。同樣的東西，根據輸入圖紙的不同，可以很容易組裝出不同式樣。起先是為了孤立的小工作站準備的，後來發展延伸，被加勒滿應用到房屋建造，被泰勒用到生產衣服。路迪想，女人們總以為外觀換個花樣就叫創造了，動不動把什麼換個顏色、加個蝴蝶結就號稱設計，要麼就把座位弄得像雞蛋殼一樣，理念上卻一點也不關心，這叫什麼設計呢？真虧得有小機械，給她們多少樂趣，隨便改改樣子，整天都有事幹。

女人，他想。總得給女人們找點事幹，要不然這世界非亂了不可。

晚上八點半，路迪來到唐璜酒吧。這是最近這段時間議員們晚上都喜歡來的地方。他照常在晚飯後散步過來，推開酒吧仿古的小門，先站在門口環視一圈。理查森、沃德、弗朗茲和胡安都在。他在心裡點點頭，感覺很愉快。他們都在。

唐璜酒吧不大，但很受歡迎。它有一個好處就是有比較大的長條酒桌，不像其他多數酒館，只有三三兩兩的凳子繞著隔得遠遠的小圓桌。長酒桌旁圍著一圈人說說笑笑，四周環繞著的折線形吧台讓其餘的人隨意走動，站著邊喝邊聊。酒吧的燈光不算明亮，酒也只有普通的四、五種，但是整個牆壁的顯示與裝潢卻有一種充滿誘惑的飽滿之感，在幽暗中湧動著一種躍躍欲試。

路迪在長桌側面找了個位置坐下，倒了半杯酒，很快加入眾人的談天說地。他斜著身靠著椅背，將椅子向後仰，一條腿向前抵著桌邊。有人大聲說著白日裡不好說的各種軼聞，他不時跟著大家哈哈大笑。坐在他身邊的是個面紅禿頂的中年人，說話有點結巴。他看到在長桌另一側，弗朗茲正在低頭和旁邊一個男人商量著什麼。理查森則站在長桌背後的吧台邊上，看著手錶，像是在等人。

路迪看到，胡安正在向自己這邊移動。他黑而圓的臉微微泛著酒氣的光，一邊移動位子一邊和經過的人打趣，笑聲洪亮爽朗，拍動對方肩膀的手厚實有力。胡安遠遠看了路迪幾眼，路迪從中看到一絲清楚的示意。路迪看到了，卻裝作沒有注意。胡安眼中的凌厲也一閃而過。

「你那次要的絕對是鱈魚！我記得很清楚。」胡安對經過一個微醺的男人大聲說。

「沒有的事！」那個男人大笑著反駁道：「我兩年沒吃過鱈魚了。」

「不可能！我明明記著。咱們打賭嗎？可以去問露西。她當時在場。」

「賭就賭。賭什麼？我自己的事我還不記得嗎？」

路迪與身邊的禿頭男人交談，可是幾乎沒有聽進去多少。他端著酒杯，環視四周，陷入自己的思緒。兩年來走的每一步和最近的計畫一股腦湧上心頭，在觥籌交錯的喧鬧間隨著酒精來回搖晃。

路迪來到議事院兩年了。對議事院，他的感覺很複雜。他喜歡議事院，但他在那裡經歷了巨大的心理落差。他曾夢想一步登天，但進入現實才發現，沒人聽他說話，沒人拿他提前畢業、功課全優的成績當回事，沒人因為爺爺的身分高看他一眼，沒人打算為了他的優秀修改標準程式，甚至沒人真的覺得他優秀。議員們有自己的得意的歷史，有自己專注的事情，不會在一個小輩身上花太多的注意力。他第一次被人冷落了。這讓他在第一年就有了一種從天堂跌落谷底的巨大的挫敗感。

路迪對現實接受得很快。儘管不甘心，但他還是第一時間將自己擺回到渺小的位置。他在資料庫中一一瀏覽了每個議員的資料檔案，背景經歷、學術成果、所有曾經的提案、投票意向、來自民眾的回饋和投訴紀錄，以及他們的政治傾向和政治性格。在他心裡，議會的結構就像一幅山脈連綿的3D地圖，開始一點點清晰，呼之欲出。他能大致不錯地看出酒吧裡談話的格局，推斷正在交談的雙方籌措的大體方向。他開始操作所有他曾經以為自己永遠不必做的事。這些事情他沒告訴過任何人，甚至沒有告訴爺爺。

誰說我沒遇到過挫折呢？他默默地想，有誰知道我的挫折。好多人整天愁眉苦臉，就像天塌了似的，其實還不過是那麼點事。他們以為考試不過就叫挫折，真是荒唐。生活唯一的挫折就是理想和現實的差距，連理想都沒有的人也好意思說挫折。

他仰起頭，將一杯酒灌下肚，再低頭的時候，胡安已經坐到了他的身旁。胡安仍然大笑著，一隻胳膊壓到他肩膀上，朝他也舉起了酒杯，就像和剛剛碰杯的每一個人一樣。路迪能感覺胡安沉重的臂膀，但他盡力做出輕鬆的笑容和他碰了杯。

「你今天來得正好。」胡安低聲對路迪說：「剛收到一條消息。」

路迪像聽到什麼笑話似的仰頭大笑了，然後低下頭，不動嘴唇地問：「什麼消息？」

胡安側頭，仍然笑著說：「地球那邊已經確定要在月球上建新的防禦基地了。」

「哦？難道他們有所察覺？」
「肯定是。」
「那您的意思是？」
「儘快行動，不能拖了。等他們建好就晚了。」
「明白了。需要我做什麼嗎？」
「我再給你消息吧。」
胡安從路迪耳邊抬起頭來，像是剛剛講了什麼不入流的笑話一般大笑著拍拍路迪的肩膀，路迪也配合地顯出窘迫的神情，像一個不諳世事的毛頭小夥子。胡安很快站起身來，又開始和周圍其他人說笑，胖身體搖搖晃晃地向吧台走去，不由分說站到一個高個子對面，與那人大聲攀談起來。路迪低下頭思量起來，彷彿酒醉一般半晌無言。

新的工程組織開始浮出水面，無論是誰都能看得出，整個火星都將面臨全新的階段，無論是自然環境還是社會構架都會變，就像一台重組裝的機器，每個人都在考慮自己將要獲得的新的位置。

路迪不知道未來的火星會向什麼方向發展，但他知道他們正在創造歷史。有目標地改造一顆星球，這還是第一次，不僅是火星的第一次，也是人類的第一次。所有事情都變化而動盪，未來充滿可能性與不確定。路迪覺得內心澎湃。他知道參與這場變革也許將成為罪人，但未來的人一定因為不能參與而深感遺憾。這樣的時期需要強有力的領導核心，誰在這整個過程做出重要貢獻，誰就能站在未來政治舞台的中央，就像走過戰爭年代的爺爺和他的同伴們。路迪清楚，他已經做好準備。

纖妮婭

纖妮婭對這個世界抱有戒心。她清楚自己有時戒心得過分，似乎對什麼都不相信，這樣也並不太好，只是她無法不如此。她覺得自己和洛盈剛好相反，洛盈總是對什麼都過分相信，相信一些根本不可能為真的、虛無的好意，對事實視而不見或拒絕承認。纖妮婭寧願多保護自己一些。她不相信愛情，就像她不相信那些大人物是為了全體公民福利而籌畫。

路迪找到纖妮婭的時候，她正在畫集會的標語。她起初沒注意到他，當她抬頭看到他，他已經站到了她的身旁，她想遮擋手底下的東西已經來不及了。

「你繼續畫。我不打擾你。」路迪試圖輕鬆地朝她笑笑。

「有事嗎？」纖妮婭看著他。

「沒事。」

纖妮婭狐疑地咬著嘴唇，並不相信。

「你畫的是什麼？」路迪問她。

「宣傳牌。」

「現在難得看到有人用手畫畫。為什麼不直接出電子圖？」

「電子圖不好看。」

纖妮婭很簡單地回答。她沒有說出真實理由。她不希望在集會之前在資料庫裡留下任何資訊或痕跡，無論是在公開空間還是私人空間。在她看來那都是一樣的。只要是在系統裡寫下的資料，管理系統的人就有辦法能看到。按規定他們不應該窺探，然而她不信任他們。

「宣傳牌是用來宣傳什麼？」路迪仍然微笑著，雙手插在褲子口袋裡。

「你怎麼知道我在這兒畫畫？」纖妮婭反問道。她不清楚路迪的意思，也不清楚他知道多少，這讓她覺得不安全。

「我若說是路過，你相信嗎？」

「不信。」

路迪笑了：「好吧，我承認。是小盈說過你們有時候下午在這邊見面。」

「她還說什麼了？」

「什麼也沒說。真的。我問她你們計畫什麼她也不告訴我。」

「那你是來幹什麼的？」

「我就是想來看看你。」

路迪很直率地看著纖妮婭的眼睛，目光裡燃燒著收斂的暗火。纖妮婭也看他片刻，嘴角忽然浮現一絲譏誚的笑意。她能看出他在試圖使用一種慣常的征服女孩用的表情，這讓她覺得滑稽。她不想做他的堡壘，也不喜歡看他躍躍欲試準備衝鋒的模樣。

她又低下頭，重新拿起畫筆，在紙上描繪。她沒有什麼繪畫基礎，只是在一排寫得很大的字母旁邊做花邊的修飾。字母寫得凌厲，像一排舉槍的兵士。

「『不自由，毋寧死。』」路迪站在她身旁念道：「為什麼畫這個？」

「為一個讀書討論會。」

「討論什麼？」

「討論我們到底有沒有自由。」
「你覺得我們沒有自由嗎？」
「還沒有討論，」纖妮婭冷冷地說：「我怎麼會有結論。」
「你怎麼定義自由呢？」
「自己決定命運。」
「可是命運的偶然性是人永遠克服不了的，人往往什麼都決定不了。」
「只要不被人為阻擋就可以。」
路迪說得饒有興趣，一隻胳膊撐到了桌子上，斜著身子一邊看纖妮婭的畫一邊看著纖妮婭。這是一個小換乘中心的街心花園，兩張寬大的玻璃長桌和環繞散置的立方體小板凳是集會和繪圖極方便的設施。路迪的金髮閃閃發光，但纖妮婭並沒有抬頭。
「對了，」路迪忽然想起來：「上次在醫院，你說到的關於留學的意見，我替你們向議事院提交了提案報告。」
纖妮婭警覺地抬起頭來：「你提了什麼？」
「我說你們覺得留學過程中的很多不適應造成了心理痛苦。建議留學組織委員會重新全面考查評估，重新制定留學方式，增加提前的準備和心理輔導。」
纖妮婭又低下頭：「你並沒有明白我的意思。」
「那你是什麼意思呢？」
「我的意思在留學本身，根本不在於這些細節。」

「你是說根本不應該去嗎？」

「你可能無法理解，我們只要見到了另一個世界，再怎麼調適也沒有用。就是回不來，就是不喜歡那種……」她想了一會兒措辭：「那種很僵硬的東西。」

「我能理解，」路迪微笑著說：「技術官僚主義。」

「對，就是這個。」

路迪點點頭：「這個我也討厭。」

「是嗎？」

「當然。我不只一次寫過文章反對現在的系統構造。」

纖妮婭抬起頭來，雙肘支在桌上，側頭對著路迪，琢磨了片刻說：「那就實話告訴你好了，我們這次的討論會，實際上是想發起一場運動，想反對這種官僚主義。讓房屋和工作室身分流動起來，不要讓人總僵死在一個地方。」

「哦？」路迪的眼睛亮了起來，顯得饒有興趣：「這是件好事啊。」

「你這麼想？」

「當然。當然是件好事。」路迪說得非常肯定：「也算我一個吧。有什麼可以幫的，我一定幫你們。」

纖妮婭遲疑了片刻，最後還是點了點頭。她猜測著路迪的內心，不知道他有幾分是當真和他們想得一樣，又有幾分是為了接近她而故意表達的一片熱情。她想了想，覺得即使是後者也沒有什麼，並不算太過分。他們的目的就是喚起更多人支援，有一個人支持總比沒有好。更何況他還是洛盈的哥哥，總督的孫子。如果他承認他們行動的合理，那麼他們肯定會做得更加理直氣壯。這樣思量再三，她的戒心慢慢消退了些許。她沒有表示什麼歡迎，但當他伸手幫她翻動展板的時候，她也並沒有和他鬥嘴，沒有拒絕。

第二天，纖妮婭將這件事告訴了洛盈。她們在去房屋辦公室的路上，邊走邊聊。洛盈對哥哥的殷勤並不感到驚奇，但卻沒有料到他開明的態度。

「我記得一個月以前哥哥還很反對我偶爾提起的革命呢。」洛盈回憶道。

「我也不清楚他怎麼想的，」纖妮婭說：「他只是說他也討厭技術官僚。」

「那倒是可能的。」洛盈點點頭：「哥哥一直有點不甘心讓上級壓著。他也說過現在的部門設計得不好之類的話。」

纖妮婭和洛盈慢慢地走著，向羅素區社群活動中心的方向。在這天不是週末，活動中心人影稀少，非常寂靜。一連串圓形房間，在週日成為美術俱樂部、美食俱樂部、社交舞俱樂部，而沒有活動的日子靜靜空著，從關閉的玻璃窗能看見室內每處未完待續的安寧畫面。她們經過活動中心，順一條筆直的大路向南，大路中央有樹和草坪，兩側是枝葉遮擋的兩條小徑，極適合步行。

「你哥哥還說他想幫我們。」

「是嗎？怎麼幫？」

「他沒說。只是說能幫儘量幫。」

「這倒不錯。」

「不過我不知道他是不是就這麼隨口一說。」

「這倒不用擔心，」洛盈俏皮地微微笑道：「就算他是隨口一說，也是為了接近你，然後為了以後能常常接近你，就不能輕易反悔，也就不是隨口一說了。」

纖妮婭臉紅了，擰了洛盈胳膊一下，嗔怪道：「讓你說。」

「吃虧的可是我，」洛盈邊躲邊笑：「你要是和我哥好了，我還得叫你嫂子。」

「誰和他好！」纖妮婭爭辯道。

「你不喜歡我哥嗎？」

「我誰也不喜歡。」

「索林也不喜歡？」

「不喜歡。」

「為什麼？」

「我早跟你說過，」纖妮婭說得很堅決：「我根本不相信愛情。」

「你才多大啊？」洛盈看著她笑了：「就懂得相信不相信愛情。」

「我就是不相信。我信龍格說的，人都是功利的，說什麼愛不愛，其實都只是自私為了自己，有所企圖。」

「那你覺得我哥有什麼企圖？」

「我不知道，」纖妮婭說：「很多東西不是那麼直接。他可能是為了一種虛榮心，從來被別人捧著習慣了，難得遇上一個不熟悉的人，就想要挑戰征服，為了證明自己。」

「那也不壞啊，至少說明你有魅力。」

「哪裡是魅力。只是兩種可能，要麼是一時衝動，要麼是他太愛自己。」

「你怎麼就這麼偏激呢？」洛盈捏捏她的手：「索林說的一點都沒錯。」

「是你想得太簡單。」織妮婭說：「我就問你，你很信安卡的感情嗎？」

洛盈一下子怔住了，片刻後才笑笑：「怎麼又說起我了？你覺得安卡不可信嗎？」

「不是他不可信，是感情不可信。」

「你聽說什麼事了嗎？」

「沒有。只是想問，你能確定他在乎你嗎？他說過嗎？」

「沒有。」

「那你能確定他是個相信感情的人嗎？」

「我覺得他是。」

「這只是因為我們熟悉他所以信他。可這什麼也不能保證。」

「那還要有什麼保證呢？」

「什麼保證也不可能有。」織妮婭聳聳肩說：「這就是問題。很多人所謂愛情只是兩個人面對面時情緒一動，過後就不拿它當回事了。」

「你哪兒來的這麼多理論？」

洛盈仍然作出不以為然的樣子，但聲音並不那麼自信。她低著頭看著小路，抿著嘴不說話了。織妮婭側過頭看看她的臉，用手在她眼前晃了晃。洛盈轉過頭來，笑了一下，織妮婭也笑了。兩個人靜靜地走了好一會兒，心裡都有一絲沉沉的疑惑不決。織妮婭也不確定自己這樣到底對不對？她覺得自己的問題是什麼都想看透，而洛盈是什麼都不想看透。她沒法做到什麼都看透，而洛盈又做不到徹底不看透。這局面她們不說，但她們都清楚。是不是該相信一回呢？織妮婭問自己，相信無私的好意和某種程度的真心。

「不管怎麼說，」洛盈看著腳下，像是讀到了她的心裡話似的說：「我還是想相信。而且我也希望你能至少相信一回。不管對方是誰吧。」

纖妮婭沉默了一會兒，淺笑了一下，說：「希望吧。」

房屋登記辦公室在活動中心二層。相當寬大的辦公室只有一個中年女人坐在裡面，顯出一種過於空曠的蕭索。辦公室平時是無人值班的，只有預約時間才有臨時工作人員，因而設施和生活用品都十分簡省。一個圓形房間，正中央橫著一張長方形桌子，女人端坐在桌後，桌面光滑空淨。

「是誰要登記？」女人滿面笑容地問，她的眼睛透過眼鏡上方，從洛盈看到纖妮婭，又從纖妮婭看到洛盈，帶著七分禮貌和三分懷疑，來回打量。

「我們想給一個朋友申請。」纖妮婭答道。

「他自己怎麼不來？」

「這……」纖妮婭看看洛盈：「這是我們想送他的禮物，他還不知道。」

女人笑了，像是笑她們年輕不懂事：「小朋友，這我可沒法幫你們了。我們這裡是不能由他人代辦的。需要本人的指紋簽署協定才能生效。要不然設這個辦公室幹什麼，資料庫裡登記電子資訊多快啊。既然來現場，就得本人來。」

洛盈和纖妮婭面面相覷，她們沒有想過這個問題。

「那麼，」洛盈想了想：「我們能不能先代他申請，確定之後再帶他過來？」

「其實我們只是想幫他蓋一個很小的房子。」纖妮婭補充道。

「嗯。」洛盈接著說：「我們自己動手也可以。我們已經去了房屋建造辦公室，材料都預約了，式樣也選好了，他們說得先到您這裡登記選址，只要登記了他們就能建。」

「您就幫我們一下吧。」纖妮婭又說：「這個人幫過我們很大的忙。」

「拜託您了。」洛盈說。

女人一直專心地聽著，眼鏡摘下來拿在手裡，表情寬容卻帶著幾絲無奈，想插嘴卻沒有說出什麼，一直到她們都停下來充滿期待地看著她，她才將雙肘支在桌上，雙手攤開，醞釀了片刻措辭，非常委婉地開口。

「不是我不想幫你們，」她說：「可是我們也需要指令才能登記，我最多想想辦法。你們能不能帶來這個人的婚姻登記文件？」

「這個……」洛盈頓時為難了：「恐怕沒辦法。」

「那怕是不行了。我們只要收到婚姻辦公室的檔，就可以登記。但沒有可不行。」

「他沒有結婚。」

「沒有結婚？」

「嗯。」

「那要房子幹什麼？他不是應該有單身公寓嗎？」

「有是有。但是太小了。以前他有實驗室和活動室，沒什麼關係，但是現在連這些都沒有了，我們覺得他的自由空間實在是太小了，希望幫他建一座稍稍大一點的房子。」

女人張了張嘴，又露出那種寬容而無奈的神情，似乎不知怎麼回答，邊隨手從桌上找了張空白的紙，一邊說一邊畫下一些粗簡的電路線路圖。

「我不知道該怎麼跟你們解釋，」她仍然很和藹：「我只能說……其實我們的辦公室就跟這個電阻一樣，或者這個二極體……不好意思，我是學電路的，我只知道這個……我們的功能就是接收到上一個辦公室的檔，再發送到下一個辦公室去，就像電阻傳遞電子。一個電阻是不能自作主張的，不能自己私自造一個電子。那是電源的任務。如果自作主張，一切就都亂了。所以實在很抱歉，我真的幫不了你們。」

這番通俗而誠懇的說明像一針冷凝的注劑，說完，空氣立刻冷了下來。

纖妮婭咬了咬嘴唇，還想再說些什麼，洛盈拉了拉她的手，搖搖頭道：「算了。」

她又轉頭對著桌邊的女人：「謝謝您。那您知道我們該去找誰比較有用嗎？」

「我看，」女人想了想：「你們還是去婚姻辦公室問問吧。想辦法幫他結婚是正事。結了婚房子自然就有了。」

洛盈和纖妮婭穿過寬敞空寂的走廊，無心觀賞牆上的宣傳畫。婚姻登記辦公室就在同一座樓另一側拐角的地方，她們跑著踏過轉角線條柔和的台階，抱著試一試的打算，遭遇到兩扇冷靜鎖緊的門。婚姻登記辦公室裡沒有人。她們沒有預約，這裡沒人很正常。她們只是想碰一碰運氣，但運氣沒有造訪她們。她們透過玻璃門向房間裡張望，人造花搭成的白色裝飾台靠牆佇立，遠端的牆上掛著許多裝在鏡框裡的照片。

這時，一個年老的女人從樓上走下來，經過她們身邊。

「您好！」洛盈叫住她：「請問……請問您知不知道這個辦公室……」

她說著看了看纖妮婭，不知該怎麼繼續。

老太太和氣地笑了，顯得非常熱情，布滿皺紋的嘴抿著問：「怎麼了？」

纖妮婭替洛盈說完下半句：「請問您知不知道這個辦公室是不是也可以幫忙尋找結婚對象？」

老太太好奇地打量著她們：「你們……？」

「不是……不是我們。」纖妮婭連忙說：「是一個朋友。」

「哦，」老太太點點頭：「那他怎麼不去交友派對？每個週末都有的。」

「他，他似乎不大喜歡。」

「哦，那我幫你們想想啊。」老太太顯得非常認真：「他是哪個工作室的？」

「他現在沒有工作室。」

「沒有工作室？」老太太皺起眉頭，像聽到一件不可思議的事情。

「嗯。他在檔案館幫忙。」

「這樣啊。」老太太想了想說：「小姑娘，憑我的經驗，我不是說絕對不可能，只能說非常非常困難。」她停了一下又加了一句：「非常困難。」

老太太的目光讓她們有一點窘迫。纖妮婭看看洛盈，洛盈也看看她。

下午晚些時候，當她倆向羅素區第一醫院走的時候，纖妮婭將剛才找到的一絲溫情又忘記了，重新回到早些時候一直堅持的冷而堅強的不相信。她平時就總在相信溫情與不相信間擺盪，而不相信讓她在多數時刻覺得更安全，沒有期待也就沒有失望和困擾。她又變成平時的自己，認定情感背後總有著各種實利的目的。

「你還沒聽明白嗎？」她問洛盈：「所謂穩定婚姻，不過是這麼一套房子而已。」

洛盈情緒也有點低了，雖然仍然說著：「我想還是不盡然。」

纖妮婭一邊說一邊能感覺心裡的涼意：「你說人們為什麼不離婚？還是因為離不了。就像我們原來說過的治安好的問題，根本不是什麼道德素質高。我們這裡離婚率低，也根本不是因為人們全都比地球上的夫妻更愛彼此，更重視家庭，而是因為只有這麼一套房子，離了婚就有一個人得搬到單身公寓，就是這麼簡單。」

老太太的話在纖妮婭心裡留下相當強的衝擊，她從前儘管模模糊糊也有一些印象，但是從來沒有這麼明晰。一段婚姻、一個家庭、一份盟誓，根本不像小時候相信的那樣神聖而堅不可摧，且不說地球上習以為常的非婚狀態，即便是在火星，這樣的經濟利益也讓其中美好的溫情大打折扣。老太太說曾經有夫妻為了解決問題，兩對夫妻互換配偶，各自離婚再分別結合，家庭還是兩個，房子還是兩座。這其中還有多少是愛情？纖妮婭不知道。她覺得自己的擺盪已經又重擺回不信的一邊。

醫院很快要到了，掩映在一排低矮的圓錐形松樹背後，潔白的牆面，輕簡的造型，有一種樸素乾淨的威嚴。她們停下了腳步。纖妮婭仰起頭，試圖尋找洛盈向她形容過的頂層的小房間。

「我們的計畫，瑞尼醫生知道嗎？」她輕聲問。

「應該不知道。我什麼也沒提過。」

「我還是覺得這麼個小禮物實在不夠。我們應該爭取一些更實際的事情。」

「可是你也看到了，」洛盈嘆了口氣：「我們能爭取什麼呢？」

纖妮婭還想說什麼，可就在這時，她們忽然看到一樣物體從樓頂墜落。定睛看去，是一個人。她們頓時捂住嘴，驚駭地睜大了眼睛，所有聲音都哽住了咽回肚子，心狂跳不止。眨眼之間，那個人消失在視野，落入樹叢背後，地面傳來悶聲一響，如同地震。在短暫得來不及反應的片刻之間，一個人像一只被拋落的包袱落到地上。結束了。

那一瞬間，纖妮婭一下子覺得心裡壓抑得很。她哆嗦了一下，轉過頭看著洛盈發白的嘴唇，知道她和自己想到了同樣的回憶。

她們愣了一會兒，驚魂未定地向事發地跑過去，有很多人從醫院中湧出，圍在四周。在一片血肉模糊的扭曲中，洛盈呆呆地站住了，她輕聲告訴纖妮婭，死者她見過，就是她上個月偶然在天台遇到的發瘋的患者，那時他曾拚命敲打玻璃。

瑞尼

這一天是火星四十年的第二百七十二天，也是瑞尼三十三歲的生日。

這一天清早，瑞尼像往常一樣，起得很早，開吸塵器將大廳和小廳都打掃一遍之後，站在二層的閱覽室向外遠眺。這裡是檔案館除大廳外他最喜歡的地方。它正對著檔案館背後的草坪，目力所及皆是寧靜安然。他站在兩排高高的架子中間，面對窗口，頭頂能感覺耀眼的陽光。他沒有調節玻璃的透光度。清晨的明亮很清透，雕花立柱沐浴在光裡。這種光亮讓他內心安穩，能感覺生活仍然有亮度。

來檔案館是瑞尼自己的選擇。寫史很多年，他對這裡已經非常熟悉。拉克館長是他尊敬的人，他上了年歲需要助手，而瑞尼需要內心的寧和。

資料室的視窗窄而長，玻璃能上下滑動，窗框上懸著少見的布窗簾，高高地捲在頂上，綠色穗子垂下來，和樓下四四方方的草坪連成一體。因為是生日，許多往事比往常更容易浮上心頭。他在窗邊比平時佇立得更久，回憶如潮水將他包圍。他出神地看著窗外，沒有注意到身後洛盈的到來。

「瑞尼醫生。」洛盈輕輕叫了一聲。

瑞尼轉過頭，看到洛盈，她穿了一條黑色的裙子，皮膚顯得很白。

「你怎麼來了？」他微微笑了。

「來祝您生日快樂。」洛盈也走到窗邊，柔和地說。

「謝謝。難得你記得。」

瑞尼真心覺得感謝。他很久沒聽人祝福生日了。除了洛盈，他也想不起還有誰會來看他。他在各種俱樂部認識的球友閒暇時總在家陪子女玩，不會來看他這樣一個老光棍。他不喜歡組織聚會，也沒有招待人的地方，因此已經好多年一個人過生日，將這一天當作和其他天沒有區別。能有人記得，實在是一種驚喜。

「你最近怎麼樣？」他問洛盈。

「挺好的。」洛盈淺淺一笑。

「在忙什麼？」

「在忙一件大事。」洛盈說著頓了頓，微笑著好一會兒沒有說下去，似乎在用拖延增加神祕感，臉上帶著幾分俏皮和淺淺的志得意滿的神氣。她停頓了一會兒才反問道：「瑞尼醫生，如果您有機會重回工作室，您覺得醫院好些還是機械研究室好些？」

瑞尼愣了一下：「為什麼問這個？」

「因為我們在幫您聯繫工作室，現在很有希望。」

「幫我聯繫？」

「是。上周我們已經問了伽利略區和沃森區兩間醫院，昨天還問了土地系統下屬的一個探測小組，向他們介紹了您的技術，他們都對您的研究滿感興趣的，有可能能接受您呢。」

聽了這話，瑞尼覺得有一絲尷尬，不知如何回應。

「謝謝你們了。」他說：「不過這恐怕不太可能。」

「為什麼？」

「因為我的檔案凍結了，不能轉。」

「可是當我們去和這些工作室談的時候，他們顯得很有興趣，您的技術應該能為他們帶來聲譽和經費，他們如果同意接收您不就可以了嗎？」

瑞尼搖搖頭：「沒有那麼簡單。檔案凍結了，不轉過去就不可能註冊使用他們的設備，也不可能申請經費，沒有用的。」

「那如果我叫爺爺給您解禁呢？」

「才剛一個多月，作為總督，怎麼能這樣出爾反爾？」瑞尼溫和地微笑看著洛盈。

「那麼，」洛盈像是料想過他的答案，仍然不放棄地問：「如果我們發起運動，號召廢除這樣的檔案和工作室制度呢？」

「嗯？」這一下，瑞尼真的愣住了。

「我們想過了。這樣的制度是不合理的。檔案把人鎖住了。如果一個人想轉變自己的工作室，需要檔案管理的批准才可行，如果檔案不能轉，就什麼都不能做。這樣就讓工作室的負責人和系統長老有太大的權力了，誰都不能不聽他們的。再加上實驗室經費往往取決於是不是在一個大工程中擔當任務，就造成人人依附上級，爭取被指派工作，於是就造成整個國度的問題，讓社會開始僵化，失去活力，技術官僚主義統治了所有人。」

瑞尼安安靜靜地聽著，看著洛盈清秀的面孔。她慢慢地說著，說得認真而一字一頓，臉上因為嚴肅而帶著相當可愛的神氣。她和兩個月前剛剛從地球回來時有些不一樣了，那時候她的困惑多於堅決，面容顯得猶豫，而現在已經明確多了，有一種堅定的細微的亮光在眼睛裡閃爍。她似乎比剛回來時更清瘦，也更白，可能是身體不適再加上沒有曬太陽的緣故，但是她眼中的亮光卻讓整個人顯得很有精神。她的語聲慢而柔，認真地將她原本不熟悉的話語說得流暢自然。瑞尼不清楚她的理論來自何方，但他在這些孩子身上能看到速度驚人的學習能力。

「你們在嘗試改變制度嗎？」待她停下來，瑞尼問。

「是。可以說是。」

「可是你們想沒想過，任何制度都有它的理由。」

「您是指什麼理由？」

「歷史的理由。還有自然限制的理由。想要公平分配，總要有所限制。」

「這些我們想過。可是我們覺得不能為了這些理由就無視它的缺陷。」

「任何制度都不可能做到完美無缺。」

「但是現在的系統有嚴重缺陷，它要求個人跟從系統，不願意跟從的就無法生存，它將不服從的人囚禁，甚至逼人發瘋死去，前天下午，我們就親眼見到一個人從高樓上跳下來死掉了。」

瑞尼心中一凜：「這是哪裡的事？我怎麼不知道。」

「沒有報導。」洛盈說：「而這個人您也見過。就是上一次我們在醫院天台上見到的砸玻璃的那個精神病人。」

「是他？」

「您認識他？」

「認識。認識很久了。」

「真的嗎？」洛盈吃驚道：「那您知道是怎麼回事嗎？我們去打聽，但誰都不肯說。我們猜想他一定是想要突破加在他身上的種種束縛。您熟悉他嗎？」

瑞尼沒有說話，陷入長長的沉思。這個消息在他心裡喚起一種料想不到的空茫之感。許多年大起大落的烽煙往事一股腦湧上他的心頭，讓他一瞬間五味陳雜，覺得人世間的變換和命運實在難以琢磨。他真的沒想到這個人會死去。人的幸運與不幸總是難以預知，甚至難以確定。這樣的事情總是對人有很大影響，在死亡面前，爭與不爭變得很無味。

他默默嘆了口氣，對洛盈說：「非常謝謝你們，但你們不用替我操心了。我需要你們的友誼，也只需要這個。我現在挺好的，真的不想再爭什麼了。」

洛盈似乎有些不解，又有些不甘，猶豫了一下，點了點頭，但還是說：「瑞尼醫生，我尊重您的意思，但我還是想勸您再考慮一下，我知道您很恬淡，可是恬淡不代表軟弱，您是個好人，有很多東西本應能得到的。」

瑞尼笑了一下：「謝謝你。我會考慮的。」

洛盈低了低頭：「只是覺得，一個好的世界不應該剝奪像您這樣的人。」

瑞尼心裡忽然很感動，他沒有期望這樣的關懷。當他主動向漢斯表示願意承擔他們的過錯時，他並沒有覺得這是什麼恩惠，只是覺得孩子們想出去玩並不是什麼錯事，為了這個處罰影響他們一輩子，並不是一個合適的結局。他那個時候計畫得簡單，沒有料到能獲得這樣的關心。他不知該怎麼表示，他已經太久沒有表達過感性。

他想了想，轉而問洛盈：「最近出什麼事了？為什麼突然變得這樣激進了？」

「您覺得我很激進嗎？」洛盈反問道。

「一點點而已。」瑞尼說：「我只是記得上個月你還在質疑革命。」

「是。」洛盈承認道：「但是這些天我開始越來越在乎行動的意義。我現在覺得生活總需要一些行動，否則就會沒有方向。在當時您給我看的一本書中，有一些句子我最近反覆琢磨，覺得很喜歡。『我們中的每一個人都應生活在歷史中或違背歷史劍拔弩張。在一個人終於誕生的時刻，必須留下時代和他青春的狂怒。』我希望能夠做一些什麼，我們現在實在缺乏目標，這是我們僅有的覺得有意義的事情。」

「這很好。」瑞尼肯定地點點頭。

洛盈望著他：「瑞尼醫生，平心而論，您不覺得目前的系統太固化、太不自由了嗎？」

瑞尼沒有正面回答，而是反問她：「你還記得你跟我說過的地球上人與人之間的距離嗎？人和人的陌生、孤獨、相互不信任？」

「嗯，記得。」

「其實這世界上只有兩種系統。固體和流體。固體的特點是結構穩定，每個原子都固定在自己的位置上，原子和原子之間有著強大的力和紐帶，而流體的特點是自由來去，相互間獨立，任何小顆粒之間都沒有固定聯繫，也沒有力。」

「您是說……」洛盈想了想：「自由和情感不可得兼？」

「有時很多價值都不可得兼。」

瑞尼清楚，火星就是名副其實的晶體。城市如晶格般平均穩定，每個家庭一所房子，每家的建築和花園都差不多大小，房子排成串，像一格一格的週期項鍊。他們幾乎從不搬家，小孩子在父母的房子裡長大到自己結婚，領取自己的房子後在另一個地點安居。一生兩所房子，人就像長在土壤裡。社群是最重要的結構，是一個小孩成長的全部世界，他睜眼看到的所有人，就是陪著他成長的所有人，是他成年選擇後將伴隨他一生的人。

城市隨著人口逐年擴張，可是新擴張出的居民區有著和老城完全等價的相似面容。同樣是一串串房子，同樣是寧靜而均等，儘管每所房子形態各異花樣百出，但合在一起卻形成統一的整體。五百萬人口平均而分散，城市看上去沒有結構的中心。因為穩定，所以固連。

「可是您不是說過有雲的存在？既有聯繫，也有自由。」

「雲……」瑞尼點點頭說：「但那需要外來的光，不可持續。」

「我不知道。」洛盈低下頭說：「我只是覺得，如果您是如此不爭，那麼生活的方向又在哪裡呢？如果什麼都看開了，難道不會有一片虛無的感覺嗎？」

「我嗎？」瑞尼低頭想了想，沒有直接回答，而是指向閱覽室另一端。

瑞尼帶著洛盈穿過層疊排布的書架。老式圖書暗紅色的書脊整齊地列著，燙金書名送出異域的氣息，木漿紙因儲存得久遠而發黃，像生活在古老時空裡的古老的人。陽光從一側斜射進房間，屋子顯得異常安靜，星圖在屋頂上以不可察覺的速度旋轉，提示著不可捉摸的時間。瑞尼像穿過包裹生活的重重虛像走入現實深處，面對收藏在記憶庫存的樸素話語。他們靜靜地走著沒有說話，鞋跟敲出房間裡僅有的聲音。

瑞尼逕直來到一排標有「地球經典」的書架，指著架子上一本書說：「這是你剛剛提到的那本。」然後從它旁邊的位置小心翼翼地取下另一本小冊子，翻到他熟悉的一頁念出來：

「『……使我感興趣的是怎樣才能成為一個聖人。』

『可是您不信上帝。』

『是啊。一個人不信上帝，是否照樣可以成為聖人？這是我今天遇到的唯一具體問題。』

『可能是這樣。但是，您知道，我跟失敗者休戚相關，跟聖人卻沒有緣分。我想，我對英雄主義和聖人之道都不感興趣。我所感興趣的是做一個真正的人。』」

他念完闔上書，心裡像從前的每一次一樣有風沙席捲。他眼前能浮現書中人面對的黑色大海，也能出現這個星球廣袤粗獷的大漠黃沙。它們是他的方向，他一直很清楚。他能看到在大地上匆匆經過的人，從黃沙中凝聚成形又散落成灰，來往繁忙，喧囂擁擠，他走在他們中間，他們的狂喜與悲痛將他包圍。他看著他們的面容。在他心裡，他們穿什麼衣服遵照什麼風俗擬定什麼制度做什麼事都是不重要的，重要的是他們是否停下來用眼睛、面孔和身體互相面對。這是他真正感興趣的東西。

「一個真正的人？」洛盈喃喃地問道。

「是。」瑞尼笑笑：「這就是我想做的。」

「可什麼是一個真正的人呢？」

「就是一個能與他人面對面的人。」

洛盈琢磨話的意思，沒有再問，凝神思量著，她純摯的黑眼睛像兩灣深深的泉水。她伸手接過他手裡的書，輕柔地撫摸著書皮，莊重而仔細地端詳著。

「《鼠疫》。」她念出聲。

「鼠疫。」瑞尼重複著：「就是哪裡也去不了。」

洛盈翻開第一頁，念出第一行：「……用一種囚禁生活來描繪另一種囚禁生活，用虛構的故事來陳述真事，兩者都可取。……」

瑞尼沒有再解釋或說明。洛盈自己低頭閱讀，目光凝注，輕輕咬著嘴唇。

瑞尼知道，在這樣短時間裡她不可能讀到多少，自己也不可能說清楚多少，更多隱藏在宇宙深處的生存真理，他自己也不可能完全領悟。他在心中默默思考著洛盈所說行動的意義，也反問自己是否太過於不行動或者避免行動，在遭遇現實打擊的時刻，他也曾經這樣問自己，質疑自己的所為是否偏離了生活真正恰切的方向。通常情況下，他對於行動有種悲觀的看法，在永恆無盡的深海中，他覺得孤舟的漂流好於弄潮的英武。但是另一方面，他為這種靜思默想所經歷旁觀的苦痛深感自責。洛盈問的是對的，這正是他心中矛盾之所在。

忽然，一陣音樂打破了兩個人和書架的寂靜，有人來訪了。

「啊。」洛盈放下手中的書：「時間到了！」

「什麼？」

洛盈四下尋找著鐘錶，嘆道：「時間過得這麼快。」

瑞尼仍然不明所以，洛盈示意跟她出來。

他們穿過二樓環繞的走廊，轉過立有天使塑像的樓梯轉角，沿寬闊呈扇面的大台階一直往下，來到檔案館大門。洛盈停下來，平息了一下呼吸，向瑞尼神祕地笑了。然後她按動牆邊開門的按鈕，看黃銅色的厚重大門緩緩沿弧線敞開，向門口伸手示意。

瑞尼順洛盈的雙手向外望去，定睛看時內心吃了一驚。他看到一群孩子朝他笑著，邊笑邊歡快地招手，在他們面前，他從前的雕塑如威嚴的軍隊排成一支浩浩蕩蕩的隊伍。列在中間的是那頭他雕了接近一年都沒有完成的雄獅，不知道被誰將尾部粗略完成了，雖然算不得準確完美，但也符合了整體的身體結構。獅子莊嚴雄壯地蹲在中央，土黃色粗糙的外表帶著酋長的滄桑，身上掛一條軍人般的綬帶，在四周一眾形體較小的塑像的簇擁之下，像一個獻禮的來自異國他鄉的客商，銅鈴般的眼睛彷佛也有了神采。瑞尼從來沒發現，自己的雕塑還可以如此迥然生動。大大小小的塑像排成整齊的隊伍，在中央頂著一塊絨布的旗子，上面縫著一行大大的斜體字：生日快樂。

沒有風，綬帶卻彷彿在飄揚。

洛盈已經站到了少年中間，跟著他們此起彼伏地叫著生日快樂。有人解釋說怕瑞尼一個人搬不了這麼多東西，他們就將他所有作品和工具搬來了，讓他在這裡也有個消遣。各種聲音攪在一起，在明媚而熾烈的陽光下閃閃發光。有兩個少年頭繫著布條，手裡拿著鐃子，載歌載舞。另外一個少年彷彿指揮獅子和其他動物前進的將軍。

瑞尼不知該說什麼好，說什麼都似乎不能表達心中的感覺。他已經很多年沒有這樣溫暖的記憶了。

他被一種久違的生命力打動了。

瑞尼出生在火星一個不尋常的年分，火星七年，分岔之年。他今年三十三歲，每當他回顧三十三年前那場分裂，內心就會唏噓不已。他知道，在漢斯幾十年的選擇中，火星七年的那場分裂就是最不情願的抉擇之一。

火星並非一直是一個固定的世界，最初的締造者只是選擇了資料庫，並沒有想好任何一種社會面容。理想化的人們設想了一個純粹自由自在的世界，隨意發現新世界，隨意向資料庫投放成果，隨意取用他人的成果，自行獲得生活費。然而在建國第七年的整頓中，世界註定的運行規律卻推促著人們走向另一端，選擇了一個穩定、條理化、效率優先的構造。

通常情況下，當一台儀器的設計越來越完善，加工越來越精細，系統內的熱運動就成了雜訊和能量浪費的最大來源。對一個社會也是一樣。隨意來去的世界固然聽起來喜人，但是在實際生產的時候一定會造成大量的社會資源損失。因此那一年，系統在城市裡結晶，自由的隨機運動被壓制到了最低，系統開始由層層疊疊的級次和一個接一個的部門鏈條重新整合，或者換句話說，系統官僚化。

那一年的決策並沒有進行全民公投，而是在議事院中由全體議員投票。什麼樣的事件啟動全民公投是相當微妙的事情，那一年在任的總督理查·斯隆最終批准只由議員投票。漢斯和他的夥伴們都是議員，他們曾對此展開激烈辯論，幾個好朋友都不喜歡為了效率強行犧牲自由，然而最後只有朗寧和加西亞對此堅定不移，漢斯和加勒滿認為理念對現實需要妥協，投了系統方案的贊成票，而朗寧和加西亞投了反對票。那一年的投票很激烈，結果竟然相差不多。理論上講議員是由各個系統最積極參與建設與決策的人物構成，這些人通常正是贊成系統整合的支持者，本以為改革派會大勝，可最後的結果兩方竟然不相上下。官僚派取得了微弱優勢，一個以工作室為單位的電路形系統設置為統籌和管理提供了最大的方便。沒有人能說得清，在當時的情境中，漢斯和他的夥伴們起了什麼樣的作用。

面對這樣的局面，所有人個性的差異都被鮮明地擺上桌子，不同的人最終做出了不同的世界選擇，進入或者遠走，道路由此不同。

漢斯不喜歡系統化。他喜歡整合之前自由組合團隊和跨領域研究的方式，但他也明白，部門化與流程化無論在哪個年代都是提高效率最可靠的方式，所以他最終選擇了贊成系統化，他留在系統內，專心飛行，以豐富的戰鬥經驗和在偏遠地帶的考察贏得了同伴的信任，十年後升至飛行系統總長。

加勒滿是房屋方案的設計者，戰爭年代已有了全火星皆知的設計成果，改革後沒有退出系統，而是進入土地系統玻璃研究室，科研與政論雙手肩負，將他的研究室帶為火星頂尖的實驗室，他自己也隨後成為土地系統總長。

但朗寧和加西亞卻沒有這樣平靜地接受現實。朗寧不喜歡新學校對人的高針對性培養，他永遠是一個雜學家，找不到精確的位置，因而退出了一切管理和政治工作，以掛名的閒職往返於各個小星球之間，與穀神建立了深厚的交往。而加西亞雖不喜歡系統的管轄，但沒有完全退出政治，他在系統裡仍然堅持了兩年，以為這兩年就能學會與官僚合作，然而他不能。他不願在系統裡生活，也受人排擠，於是主動提出承擔當時沒有人願意去做的建立地球外交的任務，從此遠走天際。

這些事件在後來有了或多或少當事人不曾預料的結果。漢斯做到了火星的總督，然而系統的權力設置卻引起兒子的反對，以至最後他不得不下令處罰。朗寧的漫遊到最後化為永遠的流浪，再沒有一個角落容得下他那孤傲的身影。加勒滿主持的系統需要穀神，於是他只能讓朗寧帶著故事終老在星空。加西亞終年生活在瑪厄斯上，再也回不到地面。他為火星打開了一扇窗，卻為漢斯的兒子帶來遠方反叛的意識和最終的死亡，又將他的孫女送上終生流浪的精神旅途。

這一年對瑞尼也是決定性的。當加西亞終於敲開地球的大門，與地球建交的時候，地球提出的第一個要求就是釋放戰俘，於是瑞尼的母親離去了。她聽到這樣想都不敢想的好消息，欣喜若狂，將剛剛三歲的瑞尼放在地上，就踏上了茫茫不回的歸家之旅。

每當瑞尼整理資料的時候，這些或遠或近的往事走進他心裡，讓他在內心暗自唏噓。他憑窗眺望，內心嘆息歲月的一個時刻和其他時刻如河流分支一般的悠遠影響。城市在大地上脆弱而晶瑩地展開，人在歲月中的身影化成張開臂膀表情凝結的剪影，一步一步，走出無法預料的分岔命運。

瑞尼從檔案館出來，踏上通往貝塞爾伊達影像資料館的隧道車。

他在車上看著檔案館，問自己選擇留在這裡是不是對的。他想了很久，還是肯定了自己。有時候瑞尼覺得他對過去的人和事更熟悉，那些場景和物品一直存在在他的生活。那些路燈昏黃垃圾纏繞的青石街道，青銅雕像高高聳立的倫敦古老橋頭，雖然存在在另一顆星球，卻和檔案館角落紅色的小圓桌相互映照，彷彿比身邊的景物更親近。那些人始終在他身邊，讓他相信靜默而持久的思維並沒有錯。

他很久沒有去貝塞爾伊達影像館了。曾經有那麼幾年，他每年都會去兩次。這幾年慢慢淡了，疏遠了，去得少了，該紀念的人也沒有紀念得那麼頻繁了。只是他仍然牢牢地記著乘車的線路，即便換了始發站點，也依然輕車熟路。他出門前通訊聯繫了，現在珍妮特應該正在她的工作室靜靜地等他。

他不知道見了她第一句話該從何說起，每年他們見了面第一句話都不知道該從何說起。珍妮特比他年長十二歲，可是一些共同的人卻將他們連在一起，成為忘年的朋友。這些淵源他們不用說，因為確定無疑，所以從來都不用說。

瑞尼沒有和洛盈講過，他曾是阿黛爾的學生，和她在社群雕塑室學習雕塑課程三年半。那三年半對他來說，是最最重要的三年半。

瑞尼見了珍妮特，心裡很有些心酸。自從地球來的年輕人帶來了亞瑟去世的消息，她就像一夜之間蒼老了好幾歲。人的信念總是能支撐人的精神，而人的精神總能支撐人的年歲。珍妮特曾經十年保持活力，可是現在，皮膚一下子鬆了，嘴角出現了無法消失的紋路。

她看見他仍然保持非常親密的友好態度，雖然那態度中帶上了一絲憂傷。她引他到自己的工作室坐下，為他泡上一杯茶。他也不客套和遮掩，寒暄過後，直接把洛盈敘述的他們的革命計畫告訴了珍妮特。

不出瑞尼預料，珍妮特一下子沉默了，眼睛望向窗外空中某個空無一物的地方。

「十年了。」瑞尼嘆了一句。

「嗯。十年。」珍妮特說。

「有時候我覺得我看見了歷史。」

「……」

「那種熱情和正直，非常相似。」

珍妮特將眼光收回，低下頭，將自己茶杯中的茶一飲而盡，然後抬起頭不勝悲傷地凝視著瑞尼，長長地嘆了口氣道：「如果你都覺得看見了歷史，那你說我呢？」

洛盈

當死亡在面前降臨，洛盈和纖妮婭想到的是同樣的記憶。那是地球上一個可怕的瞬間，在當時尚幼小的他們心裡，那個瞬間一直存留了很久。

那是一個公共假日，人們都湧去海邊度假，城市裡人丁稀少，水星團十來個夥伴們好不容易湊到一起，從世界各地飛到曼谷，租了一艘廉價的運貨小飛艇，在城市半空中漫無目的地飄著。運貨飛艇速度很慢，搖搖晃晃也不穩當，但船艙很寬敞，讓他們舒舒服服地圍坐一圈玩撲克牌。洛盈盤腿坐在船尾，男孩們邊笑邊吵，艙內的氣息慵散而歡愉。舷窗外是鋼筋鐵骨的高樓，他們飛到樓中央的高度，有陽光閃爍在樓身邊角。

那樣一個慵懶的下午就被一個偶然的瞬間劃破。當時洛盈隨意地向窗外瞥了一眼，剛好就看到那個墜樓者。其他好幾個人也看到了，手中的動作都停下了。那是一個男人，張牙舞爪地從他們飛艇邊上一掠而過，衣服被風兜了起來，臉僵成一種扭曲的姿態，如一幅凝固的歪曲的版畫強烈地映入他們眼簾。洛盈嚇了一跳，趴到窗邊，想看個究竟，可是下面一片黑漆漆的深淵，什麼都看不清楚。在城市，樓頂看不見地，街道看不見天。洛盈嚇壞了，身旁的索林攬住她，輕輕蓋住她的眼睛。

幾分鐘之後，他們從網路上更新的訊息板上看到，那是一個自殺的藥劑師，據傳能製出抗擊KW32病毒的特效藥，被投資者普遍看好，紛紛把錢壓在他身上，身價一路飆升，可是預報的結果一拖再拖，投資者的經費大把花出，卻遲遲拿不出令人滿意的成果。他的身價曾經達到市場頂點，但在自殺前兩天卻已跌到谷底，讓無數投資者被深深套牢。投資者怨恨叢生，他終於抗不住壓力。訊息板在死亡訊息下登出顏色溫暖的友情提醒：投資要謹慎，對於一些太前衛的研究不要輕易掏口袋，否則很容易空手而歸。

那是他們第一次見到那樣的死亡。那天晚上，他們在外面逛了一夜。先是在臨街的小酒館待到半夜，然後開始一直走一直走。街道本就清靜，夜間更是人影全無，連路燈都稀少。龍格把自己的衣服脫下來給洛盈穿上。接近清晨的時候他們很飢餓，找到一間難得的沒有打烊的小店，胡亂吃了些東西，小店裡獨自喝酒的男人和胭脂散亂的女人帶著奇怪的表情看著他們。他們誰也沒有再提白天的事件，但每個人都很壓抑。他們心裡清楚，沒有人比他們更明白研究是怎麼回事。研究是運氣的試錯，不是必然有所回報的投資，誰也無法在這樣一張時間表裡安然生存。

那個時候，他們無比懷念家園。他們知道家園的研究和探索沒有這樣的緊迫壓力，因而以為家園裡絕不會出現這樣的事情。可是他們錯了。

當回憶降臨，洛盈赫然發現，它降臨在一個她決然料想不到的場合。她還沒來得及細細梳理過去的一切，現實就和記憶砰然重疊，強行從她的記憶庫中調取了一幅畫面，賦予它新的涵義。這一切都超出她的預期。

洛盈對家園預期什麼呢？她沒有期待它像黃金的伊甸園一樣富饒，繁花似錦，她知道它貧瘠、狹小、危險，時時刻刻走在生死存亡的邊緣，每個人都必須謹慎地節約物資，她一直知道這些，但是她曾經幻想家園是一個安寧的地方，是一個讓內心踏實的地方，是一個沒有那些危機的地方。她記得在家園每個人都有吃有穿，可以完成興趣和夢想，沒有壓榨到分秒的工作，可以自主分配時間。這一切在記憶裡是多麼閒適，多麼自由。可是現在，周圍似乎突破了她的記憶。它不像想像中那樣簡單安逸，它依然有許多競爭，許多無形的管束，許多不得不遵守的壓制，它甚至將每個人約束在電路一般的節點上，動彈不得。在它的體內依然有死亡，有明爭暗鬥，有正直的人因為偏見而得不到幸福。這是一個什麼樣的世界呢？為什麼它也像另一個世界那樣讓人生存得那麼艱難？

瑞尼醫生說他想做一個與他人面對面的人。洛盈想，那麼我呢？

瑞尼醫生不是一個行動者，洛盈不確定自己應不應該是。她猶豫著接下來的行動還要不要參加。這是一個很大的抉擇。最初她不想參加，後來想參加了，道具都幫忙做了，現在和瑞尼醫生談過，又有些不想參加了。

洛盈坐在視窗前，望著天空，兩種選擇在心裡交錯，很長時間做不了抉擇。目睹的死亡像一柄劃破生活布幕的小刀，記憶之庫被劃開巨大的口子，許多片段像破閘的洪水一樣傾瀉而出，她坐在世界之外看自己彷徨。

她回想著自己上一次參加集體運動的時間，那是和地球的朋友們一起行動的記憶。她跟著的是回歸主義者，一群極端環保主義者，因為環保而熱中於各種古老生存方式，試圖拆毀現代都市。在二十二世紀幾乎所有未開化的原始民族都漸漸消亡的日子裡，這樣的熱衷帶有一種很極端的、獵奇的信仰感，因為太稀少，所以極端神祕而富於吸引力。他們都很年輕，在世界各地發起各種各樣的抵抗活動，抵抗日益變得不可阻擋的大城市運動。那個時候，地球上的城市越擴越大，將零散居住的人們全部籠絡到一起，集中居住，減少交通耗能。這本是應對能源壓力的舉措，但回歸主義者卻不如此贊同。

「只是欲望無限罷了！」他們說：「完全不需要的。」

那時他們坐在高原的帳篷前，圍著篝火，洛盈仰頭聽著。

「建造那樣的超級城市要消耗多少能源？」一個大男孩給她講解：「維護荒僻的環境又要花多少代價？從前那種一個個簡單的小鎮多好，零星分布，那是最好的方式！說什麼小鎮滿足不了生活？人們為什麼非要從小鎮跑到大城市？還不是因為欲望無窮！欲望是一切的墮落。地球原本就是天堂，但人跟著欲望墮落，你看現在已經把地球毀壞成什麼樣子了！」

洛盈似懂非懂地點點頭。

「我們要趁自己還有一點純潔的血，與一切欲望至上的奢靡對抗，拆掉他們的夢。」

他們總是義憤填膺。

「我們要示威，要拆毀那些壞建築，回到自然，喊出憤怒，發出我們的聲音。」

洛盈想了想問：「你們和政府談談不可以嗎？」

「我們可不信任他們，」他們笑笑：「你是獨裁者的孫女，你信任政府，但我們不。」

當洛盈問這些問題，她其實已經不在乎答案。那時她已經跟著他們長途跋涉來到了空寂無人的高原大陸，在亙古恆常的雪地陽光裡用鐵鍋煮菜，坐在帳篷門口仰頭看難得一見的星星。她不清楚他們的目的，但她跟著他們搖旗吶喊。她像一個單純去玩的孩子，不問前路與方向，只是興奮地向前跑，沒有彷徨。現在想想，那些日子多麼沉醉而幸福。那些她曾經快樂地全心投入、無需多想的日子，跟著那群堅定而熱情的理想者遊行示威、搖旗吶喊的日子，在現在的她看來，那是多麼幸福。他們最終因為破壞高地上的飛機場而集體被捕，在三日擁擠的拘禁之後遣返各國，以一個不夠漂亮卻轟轟烈烈的結尾為行動畫上句點，在混亂中大笑著離別，從此各奔東西。

想到這裡，洛盈忽然跳下地，光腳跑到牆邊的螢幕前，打開郵箱。

伊格：

你還好嗎？

之前你提到的行動進展得如何了呢？很敬佩你的行動，希望你一切都好。

今天想問問你，你知道不知道地球上的回歸主義者們的近況呢？他們又發起過什麼行動或者什麼新的宣言嗎？他們現在好不好？我曾經和他們一起行動，現在有些掛念。

謝謝。

洛盈

洛盈將這些寫下，點擊發送，看著遠去的信件圖案呆呆地坐著。她發覺自己還是需要行動。她其實並不太關心制度。這樣一種或那樣一種制度對她來說沒有那麼大分別，讓織妮婭義憤的系統的惡，在她看來也並不是那樣有感覺，她只是受到那種行動吸引。她喜歡的是在行動中看到一個人迸發出坦率的生命力，一瞬間的釋放，不像平時許許多多拘謹、委屈、充滿修飾的樣子，在那種行動中，一個人是生動有力而與自己的意志合一的。她羨慕那種狀態。

她想著他們的行動，下最後的決心。無論如何她覺得值得努力一次。她十八歲，站在世界的邊緣，這個世界不讓他們感覺稱心，這也許是他們唯一一次與它戰鬥的機會。她想來想去，還是決定要參加。

行動前的最後一次商議，在洛盈最想踏入又最不想踏入的地方——她父親的書房。路迪邀請纖妮婭和洛盈其他參與此事的朋友來家裡商議。洛盈吃了一驚，她沒有想到哥哥的殷勤竟然如此鄭重其事。

洛盈有些躊躇，經過這些日子，父親的書房已經成為頭腦中一座幽深的園子。她已挺長時間沒有踏入那裡了，她不知道怕什麼，肯定不是怕那些屬於死者的紀念品，但就是不想直接面對那些她曾拚命追尋的事物。或許是因為起初的追尋太用心用力，於是遭遇到波折便容易走另一個極端。她跟著哥哥推開書房的門，沉默不語，腳步微微遲滯，身旁經過纖妮婭、龍格和索林，誰也沒發覺她的遲疑。

房間還是清冷安靜的。

靠著牆的長方桌睡著畫筆、刻刀和沒有收拾的茶杯碟，彷彿熱鬧的筵席剛散，每樣物品都帶著古董般的朦朧。日光從視窗斜射進來，透過青綠色的窗框，折射出一圈冷而靜謐的弧光。日光沒有照到的地方，暗影向深遠延伸，將窗邊的亮烘托得更加明顯，暈染出一種夜晚沒能顯現的出離塵世的聖潔。

「坐吧。」路迪招呼著其他人。

洛盈看到他們依次錯落著坐下了，心裡赫然一驚。他們散坐在書櫃四周，哥哥靠近纖妮婭，索林和龍格坐在他們對面，有人靠著架子，有人腳蹬著台架，胳膊搭在腿上，所有的一切，位置姿態與神情，都與她模糊殘存的頭腦中兒時的記憶不謀而合。小時候她就是在這裡，在所有人的側面倚著架子一聲不吭地看著，而那些快活的人們也正是這樣散坐著，神態昂揚地討論某些超越現實的事情。

洛盈看著他們。纖妮婭側著頭，仰頭環視房間懸掛一周的繪畫，頭髮如瀑布般垂落身後，神情好奇而充滿興奮。索林和龍格已經開始端詳書架上的書名，儘管沒有觸碰，眼神卻已穿透書脊，低聲討論。路迪靠著書架站著，顯得長身玉立，他今天穿了便裝，高挑而英俊，嘴角掛著自得的笑容。

「你們行動的日子定了嗎？」他問織妮婭。

「還沒有。傾向於四五天之後吧。」

「週日如何？」路迪建議道：「那天有議事院大會，能引起的關注更多。」

「那會不會太挑釁？」索林有一點擔憂。

「沒事。」路迪說：「我保證你們的安全不會有事，就看你們敢不敢正面行動了。」

織妮婭挑起眉毛笑笑：「那有什麼不敢的？」

洛盈沒有插話，她一點也不想說話。她只是陷入時空交錯的恍惚，看周圍不像真實。棕色的書架蒙著金色陽光的紗，牆上的照片自動播放像現實的映照。媽媽黑頭髮黑眼睛熱情如火發表演說，爸爸坐在對面手搭在膝上低緩地論述。他們就站在現在的他們身旁，笑靨明媚，目光穿過她的身體。還有另一個人，那個叫亞瑟的身材不高的人，頭髮深而捲曲、不多話的人。她對他的記憶很淺，但她能記得他撫摸著她的頭頂，給她講水手辛巴達的故事。他們的面容和身影定格在空氣裡，像透明的幽靈始終在四周呼吸。窗邊的檯面穿過時間，未完成的雕像沐浴著十年的光。

「哪天去我都不怕，」織妮婭盯著路迪：「我只想知道你為什麼這樣幫我們。」

路迪微微笑笑：「你想聽實話嗎？」

「當然。」

「一個原因是，我想我愛上你了。」

織妮婭嘴角泛起一絲笑：「我不相信。謝謝。」

「另一個原因是，我贊同你們說的。」路迪不以為意，仍然平靜地笑著：「其實我早就想提出對系統機構的改革，但一直怕太刺耳，從來沒對人說過。你們提出的所有弊病，機構僵化、方式單一、個人缺少自由，我都很贊同。你們提到了電路一樣的行政機構，在我看來，絕不僅僅是行政機構，而是所有機構都有著電路一樣的控制，不給人自由，從一個實驗室到另一個實驗室，只不過是零件一樣的環節，按照設計運行，不需要靈魂。我早就想發起類似的改革了。我們都要求一個更好的世界，絕不能對缺陷視而不見。」

「可是，」索林皺皺眉說：「我想你擴大了我們的主張，我們沒打算涉及得那麼遠。工程機構太複雜了，我們沒打算插手。更何況現在不是有實驗室自由聯絡申報項目的制度嗎？」

「是，可是你們恐怕不了解。」路迪說：「如果你把每個實驗室想像成一個元器件，電阻電容量子電晶體，或者隨便什麼，那麼所謂的自由組合就是自發將自己融進電路，爭相讓自己成為下一個大電路的一部分，而一旦立項成功，剩下的只有重複與服從。你們知道誰是這其中受益的人嗎？只有那些功成名就的老人。一旦他們掌握設計下一代社會電路的權力，就會利用身分讓人歸順他們畫出的軌道。他們的權力太大了，你們說的問題絕不僅僅是行政的問題，而是一個社會運行哲學的問題。我們既然要發起行動，就不能畏畏縮縮，要直接、要尖銳、要像一把刀直接插入這個世界的心臟。」

沒有人說話，寂靜在等待。纖妮婭微微瞇著眼睛，思索地看著路迪。索林和龍格相互看了一眼。

「我覺得你說的問題。」龍格突然插嘴道：「癥結在於豐功偉績崇拜症。」

路迪謹慎地問：「那你覺得呢？」

龍格沒有回答，而是繼續問道：「可我們不知道你想做什麼。」

「我想做什麼？」路迪眼睛裡閃過一絲黑色的光，笑了笑，慢慢走到書房另一側的牆邊，用手緩緩拂動，又快速在小螢幕裡點選了幾個選項，然後向下用力一揮，按動某個按鈕，同時手臂滑過整個牆面，彷彿用手在牆上揮出熊熊燃燒的畫面，聲音冷靜地說：「我想做的就是我父母曾經做過的事情。一場革命。」

洛盈倒吸了一口氣。

她緊盯著對面的牆。牆上是老照片。照片裡有她的父母，清晰的面孔，表情激昂，並肩站著，長身玉立。他們穿著慶典時的禮服，只是領口袖口都隨意敞開著，顯得華麗修長卻不修邊幅。在他們身後，兩台高大的機械探礦車像兩座猛獸蹲立潛伏，靜靜候命，車身從頂到腳垂下巨幅海報，上面畫著旗幟、神像、人群，寫著巨大的「我們不要腐壞的壓制」。

照片靜靜地播放著，有更多人出現在畫面，有的人蜂擁著向前跑，有的人揮動手臂向人群說話，有的人舉起播映著動畫的旗子，有的人圍繞著康坦和阿黛爾向他們注視。在所有畫面中，都有「要平等」或者類似涵義的標語和俏皮話，出現的人群不算廣大，但有一種沸水般的熱忱一直撲到畫面之外。

洛盈看得呆了。她慢慢走到牆邊，像是要直接走進照片裡。路迪已經離開螢幕回到討論中了，討論又開始了，纖妮婭好像說了什麼，可是洛盈什麼都沒有聽見。她伸出手撫摸著牆壁，像是透過畫面撫摸到時間盡頭父母的臉。

她突然想起了眼鏡，於是跑到門口，拿來帶上。她已經很久沒有走入過全像投影的影像空間了，全像世界沒有那個時刻像這一刻這樣誘惑她的進入。她戴上眼鏡，全神貫注，在照片突然搭建成的３Ｄ立體世界裡左右張望，克服暫時暈眩，努力辨認身邊的場景和身邊的人。

她身邊不是父母集會的地方，也沒有父母的存在。也許是選錯了，也許是剛才的照片沒有全像投影的版本，程式自動為她定位了其他。總之她沒有看到她想看的場面，而是掉落在一個肅穆卻有些陰鬱的大廳，周圍有很多人沉默地坐著。她認出這是在議事院大廳。周圍的沉默顯得非常刻意，有一種壓抑的氛圍在四處蔓延。

這不是她感興趣的場景。她剛想離開，回到資料夾重新尋找父母的照片，可就在這時她看見了爺爺。他從一個側門進門，邁著平穩的步子坐到主席台上，在他身後跟著一眾叔叔伯伯。他開口說話了，可是她聽不見他說什麼。照片沒有聲音，或者是有聲音但她沒有找到開關。她只看到他的面容非常平靜，只是隱隱約約透露出悲傷、疲倦和負疚，他像是在做什麼陳述，又像是對著所有聽眾做自白。他解下了胸前一枚金光閃閃的徽章，靜靜放在面前的桌子上，環視全場。

接著，她看到了胡安伯伯。她不知道發生了什麼，只覺得畫面出現了很大的轉折。胡安伯伯從他的位置上忽然起立，打了個手勢，現場的所有人便都順著他的手向上望去。洛盈看不到他們在看什麼，她只能看到胡安伯伯面容非常嚴厲，顯得氣勢洶湧，黑亮的臉膛上掛著誰都不敢輕易挑戰的強硬和冷峻，揮手鎮壓全場。

她還想再看，可是突然一下，畫面全黑掉了。

她摘下眼鏡，看到哥哥站在她面前。他關了控制螢幕，身旁的牆上也已經空空如也。他接過她的眼鏡，她想從他手裡奪過來，可是他從容地將眼鏡收回到自己的隨身口袋，面無慍色，卻有一種不容置疑的堅決。他朝她搖搖頭，表情和緩卻居高臨下，似乎在說「聽我的，我是為你好」。

洛盈心裡氣惱，賭氣地搖搖頭。自從裙子事件之後，她最不喜歡哥哥的態度就是自作主張的「我是為你好」。她渴求地朝他望著，可是他已經轉過身，朝房間外走去。她追上他，這才注意到，其他幾個男孩、女孩已經先他們一步離開了房間，房間又空寂了，像什麼人都沒有來過一樣闃然空寂。

「哥，」下樓的時候，洛盈停在欄杆邊叫住路迪：「那是怎麼回事？」

「什麼怎麼回事？」路迪轉過身，微微仰頭看著她。

「我看到的那些影像。」

「我不知道你看到了什麼。」

「哥，發生什麼了嗎？你的態度為什麼不一樣了？兩個月以前你還反對革命。」

「有嗎？」

「有啊。當時我問你為什麼爺爺禁止示威革命，你說那太危險，就該禁止。」

「哦。」路迪沒有什麼表情，想了一會兒，慢慢地說：「也許說過吧。但我有點想不起來了。」

洛盈猶豫了一會兒說：「我覺得你變了。」

路迪的嘴角浮起一絲笑容說：「我知道我在做什麼。」

他們默默地下了樓，纖妮婭他們已經到了門口，點頭向他們揮手。路迪和他們似乎又約了什麼，但洛盈沒有什麼心情聽。紛繁的畫面在腦中盤旋，彷彿替代了現實周遭。

第二天，洛盈來到北區第一飛行中心。這是她第一次來這裡。飛行中心建築宏偉，人影稀少，遼闊的大廳由四十根銀灰色的立柱環繞一周撐起，地面交錯著靜止的滑道。大廳四周有儀器設備自動運轉，安靜而井然有序。

洛盈遠遠看見安卡，他正一個人忙碌，沒有看到她。這一天是他值班的日子，洛盈在公布的排班表上查到，沒有和他預先打招呼，就自己來了。安卡背對著她，低著頭像是在修理什麼東西，俯身的後背顯得寬闊平坦。洛盈輕輕地走過大廳，敞闊的存儲空間躺著兩架嶄新的飛機，銀白色，流線造型細長，外表光滑閃亮，看起來像兩條線條完美的擱淺的海豚。高昂的鋼架搭在大廳四周，機械臂嚴謹地收著，帶著不怒自威的莊嚴。大廳裡除了安卡一個人都沒有，牆壁上一閃一閃的監控小燈像是帶有意識的陪伴者。

安卡在側牆邊的架子旁，單膝跪在地上，雙肘撐開，雙手正在裝配什麼東西。在他面前，一個拆開的白色部件分兩半躺著，如同兩塊打開的蛋殼，一半幾乎空著，另一半布滿密密麻麻的電子外掛程式。

「安卡。」洛盈輕輕叫他。

安卡回過頭，有點驚訝，用手背蹭了一下鼻尖上的汗珠，將鼻尖蹭髒了。

「你還在修飛機嗎？」

「嗯。導航儀。」安卡攤開手指指地下：「快完事了。」

「之後就可以飛了？」

「但願可以。」安卡嘆了口氣。

洛盈看著他倦意叢生但專注的面孔，不知該怎麼安慰或鼓勵。

「你都是這麼手動修的嗎？」

「那當然不行了，」安卡搖搖頭：「集成密封的小部件打不開，都是去維修站申請的操作時間，用機械手臂幹的。」

「好厲害！」

「要不然能怎麼辦呢？」安卡無奈地笑笑。

「費茨上尉還是不肯給你好飛機嗎？」

「肯。但要我當眾檢討。」

「這樣啊……」洛盈於是不再問了。

安卡看看她，不以為然地笑了一下，又蹲下，手裡開始忙碌。洛盈坐到旁邊一只小工具箱上，靜靜地看著他。

「你今天怎麼想起過來了？」安卡邊修邊問。

「有……兩件事。」洛盈說：「一件是想問問你，在飛行系統裡，胡安伯伯是一個什麼樣的人？」

安卡抬起頭，雙手停下：「怎麼問這個？」

洛盈將她看到的畫面大致說了，然後又補充道：「不知道為什麼，胡安伯伯給我的印象總是每次都不同，有時候那麼好脾氣，有時候又那麼厲害。我不知道那一次發生了什麼，所以想來問問你。」

「這個我也沒有聽說過。」

「胡安伯伯在系統裡是什麼樣子呢？」

「他……」安卡想了想：「是個有思想的人。不過似乎是個反道德主義的人。」

「這是怎麼看出來的？」

「我也說不好，只是一種印象。」安卡頓了頓又補充了一句：「他講話不多，我們平時也不太能見到他。」

洛盈點點頭，又問：「飛行系統平時可以調兵是嗎？」

「是，可以。」

「為什麼呢？按理說，飛行系統不是只能決定運輸和巡航嗎？」

「按理說是的。可是飛行系統的設置從始至終都是軍事化的，隨時可以調動。」安卡說到這兒，忽然想起了什麼：「你還記得我們從山谷飛出時看到的基地嗎？」

洛盈仔細回憶了一下：「你是說最後我們飛在空中看到的那個？離安其拉峭壁不遠的那個？」

「對。」安卡點點頭，「我回來以後才知道，那裡是一個祕密軍事研究中心。」

「軍事？」

「是。隸屬於飛行系統。」安卡說：「據說當初是胡安總長親自設立的。」

「是嗎？怎麼從來都沒聽說過？」洛盈很詫異：「難道爺爺也同意嗎？」

「這我就不知道了。」

洛盈沉默了一會兒，近來進入心裡的資訊越來越多了，都是從前沒有聽說過的事情。她還不知道該怎麼看待它們，只覺得她的世界遠比她能看清的複雜。安卡也若有所思，手中的事情暫時停下了，眼睛微微瞇著，無焦點地看著地面，胳膊搭在蹲著的那條腿上，像是在琢磨什麼問題。

「這週日，你來嗎？」洛盈輕輕地問。

「週日？」安卡看看她：「週日做什麼？」

「就是我們的遊行集會啊。」

「幹嘛的遊行集會？」

「纖妮婭發起的，號召房屋和身分流動起來的遊行。群發的郵件不是一直在討論嗎？你沒收到嗎？」

「哦，」安卡有點無所謂地說：「收到了。但沒怎麼注意。」

「那你去嗎？」

「我不知道，看情況吧。」

安卡顯得很淡漠，有點心不在焉，修長的手指又開始忙碌。洛盈看著他，忽然覺得他離自己變遠了。她今天來找他，其實是想說說心裡不安而紛亂的感覺，尋求一些溫暖慰藉，而不僅僅是談論一些他們本身並不能很好理解的大事情。可是她不知道該怎麼繼續了，安卡就坐在她對面，但她沒辦法讓自己的惶惑傳遞出來。她回想山洞裡那個寒冷卻溫暖的夜晚，覺得似乎已經很遙遠了。他們回來之後一個月隔離，之後又都在忙，匆匆見了也沒幾句話。洛盈忽然覺得兩個人之間似乎也沒什麼特殊關係，曾經若有若無的溫情更像是臨時的一陣情緒起伏。她想起纖妮婭的話，想起纖妮婭對一切長久感情的悲觀態度。

「你關心我做的事情嗎？」她一陣衝動，突兀地問。

安卡抬起頭，有點迷惑：「什麼事？週日的事嗎？」

「不是。我不關心週日的事。」

「那是什麼事？」

「不是任何一件具體的事，而是問你關心不關心。對我。」

安卡看著她，眼神似乎悲傷了一下，又忽然變得遙遠：「你想讓我說什麼呢？」

洛盈哽住了，安卡的淡然讓她刺痛起來。她有點傷心地說：「我想讓你說什麼呢？我能讓你說什麼呢？」

安卡沒有回答。

洛盈沉默了一會兒問他：「你相信永遠的感情嗎？」

「不信。」安卡說：「我從來不信這些東西。」

洛盈什麼都沒有再說。她站起身來說要回去了。安卡點點頭，讓她小心，說自己還得值班，不能送她了。

她其實希望他說些什麼或者留她再坐一會兒，可是他什麼都沒說，於是她默默地離開了，逕直走出大廳，一路沒有回頭。

吉兒

路迪哥哥到底是什麼意思呢？

吉兒這一天心情很複雜。路迪的舉動很怪，她偷偷思量，像一種暗示，也像一種表白，但有些地方覺得又不像。這世上再沒有更複雜的狀況了吧，她想。她很想相信她的直覺，但又怕是自己太感性，太小題大做。

一般人都不知道，我其實是個悲觀的人。她自言自語。

明明期待幸福，但幸福離得稍微近些，就不敢相信了。

她重新在頭腦中理清思緒。

事情發生得一點徵兆都沒有。路迪就那樣走過來，請她第二天跟他去參觀實驗室，吉兒只覺得滿心驚惶。他是當著大家的面來和她說的，就像書裡寫的一樣。她和夥伴們坐在花壇邊，他和朋友們從一輛隧道車裡出來，看到她，走過來，和她的朋友小聲打了招呼，走到她身邊，問她願不願意第二天一起去新水利方案的工作間。他笑容明朗，態度彬彬有禮，語氣又不容置疑，她好半天都不敢相信自己的耳朵。

吉兒不知道當時自己有沒有臉紅，現在只覺得兩頰微微發燙。儘管是在自己的房間裡，她還是用手捂著臉，輕輕咬住嘴唇，不讓笑意蔓延。

……既然是邀請，就算不當成表白，也至少表示一種好感吧。至於為什麼不去音樂廳，卻去實驗室，那也許是要我了解他的工作呢……可是，當我問他明天穿什麼好，他為什麼眼神顯得那麼疏遠，而且還不時去看旁邊的莉莉呢？……路迪哥哥會不會是喜歡莉莉，所以才和我說，故意氣她呢？……應該不會，路迪哥哥不是這種人。……但我看著他的時候，他真的顯得有點尷尬啊！……從來沒聽說路迪哥哥喜歡誰呀！

吉兒覺得有些心痛，長長地嘆了口氣。

有什麼辦法呢？她想，誰讓我太敏感，能注意到那麼多別人注意不到的細節呢？她輕輕嘆了口氣，看著穿衣鏡裡的自己。她看到鏡子裡的女孩很傷感，圓圓的臉上掛著不為人知的愁緒。

吉兒從小和洛盈玩，和路迪相熟，受他照顧，了解他的各種習慣。她常常覺得是那時就埋下了種子，雖然洛盈離開，見他少了，種子沒有很快發芽長大，但卻一直在心底孕育埋藏，緩慢生長。心底的夢就像一座神祕花園，一直相信會有那麼一個人在某一天降臨，照亮自己的一生。

十六歲那年，她等到了那一刻。她在社群的舞會上看到了路迪跳舞，那是所有滿二十歲少年的成人禮，路迪在人群中央，吸引所有注意，笑容充滿霸氣，目光驕傲，半敞開的襯衫，韻律裡充滿著力量。她從此沉入長久而執著的迷戀，為他笑、為他苦惱、為他修改自己，心甘情願。

吉兒總想知道路迪喜歡什麼樣的女孩，賢淑文靜的，還是活潑亮麗的？她給路迪看她的畫，看她的設計，如果路迪表現出一點點讚許，那麼她就會充滿幸福感，頭腦靈活，才思敏銳。他喜歡上次她給洛盈做的裙子，她便從此設計舞裙和禮服。

她知道路迪很優秀，便希望自己也能同樣優秀。她只是設計的新手，還沒有知名度，她的創作引用率和成衣的點擊量都只是初級水準，為此她又心焦又發憤努力。服裝設計和其他大部分行業都不同，這是一個和餐飲類似的競爭很強的市場，不像生產某一種鋼鐵薄膜或者精密探測器靠工程爭奪預算，衣服就是衣服，拚的就是點擊量，點擊量是實打實的，客人選誰的設計就生產誰的，產量就是受歡迎度，直來直去，一點都遮掩不得。吉兒的成績很一般，她常常為此灰心氣餒，有時候覺得自己這樣平凡太不出眾，無論如何都配不上路迪哥哥。她費了很多心血，網上的設計總是更新得最勤。

吉兒常常猜想，為什麼路迪沒有對哪個女孩特別傾心過？她猜他的標準很高，或是先以事業為重，或是他心裡藏著特別的想念，也或許他只是不像一般的男孩那麼浮誇，相對保守，對情感不善表達。不管是哪一種情形，對於吉兒來說，都是特別的吸引力。吉兒覺得他一定是對感情特別看重，才會這麼多年獨身一人。

吉兒沒來得及多想。今天是山谷模型試水的日子，吉兒是積極的志願者，要參與集體服務。她原本就對此興致盎然，這一次有了心滿意足的興奮，更是鬥志大漲，帶著對次日的約會的快樂期待哼著歌就出了門，腳步雀躍。她看到到處陽光燦爛，花朵爛漫綻放。

試水定在歷史館門前的金光大道，吉兒一邊走一邊想著這個名字，覺得真是吉利，似乎直接預示了次日的好運氣。她到達的時候，已經有很多人到了，每個人都穿著畫著卡通的白色背心，正在忙忙碌碌地布置場地。

「嗨，沃倫！」吉兒笑著招呼一個相熟的同學。

「吉兒。」那個男孩搬著箱子，歪歪頭向她招呼示意。

「你這是幹什麼呢？」

「搭水車模型呢！一會兒就能轉了。」

「我能幹點什麼？」

男孩向歷史館方向努努嘴，說：「那邊，霍利先生在分配呢！你快去吧，再晚點就沒事幹了。」

吉兒急匆匆地朝男孩指的方向跑過去，歷史館正門前廳周邊著一大圈人，排著隊湊在台階上，中央的霍利先生正拿著一張電子記事簿大聲吆喝，宣布出目前需要的工作和每一樣工作需要的人數。底下人員眾多卻不亂，每一次這樣的大型臨時活動都這樣在現場分配暫時職務，他們早已經輕車熟路，霍利先生每次喊出一個任務名稱，就有一批志願者主動報上名字，旁邊便走過來一個稍微年長的研究員，引領他們走向任務地點。吉兒湊在人群後面，焦急地跟著排隊，生怕任務分完。

在金光大道正中央，一座頗為壯觀的模擬山谷已經搭造完畢，在從前排列高級將領雕塑的圓形下沉廣場上由砂石岩土壘砌而成，傾斜的盆地，山壁上布滿蜂窩般的山洞，無論是形態還是表面都逼真而壯闊，土黃色的斜坡反射著太陽光，不耀眼卻氣勢輝煌。山谷從頂到底修築了沿山脊而下的長而曲折的河道，沿途分枝蔓岔，經過一眾依山而建的洞屋，匯入谷底。山谷中央，懸掛有一盞巨大的燈球，彷彿一輪尚未點燃的太陽。

「水閘開關監測！」霍利先生朗聲叫道。

幾個少年舉著手從人堆中擠到一旁。吉兒又向前挪了挪。

吉兒仰著頭，踮著腳尖，一面看著霍利先生一面看著人造的山谷。山谷的粗糙讓她覺得有些恐懼，但那壯觀還是讓她動容。

吉兒開始想像將來在這樣的山坡上生活的可能場景，想像著未來的房子，想像到了那個時候怎樣出門約會，怎樣逛商店。她的思緒飄浮像一朵白雲，很快飄到了路迪身上。她一直有一個夢想，夢想著親自選擇她和路迪的房子的樣子。這是一個最最隱密的願望，她從來沒有告訴別人。她不懂建築，但她覺得自己對細節和美感很了解。她能從一般人不注意的小東西裡發現味道，最喜歡的事情就是一邊走一邊思考一座花園的妙處，幻想在將來和路迪一起討論新家的圖樣。

她總覺得自己最感激的發明家就是加勒滿爺爺，他發明這樣的房子，發明這樣便利的小機械建造程式，一定是為了讓每對相愛的人一起選擇家的樣子。這是多麼甜蜜的過程，選一個愛的住所，一生一世不分離。

「農場模型布景！」

吉兒正在暢想，霍利先生的聲音又響起來。

吉兒忽然發現身前已經沒有多少人了，於是連忙將手舉得高高的，叫著：「我！我！」她被成功選了出來，欣欣然地跟著一個三十歲左右穿白色實驗長袍的女人來到山谷模型的一側。女人非常和藹，給她們每人發了一袋子花草與樹的模型，指導她們在山谷的一片斜坡上一一插滿。吉兒很興奮，用手指撥沙土，將每個小模型一一細緻插入。

「接下來這些天我們可能還需要一些志願者的協助，」霍利先生的聲音仍然嘹亮地穿過人群：「其中很重要的一部分就是實驗田的監控和農活，如果有誰願意，請稍後找馬修女士報名登記。」他的手指向帶領吉兒她們的白衣女士。吉兒霍一下站起身來，拍打幾下手上的沙土，雀躍著報名：「我願意！」

馬修女士溫和地笑笑：「謝謝小妹妹，不過我們這個工作需要成年人。」

「我滿十八歲了！」

「是嗎？」馬修女士笑了：「那你一會兒就留下名字吧，過幾天我們有面試選拔。」

「還要選拔嗎？」吉兒懇求道：「就讓我去吧。」

「小妹妹，這可是需要很細心的辛苦活，關鍵的時段要二十四小時監控。」

「我能！」吉兒想了想，又改口：「我一定努力！」

馬修女士笑著拍拍她的頭，開始和她交談。吉兒好奇地問長問短，馬修女士耐心地回答她每一個問題。吉兒問這是什麼實驗田，馬修女士說很可能是火星第一塊露天田地。吉兒驚喜地叫起來，覺得從來沒有這樣光榮，若是能去幫工，簡直可以寫進歷史。

紅紅火火的操勞如火如荼地展開，日頭從廣場一側升到頭頂又漸漸偏西，整座山嶺已經搭建得非常完整，從農田到電站再到居住社區都豐滿生動，栩栩如生。一些挑選的動物模型散落在田地林間，若隱若現。山谷裡安插的小人模型和山谷外忙忙碌碌的真人交相呼應，像兩重神話與人間互為理想的創造。

下午三點整，在所有人的翹首期盼中，一座高高的儲水車終於開到模型現場，如同一位巍峨的泰坦大神，以鋼鐵的身軀撐滿生命的甘露，在眾人的仰望中緩緩傾斜水罐，讓離開的清水像奔騰而出神兵車馬從天而降，注入模型山谷的谷底，注成一泓波浪翻滾的湖，水面節節上升。同時，懸掛在山谷中央的巨燈開始亮起，明亮的黃色光芒在燈罩的指引下投出方向明確的光束，照向一側的湖水和緊鄰的山岩。整個過程緩慢而莊嚴，投出一種非凡的氣勢，超越尺度之局限。

「我親愛的朋友們，」霍利先生在台階上大聲演講：「我們都是幸運的人，能夠見證這樣的歷史時刻！這將是人類歷史上最光輝最值得記載的歷史轉折之一，因為這是人類用智慧對宇宙自然的第一次大規模創造，這是人的力量與天的融合，是火星的榮耀，是我們作為一個獨立種族向未來邁出的第一步，最重要的一步。能在這樣的戰役中參與並且奉獻，是我們生於這個時代最幸運的光榮！」

吉兒聽得心潮澎湃，內心激蕩起幸福的志願。她看著新生的大山和大湖，看著蒸騰而上的水霧和灑滿光輝的土地，似乎已經感覺到清風吹到了自己臉上，鳥語花香隨處可聞。她的眼角溼了。

湖水已經有了相當的深度，事先植入的虛擬湖藻隨波蕩漾，讓水面泛出藍綠色澤，微微反光。在大燈強而直接的照射下，山與湖的兩側呈現出截然不同的空氣溫度，水化為蒸汽升騰流動，在空中漸漸凝聚成雲，越積越鮮明，讓圍繞的觀眾驚嘆地竊竊私語。接著，又過了一段時間遊走往復，山谷上空飄浮的細小塵土終於聚集了足夠的水汽凝成水珠，一陣淅淅瀝瀝的雨在爬升的山坡上溫柔降下，剛好灑落在一片綠意之上。所有人一同鼓起掌來，吉兒看到了自己插的樹和花沐浴著雨露，激動得說不出話。

這一天吉兒都太興奮，以至於完全沒有去想第二天她和路迪要去看的地方。

事實上，路迪從一開始就告訴她，他請她去的是光電薄膜實驗室，只是她當時太緊張，完全沒有注意聽。如果她聽到了，她應該立刻就反應過來，那不是路迪的實驗室，而是皮埃爾的。

皮埃爾

吉兒是我的光。皮埃爾想。

每當他想起這句話，就感覺到一絲微妙的絕望。他和吉兒同年，從小一起上課，同一個組做實驗，一同參加外出實習。他了解吉兒，就像了解他的花。她是最亮麗的光，他沉默地躲在她身後。她歡樂、充滿活力，是他自己的對立面。她總是直率而有勇氣，這是他最喜歡她的地方。他自己不具備這些，所以他喜歡看著她，看她笑，看她跺腳。如果能一直站在暗處看著她，如果能做一些東西讓她笑，如果能聽她清脆的嗓音響起，那該是多麼多麼美好。

皮埃爾沉默地看著吉兒。她和路迪走在他前面，一邊參觀一邊有說有笑，皮埃爾覺得心中有一種抽緊的壓抑感。他不是一個遲鈍的人，當路迪帶著吉兒走進他的工作室，他就猜到了路迪的意思。可他沉默著一言不發，不評論也不表態，從工作室到製造間，拒絕給出任何意見，從始至終，一直是路迪和吉兒兩個人在對話。

「皮埃爾作品非常多，」路迪一邊對吉兒說一邊回頭看了皮埃爾一眼。

「對對，」吉兒揚起眉毛笑道：「他呀，從小就是我們班的好學生。我們都算不出的數學題，他看兩眼就解出來了，簡直不像正常人！」

路迪又舒緩地說：「這一次我們的新方案裡，皮埃爾的反光膜占了很重的分量。」

「什麼是反光膜？」

「就是一種類似鏡子的東西，只不過很輕很薄，可以做得很大，柔性有弧度，又能布置回路，方位和形狀都可以調控。我們把它懸掛在太空中，可以反射太陽光。」

「哦。」吉兒說，顯得似懂非懂。

「你別小看這種膜，」路迪又看了一眼皮埃爾，說得饒有興趣而充滿耐心：「它可是至關重要，有了它，我們就能隨時給湖水保溫，即使在夜裡，也能用兩次反射帶來陽光，保持水流不凍。而白天它能指向特定的方向，造成空氣局部的冷熱不均。」

「然後呢？」吉兒努力做出認真聽的樣子。

路迪微笑著看看她，說：「然後我們就可以有流水，有雲，有雨，有森林。」

「啊！就像模擬裡看到的那樣！」

「對。還有山上的城市。你喜歡嗎？」

吉兒用力點頭：「喜歡啊，我昨天看得好喜歡！」

皮埃爾沒有說話，一直望著吉兒。

她還是和平時一樣，直衝衝的活潑撲面而來，情緒都寫在臉上，笑的時候揚起下巴，就像個娃娃。他就是喜歡看她這個樣子，說話時非常投入，對周遭沒有意識，隨時隨地迸發出突發奇想式的驚嘆，卻完全不知道自己在說什麼。她根本不懂她在說什麼，這讓她顯得非常可愛。皮埃爾看著她看路迪的眼神，內心的壓抑變成刺痛，他覺得自己應該憤怒，但不知為什麼，那種自傷的絕望卻有一種特殊的吸引，讓他沉溺其中不想行動。

他不希望自己這樣，在心裡嘆了口氣，開口打斷了路迪。

「我試了，」他說：「還是不能確定。和那天說的一樣，你們要求的面積太大了。」

路迪不動聲色地看著他，說：「沒關係，我們還有很多時間。哪怕這次先申報，通過之後再繼續實驗也可以。」

皮埃爾轉過身對著真空室。製造間裡忙碌的機械臂發出低微的嗡鳴。真空室像一間厚重的小城堡，圓筒狀的厚牆，透明圓形小窗。他們看到電磁場控制著靈活的操作臂，拉伸一張光潔平滑的薄膜，噴槍附近亮著光焰，多層分子精細搭配、密集鋪陳，將薄和不透明的矛盾化於無形。

路迪在一旁看著他，小心地問：「現在是在重力環境，如果直接在空間實驗室加工，應該能做得更大沒問題吧？」

吉兒充滿好奇地俯身看著，臉貼近小窗，手攏在眼睛兩側，撅著屁股。她今天把頭髮梳得高高的，臉頰兩側垂著幾縷捲髮，露著寬寬的額頭，一說話就能看到眉毛上下翻飛。皮埃爾看著她，她沒有發覺。他靜靜地想，她今天真漂亮，從來沒有這麼漂亮。如果再少一點故作端莊就更好了，她根本不應該壓制自己的笑，她的眼睛很美，瀰漫著傻乎乎的天真，她不了解自己，她是一道明亮的光。

他轉頭對著路迪，說：「重力不是最大問題，問題是……面積太大，晶格結構會紊亂。」但他又補充說：「不過……不排除增加脈絡骨架的可能性，但還得計算。」

他說得客觀，沒有誇大，也沒有保留。薄膜是他的親人，他像了解自己的身體一樣了解它們。他生活在它們的懷抱裡。它們溫存地接受他的延展。如果他說它們可以擴大，它們就可以，如果他說不可以，那就一定不可以。這一點他還是有把握。整個火星都沒有人像他這樣了解它們。他看著真空室裡閃閃發亮的光滑表面，心裡有一種隱沒的溫情。這種溫情和對吉兒的溫情揉在一起，讓他心裡的絕望感越來越強。他覺得也許最後什麼都不會屬於他，無論是他的薄膜還是吉兒。他迷戀的東西都不會屬於他。

他知道路迪的用意，但他不想把吉兒牽扯進來。他看得出來，吉兒什麼都不清楚，這讓他覺得很難過。

當他們三個走出製造間，皮埃爾請求吉兒去取咖啡，吉兒興高采烈地跑開了，皮埃爾和路迪站在走廊裡。

「你不應該帶她來。」他說。

路迪笑了一下說：「我是真的希望獲得你的幫助。」

皮埃爾看著他輕鬆愉悅的臉，用沉默作為回答。

「也許我不該這樣。」路迪說：「不過，我剛才在路上和吉兒談過，她是真的很喜歡山谷的方案。我不騙你。」

「我信。」

「還有三天……」

「你想讓我參加答辯嗎？」

「吉兒會坐在台下充滿期望地看著你。」

「和她沒關係。」皮埃爾說：「我支持不支持都和她沒關係。」

路迪注視著他，慢慢收斂了笑容，聲音鄭重起來：「好吧，那我也不多說了。不過再請你認真考慮一下，我們真的很需要你。」

皮埃爾沒有說話。吉兒已經端著三杯咖啡和兩盤小餐點搖搖擺擺地走了回來，遠遠地就和他們打招呼。他們沒有再談這件事，路迪也沒有跟吉兒提起。

皮埃爾一直沒有再說什麼，平靜地把兩個人送了出去。吉兒在門口朝他擺擺手，跟著路迪走遠了。皮埃爾能看到她仰起頭對路迪笑的樣子，心裡很疼。他從來不知道自己是這樣容易觸痛。

皮埃爾沉鬱地收拾了實驗室，大步離開，坐上開往醫院的車子。

他在路上想著吉兒。他不到十九歲，還不知道怎麼和一個女孩相處。他喜歡吉兒，但只是喜歡沉默地看她自得其樂的笑容，離得遠遠的。他從來沒有嘗試觸碰她，除了一次集體出行，吉兒穿了很薄的裙子，裹著圓潤的身子，額頭出了汗，喘著氣去擦，他有一種抱住她的衝動，其他就一次都沒有。即便是那一次，他的衝動也只停留在腦海中，沒有付諸行動。他沒想過她變成他的女朋友，也討厭聽其他男孩討論勾引女孩的技巧。她是他的光，他不想褻瀆。他希望自己的決定是自己的，與她沒有關係。

皮埃爾每天從工作室出來都直接到醫院。爺爺仍然昏迷，靠設備維持生命，他就在病房裡陪他，坐在他旁邊看書。需要他做的事情很少，但他沒有什麼其他地方可以去。爺爺是他唯一的家人，爺爺不在，家就空了。

皮埃爾的朋友不多，活動也不多。他不喜歡與人在一起，參加活動會緊張。他喜歡數學般的純美，不喜歡人的墮落與庸俗。比起聚會，他寧可一個人在醫院推導黎曼幾何。

他坐在爺爺床邊，按照慣例檢查了各項讀數，一切正常。一連串精巧的小螢幕圍成一個半圓，環繞在枕頭外面，後面的床頭上連接了更多儀器和螢幕。他雙手撐在座椅上，看著爺爺蒼老的臉。

爺爺，他在心裡說，是時候做一個決定了。他們的河流保溫方案都有很大問題，只有我的最有希望。他們提出蓄電加熱、人造太陽都耗能而且鋪張，他們也想到太陽帆板的反射，但沒有人的材料像我的那麼薄而強韌。爺爺，如果我說不可以，那麼河流派就要獲勝了，我們就不會搬走了，白色的冰原會環繞我們的城市，和玻璃房子永遠地映照在一起。你說這樣好不好呢？

床上的老人沒有動，但皮埃爾覺得他的眼珠在眼皮下轉動。他知道那是自己的錯覺，但他寧願相信錯覺的真實。

他每天都來和爺爺說話，那些話他平時不和別人說。他覺得說來也奇怪，他現在和爺爺說的話，比爺爺清醒的時候還要多。

我想我已經決定了，爺爺，這個決定你會同意嗎？

爺爺，他們不會懂的。我已經能想到各種回應，是的，我能想得到的。但是他們其實都不懂。他們使用已經創造出來的東西，用得那麼順手，當作理所當然，就不願費心思弄清楚。思考都是懶惰的，只有偏見才勤奮。我們的房子是我們的驕傲，這誰都知道，可是有幾個人真的明白呢？誰也不明白。

他邊說邊給爺爺又蓋了蓋被子，好像爺爺會把被子抖掉似的。他潛意識裡覺得爺爺還是那個易怒而威嚴的老者，站得筆直，忙碌在萬人中，一刻都不得安閒。

有誰知道沙土的美？人們只知道晶瑩剔透，曲線流暢，就好像建房子只是為了晶瑩和流暢。他們不知道材料真正的美，不知道牆壁是複合玻璃，電池板是無定型矽，牆上的鍍膜是金屬和矽氧化物半導體，屋子裡的氧氣是矽酸鹽分解的副產品，一切的一切，都是從矽土中來。我們的房子從矽土裡面長出來，像一株花朵一樣從沙漠裡生長出來。誰能明白這些？誰能明白晶瑩和粗獷只是一件事的兩面，誰才能真正明白我們的房子為什麼無法取代？

他說著垂下頭去，將頭埋在兩手中間。雪白的床單在眼睛前面晃著，他有一點點暈眩。他彎著背，身體不自覺地緊張起來，爺爺的面容平靜依舊，像在安撫他的焦灼。小螢幕上的淡綠色數位跳動著，三條曲線交錯延伸，像沙漏撫過時間的水流。

至少我是明白的，至少我明白事物的本徵，至少我明白真正應當延續的是什麼。

他喃喃地說：「爺爺，你會同意我的選擇對不對？」

三天後的答辯在議事廳舉行。

皮埃爾獨自坐在倒數第二排，沒有加入任何一個陣營。路迪很熱情，從早晨就替他安排，引他認識各位議員，推薦並中肯地讚揚。答辯開始後，路迪需要坐到前排，皮埃爾不願去，一個人留在後面。

他看著穿梭在人群中的路迪，心思漠然。他知道這世上注定有人屬於矚目的焦點，也注定有人不願意受人關注。他和路迪從來都是不同的人，路迪從小就習慣了一舉一動牽動目光，做什麼只要隨性子，研究提交自然有人評論，沒有人注意就彷彿奇恥大辱。但皮埃爾知道，絕大多數人都不是這樣，他自己已經算幸運，在他之外，更多人始終是處於暗處，在無人理會中頑強地生存。

只有注意力吸引注意力，只有機會帶來機會。他想。這本來就是一個正回饋的過程，再怎麼調節也還是變不了。

身邊的議員來去匆匆，在開場前做最後的準備。始終有叔叔伯伯經過他面前，向他打招呼，他總是用最少的詞語應答，這樣的談話讓他覺得尷尬。他一個人坐在會場的最後，看著雕塑環繞的會議大廳一盞一盞燈光亮起，青銅雕塑的頭頂被光環照亮。

忽然，一隻手拍了拍他的肩膀。他轉過頭，是洛盈。

「嗨，」洛盈輕聲招呼道：「你看見我哥哥了嗎？」

皮埃爾向主席台的方向指了一下：「剛才一直在那邊。」

「嗯。」洛盈點點頭：「也許出去了。我等一會兒吧。」
她說著在皮埃爾身邊坐了下來，向他笑了笑。
「你今天要做報告嗎？」她問他。
「嗯。」他點點頭。
「你決定了？」
「嗯。你也聽說了？」
「我聽哥哥說了。」她像是寬慰似的說：「怎麼決定都好，你想好了就好。」
「我不知道。」他說：「我也不知道我想好沒有。」
她看了他一會兒，似乎又沒想好說什麼，猶豫了一會兒最後說：「也許這是很大很大的命運轉折，也不歸我們說了算，所以別想太多了。」
「嗯。」他低聲說：「謝謝。」
洛盈又靜了一會兒，問：「你爺爺還好嗎？」
「還好。沒什麼變化。」
「大夫說沒說過什麼時候能醒來？」
「沒說。」皮埃爾頓了頓：「不一定能醒。」
洛盈還想說什麼，但就在這個時候，路迪從側門走入了會廳。皮埃爾指給洛盈看，打斷了她安慰的話。洛盈於是點點頭，站起身，向他告別，向會場前側走去。
皮埃爾看著她纖瘦的背影慢慢走下階梯，腦中忽然回想起她話裡剛提到過的一個詞：命運。他似乎看到他們走在某個迷霧中的岔口，分道揚鑣，任何方向都視線不明。這種感覺他還從未有過，他不明白為何忽然會有這樣一種宇宙歧路的感覺。

命運不是真的，他對自己說，要堅持這一點。他想擺脫心裡那種紛亂的不安情緒，命運這個詞讓他不安。沒有什麼是真的，除了完美的數學，他想。命運只是對無法解釋的因果與現實的逃避性解釋，一種非理性嘆息，如此而已。再也沒有什麼事比定律更美，定律就是數學。數學是唯一純粹的，永恆的東西。與數學定律的絕對相比，人世間的一切規定都是左支右絀的妥協。妥協都是臨時的。臨時的都是簡陋的。

他這麼想著，重複著心裡一直的信念，心中的不安慢慢安定下來。他開始默念稍後在台上要講的內容，熟悉的技術參數讓他覺得內心穩定。完美的是物質，他又一次想，按照永恆的定律永恆存在的物質。與之相比，制度、風俗、利益算得了什麼，不過都是朝生暮死的現象，為什麼要對這些付出這麼多精力？完美的宇宙才是人的永恆之所。他又看了一眼手中拿著的薄膜樣品，薄膜散發出完美的光亮。

答辯會終於開始了。

議事大廳很少像今日一樣幾乎每一個座位都坐滿了人。議員們都到了，服裝嚴整面目嚴肅，會場忙碌卻鴉雀無聲。皮埃爾沉默地坐著。台上的講話人換了一個又一個，兩組提案都集結了強大的團隊，一位主講人介紹，幾位技術代表分別展示。演講很華麗，展示很多樣，未來的火星眩目地出現在穹幕上。問題也非常尖銳。

過了很久才輪到皮埃爾。他平靜地走上台，看著下面莊重的人群，心裡有一種出離現實的漠然之感。

「對太陽帆的技術實現，我想負責任地表示：我可以。我可以設計出足夠大而堅韌的反光膜，可以保證它在太空中能調整姿態和角度，可以讓它全天反射太陽光到地面的特定位置，提供水體保溫和蒸發的充分可能性，可以支援移居方案的開展。下面是我的詳細方案和技術參數……」

台下響起一陣輕微的騷動，他裝作沒有發現。他知道不同人會有不同評價，這些他早就想過了，也早已不在乎了。他最終作了決定，頂著各式各樣的壓力，不僅為了吉兒，也更是為了心底埋藏的更為長久的堅持。

他環視了一圈，發現吉兒並不在，這讓他心裡又開始刺痛。他不喜歡自己這樣，他更希望自己能對一切事物漠然看開，可是看到她不在，他還是無法抑制地刺痛了。

索林

索林沒想到，現場會出現這麼多人。他之前做了場面安排，但突然出現的計畫外的參與者，卻讓他的準備顯得遠遠不夠了。他有一種不好的預感，心裡有點擔憂。

龍格仍然在演講。索林看著龍格稜角分明的側臉，看不出他是不是對這新局面有所反應。龍格是不懂擔憂的人，但索林不是。他清楚一個演員太多的舞台會脫離導演控制，人滿為患的集體中會誕生各種意料不到。他覺得嘴裡有些乾渴，可是找不到水。他也沒心情找水，只是略帶緊張地觀察著廣場的每一個角落。

「洛盈！」

他忽然聽到一聲清脆甜美的呼喚，轉過頭，看到一個胖乎乎的紅髮女孩搖搖擺擺地朝洛盈跑過來，興奮地抓住洛盈的手。索林覺得她很面熟，似乎打過照面。

「吉兒？」洛盈顯得很詫異：「你怎麼來了？」

「路迪哥哥叫我們來的。」叫吉兒的女孩笑著說。

「哥哥？」洛盈更詫異了。

「嗯。他說你們的集會意義深遠，需要更多人的支援，於是組織了我們都來參加。」

「真的嗎？他什麼時候跟你們說的？」

「昨天。昨天下午。」

「啊？是嗎？」洛盈輕輕皺了皺眉：「可是他為什麼沒跟我說呢？我半個小時之前還見過他，他一個字也沒提。」

「也許他是太忙了吧。路迪哥哥總是那麼忙。」

洛盈顯得疑慮重重，勉強地點了點頭。吉兒雀躍昂揚，看周圍的一切都很新鮮，問長問短，四處瞅著，注意力迅速被龍格吸引。與她同來的幾十個少年早已四下裡散開，大部分圍著龍格，也有一些孩子主動問其他人需不需要幫忙。

索林大致估計了一下，水星團十幾人，之前被吸引過來的路人約莫三、四十人，現在又加上這樣一個龐大嘈雜的群體，小廣場上已經擠入了上百人。若換一個大廣場，這也不算太過分，但他們所選的場地只是一個普普通通的換乘花園，容納這麼多人就很擠了。仍不斷有人從隧道車出口出來，好奇地看著他們，上前打聽，一圈一圈圍在人群之外。旗幟和影像板被擠到了角落裡，廣場的行人通路幾乎被阻滯了。索林覺得這不是好現象，超出預期的混亂都不是好現象。

龍格仍然在講，聲音慷慨昂揚，似乎無視現場的變化。

「……我們這個世界的控制與服從是與以往的世界都不一樣的。」龍格說：「從前的統治者控制被統治者，不外乎三種方式，要麼是傳統家長式的，要麼是律法和武力權威，要麼是個人魅力，可是我們的世界任何一種都不是。我們的世界已經演化成一個個龐大複雜的電路，每一個部門都是一個零件，每一個人都只是一個電子。我們所能做的只是服從，服從電壓推動，服從設定好的藍圖，無法拒絕也無法逃離，任何自發的所作所為都不被接受。

對一個人來說，建立一個住所無疑是人的自由權利之一，所有人天然就擁有這樣的權利。然而在我們現在的世界，這權利也被系統控制並剝奪了，只有按照系統規定、向系統申請、由系統負責才能建起一座房子，釘死在一個地方。如果不按照規定生活，一個人哪怕再正直善良、有再多人願意幫他也沒有辦法。這是什麼樣的世界？我們不要這樣的世界。我們不要系統來決定生活。我們要在自己的土地上自由地呼吸！」

「烏拉！」有人鼓起掌來。他們是才剛剛來，還沒有聽清楚龍格的全部內容，只是有一兩個人叫了好鼓掌，一群人就跟著鼓起掌來。

索林聽著龍格的聲音，堅硬、節奏分明而理性的聲音，能感覺到那聲音裡的力量。他不是情緒煽動的那一類型，但是他的堅決非常鮮明有力。周圍的很多人聽得很專心，有些人交頭接耳，但看得出來不是訕笑也不是閒言碎語，而是意見不一的議論紛紛。這就是達到目的了，這一次行動至少相當大一部分算是成功了。

但是索林無法覺得放心，一方面是他心中隱隱不安的感覺越來越強，另一方面是他看到周圍參與集會的人已經越來越開始隨意行動，少年的情緒開始像燒至半開的熱水，開始有氣泡從內部慢慢升騰。有人散開成一個一個小團隊，有人在場邊拿著旗子揮舞，有人開始一邊喊口號一邊喊拿某些人開心的話，索林猜測那是他們的某個老師，非常適合在這樣的日子發洩情緒。

其實這些場面都不是索林期待的。他原本不贊成集會示威，而最後之所以會答應，只是因為纖妮婭說只是討論會，是一場希望喚起人們反思的關於制度與哲學的討論會，他才同意參加並且負責了組織。他一向是統籌，他們信任他。他盡心盡力地安排了各處，可是他並不希望看到像今天這樣的混亂局面。他不知道纖妮婭是不是預先知道這狀況，這讓他心裡有些堵得慌。如果她知道，那麼她是故意沒有告訴他。

他不知道整個過程中路迪起了什麼樣的作用，旁觀纖妮婭和路迪的反覆交涉讓他有些嫉妒。他還沒見過纖妮婭這樣受人影響。索林知道，龍格和纖妮婭都希望讓事件產生廣泛的影響力，規模越大越好，可是他不希望。他甚至一直對這次宣講的主題都心有疑慮。他覺得他們所說的兩個主題並不是一回事，房屋建造的自主和電路化的社會是兩個主題，他不清楚將它們糅合一起是不是正確，會不會將問題弄得不清楚了。他只希望討論，只希望清楚。可是很明顯，其他人並不是抱著同樣的目標。纖妮婭的熱情很執著，有種非要促成一場變革不可的決心。

此時，纖妮婭正和洛盈在一起，投入地討論著什麼。索林穿過人群，擠到她倆身後，想和她們談談。她們沒有注意到他，他聽到了她們最後幾句對談。

「……你為什麼不告訴我？」洛盈問纖妮婭。

「我猜你不會同意。」纖妮婭低頭說。

「那你們為什麼要這樣呢？」

「我們需要支援不是嗎？」

索林心頭一緊。看來纖妮婭是知道的。她事先得到過路迪的通知，或者這根本就是他們一起發起的。這讓他心中不是滋味。他從一開始就是被排除在外的人了。他呆愣了片刻，漏掉了洛盈的一兩句話。當他反應過來，只聽到一句沒頭沒尾的話。

「……你這次決定相信了？」洛盈問。

「不是你讓我相信一次嗎？」纖妮婭說得有些勉強。

「為什麼變得這麼快？」

「……一種熱情吧。」

纖妮婭說得短促，說完就止住了，似乎不想在這個時候說這個事情。她邁出一步，低頭推起擺放巨大影像板，開始向龍格的方向走去，試圖將影像板推入最集中的人群。她走得很快，一直看著前方的地面，似乎是很小心地看路，也似乎是想快速離開身後的話題。沉重的小車她推得很靈活，索林和洛盈在她身後看著，對她瘦長的身體的力量與敏捷感到驚奇。

她是在說路迪嗎？索林想，為了一種熱情而相信他。纖妮婭一向是那麼堅決固執，對誰都有不安全感，這一次為什麼會這麼信任路迪呢？是因為他說話時激情的語調嗎？還是因為他做了她認為恰好需要的事情呢？

索林又看看洛盈，她靜立著，臉色發白，在一襲白色長裙的包裹中更顯得白得清透。她仍然沒有注意到他，而是一直看著纖妮婭的背影，一隻手放在嘴邊，顯得思緒重重。洛盈今天穿了古希臘風格的長裙，高腰長下襬，顯得非常纖長。這是他們一致的主張，需要某人的裝扮在集會中塑造一種古典討論的氛圍。她在周圍跑動叫嚷的人群中靜立，又穿著這樣一身衣服，忽然給索林一種感覺，像是一個不屬於周圍世界的遠古的形象，周身亮著柔柔的白。

索林剛想上前與洛盈說話，忽然，一陣騷亂吸引了所有人注意。

索林連忙將目光投向騷亂的方向，定睛看後發現不過是虛驚，只是相互幾個不熟悉的孩子因為擁擠踩到、撞到而吵起來。他的心放回胸腔，略略舒了一口氣。

他想收回注意，可是喧鬧卻沒有結束。小小的衝突似乎拉開了喧鬧的序幕，很多人的聲音開始越發此起彼伏。其他地方開始有其他爭吵，像是一點火星在草場上四處蔓延。有人喊了句話，頓時獲得一片歡呼。小廣場上的人越聚越多，有個別少年開始和成年人爭吵，似乎是他們的家長想勸他們回去，他們不肯。他們的聲音很吵嚷，眼睛發亮，甩著手臂躲開上前拉他們的大人的手，表情決絕。小廣場上聲音混雜成一片，分辨不清，越來越喧嘩。

索林越來越擔心。人數的超標已經讓他覺得不對，爭吵和與家長對立更是非他所願。他無法估量這場面的走向，也無法估計會發生的狀況。他不喜歡這樣。他不喜歡一切他無法估計發展也無法控制局面的場合。

突然，不知道是誰大喊了一聲還是去議事院前廣場吧，那邊又大又平坦，人再多也不怕，而今天又正在開會，不管做什麼都更能吸引眼光。

「烏拉！」一大群人高叫起來。少年們本就像咕咕嘟嘟開始沸騰的水，此話一出，更像是點燃一把催動的火，一瞬間應者雲集，大家歡呼著回應著，興奮不已地叫著好。性子急的已經開始出發了，性子穩妥的也積極地收拾著東西。孩子們迅速湊成一條水流，高舉著旗子和展板，像一支不正規的軍隊向前擁擠，帶著滿腔熱忱跑著湧向小路，如同澎湃的大河洶湧著鑽入河堤上修出的管型通路。

索林心裡一緊。他不希望這樣。集會只是集會，去議事院就是直接的挑戰了。他想做些什麼止住局面，可是他夾在一群興高采烈的人中間，發覺自己什麼也做不到。他想找洛盈談一下，她沒有跟著其他人一起動，在流動的人群中像一根白色的立柱。

索林覺得，如果說有誰可能對眾人有所影響，那就是洛盈了。她一直說話不多，但只有她有這個影響力。

「洛盈，」他走上前叫她：「你不走嗎？」

洛盈回過頭來，看看他，似乎仍有一絲茫然：「索林。」

「你怎麼了？」

「索林，你能不能告訴我，如果你覺得一個人做的事情是不對的，可是那個人是你至親的人，你會怎麼做呢？」

索林遲疑了一下：「你是說你哥哥嗎？」

「嗯。」洛盈點點頭，「我不知道他為什麼這樣做。」

「你是說找人來？」

「不僅僅如此。」洛盈顯得憂心忡忡：「我有一種感覺。我覺得他安排了很多事情。包括剛才喊大家去議事院的那個男孩，我覺得也是哥哥事先知會好的。」

「真的？你認識他？」

「在我家見過一次。我不確定，什麼都不確定，可是我擔心。我不知道他為了什麼。」

「那你現在在阻止大家呢？」

洛盈抬起眼睛凝視著他：「拿什麼阻止？」

「就說你覺得這是不合宜的？」索林試圖用肯定而安慰的聲音說：「你有這個力量，他們都認識你，如果你說了他們會願意聽你的。」

「可是我不知道應該不應該阻止。」洛盈說：「這是我的另外一個很大的困擾。我不知道人是不是應該努力做一些事情，改善世界的缺陷。纖妮婭的熱情是真的。我不喜歡哥哥的方式，可是我還是無法去阻止。」

洛盈看著他，長長的黑色睫毛微微顫動，眼神凝注，寫著坦率清明的困擾，微微咬著嘴唇。索林第一次發覺，猶豫和困擾也可以如此明確，他和她一樣能看清楚這困擾，可是他和她一樣沒有答案。他們站在匆匆向前的少年中間，漸漸落在了小廣場的最後。他們懷著不一樣的心情一樣的猶豫著，不知道應不應該跟上大家。

索林忽然發現，他自己早已經不是導演了。從舞台搭好演員登場的那一刻，戲劇就已經脫離了他的控制。

他被所有的演員拋下了，他們要激情，不要憂心而保守的導演。他環視著周圍只剩下零散雜物的小徑和草坪，清楚這已經不再是他的戲劇。他俯身拾撿被人落下的碎片，洛盈和他一起。

「我們也過去吧。」洛盈輕輕說。

索林點點頭。他們並肩趕上了歡鬧著奔跑著的隊伍末尾。

洛盈

洛盈越來越猶豫，不知道該進還是該退。廣場被熱情高漲又蹦又跳的少年們占滿，煥發出一種或許很久不曾有過的激昂的熱度。平日裡的廣場莊嚴、沉寂而肅穆，但此時卻是熱烈、紛雜而喧鬧。旗幟混合著歌聲高高飄揚，狂歡般的孩子們一邊大笑一邊高聲怒罵。

洛盈站在一邊，有一些瞬間想衝動地和周圍人一起歡歌，另一些瞬間想勸他們散去回家。他們讓她回憶起從前和回歸主義者大笑大唱著遊行的情景，她喜歡那樣的生命力，可是在此時此刻，她無法讓自己這樣激動忘我。她仍然感覺不安。他們是被哥哥用激情的話語鼓動而來的，現在卻又唱又跳像是自己的主張，這讓她覺得有什麼地方不對。她說不清楚，但就是覺得這樣不對。

她明白，興奮是可以傳染的，不必知道興奮的緣由，只需要知道感覺。他們一路上陸續碰到和不知什麼人通知前來的少年，大家繼續拉攏，現在除了水星團也有了上百人，散開在廣場，散成呼啦啦一大片，他們興致勃勃，像平時和舞會和創意大賽一樣興致勃勃，將龍格和纖妮婭圍在中央，手裡揮動著巨大的展板。

「要改革！要自由！」他們像歌唱一樣喊著。

哥哥在哪裡呢？

洛盈正在遲疑，忽然看見議事院的側門走出十來個穿制服的人，朝著孩子們走來，邊走邊散開到廣場兩側。她聽不清他們和前面的人說了什麼，但她能看到少年們漸漸擁了過去。她看不清楚，於是迅速從側面穿過，繞到人群最前面。

「怎麼了？」她試圖問身邊的人。

沒有人理會她的問話，現場嘈雜，大家的注意被各種狀況分散。但當洛盈向前走，很多人都自動給她讓開了路。她猜想是自己身上裙子的緣故，讓她像一個來自異域的人，穿過人群不必費力。她看到在最前方對峙的雙方言談並不融洽，大人的面孔冰冷，少年的情緒卻熱，大人的說話很低聽不清，少年的聲音又鬧著融成一片同樣聽不清，情緒從一側向另一側衝擊。似乎有推搡，有吵吵鬧鬧，有新人不斷加入的混亂。她越來越擔憂。有人喊叫起來，廣場像一片燒開的沸水。有人開始相互推搡，叫喊聲傳出來，激怒了更多人。

就在所有人的熱情均上升到最高點的時候，議事院大門忽然開了。

大家一齊將目光投過去，只見緩緩打開的大門空空蕩蕩，透出其中肅靜高昂的內門。地面輝煌卻無人，兩扇門像敞開的山洞，透出一股冷卻的涼風。眾人暫時都安靜了。

好一會兒，一個身影出現在台階上，向底下招呼了一聲：「洛盈，你過來一下。」

是瑞尼。

洛盈愣了一下。她沒有想到會在這裡看見瑞尼，也沒有想到瑞尼會以這樣的方式從人群中將自己叫出來。她看了看四周，四周也看著她。她又看看瑞尼，他面容嚴肅平靜。她點點頭，提著裙裾向台階上走去。在這片刻之間，沒有人說話。他們的目光在她身後默默追隨，她走到立柱之間，緩緩向底下回身。

「大家等我一會兒。」她說。

聲音說出口，有一種連她自己也不曾預料的冰涼的輕柔，在廣場上空飄過顯得空曠。她來不及看底下的反應，因為瑞尼已經轉身走入議事院門廳，她匆匆跟上，議事院大門在他們身後緩緩合攏。

瑞尼一路走在她前面，沒有與她說話，直到一個小小的休息室前才停下腳步。

他轉過身看看她，推開門，讓她先進去。小房間空而乾淨，一排玻璃櫃靠窗擺放，一側牆上有一幅畫，另一側牆邊有一張小桌和兩只玻璃纖維軟座椅。

瑞尼沒有急著說話，示意洛盈坐。洛盈沒有坐下。剛從喧嘩吵嚷中走出，進入這樣清冷的安靜，看著斜射入的透明陽光，她覺得耳朵還在鳴響，身子輕飄飄的，有些脫離現實。

「瑞尼醫生，」她問：「您怎麼在這裡？」

「我現在是檔案員。這樣重大的會議，需要所有可能的檔案儲存。」

洛盈點點頭。她還想說些什麼，但不知道該說什麼。

瑞尼給洛盈接了一杯水，輕輕放在桌上。

「我會言簡意賅，」他說：「不能讓他們在外邊等得太久。」

洛盈點點頭。

「你知道我為什麼叫你進來嗎？」

洛盈搖搖頭。

「是為了給你看這個。」

瑞尼說著，走到牆邊，緩緩抬起一只玻璃展櫃的蓋子，小心翼翼地拿出一樣物件，放在手心上，回到洛盈身邊，攤開在她眼前。

洛盈低頭看過去，那是一只胸針。普普通通的金色金屬絲編織，蘭花的樣子，頂端鑲了兩顆彩色玻璃，精緻但明顯不算昂貴。她來來回回端詳了半晌，看不出稀奇。

「這是誰的胸針？」

「是一個老婦人。」

「她是什麼人？」

「只是一個很普通的退了休的老婦人。」瑞尼長長的嘆息了一聲說：「她本身沒有什麼特殊之處，但是她死在一個特殊的場合。差不多是在十年前，她就在這裡，在議事院前廣場的一次意外事故中死去。從那天起，這只胸針就被當做那次事件的紀念物保存。」他說到這裡又頓了頓：「還差兩個月就剛好十年了。」

洛盈從瑞尼的語氣中隱隱約約感覺到一些東西，心裡開始慢慢發沉，嘴唇也發乾，她有點不希望瑞尼再繼續說下去，怕他說出的事情她不敢聽，但內心更多的卻還是希望瑞尼繼續講下去，將她所有的疑問一併托出。所有令人疑懼的祕密都有種特殊的吸引，她的心跳得越快，就越不願這講述停下來。

「她……是怎麼死的？」她問。

「空氣洩漏。」瑞尼沉靜地說：「廣場的一個空氣閥被撞壞了，廣場空氣開始洩漏，在這種情況下，聯網預警會自動傳播，每個空氣閥附近的安全門會自動落下，將廣場的大部分區域與外界隔絕，保證空間主體的安全。同時，廣場與其他區域的連接通道也會自然落下隔離門，以防大規模空氣洩漏事件發生。然而在悲劇發生的那天，胸針的主人散步經過廣場，在通道的出口剛好接近損壞的空氣閥，猝不及防地被兩道降下的隔離門夾在中間，空氣飛一般衝出，她還來不及驚恐就迅速身體炸裂而死，只留下這只胸針。」

洛盈的臉色變得蒼白起來：「那天……發生了什麼？」

「那天在廣場上有一個激烈的集會。比你們的集會更激烈、規模更大。組織者更有經驗、更有能力、更有資源，他們當天調來了一輛機械車，在議事院的廣場上造出一大片玻璃房屋模型，一個接著一個，排開在草地上。機械車很高，調成了自動運行模式，頂部裝了兩隻閃閃發光的燈，像兩隻眼睛，威風凜凜。那一天來的集會者很多，都是成年人，情緒非常高漲，喊出的口號比你們喊出的整齊得多。後來治安員出動了，都是審視系統的日常巡查員，但是那天舉止也很壞。或許是有誰說了傲慢或刺耳的話，雙方吵起來，漸漸演變為混亂的擁擠，機械車就在大家都不注意的時候被人撞到，砸漏了空氣閥。除了老太太，還有兩個參加集會的年輕人在衝撞中死去。」

瑞尼平穩而不動聲色地講述著，洛盈屏氣凝神地聽著，眼睛一眨不眨。

「那麼，」她小心翼翼地問：「那天的發起人是誰？」

「是你的爸爸媽媽。」

洛盈暗吸了一口氣，心底的擔心最終被驗證了，她感到一種巨大的空茫。

「那後來呢？」

「後來，他們就受到了處罰。不只是他們，當天參與的主要人員，和前去維持秩序的治安員都受到了不同程度的處罰，只是你的爸爸媽媽被處罰得最重。」

洛盈覺得自己的臉色正變得慘白：「不是因為給亞瑟叔叔電子方案嗎？」

「不是的。」瑞尼鄭重其事地搖搖頭：「他們被罰是因為這件事。罰去半廢棄的火衛二是很大的處罰，只有造成死亡的事件才會導致這樣的處罰。沒有死亡發生的事件，無論是反對工作室還是贈與方案都不會。被罰的還有當天負責維持治安的首席治安官和其下屬，他們現在還在火衛二上。這是一次可以預見的事件，因此完全可以處理得不那麼糟糕。亞瑟的離開是在這次事件之後，因為你父母被罰，所以他決定回地球，你父親正是在離開光電實驗室的時候將方案帶出，送給了他。」

洛盈聽到火衛二的名字，眼前又浮現起父母房間裡的遺照，浮現出他們死亡之前年輕而無憂無慮的面孔。他們好像半透明的雲朵飄浮在她的眼前，像赫然發亮的幻影。瑞尼手裡的胸針還在閃閃發亮，像一枚穿透時間迷霧的針。她的目光模糊了。

「是爺爺處罰的嗎？」她抬頭看著瑞尼。

「是。」瑞尼點點頭：「但也不是。處罰是三位大法官和審視系統總的決議，你爺爺只是督責。那個時候更重要的是你爺爺自身的問題。那個時候他剛剛擔任總督一個月。這是他遇到的第一次大的危機。作為總督，兒女帶頭反對整個國度的制度，而他並沒能維持秩序，造成了混亂和死亡，本身負有無法推卸的責任。在當時的很多人看來，你爺爺本身應當引咎辭職，或者應當被彈劾。」

「彈劾？」

「他是剛上任的總督，連議會改組都尚未完成，地位完全不穩固。」

「那後來呢？」

「那一年的議會辯論非常激烈，場面近乎失控。你爺爺雖自身有穩定大局的力量，但是遠遠不夠。那一次若不是胡安及時的堅決出面，他的位置就真的岌岌可危了。」

「胡安伯伯？」

洛盈一瞬間想到了父親書房裡看到的老照片。

「是。」瑞尼點點頭：「那時他也是剛剛上任的飛行系統總長。他沒有做特別的事，只是在議會辯論的時候宣布不對除了你爺爺以外的人效忠。這影響很大，因為這意味著有可能的兵變。那個時候，胡安在飛行系統中的威信非常高，雖然是剛剛上任，但幾乎是全數通過而上任的，這是自建國以來空軍中從未有過的事情。你爺爺也是出身空軍，投票彈劾的那一天，空軍派出了飛機在上空巡航，結果是彈劾失敗。這個事件你怎麼看都可以，但你爺爺靠這樣的背景穩住了總督的位置，這在後來很多年都讓人頗有微詞。」

洛盈怔怔地聽著，喃喃自語道：「……這些事我怎麼都不知道。」

洛盈想起全像投影照片中爺爺的面孔，刀削斧鑿，冷靜而痛苦。她猜測著當時的情景，她不知道在那個時候哪一種情緒占據了爺爺的內心：被兒女反對的痛苦，處罰兒女的痛苦，還是讓人詬病受人指責的痛苦？她在想像中內心抽緊了，因為她忽然意識到，正是她的爸爸媽媽給爺爺帶來了這些痛苦，而這些痛苦也最終回到了他們身上。

「我哥哥知道所有這些事是嗎？」

「應該知道。」

「那他……他這一次為什麼還支援我們的行動？」

「這個問題……」瑞尼猶豫了一下，似乎想說什麼又沒有說：「我們還是先把剛才的事情講完吧。你知不知道你父母發起的行動以什麼為主題？」

洛盈搖搖頭。

「為了家家有房子。」瑞尼說：「給每一對夫妻一所房子。」

「啊？」

「沒錯，就是現在的房屋政策。你父母的行動雖然被制止了，但是這項主張後來被提交成議案，最終獲得了通過，就是現在的政策。」

「難道……」洛盈遲疑道：「以前不是嗎？」

「之前是憑一個人的研究成績和地位。」瑞尼嘆了口氣，似乎看到了遙遠的過去：「在剛建立城市的時候物資並不充足，眾人都住宿舍，一人一間，只有傑出的研究員才能建自己的房子，依成績量化。這政策起初沒什麼，執行了三十年就積累了很大弊病，有人一直沒有技術被應用，就一輩子分不到房子，於是人們開始普遍依附於系統領袖，討好長老以求自己的技術被納入工程。結果權力被擴大了，房屋不均，科研開始變了味道。」

「可為什麼我小時候覺得家家都有房子？」

瑞尼笑了一下：「那是因為你居住的社群是開國元勳和長老們集中的社群，已經是得到房子的傑出者了。」

「那爸爸媽媽……」

「他們是為了亞瑟。」

「亞瑟？和珍妮特阿姨？」

「是的。亞瑟沒有任何系統地位，因而一直達不到房屋申請的標準，你的父母對此非常不滿。他們見過太多濫用權力的不公平，又見到這樣的摯友被制度排斥，於是開始渴求一種絕對的平均化的公平。」

「而我們……」洛盈輕聲說：「卻反對這個。」

「你們想要自己造，想交換。想自由，反對平均。」瑞尼平靜地繼續道：「這實際上並不新鮮，在戰前就是那樣的。戰前，房屋完全依靠自己建造或者交易。那個時候營地分屬於不同公司，每一個人或每一個團體都要自籌工具或者向大公司購買。這是延續了地球的傳統，本不新奇。然而火星畢竟不同於地球。火星的資源非常非常稀缺，而且幾乎無法直接利用。只有掌握了關鍵幾項鑄造和冶煉技術的幾家公司有能力建造，於是他們就依靠這種壟斷提高了生活成本，控制市場。那個時候，幾乎所有有頭腦有能力的人都發覺，在這種狀態下，一個人獲得好生活並不是憑藉自己的才能智慧，而是憑藉資源支配，於是他們用生命的代價，發誓建立一個國度，給所有人一個平台，讓最終的生活不靠資本，全靠才華打拚。」

「也就是說，」洛盈漸漸明白了：「爸爸媽媽反對爺爺，我們反對爸爸媽媽，而爺爺反對的卻是我們主張的？」

「可以這麼說。」瑞尼的聲音還是很平靜：「自由、才能與平均，可能所有誘人的詞彙總會有某一代人追隨。」

「另一代人反對？」

洛盈低下頭，心底感到一陣空茫。她不知道現在這一步該向哪裡走。行動沒有結果，世界不完美總有缺陷，永恆的推倒與重來。下一步該向哪裡走，她不知道。她的家族為此付出了這麼多，可這個世界究竟有沒有一絲改善的痕跡。如果有，那麼方向在哪裡？如果沒有，人又應該做些什麼？她覺得世界變空了，她像站在空落落的宇宙邊緣，望向前方沒有終點，極目四顧沒有天國。

「瑞尼醫生，」洛盈看著瑞尼，心底有一股隱隱的悲傷：「您知道嗎？其實我一開始並不是非常熱衷於這一次的行動，我想了很久要不要參加。最後決定參加，是因為我不知道我還能做什麼，還能在哪裡找到想找的感覺。我想找一種生命力，一種把自己釋放出來的澎湃的力量，一種……意義。我想做讓自己覺得值得全身心投入的事情。只是想找那種感覺，至於這件事本身，我倒沒有想那麼多。我甚至沒有仔細想過這件事是不是正確，只是非常簡單地想讓生命燃燒，感覺那種燃燒。」

瑞尼點點頭：「我想我明白。」

「您覺不覺得這樣很幼稚？」

「怎麼會呢。」瑞尼說：「一點也不會。我想很多人內心都有這樣的希望。你還記得你們說過的豐功偉績崇拜症嗎？這其實並不是什麼不尋常的事。」

「因為熱愛宏大？」

「不僅僅如此。還有一種更大的傾向，是想完成自己。」瑞尼輕嘆了一聲：「你希望尋找的讓自身沉醉的感覺和意義，很多人也都想找。他們只是希望在這樣遙遠的幻景中讓自己讓自己顯得有意義。如果不是這樣的希望，那麼任何煽動與控制都無法奏效。如果沒有很多想要自我融入電路的人，是不可能穩定搭建起一個電路系統的。人們並不都沉醉於那些豐功偉績，只是需要創造一些大事，才能在其中找到個人的存在感。」

「但實際上沒意義是嗎？」

「這取決於你怎麼定義意義。」

洛盈想了想：「那我現在應該做什麼呢？」

「這由你自己決定。」瑞尼說：「我只告訴你這些故事，最後的決定由你自己做出。」

瑞尼走到門邊，輕輕拉開休息室的金色小門，門框有繁複的花邊和一圈岩石紋樣，中央鑲著一整塊晶瑩剔透的鏡子。

洛盈從鏡子裡看見自己，白色高腰百褶裙，裙襬曳地，頭頂人造枝條編織的花環嵌著白色小花，黑色長髮垂散，齊至腰際。她看到自己臉色蒼白而迷惘，就像兩個月前從鏡子裡看到的自己一樣。她那時希望自己能變得明朗，變得堅強，可是這麼多事情過去，現在的自己彷彿更加迷惘而蒼白了。她向鏡子走過去，向自己走去。走到門邊，她停下來看著瑞尼，瑞尼向她點點頭，她伸出手觸碰鏡中的自己，像是觸碰另一個時空。

短短的走廊像是走了一個世紀。她一步一步踏在繪有百年歷史的地面，足尖能感覺玻璃和彩色金屬的冰涼。兩側的走廊有圓形的玫瑰玻璃，篩落一地幾何的陽光，彩繪窗被光照亮成聖潔的畫，大門肅穆地關著，門外的聲響全部隔絕。

開門之前，瑞尼忽然叫住她，想了想：「還有一件事，我想我也還是一併告訴你好了。你還記得上一次你提到過的醫院跳樓死去的那個病人嗎？」

「嗯，他怎麼了？」

「他叫詹金斯，我認識他。那你還記得我被處罰的事情嗎？」

「記得。」

「我是在十年前被處罰的。當時的總長就是詹金斯。他是一個剛愎自用、愛慕權力的人，對系統管理並不熱中，只熱衷培植個人崇拜的團隊，在我被罰的時候他是系統總長。在那輛礦車出事之前，礦車生產線的管理實際上已經十分混亂，安全檢測無人重視，那輛車不出事也早晚會出事。那一次他沒有被處罰，調查報告很模糊，議事院保住了他的地位。然而他並沒有吸取教訓，改善礦車生產的監管，很長時間系統的局面並沒有發生質的改觀，安全仍然有很大隱患，一年之後，終於發生重大事故。他被處罰了，終身不得任職。」

「也就是說，他是害了您一生的人？」

「說害我是太重了，只能說是負有責任的人吧。」

洛盈呆呆地望著瑞尼，內心一片茫然。討厭的人死在她們面前，她們卻為他大聲疾呼。她不知道自己該如何看待這件事。那個人的剛愎自用讓瑞尼一生受處罰，可是他瘋了、死了，以一種弱者的姿態博得了她們的同情，讓她們為那悲慘的一幕打抱不平。

「他為什麼會發瘋？」她問瑞尼。

「因為他受不了人們不再稱頌他的名字。」瑞尼靜靜地回答。

他說完拍了拍洛盈的肩膀，寬厚的手掌像從前一樣給她堅實的力量。她抬起頭悲傷地看看他，他向她點點頭，沒有說話。他替她按動大門的啟動電鈕，厚重的金屬大門向兩側緩慢地滑開。洛盈望向門外，廣場的陽光像一片金色海洋，晃了她的眼睛。

她看著那片陽光，一片燦然的空白，前方什麼都看不見。

好一會兒視力恢復，她環視四周，看到台階下仍然聚集著少年們，一圈圈聚集成堆，或站或坐吵吵嚷嚷地聊天，氣氛仍然濃烈。看到她出來，他們一下子都住了聲，目光齊刷刷地彙聚到她身上，等著她說話。她向下走了幾步，走到他們能聽清她的地方，瑞尼沒有跟下來，她能感覺他站在背後遠遠地看著她。

「我們今天都回去吧。」她清了清嗓子說。

她的聲音輕靈柔軟，雖不洪亮卻傳得很遠。在屏氣凝神的廣場上空環繞著飄。所有人都看著她，有很短的一瞬間沒人回應。

「都回去吧。」洛盈又說：「理由我以後會解釋的。」

廣場開始騷動起來，面面相覷，議論紛紛，聲音由弱漸強。

「總要大體說一個理由吧？」有人大聲問她。

「因為……」洛盈沒有看清問話的人，猶豫了一下說：「因為……歷史。」

「這是什麼意思？」

「我以後會解釋的。」洛盈又說了一遍。

看到眾人還是躁動不安，她又上了兩節台階，提高了聲音，用最懇切的語調向大家請求：「請聽我一次好嗎，我回去之後會給大家解釋的。今天我們回去吧，都回去吧好嗎？」

她帶著點哀傷說完，說完靜靜地等著大家，心中有一種劇碼戛然而止的傷感。劇碼正在沉醉的興頭上，她好像一個掃興的看門人，忽然點亮了觀眾席的燈光，一切都醒了，舞台從故事變成布景，入迷的感情被生生切斷，所有人湧起巨大的不滿。她能看到大家的不滿，也能看到那種鼓脹起來的興致是多麼不願意無疾而終。可是她沒有別的選擇，她只能忠於自己的內心，她不能在自己都不認可的情況下盲然前衝，因此只能去掃興。她等著大家的反應，大家也都在等著。那一瞬間，廣場上憂傷的安靜像一片大海。

她站在台階上，輕輕舉起雙手，在唇邊合十。白色長裙和羅馬柱讓她像一個古代祭祀的女孩，她覺得自己和自己的聲音離得都遠了，聲音像氣泡在陽光裡慢慢飄浮。

接著，她看到她的聲音在少年們心中起作用了。他們開始慢慢活動了。經過短暫的騷動，他們開始慢慢散向四方，慢慢收拾東西，慢慢陸陸續續離開並不寬廣的廣場，從四周的小路離開。洛盈一直站在台階上，什麼都沒有再說，一直站到整個廣場的喧鬧隨著太陽一起慢慢下沉，沉至寂寥。

她很累，她想回家。瑞尼問她願不願意進議事院旁聽辯論，她搖了搖頭，不想進去。她讓纖妮婭和索林替她去聽，而她自己只想好好躺下來，將一切的一切壓進夢裡。

當洛盈回到家，她習慣性地點開信箱，查一遍郵件。她本來沒有什麼期待，只想看看就睡，可是一封新郵件卻閃動著圖示，吸引了她的注意，讓她一下子睡意全無。

那是一封來自地球的郵件。

洛盈：

收到你的信很高興。我的事業並不太順利，正在灰心，這個時候的問候讓我覺得很溫暖。你最近怎麼樣？生活還好嗎？

我的事業推行得非常不順，不順得讓我覺得幾乎沒辦法進行下去了。地球的環境還是和火星太不一樣，根深柢固的歷史讓人覺得似乎很難改變。現在再也不像法國大革命時代了，現在的革命越來越難，全球所有國家的生活方式，很難被一個點的變化改變。每當我對別的藝術家描述公共空間的計畫，就會被人懷疑包藏著不為人知的控制陰謀。政府不願意承擔這計畫，因為它會使買賣版權的GDP減少上萬億，經濟縮水。企業家更不願意這計畫推行實施，因為他們在乎的是利潤。當然，這幾乎是不言而喻的。有時候實在不明白為什麼一種明顯有利於人類整體藝術和思想交流的舉措，受到幾乎所有人的反對。

你問起回歸主義者，剛好最近聽到了他們的消息。我們到達地球已經一個多月了，從下飛船的第二天起，泰恩就開始著手布置新主題公園的建設。他沒有狂轟濫炸宣傳，卻借著新聞熱度在各種網路社區播放火星城市的影像。那種沙漠綠洲的感覺迅速傳播，玻璃房子、花草爛漫，人與環境融為一體，所有這些都成了新的概念，成了一大批環保和回歸主義者傾慕的對象，他們熱烈地談論、讚美、查資料、寫文章。當他們知道火星的整體房屋技術被帶回了地球，立刻開始跟蹤，追捧，當做一場新的運動，甚至在建設尚未起步之時，就預定了竣工之日集體前往。他們很積極地籌畫，在世界網路發起號召，但是他們沒有調查工程的資方。泰恩對此很滿意，他決定新的公園營造良好的自然主義效果，吸引更多人。

現在地球上每天都有太多場運動，很多時候我都分不清哪一種為著什麼樣的目的，有時候當我想到自己也只是這千百亂流中的一員。也許火星倒是幸福的，走著一條單純之路的人總是幸福的。

火星的近況怎麼樣？希望一切都好。

你的朋友　伊格

洛盈讀著信，讀了兩遍，讀完坐上窗台，抱著雙腿枕著膝蓋，眼望著窗外的夕陽。這一天狂沙飛舞，地平線模糊成一抹金與黑的交融，夕陽已經快要看不見，在飛沙走石的塵煙中顯得分外憂傷。

她突然覺得很疲倦，對各種各樣熱烈的奔走很疲倦。她不知道那些奔走有沒有終點？終點在什麼地方？是不是一群人的終點總要進入另一群人的起點？她忽然哪裡也不想去了，只想看清這一切如何發生，彷彿在一股命運的風中被裹挾，不想隨風飄蕩，只想站住了呆呆地看著。這是她第一次失去四處流浪的熱情，只想靜靜地坐著，坐到天荒地老。

她這時想起在醫院裡問過瑞尼的話，彷彿有一點明白了。

瑞尼醫生，您以什麼為幸福呢？

清醒，以及能夠清醒的自由。

洛盈看著天邊，開始想念安卡，每一次困擾和無助的時候她就特別想念他。無邊的風沙和夕陽像大幕將她包裹在其中，她像一個孤單的獨幕演員，在沒有觀眾的遼闊劇場裡獨坐在地上。她想看清那黑暗，想在風沙席捲的澎湃大幕中拉住另一隻安定的手。她非常想念安卡。

這時她想起自己已經幾天沒有和安卡見面了。他完全沒有參與他們的行動，也沒有露面。她不知道他在忙什麼。她跳下窗台來到螢幕前想和他聯繫，可是呼叫的終端始終是一串沒有應答的忙音。

瑞尼看著洛盈離開，和纖妮婭與索林一起重新回到議事廳。大會仍在繼續，他離開了一個小時左右，議程只是短暫地向前行進了一小步。

他帶著兩個孩子在自己的檔案員觀察席坐下，自動錄製的影像採集設備像深海潛伏的魚一樣，以不為人察覺的節奏呼吸，在話語的波濤下汩汩運轉。兩個孩子坐在他身後，好奇地打量著周圍的一切。他觀察這兩個孩子，纖妮婭的面容冷然，咬著嘴唇看著台上，似乎心裡仍有不痛快的情緒，只是靠堅毅壓制。索林的面孔則溫和得多，也憂心得多，他一會兒思慮重重地看著台上，一會兒目不轉睛地看著纖妮婭。

演講台被燈火照得金光閃閃。整個議事廳的燈光都亮著，每一個聽眾身上都有金邊閃耀，演講台的邊角和話筒很明亮，吸引所有注意的目光。頂燈由上到下打下光錐，照在巍峨肅穆的青銅雕像頭上，給每一座雕像一個聖者的外觀。從十個角度布置的鐳射全像投影儀在舞台中央打出栩栩如生的場景效果，向每一個角度播放，建築和風景宛如實景實物，在立體豐富的造型中營造似夢似真的美麗幻景。演講者所站的小講壇更是光亮的中心，光並不很強卻非常集中，從四個方向將演講人托舉在光的中央，彷彿閃爍著星星點點。十幾米高的天穹平日裡投進陽光，莊嚴而聖潔，非常引人注目，然而此時卻彷彿全然黯淡了，儘管宏偉，卻無法與台上耀目的燈光一競高下。

演講者激情澎湃，在這樣的矚目中，一個人很難不激情澎湃。正在講話的是河派的一位著名元老，他從歷史出發，將眾人知道或不知道的細節聲情並茂地描述一番，講述這座沙漠之城是如何拯救了他們整個種族，講述這悠寧的生活與過去的艱苦相比是如何天壤之別。他說在這樣的城市中所形成的平和的閒適，是火星為自己確立的真正的精神，是探討真理的最好的環境，是奧林匹斯山下的柏拉圖花園，放棄它等於放棄精神性格，追逐不屬於自己的自然環境，最終會受到命運懲罰。他的話引起很多老人與保守主義者的共鳴，每每被掌聲打斷，在柏拉圖花園時空氣裡都升騰起一種崇高的感覺。

台下有各種各樣的舉動。有的人隨著台上激情澎湃，有的人不動聲色，有的人仍在私語籌畫，並不理會台上的演講，有的人在二層的環繞看台來去匆匆，為接下來的演說做積極的準備。絕大部分人的態度是來以前就抱定了的，只有少數仍在中間猶豫的議員是兩方均要爭取的對象。

瑞尼知道，辯論會從形式上是用方案爭取投票的公正形式，但實質的結果卻是由辯論會之外層層疊疊深海的工作來完成的。每當他看到這樣的場景，就有一種走向神所預言的結局的戲劇之感。

纖妮婭聽得很專心，雙手趴在前座的椅子靠背上，頭枕著手，眼睛注視著台上。她的表情若有所思，遇到不清楚的問題還會小聲問瑞尼。相比而言，索林就沒那麼專心了，他也在認真聽，但與其說他是對內容感興趣，倒不如說他是對纖妮婭注意的東西感興趣。他注視著她，眉間有幾許不安。

這個時候，路迪登台了。路迪是山派倒數第二個演講者。以他的資歷和工程背景，他原本排不到這樣靠後的位置，但瑞尼知道，路迪成長得非常迅速。他聽說他受到了山派中很多頗有影響的議員的支持，包括理查森和以苛刻著稱的弗朗茲，瑞尼不知道路迪是怎樣做到的，但他知道他政治的問題上非常有能力。現在路迪已經不僅僅管他自己的磁力技術了，更是承擔起山派這個計畫各種實驗室的聯絡與溝通。

路迪走上台，向台下各個方向的聽眾欠身致意問好。然後他靜靜地側過身，等全像影像先播放一段早已準備好的視覺資料。他顯得胸有成竹，微微笑著，金髮梳向腦後。影像是山坡房屋與滑車生機勃勃的暢想圖，帶著清晰的樂觀氣息，顯得鬥志昂揚。

「尊敬的女士們先生們，午安。」等影像最終定格，路迪清了清嗓子，微笑著說：「很高興今天能為大家介紹我們項目總體方案的最後兩個部分：交通方式和經濟改革。

如大家剛才所看的，在我們的山谷遷移的方案中，更加自由、更加便利的滑動車將是一大亮點，它由磁力控制，簡便快捷，依附於山岩，沿精心鋪設的道路滑動，不僅能讓最為困難的上下山問題變得迎刃而解，而且可以使得每一個人擁有駕乘的樂趣。它的原理不複雜，製造工藝也在可接受的範圍之內。請允許我做一簡單介紹。」

路迪說著，重新啟動全像投影播映，調出一幅靜態的圖像，是一輛半球形小車的剖面，底面貼著路面，路面下方有盤旋的電路。路迪開始講解，神態鎮定，話語流暢無磕絆，內容精心準備過，一般人理解都不困難。

瑞尼注意到纖妮婭的專注。她的雙手十指交叉，握得很緊，眼睛望著台上，顯露出一種疑心審視與甜蜜羞澀相混合的表情，偶爾有人為路迪的講話鼓掌，她還會露出一絲坦率的驕傲的神態。路迪的演講很出色，語調堅決，有一種說服人的力量。

「除此之外，我還想介紹一下我們的方案帶來的一項最大的改進，經濟方式改進。」路迪講完技術，轉換了話題：「技術是一種生活的背景，而經濟則是與人更密切相關的生活方式。在我們現在的城市裡，房屋是城市整體的一部分，每人都是城市的一部分，沒有自己選擇自己領地的權力。這主要的原因是技術。現在的房屋使用的是一次整體成型的吹玻璃技術，還要與城市相連，需要整個城市的規畫，一個人或一個普通團體無法自行建造，也不能另立門戶創建其他房屋樣式，給人的自主造成了極大的障礙。

我們的山谷方案正是針對這個問題提出了我們的主張。正如各位剛才看到的，以及我們敬愛的盧克女士剛才為各位介紹的，山谷方案中的岩洞是天然岩洞的打磨，外牆和內飾的材料都可以多種選擇、多種加工，於是我們完全有條件建立很多個與房屋建造有關的工作室，讓大家自由選擇選購材料，在對房屋和地點不滿意的時候也可以輕易交換，實現真正的居住自主。」

聽到這裡，瑞尼忽然感覺到胳膊上纖妮婭拍了拍他。

「瑞尼醫生，」她的嘴唇有點發白：「他是什麼意思？」

瑞尼看看她：「我想他是在說房屋市場。」

「房屋自由交換？」

「是。」瑞尼點點頭：「變革的幾大重點之一。」

「他們計畫了很久了嗎？」

「也不算太久，只是最近提出的。」

台上，路迪仍然繼續著激動人心的藍圖繪製：「……如果有人質疑這種自主的意義，那麼我請各位看這樣一組事實：據不完全統計，在我們實施房屋平均化政策以來，已經有資料庫內記錄的不滿訴狀三百一十五起，平均每年三十一起，這還不包括生活中沒有將恩怨和不滿投訴到資料庫的案例。人應當有選擇建造和更改房屋的權利，這是基本的自由。

這一點連十幾歲的少年都意識到了。就在今天，便有一大群熱情而富有社會正義的少年，聚集在外為這項政策的修改奔走疾呼，他們反映了代表性非常廣泛的居民聲音。他們的呼聲指向整體系統制度的改革，是我們改善整個國度的強烈動力。敬愛的議員們，就讓我們聽聽這些聲音，利用這次偉大遷移的契機，勇敢而果斷地進行新的社會改革，這對於火星，對於每個人都具有無與倫比的重要意義。」

纖妮婭又開始發問，聲音輕得幾乎聽不清：「這是他為了獲得選票嗎？」

瑞尼看著她不安的臉，謹慎地說：「只是增加一條重要的理由吧。」

纖妮婭的雙手微微發抖，坐在椅子上，背立得挺直，能看出強烈的激動從身體內部將她整個人撐了起來。她靜靜地坐著，一言不發地聽著，目不轉睛地看著，僵直地等著。索林帶著幾分憂心看著她，試圖和她交談，可是她充耳不聞，一句也不答。

她一直這樣坐著，直到路迪的演講結束，從舞台的一側走下來，走到側面的通道，她赫然站起身，幾步衝下台階，衝到路迪面前站定，給了他一個響亮的耳光。

耳光聲清脆地打破空氣，很多人沒有準備，被聲音一驚，發出低低的驚呼。

纖妮婭什麼都沒有說，打完就轉身從議事廳的側門衝出去了。路迪愣愣地站在原地，手扶著面頰，好一會兒沒有反應。索林站起身，也跑下台階，跟著她跑了出去。議事廳有些人注意到這激烈的一幕，好奇地觀望著，有些人沒有注意到，或者是沒有興趣注意，仍然低著頭。瑞尼心裡浮起一陣同情的嘆息。這變化發生得極迅速，可是彷彿已經事先寫好。

瑞尼能感覺纖妮婭憤怒的理由。從她的神情看，她是很認真地看待路迪、看待他們之前的一切。他剛才見到了運動的熱火朝天，因此能理解此時此刻她的心情。在今天以前，他已經對山派的策略有所耳聞，只是他沒想到這集結示威是如此鄭重其事，而當事的孩子又對總體這樣一無所知。他回想著纖妮婭跑出去的神情，臉色煞白，臉上寫著悲傷的憤怒，一種拆穿後的痛苦，在她一向高傲的面容上印上自尊心的傷害，讓人看了非常心疼。

路迪還站在原地，臉色發青，似乎正在猶豫是該追出去還是該留下來繼續聽大會。他的手仍摸著發燙的面頰，眼睛看著纖妮婭跑出去的側門。他似乎沒有料到纖妮婭在場，面對這樣的變故還沒有想好對策。看得出來他也很焦灼，內心也被擾亂，大概纖妮婭對他來說也不是無關痛癢的人。他猶豫了好一會兒，兩次走了一步又停下，像與自己鬥爭。最後他還是沒有出去，就在側面一個不引人注意的位置上坐了下來，雖然注視著台上，但是顯得相當的心不在焉。

瑞尼望著他後側面的臉孔，從臉部線條還能依稀辨認出小時候那個活潑的男孩。同樣的金髮高眺，同樣的鼻梁直挺。只是從現在這個路迪臉上，已經看不到小時候不停向外流出的冒險與好奇的熱情，而更多地換成了一種控制，風度翩翩。瑞尼知道，他已經慢慢被束縛了，只是自己還渾然不覺。他用適宜蓋住意志，用自由買了野心。活在野心中的人的選擇總是唯一的，因此也是沒有自由的。

瑞尼嘆了口氣，將目光重新投回到台上。少年的愛恨他能看到，但他不能也不願去干預。在台上，河派的倒數第二個演講人已經講完了大半，接近了尾聲。由於剛剛分心的片刻，瑞尼並沒有聽到他講的前半部分，只能分辨出大致的基本內容，大體是描述了河流在玻璃頂蓋的河道中受控培育實驗生物的可能性。演講人的藍圖也很美好，方案也可行，但講述相當平庸，沒能在聽眾心裡調動起理應調動的激情暢想。他很快下台了，掌聲寥寥，坐了一天的人們開始倦怠。

這時候，胡安登場了。他是山派最後一個演講人，壓軸的人物。他一登場，就給場內帶來一道閃電。所有困頓的人都醒了。

瑞尼清楚，胡安總是最嚴厲與最強勢的人物，只要他登場，就不可能引不起他人的注意。他與路迪的風度雅致不同，他總是帶著三分迅猛的狂野，無所顧忌地讓強大逼人的意志在全場熊熊燃燒。他不高也不強悍，矮胖的身材更像廚房的師傅，可是當他說話，當他在所有人面前用他特有的堅硬冷酷的聲音發號施令，他就成為一隻閃電般的黑豹，咄咄逼人。他擔任飛行系統總長十年，若不是因為這樣的個人力量，他是不可能讓手下一眾桀驁的將領心悅誠服的。

此時此刻胡安登場，無疑是山派最有力量的一張王牌。飛行系統是火星建設的根基，沒有飛行系統的採集，很多資源都會在短期耗盡。

胡安單刀直入地開口，台下鴉雀無聲地聽著。

「我們今天的抉擇，遠不僅僅是一種居住方式的選擇。我們的選擇，事關我們整個種族的未來，事關人類的未來。

我們已經是一個種族，無論從生物層次還是從精神層次，我們都已經可以被稱為一個種族。我們的身體比地球人更高大、更矯健、更善於跳躍和駕駛飛行，也更能忍受寒冷和酷熱，可以說，我們是他們向更完善階段進化的結果，我們是一種全新的人類。而從精神智慧的角度，我們也無疑比地球人高超了太多。我們這個種族是接受了分享的文明與藝術的種族，我們有延伸到宇宙邊緣和時間盡頭的穿透性的目光，我們當中就連最小的孩子都有比地球上某一個成年人更宏觀的看世界的眼光。我們是活為整體的人，而地球人已經在他們自我分裂的世界體系中裂成了一個又一個碎片，變得鼠目寸光，再也想不起自己作為人類這個整體所應具有的崇高價值。我們是人類的繼承者，如果要給我們種族一個名字，再沒有比人類族更適宜的名字了。我們是火星人，但我們更是最正統的人類的後裔。

人類最應懼怕的是什麼？是狂風巨石？寒冷酷熱？還是與困苦搏鬥？遠遠不是！人類最懼怕的應當是腐爛和衰退，是人類的全部強大的生存能力衰退成懦弱、虛弱以及軟弱的一攤爛泥！地球人正在往這個方向前進。他們已變成一堆猥瑣膽怯的肥胖病患者，在越膨脹越無止境的欲望中醉生夢死，被油脂和麻藥蒙蔽了所有感官，再無一點崇高。他們把靈機一動的點子當成智慧，還恬不知恥地倒賣智慧，再也不懂智慧是長久摸索，不懂偉大的心靈總是渴望饋贈與分享。他們也忘記了他們的星球，在人造風景裡沉淪，對他們自身地質家園的了解還不及我們普通居民的一半。他們是背叛歷史的子孫，我們甚至羞於承認我們和他們來自同一個祖先。只有在我們自己身上，而不是現在占據地球表面的無能的退化者身上，我們才能看到人類真正的勇敢與高傲！

我們的使命是承擔人類命運，這是我們無法推卸的高貴的責任。我們是人類面對宇宙的最前沿，我們已經懂得如何進入未知探索，我們在嚴苛的自然環境中獲得鍛鍊，我們用巴別塔旋起了狂飆突進的智慧風暴。在可以預見的很近的將來，我們就即將走入一段偉大戲劇的序幕篇章，這就是人類在廣闊宇宙裡的自我傳播，一段新的大航海時代。人類注定要超越自己，也必須超越自己。人類要學會在新的環境裡生存，也要讓新環境適應自己。所有的荒蕪暴烈都是現在的猛獸、未來的朋友，在人能夠馴服它們之前可以蟄伏，但永遠不可以屈服！

我們無論如何要走出去，在嚴苛的寒冷中磨礪自己。永遠蟄居在現在的城市裡面，早晚有一天我們會變得像地球人一樣腐朽退化。這是偉大的歷史轉折，選擇就在我們手裡，不管你願意不願意，未來一定會到來！」

胡安滔滔不絕地說著，不需要任何影像輔佐。他的聲音粗獷激昂，有一種定音鼓般的隆隆作響，在每一個弱起漸強的時刻都給人氣勢非凡的震撼。他的肢體語言不多，手和身體繃緊著力量，像一只黑色氣球隨時可能炸裂。

瑞尼看著胡安，心中的大海開始慢慢漲潮。他久已潛藏的危險預感開始越來越強。終於要來了，他想，這一天終於要來了。

瑞尼和胡安不熟，但他知道他的歷史。在胡安還是個孩子的時候，他就展現了與眾不同的強硬性格，他是孤兒，但沒有一天為此背上沉重的負擔。他祖母死的時候他曾拳打腳踢聲嘶力竭地哭，但在那之後就幾乎不曾落過淚。他絲毫不孤僻、不自卑、不傷感，也不願意接受別人的幫忙。他從小住在飛行系統的軍營裡，熟悉飛機比熟悉陸地更多。戰爭結束的時候他十六歲，除了飛機場，他拒絕去任何其他地方生活。他一輩子強硬，獨來獨往，對溫和可親的戰爭遺孤扶助辦公室敬而遠之。他不讓任何人幫他，也很少幫其他人，只有一個人例外，那就是漢斯。漢斯大他十四歲，是他唯一信賴並依靠的人。沒有人知道他們的交情如何建立，但人們聽說是漢斯將他從祖母身旁營救出來。

胡安是個愛恨分明的人。在他的詞典裡沒有背叛或寬容。愛就忠實，恨就不饒恕，對自己欠的和別人欠自己的記得涇渭分明。他從來沒有寬恕過地球人，儘管火星是戰爭的起因，但地球是敵人。

瑞尼知道，這就是漢斯多年擔心的所在。漢斯對權力早已厭倦，但是他多年不退位，就是擔心當他不再主持工作，一股無法壓抑的冰冷火焰會從平靜之海的深處破空而出，衝擊到遙遠的無法預知的另一個世界。這是火星最大的危險。漢斯比誰都看得清楚。與其他各種瑣碎的弊病比起來，這種征服的欲望是更大的危機。系統的問題都可以改進，資料庫的回饋與議案提交已經頗為完備，需要的只是耐心。可是征服的欲望不一樣，它才是一個沒有天國、沒有彼岸、在此世又有足夠強大的集中智慧的種族最大的危險，這樣的種族有凝聚和力量，卻沒有想像的希望，因此沒有自足的驕傲，需要用對比征服來證明自己。漢斯擔心這件事情很久了，火星人比誰都容易奉獻，也比誰都容易被歷史使命打動激勵。

這一天終於要來了，瑞尼想，漢斯與之搏鬥了多年的這一天終於要來了。

漢斯登台了。他是河派最後一位發言人，緊接著胡安登場，與胡安的下台錯身而過，在他掀起的波瀾尚未平息的聽眾的情感大海裡默默站定，如同一艘緩緩升起的潛伏很久的黑色潛艇。他顯得平靜、堅決而蒼老，注視著台下，像是注視著久已寫好的命運彼端。台下安靜了下來，掌聲開始平息，只剩稀稀落落幾聲。

漢斯沒有立即說話。他默默地凝立了片刻，伸手將自己肩上佩戴的鷹徽取了下來，托在手心裡向全場示意，然後將那兩隻閃閃發亮的金色蒼鷹擺在講台中央，抬起頭來，又一次環視全場。

「首先，我需要說明的是，作為總督，我沒有資格參與任何一方的辯論，只能保持整個政治秩序的公平，不能以個人身分支持誰。可是我今天想要參與駐留方案的答辯，表達我的個人意見。因此我將我的總督徽章提前取下來，交由所有人保管。還有一個月就是新一輪的總督推選了，我的任期將滿，這一次就算我提前卸任了。」

現場出現一片低微的譁然，漢斯恍若不覺。

「我今天除了將陳述我們一派的城市發展設計，還將表達我們對另一方案的質疑。在兩種方案的比較中，我們認為，以目前的人類水準還不足以應對開放空間生存。

河流方案的城市設計並不是簡單的照搬現有模式，而是希望在目前已成熟的技術基礎上不斷拓展出新的形式。有了穀神的天水，有了可控制的河流，我們就可以沿河建起一連串分布的城市，而不是目前唯一的一座。

在這些新的城市裡，我們可以嘗試新的模式，儘管仍然以玻璃外殼為基礎，但是我們可以發展出各種不同形態，也可以初步嘗試與大地相連。到那個時候，房屋建造術將不再由單一工作室和部門掌握，我們的技術公開，勢必會有許多有能力的團體學會並發展這項技術，同時獲得資費的支援。在新建的城市裡，每一個城市都會有一個獨立運行的議事院，自行決定城市的資源配置和穩定運行。城市間的交通將由地效飛行器擔任，這項技術我們已經應用多年，完全可以信賴。城市將是未來火星的基本單位，封閉河道沿岸將有一連串城市繁榮發展，每一個都可以有自己獨特的特色。

更重要的一點是，在這些平原上封閉的城市空間中，我們可以做更多科學實驗，讓人體一步一步適應環境，為未來某一天的走出去打下更堅實的基礎。比如低壓環境、低氧環境、高輻射環境，我們都可以先在實驗室做長期多年模擬，直到有一天，人類的體質比現在發生大幅度變異提高，我們才能有所把握地走出封閉，走入自然。進化是一個漫長且不可預測的過程，人類應當被超越，但肯定不會是現在。」

瑞尼聽著，想起前一天下午漢斯和他的對話。當時漢斯來檔案館，親自查閱資料後來到瑞尼的休息室，與他靜靜地喝茶。那個時候，漢斯顯得相當憂慮。

「瑞尼，」漢斯像是問一些不相干的問題：「我不了解昆蟲，不過我聽說昆蟲的身體不可能長得很大，是嗎？」

漢斯坐在瑞尼對面，眉毛遮住目光，聲音低緩，像一條寂靜的河。瑞尼看得出漢斯變老的痕跡。他的臉龐有刀鑿斧劈的線條，一直給人石像一般的堅硬感覺。他曾經三十年不顯老，但變老的過程很迅速。漢斯身後，鐘的單擺輕輕擺盪，畫出時間的痕跡。

「是。」瑞尼說：「昆蟲用身體呼吸，長得太大就要窒息而死。骨骼在體表，也不可能支持太重的軀幹。」

「那一個機體如果強行擴張會怎麼樣？」

「會分裂。」瑞尼靜靜地說。

「一定會嗎？」漢斯問。

「一定會。」

瑞尼時常在幻想畫裡看到變大變小的動物，就好像它們的實際尺寸只是湊巧，可以隨便修改。但瑞尼知道不是這樣，進化的盡頭是提琴般的完善，大一寸小一分都不可以。不是不能變化，而是變化總會不如現狀。這是一個雙方進化的過程，生物和環境最終會達成協調，正如飛鳥選擇築巢地，而巢穴選擇下一代飛鳥。直到一個高度，選擇平衡於被選擇。這是個常常被人忽略的常識：進化的盡頭不是極端，而是恰到好處。

漢斯並不追問細節，他手扶著杯子，過了許久才點點頭，不熟悉的人會以為他聽力遲緩。瑞尼又給他倒上水，他們坐著，淡綠色的窗簾偶爾在身後隨風飄起來。

「那麼，」過了許久漢斯問：「在你看來，改變的過程中，什麼比較重要呢？」

「慢。」瑞尼說：「我覺得是慢。」

瑞尼能理解漢斯的憂慮，只是他沒有問也沒有提。他們只說譫語，打命運的啞謎。

今天的漢斯站在台上，比前一日明顯情緒波動，不再那樣默然思慮，而是在投入的論述中加入了內心澎湃的感情，聲音也比一貫的低沉多了幾許悲哀的味道。或許他是把這一次的演講，當作了四十年政治生涯落幕時分最後的一場獨白，傾盡全力，回憶交織，即使平素冷靜堅毅，此刻也難以不露情緒。

擺在漢斯面前的是困難的抉擇。他選擇支持駐留，不僅僅為了加勒滿的房子，而且更是因為對盲目開拓生存環境的不信任。漢斯想到了兒時，想到父親許多次對他說的告誡：衝動的大膽往往只是魯莽。他還記得兒時幾乎讓人難以存活的飢餓和寒冷，那是戰爭的最初幾年，不顧一切的反叛者付出了代價。爭奪不到地球的物資，又無法讓貧瘠開花，熱血衝動的叛變幾乎造成全軍覆沒，只靠強韌的意志和零星出現的勝利艱難維持。走出山谷是他們的第一個轉折，從此他們可以在室內種植、有空氣和溫暖，離死亡遠了一步。戰後初年幾乎同樣艱難，他們打退的不僅是敵人，也是唯一的物資來源：地球運輸船。從此爭奪資源都成了過去，所有的一切都要向荒漠求取，而這在某種程度上是不可能完成的任務。又是很多年艱難的掙扎，直到與地球的和談結束，物資交換第一次步入軌道。經過所有這些，經過這些年目睹的死亡和痛苦的記憶，他的本能讓他不相信貿然的走出，他不能相信。他們所缺的東西太多，不是靠意志就能彌補的。

「我希望向山谷方案的代表進行最後的質疑。」漢斯目光直直地看著台下的胡安：「你們是否同意，現在的人類還很脆弱，如果在實驗環境經過更多年訓練，再走入開放空間成功機率會大得多？」

胡安沒有回避，從答辯人席位中站起身來，身形筆直而嚴肅地面對漢斯。

「可是到時候就沒有這些水了。」他斬釘截鐵地回答：「如果現在將水降入古河道，那麼就不可能在未來全部收集起來再降入山谷，而在平原上保持大面積水體和氣體要比在盆地難無數倍，到時候我們又不可能再捕獲這樣一顆含水的星體，所以錯過了這次機會，我們就永遠難以塑造星球上真正的開放生態了！」

胡安咄咄逼人，可是漢斯並未退讓。

「那我再請問你們，在你們的藍圖中，所有必備物資都是從何而來？」

「從礦石。我們礦石冶煉技術這些年有了很大進展。小行星帶也仍有開發餘地。」

「可是你們知道，畢竟不是所有物資都能從我們自身的冶煉中取得。」

「大部分可以。」

「不可以。」漢斯斷然否定，帶著一絲悲涼搖頭道：「你們清楚這一點。且不說維持大氣壓所需要的足夠氮氣能否全部來自冶煉，就只說建造岩壁房屋所必需的輕質金屬，也不可能都從火星提煉。火星的鋁、鎂、鈉、鉀都很匱乏，充足的只有重元素，很難滿足你們所設計的輕盈與柔韌。地上的城市材料是玻璃，這是我們僅有的無限充足，可是你們要放棄。你們還希望在山岩與地下鋪設大規模電纜，可是我想問，所有那些必要的絕緣體，塑膠和橡膠，所有的有機物，你們又準備從何處取得？現在我們有少量橡膠，還會從地球換取，可是如果大規模改造一片山谷，所需要的物資哪裡是這零零星星能滿足的呢？」

胡安沉默了片刻，說：「這些都是細節問題。」

「不是！」漢斯大喝了一聲。

胡安以更長久的沉默來抵抗。

「看著我。」漢斯說：「你們打算去掠奪對不對？」

胡安看著漢斯，仍然沒有說話。

「對不對?!」

胡安終於點了點頭：「對。」

「可是那就意味著戰爭，你明不明白？」

「不，我不明白。」胡安說得彷彿極端漠然：「我們只需要一定程度的控制與威懾，要求他們交納就夠了。」

「不可能的。」漢斯蒼老的聲音說得竭盡全力：「你們難道還不明白嗎？不可能沒有抵抗和交火，一定會有連年的交鋒無法停息。」

胡安仍然顯得很堅決：「我不覺得這是什麼大問題。」

「你難道還沒受夠苦嗎？」

「受夠了。」胡安說：「所以要變強大！我們就是要回去，要去戰勝。我們有權利強大，我不覺得這有什麼不妥。沒有我們，早晚有一天地球人會因為斤斤計較自取滅亡。我們是去斬斷那些懦弱，不讓人類在利益的油湯裡腐蝕靈魂。地球應該歡迎我們！」

「胡說！」漢斯憤怒地打斷他，嗓音已經開始沙啞：「這些不過是托詞！你可以強大，可你沒有權利剝奪。」

「可是不爭奪，我們也沒有生存。」

「沒有人逼你選擇那樣的生存方式。」漢斯終於明確地說出了心裡埋藏的話：「我不允許戰爭發生。只要我在位一天，我就不允許這樣的事發生！」

胡安靜了下來，停了停，指著講台上金色的鷹，冷冷地說：「但您已經退位了。」

這句話像錐子一樣劃破空氣，場內鴉雀無聲。

這一幕讓瑞尼看得分外痛苦。他看到漢斯像是非常用力，身體向前傾，說到激動的時候雙手按在桌上，十個手指都張開，灌滿了力量，能看出內心的悲傷，幾乎微微顫抖。這是漢斯第一次在公眾場合這樣流露內心的情感，恐怕也將是唯一一次。他的眉頭緊鎖，臉部因為用力而顯出豎長的肌肉，灰白的眉毛下目光炯炯，凝注著無能為力的痛苦和決然。這一幕顯得非常悲壯。瑞尼遠遠地看著，心中也因為自己的無能為力而痛苦。他看到漢斯在和一種注定會到來的命運搏鬥。漢斯早已預料它，可是仍然一步一步迎向它。

瑞尼知道漢斯為何如此執著。在漢斯很小的時候，他的父親理查就曾經在深夜懺悔自己當初的衝動行為以及由此引發的戰爭。理查不是一個好的戰爭領袖，他被推到了這樣的位置，可是他不喜歡。他受情感的衝擊，他為妻子報仇，可是他沒有預料到後來所發生的一切。他不只一次對幼年的漢斯說，他不想這樣，很多問題他都不想這樣解決。他在深夜在漢斯面前哭泣，五歲的漢斯抹去他臉上的淚水。漢斯在飛機上出生、長大，他不怕死，可是許多死人的哭嚎成為他夜半的夢魘。當理查年逾花甲最終去世的時候，留給漢斯的唯一遺願就是止戰。漢斯盡一切力量讓火星獨立，就是為了完成這則遺願。他批准讓穀神離去，也是為了避免向地球爭奪水源。

胡安知道這些，也在多年裡靜靜蟄伏。他不是個野心家，他已超越了那種境界。他忠誠於自己的哲學，就像忠誠於救助過他的漢斯。胡安和漢斯是少有的相互了解的人，但也是世界上最大的對手。誰能理解相互尊敬的雙方往往是彼此的對手，就能理解他們兩個這些年的情誼與對抗。胡安感念漢斯，多年一直聽他的命令，而漢斯也因為胡安曾拚死忠誠於他，一直給了胡安他想要的自主權力。胡安並不軟弱，他只是等待機會。漢斯也並不是傻瓜，但他知道，這是整個種族精神的危險，胡安不表達也總會有人表達。胡安一直渴望征服，漢斯明白這一點。但是他一廂情願地期望，只要克服眼前的困難，維持安好並獨立生存，這征服的欲望就沒那麼強烈。從這一天的局勢看來，漢斯終究錯了，是人的欲望製造生活，而不是生活製造人的欲望。

瑞尼第一次感到旁觀者的苦痛。在此之前的大大小小事件，他都可以置身事外，不掛懷於心。可是這一天他第一次為自己局外人的身分感到刺痛。身前的錄影裝置默默運轉著，全方位將這一幕完完整整地錄了下來，錄得如此客觀，客觀得讓人如此痛心。

就在這時，議事院大廳的門突然被一個人撞開了。大家的目光轉過去，只見一個穿筆挺軍服的上尉大步流星地走入大廳，沿台階逕直走到胡安跟前，俯身到他耳邊耳語了幾句，胡安臉色變了一變，又迅速恢復平常。上尉說完探詢地看著，似乎在等一個批示。胡安猶豫了一下，眼睛看了一眼台上的漢斯。

「什麼事？」漢斯問道。

「是系統內部的事。」

「告訴我。」

「只是瑣碎的事。」

「告訴我！」漢斯厲聲喝道：「即便你不再承認我總督的身分，我也仍然是飛行系統終身長老。我有權過問系統內部的事！」

胡安沉吟了一下，鎮靜地說：「地球的兩個水利專家坐飛機逃跑了。」

「什麼？」

「逃跑了。」

「為什麼？」

「我們也不清楚。」
「那還不趕緊去追？」
「不必了。」胡安說得很冷，像是下定了決心，瞇著眼睛：「我看不必了。」

安卡

安卡望了望玻璃牆外略顯混濁的天空，看到遠處的地平線時而尖銳時而模糊。天氣確實不太好，他想，氣旋圖上看到的大風應該不是假的。

他將包裡的物品又塞得緊了一點，頭燈、隨身小刀和壓縮乾糧塞在邊角的側袋裡，氧氣罐多帶了兩個，捲在睡袋捲中央，埋得安穩了，將包放在地上，單膝跪在上面用力壓出空氣，抬手抽緊氣口，勒緊了包裹。包裹壓縮到自身的極限，看上去方而平整，他端詳了一陣，不是非常滿意，但想來想去也沒有更好的辦法了，便將包提在手裡，關上了壁櫥。這一次攜帶的給養比標準計量多，包裹明顯比標準尺寸大。他不確定眼前這個方塊能不能順利放進給養匣，用手比畫了一下，三掌半，恰好是在極限邊緣。

他拉開小屋門，左右張望了一下，樓道裡空蕩蕩地沒有人。他拿了一本書走出門，將小屋門在身後輕輕帶上，向咖啡廳的方向走去。

窗外的天空變得又渾濁了幾分，太陽漸漸沉向西方，離日落還有兩個多小時，此時的陽光已慢慢變得暗弱。他一邊走一邊抬頭看著穹頂，想從隱隱飛過的細沙判斷出風速。風時大時小，大部分時間還算寧靜。離起風還有幾個小時。他看看牆壁上的數位時鐘，距離迫降已經三個多小時了。以一般小型戰鬥機上標配的氧氣和給養，應該還能支撐五到六個小時。

天空的暗藍蒙上了一層薄薄的粉砂。

咖啡廳有四、五個人。中間有一個人在吹牛，兩三個同伴圍在周圍聽著，遠處一個人正在看電子筆記。費茨上尉不在。

安卡從牆邊接了一杯咖啡，走到遠處那人附近的一張小桌旁坐下，把手中的書攤開平放在桌上，取出記事簿，像是一邊讀書一邊做筆記，在電子紙上寫寫畫畫。他沒有向那個人張望，那個人也沒有抬頭看他。他中午就是坐在這個位置上聽到了無意中的消息，下午比上午人少，不出意外的話應該還能聽到。

費茨上尉走了大約一個小時了，不管怎麼算都該回來了。如果他還來這裡，那時間應該差不多了。如果他半個小時還不來，那麼八成也就不會來了。只能再用其他方式去打聽。

安卡低頭看書，不是很能投入，字字句句片斷著進入他的眼睛和頭腦。

我們的弟兄們和我們在同一天空下呼吸，正義是活生生的。幫助生活和死亡的奇特快樂產生了，從此我們拒絕把它推向以後。在痛苦的大地上，它是不知疲倦的毒麥草、苦澀的食物、大海邊吹來的寒風、古老的和新鮮的曙光。

費茨上尉會帶什麼消息回來呢？安卡想。

正義是活生生的，拒絕把它推向以後。他又讀了一遍這兩句話，他喜歡這兩句話。他喜歡痛苦的大地，喜歡不知疲倦的導航儀。壓縮的食物、地平線吹來的寒風、古老的和新鮮的暮色之光。這些詞語像大地一樣樸素堅實。他深深地吸了口氣，覺得空氣中有一股凜冽的寒冷氣息。

這本書是他上個星期開始讀的，一直放在桌上，剛才出門的時候隨手抓了起來。他不是很有心情閱讀，但是讀過的句子會自行跳入視野。

如果現在出城，他算了一下，大概不到兩個小時能回來。三十分鐘過去，二十分鐘轉移，爭取在七十分鐘之內回來。當然這是最順利的情形，直來直去，路上沒有耽擱。他覺得不出意外的話，應該可以做得到。此時距離天黑還有大約兩個半小時。也就是說，半個小時之內，一定要決定是不是出發。他不想飛夜路，夜路相對而言總是危險，尤其是今天，能避免最好避免。

路上的狀況他剛才想過一遍了，此時又在腦中過了一遍。根據巡航地圖，出事地點並不算太遠，而且不難找。幾乎就是跨過平原的一條直線，在峭壁邊緣，也沒有進山谷。他可以設置自動導航，也可以自己飛。這個位置他相信他找得到。

費茨上尉還沒有回來，但安卡預感到這一趟他不得不去。

這種瘋狂的慷慨大度就是反叛的慷慨大度。它及時地給出它愛的力量，並永遠拒絕非正義。

坐在一旁的那個男人安卡很熟悉。他叫伯格，官職中校，是費茨的上級，因此也是安卡的直屬上級。這天中午，當安卡獨自午餐，剛好碰到費茨與伯格約在這裡彙報緊急情況。費茨是伯格的親信，他們這整一脈絡也都是胡安的親信。一般人聽不到的消息，會在他們軍營專屬的這個小咖啡館裡口頭傳播。費茨見到安卡，遲疑了片刻，安卡裝作毫不關心的樣子，一直低頭看書。費茨低聲告訴伯格，這天早上逃跑的兩個地球水利專家飛機出了故障，緊急迫降在峭壁邊緣一個隘口，請求援助。

安卡又看了一下表。下午四點過了，距那時已經三個半小時了。

費茨回來了。

安卡遠遠地看到費茨，立刻低下頭，做出整個下午一直在讀書的樣子。

費茨面容嚴肅，大步流星地走到伯格身旁，沒有坐下，只是搖了搖頭。

「不用救。」他低聲說。

伯格點點頭，表情像是對此早有預料，鎮定而漠然。他問費茨既然這樣，那麼具體怎麼處理。費茨沒有立刻回答，而是又一次質疑地看了看安卡。安卡感覺到他的目光，闔上書，站起身來，做出非常合時宜的樣子離開了座位。走出咖啡廳的時候，他轉身看了看，費茨已經坐在伯格對面，低聲說著什麼，伯格沉默地聽著，偶爾點一下頭。

安卡穩步回到自己的小屋，將剛才打好的包裹拿起來，按照計畫執行。

他對這個結果不感到詫異，就像伯格不感到詫異一樣。這是事先幾乎能夠預料到的，從聽到逃跑消息的那一刻，他就隱約感覺到會出現現在這樣的局面。

這兩個人是傻瓜，竟然以為自己能開火星的飛機。安卡想。且不說這是不是圈套，就算不是，他們也太高估自己了。要是一架運輸機能讓竊入的外行人這樣隨便開走，那這麼多年的駕駛訓練又還有什麼意義。想要飛到瑪厄斯上談何容易，剛飛了幾年的飛行員都做不到，更何況兩個外行。

逃跑的理由倒是很明確：這些天飛行系統內戰爭在即的流言甚囂塵上，甚至流出到其他系統和一般工程師口中，對兩個地球人來說，無疑是天打雷劈的壞消息，兩人稍一打聽，就萌生了逃回地球報信的念頭。他們聽說這幾天剛好有一次瑪厄斯啟程，就希望竊一架運輸機，偷偷混入貨艙。

要說逃跑的念頭倒也不算奇怪，安卡想，可誰讓他們撞到槍口上了呢？胡安不救人，因為他們是最完美的犧牲。他可以對民眾說他們竊取了火星重要機密想逃跑，從而控告地球隱瞞了巨大的對火星的陰謀，激起人們對地球的憤怒，促使出兵的議案得到通過。而同時，即便不成功，他們的死亡也一定會激怒地球當局，說不準會首先對火星發難，到時候開戰就是水到渠成的事了。胡安一直需要理由，他們就自己奮力充當理由。

他們太小看飛行了，小看飛行的人一定會被飛行捉弄。飛行不是別的，就是賭命。

安卡換好飛行服，拎著包裹出門。鎖門之前他環視了一眼小屋，基本上還算整潔，兩件衣服搭在椅子上，枕頭和睡袋已經擺好，預備著晚上回來直接就寢。他猶豫了一下要不要帶上洛盈送他的小飛機模型，掂了掂覺得不好拿，就又放下了。

想到洛盈，他又遲疑了一下。他不知道該不該給她發一封郵件告訴她自己的行動？看了看表，決定還是先走。一方面是時間已經不多了，另一方面是考慮到洛盈她們今天正在集體行動，此刻應該沒有時間收郵件。

等晚上回來再發吧，他想，如果能順利回來的話。

他穿過走廊，選了一條平時走的人不多的略微繞遠的路徑，不希望在路上遇到熟人。這天沒有集體訓練，只有零零星星的人三三兩兩結伴從機場回來。在幾天高密度訓練和任務之後，很多人都在抓緊時間休整。走廊清清靜靜的，白色的宿舍門一一關著。

安卡能聽到自己的腳步踏在地板上，像心跳一樣規律，聽起來很冰冷。他想著洛盈，猜想著水星團其他人此時此刻在做什麼。他們的行動應該已經開始幾個小時了，不知道結果怎麼樣。這件事安卡沒有參與，但是他們商議的郵件都會群發，他知道總體議程。他沒參與討論，只是一直遠遠地看著。

他不知道該怎麼向洛盈解釋清楚自己的感覺，她問過他想不想參與，他沒有說明白。他不是不關注他們的事情，只是這樣的行動實在不是他想參與的。

他們想怎麼樣呢？他想，改變制度嗎？然後呢？改變生活方式嗎？有什麼用處呢？真正的問題不在這裡。如果有壞的地方，有不公正，有偏見，那麼換成什麼方式都會有，問題不是什麼方式。人類嘗試過的完美方式都有同樣多的不公正，只看你怎麼歌功頌德。真正的問題是人。一個人對他人欺侮，在哪裡都會欺侮。指望發生什麼改變呢？什麼也指望不了。

人的問題只能對人解決，可這問題永遠解決不了，一個人的問題只能對一個人解決。如果有一件壞事，就對抗這一件事。除了這個，人什麼也做不了。

以後，孩子們總會不公正地死去，即使在完美的社會中也是如此。人竭盡全力只能設法在算術級數上縮小世界的痛苦。

安卡走得快而平靜。他並不緊張，只有一點擔憂。緊張沒有好處，只會破壞堅韌，他習慣用關注細節的方式讓本能的緊張稀釋。讓他擔憂的是頭頂天空的顏色。粉紅色變濃了，說明風變大了。遠處的風沙正在步步襲來，目前還遠，但不知道什麼時候會突然加速。他必須搶在時間之前。

機場這個時候已經沒有什麼人了。沒有人在這樣的天氣出航。他找到自己的飛機，打開艙蓋。周圍的機位幾乎已經停滿，白色鯊魚般的機艙排列得整齊，遠遠望去像一片大海，每架飛機機頭側面都印有火焰紋章，宛如鯊魚露出的銀牙閃閃發亮。機場在沉睡。寂靜中彷彿有呼吸潛伏。經過前一日盛大的閱兵演練和忙碌的進出，此時的安靜很像是猛獸的安眠。

安卡打開給養匣，將剛才打包好的包裹盡力塞了進去。有點勉強，但還是塞進去了。他多帶了兩個人的食物和氧氣瓶，以防萬一不能順利回來要在外過夜，這就略略超容了。小戰鬥機只有兩個座位，只能承載兩個人的給養。飛機還有一個儲存室，以備不時之需，本來也可以貯存物資，但是此時放入了折疊好的一雙巨大翅膀和小電動機，就被占得滿滿的，沒有一點多餘空間。安卡查了查固體燃料，還算比較充裕。氣道指標正常，閥門和火花塞也正常。

飛機是他自己修好的。他對它沒有把握，但熟悉無比。就像他自己的身體一樣。

前一天的戰鬥演練他也參加了。飛機總體平穩，沒有什麼異常，至少看上去和別人沒有太大差別。這已經讓他很欣慰了。他從來不知道自己還有技術工潛質，他只是不想向費茨低頭，又不想做打架這樣沒有大腦的事。

演練是一場戰術陣形排布的試驗。二十五架小飛機在空中排出三個不同陣形，分別像空中懸浮的噴氣飛艇用鐳射砲攻擊，統計攻克時間，計算陣形中的配合和相互影響。只是很簡單的演練，沒有對抗，只有飛行和射擊。安卡喜歡這樣的演練。不管怎樣說，他都必須承認，穿梭在空中，和隊友相互掩映，準確射中目標，看到自己飛過的弧線，是一個人能體驗到的最痛快的事情。即使他討厭打仗，他也為那種速度狂喜。

安卡已經很多天旁觀身邊人大聲談論戰爭了。有人支持，有人反對，但幾乎所有人都很狂熱。那狂熱就像對穀神工程的狂熱，驚天地，泣鬼神，除此之外，不談其他。他能理解他們的狂熱，雖然他不贊同。在平庸重複的生活經歷了幾十年之後，再沒有什麼比一場真正的戰鬥更能刺激人的神經了。飛行隊平時是礦工，不是親自開採，就是運輸的駱駝。他們渴望實戰，渴望一場生死邊緣的、需要調動全部身體與智慧的戰鬥。

安卡也能理解胡安。他給他們的演講非常有打動人心的力量。他是真的相信他自己所說的，而不是無恥的謀一己之私的人。像他這樣的人最危險，也最有力量。他能積蓄能量很多年，只為了心中的勝利。胡安是一門心思想要將火星人類提升，開創一片新的宇宙歷史。他自身強大，就希望火星所有人一樣強大。安卡並不討厭胡安，他覺得胡安比他手下許多蠻橫或依附於人的士官還是強了很多。有人說胡安專斷，可是以安卡在飛行系統的經驗，他覺得胡安遠遠算不上專斷。

胡安最大的問題不是專斷，而是武斷。安卡幾乎能贊同胡安對於高貴與卑鄙、強毅與懦弱的看法，如果他沒有到過地球的話。他能像胡安一樣嫉惡如仇，可他見過地球人，他們並不像胡安所說的那樣麻木低劣。正如火星人不像地球人所說的那樣麻木低劣。他無法蔑視他們全體，正如他不願他們蔑視他的全體。

安卡不能認同胡安，因為根本沒有卑下的全體人，只有卑下的一個、一個人。只有一件事、一件事的解決，根本沒有一群人、一群人的解決。永遠都沒有。

安卡坐進機艙，扣好所有安全防護帶，調整了一下座位的角度，查看每一個顯示幕是否正常。七個小鏡子分別反射著機外七個不同角度的視野，風速和氣壓指標此時靜靜地守住自己的靜態刻度。他開啟動力裝置的電源，開啟地面軌道。飛機開始沿軌道緩緩滑行，一束看不見的電磁波將出行的信號發送到閘門。飛機很平穩，合金鋼外殼硬而沉，觸手之處讓人有堅固的依靠感。

閘門前，安卡刷了指紋和身分標碼，等待機器進行辨識。這道閘門是全城唯一一道沒有專人看守的閘門，原因很簡單：能從這座機場裡將飛機開走的一定有許可證，技術就是最好的防護。安卡有五次出城訓練試飛的機會，每個學員都可以自行安排練習。他只用過兩次，在飛機修好後出城試飛。

閘門緩緩拉開了。一層、兩層、三層。

安卡深吸了一口氣，面對前方亮起的蒼茫的大地，手指在操作台上做好準備。

飛機開始加速，起初是軌道推動，後來變成飛機自身動力。加速到閾值附近，固體燃料開始燃燒，發動機開始向下、向後噴出快速的氣體，飛機離地，機頭揚起，加速很快，向天空扎去，從後視鏡裡能看到機場建築迅速變小，噴出的氣體在稀薄空氣中冷凝為一串四散的白煙。

飛行的感覺很好，機身不抖，各項參數和指標都很平穩，燃燒也充分。安卡望著前方豁然開朗的大地和天空，內心感到一種開闊的舒暢。那種舒暢不是歡樂，卻能超越歡樂，它是一種連綿不絕的大起大落，因而也是無起無落，沒有尖銳的樂，也沒有尖銳的苦。那種舒暢是他每一次飛到空中都能感覺，也只有飛到空中才能感覺的。他為了這個起飛，為了一望無際的天空和灰黃的大地。

戰鬥機速度極快，他非常小心地控制著飛機的走向。導航圖上畫著一條紅色的曲線，他控制飛機，沿曲線一點點向前。戰鬥機總能和飛行控制中心相連，一聽到求助的信號傳到控制中心的消息，安卡就連接系統記下了定位。那個位置距城市並不太遠，還沒有到達峭壁，只是在離懸崖腳下兩百米左右的地方迫降擱淺。

兩個地球人還不算太笨，安卡想，能讓飛機安全著陸已算不簡單。當然，運輸機為保證物資完整，通常有超級平穩的著陸系統，也在很大程度上幫了他們的忙。如果人沒受傷，那就很好辦，直線飛回城市就可以，中間沒有太多阻礙。

無論如何，把兩個活人留在沙子裡是不對的。

天邊漸漸揚起火焰般的風沙，看上去，這場大風比估計的還大。還看不出沙子什麼時候會到，但騰起的塵煙像古戰場來襲的奔馬。

如果讓他們留在原處，他們多半會死，這是不成的。不管為了什麼理由把兩個活人留在沙子裡都是不成的。當然復仇除外，那是另一回事，是一對一的恩怨，像現在這樣是不對的。為了某種所謂的目標，還是相當可疑的目標。風沙在入夜的時分就會到來，具體的時刻雖然預測不出，但對他們而言沒有分別。

如果說要反抗，安卡想，那麼我只反抗這樣的事情。和地球人對抗有什麼意義？和想像中的惡人對抗，為此不惜率先作惡，這樣的事情是可恥的。

他看著天邊的沙塵，心中的擔憂增強了。看樣子沙暴比他想像的更大，來勢也更加迅猛。他增加了飛機的速度，全速航行，期望能搶出一點時間。他在心裡估計了一下，如果今天返航，半途被沙暴截獲的可能性超過一半。這大大高於他出發前的預計。他又考慮了一下其他選擇，留在飛機裡恐怕更加糟糕。他原本認為可以在飛機裡過夜，只要給兩個人送上必要的給養。可是現在看這風沙的勢頭，恐怕是能將他們飛機掩埋或掀翻的那種。亂石會伴隨沙子狂飆突降，城市的房屋都曾經被掀翻了邊角。如果留下過夜，明早仍安全的可能不超過兩成。另一個選項是開入山谷內部找一個山洞，躲過這一夜，可是那樣的話大概只有他一個人能活下來。他只帶了一件防護服，運輸機上也應該沒有第二件。防護服是相當珍惜的資源，一般人很難弄到。上一次他們出行得益於龍格礦船的配備，採礦常常需要外出勘探，然而運輸機多半不會有這等奢侈。沒有防護服，進入山洞就是死路一條，腳還沒踏出艙，人就在稀薄大氣中迅速死亡。他不能選擇這條路，這是讓那兩人送死的路，如果那樣，他全部的出行意義也就沒有了。

他權衡來去，還是決定今天返航。四成的平安機率已算不小，雖然不大，但是值得一搏。

他問自己這一趟出來是不是太冒失、對危險估計不足，琢磨了一會兒，得到的結論是這危險他已經預料到了，他對此感到非常驚訝。出發以前，他以為自己是想好了平安無虞才出來，可是現在，當他面對思緒進行檢索，他發現自己對這危機竟然不感到驚奇。他潛意識裡已經想到了此時此刻，但是為了讓自己堅定，便刻意沒有用力去想。飛行是賭命，他內心深處明白這一點。

無論如何，這正是出來的意義。他安慰自己。在這樣的天氣，如果沒有援助，沒人能平安撐過一整夜。

他看著天邊越騰越高的沙旋風，忽然升起一股帶著笑意的鬥志。倒是可以比一比，看看是你快還是我快。

他看見運輸機了，和定位的地點分毫不差，可見自從迫降，兩個地球人就沒敢多折騰，一直在原地等待。他猜想他們心裡肯定抱著充分的希望，相信火星不會讓他們輕易死掉，說不準他們還一直盤算著被救回去該怎麼解釋，兩人沒準還在機艙裡商量著對台詞。

安卡讓飛機減速了，改變航向在運輸機上空盤旋，減小發動機噴氣量，讓飛機一圈一圈自然下降，同時向運輸機發了信號，讓他們準備接受救援。飛機平穩地降落高度，在接近地面的時候，三百六十度發動機改變了噴氣方向，讓飛機慢慢地緩衝降落，停在運輸機一旁。

安卡選了伸出後門的出艙通道，親自操縱著管型通道直接找到運輸機艙門，讓管口穩穩地吸上機艙外壁。然後，他以最快速度解開所有安全帶，從後艙取出翅膀和防護服，穿好衣服扣上頭盔，打開前艙門，從自己的艙位中爬出。他站在機身上，關緊了前門，戴上翅膀，綁好小腿上的發動機，用繩子將自己的腰和機翼尾部固連，

這一切完成了，他透過運輸機的玻璃，向兩個地球人打手勢，讓他們開門鑽到他的飛機裡來。兩個人原本帶著不安趴在運輸機前窗向外張望，此時看到這樣的信號，大喜過望，連忙開艙轉移進戰鬥機，一前一後，坐進駕駛室。

安卡蹲在機身上，打著手勢指揮坐在前側的人，教他按順序按下起飛的按鈕。那人領悟力不算高，反覆指了好幾遍才算明白。他打著手勢問安卡還做什麼，安卡笑笑，讓他不用管。

當最後一個起航的按鈕按下，戰鬥機忽然升高了。機身下探出四個支腳，將飛機托離地面一米有餘。然後發動機開始燃燒噴氣，巨大的氣流超過了飛行過程的每一個時刻。這是戰鬥機靈活的適應性能，也是制約其體型的最大瓶頸。為了噴氣起飛，不僅發動機要強，而且機身必須輕巧。只能坐兩個人，只能帶一包給養。

安卡很鎮定，有一絲莫名的興奮，掩蓋了擔憂。他蹲在機身後側，雙手撐住機艙，像百米運動員起跑的姿勢。飛機升入了半空，開始加速，他能感覺翅膀在身後撐開了，拉拽著腰背，有一種向四面延伸的張力。他開始興奮，身體收緊了，眼睛緊盯著航向，在某一個時刻感覺力道夠了，雙手雙腳同時用力，將自己向空中送去。突然的一下墜落之後，他感覺自己被翅膀托入了天空。

這感覺是熟悉的，迎風飄揚如一面旗幟，這感覺讓他又回到了和洛盈一起飛的那天。今天比那天速度更快。儘管他早已經將飛機速度的檔位調到巡航，只等於平時速度的不到一半，但還是很快，比龍格的礦船全速還快。飛船處於自動駕駛，自行尋找飛行中心。所有戰鬥機都被設置了這個功能，無論在哪裡，都可以自動朝程式設定的基地方向飛行，這一點在戰鬥時飛行員遇難的情況中尤其有用，正如騎兵犧牲的老馬將屍首馱回己方的大營。

安卡覺得自己是戰士。天邊奔騰的黃沙的戰隊已經越來越逼近了，就像敵人的馬隊終於翻過了山岡，滾滾塵沙中終於呈現了猙獰的面孔。他的背部肌肉開始用力，調整著翅膀的角度，盡力避開正面的衝擊，翅膀有一定強度，但仍然很薄，很容易破碎，一旦破碎了就非常危險了。他需要強風托住自己，但不能過強。

天色越來越暗了，距離日落只有不到半個小時了。按照現在的速度，最後的小半程將在夜幕裡飛行。安卡覺得無妨，只要到了城市附近，他們就算安全了。他看著天邊，暮色中的夕陽褪去了耀眼，驕傲的亮白開始變成沉鬱的金色，狂風大作捲起的沙塵偶爾遮掩天空，太陽就成為模糊不清的一輪光暈。黑色天空和金色大地在地平線交融，沙塵如潮水，一浪一浪捲起由地入天的波濤。風沙向自己進攻，他的身體在風中上下起伏。有幾次劇烈的衝撞，他從一端擺盪到另一端，猶如風中的蘆葦，在黑色與金色之間擺盪。整個世界隨著身體波動，大地一會兒傾斜，一會兒恢復平素的端莊。

在天空中飛翔，他的內心忽然感覺到一種因為孤獨而產生的驕傲。天地間空無一物，只有他一個人迎著風沙作戰。他為這突然而降的孤獨肅然起敬，一下子變得平靜了。

沙從同一個方向一波又一波吹向他的身體，他憑身體的本能騰挪閃躲，保持平衡。這是一個人的戰役，他繃緊力氣，調動每一點精神。他知道他必須相信自己的選擇。在沒有支持、沒有同伴、也沒有救援團隊的風沙中間，他必須相信自己。如果不這樣，他一定會失去力量。自己是自己唯一的夥伴。

痛苦銷蝕著希望和信念，它因而是孤獨的、得不到解釋的。

安卡相信自己。他雖然沒有和任何人說過，但是他覺得他能相信自己。他不信那些關於拯救的話，拯救一種文明，拯救一個星球，拯救人類。不，這些東西他一樣也不信。沒有什麼拯救人類，更沒有為了拯救人類而讓一些人死去的正當。這麼說的人就算不是騙別人也是騙自己。只有拯救一個人，除此之外，什麼都沒有。

「如果他們全體沒有得救，單解救一個人又有什麼用。」這是卡拉馬助夫說的嗎？卡拉馬助夫是誰？我能明白他指的是什麼，安卡想，可是我更想說，如果單獨一個人都不能得救，那麼解救他們全體又有什麼用？

他們為將來忘記了現在，因為強權的煙霧而忘記存在的獵物，因為五光十色的城市而忘記城郊的貧困，為著一塊空洞的土地忘記每天的正義。

安卡的身體開始累了，動作開始力不從心。他能感覺到風一陣強似一陣，而背上的翅膀積累了沙子變得越來越沉。他用盡力氣抵抗著，在慢慢變黑的暮色中眼望著前方。城市還是看不清蹤影。他覺得已經飛了很久，可是似乎還要飛很久。他伸開了手和腳，像擁抱希望一樣擁抱夜色的真空。那一瞬間他感覺密集刀鋒般的敲擊，疼痛讓他清醒，他又收回手腳，護在胸前。

他想到了洛盈，上一次這樣飛行是和她一起，可是現在只有自己一人。他後悔沒有帶上她送他的模型，也沒有給她發一封郵件。他覺得他是隱隱感覺到了什麼，因此故意沒有發。可是現在他後悔了，他想再對她說些什麼。她是他現在唯一的遺憾。她上一次問他相信不相信永遠的感情，他說他不信。他本以為洛盈不會像其他女孩子一樣問這些問題，可是她問了，而且似乎很失望。是的，他不相信永遠，他沒有瞎說。他不信什麼天長地久，他只知道某時某地，她和其他人都不一樣。一個人一輩子能和幾個人一起飛翔呢？她是獨一無二的，她始終在心裡那個地方。

黑暗與風沙終於像層層疊疊的大幕從四面八方籠罩而來。他閉上眼，感覺海濤洶湧的飄蕩。他仍然鼓足了勇氣，繃緊身體，在上下洪荒風吹怒號的劇烈擺動中保持希望。他又睜眼，看到遠方終於出現的藍色城市，心中默默念出此時能想起來的唯一的句子：

在一個人終於誕生的時刻，必須留下時代和他青春的狂怒。弓彎曲著，木在呼叫著。弓在緊張狀態的頂點馬上將直射出最沉重而又最自由的一箭。

漢斯

漢斯坐在加勒滿身旁，屋子裡寂靜得像夜晚的沙地。他坐了很久很久，像一尊雕像，比床上沉睡的老人更像一尊雕像。屋子裡沒有點燈，漆黑的夜晚隱藏所有物體，寧靜的月光灑下蒼白的暈，像一層薄紗，披在相對而坐的兩尊雕像身上，為雕像中靜默的悲傷罩上一層淒冷的安慰。

加勒滿，你能想到嗎？最後的結局竟然是這樣。

漢斯低下頭，雙肘撐在床沿上，將臉埋在雙手中，許久沒有動。他沒有發出聲音，也沒有抽噎或發火，可是能看出他體內包含著無比深重的痛苦，以至於不得不用盡力氣，才能讓自己不情緒失控。床上躺著的老人也沒有動。老人皮膚蒼白，髮絲稀疏，身上插著許多根精細的導管。

人的一生是不是注定有太多遺憾，漢斯問加勒滿，你說是嗎？

他伸手握住床上老人的肩頭，就像四十年前的常常做的那樣。觸手之處，骨瘦如柴，彷彿睡衣包裹的只是一副木頭架子。他長時間地握住他的肩膀，似乎想將自己的熱度和情感通過手掌傳遞到加勒滿的體內，將他喚醒，重新找回生命。可是過了很久，黑暗中的老人都沒有任何反應。

漢斯最後靜靜地放開手，心裡的起伏無法停息。他站起身，走到窗前，將窗推開，雙手撐在窗台上。窗邊的鐘錶似乎不流動了，生命靜止的地方，時間彷彿也靜止了。

漢斯不知道該如何回憶剛剛過去的這二十四小時。在他生命裡，這二十四小時可能是最重要的二十四小時，可他無法面對，不知道如何回憶。

在二十四小時之前，他還坐在議事院大廳裡，帶著虛脫的疲倦看著辯論大會收場，看工作人員在眼前忙忙碌碌。那個時候的他疲乏卻不悲傷，困擾卻心意堅定。他不知道未來會怎樣，但他覺得自己做了自己能做的一切。

那個時候他剛剛和胡安吵過，他不同意胡安對兩個地球人的處置，他認為應當派人去追，胡安說不用，漢斯問為什麼，胡安說他們並沒有拿走有用的情報，漢斯不同意，胡安也不鬆口。漢斯於是命令胡安召集飛行系統長老們在大會之後加開一次討論，胡安不情願地答應了，但口中仍然說著沒有必要。那時漢斯還不知道地球人的飛機已經擱淺，他只是憑直覺認為，在這個時候不聞不問不是好的處理，無論地球人是不是成功逃脫，不聞不問都是不夠嚴肅的，會遭人詬病的。

他坐在會場裡等著胡安，燈光熄滅的會議大廳有一種喧囂散盡時必然出現的空曠，他心裡有一種不安的預感，他當時以為那只是筋疲力盡後的餘音繞梁。

坐了多久他不知道，一整天的畫面飛過他的腦海，許多年的往事也一一略上心頭，他回憶著各種朋友，回憶火星與地球這四十年的分分合合。工作人員在他身旁清理會場，小心翼翼地避開他，不想打擾他的沉思。他看著他們，覺得自己像一個局外人，像觀眾看著舞台大幕落下，戲劇散場。

就在這時，他等到了那個消息。他本來等的是胡安和長老，可是怎麼也沒想到最終等到的卻是這樣一個消息。他無法相信自己的耳朵，雙手像鉗子一樣緊緊抓住報信人，他希望聽到更多細節，希望從中發現這消息是假的。他多希望那消息是假的。

加勒滿，你知道嗎？漢斯忽然轉過身，從視窗看向床上的老人。**當我看到那個男孩屍體的時候，我多麼希望躺在那裡的人不是他，而是我。**

他的手攥緊了拳頭，砸在自己的心口，彷彿這樣可以讓心臟好受一點。

他又一次看到那個場景，那個他害怕想起卻一遍又一遍想起的場景。他忘不掉它，也不讓自己忘掉。回憶顯得很可怕，可是他強迫自己面對這種可怕。

那個男孩躺在病房中央，孤零零地只有這一張床。病房不大，暗藍色牆壁，半遮著窗簾，只透進一小半陽光，打在側面空空蕩蕩的牆上。

男孩躺在陰影裡。漢斯一步一步向他走去。男孩身上蓋著白色的床單，在病房中央躺得安詳，乍看起來像平和地死去，可是走近了才發覺，這是巨大衝撞之後人為擺好的平和，只有床是平和的，而身體的扭轉和破碎透過被單顯露出來，讓人看了心驚膽戰。漢斯掀起被單的一角，看了一眼又蒙上眼睛。

男孩躺在那裡，像一架被人拆散的機器。頭和臉已經辨不清樣貌，胳膊和腿都折了，斷掉的肋骨像凸起的刀子從身體內部向外頂撞。他身上有紅色鮮明的幾道刀口，像決鬥後身上留下的疤痕，那是手術的痕跡。漢斯知道醫生們盡力了，只是從半空跌落的軀體，不是盡力就能起死回生的。整個軀體完整卻斷裂，僵直卻鬆散。

原本清秀硬朗的面孔，此時只剩下撞擊後的扁平與錯位。所幸當時防護服沒有損壞，否則人就連完整的屍首都不能找回了。漢斯一生目睹過無數死亡，但此時卻像是最驚心動魄的一次。

漢斯站在男孩床前，顫抖著伸出手，想要撫摸他的額頭，但手卻一直無法下落。他沒有失聲痛哭，可是漸漸地，全身都跟著手一起顫抖了起來。

這是我的錯，加勒滿，你明白嗎？這是我的錯。

漢斯的手掌按在窗台上，按得那麼用力，彷彿要將窗台按到地上似的。

死去的那個人應該是我，是我在年輕時就想過的應該走向的結局。可是我最終失掉了勇氣，是我的過失讓他替我去死。不，你別說不是這樣的。就是這樣的，是我的錯。我念叨著空洞的志願，沒有作為。我說著止戰、交流，可是我一直縱容著征服的欲念。我以為下一道禁令就能阻止戰爭，可是當軍隊的欲火燃燒起來，我又能怎樣阻止，不過是自欺欺人。這不是胡安一個人的過錯，他只是一整片火焰的火舌，我已經被火焰吞沒。當他們說地球人逃跑的時候我在想什麼，我沒有想到他們的安全，只想到了他們的作用和在與地球談判時所處的地位。我已經開始以作用來衡量，這竟然是我當時的想法。安卡不應死去的。如果當時義無反顧地派遣搜救艦艇，沒有人犧牲就能平安營救的。可是我們都在想什麼呢？我們在想怎樣的局勢更加穩妥。

安卡是替我去死的，他是替年老而虛弱的我的年輕歲月去死的。我應該感到羞慚。

漢斯的拳頭緊緊地攥住了，皺著眉閉上了眼睛。他將身體探向窗外，揚起頭，像是要將身體裡壓抑的鬱氣長嘯而出。可是過了很久，他都沒有發出任何聲音。月光從頭頂灑在他的肩上，他的手臂和肩膀繃緊得像一塊鐵板。

過了很久，他的身體鬆弛下來，顯得更加筋疲力竭。他又轉過身，重新回到加勒滿身旁坐下，雙手撐住下巴，無限悲傷地看著加勒滿始終平靜的面孔。

加勒滿，你可能不知道，這個男孩是小盈心愛的人。這一點我知道。你不知道，但我知道。我真的覺得沒有辦法再面對她，此時此刻的她不知道有多傷心。我這輩子負了太多我最珍惜的人，也許我才是最大的罪人。

漢斯在窗邊站了很久很久。當他重新坐回到加勒滿身旁，他的情緒平復了很多。夜深了，醫院其他房間的燈火一盞一盞滅掉了。

加勒滿，這輩子我負了太多人，最終連你也辜負了。我最終通過了決議，把你的城市放棄了。你會生我的氣嗎？你會怪我不經你的同意就擅自決定嗎？你會像從前一樣據理力爭嗎？你會在醒來之後看到這一切暴跳如雷嗎？加勒滿，我希望你會，我多麼希望你會。那樣你就還是你。那樣我才能舒服一些。

漢斯輕輕垂下頭，對他來說，所有的事情似乎都趕在同一天到來，就是為了衝擊他最後的神經底限。先是下午洛盈像當年的康坦一樣反抗，然後是和胡安多年的分歧在台上爆發，緊跟著是安卡出事的消息，再然後，經過夜晚的搜救和徹夜不眠的搶救，清晨看到他的屍體，而最後是幾近崩潰的早上在議事院主持了最終的投票。

也許這一天，就是你我一生的結局。

最終的兩項重大議案投票中，一項獲得了通過，一項被否決。獲得通過的是穀神天水的山谷方案，這幾乎是在預料之中，走入真正的自然對於封閉在盒子裡五十多年的火星人來說，實在是一種莫大的誘惑。被否決的專案是胡安提出的出兵議案，這項議案已經悄悄地進入提案區兩個月，一直在波瀾不驚的潛伏中暗暗造勢，幾乎獲得了優勢，只是在最後的表決中被多數反對。安卡的死亡消息傳到了議事院，為清早的會議蒙上了一層無法忽視的哀傷，沒有人能不正視他的付出。地球人平安地回來了，千恩萬謝中，答應回到地球替火星談判添磚加瓦。

剩下的許多議案細節流於形式。做為一年一度最嚴肅的投票會議，絕大多數議案早已在資料庫中獲得了充分的討論，拿到此時只是走一個過場。只有最重大的方案才會有最嚴重的分歧。

漢斯坐在台上，履行自己卸任前最後一次重要職責。清早的陽光仍像往常一樣安寧，從會議廳的穹頂普照到每個人頭上，不為任何動盪與悲哀動容。漢斯覺得有一點諷刺，在無悲無喜的日光中，悲喜都沒有位置。他按照熟悉的程式處理流程，講話像平時一樣威嚴，態度像平時一樣不偏不倚。經過一夜的動盪，他在會上心如止水。

當漢斯最終在正式議案的通過書上簽字並打上烙印的時候，他的手猶豫了一下。他知道，當他的烙印落下，他與加勒滿一生的城市就將成為歷史。

他那個時候鎮定自若，將所有的心潮澎湃留到了此時此刻夜的深淵。

漢斯平時避免回憶，避免回憶帶來的軟弱和猶疑。只有少數時刻，他會緩慢而莊嚴地打開心裡的閘門，彷彿一場儀式一般，讓記憶沖瀉而下。他站在瀑布裡，讓看不見的水將全身拍擊。

童年時，他住砂石房子。他在電影中見過半地下的掩體房屋，但他沒有住過。自從他有記憶，就一直住在冰冷的山洞。那時身邊總是戰火紛飛，總是備戰、迎戰、作戰、觀戰，總是等待、恐懼、再等待、再恐懼，總是有人死去，房屋在眼前坍塌。

起初的房屋在山洞，外牆由金屬打造，金屬太薄不能防輻射，太厚又面臨資源不足，被封死的洞口需要很久才能開掘，一旦有砲轟，就有人無處逃脫。他們在困難中堅持了二十年，直到戰爭後期，加勒滿出現。

玻璃是沙漠裡最容易得到的材料，塑造容易，組裝方便，靠氣壓定型，一旦毀掉，可迅速重建。加勒滿的房子不是單純的建築，而是一個完整的小型生態系統。生產能量、換氣、水迴圈、生物培養、垃圾分解，它就像一個雜技演員，輕巧地平衡了許多只碟子。他們在砲火中躲入地下，在廢墟上第一時間吹起新的家園。

漢斯沒有見過古代書中的屠殺場面，他們的戰爭在太空中進行，即使是後來他自己成為飛行員，他也沒有見過敵人的臉。在童年的記憶中，戰爭就是偶發的轟炸，沒有火焰，沒有轟鳴，沒有蒸騰而起的濃雲，只有沉重的金屬砲彈從天而降，瞬間裂開，將一個洞口堵死，將猝不及防剛剛醒來的人打入永遠的沉睡。這樣的時刻幾個月才有一次，但恐懼撐起了兩次轟炸間的每一天。越是偶發，越令人提心吊膽。他們習慣了在密閉的山洞裡暗自猜想，不見天空，直到加勒滿的房子出現，讓他們正視來襲的砲火。它讓他們直面夜空，將他們的恐慌暴露給蒼穹，也將心暴露給蒼穹。

加勒滿，你那個時候可真勇猛啊。你還不到二十歲，就敢於拍著桌子宣傳自己的方案了。也真是奇怪了，老先生們竟然沒有惱怒，連你自己都不相信呢！這些事，你還記得嗎？你是一個天才，怒吼的雄獅一般的天才。

你能想到我們的今天嗎？加勒滿，那時候我們都不到二十多歲。你還記得我們一起喝酒說笑話嗎？我們都盼著成為對未來國度重要的人，那時只是說笑，你有沒有想到，我們真的都做到了。走到今天，我們都曾是重要的人，這一點誰也不能否認。你覺得滿意了嗎？今天的一切和當時我們的遐想相差了多少呢？

加勒滿，你太驕傲。你所有讓人記恨、讓人生氣的地方就是你的驕傲，而你所有讓人記住、讓人折服的地方也是你的驕傲。你太驕傲，以至於從來不屑於吹噓你的功績。你嫌那太低劣，會抹殺你的驕傲，以至於你從來都不主動提你的貢獻。你讓人以為一切不過是區區小事，不足掛齒，哪怕對於你自己也只是無所謂的小事，可是只有我知道你心裡對這一切是多麼執著。加勒滿，你為什麼就不肯放下你的驕傲坦然地承認呢？你愛你的技術，你愛你的作品，你對它們執著到了不放過每一個細節的程度，你甚至在病倒以前的最後一個週末，還在研究矽基材料的熱力性質，以求繼續修改房屋性能。這些事情你為什麼不坦然地公之於眾呢？你看重你的心血，這一點沒有什麼不好意思承認。如果你不那麼驕傲，也許那些不了解你的人，就不會把你看成一個霸占地位的過氣之輩，而會更願意幫你一起，改進我們的未來。

加勒滿，我最終批准放棄了你的城市，我們的城市，你會怨恨我嗎？我一直熱切地盼望你能醒來，可是今天，我寧願你永遠不要醒，這樣你可以永遠活在你理想的夢中，不必面對滄海桑田和一座廢棄的空城。我不知道哪一個更加難以承受，是一生的波折，還是臨終時的一切成空？

加勒滿，我在這裡，你能聽得見嗎？

漢斯默默地在心裡說著。他知道加勒滿聽不到，可是他想把一切說出來。他知道，躺在這裡的已經不是那時候那個猛衝的青年，而是一個赤子般沒有力量的老者。他已經像孩子一樣沉沉地睡了。他已經收起了所有崢嶸的秉性，收起了所有昨天。

每當漢斯回憶自己一生的往事，他最感到欣慰的就是他和幾個朋友都成為了對火星重要的人。他擔任總督，加勒滿造房子，朗寧走遍星空各地，一生照顧穀神，加西亞做瑪厄斯的船長三十年，與地球談判建交，簽署協定互派學生。他們一直並肩協同作戰，從戰爭的最後十年一直戰鬥到今天。

整整五十年，他們沒有相互背離，沒有決裂，沒有欺騙，這是漢斯這麼多年最大的、也是幾乎唯一的驕傲與幸福。他辜負了他們很多期望。他沒能阻止加西亞被官僚化排擠，沒能保住朗寧所愛的穀神鎮，甚至最終沒能守住他們共同付出的火星城。他不是一個稱職的夥伴，可是他們始終沒有記恨於他。漢斯覺得，這是他一輩子最感激的饋贈。

朗寧和加西亞長年浪跡天涯，離漢斯最近的夥伴就是加勒滿。他們一起經過戰後初年的政治變動，一起帶領新城建設，一起挺過失去子女的痛苦。加勒滿的兒子和兒媳死於一場飛船事故，飛船從火衛一飛回，盤旋時爆炸在天空裡。這和康坦與阿黛爾非常相似。因此他們是徹底的同伴，儘管他們寧願不要這樣的相同，但有人做伴仍然是撐過歲月的最佳良藥。

五年前，漢斯讓洛盈與加勒滿的孫子皮埃爾交換，讓她替他踏上了前往地球的路。那個時候他並不確定前往地球是吉是凶，而加勒滿相依為命的只有這一個獨生的孫子，漢斯不願讓他冒險。他想讓洛盈去，因為她從那時起就是一個想得很多的孩子。

加勒滿，皮埃爾是個好孩子。你有這樣的孫子應該感到滿足了。這一回，他頂的壓力很大，比誰都大，在立項辯論會之後，老朋友們都搖頭說他背叛了你的事業，他一個人承受來自各個方向的非議。可是加勒滿，我知道，你不會這麼想。我聽了他的答辯，他沒有放棄你的執著，而是將它轉換，帶到了天上。只有皮埃爾最懂你的事業，最懂你的技術。他繼承了你的捲髮和你的發明，卻沒有你獅子一樣的兇悍，將來他會成為一個有作為的人，這一點你可以放心。

皮埃爾比路迪優秀，他懂得什麼對他是重要的。漢斯握住加勒滿骨瘦如柴的手說。這件事情顯得很諷刺。你的孫子支持了我的孫子，而我下令放棄了你的房子。我們說過要做最好的兄弟和一生的戰友，我們做到了嗎？他們呢？他們願意嗎？我們在乎的東西，他們還在乎不在乎呢？

也許我們該把世界交給晚輩了。他們和我們的思路不同，也許現在需要他們的思路。他們不理解安全的意義，因此不理解我們的一生所求。他們想要的是舞台，只想要舞台。他們羨慕我們的唯一理由是我們曾經擁有舞台。也許該給他們舞台了。

加勒滿，可能是時候該歇歇了。我們都該歇歇了。朗寧已經死了，加西亞在瑪厄斯上也進入了彌留，而你在這裡……我們的路都走得差不多了。我了解我自己，如果你們都不在了，我也就不願再走下去了。我們都該去了，去另一個天國再聚了。

漢斯握著加勒滿的手，握了好一會兒，才把他的手又輕輕塞回被子底下。牆壁仍然是平穩的海藍，夜無聲無息，環繞地板的牆基中，一圈百合靜默盛開。

加勒滿，別人都說你給這項事業貢獻了多少，但其實你我都知道，不是人貢獻事業，而是事業貢獻給人。那些事情是我們自身的一部分，我們因此才能完整。孩子們看到老人重複業績就厭煩，他們不知道，我們只是不想把自己弄丟了。所以加勒滿，你可以知足了，你陪你的事業走到了終點，你的事業也陪你走到了終點。你是幸運的。

漢斯把臉埋進雙手，肘支在膝蓋上。而我呢？我一生都在做決定，可我的決定都是什麼呢？我決定送一個兄弟到外太空，決定毀掉另一個兄弟的城市，決定讓兒子去火衛二，而瑞尼是年輕的一代中我最欣賞的一個，可是卻親自將他打入冷宮。這算是什麼樣的事業呢？我這樣的一生算不算是失敗的一生呢？

加勒滿，我對未來並不樂觀。這話我只和你說，因為你已經和我一樣，成為了世外的人。孩子們一直在討論資料庫，但其實他們不懂我們的資料庫為什麼可行。我們的人口只有五百萬，還不到地球上一個中等城市。他們不了解這數字的意義，只是津津樂道於當年兩百萬對抗二十億的功績。其實這數字是我們的根基，我們的一切穩定、有序都建築在交流無障礙的基礎之上，而這樣的方式是有上限的。我們這些年已經增長得太多了，加勒滿，我擔心在遷徙的過程中就會分裂了。沙堆太高就會崩塌，細胞太大就會分裂，這是宇宙裡的必然，不需要外力就會崩塌。文明的裂解也不需要理由，社會就像昆蟲，結構決定了尺度。這個國度一定要分裂了。

加勒滿，我只能做到這一步了，我還記得你說過的話，你說我們生於大地，歸於大地。我們終究是對這片土地宣誓。你說天空不言，大地見證我們的誠實。

漢斯站起身來，又替加勒滿蓋了蓋被子，接了一杯清水，放在床頭。床邊放著疊得整齊的制服，漢斯知道那是皮埃爾所為。皮埃爾在衣服上別上了徽章，一枚枚金光閃閃的榮譽勳章。漢斯知道皮埃爾很希望爺爺醒來，他也想和皮埃爾一樣，不管怎樣，做好加勒滿醒來的一切準備。這樣萬一他醒了，無論他面對什麼，至少不會面對被人遺忘。

漢斯打點好一切，察看了一下床頭讀數，確定沒有問題了，決定離開。他身體站得筆直，端端正正地敬了個軍禮，就像第一天入學時對著他們的星旗，莊嚴有力。

漢斯轉身，大跨步離開病房，如同第一天走上戰場。

洛盈

洛盈一遍又一遍地喊安卡的名字，可是沒有回答。除了她自己，也沒有人能聽到。頭盔被聲音震得嗡嗡響，進而震動了頭顱，讓她的大腦處於一種嗡鳴的狀態。她仰著頭斜對著天空，彷彿這樣就能讓聲音傳得遠一分，傳到已經聽不到聲音的那個人耳朵裡。

洛盈在她和安卡曾經度過夜晚的山洞口，面前是他們曾經飛翔的山谷，身後是當時坐過的地面，地上是臨走時拆下的薄膜，眼前是清晨張望過的聖跡，腳下是並肩墜落過的山嶺。她能在所有地方看到細節，每一絲、每一毫，像冰冷而刺骨的氣流順著縫隙沁入身體。她睜開眼，安卡就蹲在她身前改造翅膀，抬起頭，向她微微一笑。她閉上眼，就看到他向山崖下墜去，砰一聲撞到谷底，血肉模糊。她再次睜開眼，他還在她面前，手指沉著忙碌，仍然在笑，眉眼淡然瀟脫。而她向那身影幻象伸出手去，他卻在她眨眼間消失到風裡。她再也不敢睜眼，也不敢閉眼，她在揮之不去的幻影中全身虛脫。

山谷非常寧靜，沒有一絲風。陽光明亮耀眼，空氣中似乎仍然有她和安卡飛行的痕跡。她記得飛行的時候，安卡和她曾經在空中跳舞。風來了，安卡救她落到山岩上。那個時候她的心怦怦撞擊，而安卡的身體伏在她之上，用胳膊替她遮擋落石，他的身體有踏實的重量，四周有沙石簌簌滾落。

安卡的眼睛是純藍色，清澈的眼睛。他的眼睛總是有一點半睜半閉，看著她的時候能說很多話。她還記得他們從檔案館出來的那天，他摟著她，他們坐在隧道車裡，假想著多年前那個風沙的夜晚，她說也許她會遇到災難，他說不會的，一定不會的。他看著她讓她鎮定，他的眼睛就是他的笑容。

還有摔斷腳趾的那個晚上，當她回到走廊，看到那一盞亮著的孤燈，看到他的身影靠著牆站著，微微笑著，手裡是布丁，她知道她又有勇氣了。他那樣斜斜地站著，一個肩膀靠著牆，像是不經意也不在乎的樣子，眼睛裡寫著安慰。

他在她家前的小徑，和她面對面站著。她拿掉他鼻子上一絲葉子，他微微笑了。他告訴她好好休息，跳舞的事情壓力不要太大。

他在她脫隊並恐懼的時候拉上她的手，鎮定地看著她，說跟我來。他帶著她穿過很多很多路，很多年。他回頭看她的時候，總是那樣淡然的藍眼睛，說跟我來。他出現在每一個她惶惑的時刻。他帶著她飛，帶她看到最美的晚霞和夕陽。那是最美的晚霞，那樣美的晚霞再也不會有了，永遠也沒有了。他向上飛著，飛著，飛到了晚霞裡，飛到了雲裡。

洛盈不能再想了。她的心越來越滿，滿得受不住。幾天以來她是麻木的，拒絕一切回憶，可是此時此刻，當她坐在舊日的土地上，所有的一切都隨著土地的氣息侵入她的身體，她終於支撐不住了。

她站起身，開始在平台上跳舞。她把所有跨跳改成了原地旋轉。她想在舞蹈中讓身體裡積攢的痛苦釋放。她從來沒有跳得如此有力度。儘管她已經很多天沒有跳舞，可是此時她跳得比當初更加有力。她必須如此用力，否則就跟不上情緒。她覺得情緒在滿溢，指尖和足尖都充滿著向外流出的回憶。她旋轉著，向上騰起，向下壓地，把蘊蓄的力量向外拋出，而同時不得不拚命控制，以便不讓自己摔倒，也不讓過猛的轉動將自己帶下山崖。她第一次忘記了動作，只讓情緒與身體合一。這是這一天最痛苦也最拚命的釋放。

她想著安卡，世間一切的布景似乎都消失了，留下的只是安卡，其餘的都煙消雲散。沒有任何一個世界，沒有革命，也沒有光榮。只是一個人站在宇宙洪荒的中央，憤怒與悲傷，露出桀驁不馴的笑容。他就在那裡。這是她真正的舞蹈，也是唯一的舞蹈。

她跳不下去了。她太累了。她停下來，又站在山岡上，用盡一切力氣向山下大喊。沒有聲音。群山無言，稀薄的空氣不傳聲音。

她只有閉上眼睛向山下喊去。心臟撞擊肋骨，撞得生疼。

安卡。

安卡。

安卡。

有那麼一瞬間，她忽然有一種就這樣跳下去的欲望。洞口的小平台探出山崖，彷彿一個完美的天然跳板。山崖斜向下鋪開，如同一條前往地底的平坦大道。土黃色的山谷頂天立地氣勢恢宏，在那一刻宛如唯一博大且安慰的懷抱。陽光像催眠的歌聲，風吹過身體，似乎帶來風中他召喚的氣息。

她頭腦發暈，向下倒去。她似乎希望自己就這樣跌到山崖下面，可是一隻手臂從她身後伸過來，緊緊地扶住她，穩穩地扶她坐到地面上。她抬起頭，瑞尼充滿同情的目光看著她。她恍惚了一下，慢慢回到現實，晃了晃頭，突然側倒在瑞尼的肩頭，劇烈地哭了起來。

她終於哭了。她的眼淚大滴大滴落下來，越想忍住越忍不住，到最後匯流成澎湃的河。她將一切釋放出來，埋下頭嗚嗚地哭了。她哭得那麼用力，像是要把心臟都哭出來，將記憶都哭出來。瑞尼一直拍著她的後背，一言不發，任憑她哭，哭到天昏地暗。

這是他死後她第一次哭。整整三天，她第一次哭。

一周後，洛盈和爺爺、哥哥一起參加葬禮。葬禮是三個人的，安卡、加勒滿和加西亞。加勒滿正式停止了心跳與呼吸，大夫診斷不可能醒來。加西亞在瑪厄斯上平靜地離去，由船員護送，在故土安息。三個人前後一同死去，給城市帶來一種巨大的、無可名狀的悲哀。即使再不敏感的人也能感覺到，這是一個時代結束了。安卡與兩位老人葬在一起，葬在英雄的土地。

安卡沒有任何表彰。他是為地球人而不是火星人而死，按規矩不能得到任何榮譽。讓他葬入英雄墓園是漢斯的意思，他把原本給自己預留的位置給了安卡。要進入英雄墓園的資格很嚴格，每一座墓碑都等於一座樹立的雕塑。漢斯打算讓自己火葬，再把骨灰撒入無垠的太空。那樣他就自由了，就永遠飛行了。

葬禮的當天，洛盈和皮埃爾坐在一起。吉兒和她的媽媽坐在一起，眼睛都哭腫了。儘管加西亞已經很多年沒有降落到地面，吉兒對爺爺還是有很深的感情，哪怕只是兒時記憶，也依然觸景生情，悲不自勝。皮埃爾沒有哭，他仍然像往常一樣，弓著身子安靜而漠然地坐著。他低著頭看雙手，手中是一張加勒滿的照片。周圍的人來來往往喧嘩，他只是不聞不問，不理不睬。

「節哀。」洛盈輕輕對他說。

「謝謝。」皮埃爾鎮定地回答。

洛盈看著皮埃爾。他似乎又長高了，變得比之前顯得成熟了。他仍然不與人打交道，但是他的眼神比從前堅定多了。他現在已經是新工程項目的一個領導小組組長了，也是最年輕的領導組長。他的太陽薄膜將會投入生產，而他也會做出更多的發明。

洛盈已經知道了交換的事情，她不知道皮埃爾知道不知道。她從沒有問過他，而他也默契地從來沒有提。她有時候會假想如果是他、而不是她去了地球會怎麼樣，他和現在有什麼不同，她又會過著什麼樣的生活。假想是沒有結果的，一旦命運在某一時刻分岔，就永遠沒有退回再試驗的機會。

她又一次問自己地球對自己的影響究竟在哪裡。這已經是她第一百次發問，但不清楚是不是最後一次。地球給了她太多困擾，但也給她太多歡樂的記憶。她不知道該相信哪一邊，但她也獲得一種理解雙方差異的願望與能力。她一直在之間搖擺，這讓她對二者都能同情。她從前為此困惑不已，然而今天她卻覺得這是可以坦然接受的地方。她從未清晰地想過這件事，但今天她覺得這就是命運。

也許這就是命運，她想，被某一個偶然改變，再走向屬於自己的必然。

她向皮埃爾打了個招呼，站起身，向前方走去。漢斯和路迪正站在靈堂的前端，向前來獻花的人致意，組織現場秩序。路迪忙碌地照顧方方面面，顯得幹練而有職業素養，漢斯則一動不動地站在中央，只向每一個獻花的人欠身致以感謝的問候。漢斯已經卸任總督，路迪則是新工程剛剛上任的工程分項指揮之一。兩個人的氣息感覺形成鮮明對比，一個是肅穆沉靜的寂寥，一個是掌控一切的勃發。

洛盈慢慢走到爺爺跟前，仰起頭，輕聲說：「爺爺，我決定了。」

「嗯？」漢斯等著她繼續。

「我想和您一起上瑪厄斯。」

「你想好了？」

「我想好了。」

洛盈不知道這樣的決定將會面對怎樣的一生，但是她覺得這是目前她最願意接受的未來。漢斯決定接替加西亞，到瑪厄斯上終老一生，洛盈決定跟隨爺爺。一方面是因為她想做爺爺晚年身邊最親近的陪伴，另一方面也是因為她想要溝通火星與地球。如果能相互溝通，也許一些衝突也就能化解，安卡的死也就不是白費了。很多時候為了阻止最後關鍵性的一刻，也許必須阻止之前一系列無名的事情。她已經見過了巴別，所有的差異也許能進入另一座高塔，在那裡星球和星球也沒有分別。

她要回到瑪厄斯，回到卡戎，在冥河的渡船上，與死者共生。

火星正進入一種熱情高漲的建設階段，但是洛盈不想參與。火星的絕大部分精力都集中在改天換地的宏大工程上，可此時的洛盈開始更關心一個人的、脆弱單薄的命運。她不是為了什麼偉大而選擇瑪厄斯，她是為了自己。當她清楚地看到自己一步一步走入由命運決定的命運，她在那承擔的勇氣中第一次找到一種平靜和坦然。

是結束也是開始

洪水日將成為歷史的轉折。過去的一切沖刷乾淨，留戀的目光凍結成雕像，生命的方舟載滿重生的力量。

當洪水降下，所有歌聲都出現暫時的中止，人們在不同角落緊盯螢幕，用不同姿態仰望蒼穹。

天空寂然無聲，某個看不見的角落裡，某顆流離失所的星星又失去了一半的軀體。環繞火星的軌道上，一塊泥土與冰的混合物飛速運行，像一柄巨大的火炬，在核融合發動機的推動下散發出隱形的光芒，從母體上脫落，向一片陌生的土壤墜落，在環繞很多圈之後將直指一片山谷的中央。

與此同時，天空中一片薄薄的帆板正在悄無聲息地打開，伸展鋪延，精確而輕巧地調整著迎接太陽的姿態。它像一隻眼睛，與地上的眼睛目光相對，它讓陽光傾瀉而下，光柱籠罩忙碌的人群。遠古的坑洞中機械井然，無人的房間鋪滿山岩，水輪機整裝待發，上上下下的升降機奏響沉默的音符。

在這樣井然有序的忙碌中，拉克總督在議事廳發表演說。這是他作為新就任的火星總督發表上任後的第一次重大事件演說。議事廳空無一人。他的目光越過花紋繁複的地板，越過祖先雕像，投向敞開的大門無盡的遠方。他知道他的面孔將被轉播到每個房間，映射在每一個視窗。他能感到時刻的重要，但他很久不曾如此平靜。

「今天，請容許我首先紀念四位我們都很熟悉的火星的功臣。他們也是今天的功臣。如果沒有他們，就不可能有我們今天這偉大的時刻。

首先，第一位是朗寧。他曾在幾十年的時間裡，牽起了火星與穀神星連接的紐帶，並且伴隨他們一起流浪到太陽系外的星空。現在他已經去世，而穀神星正在朝向比鄰星的路上奮勇前行。我要向他以及他們致以一顆星球的敬意。沒有他們深厚的勇氣，就沒有我們今日的生存。

第二位要紀念的是加西亞，他一直擔任瑪厄斯的船長和地球的使節，是他的努力讓我們獲得了談判的機會和必要的技術，這一次最核心的水利合閘技術也是由他帶來。現在他已經長眠，不能享受我們的新居，但我要向他致以一顆星球的敬意，沒有人比他更接近我們界限的前沿。

第三位是加勒滿。是他設計並指導建設了我們目前的房屋，也就是我們即將捨棄的城市建築。他一生致力於改善我們的生活環境和生態系統。他因肺癌晚期，久治不癒，七天前去世於薩利羅第一醫院。儘管我們即將離開他的設計，但我要向他致以一顆星球的敬意，火星永遠不會忘記，我們的文明開始於他的城市。

而最後一位是我們所有人最熟悉也最敬愛的漢斯．斯隆。他是我們前一任和前前任總督，領導整個火星十年之久。從年輕的時候，他就不遺餘力地飛行，建設城市。到了晚年，他又果敢而沉著地主持了穀神捕捉方案和洪水降臨方案的定奪，最終確定了現在的結果。他的大公無私、視野開闊和行為耿直是我們所有這些年繁榮穩定的重要保證，也是我們這一次能邁出這歷史性步伐的重要推動。他現在正在瑪厄斯上接替加西亞與地球談判。請允許我向他致以一顆星球的敬意，他將一生獻給火星，火星也會將一生獻給他。」

此時此刻，路迪在控制室中抬起頭，懸掛的螢幕中映出拉克的面容，吉兒在他身邊，輕輕拉住他的手，他不動聲色地將手抽出，注意力沒在她身上，他思考了一陣，又把注意投回到控制螢幕上的資料。吉兒紅了臉，想跺著腳撒嬌卻最終沒有。皮埃爾從門口經過，停了片刻，眼神傷感，然後又向前走去。

纖妮婭在水池邊抬起頭，水草纏繞她溫柔的手指，模擬的湖光山色陳列在身旁，像她的心情輕輕地悠蕩。在她身旁，索林輕輕摟著她的腰，與她並肩坐著。他們一邊聽著拉克的演說，一邊一起給瑪厄斯上的洛盈寫郵件。纖妮婭有時抬起頭，看著索林笑笑，眉眼的凌厲少了很多，幸福的笑容讓眼神溫柔。

瑞尼在書架間抬起頭，看著牆上的拉克，拉克也注視著他的眼睛。一陣音樂聲響起，書頁嘩啦啦翻動，他望向門口，看到珍妮特暖陽般的微笑。她向他打了招呼，但沒有說什麼，瑞尼也沒說什麼，一股共同的風雨過後塵埃落定的沉和連接了他們的友誼。

胡安在第四基地的訓練場抬起頭，看拉克講話時露出的面無表情的深沉。拉克不是能夠支持胡安的人，他的風格胡安比誰都了解，對此他不甘心，但無可奈何。他想了想，並沒有氣餒或退縮，仍然繼續揮手指揮閱兵的開始。無論如何，在改天換地的工程中，沒有任何人能否認飛行系統始終的領袖核心。他仍然身強力壯，有整個系統的支援，未來有的是發揮的時機。

拉克停頓了一會兒，空蕩蕩的大廳陽光敞亮，他注視著空氣，彷彿看到了人影逡巡。八根潔白的立柱帶著希臘式的驕傲，帶著人類從古至今的夢想與憂愁，高昂聳立。拉克曾經無數次到過這裡，坐在台下參加各種大小會議，站在台上發表無數演說，包括決定少年們留學的那場最重要的辯論，可是站在主席台上作為總督發表長達一小時的講話，對他而言還是第一次。因此，他沒有一次像這次一樣從容，能夠將議事廳每個細節一覽無餘，銘記在心。

「我們和我們的星球一起進化。從人類踏足的第一天，這片土地就是我們生存的依據。我們種出衣食住行，拋出機器和各種氣體。從今天起，這種相互關係將更加近密。我們將減慢岩石風化，增加空氣厚度，提升地面溫度，改善土壤品質，而我們的星球將給我們孕育生命的可能，給我們自由呼吸的可能。從今天起，我們將不再是孤獨的物種，我們和星球將一起進化。

我們可以懶惰，但不可以對我們的星球撒謊。

前任總督漢斯．斯隆曾經向我轉述過一句加勒滿的話，今天我想轉述給每一個人。我想，在這個時機，沒有哪句話比這一句更合適：天空不言，大地見證我們的誠實。」

此時，土色火炬接近了地表，反向發動機開始工作噴氣，將速度緩緩降低。人們看得到明亮的光輪，平穩而不遲緩地向山峰接近。它將投入一片高地，引起一次不算猛烈的撞擊，凍水融化，順山谷流向遠方的隕石坑底，形成瀑布，形成河，形成湖。

在地球上的個別角落，此時此刻也有同樣的畫面映在螢幕中，只是畫面一掃而過，做為財經新聞的餘興節目，調節人們疲憊的神經。一兩個身影抬頭仰望，在喧嘩的人群中幻想著另一個世界上演的神話。火星的故事永遠是神話，即使是真的也是神話。

地球上的伊格也坐在自己的臥室，看著自己的個人電腦，心潮澎湃。一顆火一樣的星球在畫面裡燃燒，一顆水一樣的小石頭環繞在一旁。他一想到自己曾經親身踏足那顆星球，就有一種無與倫比的夢幻之感和自豪之情。

太空中，瑪厄斯沉穩飄浮，一如往昔。

洛盈和漢斯都在飛船尾部的失重球艙，只有這個角度正面朝向火星。洛盈一個人躺在球艙裡，漂浮在空曠的中央，身上的衣服沒有質感，衣角輕飄飄地浮在空中，頭髮像長而柔軟的飄帶，隨著身體搖擺左右蕩漾。

她最終還是回到了這裡，純粹的歡樂與動感的地方，美好的集體回憶，全宇宙唯一的不變的依託。她仰著頭看著艙頂，穹幕上映出火紅的大地和拉克伯伯的臉。球艙邊的欄杆旁，漢斯裝扮整齊，盛裝站立，以軍禮面對穹頂的螢幕。洛盈看著爺爺，她覺得爺爺今天很英俊，皺紋像雕刻的刀痕，白髮飄揚。她覺得爺爺從來沒像今天一樣英俊。

瑪厄斯在向地球駛去，此時空艙的扇形區域將很快再裝滿貨物。牆上的照片已經又換了一輪，依然是每日潔淨如新，只是換了另一位擦拭的老人。

此時，拉克已經進行到講話的最後一段了，他的聲音凝重，目光如水底燃燒。他彷彿看到了每一張注視他的面孔，他們都在對他說話，而他也對他們每一個人說話。

「作為塵埃的凝聚，人類的軀體如轉瞬的煙花。然而我們每個人身上都記載著全宇宙的歷史，我們的每一次舉手投足，也已是億萬年天空和海洋的烙印。我們今天的行動將被天空記錄，我們的靈魂將寫入土壤。

天空不言，大地見證我們的誠實！」

陽光中，大洪水從天而降。

一個故事結束了，另一段歷史剛剛開始。沒有人知道未來會怎樣，每個人都看著天空，遼闊的土地一片寂然。

後記

我和我的寫作

我是二〇〇六年開始提筆寫作的，到現在已經剛好十年了。

這十年中我寫得斷斷續續，發表和出版的作品並不算多。出版過兩本長篇小說、一本短篇小說集、一本文化散文《時光裡的歐洲》。也沒有什麼大成就可言。

不只一次有人問我，你為什麼不全職寫作呢？

我的回答是，對我來說，寫作從來不是一個可以謀生的職業技能。

二〇〇六年提筆寫作之前，我處於一種內外交困的氣餒狀態，幾乎沒什麼能把自己救出去。我的氣餒來源於全方面的自我懷疑。

因為內心焦慮，不斷審視和質疑自己，所以無法踏實努力，總糾結於要不要放棄理想，糾結於自己是不是有天賦。

對於處於這種自我困境中的人，對他說「你很棒」無濟於事，因為他不相信廉價的恭維；對他說「放棄也好，想開點」更無濟於事，因為那樣他會加重自我貶低。

實際上，唯一的拯救路徑就是行動，是某種一小步一小步讓自己可以動起來的事。不管結局如何，只要有一點一點的改善，就是心裡重要的能量來源。

寫作就起了這樣的作用。

最初我並沒有意識到這一點。

大四秋天推了直博之後，我嘗試著寫一些短故事。投稿有時候被接受，有時候被拒絕。被拒絕了也會氣餒，但總是一點一點可以嘗試起來。〇七年開始寫《流浪蒼穹》，斷斷續續寫了兩年。那幾年心理狀態也不算好，仍然處於間歇性的不快樂。寫作給我一個可以安靜進入的空間。

我喜歡科幻。科幻給我一個離開現實的機會。我寫過一篇〈遺跡守護者〉，假想了一個人類毀滅之後僅存的人，在孤獨的土地上照看遺跡。那是一個讓我自己很有代入感的意象。

我把自己日常中看到的、想到的、想到但想不開的，變為各種意象寫進書裡。

我不想去全職寫作，因為我是那種很看重「職業精神」的人，如果以某事作為職業，就需要職業化，根據職位需要做事。但寫作於我，從始至終不是這樣的事。

我只是把生活經歷中的想像用文字記錄下來，它是我的飲食、我的空氣，我離不開它，但我無法把吃飯呼吸作為職業。

所以我至今仍然不是一個作家，以後也不會是。沒有能力，也不想爭取。我只是會一直記得寫作對我的意義。它是我在困難的日子裡養成的生活下去的習慣。我會一直寫下去，在塵世間大地上的辛苦勞作中，寫那些易逝的吉光片羽。

國家圖書館出版品預行編目 (CIP) 資料

流浪蒼穹 / 郝景芳 . -- 初版 . -- 臺北市 : 遠流 ,
2017.01
面； 公分 . --（文學館 ; E06002）
ISBN 978-957-32-7931-0（平裝）

857.7 105023106

文學館 E06002

流浪蒼穹

作者／郝景芳
總監暨總編輯／林馨琴
編輯／楊伊琳
企畫／張愛華
美術設計／三人制創

發行人／王榮文
出版發行／遠流出版事業股份有限公司
地址：臺北市南昌路二段 81 號 6 樓
電話：（02）2392-6899
傳真：（02）2392-6658
郵撥：0189456-1

著作權顧問／蕭雄淋律師
2017 年 1 月 1 日　初版一刷
新台幣售價 399 元（缺頁或破損的書，請寄回更換）

（本書中文繁體字版由北京九志天達文化傳媒有限公司獨家授權）

ISBN 978-957-32-7931-0

YLib 遠流博識網
http://www.ylib.com
E-mail: ylib@yuanliou.ylib.com.tw